RULES OF
CIVILITY

우아한
연인

에이모 토울스 장편소설
김승욱 옮김

현대문학

차
례

일러두기

* 모든 각주는 옮긴이 주입니다.

이에 종들에게 이르되 혼인 잔치는 준비되었으나 청한 사람들은 합당하지 아니하니 네거리 길에 가서 사람을 만나는 대로 혼인 잔치에 청하여 오라 한대 종들이 길에 나가 악한 자나 선한 자나 만나는 대로 모두 데려오니 혼인 잔치에 손님들이 가득한지라.

임금이 손님들을 보러 들어올새 거기서 예복을 입지 않은 한 사람을 보고 이르되 친구여 어찌하여 예복을 입지 않고 여기 들어왔느냐 하니 그가 아무 말도 못 하거늘 임금이 사환들에게 말하되 그 손발을 묶어 바깥 어두운 데에 내던지라 거기서 슬피 울며 이를 갈게 되리라 하니라. 청함을 받은 자는 많되 택함을 입은 자는 적으니라.

「마태오 복음서」 22장 8~14절

시작

1966년 10월 4일 밤, 중년의 끝자락에 이르러 있던 벨과 나는 현대미술관에서 〈청함을 받은 자는 많되〉 전시회 개막식에 참석했다. 워커 에번스가 1930년대 말에 뉴욕 지하철에서 몰래카메라로 찍은 인물사진들을 처음으로 전시하는 자리였다.

그것은 사교 칼럼니스트들이 "최고의 행사"라고 즐겨 언급하는, 그런 종류의 자리였다. 남자들은 사진의 색깔을 흉내 내듯이 검은 타이를 맸고, 여자들은 아킬레스건에서부터 허벅지 위쪽까지 다양한 길이의 밝은색 드레스를 입었다. 외모는 흠잡을 데 없고 움직임은 곡예사처럼 우아하지만 일자리가 없는 젊은 남자배우들이 작고 둥근 쟁반에 샴페인을 담아 손님들에게 돌렸다. 손님들 중 실제로 사진을 보는 사람은 거의 없었다. 그들은 파티를 즐기느라 여념이 없었다.

—

사교계에서 유명한 한 젊은 여성이 웨이터 뒤를 쫓아가다가 비틀
거리는 바람에 나는 하마터면 그 사람과 부딪혀 바닥에 쓰러질 뻔
했다. 그렇게 취한 사람은 그녀뿐만이 아니었다. 형식을 갖춘 모임
에서도 8시가 되기 전에 술에 취하는 것이 왠지 용납될 수 있는 일
이 되어 있었다. 심지어 세련되게 여겨지는 경우도 있었다.

하기야 그런 변화를 이해하기 힘든 것도 아니었다. 1950년대에
미국은 세상을 거꾸로 들고 탈탈 털어서 주머니에 든 동전까지 챙
겼다. 유럽은 가난한 친척 같은 존재가 되었다. 가문의 문장만 남았
을 뿐, 식탁을 제대로 차릴 수는 없는 존재. 아프리카, 아시아, 남아
메리카의 비슷비슷한 나라들은 우리의 학교 교실 벽을 장식한 지도
속에서 햇빛을 받은 도롱뇽처럼 막 잽싸게 이리저리 움직이기 시작
한 참이었다. 공산주의자들이 날뛰고 있는 것은 사실이었다. 저기,
어딘가에서. 하지만 조 매카시*는 이미 무덤에 들어갔고 아직 달에
간 사람은 없었다. 그동안 소련은 그저 스파이 소설 속에서나 살금
살금 음흉하게 움직일 뿐이었다.

그래서 우리들은 모두 조금씩 취해 있었다. 우리는 하늘로 쏘아
진 인공위성처럼 저녁을 향해 나아가 지상 3킬로미터 높이에서 도
시의 궤도를 돌았다. 비실거리는 외국 화폐와 섬세하게 걸러진 정
신이 우리의 동력이었다. 만찬석상에서 고함을 질러대고, 다른 사람
의 배우자와 함께 슬그머니 빈방을 찾아 들어가 그리스 신들의 열
정과 무분별함을 흥청망청 즐겼다. 그리고 아침이 되면 6시 30분

✦ 反공산주의 캠페인에 앞장선 미국의 정치인.

정각에 맑은 머리와 낙천적인 기분으로 일어났다. 스테인리스 책상들에 앉아 다시 세상을 조종할 준비를 다 갖춘 채로.

그날 밤 스포트라이트를 받은 사람은 사진가가 아니었다. 60대 중반의 나이, 음식에 무심한 생활 탓에 몸이 시들어서 자기 턱시도조차 헐렁해진 에번스는 제너럴모터스에서 중간 간부로 일하다가 정년퇴직한 사람처럼 슬프고 평범해 보였다. 가끔 누군가가 그의 고독을 방해하며 뭐라고 한마디씩 하기도 했지만, 그는 무도회장에서 가장 못생긴 소녀처럼 줄곧 구석에 어색하게 서 있었다.

그래, 모두의 눈이 향한 곳은 에번스가 아니었다. 사람들은 바로 얼마 전에 자기 어머니의 불륜 역사를 글로 써서 센세이션을 일으킨, 머리숱 적은 젊은 작가에게 시선을 집중했다. 출판사 편집자와 출판 대리인을 양옆에 거느린 그는 교활한 갓난아기 같은 표정으로 팬들의 찬사에 둘러싸여 있었다.

밸은 작가에게 아양을 떠는 사람들을 호기심에 찬 시선으로 바라보았다. 밸은 스위스 백화점 체인과 미국 미사일 제조업체의 합병에 시동을 걸어 하루에 1만 달러를 벌어들일 수 있는 사람이었지만, 고자질쟁이가 어떻게 그런 반향을 일으킬 수 있는지는 도무지 이해하지 못했다.

주위의 것들을 한시도 무심히 넘기지 않는 출판 대리인이 나와 눈이 마주치자 손짓으로 나를 불렀다. 나는 재빨리 손을 마주 흔들어주고는 남편의 팔짱을 끼고 말했다.

"이리 와요, 여보. 가서 사진을 좀 봐요."

우리는 전시장에서 사람이 덜 붐비는 두 번째 방으로 들어가 천천히 벽을 따라 걷기 시작했다. 거의 모든 사진이 지하철에서 사진가의 정면에 앉아 있던 사람들 한두 명을 가로로 찍은 것이었다.

프랑스식 콧수염을 기르고 중산모를 장난스레 기울여 쓴, 젊고 수수한 할렘가 주민.

칼라에 털이 달린 외투를 입고, 챙 넓은 모자를 썼으며, 어느 모로 보나 폭력단 회계사처럼 보이는 마흔 살의 안경잡이.

메이시 백화점 향수 판매대의 두 독신여성. 30대가 분명한 그들은 이미 전성기가 지났다는 사실을 알기 때문에, 눈썹을 뽑아 정리한 얼굴에 조금 심술궂은 표정을 지은 채 브롱크스까지 쭉 지하철을 타고 가는 중이다.

남자의 사진. 여자의 사진.

젊은이의 사진. 노인의 사진.

말쑥한 사람의 사진. 칠칠치 못한 사람의 사진.

25년도 더 된 사진들이지만, 지금까지 공개된 적은 한 번도 없었다. 에번스는 사진 속 사람들의 사생활 침해를 조금 걱정했던 것 같다. 그가 공공장소에서 사진을 찍었음을 감안하면 조금 이상한 소리로 들릴지도 모르겠지만(지나치게 자부심이 강한 것처럼 보일 수도 있다), 벽을 따라 죽 걸려 있는 사람들의 얼굴을 보면 에번스가 공개를 꺼렸던 심정을 이해할 수 있었다. 정말이지 인간의 벌거벗은 모습을 포착한 사진들이었다. 생각에 깊이 빠진 표정. 통근길의 익명성에 가려진 얼굴. 똑바로 자신을 향한 카메라의 존재를 전혀 모르는 사람들. 사진 속의 많은 사람들은 자기도 모르는 사이에 내면의 자아를 드러내고 있었다.

생계를 위해 하루에 두 번씩 지하철을 타는 사람이라면 그 안의 풍경이 어떻게 흘러가는지 잘 안다. 사람들은 차에 오를 때는 동료나 지인들에게 보여주는 표정을 내보인다. 개찰구를 지나 지하철 문 안으로 들어설 때까지. 그래야 다른 승객들이 그가 어떤 사람인지 알 수 있기 때문이다. 건방진 사람인지 조심스러운 사람인지, 연애를 잘하는 사람인지 무심한 사람인지, 부자인지 실업수당을 받고 있는 사람인지. 이제 차에 탄 승객이 자리를 찾아 앉고, 지하철이 움직이기 시작한다. 역들이 차례로 지나간다. 내리는 사람도 있고, 타는 사람도 있다. 요람처럼 아늑하게 흔들리는 지하철의 움직임에 영향을 받아, 사람들이 조심스레 꾸며놓은 표정이 슬그머니 벗겨지기 시작한다. 사람들의 생각이 걱정거리와 꿈 사이를 정처 없이 돌아다니기 시작하며 초자아가 녹아내린다. 최면을 거는 것 같은 주위 분위기 속으로 사람들의 생각이 한들한들 들어가 걱정거리와 꿈마저 뒤로 물러나고 우주의 평화로운 침묵이 고루 퍼지게 된다면 더욱 좋다.

이는 우리 모두가 겪는 일이다. 그저 이런 상태에 도달할 때까지 몇 정거장이 필요한지가 다를 뿐이다. 두 정거장이 필요한 사람이 있는가 하면, 세 정거장이 필요한 사람도 있다. 68번가. 59번가. 51번가. 그랜드센트럴 역. 얼마나 마음이 놓이는지. 마음의 경계를 풀고 멍한 시선으로, 소외된 인간들에게 허락된 진정한 위안을 찾는 그 몇 분간이.

이런 분위기를 두루 살펴본 이 사진들이 풋내기의 눈에는 틀림없이 아주 만족스럽게 보일 것이다. 이곳에서 사진을 둘러보고 있는 젊은 변호사와 신참 은행원과 활기찬 사교계 아가씨 들은 틀림없이 이런 생각을 했을 것이다. '정말 절묘한 사진들이야. 이 얼마나 예술적인지. 이런 것이 바로 인간의 얼굴이야!'

하지만 사진이 찍히던 당시에 젊은이였던 우리에게는 사진 속 사람들이 유령처럼 보였다.

1930년대……

그 얼마나 힘든 시절이었는지.

대공황이 시작됐을 때 나는 열여섯 살이었다. 1920년대의 태평하고 매력적인 분위기에 속아 넘어가 꿈과 기대를 품기에 딱 적당한 나이. 마치 미국이 맨해튼에게 교훈을 가르쳐주기 위해 대공황을 발진시킨 것 같았다.

주식시장의 대붕괴 이후, 사람들이 털썩털썩 쓰러지는 소리는 들리지 않았지만, 모두들 놀라서 한꺼번에 헉하고 숨을 들이켜는 느낌에 이어 적막이 눈처럼 도시 위에 내려앉았다. 불빛들이 깜박였다. 밴드들은 악기를 내려놓았고, 사람들은 조용히 문으로 향했다.

그러더니 바람의 방향이 서쪽에서 동쪽으로 바뀌어, 떠돌이 농업 노동자들의 흙먼지를 42번가까지 실어왔다. 흙먼지는 구름처럼 뭉클뭉클 몰려와 신문 가판대와 공원 벤치 위에 내려앉았고, 폼페이의 화산재처럼 축복받은 사람과 저주받은 사람 모두를 감쌌다. 이 도시에도 갑자기 이주 노동자들이 나타났다. 궁지에 몰려 있는 그들은 형편없는 옷차림을 한 채 골목길을 터덜터덜 걸어 다녔다. 불을 피워놓은 드럼통들을 지나, 초라한 집과 싸구려 여인숙 앞을 지나, 다리 아래를 지나 천천히, 하지만 꾸준하게 걸었다. 진짜 캘리포니아만큼이나 비참하고 구제불능인, 캘리포니아 출신들이 모여 사는 도시 안쪽을 향해서. 빈곤과 무기력. 굶주림과 절망. 적어도 전쟁의 불길한 징조가 우리의 발걸음에 빛을 던져줄 때까지는.

그랬다, 워커 에번스가 1938년부터 1941년까지 몰래 찍은 사람들의 사진은 확실히 인간 군상의 모습을 보여주었지만, 거기에 담긴 것은 특정한 인간 군상의 모습이었다. 풀 죽은 사람들의 집단.

우리보다 몇 걸음 앞에서 젊은 여자 한 명이 즐거운 표정으로 사진들을 둘러보고 있었다. 기껏해야 스물두 살쯤 된 것 같았다. 그녀는 사진을 한 장, 한 장 볼 때마다 기분 좋게 놀라는 표정을 지었다. 마치 위풍당당하고 낯선 초상화들이 걸려 있는 성의 복도를 구경하는 사람 같았다. 순진한 아름다움으로 붉게 상기된 그녀의 피부는 내 마음을 시기심으로 가득 채웠다.

내게 사진 속의 얼굴들은 낯설지 않았다. 그 풀 죽은 표정이나 일방적으로 빤히 바라보는 시선이 모두 너무나 친숙했다. 낯선 도시의 호텔 로비에 들어섰는데 그곳 손님들의 옷차림과 행동거지가 내가 사는 도시의 사람들과 너무나 비슷해서 결국은 보고 싶지 않은 사람과 마주치게 될 것 같은, 그런 경험을 하고 있는 것 같았다.

어떤 의미에서는, 맞는 생각이었다.

"이 사람 팅커 그레이잖아요."

내가 말했다. 밸은 다음 사진으로 막 넘어가려던 참이었다. 밸이 내 옆으로 돌아와 사진을 다시 보았다. 면도도 제대로 안 한 얼굴에

해진 외투를 입은 스물여덟 살짜리 남자를 찍은 사진이었다.

내가 알던 모습보다 9킬로그램쯤 살이 빠진 것 같은 얼굴이라 뺨에는 핏기가 거의 없었고, 얼굴에 때가 묻어 있는 것도 확실히 눈에 띄었다. 하지만 그의 눈은 밝고 기민했으며, 똑바로 앞을 바라보고 있었다. 입술에는 아주 희미한 미소가 걸쳐져 있었다. 마치 그가 사진가를 유심히 살피고 있는 것 같은 표정이었다. 마치 그가 우리를 유심히 살피고 있는 것 같았다. 30년의 세월과 만남의 협곡을 건너뛰어 우리를 빤히 바라보는 그의 얼굴이 환상 같았다. 또한 어느 모로 보나 분명히 그다운 모습이기도 했다. 밸이 어렴풋이 알 것 같다는 표정으로 말했다.

"팅커 그레이라. 형님이 옛날에 그레이라는 은행원이랑 아는 사이였던 것 같은데……."

"맞아요. 그 사람이에요."

밸은 사진을 더 자세히 살펴보았다. 어렴풋이 아는 사람이 힘든 처지가 됐을 때 마땅히 그래야 하는 것처럼 정중하게 관심을 보이면서. 하지만 내가 이 남자와 얼마나 잘 아는 사이였는지 물어보고 싶은 말이 한두 마디쯤은 틀림없이 머릿속에 떠올랐을 것이다.

"놀랍군."

밸이 간단히 말했다. 그러고는 아주 살짝 이마에 주름을 잡았다.

밸과 내가 사귀기 시작한 여름에 우리는 아직 30대였고, 서로 성인이 된 뒤 10여 년의 세월을 어떻게 살아왔는지는 잘 모르는 상태였다. 10년이면 충분했다. 인생 전체의 방향이 좋은 쪽, 또는 나쁜 쪽으로 바뀌기에는 충분한 시간이었다. 어느 시인의 말처럼 살인을 하거나 창작을 하기에도 충분한 시간이었다. 아니, 하다못해 누군가의 앞에 의문을 하나 떨어뜨려놓기에도 충분한 시간이었다.

하지만 밸은 자꾸만 과거를 돌아보는 습관을 미덕으로 생각하지 않았다. 그래서 다른 것과 마찬가지로 내 과거의 미스터리에 대해서도 그는 먼저 신사적인 태도를 취했다. 그래도 나는 미리 한 발 물러났다.

"나도 저 사람하고 아는 사이였어요. 한동안 저 사람이 내 친구들하고 같이 어울렸거든요. 하지만 전쟁 전부터 저 사람 소식을 듣지 못했네요."

밸의 이마가 펴졌다.

어쩌면 그는 지나치게 간단히 정리해버린 이 몇 가지 사실에서 위안을 얻었는지도 모른다. 밸은 더 유심히 사진을 바라보며 고개를 살짝 저었다. 그 몸짓은 팅커의 사진을 여기서 보게 된 우연이 공교롭다는 뜻인 동시에, 대공황이 사람들에게 가져다준 불행을 확인하는 것이기도 했다.

"놀랍군." 밸이 다시 말했다. 하지만 이번에는 연민이 배어 있었다. 그는 내 팔짱을 끼고 다음 사진으로 부드럽게 나를 이끌었다. 우리는 그다음 사진 앞에서 예의 바르게 1분을 보냈다. 그러고는 계속 다음 사진들로 옮겨갔다. 하지만 이제는 사진 속 얼굴들이 반대편 에스컬레이터를 타고 올라가는 낯선 사람들처럼 그냥 지나가고 있었다.

나는 그 얼굴들을 거의 제대로 바라보지 않았다.

팅커의 미소를 보다니…….

이렇게 오랜 세월이 흐른 뒤 보게 된 그의 미소에 나는 마음의 준비가 되어 있지 않았다. 마치 그 사진이 내게 벌컥 달려든 것 같았다.

어쩌면 그냥 자기만족이었는지도 모른다. 맨해튼에 사는 부유한 중년의 근거 없이 달콤한 자기만족. 하지만 그 미술관의 문들을 통과하면서 나는 내 삶이 완벽한 평형을 이루었다고 맹세하라면 할 수도 있을 것 같았다. 우리의 결혼 생활은 두 마음의 결합이었다. 수선화가 태양을 향해 기울어지듯 미래를 향해 부드럽지만 불가피하게 기울어지고 있는, 두 대도시형 인간들의 결합.

그런데도 내 생각은 나도 모르게 과거로 향했다. 힘들게 쌓아올린 지금의 완벽한 모습에 등을 돌린 채, 나는 달콤했지만 불확실하던 과거를, 그때의 우연한 만남들을 찾아 헤맸다. 그때는 정말 우연하고 열띤 만남 같았지만, 세월이 흐르면서 마치 운명 같다는 느낌이 그 위에 내려앉았다.

그래, 내 생각이 향한 곳은 바로 팅커와 이브였다. 하지만 월러스 월코트와 디키 밴더와일과 앤 그랜딘에게도 생각이 향했다. 나의 1938년에 색깔과 모양을 입혀주었던, 만화경처럼 변화무쌍한 여러 사건에도.

남편을 옆에 두고도 나는 그해의 추억을 나만의 것으로 간직하려고 애쓰고 있었다.

수치스러운 기억들이 섞여 있어서 밸이 충격을 받을까 봐 걱정스럽다거나, 우리 결혼 생활의 조화가 깨질까 봐 걱정스러웠던 것은 아니다. 오히려 반대였다. 만약 내가 밸에게 그 추억을 이야기해주었다면, 십중팔구 밸은 내게 훨씬 더 애정을 느꼈을 것이다. 하지만 나는 그 추억을 밸과 공유하고 싶지 않았다. 추억을 희석시키기 싫었기 때문에.

무엇보다도 나는 혼자 있고 싶었다. 나를 무섭게 노려보는 듯한, 지금의 내 삶에서 벗어나고 싶었다. 호텔 바에서 술이라도 한잔하고 싶었다. 택시를 타고 아주 오랜만에 빌리지까지 가본다면 더 좋을 테고. 거기 가본 것이 도대체 언제 적 일인지…….

사진 속의 팅커는 확실히 한심한 몰골이었다. 가난하고 굶주리고 장래도 없는 사람 같았다. 하지만 젊고 힘찬 모습도 동시에 존재했다. 묘하게 활기차 보이기도 했다.

갑자기 벽에 걸린 얼굴들이 모두 나를 지켜보고 있는 것 같은 느낌이 들었다. 피곤하고 고독한 지하철의 유령들이 내 얼굴을 유심히 살피며, 늙어가는 인간의 얼굴에 독특한 페이소스를 안겨주는 타협의 흔적들을 찾아내고 있었다.

그때 밸이 갑자기 입을 여는 바람에 나는 깜짝 놀랐다.

"그만 가지." 밸이 말했다. 내가 시선을 들자 밸이 빙긋 웃었다.

"그만 가자고. 나중에 여기가 덜 붐비는 오전 중에 다시 오면 되잖아."

"좋아요."

전시장 가운데가 북적거렸기 때문에 우리는 벽 쪽으로 붙어서 사진들 앞을 지나쳤다. 경비가 삼엄한 감방에서 문에 뚫린 작은 사각형 구멍으로 밖을 내다보는 죄수들의 얼굴처럼 사진 속 얼굴들이 획획 지나갔다. 그들의 시선이 나를 따라왔다. 마치 "그런다고 여기서 나갈 수 있을 것 같아?"라고 말하는 것 같았다. 그러다가 출구에

닿기 직전에 그 얼굴들 중 하나가 내 발길을 붙들었다. 내 얼굴에 일그러진 미소가 떠올랐다.

"왜 그래?" 밸이 물었다.

"또 그 사람이에요."

나이 지긋한 두 여자의 사진들 사이에 팅커의 두 번째 사진이 걸려 있었다. 캐시미어 외투를 입고, 깨끗하게 면도를 한 모습이었다. 윈저 노트식으로 깔끔하게 맨 넥타이 매듭이 맞춤 와이셔츠 깃 위로 나와 있었다.

밸이 내 손을 잡고 사진 앞으로 30센티미터쯤 되는 거리까지 다가갔다.

"아까 봤던 그 사람이라고?"

"네."

"그럴 리가."

밸은 첫 번째 사진이 걸린 곳으로 되돌아갔다. 전시장 맞은편 벽에서 밸이 사진 속의 그 더러운 얼굴을 유심히 살피며 눈에 띄는 특징을 찾는 것이 보였다. 밸이 내 옆으로 돌아와 캐시미어 외투를 입은 남자에게서 30센티미터쯤 떨어진 곳에 섰다. 밸이 말했다.

"믿을 수가 없군. 정말로 같은 사람이잖아!"

"죄송하지만 작품에서 물러나주십시오." 경비원이 말했다.

우리는 뒤로 물러났다.

"모르는 사람이 보면 완전히 다른 사람인 줄 알겠어."

"그래요. 맞는 말이에요."

"뭐, 이 사람 확실히 다시 일어선 모양이군!"

밸은 갑자기 기분이 좋아진 것 같았다. 해진 옷에서 캐시미어 외투로의 변신이 밸의 타고난 낙천성을 회복시켜준 모양이었다. 내가 말했다.

"아뇨. 이게 더 먼저 찍은 사진이에요."

"그게 무슨 소리야?"

"저쪽 사진이 나중에 찍힌 거예요. 1939년."

나는 사진 밑의 이름표를 가리켰다. "이건 1938년에 찍은 것이고요."

밸이 착각한 것도 무리가 아니었다. 이 사진이 나중에 찍은 것이라고 보는 편이 더 자연스러웠으니까. 단순히 이 사진이 전시장에서 뒤에 걸려 있기 때문만은 아니었다. 1938년의 사진에서 팅커는 유복해 보일 뿐 아니라, 나이도 더 들어 보였다. 저쪽에 걸려 있는 사진에 비해 얼굴이 더 통통했고, 분주히 살다 보니 세상에 싫증 난 것 같은 분위기가 풍겼다. 연달아 이어진 성공에 추악한 진실이 한두 개쯤 매달려 있는 것 같았다. 반면 1년 뒤에 찍은 사진 속 얼굴은 평화로운 시절의 스무 살짜리 청년 같았다. 활기차고, 겁이 없고, 순진한 청년.

밸은 당황한 표정이었다. "아. 유감이네."

밸이 내 팔을 다시 잡고 고개를 절레절레 저었다. 팅커를 위해서, 우리 모두를 위해서.

"부자에서 누더기 신세가 됐군." 밸이 말했다. 부드럽게.

"아뇨. 꼭 그런 건 아니에요." 내가 말했다.

뉴욕, 1969년

WINTERTIME

겨울

1장

●

먼 옛날

1937년의 마지막 밤.

나는 이렇다 할 약속도, 그런 약속이 생길 가망도 없는 내 룸메이트 이브에게 이끌려 '핫스팟'에 와 있었다. 그리니치빌리지의 지하 1미터 깊이에 위치한 이 나이트클럽의 이름에는 정말로 이름대로 됐으면 좋겠다는 소망이 깃들어 있었다.

이 클럽을 한 번 둘러보는 것만으로는 오늘이 신년 전야임을 알수 없었다. 모자도 장식 리본도 없고, 종이 나팔도 없었다. 클럽 뒤편에서는 재즈 4중주단이 작고 텅 빈 무도장 위쪽에서 '날 사랑하던 사람이 떠나갔다'는 식의 기본 레퍼토리를 연주하고 있었다. 가수는 없었다. 피부가 자동차 기름만큼 새까맣고 표정이 슬퍼 보이는 거인 색소폰 연주자는 아무래도 길고 고독한 솔로 연주의 미로 속에서 길을 잃어버린 모양이었다. 크림을 넣은 커피 같은 피부색에 작고 공손한 콧수염을 기른 혼혈인 베이스 연주자는 색소폰 연주자를 속도로 다그치지 않으려고 애쓰는 중이었다. 쿵, 쿵, 쿵. 그가 심장박동의 절반쯤 되는 속도로 자신의 악기를 연주했다.

듬성듬성한 손님들도 우울하기는 밴드와 마찬가지였다. 좋은 옷을 차려입고 나온 사람은 하나도 없었다. 여기저기 몇몇 커플이 보였지만, 낭만적인 분위기는 없었다. 사랑에 빠졌거나 돈 있는 사람은 모두들 근처의 카페 소사이어티에서 스윙 음악에 맞춰 춤을 추고 있었다. 20년 뒤에는 온 세상 사람들이 이 나이트클럽 같은 지하클럽에 앉아서 반사회적인 솔로 연주자들이 자기 내면의 병을 탐구하는 노래에 귀를 기울이겠지만, 1937년의 마지막 밤에 이런 곳에서 4중주를 듣고 있는 사람들은 온전한 앙상블 밴드의 연주를 들을 돈이 없거나 새해를 축하할 이유가 전혀 없는 사람들이었다.

우리는 이 모든 것이 편안하게 느껴졌다.

지금 우리가 듣고 있는 음악이 무엇인지는 잘 알 수 없었지만, 그 음악에 나름대로 좋은 점이 있다는 것은 확실했다. 공연히 희망을 부추기거나 망쳐버리는 음악이 아니었으니까. 그럭저럭 리듬과 비슷한 것도 있었고, 진지한 분위기는 물릴 정도로 넘쳐흘렀다. 우리를 방 밖으로 끌어내기에 딱 알맞은 핑곗거리가 되어줄 만은 했기 때문에 우리는 이 음악을 그렇게 대우해주었다. 우리 둘 다 굽이 낮고 편안한 신발에 수수한 검은 원피스 차림이었다. 하지만 이브가 그 옷 속에 자신이 훔쳐온 속옷 중 가장 좋은 것을 입고 있다는 사실을 나는 알고 있었다.

이브 로스…….

이브는 미국 중서부 출신의 놀랄 만한 미인이었다.

뉴욕에서는 이 도시의 가장 매혹적인 여성들이 파리나 밀라노에서 날아왔을 것이라고 생각해버리기가 쉽다. 하지만 그런 여자들은 소수에 불과하다. 알파벳 I로 시작하는, 튼튼한 주州 출신이 훨씬 더 많다. 아이오와, 인디애나, 일리노이 같은 곳들. 딱 알맞은 양의 신선한 공기와 시끌벅적한 집, 그리고 무지 속에서 자란 이 소박한 금발 미인들은 팔다리가 달린 별빛 같은 모습으로 옥수수 밭이 있는 고향을 떠나온다. 초봄이 되면 아침마다 이런 미인들이 셀로판지로 싼 샌드위치를 들고 자기 집 현관 베란다에서 뛰어내리는 것이다. 맨해튼으로 가는 그레이하운드 첫차를 불러 세워 올라탈 각오를 다진 채. 뉴욕에서는 아름다운 것이라면 무엇이든 환영받는다. 이 도시는 아름다운 것들을 가늠해본 뒤, 당장 받아들이지는 않더라도 하다못해 치수가 맞는지 한번 입어보기라도 한다.

　중서부 아가씨들이 지닌 커다란 이점 중 하나는 사람들이 그들을 구분하기가 어렵다는 점이었다. 뉴욕 태생의 아가씨 중에서는 부자 아가씨와 가난한 아가씨를 언제나 골라낼 수 있었다. 보스턴 아가씨들도 마찬가지다. 말투라든가 몸가짐 같은 것들이 어차피 그런 데 쓰라고 있는 것이 아닌가. 하지만 뉴욕 토박이들의 눈에 중서부 아가씨들은 몸가짐도 말투도 모두 똑같아 보였다. 이 아가씨들도 출신 계층에 따라 각각 다른 집에서 다른 학교를 다니며 자란 사람들이었지만, 중서부 특유의 겸손함을 공통으로 지니고 있었기 때문에 우리가 보기에는 그들이 누린 부와 특권의 차이가 흐릿했다. 아니면 (아이오와 주의 주도인 디모인에서는 금방 눈에 띌) 그들의 차이점이 뉴욕에 존재하는 사회경제적 계층의 규모에 놀라 그만 쪼그라든 것일 수도 있었다. 뉴욕은 바워리 거리의 쓰레기통에서부터 낙원의 펜트하우스에 이르기까지 수천 개의 층으로 이루어진 빙하 같은 곳이니까 말이다. 어쨌든 우리가 보기에 중서부 아가씨들은 모두 똑같은 촌뜨기였다. 순진한 표정으로 눈을 휘둥그렇게 뜨고 신을 두려워하는 사람들. 딱히 그 아가씨들이라고 해서 평생 아무런 죄도 짓지 않은 것은 아니겠지만.

이브는 인디애나의 경제적 계층에서 최상부 어디쯤에 속했다. 이브의 아버지는 기사가 딸린 회사 차를 타고 출근했고, 이브는 세이디라는 검둥이가 식료품 저장실에서 잘라준 작은 빵을 아침 식사로 먹었다. 이브가 다닌 학교는 2년제 예비신부학교였으며, 어느 해 여름에는 스위스에서 프랑스어를 공부하는 척하기도 했다. 하지만 술집에서 이브를 처음 본 사람이라면, 이브가 돈 많은 남자를 잡으려는 촌뜨기인지 아니면 흥청망청 놀고 있는 백만장자인지 알아차리기 힘들었다. 확실히 알 수 있는 것이라고는 이브가 정말로 미인이라는 사실뿐이었다. 그리고 바로 그 점 때문에 그녀와 사귀는 일이 훨씬 더 간단해졌다.

이브는 의문의 여지가 없는, 타고난 금발이었다. 어깨까지 기른 머리카락이 여름에는 모래 빛깔이었다가 가을이 되면 황금색으로 변했다. 마치 고향의 밀밭에 공명하기라도 하는 것 같았다. 이목구비는 섬세했고, 핀으로 찍어놓은 듯한 보조개와 푸른 눈은 아주 완벽해서 마치 양쪽 뺨 안쪽에 매어둔 작은 강철 케이블이 이브가 웃을 때마다 팽팽하게 뺨을 잡아당겨 보조개를 만들어내는 것 같았다. 이브의 키가 겨우 163센티미터밖에 안 되는 것은 사실이지만, 이브는 5센티미터 굽의 하이힐을 신고 춤추는 법을 잘 알고 있었다. 게다가 남의 무릎에 앉자마자 하이힐을 차듯이 벗어버리는 법 또한 알고 있었다.

　이브가 뉴욕에서 정말이지 잘 해나가고 있다는 사실은 인정해줄 만했다. 이브는 1936년에 뉴욕에 왔다. 마팅게일 부인의 하숙집에서 1인용 방을 빌릴 수 있을 만큼의 돈을 아버지에게서 받았고, 펨브로크 출판사에 마케팅 보조로 취직할 때도 아버지의 영향력을 빌렸다. 그래서 이브는 학창 시절에 그토록 열심히 피해 다니던 책들을 선전하는 일을 맡게 되었다.

　하숙집에 입주한 지 이틀째 되던 날 밤에 이브가 식탁에 앉다가 자기 몫의 접시를 쏟아버리는 바람에 이브의 스파게티가 내 무릎에 곧바로 철썩 떨어져버렸다. 마팅게일 부인은 백포도주에 옷을 담가 두는 것이 얼룩을 지우는 최고의 방법이라고 말했다. 그래서 부엌에서 요리용 포도주를 한 병 가져다주고는 우리를 화장실로 보냈다. 우리는 내 치마에 포도주를 조금 뿌린 뒤, 문에 등을 기댄 채 바닥에 앉아 남은 포도주를 죄다 마셔버렸다.

　이브는 첫 봉급을 받자마자 1인용 방을 포기하고, 아버지 계좌의 돈을 쓰는 것도 그만두었다. 이브가 자립하고 몇 달 뒤, 아버지가 딸이 정말 자랑스럽다는 내용의 다정한 편지와 10달러 지폐 50장을 함께 봉투에 넣어 보내왔다. 이브는 돈을 아버지에게 돌려보냈다. 마치 결핵균에 감염된 물건을 다루는 것 같은 태도로. 이브가 말했다.

　"나는 무슨 일이든 겪을 각오가 돼 있어. 남의 명령에 휘둘리는 일만 아니라면."

　그래서 우리는 함께 절약하며 살았다. 하숙집에서 나오는 아침 식사를 부스러기 하나 남기지 않고 전부 먹어치웠고, 점심은 걸렀다. 옷도 같은 층에 사는 여자들과 함께 나눠 입었다. 머리도 서로 직접 잘라주었다. 금요일 밤에는 남자들에게 키스해줄 생각이 전혀 없으면서도 그들이 사주는 술을 받아 마셨고, 저녁을 사준 남자들 몇 명에게는 키스를 해주었다. 하지만 그들에게 다시 키스해줄 생각은 조금도 없었다. 가끔 비가 내리는 수요일에 고급잡화점 벤델스가 부잣집 마나님들로 붐빌 때면 이브는 가장 좋은 치마와 재킷을 차려입고 엘리베이터에 올라 2층으로 가서 실크 스타킹을 팬티 속에 쑤셔 넣었다. 집세를 기일에 내지 못했을 때도 이브는 자신의 역할을 수행했다. 마팅게일 부인의 문 앞에 서서 소금기 하나 없는 눈물을 호수처럼 펑펑 흘리는 역할.

♦ ♦ ♦

그해 신년 전야에 우리는 3달러로 최대한 버틸 작정이었다. 귀찮게 남자들을 상대할 생각은 없었다. 1937년에 우리에게 구애할 기회가 있었던 남자들은 적지 않았다. 그러니 뒤늦게 나타난 사람들에게 한 해의 마지막 몇 시간을 낭비하고 싶지는 않았다. 우리는 이 싸구려 술집에 죽치고 있을 작정이었다. 이곳의 손님들은 음악을 아주 좋아하기 때문에 예쁜 여자 둘이 앉아 있어도 귀찮게 굴지 않았으며, 이곳에서 파는 술도 아주 싸서 우리 둘이서 각각 한 시간마다 마티니 한 잔을 마실 수 있었다. 우리는 예의 바른 사람들이 참아줄 수 있는 것보다는 조금 더 많이 담배를 피울 생각이었다. 그리고 이렇다 할 축하 행사 없이 자정이 지나면 2번 애버뉴에 있는 우크라이나 식당으로 갈 계획이었다. 그곳에는 커피, 달걀, 토스트를

15센트에 내놓는 한밤중 스페셜 메뉴가 있었다.

하지만 9시 30분이 조금 지났을 때 우리는 벌써 11시 몫의 술을 마시고 있었다. 그리고 10시에는 달걀과 토스트 값도 술로 변했다. 우리 둘이 가진 돈은 5센트 동전 네 개뿐이었고, 그때까지 우리는 음식을 한 입도 먹지 못한 상태였다. 그러니 이제 임기응변을 발휘할 차례였다.

이브는 베이스 연주자에게 바삐 추파를 던졌다. 그건 이브의 취미였다. 이브는 연주 중인 음악가들에게 속눈썹을 깜박거리다가 연주와 연주 중간에 담배를 빌려달라고 하는 것을 즐겼다. 그날의 베이스 연주자는 대부분의 크레올* 사람들이 그렇듯이 확실히 보기 드문 매력을 지니고 있었지만 자기 음악에 완전히 빠져 있어서 양철 천장만 열심히 바라보았다. 이브가 그의 주의를 끌려면 하느님의 섭리가 있어야 할 것 같았다. 나는 이브가 바텐더에게 추파를 던지게 하려고 애썼지만 이브는 논리적인 설득을 받아들일 기분이 아니었다. 이브는 담배에 불을 붙이고는 행운을 바라며 성냥을 어깨너머로 던졌다. 곧 착한 사마리아인을 찾아내지 못한다면 우리도 저 양철 천장만 바라보는 신세가 될 것 같다는 생각이 들었다.

바로 그때 그가 클럽 안으로 들어왔다.

이브가 그를 먼저 보았다. 이브는 뭔가 말하려고 무대에서 고개를 돌리다가 내 어깨너머로 그를 발견했다. 그러고는 내 정강이를 차며 고갯짓으로 그를 가리켰다. 나는 의자의 위치를 바꿨다.

그는 굉장한 미남이었다. 키는 175센티미터쯤 되고 허리가 꼿꼿

---

* 유럽계 백인과 흑인의 혼혈.

했으며, 검은 넥타이를 매고 팔에 외투를 걸치고 있었다. 갈색 머리에 감청색 눈, 그리고 양뺨 한가운데가 작은 별 모양으로 붉게 상기되어 있었다. 그의 조상이 메이플라워호의 키를 잡고 있는 모습이 눈에 보이는 것 같았다. 소금기 섞인 바닷바람 때문에 머리카락이 조금 구불구불해진 채 밝은 표정으로 수평선을 바라보는 모습.

"내 거야." 이브가 말했다.

실내를 잘 둘러볼 수 있는 문간에서 그는 밝기를 반쯤 줄여둔 조명에 눈이 익을 때까지 기다렸다가 사람들을 살펴보았다. 아무래도 여기서 누군가와 만날 약속을 한 모양이었다. 하지만 만나기로 한 사람이 없다는 것을 확인하고는 얼굴에 살짝 실망이 어렸다. 그는 우리 옆 탁자에 앉은 뒤 술집 안을 한 번 더 둘러보고는 손을 가볍게 움직여서 웨이트리스를 부르는 동시에 의자 등받이에 외투를 걸쳤다.

아름다운 외투였다. 캐시미어의 색깔이 낙타 털과 비슷했지만, 좀 더 옅은 편이라서 베이스 연주자의 피부색 같았다. 게다가 외투에는 티끌 하나 묻어 있지 않았다. 마치 방금 양복점에서 사가지고 온 것 같았다. 틀림없이 500달러는 할 것 같았고 어쩌면 그보다 더 비쌀 수도 있었다. 이브는 그 외투에서 눈을 떼지 못했다.

웨이트리스가 소파 구석으로 다가가는 고양이처럼 다가왔다. 그 여자가 등을 둥글게 구부리고 발톱으로 그의 셔츠를 잡을 것 같다는 생각이 순간적으로 들었다. 웨이트리스는 주문을 받으면서 조금 뒤로 물러나 허리를 굽혔다. 그가 그녀의 블라우스 안쪽을 볼 수 있는 각도였다. 하지만 그는 눈치채지 못한 것 같았다.

그는 상냥하면서도 정중한 말투로 웨이트리스에게 조금 필요 이상으로 공손하게 굴며 스카치 한 잔을 부탁했다. 그러고는 의자에 등을 기대고 앉아 주위를 살피기 시작했다. 그가 바에서 밴드를 향해 시선을 옮기던 도중에 이브의 모습이 그의 시야 가장자리에 잡혔다. 이브는 여전히 외투를 뚫어져라 바라보는 중이었다. 그가 얼굴을 붉혔다. 그는 그동안 술집 안을 둘러보고 웨이트리스를 부르는 데 정신이 팔려서 자신이 외투를 걸쳐둔 의자가 원래 우리 자리의 것이라는 사실을 알아차리지 못하고 있었다.

"정말 죄송합니다. 무례한 짓을 저질렀군요."

그가 말했다. 그는 일어나서 외투를 집으려고 손을 뻗었다.

"아뇨, 아뇨. 괜찮아요. 어차피 빈 의자인걸요. 괜찮아요."

우리가 말했다. 그가 움직임을 멈췄다.

"정말입니까?"

"당연하죠." 이브가 말했다.

웨이트리스가 스카치를 들고 다시 나타났다. 그녀가 자리를 뜨려고 돌아서자 그가 그녀를 불러 세우더니 우리에게 술을 한 잔 사겠다고 제의했다. 가는 해의 마지막 호의를 베풀고 싶다는 것이었다.

우리는 그의 호의가 외투만큼이나 비싸고, 훌륭하고, 깨끗하다는 것을 이미 알고 있었다. 그의 태도에는 분명히 자신감이 넘쳤고, 그는 자신의 주위에 공평한 관심을 보이고 있었다. 또한 돈 있는 집에서 예절 교육을 받으며 자란 젊은이들에게서만 볼 수 있는, 주변 사람들의 호의를 의심하지 않는 태도를 보였다. 이런 사람들은 새로운 곳에 갔을 때 자신이 환영받지 못할 수도 있다는 생각을 결코 하지 못했다. 따라서 실제로도 환영받지 못하는 존재가 되는 경우는 드물었다.

—

혼자 온 남자가 예쁜 여자 두 명에게 술을 사면, 그가 기다리는 사람이 누구든 일단 여자들과 대화를 시도할 것이라고 생각하는 사람이 많을 것이다. 하지만 말쑥한 옷차림의 이 사마리아인은 우리에게 전혀 말을 걸지 않았다. 상냥한 표정으로 고개를 끄덕하며 우리를 향해 잔을 한 번 들어 보인 뒤에는 자신의 위스키 잔을 만지작거리며 밴드 쪽으로 시선을 돌려버렸다.

밴드의 연주 두 곡이 끝난 뒤 이브가 들썩거리기 시작했다. 이브는 계속 그가 있는 쪽을 힐끔거리면서 그가 뭐라고 말을 걸어주기를 기대했다. 무슨 말이라도 좋았다. 한 번 두 사람의 눈이 마주쳤을 때 그는 예의 바르게 미소를 지었다. 지금 연주 중인 노래가 끝나면 이브가 그의 무릎에 자기 잔을 엎는 방법을 써서라도 먼저 대화를 시도할 생각이라는 걸 나는 알 수 있었다. 하지만 이브는 그 방법을 쓸 기회를 잡지 못했다.

노래가 끝나자 한 시간 만에 처음으로 색소폰 연주자가 입을 열었다. 설교하는 목사의 목소리라고 해도 될 만큼 묵직한 음색으로 그는 다음 곡에 대해 긴 설명을 늘어놓기 시작했다. 서른두 살에 세상을 떠난 실버 투스 호킨스라는 대중음악 피아니스트를 위해 새로 작곡한 곡이며, 아프리카와 조금 관련이 있고, 제목은 〈양철 식인종〉이라는 내용이었다.

그가 단단히 각반을 맨 발로 리듬을 잡자 드러머가 그 리듬을 따라 했다. 베이스와 피아노도 합류했다. 색소폰 연주자는 박자에 맞춰 고개를 끄덕이며 파트너들의 연주에 귀를 기울였다. 그러다가 쾌활하고 귀여운 멜로디로 그 리듬 속에 천천히 끼어들었다. 그런데 갑자기 겁에 질린 사람처럼 소리를 질러대기 시작하더니 순식간에 연주를 난장판으로 만들었다.

우리 옆자리에 앉은 그 남자는 마치 경찰관에게 길을 묻는 관광객 같았다. 나와 우연히 눈이 마주치자 일부러 나를 위해 당황한 표정을 지어 보였다. 내가 웃음을 터뜨리자 그도 마주 웃었다.

"저거 멜로디가 있는 곡인가요?" 그가 물었다.

나는 내 의자를 조금 가까이 옮겼다. 그의 말이 잘 들리지 않는다는 듯이. 그리고 웨이트리스보다 5도쯤 덜 가파르게 몸을 기울였다.

"뭐라고 하셨죠?"

"저거 멜로디가 있는 곡이냐고요."

"멜로디가 어디 담배라도 피우러 나간 모양이에요. 금방 돌아오겠죠. 하지만 말씀을 들어보니 여기에 음악을 들으러 오신 분은 아닌 것 같네요."

그가 겸연쩍은 미소를 지으며 물었다.

"그렇게 티가 나나요? 사실은 형을 만나러 왔어요. 형이 재즈 팬이거든요."

탁자 맞은편에서 이브의 속눈썹이 날듯이 움직이는 소리가 들리는 것 같았다. 캐시미어 외투를 입고 와서 신년 전야에 형과 데이트를 한다……. 여자가 이 이상 물어볼 필요가 있을까?

"기다리는 동안 저희랑 합석하실래요?" 이브가 물었다.

"아, 공연히 귀찮게 해드릴까 봐서요."

(이건 우리가 자주 듣는 말이 아니었다.)

"귀찮지 않아요." 이브가 책망하듯이 말했다.

우리가 그를 위해 우리 탁자에 자리를 만들어주자 그가 의자에 앉은 채 미끄러지듯 다가왔다.

"시어도어 그레이입니다."

이브가 외쳤다.

"시어도어! 심지어 루스벨트도 그냥 테디라고 불렸는데."

시어도어가 웃음을 터뜨렸다.

"친구들은 저를 팅커라고 부르죠."

그러면 그렇지. 앵글로색슨계 백인들은 자기 아이에게 평범한 직업 이름을 별명으로 지어주는 걸 아주 좋아한다. 팅커, 쿠퍼, 스미디*. 어쩌면 17세기에 뉴잉글랜드에서 맨주먹으로 일어섰던 조상에게 귀를 기울이기 위해서인지도 모른다. 그들은 힘든 일을 하면서 주님 앞에서 강인하고 겸손하고 덕이 높은 사람이 되었으니까. 아니면 처음부터 모든 것을 다 가질 운명으로 태어난 자신들을 예의 바르고 겸손하게 일컫기 위해 그런 별명을 지어주는 것일 수도 있다. 이브가 시험하듯 자신의 이름을 말했다.

"저는 이블린 로스예요. 그리고 얘는 케이티 콘텐트예요."

"케이티 콘텐트라고요! 와! 이름 그대로인가요?"**

"전혀 아니죠."

팅커가 상냥하게 웃으며 잔을 들어 올렸다.

"그럼 1938년에는 그렇게 되기를 바라며 건배."

팅커의 형은 끝내 나타나지 않았다. 우리한테는 좋은 일이었다. 11시경에 팅커가 웨이트리스를 불러서 샴페인을 한 병 주문했으니까.

---

* 각각 땜장이, 통 만드는 사람, 대장간을 뜻하는 말.
** 주인공의 이름은 Kontent이지만, '만족하다'는 뜻의 content와 발음이 같다.

"우린 샴페인 안 팔아요, 손님."

웨이트리스가 대답했다. 그가 우리 자리에 앉아 있기 때문에 아까보다 확실히 차가워진 목소리였다.

그래서 팅커는 우리와 함께 진을 한 잔 더 주문했다.

그날 밤 이브는 굉장했다. 고등학교 때 미식축구 경기에서 뽑히는 여왕이 되려고 경쟁한 두 친구의 이야기를 우리에게 해주었다. 아이들은 세계 최고의 부자가 되려고 경쟁하던 밴더빌트와 록펠러 같았다고 한다. 두 아이 중 한 명이 무도회날 밤에 상대의 집에 스컹크를 풀어놓자, 상대는 그녀가 꽃다운 열여섯 살이 되는 생일에 그녀의 집 앞 잔디밭에 거름을 잔뜩 뿌려놓는 것으로 응수했다. 피날레를 장식한 것은 일요일 오전에 세인트메리 교회 계단에서 각각 제 어머니들이 옆에 있는 가운데 두 아이가 벌인 머리끄덩이 잡아당기기 콘테스트였다. 오코너 신부는 현명치 못하게 둘 사이에 끼어들려고 했다가 나름대로 교훈을 얻었다.

팅커가 이 이야기를 듣고 어찌나 웃어댔던지, 한참 동안 웃어본 적이 없는 사람인가 하는 생각이 들 정도였다. 그 웃음 덕분에 그의 미소와 눈과 양뺨의 홍조 등 하느님이 주신 그의 모든 매력이 한층 더 밝게 빛났다. 그가 숨을 고르고 난 뒤 내게 물었다.

"당신은 어때요, 케이티? 어디 출신이에요?"

"케이티는 브루클린에서 자랐어요."

이브가 먼저 나서서 대답했다. 마치 경쟁자를 이기고 대답할 권리를 얻은 사람 같았다.

"그래요? 브루클린은 어땠어요?"

"글쎄요. 우리 동네에 미식축구 게임의 여왕 같은 게 있었는지 잘 모르겠어요."

"그런 게 있었다면 넌 그런 행사에 안 나갔을걸."

이브가 말했다. 그러고는 비밀 얘기라도 하듯이 팅커를 향해 몸을 기울였다.

"케이티는 엄청난 책벌레예요. 이렇게 섹시한 책벌레는 한 번도 본 적 없을걸요. 케이티가 지금까지 읽은 책을 전부 모아서 쌓아 올리면, 은하수까지 올라갈 수 있을 거예요."

"은하수라고요!"

"혹시 달까지는 가능할지도 몰라요." 나는 이브의 말을 인정했다.

이브가 팅커에게 담배를 권했지만 팅커는 거절했다. 하지만 이브가 담배를 입술에 대자마자 그는 벌써 라이터를 준비하고 있었다. 그의 이름 머리글자가 새겨진 순금 라이터였다.

이브가 고개를 뒤로 젖히고 입술을 오므리더니 천장을 향해 연기를 한 줄기 내뿜었다.

"이제 당신 얘기를 해보세요, 시어도어."

"글쎄요, 내가 읽은 책들을 전부 쌓으면 택시에 올라탈 수 있는 발판 정도는 될걸요."

"그런 것 말고요. 당신 얘기를 해보라고요." 이브가 말했다.

팅커는 구체적인 이야기는 빈칸으로 남겨둔 채 엘리트다운 경력을 읊는 것으로 대답을 대신했다. 매사추세츠 출신이고, 프로비던스에서 대학을 다녔으며, 월스트리트의 작은 회사에서 일하고 있다고. 다시 말해, 보스턴의 백베이에서 태어나 브라운 대학을 다녔으며, 자기 조부가 세운 은행에서 일하고 있다는 뜻이었다. 대개 이런 식으로 대답을 피하는 사람들은 솔직하게 이야기할 마음이 없는 것이 너무 뻔히 들여다보여서 짜증스러웠지만, 팅커는 아이비리그 대학의 그림자가 즐거운 분위기를 망칠까 봐 진심으로 걱정하는 것 같았다. 그는 지금 업타운에서 살고 있다는 말로 자기 얘기를 끝냈다.

"업타운 어디요?" 이브가 '순진하게' 물었다.

"센트럴파크 웨스트 211번지예요."

팅커가 살짝 난감한 표정으로 말했다. 센트럴파크 웨스트 211번지라니! 거기는 테라스가 달린 22층짜리 아파트, 베레스포드가 있는 곳이다.

탁자 밑에서 이브가 또 나를 발로 찼다. 그러면서도 화제를 바꾸는 센스를 발휘했다. 이브는 팅커에게 형에 대해 물었다. 어떤 사람인가요? 당신보다 키가 큰가요, 작은가요?

팅커의 형 헨리 그레이는 팅커보다 키가 작았고, 웨스트빌리지에 사는 화가였다. 이브가 형을 묘사하는 데 가장 적합한 단어가 뭐냐고 묻자 팅커는 잠시 생각하다가 '흔들림 없다'는 단어를 선택했다. 자기 형은 자신이 어떤 사람인지, 하고 싶은 일이 무엇인지 항상 알고 있다면서.

"좀 피곤할 것 같네요." 내가 말했다.

팅커는 웃음을 터뜨렸다.

"아무래도 좀 그렇죠?"

"그리고 좀 지루할 것 같다고 해야 하나?" 이브가 의견을 내놓았다.

"아뇨, 형은 절대로 지루하지 않아요."

"뭐, 그럼, 우리는 '흔들림이 있다'는 쪽을 고수하기로 하죠."

얼마쯤 지난 뒤 팅커가 잠시 실례하겠다며 일어섰다. 5분이 지나고, 10분이 지났다. 이브와 나는 점점 걱정이 되었다. 팅커는 우리에게 계산을 떠넘기고 가버릴 사람 같지 않았지만, 공중화장실에서 15분이나 머무르는 건 설사 여자라 해도 긴 시간이었다. 우리가 막 당황해서 겁에 질리기 시작할 무렵, 팅커가 다시 나타났다. 얼굴이 상기되어 있었다. 신년 전야의 차가운 공기가 그의 턱시도에서 풍겨 나왔다. 그는 샴페인 병의 목을 움켜쥐고 활짝 웃고 있었다. 학교를 빼먹고 물고기를 잡아 꼬리를 붙잡고 있는 학생 같았다.

"성공이에요!"

그가 양철 천장을 향해 펑하고 마개를 터뜨리자 술집 안의 모든 사람이 기를 죽이는 시선을 보냈지만, 베이스 연주자는 고개를 끄덕이며 우리를 향해 쿵쿵쿵! 연주를 해주었다. 콧수염 밑으로 이가 살짝 드러나 있었다.

팅커가 우리의 빈 잔에 샴페인을 따랐다.

"뭔가 새해의 소원 같은 걸 외쳐야 해요."

"우린 새해의 소원 같은 거 없어요, 선생님."

"더 좋은 생각이 있어요. 우리가 서로를 위해서 새해의 소원을 만들어주면 어때요?" 이브가 말했다.

"최고예요! 내가 먼저 할게요. 1938년에는 두 사람이……."

팅커가 말했다. 그는 우리를 위아래로 훑어보았다.

"수줍음을 덜 타는 사람이 되세요."

우리 둘 다 웃음을 터뜨렸다.

"됐어요. 이제 당신 차례예요." 팅커가 말했다.

이브가 주저 없이 나섰다.

"당신은 틀에 박힌 생활에서 벗어나세요."

이브는 눈썹을 치떴다가 눈을 가늘게 떴다. 마치 그에게 도전장을 던지는 것 같은 태도였다. 팅커는 순간적으로 당황한 표정이었다. 이브의 말이 정곡을 찌른 모양이었다. 팅커가 천천히 고개를 끄덕이더니 빙긋 웃었다.

"정말 훌륭한 소원이에요. 다른 사람을 위해 비는 훌륭한 소원."

자정이 다가오자 사람들의 환호성과 자동차 경적소리가 술집 안까지 들려와 우리는 그 흥겨운 분위기에 합류하기로 했다. 팅커가 빳빳한 새 지폐로 후하게 계산을 치렀다. 이브는 팅커의 목도리를 냉큼 채가더니 터번처럼 자기 머리에 둘렀다. 그러고 나서 우리는 휘청거리며 탁자들 사이를 지나 밤거리로 나갔다.

밖에는 여전히 눈이 내리고 있었다.

이브와 나는 팅커의 양편에서 그에게 팔짱을 끼었다. 그리고 추위를 막으려는 듯이 그의 어깨에 몸을 기대고 사람들이 흥청거리는 워싱턴 광장을 향해 웨이벌리 거리로 그를 이끌었다. 우리가 어떤 세련된 식당 앞을 지날 때 중년 부부 두 쌍이 식당에서 나와 기다리던 차에 올랐다.

그들의 차가 떠날 때 식당의 도어맨과 팅커의 눈이 마주쳤다.

"다시 한번 감사드립니다, 그레이 씨."

도어맨이 말했다. 팅커가 여기서 후한 팁을 지불하고 샴페인을 사온 모양이었다.

"내가 고맙죠, 폴." 팅커가 말했다.

"새해 복 많이 받으세요, 폴." 이브가 말했다.

"아가씨도 새해 복 많이 받으세요."

하얀 눈이 분가루처럼 내려앉은 워싱턴 광장은 그 어느 때보다 사랑스러운 모습이었다. 모든 나무와 출입문 위에 눈이 흩뿌려져 있었다. 한때는 멋진 모습이었지만 지금은 여름만 되면 비참한 모습으로 눈을 내리까는 사암 건물들은 지금 순간적으로 감상적인 추억에 잠겨 있었다.

25번지 건물 2층의 커튼이 젖혀지더니 이디스 워튼⁺의 유령이 수줍음과 부러움을 담고 밖을 내다보았다. 상냥하지만 성별을 알 수 없는 모습의 그녀는 길을 지나가는 우리 셋을 통찰력이 담긴 시선으로 지켜보았다. 자신이 그토록 예술적으로 그려냈던 사랑이 언제쯤 용기를 얻어 자기 집 문을 두드릴지 궁금해 하면서. 사랑이 하필이면 곤란한 시간에 찾아와 꼭 안으로 들여보내달라고 고집을 부리다, 집사를 살짝 밀치고 안으로 들어가 다급하게 그녀의 이름을 부르며 청교도적인 계단을 올라가는 날은 언제쯤일까?

그런 날은 결코 오지 않을 것이다.

공원 중심부가 가까워지자 분수대 근처에서 흥청망청 즐기고 있는 사람들의 모습이 눈에 들어오기 시작했다. 대학생들이 잔뜩 모여서 시세의 반값을 주고 데려온 래그타임⁺⁺ 밴드와 함께 새해를 축하하고 있었다. 남학생들은 모두 검은 넥타이와 연미복 차림이었지만, 1학년생 네 명만은 그리스어 문자가 새겨진 밤색 스웨터 차림으로 사람들 사이를 바삐 돌아다니며 잔을 채워주고 있었다. 천이 많이 부족한 옷을 입은 젊은 여자가 밴드를 지휘하는 시늉을 하고 있었지만, 밴드는 무관심한 건지 경험이 없는 건지 하여튼 같은 노

⁺ 1862~1937. 소설 『순수의 시대』로 퓰리처상을 수상한 최초의 여성 작가.
⁺⁺ 재즈의 시초격인 음악.

래만 계속 연주하고 있었다.

그때 갑자기 한 청년이 손을 흔들어 연주를 중단시키더니 키잡이들이 쓰는 확성기를 손에 들고 벤치 위로 뛰어 올라갔다. 귀족들을 위한 서커스단의 단장처럼 자신 있는 모습이었다. 그가 외쳤다.

"신사숙녀 여러분. 새해가 이제 코앞에 다가왔습니다."

그가 화려한 몸짓으로 자기네 무리 중 한 명에게 신호를 보내자 그보다 나이가 지긋한 남자가 회색 로브 차림으로 사람들에게 밀려 벤치 위 청년 옆에 섰다. 그는 연극학교에서 모세 분장을 할 때 쓰는, 솜으로 만든 턱수염을 달고 손에는 마분지 낫을 들고 있었다. 그리고 조금 휘청거리는 것처럼 보였다.

서커스단 단장 같은 청년이 두루마리를 펼치자 종이가 바닥까지 닿았다. 그는 1937년의 참담한 일들에 대해 턱수염 남자를 나무라기 시작했다. 불경기…… 힌덴부르크◆…… 링컨 터널◆◆! 청년은 확성기를 들어 올려 1938년을 불러냈다. 덤불 뒤편에서 과체중의 남학생회 회원이 기저귀 말고는 아무것도 몸에 걸치지 않은 모습으로 나타났다. 그는 벤치 위로 올라서더니 근육을 움찔움찔 움직이는 시늉을 해서 모인 사람들을 즐겁게 해주었다. 그와 동시에 나이 많은 남자가 귀에 걸려 있던 턱수염을 떼어내자 면도도 제대로 하지 않은 퀭한 얼굴이 나타났다. 대학생들이 돈이나 술을 미끼로 골목에서 꾀어낸 부랑자인 모양이었다. 학생들이 미끼로 내건 것이 무엇인지는 몰라도, 그것이 그 남자에게 영향을 미치고 있음은 확

◆ 1937년 5월 6일에 승객을 태우고 운항 중 불이 나면서 추락한 비행선. 이 사고로 36명이 사망했다.

◆◆ 허드슨 강을 통해 뉴저지와 맨해튼을 연결하는 수중터널. 1937년 12월에 개통되었다.

실했다. 그는 자경단원들의 손에 붙들린 떠돌이처럼 갑자기 주위를 두리번거렸다.

서커스단 단장 같은 청년이 판매원처럼 열성적인 몸짓으로 새해의 몸 여기저기를 가리키기 시작했다. 그러면서 지난해보다 훨씬 나아진 모습들, 그러니까 유연한 서스펜션, 유선형 차대, 패기 등을 자세히 설명했다.

"어서 가봐요." 이브가 웃음을 터뜨리며 앞으로 폴짝폴짝 뛰어갔다.

팅커는 그 놀이판에 끼어들 생각이 별로 없는 것 같았다.

내가 외투 주머니에서 담뱃갑을 꺼내자 그가 라이터를 꺼냈다.

그리고 한 걸음 다가서서 어깨로 바람을 막아주었다.

내가 가는 실 같은 연기를 내뱉을 때 팅커는 머리 위로 떨어지는 눈송이들을 올려다보았다. 천천히 떨어지는 눈송이들을 가로등 불빛이 후광처럼 둘러싸고 있었다. 팅커는 다시 소란스레 놀고 있는 사람들에게 시선을 돌려 거의 슬퍼 보이는 시선으로 사람들을 훑어보았다.

"당신이 어느 편을 더 아쉬워하는 건지 잘 모르겠네요. 가는 해인가요, 오는 해인가요?"

내가 말했다. 팅커는 절제된 미소를 지었다.

"꼭 그 둘 중에서 골라야 합니까?"

군중의 가장자리에서 놀이를 즐기고 있던 사람 한 명의 등에 갑자기 눈덩이가 명중했다. 그와 남학생회 동료 두 명이 고개를 돌리자, 다른 한 명의 주름 셔츠에 또 눈덩이가 명중했다.

뒤를 돌아보니 기껏해야 열 살쯤 되어 보이는 사내아이가 공원 벤치 뒤에 안전하게 숨어서 공격을 감행하고 있었다. 옷을 네 겹이나 껴입어서 반에서 가장 뚱뚱한 아이처럼 보였다. 아이의 양편에는 눈덩이들이 피라미드 모양으로 아이의 허리 높이까지 쌓여 있었다. 아이는 저 탄약을 마련하느라 하루를 꼬박 쏟았을 것이다. 폴 리비어*에게서 영국군이 다가오고 있다는 소식을 직접 들은 사람처럼.

눈덩이를 맞은 세 대학생은 어이없는 표정으로 입을 헤벌린 채 아이를 빤히 바라보았다. 아이는 청년들이 잠시 멍해 있는 틈을 이용해서 눈덩이 세 개를 속사포처럼 연달아 쏘아 보냈다.

"저 자식 잡아."

대학생 중 한 명이 말했다. 결코 농담 같지 않은 기세였다.

세 대학생은 자갈로 포장된 바닥에서 눈을 긁어 뭉쳐서 응사하기 시작했다.

나는 느긋이 쇼를 즐길 생각을 하며 담배를 한 개비 더 꺼냈지만, 다소 놀라운 일이 벌어지는 바람에 다른 쪽으로 시선을 돌릴 수밖에 없었다. 벤치 위에서 주정뱅이 부랑자 옆에 서 있던, 기저귀 차림의 새해가 흠잡을 데 없는 가성으로 〈올드랭사인Auld Lang Syne〉을 부르기 시작한 것이다. 순수하고 진심이 담긴 목소리, 호수의 물 위를 떠도는 오보에의 탄식처럼 몽환적인 그의 목소리가 밤 풍경에 으스스한 아름다움을 더해주었다. 원래는 이런 경우 모두들 〈올드랭사인〉을 따라 불러야 마땅하지만, 그의 노래가 워낙 이 세상의 것 같지 않아서 아무도 감히 입을 열지 못했다.

✦ 미국 독립전쟁이 발발한 날 사방을 뛰어다니며 영국군의 침공 소식을 전한 인물.

그가 조심스럽게 점차 잦아드는 목소리로 노래 마지막 소절을 끝 마치자, 잠시 침묵이 흐르다가 환호가 터져 나왔다. 서커스단 단장 은 훌륭한 노래였다고 인정해주듯이 가수의 어깨에 한 손을 얹었 다. 그러고는 자신의 시계를 꺼내 들고 손을 쳐들어 사람들을 조용 히 시켰다.

"좋습니다, 여러분. 좋아요. 이제 조용히 해주세요. 준비됐습니 까……? 10! 9! 8!"

군중의 한가운데에서 이브가 우리를 향해 열심히 손을 흔들었다.

나는 팅커의 팔짱을 끼려고 몸을 돌렸지만…… 그는 사라지고 없 었다.

내 왼편에 뻗어 있는 공원 보행로에는 아무도 없었다. 그리고 오 른편에서는 땅딸막한 그림자가 혼자서 가로등 밑을 지나갔다. 그래 서 나는 다시 웨이벌리를 향해 시선을 돌렸다. 그리고 그때 그가 눈 에 들어왔다.

그는 벤치 뒤에서 소년과 나란히 몸을 웅크리고 남학생회 청년들 의 공격을 막아내고 있었다. 뜻하지 않은 원군의 도움을 받은 소년 은 조금 전보다 더욱 더 단호한 표정이었다. 그리고 팅커는, 북극에 설치된 모든 램프에 환하게 불을 밝힐 수도 있을 것 같은 미소를 짓 고 있었다.

◆ ◆ ◆

이브와 내가 집으로 돌아온 것은 거의 2시가 다 되어서였다. 보 통 하숙집 문은 자정에 잠기지만, 신년 연휴라서 귀가 제한시간이 해제되어 있었다. 하지만 이런 자유를 최대한 즐기는 여자들은 거의 없었다. 하숙집의 텅 빈 거실은 우울한 분위기였다. 순결한 처녀 같은 색종이 장식들이 여기저기 흩어져 있고, 보조탁자란 탁자에는 모두 마시다 만 사과술 잔들이 놓여 있었다. 이브와 나는 서로 만족스러운 시선을 교환한 뒤 우리 방으로 올라갔다.

우리는 둘 다 침묵을 지키며 오늘 밤의 행운을 음미했다. 이브는 머리 위로 원피스를 벗고 화장실로 들어갔다. 우리 둘이서 한 침대를 함께 사용하고 있었는데, 이브는 호텔 침대처럼 이불을 살짝 젖혀놓는 버릇이 있었다. 나는 항상 이상한 짓을 한다고 생각했지만, 오늘만은 이브를 위해 이 불필요한 준비를 해주었다. 그리고 나서 내 속옷 서랍에서 담배 상자를 꺼냈다. 어렸을 때부터 배운 대로, 잠자리에 들기 전에 쓰고 남은 5센트 동전을 상자에 모아두기 위해서였다.

하지만 동전 지갑을 꺼내려고 외투 주머니에 손을 넣었을 때, 뭔가 무겁고 매끈한 것이 만져졌다. 조금 어리둥절해진 내가 물건을 꺼내 보니 팅커의 라이터였다. 그제야 내가 두 번째 담배에 불을 붙이려고 그의 손에서 라이터를 빼앗았던 기억이 났다. 조금은 이브 같은 짓이었다. 그때는 마침 새해가 노래를 부르기 시작한 순간이었다.

나는 아버지가 쓰시던, 보리 빛깔의 갈색 안락의자에 앉았다. 이건 내가 가진 유일한 가구였다. 나는 라이터 뚜껑을 열어서 부싯돌을 돌려보았다. 불꽃이 확 피어올라서 흔들거리며 석유 냄새를 풍겼다. 나는 다시 뚜껑을 확 닫았다.

라이터의 무게감이 기분 좋게 느껴졌다. 팅커가 신사답게 수없이 담뱃불을 붙여주며 만진 덕분에 닳아서 부드럽게 반짝이는 느낌도 좋았다. 티파니의 활자체로 새겨져 있는 팅커의 이름 머리글자는 어찌나 섬세한지 엄지손톱으로 단 한 번의 실수도 없이 글자의 선을 더듬을 수 있을 정도였다. 하지만 라이터에 새겨져 있는 것은 팅커의 이름만이 아니었다. 그의 이름 머리글자 밑에 싸구려 보석상처럼 서투른 솜씨로 일종의 꼬리말 같은 것이 새겨져 있었다.

TGR
1910~?

2장

•

해, 달 그리고 별

다음 날 아침, 우리는 베레스포드의 도어맨에게 편지를 맡겼다. 팅커 앞으로 된 그 편지에는 우리 이름이 밝혀져 있지 않았다.

라이터를 무사히 구출하고 싶다면, 6시 42분에 34번가와 3번 애버뉴 모퉁이로 올 것. 반드시 혼자 와야 함.

나는 그가 나타날 가능성을 50퍼센트로 보았다. 이브는 110퍼센트로 잡았다. 그가 택시에서 내렸을 때, 우리는 트렌치코트를 입고 고가철도의 그림자 속에서 기다리고 있었다. 그는 데님 셔츠와 양털 외투 차림이었다.

"손들어, 파트너." 내가 말하자 그가 손을 들었다.

"지금도 틀에 박힌 생활을 하고 있나?"

이브가 대답을 재촉했다.

"음, 평소와 같은 시간에 일어나서 평소처럼 스쿼시를 친 다음에 평소처럼 점심을 먹고……."

"대부분의 사람들은 1월 둘째 주까지는 그래도 즐기는 편인데."

"내가 출발이 느린 사람인지도……?"

"아님 전문가의 도움이 필요한 사람일 수도 있지."

"아, 그건 분명한 사실이죠."

우리는 군청색 손수건으로 그의 눈을 가리고, 그를 서쪽으로 이끌었다. 운동을 많이 한 덕분인지 그는 갑자기 눈이 먼 사람처럼 양손을 앞으로 내미는 짓은 하지 않았다. 그는 우리의 지시를 얌전히 따랐고, 우리는 그를 이끌고 사람들 사이를 헤치며 걸었다.

다시 눈이 내리기 시작했다. 커다란 눈송이들이 천천히 한들한들 바닥으로 떨어지다가 가끔 머리카락에 내려앉곤 했다.

"눈이 내리는 건가요?" 그가 물었다.

"넌 질문할 수 없어."

우리는 파크 애버뉴, 매디슨 애버뉴, 5번 애버뉴를 가로질렀다. 우리의 뉴욕 시민들은 잘 연마된 무관심을 내보이며 우리를 스치고 지나갔다. 6번 애버뉴를 건너자 34번가에 우뚝 솟아서 반짝이는 캐피톨 극장의 6미터 높이 차양이 보였다. 대양을 오가는 여객선의 뱃머리가 건물 전면과 충돌해서 안으로 뚫고 들어간 것처럼 보였다. 일찍부터 영화를 보고 나온 사람들이 추위 속으로 스며들었다. 유쾌하고 편안한 표정의 사람들은 새해의 첫날 밤에 전형적으로 볼 수 있는, 몸은 피곤하지만 기분은 만족스러운 느낌을 풍기고 있었다. 팅커도 사람들의 목소리를 들었다.

"어디로 가는 겁니까, 아가씨들?"

"조용히 해."

우리는 골목길로 접어들면서 그에게 주의를 주었다.

커다란 회색 쥐들이 눈을 피하려고 담배 깡통들 사이를 후다닥 기어 다녔다. 머리 위에서는 비상계단이 거미처럼 건물 벽을 타고 기어올랐다. 빛이라고는 극장의 비상구 위에 걸린 작은 빨간색 불빛밖에 없었다.

우리는 그 앞을 지나쳐서 쓰레기통 뒤에 자리를 잡았다.

나는 손가락을 내 입술에 댄 채로 팅커의 눈을 가린 손수건을 풀어주었다.

이브가 블라우스 안에서 낡은 검은색 브래지어를 꺼냈다. 그러고는 밝게 웃으며 윙크를 했다. 이브는 비상시에 아래로 잡아당길 수 있는 비상계단 끝 부분이 허공에 떠 있는 곳까지 골목길을 살금살금 걸어갔다. 그리고 발가락 끝으로 브래지어 끝을 잡아 계단 맨 아래 칸에 걸어놓았다.

이브가 돌아온 뒤 우리는 기다렸다.

6:50.

7:00.

7:10.

비상구가 끼익하는 소리를 내며 열렸다.

빨간색 제복을 입은 중년 안내인이 밖으로 나왔다. 벌써 천 번은 본 오늘의 상영작을 피해 한숨 돌리려는 모양이었다. 눈 속에 서 있는 그의 모습은 〈호두까기 인형〉에서 모자를 잃어버린 나무 병정 같았다. 그는 천천히 문을 닫으며 틈새에 프로그램을 끼워 문이 완전히 닫히지 않게 했다. 비상계단을 통과해 내려온 눈송이가 그의 가짜 견장 위에 내려앉았다. 그는 문에 등을 기대고 귀 뒤에 꽂아둔 담배를 꺼내 불을 붙이고는, 살찐 철학자처럼 빙긋 웃으며 연기를 내뱉었다.

그는 담배를 세 번 빤 뒤에야 비로소 브래지어를 발견했다. 그는 안전한 거리에서 그것을 잠시 유심히 살피더니 골목길 담에 담배를 가볍게 털어서 껐다. 그리고 그쪽으로 건너가서 마치 상표를 읽으려는 듯이 고개를 갸우뚱하게 기울였다. 그는 좌우를 살피고는 계단에서 조심스레 브래지어를 벗겨 내 자기 양손 위에 걸치듯이 들었다. 그리고 거기에 얼굴을 묻었다.

우리는 비상구 안으로 들어가면서, 안내인이 끼워둔 프로그램이 확실히 문 안으로 들어가게 했다.

사람들이 으레 그러듯이 우리도 허리를 숙이고 스크린 아래를 지나갔다. 우리가 반대편 통로로 향하는 동안 우리 뒤 스크린에서는 뉴스 화면이 깜박거리며 흐르고 있었다. 루스벨트와 히틀러가 긴 검은색 컨버터블에서 손을 흔드는 모습이 번갈아가며 나왔다. 우리는 로비로 나가서 계단을 올라가 발코니석 문을 통해 안으로 다시 들어왔다. 그리고 어둠 속에서 객석의 가장 높은 줄로 향했다.

팅커와 내가 키득거리기 시작했다.

"쉬이이." 이브가 말했다.

발코니석으로 들어올 때 팅커가 문을 잡아주자 이브가 먼저 앞으로 돌진했었다. 그래서 결국은 이브가 가장 안쪽 자리에, 내가 중간에, 팅커가 통로 쪽 자리에 앉게 되었다. 나와 눈이 마주치자 이브는 기분이 나쁘다는 듯이 억지웃음을 웃었다. 마치 내가 처음부터 이렇게 앉으려고 계획했다고 생각하는 것 같았다.

"이런 짓을 자주 해요?" 팅커가 속삭이듯 물었다.

"기회가 생길 때마다요." 이브가 말했다.

"쉬!"

이 말을 한 낯선 사람의 목소리에 힘이 잔뜩 들어가 있었다. 그 순간 화면이 검게 변했다.

극장 여기저기서 라이터 불빛들이 개똥벌레처럼 깜박였다. 이내 스크린에 다시 불이 들어오더니 영화가 시작되었다.

〈경마장의 하루〉였다. 막스 형제의 영화가 으레 그렇듯이, 완고하고 세련된 사람들이 일찌감치 등장해서 일종의 예의 바른 분위기를 확립했고, 관객들은 정중하게 거기에 따랐다. 하지만 그루초 막스가 등장하자 관객들은 의자에서 허리를 곧추세우고 박수갈채를 보냈다. 마치 그가 너무 일찍 은퇴를 선언했다가 무대로 돌아온 거물급 셰익스피어 배우라도 되는 것 같았다.

영화가 상영되는 동안 나는 대추 젤리 한 상자를 꺼냈고, 이브는 라이 위스키 1파인트를 꺼냈다. 하지만 팅커에게 젤리와 술을 건넬 차례가 됐을 때, 우리는 상자를 흔들어 그의 주의를 끌어야 했다.

술병이 우리들 사이를 한 바퀴 돌고, 또 한 바퀴 돌았다. 병이 비자 팅커가 자신의 공물을 꺼냈다. 가죽 케이스에 들어 있는 은제 술병이었다. 그것이 내 손에 들어왔을 때, 가죽에 TGR이라는 글자가 새겨져 있는 것이 느껴졌다.

우리 셋은 점점 취해서 지금껏 이렇게 재미있는 영화는 본 적이 없다는 듯이 웃어대기 시작했다. 그루초가 노부인을 검진하는 장면에서는 팅커가 눈에 맺힌 눈물을 닦아낼 정도였다.

얼마쯤 시간이 흐르자 나는 도저히 화장실을 더 이상 참을 수 없게 되었다. 그래서 팔꿈치로 신호를 줘가며 통로로 나가서 여자 화장실을 향해 계단을 펄쩍펄쩍 뛰어 내려갔다. 나는 변기에 앉지 않은 채 소변을 보고는, 문을 지키는 아주머니에게 팁을 주지 않았다. 자리에 돌아와보니 겨우 한 장면 정도가 지나갔을 뿐이었다. 그런데 팅커가 가운데 자리에 앉아 있었다. 어째서 그렇게 되었는지는 어렵지 않게 짐작할 수 있었다.

나는 그가 앉았던 자리에 털썩 주저앉았다. 조심하지 않으면 나도 집 앞 잔디밭에 거름이 잔뜩 뿌려져 있었다는 그 여자애처럼 지독한 꼴을 당할 것 같다는 생각이 들었다.

하지만 젊은 여자들이 사소한 보복의 기술에 숙련되어 있다 해도, 이 우주 또한 나름의 앙갚음 방법을 알고 있다. 그래서 이브가 팅커의 귓가에서 키득거리며 웃어대는 동안 나는 그의 양털 외투에 감싸여 있었다. 실제 양가죽처럼 양털이 두툼하게 달린 그 외투에는 아직 그의 체온이 남아 있어 따뜻했다. 위로 올린 옷깃에 눈이 내려 녹은 탓인지 젖은 양털의 사향 냄새에 면도용 비누 냄새가 희미하게 섞여 있었다.

팅커가 이 외투를 입은 모습을 처음 보았을 때, 나는 그가 일부러 그런 모습으로 자신을 꾸몄다고 생각했다. 뉴잉글랜드에서 나고 자란 주제에 존 포드 감독의 영화 주인공처럼 옷을 차려입은 사람 같았다. 하지만 녹은 눈 때문에 젖은 양털 냄새가 이 옷의 분위기를 더 진짜처럼 만들어주었다. 팅커가 어딘가에서 말에 올라타 있는 모습이 갑자기 머릿속에 떠올랐다. 높은 하늘 아래서 숲의 가장자리에 서 있는 모습……. 어쩌면 대학 시절 룸메이트의 농장일 수도……. 거기서 두 사람은 나보다 훨씬 더 좋은 환경에서 자란 개들을 데리고 골동품 라이플로 사슴을 사냥했겠지.

영화가 끝나자 우리는 견실한 시민들 틈에 끼어서 앞문으로 나갔다. 이브는 영화 속의 대규모 무용 장면에 나온 흑인들의 린디 홉[+]을 흉내 내기 시작했다. 나는 이브의 손을 잡고 완벽히 똑같은 동작으로 함께 춤을 추었다. 팅커는 확실히 감탄한 표정이었다. 그래서는 안 되는 일이었는데. 춤의 스텝을 배우는 것은 미국에서 하숙집에 사는 모든 여자들이 한심한 토요일 밤에 하는 일이었다. 우리가 팅커의 손을 잡자 그도 몇 번 스텝을 밟는 시늉을 했다. 그러다가 이내 이브가 춤을 그만두고 거리로 뛰어나가 택시를 불렀다. 우리는 이브를 따라 택시에 올랐다.

"어디로?" 팅커가 물었다. 이브는 잠시의 틈도 주지 않고 곧바로 에섹스와 들랜시라고 말했다.

그렇지. 이브는 우리를 체르노프로 데려갈 생각이었다.

택시기사가 이브의 말을 들었는데도 팅커가 다시 거리 이름을 불러주었다.

"에섹스와 들랜시로 갑시다, 기사 양반." 기사가 기어를 넣자 브로드웨이 거리가 차창 밖에서 미끄러지듯 흘러가기 시작했다. 크리스마스트리에 걸어둔 꼬마전구들을 줄줄이 잡아당기는 것 같았다.

◆ 스윙댄스의 일종.

체르노프는 예전에 밀주를 팔던 곳이었다. 이곳의 주인인 우크라이나 출신의 유대인은 러시아 로마노프 왕조의 인물들이 눈밭에서 총에 맞아 쓰러지기 직전에 미국으로 이주한 사람이었다. 체르노프는 어떤 코셔◆ 식당의 주방 아래에 위치하고 있었으며, 러시아 갱들에게 인기 있는 장소인데도 러시아의 정치적 이주자들 또한 여기서 모임을 하곤 했다. 언제든 밤에 이곳에 와보면, 정치적으로 반대편에 서 있는 두 무리의 사람들이 그다지 넓지 않은 무도장의 양편에 진을 치고 있는 것을 볼 수 있었다. 왼편에서는 염소수염을 기른 트로츠키주의자들이 자본주의를 타도할 계획을 짜고 있었고, 오른편에서는 구레나룻을 기른 차르 지지자들이 예르미타시의 꿈속에서 살고 있었다. 서로 싸움을 벌이고 있는 세상의 모든 부족이 그렇듯이, 이 두 무리의 사람들도 뉴욕까지 진출해서 나란히 자리를 잡았다. 그들은 같은 동네에 살면서 좁은 카페에 드나들었다. 같은 카페 안에서는 서로를 감시할 수 있기 때문이었다. 이렇게 가까이 붙어 살다 보니 세월이 흐르면서 결의는 점점 희미해지고, 감상적인 기분은 점점 강해졌다.

우리는 택시에서 내려 에섹스까지 걸어갔다. 불이 환하게 켜진 코셔 식당의 창문이 우리 옆을 지나갔다. 우리는 주방 문으로 이어진 골목길로 접어들었다.

"또 골목이군요." 팅커가 용감하게 말했다.

우리는 쓰레기통 옆을 지나갔다.

◆ 유대교의 율법에 맞게 준비한 음식.

"또 쓰레기통이야!"

골목 끝에서 턱수염을 기르고 검은 옷을 입은 유대인 두 명이 현대 문명에 대해 깊은 생각에 잠겨 있었다. 그들은 우리를 무시했다. 이브가 주방으로 통하는 문을 열었고, 우리는 뿌연 김 속 커다란 싱크대 앞에 서서 힘들게 일하고 있는 중국 남자 두 명을 지나쳤다. 그 사람들도 우리를 무시했다. 겨울 양배추를 삶는 냄비들 바로 옆에 지하실로 내려가는 좁은 계단이 있고, 지하실에는 사람이 걸어서 들어갈 수 있는 냉동고가 있었다. 무거운 떡갈나무 문에 달린 놋쇠 빗장은 사람들이 어찌나 자주 잡아당겼는지 금빛으로 부드럽게 반짝였다. 성당 문에 찍힌 성자의 발자국 같았다. 이브가 빗장을 잡아당기자 우리는 톱밥과 얼음 덩어리들이 있는 냉동고 안으로 들어갔다. 그리고 냉동고 뒤편에 있는 가짜 문을 열자 상판이 구리로 된 바와 빨간 가죽으로 된 긴 붙박이 의자가 있는 나이트클럽이 드러났다.

운이 좋았는지 마침 자리를 뜨는 사람들이 있어서 우리는 차르 지지자들이 차지하고 있는 쪽의 작은 칸막이 좌석으로 잽싸게 들어갔다. 체르노프의 웨이터들은 무엇을 주문하시겠느냐고 묻는 법이 없었다. 그저 피로시키*와 청어와 혓바닥 요리가 담긴 접시들을 쾅쾅 내려놓을 뿐이었다. 웨이터들이 탁자 한가운데에 작은 유리잔과 보드카를 채운 낡은 포도주병을 놓았다. 수정헌법 21조로 금주법이 폐지되었는데도, 이 보드카는 여전히 욕조에서 몰래 만들어지고 있었다. 팅커가 잔 세 개에 술을 따랐다.

◆ 러시아식 파이의 일종.

"틀림없이 조만간 내가 예수님을 찾게 될 것 같아요."

이브가 술을 단숨에 들이켜면서 말했다. 그러고는 화장실에 다녀오겠다고 양해를 구했다.

무대에서는 코사크인이 혼자 서서 발랄라이카로 능숙하게 반주하며 노래를 부르고 있었다. 전쟁에 나갔던 말이 기수 없이 혼자 돌아왔다는 내용의 오래된 노래였다. 말은 병사의 고향 마을이 가까워지자 참피나무 냄새, 데이지 덤불, 대장장이의 망치 소리를 알아차린다. 가사의 영어 번역이 형편없었지만, 코사크인은 타향살이를 하는 사람만이 잡아낼 수 있는 감정을 담아 노래를 불렀다. 심지어 팅커조차도 갑자기 향수에 사로잡힌 표정이 되었다. 마치 그 노래 속의 마을을 그도 어쩔 수 없이 등지고 떠나오기라도 한 것처럼.

노래가 끝나자 사람들은 마음에서 우러나오는 박수를 보냈다. 하지만 과장된 분위기는 아니었다. 허세를 부리지 않는 훌륭한 연설에 보내는 박수갈채와 비슷했다. 코사크인은 한 번 허리를 숙여 인사하고 무대에서 물러났다.

팅커는 분위기를 음미하듯이 술집 안을 둘러본 뒤 자기 형이 이곳을 정말 좋아할 것 같다며 다 같이 한번 오자고 말했다.

"우리가 형님하고 잘 어울릴 수 있을 것 같아요?"

"특히 당신이 형님하고 잘 맞을 것 같아요. 틀림없이 정말로 죽이 맞을걸요."

팅커는 빈 잔을 손으로 빙글빙글 돌리며 침묵에 잠겼다. 그가 형을 생각하고 있는 건지, 아니면 여전히 코사크인의 노래에 취해 있는 건지 알 수 없었다.

"당신은 형제가 없죠?" 그가 잔을 내려놓으며 말했다.

나는 갑작스러운 말에 당황했다.

"왜요? 내가 응석받이처럼 보여요?"

"아뇨! 정반대죠. 그냥 혼자 있어도 편안해 보이는 것 같아서요."

"당신은 안 그래요?"

"옛날에는 나도 그랬던 것 같아요. 하지만 그런 습관이 없어졌다고나 할까. 요즘은 아무 할 일도 없이 아파트에 혼자 있을 때, 지금이 근처에 누가 있는지 나도 모르게 생각하게 돼요."

"나는 닭장 같은 곳에 살고 있기 때문에 당신과는 정반대예요. 혼자 있으려면 밖으로 나가야 돼요."

팅커는 빙긋 웃으며 내 잔을 채워주었다. 잠시 우리 둘 다 말이 없었다.

"그럼 어디로 가요?" 그가 물었다.

"어디로 가다니요?"

"혼자 있고 싶을 때요."

무대 한편에 작은 관현밴드가 모여들고 있었다. 단원들은 각자자기 자리에 앉아 악기들을 조율했다. 이브는 뒤쪽 복도에서 나와탁자들 사이로 걸어오고 있었다.

"이브가 오네요."

나는 이렇게 말하면서, 이브가 우리 둘 사이에 앉을 수 있게 자리에서 일어섰다.

체르노프의 음식은 차가웠고, 보드카는 약 같았으며, 서비스는무뚝뚝했다. 하지만 음식이나 보드카나 서비스 때문에 체르노프를찾는 사람은 하나도 없었다. 다들 쇼를 보러 왔다.

10시 직전에 관현밴드가 러시아 분위기가 물씬 풍기는 서주를 시작했다. 연기 속에서 쏟아진 스포트라이트에 무대 위에 선 중년 커플의 모습이 드러났다. 여자는 농촌 아가씨의 의상을 입었고, 남자는 신병의 군복 차림이었다. 신병이 농촌 아가씨에게 시선을 돌리며 아카펠라로 노래를 불렀다. 여자에게 자기를 기억해달라고 말하는 내용이었다. 부드러운 키스와 밤에 들려오던 발소리, 여자의 할아버지가 운영하는 과수원에서 그가 훔쳐다 준 가을 사과로 자신을 기억해달라고. 신병은 농촌 아가씨보다 더 붉게 뺨을 분장한 모습이었고, 단추 하나가 없는 그의 상의는 몸에 비해 한 치수 작아 보였다.

싫어요. 농촌 아가씨가 대답했다. 난 그런 걸로 당신을 기억하지 않을 거예요.

신병은 절망에 빠져 무릎을 꿇었고, 농촌 아가씨는 그의 머리를 자신의 배로 끌어당겨 안았다. 그의 뺨에 바른 빨간 루주가 여자의 블라우스에 묻었다. 싫어요. 여자가 노래했다. 나는 그런 것들이 아니라 당신이 지금 내 배에 대고 듣고 있는 이 심장박동으로 당신을 기억할 거예요.

역할에 어울리지 않는 배우들의 모습과 아마추어처럼 서투른 분장을 생각하면 거의 웃음이 나올 것 같은 공연이었다. 맨 앞줄에서 다 큰 남자들이 울고 있지만 않았다면.

두 배우는 공연을 끝낸 뒤 떠들썩한 박수갈채에 세 번 허리를 숙여 인사했다. 그러고는 노출이 심한 옷과 검은 담비 털 모자를 쓴 젊은 무용수들에게 무대를 양보했다. 그들은 콜 포터*에게 바치는 공연을 시작했다. 〈무엇이든 상관없어Anything Goes〉로 시작해서 〈즐겁고 맛있어. 여기는 들랜시〈It's Delightful, It's Delicious, It's Delancey〉를 포함한 히트곡들을 재편곡한 노래가 두어 곡 이어졌다.

갑자기 음악이 멈추고 무용수들도 얼어붙었다. 조명도 꺼졌다. 관객들은 숨을 죽였다.

스포트라이트가 다시 들어오자 발을 차올리는 동작을 할 때처럼 일렬로 늘어선 무용수들과 무대 중앙에 선 두 중년 배우의 모습이 드러났다. 남자 배우는 실크해트를 썼고, 여자 배우는 반짝이를 붙인 드레스 차림이었다. 남자가 지팡이로 밴드를 가리켰다.

"쉬~작해!"

밴드가 〈당신은 나를 흥분쉬~켜요I Gyet a Keek Out of You〉로 피날레를 장식했다.

내가 처음 체르노프로 끌고 왔을 때 이브는 이곳을 싫어했다. 이브는 들랜시 거리도, 골목에 나 있는 입구도, 싱크대의 중국 남자들도 좋아하지 않았다. 이곳의 손님들도 싫어했다. 얼굴이 온통 털투성이고 정치 이야기만 한다면서. 이브는 심지어 이곳의 쇼도 싫어했다. 하지만 세상에, 점점 이브의 생각이 바뀌었다. 이브는 눈물 나는 이야기와 화려함이 한데 섞여 있는 이곳의 공연을 좋아하게 되었다. 앞에 나서서 절절하게 공연을 이끄는 한물간 배우들도, 유명해질 거라는 희망을 품고 환하게 웃는 코러스 아가씨들도 좋아했다. 이브는 감상적인 혁명가들과 반혁명주의자들이 나란히 앉아 눈물을 흘리는 것도 좋아했다. 심지어 이곳에서 공연되는 노래를 몇 곡 외워서 술에 취하면 따라 부르기까지 했다. 체르노프에서 보내

✦ 미국의 작곡가.

는 저녁 시간이 이브에게는 아버지가 보내준 돈을 인디애나로 돌려보내는 것과 조금 비슷한 느낌으로 변한 것 같았다.

이브가 뉴욕의 낯선 모습을 언뜻 보여주어서 팅커에게 깊은 인상을 남기고 싶었던 거라면, 확실히 효과가 있었다. 뿌리 없는 향수를 노래하던 코사크인의 모습이 사라지고 콜 포터의 즐겁고 서정적이고 재치 있는 노래들과 더불어 긴 다리와 짧은 치마의 무용수들이 아직 검증할 수 없는 꿈을 이야기할 즈음, 팅커는 공연 첫날 입장권도 없이 입장을 허락받은 아이 같은 표정이었다.

이제 그만 돌아가기로 결정한 뒤 이브와 내가 돈을 치렀다. 당연히 팅커가 반발했지만 우리는 고집을 부렸다. 그가 지갑을 집어넣으면서 말했다.

"좋아요. 하지만 금요일 밤에는 내가 사는 겁니다."

"좋아요. 그날은 어떤 옷을 입어야 하죠?"

이브가 말했다.

"뭐든 좋을 대로."

"좋은 옷, 더 좋은 옷, 제일 좋은 옷?"

팅커가 빙긋 웃었다.

"제일 좋은 옷으로 해볼까요?"

팅커와 이브가 자리에 앉아 웨이터들이 외투를 가져오기를 기다리는 동안 나는 화장실에 다녀오겠다고 양해를 구했다. 화장실은 화려하게 치장한 갱의 여자친구들로 북적였다. 세면대 앞에 세 줄로 늘어선 그들은 코러스 아가씨들처럼 가짜 모피를 입고 짙은 화장을 한 모습이었다. 그들이 할리우드까지 진출할 가능성 역시 코러스 아가씨들과 같았다.

돌아오는 길에 나는 이곳의 주인장인 체르노프와 우연히 마주쳤다. 그는 복도 끝에 서서 사람들을 지켜보고 있었다. 그가 러시아어로 말했다.

"안녕하신가, 신데렐라. 오늘 아주 끝내주는데."

"여기 조명이 안 좋아서 그래요."

"난 눈이 좋다고."

그는 고갯짓으로 우리 자리를 가리켰다. 이브가 팅커에게 술을 한 잔 더 하자고 설득하는 데 거의 성공하려는 참인 것 같았다.

"저 젊은이는 누구야? 자네 친구인가, 아니면 친구의 친구인가?"

"둘 다라고 해두죠."

체르노프가 빙긋 웃었다. 금니가 두 개 보였다.

"그런 건 오래 못 가, 날씬이."

"그건 아저씨 말이죠."

"아냐, 해도, 달도, 별도 하는 말이야."

3장

·

날쌘 갈색 여우

미스 마크햄의 문 위쪽 마호가니 패널에는 스물여섯 개의 붉은 등이 있었다. 알파벳 한 글자에 하나씩 할당된 불빛들이었다. 즉 퀴긴&헤일 비서부에 있는 여자 한 명당 글자 하나와 불빛 하나가 배당되어 있다는 얘기였다. 나는 Q였다.

우리들 스물여섯 명은 다섯 명씩 다섯 줄로 앉아 있었다. 수석비서인 패멀라 페터스(일명 G)는 재미없는 퍼레이드에서 드럼을 치는 고적대장처럼 맨 앞에 혼자 앉아 있었다. 미스 마크햄의 지휘하에 우리들 스물여섯 명은 이 회사에서 발송되는 모든 편지를 쓰고, 계약서류를 준비하고, 같은 서류를 두 통씩 작성하고, 상사의 구술을 받아 적었다. 미스 마크햄은 이 회사의 파트너들 중 한 명에게서 요청을 받으면, 스케줄(그녀는 셰드-주-울이라고 발음했다)을 살펴본 뒤 그 임무에 가장 잘 맞는 아가씨를 골라서 거기에 해당하는 단추를 눌렀다.

외부사람의 눈에는, 파트너가 어떤 아가씨와 마음이 잘 맞는 경우 자신의 프로젝트에 그녀를 끼워 넣어서 구매서류를 세 통씩 작성하는 일이든 이혼소송을 위해 아내의 무분별한 행위 목록을 작성하는 일이든 일을 맡기는 것이 현명하게 보일지도 모른다. 하지만 미스 마크햄에게는 그런 일이 현명하게 보이지 않는 모양이었다. 그녀의 관점에서 보면, 각각의 임무에 최적의 솜씨를 지닌 사람을 배치하는 것이 필수적이었다. 이곳의 아가씨들은 모두 유능한 비서이지만, 개중에는 속기에 뛰어난 사람이 있는가 하면 쉼표의 오용을 단 한 번의 실수도 없이 잡아내는 사람도 있었다. 적대적인 고객의 마음을 목소리만으로 누그러뜨릴 수 있는 아가씨도 있고, 회의 도중에 절제된 태도로 고참급 파트너에게 쪽지를 전달해주는 모습만으로도 젊은 파트너들이 허리를 곧추세우게 만드는 아가씨도 있었다. 미스 마크햄이 즐겨 하는 말이 있었다. "레슬링 선수에게 창던지기를 시키면서 뛰어난 솜씨를 바랄 수는 없다."

아주 좋은 사례 하나. 내 왼편에 앉은 신참 아가씨 샬럿 사이크스. 나이는 열아홉 살이고, 희망에 찬 검은 눈과 작고 기민한 귀를 지닌 샬럿은 출근 첫날 타자기로 1분에 100단어를 치는 전술적 실수를 저질렀다. 1분에 75단어를 칠 수 없다면, 퀴긴&헤일에서는 일할 수 없다. 하지만 샬럿은 이곳 비서들의 평균 실력보다 분당 족히 15단어를 더 칠 수 있었다. 분당 100단어라면, 하루에 4만 8천 단어, 1주일에 24만 단어, 1년에 1천 200만 단어다. 신입사원인 샬럿의 주급은 십중팔구 15달러였을 것이다. 다시 말해, 샬럿이 타자기로 치는 단어 하나당 1만 분의 1센트도 안 되는 금액이었다는 뜻이다. 퀴긴&헤일에서 분당 75단어를 넘는 속도로 타자를 치는 사람이 우스워지는 것이 바로 이 대목이었다. 75단어를 넘기면, 타자 속도가 빠를수록 단어당 임금이 줄어든다는 것.

하지만 샬럿은 그렇게 생각하지 않았다. 허드슨 강을 가로지르는 단독 비행에 처음으로 나선 여성 모험가처럼 샬럿은 인간으로서 가능한 최대속도로 타자를 치고 싶어 했다. 그 결과 수천 장 분량의 서류를 두 통씩 작성해야 하는 사건이 생길 때마다 마스 마크햄의 문 위에서 반짝거리는 불빛은 틀림없이 F자 아래의 것이었다.

이건 자신이 자랑스럽게 생각할 일을 고를 때 조심해야 한다는 뜻이다. 이 세상은 그것을 이용해서 우리를 골탕 먹일 의욕으로 충만하기 때문이다.

하지만 1월 5일 수요일 오후 4시 5분에 내가 진술조서를 타이핑하고 있을 때 딸깍 하고 불이 켜진 전등은 내 것이었다.

나는 내 타자기에 커버를 씌우고(우리는 아무리 잠깐이라도 일을 중단할 때면 반드시 이렇게 해야 한다고 배웠다) 자리에서 일어나 치맛자락을 매끈하게 편 뒤, 속기판을 들고 비서부를 가로질러 미스 마크햄의 사무실로 향했다. 카바레의 외투 보관실처럼 위아래가 터진 반쪽짜리 문이 달리고, 벽널로 장식된 방이었다. 작지만 화려한 책상의 상판은 무늬가 새겨진 가죽이었다. 나폴레옹이 야전에서 깃털펜으로 명령서를 작성할 때 바로 그런 책상에 앉았을 것 같았다.

내가 들어가자 미스 마크햄이 하던 일에서 잠깐 눈을 들었다.

"캐서린 양한테 전화가 왔어요. 캠든&클레이의 변호사 보조원이에요."

"감사합니다."

"캠든&클레이의 직원이 아니라 퀴긴&헤일의 직원이라는 점을 명심하세요. 그쪽 사람들이 캐서린 양한테 일을 떠넘기지 못하게 해요."

"네, 미스 마크햄."

"아, 그리고 캐서린 양, 한 가지 더요. 딕슨 티콘더로가 합병 건으로 마지막 순간에 일이 아주 많았던 걸로 알고 있는데……."

"네. 바넷 씨가 반드시 연말 전에 거래를 마쳐야 한다고 말씀하셔서요. 아마 세금 때문인 것 같아요. 그리고 마지막 순간에 수정된 부분도 조금 있었고요."

"음. 난 내 직원들이 크리스마스가 있는 주에 그렇게 늦게까지 일하는 걸 좋아하지 않아요. 어쨌든, 캐서린 양이 마지막까지 일을 잘해줘서 바넷 씨가 고마워하고 있어요. 나도 마찬가지고요."

"감사합니다, 미스 마크햄."

미스 마크햄은 이제 나가보라는 듯이 펜을 흔들었다.

비서부로 돌아온 나는 사무실 앞쪽의 자그마한 전화 탁자로 갔다. 우리 회사의 파트너나 계약 당사자가 서류의 수정 사항을 알려야 할 필요가 있을 때, 비서들은 이곳에서 전화를 사용할 수 있었다. 캠든&클레이는 이 도시에서 가장 규모가 큰 법률회사 중 하나였다. 비록 내가 맡은 일에 그들이 직접 관련되어 있지는 않았지만, 그들은 모든 일에 손을 담그고 있는 듯했다.

나는 수화기를 들었다.

"캐서린 콘텐트입니다."

"안녕, 아가씨!"

나는 스물여섯 대의 타자기 중 스물다섯 대가 열심히 일하고 있는 비서부를 둘러보았다. 타자기 소리가 워낙 시끄러워서 자기 목소리도 들리지 않을 지경이었다. 내 생각에는 그것이 가장 중요한 점 같았다. 그래도 나는 목소리를 낮췄다.

"네 머리털에 불이라도 붙었다는 얘기가 아니면 죽을 줄 알아. 한 시간 뒤에 진술조서를 제출해야 한단 말이야."

"얼마나 했는데?"

"지시가 잘못돼서 고쳐야 하는 게 세 개, 거짓말이 하나 남았어."

"팅커가 일하는 은행 이름이 뭐였지?"

"몰라. 왜?"

"내일 밤에 뭘 할 건지 아직 계획이 없잖아."

"팅커가 우릴 어디 고급스러운 데로 데려가겠지. 업타운에 있는 데로. 8시쯤에 데리러 올 거야."

"에이. 전부 어디쯤, 그때쯤, 이런 말들뿐이잖아. 그런데 넌 그걸 다 어떻게 알았어?"

나는 잠시 침묵했다.

내가 그걸 다 어떻게 알았더라?

정말 끝내주는 질문이었다.

◆ ◆ ◆

브로드웨이와 익스체인지 플레이스가 만나는 모퉁이, 트리니티 교회와 마주 보는 그곳에 작은 식당이 있었다. 벽에는 음료수를 광고하는 시계가 걸려 있고, 맥스라는 요리사는 오트밀조차 철판으로 요리하는 사람이었다. 겨울에는 북극 같고 7월에는 숨이 막힐 듯한 이곳은 내가 다니는 길에서 다섯 블록 떨어져 있었으며, 이 도시에서 내가 즐겨 찾는 곳 중 하나였다. 이곳에서는 언제나 창가의 의뭉스러운 2인용 칸막이 좌석을 차지할 수 있기 때문이었다.

그 자리에 앉아 샌드위치를 먹다 보면, 뉴욕을 우러러보는 헌신적인 신자들의 순례 행렬을 목격하고 있는 듯한 기분이 들었다. 유럽 방방곡곡에서 온 그들은 각각 엷거나 짙은 회색 옷을 입은 채 자유의 여신상을 등지고 브로드웨이를 따라 본능적으로 북쪽으로 행진했다. 미리 경고라도 하는 듯한 바람 속으로 용감하게 몸을 기울이고, 저마다 똑같은 모양으로 자른 머리카락에 똑같이 생긴 모자를 붙잡아 고정시킨 채 자기들도 이제 누가 누군지 구분이 안 되는 사람들의 일원이 된 것을 기뻐하는 표정이었다. 1천 년이 넘는 역사적 유산이 뒤를 받치고 있어서 저마다 인간의 표현력을 보여주는 절정의 작품(시스티나 예배당이나 〈신들의 황혼〉 같은 것)이나 제국을 한 번쯤 접한 적이 있는 그들은 이제 개성을 표현할 수 있게 된 것에 만족하며 토요일 오전에 영화관에서 로저스나 진저나 로이나 버크를 보는 편을 더 좋아했다. 미국이 기회의 땅인지는 몰라도, 뉴욕에서 그들을 영화관 안으로 끌어들이는 것은 남들과 똑같아지고 싶다는 마음이었다.

내가 이런 생각을 하고 있을 때, 모자를 쓰지 않은 남자가 사람들 틈에서 나와 유리창을 두드렸다.

심장이 덜컹할 만큼 놀랄 일이었다. 팅커 그레이라니.

그의 귀 끝은 엘프의 귀만큼이나 붉게 상기되어 있었고, 그의 얼굴은 마치 나쁜 짓을 하는 나를 현장에서 잡아내기라도 했다는 듯이 히죽 웃고 있었다. 유리창 뒤에서 그가 뭐라고 열심히 말을 했지만 내 귀에는 들리지 않았다. 나는 안으로 들어오라고 손짓했다.

"그래, 여기예요?" 그가 칸막이 좌석 안으로 들어오며 물었다.

"여기라니, 뭐가요?"

"혼자 있고 싶을 때 오는 곳이 여기냐고요!"

나는 웃음을 터뜨렸다.

"아. 꼭 그런 건 아니에요."

팅커는 짐짓 실망했다는 듯이 손가락을 튕겼다. 그러고는 배가 고파 죽을 것 같다고 선언하더니 괜히 감탄하는 표정으로 식당 안을 둘러보았다. 그리고 메뉴판을 들어, 도합 4초 동안 들여다보았다. 그는 길에서 백 달러짜리 지폐를 주웠는데 아직 아무에게도 그 사실을 말하지 않은 사람처럼 기쁨과 즐거움을 억누를 수 없는 것 같았다.

웨이트리스가 나타나자 나는 BLT 샌드위치를 주문했다. 팅커는 미지의 영역으로 곧장 뛰어들어가 맥스의 이름을 딴 샌드위치를 주문했다. 메뉴판에는 감히 비교할 대상이 없고, 세계적으로 유명하며, 전설적인 음식이라고 나와 있었다. 팅커가 내게 그 샌드위치를 먹어본 적이 있느냐고 묻기에 나는 메뉴판의 설명을 볼 때마다 형용사가 너무 많고 구체적인 사실은 너무 적다는 생각이 들었다고 말했다.

"그래, 직장이 근처예요?"

웨이트리스가 물러간 뒤 팅커가 물었다.

"걸어서 금방이에요."

……

"이브한테서 법률회사라고 들었던 것 같은데……."

"맞아요. 오래전부터 월스트리트에 있던 회사예요."

……

"직장이 마음에 들어요?"

"좀 갑갑하긴 한데, 그거야 당연하다 싶어요."

팅커가 빙긋 웃었다.

"당신도 형용사는 좀 많은 편이고, 구체적인 사실은 적은 편인데요."

"자기 자신에 대해 말하는 건 그리 예의 바른 일이 아니라고 에밀리 포스트*가 말했잖아요."

"포스트 씨의 말이 틀림없이 옳겠지만, 그렇다고 다른 사람들이 말을 안 하는 것 같지는 않은데요."

행운은 대담한 사람들의 편이다. 맥스의 특별한 샌드위치는 알고 보니 콘비프와 코울슬로를 채워 넣은 그릴드치즈 샌드위치였다. 10분도 안 돼서 그 샌드위치는 배 속으로 들어가버렸고, 샌드위치가 있던 자리에는 치즈케이크 한 조각이 놓여 있었다.

"정말 굉장한 집인데요!"

팅커가 벌써 다섯 번째 같은 말을 했다.

"음, 은행에서 일하는 건 어떠세요?"

그가 디저트를 공격하는 동안 내가 물었다. 그는 우선 자기가 하는 일을 은행 업무라고 하기는 힘들다고 속내를 털어놓았다. 사실은 중개인에 더 가깝다는 것이었다. 은행은 철강공장에서부터 은광

✦ 예의범절서로 유명한 미국 작가.

에 이르기까지 온갖 것을 주무르는 개인 기업의 주식을 대량 보유한 부유한 가문들을 위해 일했다. 고객들이 자산의 유동성을 원할 때, 적절한 구매자를 신중하게 찾아주는 것이 팅커의 역할이었다.

"당신이 갖고 있는 은광을 하나라도 살 수 있다면 얼마나 좋겠어요."

내가 담배를 꺼내며 말했다.

"다음에 그런 기회가 오면 가장 먼저 연락을 드리죠."

팅커가 식탁 위로 손을 뻗어 내 담배에 불을 붙여주고는 라이터를 자기 접시 옆에 놓았다. 나는 담배 연기를 내뿜으며 담배로 라이터를 가리켰다.

"사연이 있는 물건인가요?"

"아." 팅커가 말했다. 조금 어색해 하는 목소리였다.

"여기 새겨진 글자를 말하는 거죠?"

그는 라이터를 들어 잠시 유심히 바라보았다.

"액수가 큰 봉급을 처음으로 받았을 때 이걸 샀어요. 뭐랄까, 나 자신한테 주는 선물로. 내 이름 머리글자가 새겨진 순금 라이터잖아요!"

팅커는 그리움이 담긴 미소를 지으며 고개를 저었다.

"형이 이걸 보고는 난리를 쳤죠. 이게 순금이라는 것도, 여기에 내 이름 첫 글자를 새긴 것도 마음에 안 든다면서요. 하지만 형이 진짜로 화가 난 건 내 직업 때문이었어요. 빌리지에서 같이 맥주를 마실 때마다 형은 은행가들이랑 월스트리트에 악담을 퍼부어대면서, 세계를 여행하겠다던 내 계획은 어떻게 됐냐고 날 쿡쿡 찔러대곤 했어요. 나는 언젠가 그 계획을 실행할 거라고 계속 말했고요. 그러다가 어느 날 결국 형이 이 라이터를 가지고 나가서는 길거리 노점에서 그 밑의 꼬리말을 새겨 넣었죠."

"여자한테 담뱃불을 붙여줄 때마다 그 기회를 놓치지 말라고 일깨워주려고요?"

"뭐, 비슷해요."

"뭐, 내가 보기에는 당신 직업이 그리 나쁘지 않은 것 같은데요."

"맞아요." 팅커가 인정했다.

"나쁘진 않죠. 다만……."

팅커는 창밖의 브로드웨이를 바라보면서 생각을 정리했다.

"마크 트웨인이 어떤 노인에 대해 쓴 글이 기억나요. 바지선을 조종하는 노인이었는데…… 강 한 편에서 다른 편 선착장으로 사람들을 나르는 배 말이에요."

"『미시시피 강의 생활』 말인가요?"

"모르겠어요. 그건지도 모르죠. 어쨌든…… 트웨인은 그 노인이 30년 동안 강을 하도 자주 오가서 그 거리를 합하면 강을 상류에서 하류까지 스무 번 넘게 다닌 셈이 될 거라고 생각했어요. 자기가 사는 마을을 한 번도 떠나지 않은 채로 말이에요."

팅커는 빙긋 웃으며 고개를 저었다.

"가끔 내 기분이 바로 그래요. 내 고객 중 절반은 알래스카를 향하고, 나머지 절반은 에버글레이즈를 향하고 있는데…… 나는 강둑에서 강둑을 오가고 있는 기분."

"리필해드릴까요?"

웨이트리스가 커피포트를 손에 들고 물었다.

팅커가 나를 바라보았다.

퀴긴&헤일의 여직원들에게 점심시간은 45분이었고, 나는 점심시간이 끝나기 몇 분 전에 내 타자기 앞에 앉곤 했다. 지금 바로 자리를 뜬다면, 평소 습관대로 도착할 수 있을 것이다. 팅커에게 점심을 잘 먹었다고 인사하고, 내소 거리를 뛰어 올라가 16층으로 향하는 엘리베이터를 타면 되는 일이었다. 하지만 대개 시간을 지키는 여직원에게 너그럽게 허용될 수 있는 시간은 어느 정도일까? 5분? 10분? 하이힐 굽이 부러졌다는 핑계라도 댄다면 15분?

"좋아요." 내가 말했다.

웨이트리스는 우리 잔에 커피를 채워주었고, 우리는 둘 다 의자에 등을 기댔다. 칸막이 좌석이 좁아서 우리 무릎이 서로 부딪혔다. 팅커는 자기 잔에 크림을 부은 뒤 계속 둥글게, 둥글게 저었다. 잠시 우리 둘 다 말이 없었다.

"교회예요." 내가 말했다.

팅커는 조금 어리둥절한 표정이었다.

"뭐가요?"

"내가 혼자 있고 싶을 때 가는 곳."

팅커가 다시 허리를 곧추세웠다.

"교회요?"

나는 창밖의 트리니티 교회를 가리켰다. 그 교회의 뾰족탑은 반세기가 넘도록 맨해튼에서 가장 높은 건축물이었으며, 선원들에게는 반가움의 상징이었다. 하지만 이제는 길 건너편의 식당이 아니면 그 뾰족탑을 보기가 힘들었다.

"그래요?" 팅커가 말했다.

"그게 놀라운가요?"

"아뇨. 그냥 당신이 종교적인 사람처럼 보이지 않아서요."

"맞아요. 그래서 예배 때는 교회에 안 가요. 비어 있는 시간에 가죠."

"트리니티로요?"

"어디든. 하지만 성 패트릭 교회나 성 미카엘 교회처럼 크고 오래된 곳이 더 좋아요."

"결혼식에 참석하느라고 성 바스 교회에 간 적이 있는 것 같은데, 그게 전부예요. 트리니티 옆은 아마 천 번쯤 지나쳤겠지만 안에 들어가본 적은 없어요."

"그게 바로 놀라운 점이에요. 오후 2시쯤이면 어느 교회에도 사람이 없거든요. 그냥 돌과 마호가니와 스테인드글라스로 된 교회 건물만 있을 뿐이에요. 텅 빈 채로. 그런 교회들도 틀림없이 북적이던 시절이 있었을 것 아니에요? 그러니까 누군가가 그렇게 수고를 들여서 건물을 지은 거겠죠. 사람들이 고해를 하려고 바깥에까지 줄을 늘어서기도 했을 거고, 결혼식에서 여자아이들이 꽃잎을 흩뿌리며 통로를 걸어가기도 했을 거예요."

"세례식에서부터 추도식까지……."

"바로 그 말이에요. 하지만 세월이 흐르면서 신도들이 점점 떨어져 나갔어요. 새로운 신자들은 자기들만의 교회를 지었고, 크고 오래된 교회들은 그냥 홀로 남겨졌죠. 노인들처럼. 전성기 시절의 기억만 간직한 채로. 그런 분위기가 나한테는 아주 평화롭게 느껴져요."

팅커는 잠시 말이 없었다. 그는 옛날을 되새기듯이 갈매기 두 마리가 뾰족탑 주위를 빙빙 돌고 있는 트리니티를 올려다보았다.

"정말 근사한데요." 팅커가 말했다.

나는 내 커피잔을 건배하듯이 들어 올렸다.

"내가 교회에 간다는 걸 아는 사람은 몇 명 안 돼요."

그가 내 눈을 똑바로 바라보았다.

"그럼 당신에 대해 아무도 모르는 걸 말해봐요."

나는 웃음을 터뜨렸다.

하지만 팅커는 진지했다.

"아무도 모르는 것?" 내가 말했다.

"딱 하나면 돼요. 아무한테도 말 안 할게요. 약속해요."

그는 자기 말을 증명하려는 듯이 심장 앞에서 성호를 그었다.

"좋아요." 내가 커피잔을 내려놓으며 말했다.

"난 시간을 완벽하게 지켜요."

"그게 무슨 뜻이에요?"

나는 어깨를 으쓱했다.

"정확히 60초 동안 60초를 셀 수 있다는 뜻이에요. 언제나."

"말도 안 돼요."

나는 엄지로 내 뒤편 벽에 걸린 음료수 시계를 가리켰다.

"초침이 12에 닿으면 말해줘요."

팅커는 내 어깨너머로 시계를 지켜보았다.

"좋아요." 그가 즐거운 미소를 지으며 말했다.

"제자리에…… 준비……."

◆ ◆ ◆

에이. 전부 어디쯤, 그때쯤, 이런 말들뿐이잖아. 그런데 넌 그걸

다 어떻게 알았어? 그날 오후에 이브는 이렇게 말했다.

진술조서를 작성하다 보면, 대부분의 사람들은 시기를 잘 맞춰 직접적으로 던지는 질문을 존중한다는 사실을 알게 된다. 그런 질문에는 대비가 되어 있지 않기 때문이다. 때로는 질문을 되풀이해 질문자에게 들려줌으로써 자신에게 협조할 의사가 있음을 드러낸다(시간을 벌려는 의도도 있다). 제가 그걸 다 어떻게 알았냐고요? 그들은 정중하게 질문을 되풀이한다. 때로는 대담한 질문에 맞서 살짝 화난 기색을 드러내는 사람도 있다. 내가 알다니 뭘요? 어떤 전술을 쓰든 노련한 변호사는 상대가 이런 식으로 시간을 끌 때는 더 많이 파고들 수 있는 비옥한 밭이 펼쳐진 것이나 마찬가지임을 깨닫는다. 따라서 상대가 좋은 질문을 던졌을 때 최선의 대응책은 주저하거나 억양에 변화를 주지 말고 간단히 대답하는 것이다.

"체르노프에서 네가 화장실에 갔을 때 팅커한테 들었어."

나는 이브에게 이렇게 말했다. 우리는 가벼운 말로 대화를 끝냈고, 나는 내 자리로 돌아왔다. 그리고 타자기에서 커버를 벗긴 뒤 진술조서에서 타이핑하던 부분을 찾아 다시 덜걱덜걱 타자기를 두드렸다. 세 번째 문단 두 번째 문장에서 나는 그날 오후 처음으로 오타를 쳤다. 누군가의 중요 관심사 목록을 타자기로 치다가 '중요chief'라는 단어를 '도둑thief'으로 잘못 친 것이다. 분명히 말하지만, 타자기 자판에서 C와 T는 서로 붙어 있는 글자도 아니다.

4장

•

데우스 엑스 마키나✦

금요일 밤에 외출 준비를 하면서 이브는 심지어 날씨에 대한 가벼운 이야기마저 입에 올리지 않았다.

내가 양심의 가책을 이기지 못하고 사실을 자백한 탓이었다. 아니, 뭐, 그렇게 된 셈이라고나 할까. 대화 도중에 나는 시내에서 팅커와 우연히 마주쳐서 커피를 한잔했다는 이야기를 대수롭지 않게 흘렸다.

"커피를 마셨다고? 잘됐네."

이브도 대수롭지 않다는 듯이 말했다. 그러고는 조개처럼 입을 다물어버렸다.

나는 말문을 터보려고 이브의 옷을 칭찬했다. 유행에 6개월 뒤진 노란색 원피스였는데, 유행이 지났기 때문에 한층 더 눈에 띄는 옷

✦ 연극이나 소설에서 이야기가 꼬이고 막혔을 때 초자연적인 힘이나 전능한 신 등을 등장시켜 이를 해결하는 것.

이었다.

"정말로 이 옷이 마음에 들어?" 이브가 물었다.

"정말 근사해."

"그럼 너도 언제 한번 입어봐. 이 옷이랑 커피를 한잔할 수도 있겠지."

나는 입을 열었지만 무슨 말을 해야 할지 알 수 없었다. 그때 하숙집에 함께 사는 아가씨 한 명이 무작정 우리 방으로 들어왔다.

"방해해서 미안한데, 왕자님이 와 있어. 마차까지 가지고 왔어."

우리 방 문 앞에서 이브는 마지막으로 한 번 더 거울을 보았다.

"1분쯤 더 걸릴 것 같아." 이브가 말했다.

그러고는 침실로 돌아가 옷을 벗었다. 마치 내 칭찬 때문에 그 원피스가 유행에 뒤떨어진 옷이 되어버리기라도 한 것처럼. 이브가 그런 기분을 느끼는 것이 당연하다는 듯 창밖에 차가운 가랑비가 내리는 것이 보였다. 나는 이브의 뒤를 따라 계단을 내려가며 생각했다. '오늘 밤 내내 골치 아프겠네.'

하숙집 앞에서 팅커가 수은처럼 은색을 띤 메르세데스 쿠페 옆에 서 있었다. 마팅게일 부인의 집에 사는 모든 아가씨들이 1년 치 봉급을 저축한다 해도 살 수 없는 차였다.

북부 저지 출신으로 시티 칼리지를 중퇴했으며 우리와 같은 층에 사는, 키 173센티미터의 프랜 파셀리가 여자들 치맛단을 음미하듯 바라보는 건설 인부처럼 휘파람을 불어댔다. 이브와 나는 계단을 내려갔다.

팅커는 확실히 기분이 좋아 보였다. 그는 이브의 뺨에 입을 맞추고는 "정말 근사한 모습"이라는 말도 덧붙였다. 그리고 내게 시선을 돌리더니 빙긋 웃으며 내 손을 꼭 쥐었다. 내게는 입을 맞추거나 찬사를 보내지 않았다. 하지만 이 모습을 지켜보던 이브는 무시당한 사람이 바로 자신임을 깨달았다.

그가 조수석 문을 열었다.

"뒷자리는 좀 좁을 거예요."

"내가 뒤에 앉을게요." 내가 말했다.

"너 진짜 마음씨가 좋구나." 이브가 말했다.

분위기가 이상하다는 사실을 알아차렸는지 팅커가 걱정스러운 눈으로 이브를 바라보았다. 그는 한 손으로 자동차 문을 잡고 다른 손으로는 마치 신사처럼 이브에게 차에 오르라는 시늉을 했다. 이브는 그 몸짓을 알아차리지 못한 것 같았다. 이브는 차를 바라보며 끝에서 끝까지 가늠해보느라고 정신이 없었다. 프랜의 시선과는 달랐다. 좀 더 전문가다운 시선이었다.

"내가 운전할게요."

이브가 열쇠를 달라는 듯 손을 내밀며 말했다. 팅커는 이런 말을 미처 예상치 못한 모양이었다.

"운전할 줄 알아요?" 그가 물었다.

이브가 남부 아가씨 같은 말투로 말했다.

"운전할 줄 아느냐고요? 세상에, 난 아홉 살 때부터 아빠의 트랙터를 운전한 사람이에요."

이브는 팅커의 손에서 열쇠를 잡아채서 차 앞쪽을 빙 둘러 걸어갔다. 팅커는 불안한 표정으로 조수석에 올랐지만, 이브는 편안한 모습이었다.

"어디로 모실까요?" 이브가 열쇠를 넣으며 물었다.

"52번가로 가요."

이브가 시동을 걸고 다짜고짜 차를 후진시켰다. 그렇게 시속 32킬로미터의 속도로 후진하며 도로 턱에서 멀어지다가 끽 하는 소리를 내며 차를 세웠다.

"이브!" 팅커가 말했다.

이브는 그를 바라보며 다정하게, 그 마음을 안다는 듯이 빙긋 웃었다. 그러고는 기어를 넣으며 17번가를 부웅 하고 가로질렀다.

몇 초도 안 돼서 이브가 마치 하느님이라도 된 것 같은 기분임이 분명해졌다. 이브가 차를 홱 꺾어서 6번 애버뉴로 접어들 때 팅커는 운전대를 움켜쥐기라도 할 것 같은 표정이었다. 하지만 이브는 아주 유연한 동작으로 자동차 사이를 요리조리 빠져나갔다. 가속과 감속을 거듭하며 물살을 가르는 상어처럼, 알아차리기 힘들게 조금씩 속도를 높여 신호등을 매번 간발의 차로 비켜 지나갔다. 그래서 우리 둘 다 뒤로 등을 기대고 앉아서 눈을 휘둥그렇게 뜬 채 침묵을 지켰다. 전능한 분의 손에 자신을 맡긴 사람들처럼.

차가 52번가로 접어들 무렵에야 나는 그가 우리를 데려가는 곳이 '21' 클럽임을 알아차렸다.

어떤 의미에서는 이브가 그를 그쪽으로 몰아간 것이나 다름없었다. "좋은 옷, 더 좋은 옷, 제일 좋은 옷?" 이 질문에 팅커가 뭐라고 할 수 있었겠는가?

하지만 이브가 우리가 가끔 드나드는, 거의 러시아인들의 세계나 다름없는 술집으로 팅커를 데려가 깊은 인상을 남기려고 했던 것처럼, 팅커도 자신이 아는 뉴욕을 우리에게 슬쩍 보여주면서 깊은 인상을 남기고 싶었을 것이다. 그리고 상황을 보아하니 그의 의도가 성공할 가능성이 높았다. 이브의 기분이야 어쨌든 간에. 식당 앞에 엔진을 켜둔 채 서 있는 리무진들의 배기가스가 병에서 나오는 요정처럼 나선형을 그리며 올라갔다. 실크해트와 외투 차림의 문지기가 자동차 문을 열어주었고, 또 다른 문지기는 식당 문을 열어주었다. 맨해튼 주민들이 엉덩이가 맞닿을 정도로 빽빽하게 서서 차례를 기다리고 있는 로비가 나타났다.

언뜻 보기에 21 클럽은 특별히 우아한 것 같지 않았다. 어두운 벽들은 그림 액자로 장식되어 있었는데, 주간지에서 뜯어온 그림들이라고 해도 될 것 같았다. 식탁 상판에는 긁힌 자국들이 있었고, 은식기는 간이식당이나 대학 학생식당의 식기처럼 투박했다. 하지만 손님들은 확실히 우아한 사람들이었다. 남자들은 맞춤 양복을 입고, 가슴주머니에 깨끗한 손수건을 꽂아 악센트를 주었다. 여자들은 고급스러운 색깔의 실크원피스를 입고 목에 꼭 끼는 진주 목걸이를 걸었다.

외투 보관소의 아가씨 앞에 섰을 때, 이브가 팅커를 향해 아주 살짝 어깨를 돌렸다. 그는 그 신호를 놓치지 않고 망토를 휘두르는 투우사처럼 이브의 등에서 외투를 벗겨냈다.

이브는 이 식당 안에서 쟁반을 들고 돌아다니지 않는 사람 중에 가장 어렸다. 이브는 또한 그 사실을 최대한 이용할 준비가 되어 있었다. 이브가 나오기 직전에 갈아입은 옷은 목선이 둥글고 깊게 파인 빨간 실크원피스였다. 게다가 브래지어도 최대한 가슴을 올려주는 것으로 바꾼 것 같았다. 그래서 안개 속에서 15미터 떨어진 곳에서도 보일 만큼 젖가슴 위쪽이 도드라졌다. 이브는 공연히 장신구를 걸어서 그 느낌을 망치는 짓은 하지 않았다. 이브는 래커칠이 된 작은 빨간색 상자에 졸업식 날 받은 다이아몬드 귀걸이를 보관해두고 있었다. 그 징 모양의 귀걸이는 멋지게 반짝거리면서, 이브가 미소를 지을 때 볼에 패는 보조개를 돋보이게 해주었다. 하지만 이브는 이런 자리에 그런 물건을 하고 오는 것이 좋지 않다는 사실 정도는 아는 사람이었다. 이런 곳에서는 정식으로 잘 차려입어 봤자 얻을 것이 하나도 없고, 오히려 주위 사람들과 비교를 당해서 손해를 보기 십상이었다.

오스트리아인인 지배인은 걱정할 일이 아주 많을 것 같은데도 전혀 그렇지 않은 표정으로 팅커의 이름을 부르며 반겨주었다.

"그레이 씨, 기다리고 있었습니다. 자, 이쪽으로 오시죠."

그가 말한 '자'는 마치 그 자체로 하나의 문장인 것 같았다.

그는 중앙의 식탁으로 우리를 안내했다. 식당 안에 유일하게 비어 있는 그 자리에는 세 사람분의 식기가 준비되어 있었다. 지배인은 마치 사람의 마음을 읽기라도 하는 것처럼 가운데 의자를 빼내더니 이브에게 앉으라는 신호를 보냈다.

"자." 그가 다시 말했다.

우리가 모두 자리에 앉자 그가 허공으로 손을 들어 올렸고, 마술사의 손에 나타난 거대한 카드처럼 메뉴판 세 개가 홀연히 나타났다. 그가 격식을 갖춘 동작으로 우리에게 그것을 건네주었다.

"즐거운 시간 보내십시오."

내가 본 것 중에 가장 커다란 메뉴판이었다. 길이가 거의 45센티미터나 되었다. 나는 음식 이름들이 화려하게 나열되어 있을 것을

예상하고 메뉴판을 펼쳤지만, 메뉴는 겨우 열 가지뿐이었다. 바닷가
재 꼬리. 비프 웰링턴. 최상품 소갈비. 음식 이름들은 청첩장처럼 넉
넉한 필체로 직접 쓴 것이었다. 가격은 적혀 있지 않았다. 적어도 내
메뉴판에는 없었다. 나는 이브를 슬쩍 바라보았지만, 이브는 나를
마주 바라보지 않았다. 냉정한 표정으로 메뉴판을 훑어보더니 내려
놓을 뿐이었다.

"일단 마티니를 한 잔씩 해요." 이브가 말했다.

"좋죠!" 팅커가 말했다.

그가 한 손을 들자 하얀 재킷을 입은 웨이터가 아까 지배인이 서
있던 자리에 나타났다. 컨트리클럽에서 사기극을 꾸미는 사기꾼처
럼 말이 빠르고 매력적인 남자였다.

"안녕하십니까, 그레이 씨. 안녕하십니까, 숙녀분들. 감히 이런 말
씀을 드려도 될지 모르겠지만, 오늘은 이 자리가 저희 식당에서 가
장 돋보이는군요. 아직 주문할 준비가 되신 건 아니죠? 날씨가 정말
끔찍합니다. 아페리티프*를 가져다드릴까요?"

"사실, 캐스퍼, 우린 방금 마티니를 마시자는 이야기를 하던 참이
었네."

"아, 그러셨군요. 그럼 이건 치워드리겠습니다."

캐스퍼는 메뉴판을 팔꿈치 밑에 끼웠고, 몇 분 안 돼서 술이 나왔
다.

아니, 빈 잔 세 개가 나왔다고 해야 할 것이다. 각각의 잔 가장자
리에는 올리브 세 개를 꽂은 핀이 뱃전에 걸쳐진 노처럼 기대어져

◆ 식전주.

있었다. 캐스퍼가 은제 셰이커 뚜껑에 냅킨을 덮어 달각달각 흔들었다. 그러고는 조심스레 술을 따르기 시작했다. 먼저 그는 내 잔을 찰랑찰랑 채워주었다. 술이 어찌나 차갑고 맑은지 물보다 더 투명한 것 같았다. 그다음에는 이브의 잔을 채워주었다. 그가 팅커의 잔을 채우기 시작했을 때는 셰이커에서 술이 흘러나오는 속도가 눈에 띄게 느려져 있었다. 그러더니 나중에는 방울방울 떨어지는 지경이 되었다. 순간적으로 술이 모자란 것이 아닌가 하는 생각이 들었지만, 계속 술이 방울방울 떨어지면서 술잔의 술이 점점 늘어나더니 마지막 방울이 떨어졌을 때는 팅커의 잔도 찰랑찰랑하게 차 있었다. 저 정도 정확성이면 자신감을 가져도 될 것 같았다.

"친구는 천사도 부러워하는 것이죠." 캐스퍼가 말했다.

은제 셰이커가 어디론가 사라졌다는 것을 우리가 미처 알아차리기도 전에 캐스퍼 앞에는 받침대가 놓여 있었고, 그 위에는 굴이 담긴 접시가 있었다.

"저희가 감사의 표시로 드리는 겁니다."

그는 이렇게 말하고는 사라졌다. 이브는 마치 식당 전체를 상대로 건배를 제의하려는 사람처럼 포크로 자기 물잔을 땡땡 두드렸다.

"고백할 것이 있어요." 이브가 말했다.

팅커와 나는 무슨 소리인가 하고 시선을 들었다.

"오늘 내가 질투를 했어요."

"이브……."

이브가 손을 들어 올려 내 말을 막았다.

"내 말 끝까지 들어. 두 사람이 커피를 맛있게 마셨다는 얘기를 듣고, 솔직히, 질투가 났어요. 적잖이 화도 났고요. 사실 오늘 두 사람한테 본때를 보여주려고 분위기를 아주 망쳐버릴 작정이었어요. 하지만 캐스퍼의 말이 전적으로 옳아요. 우정이야말로 최고 중의 최고예요."

이브가 자기 잔을 들고 눈을 가늘게 떴다.

"정해진 틀에서 벗어나기 위하여."

몇 분도 안 돼서 이브는 평소의 모습을 완벽하게 되찾았다. 느긋하고, 쾌활하고, 밝은 모습. 어찌 된 영문인지 알 수 없었다.

우리 주위의 식탁에 앉은 사람들은 벌써 몇 년 전부터 해오던 이야기들을 하고 있었다. 직장 이야기, 자식들 이야기, 여름 별장 이야기. 지루하고 진부한 대화일 수도 있지만, 그들이 기대와 경험을 공유하고 있다는 느낌을 강화해주는 대화이기도 했다. 팅커는 그런 대화를 재빨리 밀어내버리고 우리 상황에 더 잘 맞는 대화, 가정에 바탕을 둔 대화를 시작했다.

어렸을 때 무서워하던 것이 뭐죠? 그가 물었다.

나는 고양이라고 말했다.

팅커는 높은 곳이라고 말했다.

이브: 나이 먹는 것.

그렇게 간단히 우리는 즐거운 분위기로 빠져들었다. 우리들 각자가 완벽한 정답을 내놓으려고 경쟁하는 단짝 친구들 같은 분위기였다. 놀랍고, 재미있고, 뜻밖이지만 진실한 대답. 언제나 얕볼 수 없는 이브가 결국 챔피언이 되었다.

당신은 항상 원했지만 부모님은 결코 들어주시지 않았던 것이 무엇인가?

나: 돈을 쓰는 것.

팅커: 나무 위의 오두막.

이브: 호된 매질.

하루 동안 무엇이든 될 수 있다면, 어떤 사람이 되고 싶은가?

나: 마타 하리.

팅커: 내티 범포[+]

이브: 대릴 재넉[++].

당신의 인생 중에 1년을 다시 살 수 있다면, 어느 해로 돌아가고 싶은가?

나: 빵집 위층에 살던 여덟 살 때.

팅커: 형과 함께 애디론댁 산맥을 여행했던 열세 살 때.

이브: 지금 다가오는 해.

굴을 다 먹은 뒤 껍데기가 휙 치워졌다. 캐스퍼가 다시 세 사람분의 마티니를 들고 나타나더니 추가로 한 잔을 더 따라놓았다.

"이번에는 뭘로 건배할까요?" 내가 물었다.

"수줍음을 덜 타기 위하여." 팅커가 말했다.

[+] 제임스 페니모어 쿠퍼의 소설 『개척자들』에 나오는 인물. 북미 식민시대의 벽지 사람으로 문명을 싫어하는 정의파.

[++] 미국의 영화 제작자.

이브와 나는 그 건배사를 따라 한 뒤 술잔을 입술에 댔다.

"수줍음을 덜 타기 위하여?" 누군가가 물었다.

50대 초반의 키가 크고 우아한 여자가 내 의자 등받이를 한 손으로 짚고 서 있었다. 여자가 말했다.

"그거 아주 훌륭한 포부 같은걸. 하지만 상대의 전화에 답을 해주겠다는 포부를 먼저 품는 편이 더 낫지 않을까."

팅커가 조금 당황한 표정으로 말했다.

"죄송합니다. 오늘 오후에 전화를 드릴 생각이었어요."

여자는 매력적인 미소를 지으며 용서해주겠다는 듯이 손사래를 쳤다.

"괜찮아, 테디. 그냥 놀린 거니까. 지금 보니 다른 곳에 정신을 빼앗길 수밖에 없는 상황이었던 것 같기도 하고."

여자가 내게 한 손을 내밀었다.

"난 앤 그랜딘이에요……. 팅커의 대모죠."

팅커가 일어서서 우리 둘을 손짓으로 가리켰다.

"이쪽은 캐서린 콘텐트이고……."

이브는 벌써 일어서 있었다. 이브가 말했다.

"이블린 로스예요. 뵙게 돼서 정말 기뻐요."

그랜딘 부인은 식탁 옆을 돌아 걸어와서 이브와 악수를 하더니 굳이 이브를 자리에 앉히고는 팅커에게로 갔다. 나이를 먹은 흔적이 거의 보이지 않는 그녀는 짧게 자른 금발에 발레리나처럼 섬세한 이목구비를 지니고 있었다. 마치 발레를 하기에는 키가 너무 커버린 발레리나 같았다. 검은 민소매 원피스는 날씬한 팔에 찬사를 보내는 듯했다. 목에 딱 맞는 진주 목걸이를 걸고 있지는 않았지만,

귀걸이는 사탕만 한 크기의 에메랄드였다. 논쟁의 여지 없이 화려하고 찬란한 그 보석은 마침 그녀의 눈과 같은 색이었다. 그랜딘 부인의 태도를 보면, 수영을 할 때도 그 귀걸이를 떼어놓지 않는 것 같았다. 물에서 나와 수건을 들고 머리카락을 말릴 때도 부인은 그 보석이 귀에 제대로 붙어 있는지 아니면 바다 밑바닥에 가라앉아버렸는지 단 한 순간도 걱정하지 않을 것이다.

그랜딘 부인이 팅커에게 손을 뻗으며 뺨을 내밀자 팅커가 어색한 표정으로 뺨에 가볍게 입을 맞췄다. 그가 다시 자리에 앉자 부인은 마치 어머니처럼 그의 어깨에 한 손을 얹었다.

"캐서린, 이블린, 내 말 잘 들으세요. 대자代子나 조카나 똑같아요. 아이들이 뉴욕에 처음 오면 자주 만나죠. 빨래 바구니가 가득 차거나, 먹을 것이 떨어졌을 때 아이들이 찾아오니까요. 하지만 아이들이 일단 자리를 잡은 뒤에는 차나 한잔하자고 청하려고 해도 먼저 탐정한테 애들을 찾아달라고 부탁해야 할 지경이 돼요."

이브와 나는 웃음을 터뜨렸다. 팅커는 간신히 겸연쩍은 미소를 지었다. 대모가 등장하자 그가 마치 열여섯 살 소년처럼 보였다. 이블린이 말했다.

"여기서 이렇게 우연히 만나다니 정말 굉장해요."

"좁은 세상이니까요." 그랜딘 부인이 대답했다. 조금 얄궂은 표정이었다.

틀림없이 부인이 팅커를 이곳에 처음으로 데려왔을 것이다.

"저희랑 한 잔 같이하실래요?" 팅커가 물었다.

"고맙지만 안 될 것 같구나. 지금 거트루드랑 같이 있거든. 그 애가 나를 미술관 이사회에 끌어들이려고 해서 말이야. 내 머리를 몽

땅 동원해야 할 것 같아."

그랜딘 부인은 우리 둘에게 시선을 돌렸다.

"테디한테만 맡겨두면 틀림없이 아가씨들하고는 두 번 다시 못 만날 거예요. 그러니까 언제 나랑 점심 식사나 함께하지 않겠어요? 테디와 함께든 아니든. 내가 저 애 어렸을 때 얘기를 너무 줄줄 늘 어놓아서 아가씨들을 지루하게 만드는 일은 없을 거예요."

"지루하다니요, 그럴 리가요, 그랜딘 부인." 이브가 단언했다.

"자." 그랜딘 부인이 말했다. 지배인이 말했을 때처럼 이번에도 이 한 단어가 문장처럼 들렸다. "그냥 앤이라고 불러요."

그랜딘 부인이 우아하게 손을 흔들고 자신의 자리로 돌아가는 모습을 보며 이브는 얼굴이 붉게 상기되어 있었다. 하지만 그랜딘 부인의 짧은 방문이 이브의 케이크에 꽂힌 초에 불을 붙였다면, 팅커의 케이크에는 불을 꺼버린 것 같은 효과를 냈다. 부인의 뜻하지 않은 출현은 오늘 밤 외출 분위기를 완전히 바꿔놓았다. '부유한 남자가 두 여자를 멋진 곳으로 데려온' 분위기가 '어린 공작새가 자기 집 뒤뜰에서 깃털을 자랑하는' 분위기로 눈 깜짝할 새에 바뀌어버린 것이다.

이브는 워낙 장밋빛 환상에 취해 있어서 오늘 저녁 분위기가 완전히 망가지기 직전임을 눈치채지 못했다.

"정말 놀라운 여성이세요. 어머님의 친구분인가요?"

"뭐라고요? 아, 네. 두 분이 어려서 함께 자라셨어요."

팅커는 포크를 들어 손으로 만지작거렸다.

"빨리 음식을 주문할까요?" 이브가 제안했다.

"아니면 여기서 그냥 나갈까요?" 내가 팅커에게 물었다.

"그래도 될까요?"

"그럼요."

이브는 노골적으로 실망한 기색이었다. 기분이 상한 시선으로 나를 재빨리 홀깃 쏘아보더니 입을 열었다. 그냥 여기서 애피타이저를 먹자고 말할 생각인 것 같았다. 하지만 팅커의 얼굴이 다시 환하게 밝아진 것이 눈에 들어왔다.

"그러죠." 이브가 냅킨을 접시 위에 털썩 내려놓으며 말했다.

"얼른 내빼자고요."

자리에서 일어섰을 때 우리 셋 다 두 번째 마티니의 취기를 느끼고 있었다. 문 앞에서 팅커는 지배인에게 감사 인사를 하며 급히 나가서 미안하다고 독일어로 사과했다. 이브가 용서의 표시로 외투 보관실 아가씨에게서 내 신여성 재킷을 받아가는 바람에 나는 이브가 스물한 살 생일에 선물로 받은, 칼라에 모피가 달린 외투를 입어야 했다.

밖으로 나와 보니 가랑비는 이미 그쳤고, 하늘도 맑았다. 공기도 상쾌했다. 우리는 잠깐 의논한 끝에 체르노프로 가서 또 쇼를 보기로 했다.

"어쩌면 하숙집 통금 시간에 늦을지도 몰라."

내가 뒷자리로 들어가며 말했다.

"만약 그렇게 된다면……." 이브가 팅커에게 시선을 돌리며 물었다.

"당신 집에서 자도 돼요?"

"물론이죠."

오늘 저녁 외출의 시작은 조금 매끄럽지 못했지만, 결국은 우리의 우정이 분위기를 다시 좋은 쪽으로 돌려놓았다. 이브가 앞자리에 앉은 채 뒤로 손을 뻗어 내 무릎을 짚었다. 팅커는 라디오 주파수를 스윙 음악이 나오는 방송국에 맞췄다. 파크 애버뉴로 접어들어 다운타운으로 향하는 동안 모두 아무 말도 하지 않았다.

51번가에서 우리는 성 바톨로뮤 교회를 지나갔다. 밴더빌트 가문이 지은 훌륭한 돔형 교회였다. 밴더빌트 일가는 일요일 아침마다 목사의 설교에 찬사를 보내면서 목사의 어깨너머로 그랜드 센트럴역을 볼 수 있는 위치에 편리하게 교회를 세워놓았다◆. 대호황시대의 다른 귀족들처럼 밴더빌트 가문의 뿌리도 3세대 전에 노역 계약서에 묶여 하인으로 일하던 사람에게 닿아 있다. 네덜란드의 드 빌트라는 마을 출신인 그는 여객선의 가장 싼 객실에 타고 뉴욕으로 건너왔다. 배에서 내렸을 때 그의 이름은 그저 드 빌트에서 온 얀일 뿐이었지만, 나중에 코넬리어스가 많은 재산을 일궈 가문의 이름을 품격 높게 바꿔놓았다.

하지만 자신의 이름을 짧게 줄이거나 길게 늘이기 위해 반드시 철도를 소유할 필요는 없다.

테디는 팅커로.

이브는 이블린으로.

카티야는 케이트로.

뉴욕에서는 이런 식으로 이름을 바꾸는 데 돈이 들지 않는다.

◆ 1896년에 코넬리어스 밴더빌트가 현재의 그랜드 센트럴 역 위치에 기차역을 지었다. 처음에는 증기기관차 역이었지만, 교통량의 증가, 증기와 연기 문제로 공사를 해 1913년에 지금과 같은 형태의 기차역이 되었다.

차가 49번가를 가로지를 때 우리는 모두 바퀴가 살짝 미끄러지는 것을 느낄 수 있었다. 우리 앞의 길이 물이 고인 것처럼 은은히 반짝였다.

하지만 이미 비가 그쳤기 때문에 물이 얼어 얼음이 되어 있었다. 팅커가 기어를 낮게 바꾸고 차를 다시 장악했다. 그리고 방향을 바꾸려고 속도를 늦췄다. 아마도 3번 애버뉴가 더 나을 것 같다는 생각을 하고 있었을 것이다. 바로 그때 우유 배달트럭이 우리를 덮쳤다. 우리는 그 차를 미처 보지도 못했다. 트럭은 배달할 우유를 잔뜩 싣고 시속 80킬로미터의 속도로 파크 애버뉴를 달려오고 있었다. 우리가 속도를 늦출 때 트럭도 정지하려고 했지만 얼음에 미끄러지며 뒤에서 정통으로 우리를 들이받았다. 우리가 탄 쿠페는 마치 로켓처럼 붕 떠올라서 47번가를 뛰어넘어 중앙의 철제 가로등에 처박혔다.

정신을 차리고 보니 내 몸이 거꾸로 뒤집힌 채 기어와 대시보드 사이에 끼어 있었다. 공기가 차가웠다. 운전석 문이 활짝 열려 있어 팅커가 길가에 쓰러져 있는 것이 보였다. 조수석 문은 닫혀 있었지만 이브는 보이지 않았다.

나는 몸을 빼내서 차에서 기어 나왔다. 숨을 들이쉬자 고통이 느껴졌다.

갈비뼈가 부러진 것 같았다. 이제 팅커는 일어서서 휘청거리며 이브에게 가고 있었다. 앞 유리창을 뚫고 튀어 나간 이브는 바닥에 웅크리고 있었다.

느닷없이 구급차가 나타나더니 하얀 재킷을 입은 젊은 남자 두 명이 들것을 들고 왔다. 스페인 내전을 보도하는 뉴스의 한 장면 같왔다.

"이 아가씨, 살아 있어."

두 남자 중 한 명이 동료에게 말했다. 두 사람은 이브를 들것에 올렸다.

이브의 얼굴은 고깃덩어리처럼 짓이겨져 있었다.

나는 고개를 돌렸다. 어쩔 수 없었다.

팅커는 이브에게 시선을 고정시킨 채 수술실 문이 닫힐 때까지 결코 시선을 피하지 않았다. 그도 어쩔 수 없는 모양이었다.

1월 8일

그가 병원에서 나오자 마치 호텔 앞처럼 택시들이 길가에 줄지어 기다리고 있었다. 그는 벌써 날이 어두워진 것을 깨닫고 깜짝 놀랐다. 지금이 몇 시쯤인지 궁금했다.

맨 앞에 있는 택시의 기사가 자신에게 오라는 듯이 고갯짓을 했다. 그는 고개를 저었다.

모피 코트를 입은 여자가 병원에서 나와 그가 거절한 택시의 뒷좌석에 냉큼 올라탔다. 여자는 문을 닫으면서 앞으로 몸을 기울여 어떤 주소를 재빨리 불러주었다. 여자가 탄 택시가 자리를 뜨자 다른 택시들이 전진했다. 그는 순간적으로 여자의 다급함이 이곳과 어울리지 않는다는 생각이 들었다. 하지만 병원으로 급히 달려올 일이 있는 것처럼, 병원을 급히 떠날 일도 있는 법이다.

그가 택시 뒷좌석에 올라타고 재빨리 주소를 불러준 적이 몇 번이나 될까? 수백 번? 수천 번?

"한 대 드릴까요?"

어떤 남자가 병원에서 나와 그의 오른쪽으로 1미터쯤 떨어진 곳에 서 있었다. 외과의사였다. 재건수술을 집도한 수석 전문의. 침착하고 친절한 그는 아무리 많이 잡아도 마흔다섯 살을 넘지 않았을 것 같았다.

옷이 깨끗한 것으로 보아 지금은 수술이 없는 시간인 모양이었다. 그의 손에는 담배 한 개비가 들려 있었다.

"고맙습니다."

그는 몇 년 만에 처음으로 담배를 받아들면서 말했다.

예전에 어떤 지인이 혹시 자기가 담배를 끊는 일이 생긴다면 무엇보다도 마지막 담배가 기억에 남을 것 같다고 말한 적이 있었다. 그 말은 사실이었다. 그가 마지막으로 담배를 피운 것은 뉴욕행 기차에 오르기 몇 분 전, 프로비던스 역의 플랫폼에서였다. 그것이 거의 4년 전의 일이었다.

그는 담배를 입에 물고 라이터를 찾으려고 주머니에 손을 넣었지만 외과의의 행동이 더 빨랐다.

"고맙습니다."

그는 불꽃을 향해 몸을 기울이며 다시 말했다.

그는 이 외과의가 전쟁에 참전했었다는 이야기를 간호사에게서 들은 적이 있었다. 젊은 내과의로서 프랑스에서 최전선 근처에 배치되어 있었다고 했다. 그의 모습을 봐도 그것을 알아차릴 수 있었다. 그는 적대적인 환경을 겪으면서 자신감을 얻은 사람 같은 모습이었다. 이제는 어느 누구에게도 빚진 것이 없는 사람.

외과의가 생각에 잠긴 시선으로 그를 바라보았다.

"마지막으로 집에 간 것이 언제였습니까?"

내가 마지막으로 집에 간 것이 언제였더라. 그는 속으로 생각했다.

외과의는 대답을 기다리지 않았다.

"부인은 아마 앞으로 사흘 동안은 정신이 돌아오지 않을 겁니다.

게다가 부인이 정신이 돌아왔을 때에는 당신이 최고의 상태를 유지하고 있어야 하고요. 그러니까 집에 가서 좀 주무세요. 식사도 든든히 하고, 술도 한잔하세요. 걱정 마십시오. 실력 있는 의사들이 부인을 돌보고 있으니까요."

"고맙습니다." 그가 말했다.

새로운 택시가 줄 맨 뒤에 자리를 잡았다.

매디슨 애버뉴의 칼라일 앞에도 이렇게 엔진을 켜둔 택시들이 줄을 서 있을 것이다. 5번 애버뉴에서도 스탠호프 앞에 또 줄이 서 있을 것이고. 이보다 더 택시가 많은 도시가 또 있을까? 모퉁이마다, 모든 건물의 차양 아래에서 택시들이 기다리고 있었다. 그래서 옷을 갈아입지 않아도, 다시 한번 생각해보지 않아도, 어느 누구에게도 아무 말 없이 할렘이나 케이프혼까지 도망칠 수 있었다.

"……그런데 그 아가씨는 내 아내가 아닙니다."

외과의가 담배를 입에서 뗐다.

"아, 미안합니다. 간호사가 그런 것처럼 굴길래……."

"우린 그냥 친구예요."

"아, 그래요. 그렇군요."

"함께 사고를 당했습니다."

"그렇습니까?"

"내가 운전하고 있었죠."

외과의는 아무 말도 하지 않았다.

택시 한 대가 떠나고, 뒤에 줄 서 있던 택시들이 전진했다.

아…… 미안합니다…… 아 그래요…… 그렇군요…… 그렇습니까?

SPRINGTIME

봄

5장

•

가진 자와 갖지 못한 자

3월 말의 저녁.

내가 새로 얻은 집은 11번가에서 1번 애버뉴와 2번 애버뉴 사이에 있는, 엘리베이터 없는 6층짜리 건물의 원룸이었다. 창밖으로 내다보이는 좁은 뜰에는 창틀과 창틀 사이에 도르래로 고정한 빨랫줄들이 걸려 있고, 3월 말인데도 얼어붙은 땅 위로 5층 높이에서 회색 홑이불들이 상상력이라고는 조금도 없는 우중충한 유령들처럼 떠 있었다.

뜰 맞은편에서 속옷 차림의 노인이 프라이팬 하나를 들고 자기 창문 앞을 오락가락하고 있었다. 아침에는 항상 옷을 완전히 갖춰 입은 채로 고기를 튀기고 저녁에는 내의 차림으로 달걀을 요리하는 것으로 보아 어딘가의 수위거나 야간 경비원인 것 같았다. 나는 진을 조금 잔에 따른 뒤 낡은 카드 한 벌에 주의를 집중했다.

일종의 변덕으로 나는 15센트를 주고 컨트랙트 브리지* 입문서를 샀는데, 그것이 그럴 만한 가치가 있는 책임을 금방 깨달을 수 있었다. 언제든 토요일이면 아침에 눈을 떴을 때부터 저녁에 잠자리에 들 때까지 카드놀이를 할 수 있었다. 나는 우리 집 부엌의 작은 식탁에 카드를 펼쳐놓고 의자에서 의자로 옮겨 다니며 네 명의 몫을 했다. 북쪽 의자에는 내가 상상으로 만들어낸 파트너가 앉았다. 귀족적인 영국인인 그는 무모하게 돈을 거는 타입이라, 경험 없고 조심스러운 나의 부족한 부분을 메워주었다. 내가 한 번에 거는 돈을 무모하게 올려서 별것도 아닌 패에 두 배나 돈을 걸게 만드는 것만큼 그를 기쁘게 해주는 일은 없었다.

그런 그에게 반응하기라도 하듯이, 동쪽과 서쪽에 앉은 사람들도 자신의 뜻을 분명히 드러내기 시작했다. 내 왼쪽에는 카드를 모두 기억하는 늙은 랍비가 앉았고, 오른쪽에는 기억력은 별로지만 판단력이 좋고 가끔은 순전히 의지만으로 무작정 돌파하는 전직 시카고 조직폭력배가 앉았다.

"하트 2?"

나는 세심하게 내 점수를 헤아린 뒤 조심스레 카드를 펼쳤다.

"스페이드 2." 랍비가 조금은 훈계하는 듯한 말투로 말했다.

"하트 6!"

내 파트너가 외쳤다. 그는 아직도 자신의 카드를 정리해서 배열하는 중이었다.

"패스."

"패스."

✦ 카드놀이의 일종.

전화벨이 울리자 우리 모두 놀라서 시선을 들었다.

"내가 받을게요." 내가 말했다.

전화기는 톨스토이의 소설 더미 위에서 흔들리고 있었다.

파넬리스에서 날 웃게 하려고 그토록 애쓰던 젊은 회계원한테서 온 전화인 것 같았다. 그러면 안 된다는 생각을 하면서도 나는 그가 내 전화번호를 받아 적는 것을 막지 않았다. 그래머시 1-0923. 내가 처음으로 갖게 된 개인번호였다. 하지만 막상 전화를 받고 보니, 팅커 그레이의 전화였다.

"잘 있었어요, 케이티?"

"안녕하세요, 팅커?"

팅커나 이브의 소식을 들은 지 거의 두 달이 되어가고 있었다.

"요즘 어떻게 지내요?" 그가 물었다.

지금 상황을 감안하면 조금 비겁한 질문이었다.

"세 판 승부 중 두 게임을 하고 있어요. 당신은요?"

그는 대답하지 않았다. 잠시 침묵이 흘렀다.

"오늘 밤에 잠깐 들를 수 있겠어요?"

"팅커……."

"케이티, 당신이랑 이브 사이에 무슨 일이 있는지 나는 몰라요. 하지만 지난 몇 주 동안은 힘들었어요. 의사들 말로는 앞으로 점점 더 심해질 거래요. 그러고 나서야 좋아질 거라고. 의사들 말을 딱히 믿은 건 아니었는데, 정말로 그렇게 됐어요. 오늘 밤에는 내가 사무실에 가봐야 하는데, 이브를 혼자 두면 안 될 것 같아요."

밖에서는 진눈깨비가 내리기 시작했다. 홑이불에 회색 얼룩들이 생겨나는 것이 보였다. 너무 늦기 전에 누가 이불을 걷어야 할 것 같았다.

"좋아요. 갈게요."

"고마워요, 케이티."

"당신이 고마워할 필요 없어요."

"그렇죠."

나는 손목시계를 보았다. 이 시간에는 브로드웨이를 다니는 지하철이 그리 자주 오지 않았다.

"40분 뒤에 도착할 거예요."

"택시를 타지 그래요? 내가 도어맨한테 택시비를 맡겨둘게요."

나는 수화기를 내려놓았다.

"더블." 랍비가 한숨을 쉬듯이 말했다.

패스.

패스.

패스.

♦ ♦ ♦

사고 이후 며칠 동안 이브가 아직 의식을 되찾지 못했을 때 팅커는 밤샘 간호를 지휘했다. 하숙집에서 같이 살던 여자들이 대기실에서 잡지를 읽어가며 번갈아 자리를 지켰지만, 팅커는 이브의 곁을 거의 떠나지 않았다. 갈아입을 옷은 자기 아파트 도어맨에게 부탁해서 배달시켰고, 샤워는 의사들의 라커룸에서 해결했다.

사흘째 되던 날 이브의 아버지가 인디애나에서 도착했다. 이브의 곁에 선 그는 낙심한 표정이 역력했다. 우는 것도, 기도하는 것도 그에게는 자연스럽지 않은 일인 것 같았다. 차라리 울거나 기도를 할 수 있었다면 좋았을 텐데. 그는 엉망이 된 딸의 얼굴을 뚫어지게 바라보며 수천 번이나 고개를 가로저을 뿐이었다.

이브는 닷새째 되던 날에 깨어났다. 여드레가 됐을 때는 대략 원래의 모습으로 돌아가 있었다. 아니, 평소보다 더 강철 같은 모습이었다. 이브는 의사들의 말을 들을 때면 차가운 눈으로 의사들을 빤히 바라보았다. 그들이 쓰는 전문용어, 그러니까 골절이니 봉합이니 결찰사니 하는 말을 따라 하면서, 의사들에게는 자신에게 이야기할 때 절뚝거리며 걷게 되었다거나 얼굴이 망가졌다는 식으로 쉽게 알수 있는 표현을 쓰라고 말했다. 퇴원이 가까울 무렵, 이브의 아버지가 이브를 인디애나로 데려가겠다고 선언했다. 하지만 이브는 거부했다. 로스 씨는 딸을 설득하려고 애쓰다가, 나중에는 애원하고 간청했다. 그는 집에서 훨씬 빨리 기운을 차릴 수 있을 것이라면서, 지금의 다리 상태로는 하숙집 계단을 올라갈 수 없을 것이라고 지적했다. 게다가 어머니가 딸을 기다리고 있다는 말도 덧붙였다. 하지만 이브는 흔들리지 않았다. 어떤 말도 소용없었다.

팅커가 로스 씨에게 조심스러운 제안을 내놓았다. 만약 이브가 뉴욕에서 요양할 생각이라면 자신의 아파트로 가는 것이 어떻겠냐고. 그곳에는 엘리베이터도 있고, 주방 인력도 있고, 도어맨도 있고, 남는 침실도 있다는 것이었다. 이브는 웃는 기색 하나 없이 굳은 표정으로 팅커의 제안을 받아들였다. 로스 씨가 그 제안을 수용할 수 없다고 내심 생각했는지는 모르겠지만, 겉으로는 아무 말도 하지 않았다. 딸의 일에 이제 자신은 발언권이 없다는 사실을 그는 조금씩 깨닫고 있었다.

이브가 퇴원하기 전날 로스 씨는 아내가 기다리는 집으로 혼자 돌아갔다. 하지만 딸에게 작별인사로 입을 맞춘 뒤 그는 내게 이야기를 하고 싶다는 신호를 보냈다. 나는 엘리베이터까지 로스 씨를 배웅해주었고, 로스 씨는 엘리베이터 앞에서 내 손에 봉투 하나를 불쑥 쥐여주었다. 그는 내게 주는 것이라며, 이 돈으로 그해 말까지 이브 몫의 방세를 내라고 말했다. 봉투가 두툼한 것을 보니 액수가 아주 많다는 것을 알 수 있었다. 나는 하숙집에서 내게 다른 룸메이트를 붙여줄 테니 괜찮다면서 그에게 돈을 돌려주려고 했다. 하지만 로스 씨는 고집을 꺾지 않았다. 그러고는 엘리베이터 안으로 사라져버렸다. 나는 엘리베이터 위의 바늘 표시기가 움직이는 것을 지켜보았다. 로스 씨가 로비까지 내려간 것을 알 수 있었다. 그러고 나서 나는 봉투를 열었다. 10달러짜리 지폐 50장이 있었다. 이브가 2년 전에 집으로 돌려보낸 바로 그 지폐였을 가능성이 높았다. 이제는 아버지와 딸 중 어느 누구도 이 지폐들을 직접 쓸 가능성이 아예 없어져버린 셈이었다.

　나는 일이 이렇게 된 것은 내가 혼자 설 때가 되었다는 신호라고 받아들였다. 그렇지 않아도 마팅게일 부인은 나더러 지하실에 놓아둔 상자들을 전부 치우지 않으면 나를 쫓아내겠다고 이미 두 번이나 경고한 적이 있었다. 그래서 나는 로스 씨가 준 돈의 절반을 선금으로 내고, 46평방미터 넓이의 원룸을 6개월 동안 빌렸다. 남은 돈은 로스코 삼촌의 트렁크 맨 밑바닥에 넣어두었다.

　이브는 병원에서 팅커의 아파트로 곧장 갈 생각이었기 때문에, 이브의 물건들을 옮기는 일은 내 몫이었다. 나는 최선을 다해 짐을 쌌다. 셔츠와 스웨터는 이브가 하던 것처럼 완벽한 정사각형으로 접었다. 그리고 팅커의 아파트에서는 팅커의 지휘로 중앙 침실에 이브의 짐을 풀었다. 그곳의 서랍과 벽장이 비워져 있었다. 팅커의 옷가지들은 이미 복도 반대편 끝의 하녀 방에 옮겨져 있었다.

이브가 베레스포드에 머물기 시작한 첫째 주에 나는 매일 밤 두 사람과 함께 저녁을 먹었다. 우리는 부엌 옆 작은 식당에 앉아 세 가지 코스로 구성된 식사를 했다. 음식은 아파트 지하의 주방에서 만들어졌고, 음식을 상에 내는 일은 제복을 입은 직원들이 맡았다. 해물 크림수프에 이어 안심 요리와 방울양배추가 나왔고, 마지막으로 커피와 초콜릿무스가 나왔다.

식사가 끝나면 이브는 대개 몹시 피곤해 했기 때문에 내가 이브를 방까지 부축해주곤 했다.

이브가 침대 가장자리에 앉으면 내가 옷을 벗겨주었다. 먼저 오른쪽 신발과 스타킹을 벗기고, 원피스 지퍼를 열어 얼굴 옆쪽에 길게 나 있는 검은 실밥에 스치지 않게 조심하면서 머리 위로 원피스를 벗겼다. 이브는 얌전히 앉아서 앞만 똑바로 바라보았다. 나는 사흘이 지난 뒤에야 비로소 이브가 경대 위의 거울을 빤히 바라보고 있었다는 것을 깨달았다. 나의 멍청한 실수였다. 나는 미안하다고 사과하며 팅커에게 거울을 치우게 하겠다고 말했다. 하지만 이브는 우리가 거울에 손도 대지 못하게 했다.

이브를 침대에 눕히고 잘 자라는 인사로 입을 맞춘 뒤 나는 불을 끄고 조용히 문을 닫았다. 그리고 팅커가 불안한 표정으로 기다리고 있는 거실로 돌아갔다. 우리는 술을 마시지 않았다. 심지어 자리에 앉지도 않았다. 내가 집으로 돌아갈 때까지 그 몇 분 동안 우리는 마치 부모 같은 심정으로 이브의 상태에 대해 소곤거리며 이야기를 나눴다. 식욕이 돌아온 것 같아요……. 안색도 점점 좋아지고 있어요……. 다리가 그렇게 불편하지는 않은 모양이에요……. 스스로를 위안하는 말들이 텐트 위에 떨어지는 빗방울처럼 후두두 떨어져 내렸다.

하지만 이브가 퇴원한 지 이레째 되던 날, 저녁에 내가 이브를 침대에 눕히고 입을 맞췄을 때 이브가 나를 붙잡았다.

"케이티, 세상이 멸망하는 날까지 내가 널 사랑할 거라는 거 알지?"

나는 침대 위의 이브 옆에 앉았다.

"나도 마찬가지야."

"알아." 이브가 말했다.

나는 이브의 손을 꼭 잡아주었다. 이브도 손에 마주 힘을 주었다.

"한동안 네가 오지 않는 편이 더 나을 것 같아."

"그래."

"이해하지?"

"그럼." 내가 말했다.

나는 정말로 이해했다. 적어도 충분할 정도로는 이해하고 있었다.

이제는 누가 누구 것이고, 극장에서 누가 누구 옆에 앉을 것인지를 따질 때가 아니었다. 게임의 규칙이 바뀌었다. 아니, 이제는 전혀 게임이 아니었다. 이제 중요한 것은 밤을 견뎌내는 일이었고, 그 일은 말만큼 쉽지 않을 때가 많았다. 그리고 항상 아주 개인적인 일이기도 했다.

택시가 센트럴파크 웨스트에 멈춰 설 무렵, 진눈깨비는 얼음처럼 차가운 비로 변해 있었다. 야간 도어맨인 피트가 우산을 들고 길가로 나를 마중하러 나와 있었다. 그는 1달러면 되는 택시요금을 2달러나 지불하고, 택시에서 건물 차양까지 1.5미터 거리를 걷는 동안 내게 우산을 받쳐주었다. 엘리베이터에는 담당자 중 가장 젊은 해밀턴이 근무 중이었다. 조지아 주 애틀랜타 출신인 그는 뉴욕에서도 농장의 예의를 몸에 지니고 있었다. 그 덕분에 크게 출세하거나 아니면 큰 곤경에 처하게 될 것 같았다.

"그동안 어디 다녀오셨나요, 캐서린 양?"

엘리베이터가 올라가기 시작하자 그가 물었다.

"다녀온 데라고는 식품점밖에 없어요, 해밀턴."

그는 설마 그렇겠느냐는 듯이 기분 좋게 살짝 웃었다.

"이블린 양과 미스타 팅카*에게 안부 좀 전해주세요."

엘리베이터가 서서히 멈추는 동안 그가 말했다.

엘리베이터 문이 열리자 팅커의 집 현관 홀이 나타났다. 그리스 양식을 완벽하게 재현한 이 현관 홀의 바닥은 모자이크처럼 이어붙인 나무로 되어 있었고, 몰딩은 하얀색이었으며, 벽에는 인상파 이전의 정물화가 걸려 있었다. 팅커는 무릎에 양팔을 올리고 고개를 숙인 모습으로 팔걸이 없는 작은 의자에 앉아 있었다. 마치 응급실 밖에 서 있다가 돌아온 사람 같았다. 내가 엘리베이터에서 내리자 그는 눈에 띄게 안도하는 표정을 지었다. 내가 오지 않을까 봐 걱정

✦ 사투리 발음.

하고 있었다는 듯이.

그가 내 양손을 잡았다. 이목구비의 선이 부드럽게 변해 있는 것이, 병원에서 체중이 4킬로그램 빠진 이브 대신 그가 그만큼 살이 찐 것 같았다.

"케이티! 와줘서 정말 고마워요. 얼굴을 보니 반갑네요."

팅커는 조금 숨죽인 목소리로 말하고 있었다. 그것이 내 안테나를 긴장시켰다.

"팅커. 내가 여기 온 걸 이브도 알아요?"

"그럼요, 그럼요. 당연히 알죠." 팅커가 속삭였다.

"케이티가 오는 걸 기대하고 있어요. 그냥 내가 먼저 설명하고 싶은 게 있어서요. 요즘 이브가 좀 힘들었거든요. 특히 밤에. 그래서 내가 최대한 집에 있으려고 해요. 이브는…… 옆에 사람이 있을 때 더 편안한 것 같아요."

나는 외투를 벗어 팅커가 앉아 있던 의자가 아닌 다른 의자에 놓았다. 팅커가 내게 외투를 받아주겠다는 말을 하지 않은 것이 팅커의 마음 상태를 나타낸다는 것을 내가 알아차려야 했는데.

"내가 얼마나 늦게 돌아올지 잘 모르겠어요. 11시까지 있을 수 있어요?"

"그럼요."

"12시는요?"

"아무리 늦어도 상관없어요, 팅커."

그는 다시 내 손을 한 번 잡았다가 놓았다.

"이제 들어가죠. 이브! 케이티가 왔어요!"

우리는 문을 지나 거실로 들어갔다.

팅커의 집 현관 홀이 고전 양식으로 장식되어 있는 것은 사실 일종의 교묘한 속임수와 같았다. 타이태닉호가 가라앉기 이전 시대의 가구들로 장식되어 있는 곳은 이 아파트에서 그 현관 홀뿐이었다. 센트럴파크가 내다보이는 테라스 창문이 있는 널찍한 거실은 1929년에 바르셀로나에서 열린 세계박람회에서 그대로 공수해온 것 같았다. 하얀 소파 세 개와 미스 반데어로에* 분위기의 의자들이 유리 상판의 칵테일 탁자 주위에 촘촘하게 놓여 있고, 탁자 위에는 소설책 더미, 황동 재떨이, 아르데코 양식의 비행기 모형 등이 예술적으로 배치되어 있었다. 새틴이나 벨벳이나 페이즐리는 어디에도 없었다. 거친 질감이나 둥그스름한 가장자리도 없었다. 그저 서로 아귀가 잘 맞게 놓인 직사각형 물체들이 추상적인 분위기를 더욱 강화해주고 있을 뿐이었다.

'삶을 위한 기계.' 프랑스인들은 이것을 이렇게 표현하는 것 같다. 이브는 그런 풍경의 한가운데에 한가로이 앉아 있었다. 전에 본 적이 없는 하얀 드레스를 입은 이브는 한 팔로는 머리를 받치고 다른 팔은 옆구리에 놓은 채 소파에 몸을 기대고 비스듬히 누워 있었다. 마치 평생 여기서 살아온 사람 같은 자세였다. 뒤쪽으로 도시의 불빛들이 커튼처럼 드리워져 있고, 카펫 위에 마티니 잔이 놓여 있어서 마치 자동차 사고를 당한 사람을 위한 광고의 한 장면 같았다.

이브가 다쳤다는 사실은 가까이 다가가야만 알 수 있었다. 얼굴 왼편의 관자놀이에서 턱까지 두 줄의 흉터가 이어지다가 나중에 하나로 합쳐졌다. 그나마 얼굴에 남아 있는 균형미도 살짝 처진 입가

---

* 독일 태생의 미국 건축가.

때문에 망가져버렸다. 마치 뇌중풍 환자 같았다. 앉아 있는 모습만 보면 왼쪽 다리가 아주 살짝 비틀린 것 같았지만, 드레스 자락 밑에서 삐져나온 흉터를 보면 피부이식 때문에 피부가 털 뽑은 닭처럼 변해버렸다는 것을 알 수 있었다.

"안녕, 이비."

"안녕, 케이트."

나는 이브에게 입을 맞추려고 허리를 굽혔다. 이브는 주저 없이 오른쪽 뺨을 내밀었다. 자신의 새로운 모습에 반사적인 동작마저 이미 완전히 적응한 모양이었다. 나는 반대편 소파에 앉았다.

"좀 어때?" 내가 물었다.

"나아졌어. 넌 어떻게 지냈어?"

"똑같지, 뭐."

"다행이네. 뭣 좀 마실래? 팅커, 좀 가져다줄래요?"

팅커는 앉지 않은 채였다. 그는 비어 있는 소파 뒤에 서서 양팔을 소파 등받이에 댄 채 몸을 기대고 있었다.

"물론이죠." 그가 똑바로 서면서 말했다.

"뭘 마실래요, 케이티? 우린 마티니를 마시던 참인데. 케이티도 마시겠다면 새로 만들어줄게요."

"난 그냥 있는 걸로 마실게요."

"그래도 되겠어요?"

"안 될 것도 없잖아요."

팅커는 잔을 들고 소파 뒤에서 돌아 나와 칵테일 탁자 위의 비행기로 손을 뻗었다. 비행기 동체가 날개와 분리되었다. 유행의 가장자리에서 시소를 타고 있는, 재치 있는 장식품이었다. 팅커는 비행기 코를 뽑은 뒤 내 잔을 채웠다. 그러고는 비행기를 내려놓지 않은 채 잠시 망설였다.

"좀 더 마실래요, 이브?"

"난 괜찮아요. 하지만 당신은 케이티랑 한 잔 더 하지 그래요?"

팅커는 이 말에 상처 입은 표정을 지었다.

"난 혼자 마셔도 괜찮아." 내가 말했다.

팅커가 비행기를 내려놓았다.

"너무 늦지 않게 애써볼게요."

"좋아요." 이브가 말했다.

팅커는 이비의 뺨에 입을 맞췄다. 그가 문으로 걸어가는 동안 이브는 도시의 풍경을 바라보았다. 문이 닫혔다. 이브는 뒤돌아보지 않았다.

나는 마티니를 한 모금 마셨다. 얼음이 녹아서 술이 많이 묽어져 있었다. 진의 맛이 거의 나지 않을 정도였다. 그다지 도움이 되지 않을 것 같았다.

"너 좋아 보인다." 마침내 내가 말했다.

이브가 뭔가를 참는 듯한 표정으로 나를 바라보았다.

"케이티, 내가 그런 헛소리 싫어하는 거 알지? 특히 네가 하는 건 더 싫어."

"그냥 지난번에 봤을 때보다 나아 보인다는 뜻이었을 뿐이야."

"지하실의 그 녀석들 때문이야. 매일 아침마다 베이컨이 나오고, 점심에는 수프가 나온다고. 카나페에는 칵테일이 따라오고, 커피에는 케이크가 따라와."

"질투 나는걸."

"당연하지. 탕자가 따로 없으니까. 하지만 금방 자기가 살찐 송아지로 변해버린 것 같은 느낌이 들어."

이브는 조금 힘들게 애를 써서 일어나 앉았다. 그리고 손가락 두 개를 뻗어 탁자 위에 거의 보이지 않게 놓여 있던 작은 흰색 알약을 집었다.

"조만간 예수님을 찾게 될 것 같아."

이브는 이렇게 말하고 나서 미지근해진 술로 알약을 넘겼다.

"한 잔 더 마실래?" 이브가 물었다.

"너도 마실 거라면."

이브는 몸을 밀어 일으키려고 탁자 위로 몸을 기울였다.

"내가 할게." 내가 말했다.

이브가 씁쓸한 미소를 지었다.

"의사가 운동을 하라고 했어."

이브는 비행기 동체를 뽑아서 바로 걸어갔다. 길에서 수트케이스를 질질 끌며 걷는 아이처럼 왼발을 뒤로 질질 끄는 걸음걸이였다.

이브는 집게로 얼음을 하나씩 집어서 비행기 동체 안에 넣었다. 그리고 진을 대충 콸콸 따른 뒤 베르무트는 정확히 양을 쟀다. 바 위에 거울이 하나 있었는데, 이브는 술을 저으면서 우울한 만족감이 깃든 표정으로 거울에 비친 자신의 얼굴을 살펴보았다.

흡혈귀는 거울에 비치지 않는다고들 한다. 어쩌면 이브는 사고로 인해 흡혈귀와는 반대의 속성을 지닌 유령이 되어버린 것 같았다. 이제 이브는 거울에 비친 모습 외에는 자신의 모습을 보지 못했다.

이브가 비행기의 뚜껑을 닫고 느릿느릿 흔들면서 절룩거리며 자기 자리로 돌아왔다. 그리고 자신의 잔을 채운 뒤 탁자 맞은편의 내게 비행기를 던져주었다.

"팅커랑은 잘 지내?" 나는 내 잔을 채운 뒤 물었다.

"난 가벼운 수다를 떨 기분이 아냐, 케이티."

"그게 가벼운 수다야?"

"당연하지."

나는 손짓으로 대충 아파트 내부를 가리켰다.

"적어도 팅커가 널 잘 돌보고 있는 것 같기는 한데."

"자기가 깨뜨렸으니까 자기가 산 거지. 안 그래?"

이브는 입안 한가득 술을 마시더니 나를 똑바로 바라보았다.

"너 그냥 집에 가라고 해도 안 갈 거지? 난 아무 문제 없어. 15분만 지나면 곤히 잠들 거야."

자기 말을 증명하려는 듯이 이브는 잔을 흔들어댔다. 내가 말했다.

"난 달리 할 일도 없어. 조금 있다가 널 네 방까지 부축해줄게."

이브는 허공에서 손사래를 쳤다. 마치 있으려면 있고, 가려면 가라고 말하는 것 같았다. 이브는 술을 한 잔 더 따라서 소파에 누웠다. 나는 내 잔을 내려다보았다. 이브가 말했다.

"나한테 뭘 좀 읽어주는 건 어때? 팅커라면 그렇게 했을 거야."

"그게 좋아?"

"처음에는 미칠 것 같았지. 팅커가 나랑 대화할 용기가 없어서 그러는 것 같았으니까. 하지만 점점 좋아졌어."

"알았어. 뭘 읽어줄까?"

"뭐든 상관없어."

칵테일 탁자 위에는 책 여덟 권이 크기순으로 쌓여 있었다. 번쩍

거리는 도발적인 색깔의 표지 때문에 마치 깔끔하게 포장된 크리스마스 선물 더미 같았다.

나는 맨 위의 책을 집어 들었다. 귀퉁이를 접어둔 페이지가 눈에 띄지 않았으므로 나는 처음부터 읽기 시작했다.

"그래, 물론이지, 내일 좋아." 램지 부인이 말했다. 그리고 이렇게 말을 덧붙였다. "하지만 종달새처럼 일찍 일어나야 할 텐데."

부인의 아들에게 이 말은 엄청난 기쁨을 주었다. 마치 반드시 모험을 떠나기로 결정된 것 같은 기분이 들었다. 아주, 아주 오래전부터 고대했던 그 경이를 이제 하룻밤의 어둠과 하룻낮의 항해 후에 맛볼 수 있을 것이다.✦

"아, 그만둬. 끔찍해. 그거 뭐야?" 이브가 말했다.

"버지니아 울프."

"윽. 팅커는 항상 여자들이 쓴 소설을 가져와. 내가 다시 일어서는 데 그런 게 필요한 줄 아나 봐. 내 침대 주위를 그런 책들로 채워놨다니까. 그걸로 담을 쌓아서 나를 가둘 작정인 것 같아. 뭐 다른 책 없어?"

나는 책더미를 살짝 기울여서 중간에 있던 책을 빼냈다.

"헤밍웨이?"

"아유, 다행이다. 이번에는 그냥 중간부터 읽어. 알았지, 케이티?"

"중간 어디서부터?"

✦ 『등대로』에서.

"처음만 아니면 어디든."

나는 아무렇게나 책을 펼쳤다. 104쪽이 나왔다.

네 번째 남자, 그 덩치 큰 남자가 그가 지켜보고 있는 은행 문에서 나왔다. 톰슨 총을 앞으로 든 그가 뒷걸음질로 은행에서 나오자 은행 안에서 숨을 길게 참고 질러대는 비명처럼 사이렌이 울려 퍼졌다. 해리의 눈에 총구가 펄쩍펄쩍 펄쩍펄쩍 튀는 것이 보이고 핑 핑 핑 핑 하는 소리가 들렸다.[+]

"그건 좀 괜찮네." 이브가 말했다.

이브는 베개를 머리가 올 자리에 놓고 누워서 눈을 감았다.

나는 스물다섯 쪽 분량을 큰소리로 읽었다. 이브는 열 쪽을 들은 뒤 잠이 들었다. 거기서 멈췄어도 됐겠지만, 나는 그 책이 재미있었다. 104쪽부터 읽기 시작한 덕분인지 헤밍웨이의 글이 여느 때보다 훨씬 더 역동적으로 느껴졌다. 앞부분의 내용을 읽지 않았기 때문에 모든 사건이 스케치처럼 느껴지고, 모든 대화가 빈정거리는 풍자 같았다. 단역들이 중심인물들과 동등한 입장에 서서, 사심이 전혀 들어가지 않은 상식으로 그들을 확실히 후려쳤다. 주인공들은 반격하지 않았다. 그들은 이야기라는 폭군에게서 해방돼서 오히려 안도하는 것 같았다. 헤밍웨이의 책을 모두 이런 식으로 읽어보고 싶다는 생각이 들었다:

나는 술잔을 비운 뒤 유리 탁자에 닿는 소리가 나지 않게 조심스

[+] 『가진 자와 못 가진 자』에서.

레 내려놓았다.

이브의 소파 등받이에 하얀 담요가 걸쳐져 있었다. 나는 고르게 숨을 쉬는 그녀의 몸에 그것을 덮어주었다. 이제 이브는 예수님을 찾을 필요가 없겠다는 생각이 들었다. 예수가 벌써 이브를 찾아왔으니까.

바 위에 스튜어트 데이비스의 주유소 습작 네 점이 걸려 있었다. 이 방의 유일한 예술품인 그 그림들은 원색으로 칠해져 있어서 가구들과 훌륭한 대조를 이뤘다. 술병들 앞에는 은색의 또 다른 장식품이 있었다. 작은 창문과 다이얼이 달린 장식품이었는데, 다이얼을 돌리면 기차역의 시간표처럼 아이보리색 카드들이 한 장씩 돌아갔다. 각각의 카드에는 칵테일 요리법이 적혀 있었다. 마티니, 맨해튼, 메트로폴리탄……. 찰칵, 찰칵, 찰칵, 뱀부, 베넷, 비트윈더시츠……. 찰칵, 찰칵, 찰칵, 찰칵. 진이 들어 있는 병 뒤에는 네 종류의 스카치가 있었다. 어느 것도 내 형편으로는 살 수 없는 것이었다. 나는 가장 오래된 스카치를 한 잔 따라서 뒤쪽 복도를 한들한들 걸었다.

오른편 첫 번째 방은 예전에 우리가 식사를 하던 작은 식당이었다. 그 뒤에 부엌이 있었다. 기구들이 잘 갖춰져 있지만, 실제로 사용되는 경우는 드물었다. 스토브 위에는 변색되지 않은 구리 냄비들이 놓여 있고, 밀가루, 설탕, 커피, 차라고 적힌 단지들은 모두 입구까지 가득 차 있었다.

부엌 뒤에 하녀의 방이 있었다. 어느 모로 보나 팅커는 아직도 거기서 잠을 자는 것 같았다. 민소매 속옷이 의자 위에 있고, 욕실에는 면도기가 유리잔 속에 세워져 있었다. 자그마한 책꽂이 위에는 다소 원시적인 느낌의 사회주의 리얼리즘 그림이 걸려 있었다. 부두 노동자들이 시위를 위해 모여드는 화물 부두를 위에서 내려다보는 시각으로 그린 작품이었다. 경찰차 두 대가 군중 가장자리에 서 있었다. 그리고 부두 끝에 '밤샘 영업'이라는 파란색 네온 간판이 간신히 보였다. 이 그림에 좋은 점이 전혀 없는 것은 아니었지만, 이 아파트의 분위기를 생각할 때 이것이 왜 하녀 방에 걸려 있는지 알 것 같았다. 비슷한 이유로 추방당한 하드보일드 탐정소설들이 책꽂이에 가득 꽂혀 있었다.

나는 부엌을 지나온 길을 되돌아가서 자고 있는 이브 옆을 지나쳐 반대편 복도로 갔다. 왼편 첫 번째 방은 벽난로가 있는 서재였다. 내 아파트의 절반쯤 되는 크기였다.

책상 위에 또 기발한 장식품이 있었다. 경주차 모양의 담배통이었다. 이 은제 물건들, 그러니까 비행기 모양의 셰이커와 칵테일 카탈로그와 경주차는 이 아파트의 국제적인 분위기와 아주 잘 어울렸다. 보석처럼 훌륭한 솜씨로 만들어졌지만, 확실히 남자를 위한 물건이라는 것이 느껴졌다. 그리고 팅커 본인이 직접 샀을 것 같은 물건은 결코 아니었다.

숨겨진 손의 존재가 느껴졌다.

책받침대 두 개 사이에 참고용 서적들 몇 권이 꽂혀 있었다. 동의어/반의어 사전, 라틴어 문법책, 곧 지독히 시대에 뒤떨어진 물건이 될 지도책. 그리고 책등에 제목이 적혀 있지 않은 얇은 책도 한 권 있었다. 펼쳐 보니 워싱턴에 관한 책이었다. 첫 번째 페이지에 적힌 글을 보니 팅커의 어머니가 팅커의 열네 번째 생일에 준 선물임을 알 수 있었다. 워싱턴의 유명한 연설문들과 편지들이 모두 연대순으로 수록되어 있었지만, 맨 앞에는 워싱턴이 10대 때 직접 작성한 포부 목록이 실려 있었다.

사교와 토론에서 갖추어야 할 예의 및 품위 있는 행동 규칙

첫째 다른 사람들과 함께 행동할 때는 항상 주위 사람들을 존중해야
한다.

둘째 다른 사람들과 함께 있을 때는 보통 겉으로 드러나지 않는 신
체 부위에 손을 대면 안 된다.

셋째 친구가 겁을 먹을 만한 것을 보여주면 안 된다.

등등.

내가 방금 등등이라고 했나? 이런 규칙이 무려 110가지나 있었
다! 게다가 밑줄이 쳐진 것이 절반이 넘었다. 한 청소년이 150년이
라는 간격을 뛰어넘어 다른 소년에게서 예의에 관한 공감을 이끌어
낸 것이다. 어느 편이 더 예뻐 보이는 건지, 그러니까 팅커의 어머니
가 이 책을 팅커에게 주었다는 점인지 아니면 그가 이 책을 가까이
에 두고 있었다는 점인지 언뜻 판단이 서지 않았다.

책상 뒤에 놓인 의자는 축을 중심으로 회전할 수 있는 것이었다.
나는 한 바퀴를 획 돈 뒤 멈췄다. 서랍을 모두 잠가놓을 수도 있었
을 텐데, 잠긴 서랍은 하나도 없었다. 아래쪽 서랍들은 비어 있었다.
위쪽 서랍들은 자질구레한 물건으로 가득했다. 하지만 가운데 서랍
의 서류 더미 맨 위에 이브의 아버지가 보낸 편지가 놓여 있었다.

친애하는 그래이 씨(이브의 아버지가 이름을 잘못 표기했다),

병원에서 솔직히 사실을 털어놓아주어서 고맙고, 이블린과 연애 감정을 갖고 사귀는 사이가 아니라는 그래이 씨의 말을 받아들일 준비도 되어 있소. 내가 그래이 씨의 반대를 무릅쓰고, 내 딸이 그래이 씨의 아파트에서 지내는 비용을 감당하겠다고 고집을 부린 이유 중 하나도 바로 그것이오. 일단 1천 달러짜리 수표를 동봉했소. 앞으로도 계속 수표를 보낼 예정이오. 부탁이니 내 명예를 위해서라도 이 수표를 현금으로 바꿔 사용해주시오.

관대한 행동을 한다고 해서 타인에 대한 책임이 끝나는 것은 아니오. 오히려 책임이 시작되게 만드는 경향이 있지요. 이것을 아는 사람은 거의 없지만, 그래이 씨는 틀림없이 알고 있으리라고 믿소.

만약 그래이 씨와 내 딸 사이에 모종의 변화가 생긴다면, 나로서는 그래이 씨가 내 딸의 상태나 그 아이가 집에 가까이 머물고 있다는 점이나 그래이 씨에게 신세를 지고 있다는 점을 이용하려 들지는 않을 것이라고 믿는 수밖에 없소. 그래이 씨가 신사라면 자연스럽게 발휘할 수 있는 자제력을 보여줄 거라고 믿소. 그래이 씨가 정정당당하게 행동할 마음의 준비가 될 때까지 말이오.

감사와 신뢰를 담아,
찰스 에버렛 로스

나는 로스 씨에 대한 존경심이 한층 깊어진 것을 느끼며 편지를 접어 서랍에 돌려놓았다. 수식어 하나 없이 사실만을 담은 이 편지, 사업가 대 사업가로 말을 건 이 편지를 보았다면 돈 후안이라도 어쩔 수 없다는 생각이 들었을 것이다. 팅커가 이 편지를 이곳에 놓아둔 것도 놀랄 일이 아니었다. 여기라면 이브가 얼마든지 이 편지를 찾아낼 수 있을 테니까.

중앙 침실에는 커튼이 열려 있어서 도시의 불빛들이 다이아몬드 목걸이처럼 반짝거렸다. 그 목걸이는 자신에게 손을 뻗을 수 있는 사람이 누구인지 정확히 알고 있는 것 같았다. 침대에는 파란색과 노란색이 섞인 이불이 덮여 있고, 천을 씌운 의자 한 쌍이 그 이불과 짝을 이루고 있었다. 이 아파트 전체가 부유한 독신남에게 딱 맞게 디자인되어 있다면, 이 방은 우연히 이곳에 깃들게 된 여성이 낯선 느낌을 받지 않도록 지나치게 화려하지 않은 색깔과 편안한 분위기로 꾸며져 있었다. 여기서도 숨겨진 손이 느껴졌다.

벽장에는 이브가 원래 갖고 있던 옷들 외에 새 옷들이 몇 벌 걸려 있었다. 가격이 상당하고 이브의 스타일이 아닌 것으로 보아 틀림없이 팅커가 사온 옷들인 것 같았다. 나는 아까 칵테일 요리법을 찰칵찰칵 넘길 때처럼 손으로 그 옷들을 쓸어보다가 신여성 스타일의 파란색 재킷에 시선이 멎었다. 그것은 내 옷이었다. 순간적으로 이 옷이 왜 여기 있는지 의아했다. 이비의 짐을 이 방에 푼 사람은 나였는데. 그러다 생각이 났다. 사고가 나던 날 이브가 이 옷을 입고 있었다. '예의 및 품위 있는 행동 규칙'이라는 기적 덕분에 누군가가 이 옷을 수습해서 세탁해놓은 모양이었다. 나는 그 옷을 제자리에 걸어놓고 벽장문을 닫았다.

욕실 세면대에는 이브의 약이 놓여 있었다. 일종의 진통제였다. 나는 거울을 바라보며 내가 이브의 처지였다면 어땠을지 생각해보았다.

그리 잘 견디지는 못했을 거야. 나는 이런 결론을 내렸다.

거실로 돌아와 보니 이브가 보이지 않았다.

나는 부엌과 하녀 방을 둘러보았다. 서재에도 가보았다. 이브가 정말로 아파트에서 도망친 것이 아닌지 걱정이 되기 시작했다. 그러다가 거실 커튼 자락이 오르락내리락하고 있는 모습과 테라스에 서 있는 이브의 하얀 실루엣이 보였다. 나는 밖으로 나가서 이브 옆에 섰다.

"아, 케이티."

내가 그동안 이리저리 기웃거린 것을 이브가 눈치챘는지는 몰라도, 겉으로는 그런 내색을 하지 않았다.

진눈깨비가 그치고 하늘에는 별들이 반짝였다. 이스트사이드의 아파트들이 공원 건너편에서 마치 만 건너편의 집들처럼 어렴풋이 빛을 내고 있었다.

"밖이 좀 춥다." 내가 말했다.

"그래도 그만한 가치가 있잖아, 안 그래? 재미있어. 밤의 스카이라인은 숨이 막힐 만큼 아름다운데, 맨해튼에서 평생을 살아도 그걸 못 보는 사람들이 있으니. 미로 속의 생쥐 같아."

이브의 말이 옳았다. 당연히. 로워이스트사이드에서는 고가철도와 소방계단과 아직 지하에 묻지 못한 전선들이 모든 길을 따라 하늘을 가리고 있었다. 대부분의 뉴욕 시민은 과일 노점과 건물 5층 사이 어딘가에서 살았다. 그들의 잡다한 일상 위로 수십 미터 높이에서 도시를 바라보는 것은 마치 천국에 온 듯 아름다운 경험이었다. 우리는 이 순간을 마땅히 즐겨야 하는 만큼 즐겼다. 이브가 말했다.

"팅커는 내가 여기로 나오는 걸 안 좋아해. 내가 뛰어내릴 거라고 확신하고 있거든."

"정말로 그럴 거야?"

나는 내 질문에 농담 같은 기운을 섞으려고 했지만 잘되지 않았다.

이브는 딱히 기분이 상한 것 같지 않았다. 그저 간단한 대답으로 그런 의심을 물리쳐버렸을 뿐이다.

"난 가톨릭 신자야, 케이티."

땅에서 대략 300미터쯤 되는 높이에서 초록색 불빛 세 개가 우리 시야에 나타나더니 공원 상공을 가로질러 남쪽으로 향했다.

"저걸 봐." 이브가 그 불빛들을 가리키며 말했다.

"내가 장담하는데, 저 불빛들은 엠파이어스테이트 빌딩을 선회할 거야. 하룻밤의 숙면을 걸라면 걸 수도 있어. 저 작은 비행기들은 항상 거기서 선회하니까. 자기들도 도저히 어쩔 수 없는 모양이야."

병원에서 퇴원한 직후 며칠 동안 그랬던 것처럼 나는 이브가 이제 잠자리에 들고 싶다고 말하자 이브를 침실까지 부축해주었다. 그리고 스타킹과 옷을 벗겨주고, 침대에 눕혀주고, 이마에 입을 맞췄다.

이브도 손을 뻗어 내 이마를 양손으로 잡고 입을 맞췄다.

"널 다시 봐서 반가웠어, 케이티."

"불을 끌까?"

이브는 협탁을 바라보았다.

"이것 좀 봐." 이브가 신음하듯이 말했다.

"샬럿 브론테. 에밀리 브론테. 제인 오스틴. 이게 팅커가 생각해낸

재활 계획이야. 그런데 이 여자들 전부 노처녀로 죽지 않았어?"

"오스틴은 그랬던 것 같은데."

"뭐, 다른 사람들도 그랬을걸."

이브의 말이 워낙 뜻밖이어서 나는 웃음을 터뜨렸다. 이브도 웃었다. 어찌나 마음껏 웃어댔는지 이브의 머리카락이 얼굴로 흘러내릴 정도였다. 그해의 첫째 주 이후로 우리 둘이 이렇게 마음껏 웃어본 것은 처음이었다.

내가 불을 끄자 이브는 굳이 팅커를 기다릴 필요가 없다면서 그냥 가도 된다고 말했다. 나는 하마터면 정말로 그럴 뻔했지만 팅커가 내게서 굳이 약속을 받아낸 것을 떠올렸다.

나는 복도의 불을 끄고, 거실의 불도 대부분 껐다. 그리고 어깨에 하얀 모포를 두른 채 소파에 자리를 잡았다. 나는 책더미 중간에서 책을 하나 빼내서 읽기 시작했다. 펄 벅의 『대지』였다. 하지만 2쪽에서 도무지 진도가 나가질 않아서 나는 104쪽으로 건너뛰어 다시 읽기 시작했다. 그래도 소용이 없었다.

내 시선이 피라미드처럼 쌓여 있는 책들에 가 닿았다. 나는 책들의 제목을 보며 잠시 생각에 잠겼다. 그러고는 책들을 들고 복도를 걸어가 하녀 방으로 가서 탐정소설 열 권과 바꿨다. 그것들을 거실 탁자에 놓고 보니 크기순으로 정리할 필요가 없었다. 책들의 크기가 정확히 똑같았기 때문이다. 그러고 나서 나는 부엌으로 갔다. '닫힌 부엌의 달걀'을 만들 생각이었다.

나는 그릇에 달걀 두 개를 깨서 넣고 강판에 간 치즈와 향초를 섞어 휘저었다. 그리고 기름을 둘러 달군 프라이팬에 그것을 부은 뒤 뚜껑을 덮었다. 미리 기름을 달구고 뚜껑을 덮으면 달걀이 부풀어 오른다. 그리고 타지 않은 채 갈색으로 변한다. 내가 어렸을 때 아버지가 이런 식으로 달걀을 요리해주곤 하셨다. 하지만 이 요리를 아침으로 먹은 적은 없었다. 아버지는 부엌을 꼭 닫아놓았을 때 가장 좋은 맛을 낼 수 있다고 말하곤 했다.

내가 마지막 달걀 조각을 먹고 있는데 팅커가 숨죽인 소리로 내 이름을 부르는 소리가 들렸다.

"부엌에 있어요."

그가 안도한 표정으로 들어왔다.

"여기 있었군요." 그가 말했다.

"네, 여기 있어요."

팅커는 의자에 털썩 주저앉았다. 머리는 깔끔하게 빗질이 되어 있고, 넥타이는 윈저 매듭으로 정확하게 매어져 있었다. 하지만 그런 차림새도 그의 피로를 감춰주지는 못했다. 눈이 약간 부어오르고 기운이 다 빠져버린 것 같은 그의 모습은 쌍둥이가 태어나는 바람에 깜짝 놀라서 추가근무를 시작한 아버지 같았다.

"어땠어요?" 그가 조심스레 물었다.

"괜찮았어요, 팅커. 이비는 당신이 생각하는 것보다 강해요. 괜찮을 거예요."

나는 하마터면 그에게 조금 긴장을 풀고 이브에게 여유를 주어도 된다고, 자연의 흐름에 일을 맡기라고 말할 뻔했다. 하지만 그때 차를 운전한 건 내가 아니었다.

그가 잠시 후에 말했다.

"팜비치에 우리 사무실이 있어요. 몇 주 동안 이브를 그리로 데려갈까 생각 중이에요. 따뜻하고 새로운 환경이 어떨까 해서요. 어때요?"

"좋은 생각 같은데요."

"그냥 분위기가 좀 바뀌면 이브한테 도움이 될 것 같아요."

"당신도 분위기를 바꿔볼 필요가 있을 것 같은데요."

팅커는 대답 대신 피곤한 미소를 지어 보였다.

내가 접시를 치우려고 일어서자 팅커는 품행 방정한 강아지 같은 눈으로 빈 접시를 쫓았다. 그래서 나는 그에게도 '닫힌 부엌의 달걀'을 만들어주었다. 나는 달걀을 휘휘 저어서 프라이팬으로 익힌 뒤 접시에 담아 내놓았다. 그리고 아까 찬장에서 아직 뚜껑을 뜯지 않은 요리용 셰리주를 보았던 기억이 나서 코르크 마개를 열고 우리 두 사람 몫으로 한 잔씩 따랐다. 우리는 셰리주를 조금씩 마시며 공연히 숨죽인 목소리로 이런저런 이야기를 나눴다.

플로리다를 생각하다 보니 키즈 제도 이야기가 나왔고, 그 이야기에 팅커는 어렸을 때 『보물섬』을 읽고는 형과 함께 금화를 찾겠다며 뒤뜰을 파헤친 기억을 떠올렸다. 그리고 그 이야기에 우리 둘 다 『로빈슨 크루소』와 무인도에 발이 묶이는 공상을 하던 것을 떠올렸다. 이 이야기는 만약 혼자서 난파당하는 신세가 되었을 때 주머니에 들어 있으면 좋은 두 가지 물건이 무엇이냐는 이야기로 다시 이어졌다. 팅커는 (현명하게) 잭나이프와 부싯돌을 이야기했고, 나는 (어리석게) 카드 한 벌과 소로의 『월든』을 이야기했다. 페이지마다 무한을 엿볼 수 있는 책은 『월든』뿐인 것 같으니까.

그러고 나서 잠시 우리는 아직 맥스의 식당에 있는 듯한 상상에 빠져들었다. 식탁 밑에서 우리의 무릎이 부딪히고, 갈매기들이 트리니티 교회의 뾰족탑 위를 선회하고, 새해의 밝고 화사한 가능성들이 아직 우리 손이 닿는 곳에 있던 그때.

아버지 말씀처럼 그건 옛날 일이었다. 아버지는 조심하지 않으면 생선처럼 배가 갈리는 신세가 될 거라고 말하곤 했다.

현관 홀에서 팅커는 또 내 양손을 잡았다.

"만나서 반가웠어요, 케이티."

"나도 만나서 반가웠어요."

내가 뒤로 물러섰지만 팅커는 금방 손을 놓지 않았다. 뭔가 말해야 할지를 두고 혼자 씨름하고 있는 것 같았다. 하지만 말을 하는 대신 그는 복도 저편에서 자고 있는 이브를 두고 내게 키스했다.

강압적인 키스는 아니었다. 그것은 내게 던지는 질문이었다. 내가 조금 앞으로 몸을 기울이기만 하면 그가 양팔로 나를 감쌀 터였다. 하지만 지금 이 갈림길에서 그래 봤자 우리가 가 닿을 곳이 어디겠는가?

나는 손을 빼내서 그의 매끄러운 뺨을 손바닥으로 감쌌다. 그러면서 모든 것을 견디고, 모든 것을 믿고, 모든 것을 바라고, 그리고 무엇보다도 특히 모든 것을 참아내라는, 인내에 관한 훌륭한 조언에서 위안을 얻었다.

"당신은 다정한 사람이에요, 팅커 그레이."

엘리베이터가 올라오면서 케이블이 슉 하는 소리를 냈다. 나는 해밀턴이 엘리베이터 문을 열기 전에 그의 뺨에서 손을 뗐다. 팅커는 고개를 끄덕이더니 재킷 주머니에 양손을 넣었다.

"달걀 요리 고마워요." 그가 말했다.

"대단한 것도 아닌데요. 내가 요리할 줄 아는 게 그것뿐이에요."

팅커는 미소를 지었다. 평소의 모습이 언뜻 내비쳤다. 나는 엘리베이터에 올랐다. 팅커가 말했다.

"당신의 새집에 대해서는 미처 얘기를 못 했네요. 언제 보러 가도 될까요? 다음 주 어때요?"

"그러면 좋죠."

해밀턴은 대화가 끝나기를 예의 바르게 기다리고 있었다.

"됐어요, 해밀턴." 내가 말했다.

그가 문을 닫고 레버를 당기자 엘리베이터가 내려가기 시작했다. 그는 층 번호가 바뀌는 것을 지켜보며 혼자 휘파람으로 어떤 곡조를 불었다.

남북전쟁 이후 워싱턴이나 제퍼슨 같은 건국의 아버지들 이름은 흑인들 사이에서 커다란 인기를 끌었다. 하지만 중앙은행의 지지자였으며 결투로 목숨을 잃은 사람*의 이름을 딴 흑인을 본 건 처음이었다. 로비에 도착한 뒤 나는 엘리베이터에서 내려 그에게 이름에 대해 물어보려고 고개를 돌렸다. 하지만 종소리가 울리자 그가 어깨를 으쓱했다. 엘리베이터의 당당한 황동 문이 조용히 닫혔다.

드래곤 문장이 새겨진 방패 모양에 베레스포드 가문의 가훈이 적힌 문양이 돋을새김으로 새겨져 있었다. FRONTA NULLA FIDES. 겉모습을 믿지 마라.

내 말이.

마멋이 그림자를 드리우지 않았는데도++ 겨울은 3주 동안 더 뉴

✦ 알렉산더 해밀턴. 건국의 아버지 중 하나로 꼽히는 미국 정치가.

욕을 붙들고 놓아주지 않았다. 센트럴파크의 사프란은 얼어붙었고, 새들은 그 상황에서 유일하게 도달할 수 있는 결론을 내리고 브라질로 돌아갔다. 그리고 '미스타 팅카'는 이렇다 할 연락도 없이 그다음 월요일에 이블린 양을 데리고 팜비치로 갔다.

✦✦ 마멋이 겨울잠에서 깨어난다는 성촉절, 즉 2월 2일에 해가 나서 마멋이 자기 그림자를 보게 되면 다시 겨울잠에 빠지기 때문에 겨울이 6주 동안 더 계속된다는 이야기가 있다.

6장

•

잔인하기 짝이 없는 달

4월의 어느 날 밤, 나는 IRT선의 월스트리트 역에 서서 서민 동네의 집으로 돌아가려고 열차를 기다리고 있었다. 앞차가 떠난 지 20분이나 되었기 때문에 플랫폼에는 모자를 쓴 사람, 한숨을 내쉬는 사람, 석간신문을 대충 접어서 들고 있는 사람들로 북적였다. 근처 바닥에는 물건을 지나치게 쑤셔 넣은 뒤 끈으로 묶은 여행 가방이 놓여 있었다. 아이들이 없었다는 점만 빼면, 전시戰時의 작은 역이라고 해도 될 것 같았다.

내 옆으로 파고들며 앞으로 나아가려던 남자가 내 팔꿈치를 쳤다. 갈색 머리에 캐시미어 외투를 입은 남자였다. 이 시대 사람답지 않게 그는 사과하려고 고개를 돌렸다. 그 짧은 한순간, 나는 그 사람이 팅커인 줄 알았다.

하지만 그럴 리가 없었다.

팅커 그레이는 IRT하고는 한참 거리가 먼 곳에 있었다. 팜비치에 간 지 1주일쯤 되었을 때 이브가 팅커와 함께 자리를 잡은 브레이커스 호텔에서 내게 엽서를 보냈다. "우리 둘 다 네가 보고 싶어 죽겠어." 어쨌든 엽서에 적힌 말은 그랬다. 팅커도 여백에 작은 인쇄체 글자로 비슷한 내용의 글을 썼다. 글자들이 내 주소를 한 바퀴 돌아서 우표를 향해 올라가 있었다. 엽서 앞면의 사진에는 이브가 해변이 내다보이는 호텔 방 발코니를 화살표로 표시해두었다. 그리고 모래사장 위에는 '투신금지'라고 적힌 경고판을 그려놓았다. 엽서에는 "1주일 뒤에 보자"고 적혀 있었지만, 2주가 지나자 키웨스트의 요트 부두에서 엽서가 날아왔다.

그동안 나는 5천 쪽 분량의 구술을 받아 적었다. 그리고 날씨만큼이나 우중충한 문장으로 된 글을 40만 단어 분량이나 타자로 쳤다. 나는 내가 가진 최고의 플란넬 스커트가 닳도록 앉아서 갈라진 부정사들을 봉합하고, 대롱대롱 매달려 있는 수식어구들을 끌어올렸다. 밤이면 내 집 부엌 식탁에 혼자 앉아 땅콩버터를 바른 토스트를 먹으며 카드놀이의 도사가 되었다. 사람들이 왜 E. M. 포스터에 대해 그렇게 소란을 피우는지 궁금해서 그가 쓴 소설들의 세계로 애써 들어가보기도 했다. 그리고 도합 14달러 57센트를 절약했다.

아버지가 아셨다면 자랑스러워 하셨을 것이다.

그 예의 바른 남자는 어찌어찌 플랫폼을 가로질러 가서 생쥐같이 생긴 젊은 여자 옆에 자리를 잡았다. 그 여자는 다가오는 남자를 보려고 시선을 들었다가 나와 잠깐 눈이 마주쳤다. 샬럿 사이크스였다. 내 왼편에 앉아 근무하는 타이핑 천재.

샬럿은 눈썹이 검고 진했지만, 이목구비는 섬세하고 피부도 아름다웠다. 언제든 이 도시가 자기를 짓밟을까 봐 겁을 내는 사람처럼 굴지 않는다면 누군가에게 좋은 인상을 남길 수도 있을 터였다.

오늘 밤 샬럿은 장례식장의 국화 같은 것이 꼭대기에 달려 있는, 납작하고 테 없는 모자를 쓰고 있었다. 샬럿은 로워이스트사이드 어딘가에 살고 있었는데, 나를 보면서 사람이 얼마나 늦게까지 근무해야 하는지 힌트를 얻는 것 같았다. 나와 몇 분 차이로 플랫폼에 나타날 때가 많은 것을 보면 그랬다. 샬럿은 나를 향해 넌지시 시선을 보냈다. 내게 다가올 용기를 내려고 애쓰고 있음이 분명했다. 샬럿이 혹시 엉뚱한 해석을 하지 않게 하려고 나는 가방에서 『전망 좋은 방』을 꺼내 6장을 펼쳤다. 대화 중인 두 사람 사이에 끼어드는 일보다 책을 읽는 한 사람을 방해하는 일을 더 꺼리는 것은 인간의 본성 중에서 기묘하면서도 사랑스러운 부분이다. 설사 그 사람이 읽고 있는 책이 멍청한 로맨스소설이라 해도 마찬가지다.

조지는 그녀가 도착하는 소리를 듣고 돌아섰다. 잠시 그는 그녀를 생각했다. 마치 하늘에서 뚝 떨어진 사람 같다는 생각. 그녀의 얼굴에서는 기쁨이 빛나고, 꽃들이 그녀의 드레스를 두드려댔다.

꽃들이 드레스를 두드리는 소리는 열차가 브레이크를 거는 소리에 묻혀버렸다. 플랫폼에 난민처럼 몰려 있던 사람들이 자기 물건을 챙겨서 열차에 타기 위해 투쟁할 준비를 갖췄다. 나는 나를 밀치며 지나가는 사람들을 내버려두었다. 역이 이렇게 북적일 때는 대개 다음 열차를 기다리는 편이 더 나았다.

러시아워에 등장하는 역무원들은 작은 초록색 모자를 쓰고 플랫폼 여기저기의 전략적인 위치에 자리를 잡고 서서, 사고 현장의 경찰들처럼 굴면서 어깨를 활짝 펴고 사람들을 필요에 따라 앞뒤로 밀칠 준비를 하고 있었다. 열차 문이 열리자 사람들이 확 밀려들었다. 샬럿의 모자에 달린 검푸른 국화가 바다를 표류하는 화물처럼 까딱거리며 앞으로 나아갔다.

"안쪽에 자리를 좀 만들어주세요."

역무원들이 위아래에서 동시에 사람들을 밀면서 외쳐댔다.

잠시 후 열차가 떠나자 소수의 현명한 사람들만이 남았다. 나는 나의 고독 속에서 안심하고 책장을 넘겼다.

"캐서린!"

"샬럿……."

샬럿은 마지막 순간에 돌아 나왔음이 분명했다. 무슨 체로키 족 정찰대원이라도 되는 것처럼.

"언니가 이 열차를 타는 줄은 몰랐어요."

샬럿이 솔직하지 못한 말을 했다.

"매일 타는걸."

샬럿은 거짓말이 들켰다는 것을 깨닫고 얼굴을 붉혔다. 그러자 혈색이 심하게 부족하던 얼굴이 보기 좋게 변했다. 아무래도 거짓말을 자주 해야 할 것 같았다.

"집이 어디예요?" 샬럿이 물었다.

"11번가야."

샬럿의 얼굴이 밝아졌다.

"나랑 거의 이웃이네요! 난 루들로에 살아요. 바워리에서 동쪽으로 몇 블록 거리."

"나도 루들로가 어딘지 알아."

샬럿은 미안하다는 듯 살짝 웃었다.

"그렇겠죠."

샬럿은 허리 앞에서 양손으로 커다란 서류를 들고 있었다. 교과서를 들고 있는 여학생 같았다. 두께를 보니 합병 협약서나 상장 계획서 초안인 것 같았다. 하지만 그 서류가 무엇이든 샬럿이 이렇게 들고 나오면 안 되는 물건이었다.

나는 어색한 침묵이 점점 자라나도록 내버려두었다.

하지만 충분히 어색해지지는 않은 모양이었다.

"어렸을 때부터 그 동네에서 살았어요?" 샬럿이 물었다.

"난 브라이튼비치 출신이야."

"어머나." 샬럿이 말했다.

샬럿은 브라이튼비치가 어떤 곳이냐든가, 어떤 지하철이 거기까지 가냐든가, 코니아일랜드에 가본 적이 있느냐는 등의 질문을 던질 생각이었겠지만 열차가 들어오면서 나를 구해주었다. 플랫폼에는 여기저기 사람들이 흩어져 있을 뿐이었기 때문에 역무원들은 우리에게 신경을 쓰지 않았다. 그들은 공격과 공격 사이에 휴식을 취하는 병사들처럼 세속적이고 무심한 태도로 담배를 피웠다.

샬럿은 내 옆자리에 앉았다. 우리 맞은편 자리에는 중년의 호텔 메이드가 시선을 계속 내리깐 채 앉아 있었다. 검은색과 흰색이 섞인 제복 위에는 낡은 와인색 외투를 입었고, 발에는 실용적인 신발을 신고 있었다. 그녀의 머리 위에 손수건 없이 재채기를 하면 안 된다는 내용의 보건부 포스터가 걸려 있었다.

"미스 마크햄 밑에서 얼마나 일했어요?" 샬럿이 물었다.

샬럿이 퀴긴&헤일 대신 미스 마크햄의 이름을 댄 것은 인정해줄 만했다.

"1934년부터야." 내가 말했다.

"그럼 고참급이네요!"

"천만에."

우리는 잠시 침묵을 지켰다. 샬럿이 이제야 눈치를 챘나 보다 하는 생각이 들었지만, 샬럿은 이내 독백을 시작했다.

"미스 마크햄은 정말 대단하지 않아요? 그런 사람은 처음 봤어요. 정말 굉장해. 미스 마크햄이 프랑스어도 할 줄 아는 것 알아요? 파트너 한 분하고 프랑스어로 얘기하는 걸 들었어요. 서신 같은 것도 한 번만 보면 틀림없이 단어 하나 빼먹지 않고 다 외울 거예요."

샬럿의 말이 갑자기 평소의 두 배쯤 되는 속도로 빨라졌다. 불안해서 그러는 건지, 아니면 지하철에서 내리기 전에 최대한 많은 말을 하려고 그러는 건지 알 수 없었다.

"······하긴 Q&H 사람들이 전부 엄청 괜찮기는 하죠. 심지어 파트너들도 그래요! 얼마 전에 서류에 서명을 받으려고 퀴긴 씨 사무실에 들어간 적이 있어요. 언니는 거기 들어가봤어요? 아, 당연히 들어가봤겠죠. 그 방 어항에 물고기가 가득 들어 있는 거 알죠? 거기 작은 물고기 한 마리가 있는데, 정말이지 굉장한 파란색이에요. 그런데 그 녀석이 어항 유리에 코를 박고 있더라고요. 눈을 뗄 수가 없었어요. 미스 마크햄이 우리더러 파트너들의 사무실에서는 아무렇게나 두리번거리지 말라고 했는데도. 그런데 퀴긴 씨가 서명을 다하고는 책상 옆을 돌아 나와서 그 물고기들 이름을 하나하나 라틴어로 말해주지 뭐예요!"

샬럿이 빠른 속도로 말을 이어나가는 동안 건너편의 메이드가 시선을 들었다. 그녀는 샬럿을 빤히 바라보며 귀를 기울이고 있었다. 마치 자신도 바로 얼마 전에 그런 어항 앞에 서 있었던 적이 있다는 듯이. 그때는 그녀의 이목구비도 샬럿처럼 섬세하고 피부가 아름다웠을 것이다. 희망에 차서 눈을 크게 뜨고 세상이 찬란하고 멋진 곳이라고 생각하던 시절.

열차가 커널 거리에 도착하자 문이 열렸다. 샬럿은 정신없이 이야기를 하느라 차가 선 것을 알아차리지 못했다.

"여기서 내려야 하지 않아?"

샬럿은 화들짝 놀라서 다정한 표정으로 소심하게 살짝 손을 흔들고는 사라져버렸다.

문이 닫힌 뒤에야 나는 합병 서류가 내 옆에 놓여 있는 것을 알아차렸다. 맨 앞에 '변호사 토머스 하퍼 드림'이라는 메모가 클립으로 꽂혀 있고, 거기에 하퍼가 사립학교 출신답게 흘림체로 쓴 캠든&클레이의 변호사 이름이 함께 적혀 있었다. 아마도 하퍼가 남학생 같은 매력을 발휘해서 이 서류 초안의 배달을 샬럿에게 떠넘긴 모양이었다. 별로 힘든 일도 아니었을 것이다. 샬럿은 원래 쉽게 유혹당하는 성격이었다. 협박에도 쉽게 넘어갔다. 그가 어떤 수단을 동원했든, 두 사람 모두 판단력이 한참 떨어지는 짓을 한 셈이었다. 하지만 뉴욕이 수많은 톱니바퀴로 이루어진 기계라면, 판단력 부족은 다른 사람들의 톱니바퀴가 부드럽게 맞물려 굴러가게 해주는 윤활유였다. 두 사람 모두 어떤 식으로든 마땅한 처분을 받을 것이다. 나는 서류를 다시 의자 위에 내려놓았다.

열차는 여전히 역에 선 채로 출발이 지연되고 있었다. 플랫폼에서 퇴근하는 사람들 몇 명이 닫힌 열차 문 앞에 모여 서서 퀴긴 씨의 어항 속 물고기들처럼 희망이 담긴 시선으로 유리창 안을 바라보고 있었다. 맞은편 좌석으로 시선을 돌리자 메이드가 나를 빤히 바라보고 있었다. 그리고 그 우울한 시선으로 샬럿이 잊고 간 서류를 바라보았다. 두 사람이 모두 마땅한 처분을 받는 일은 일어나지 않을 것이라고 말하는 듯했다. 말솜씨가 분명하고 앞머리를 늘어뜨린 그 매력적인 남자에게 사람들은 아량을 베풀어 그가 그 특유의 말솜씨로 곤경을 벗어나게 해줄 것이다. 하지만 눈을 휘둥그렇게 뜬 어린 아가씨는 두 사람 몫의 대가를 치르게 되겠지.

문이 다시 열리자 문 앞에 서 있던 사람들이 우르르 들어왔다.

"젠장." 내가 말했다.

나는 서류를 움켜쥐고 막 닫히려는 문틈에 한 팔을 끼워 넣었다.

"이러지 마세요, 아가씨." 역무원이 말했다.

"시끄러워요." 내가 대꾸했다.

나는 동편 계단을 올라가 루들로를 향해 걸으면서 챙 넓은 모자를 쓴 사람들과 브릴크림의 헤어제품을 바른 남자들 사이에서 까딱거리는 검은색 국화를 찾아보았다. 속으로는 다섯 블록 이내에 샬럿을 찾아내지 못한다면 이 서류를 쓰레기통과 합병시키겠다고 혼잣말을 했다.

나는 커낼 거리와 크리스티 거리 모퉁이에서 샬럿을 발견했다.

샬럿은 쇼츠&선즈 앞에 서 있었다. 온갖 종류의 코셔 피클 제품을 공급하는 상점이었지만, 샬럿은 장을 보러 온 것이 아니라 왠지 익숙한 장례식 복장을 한 검은 눈의 왜소한 노부인과 이야기를 하는 중이었다. 노부인은 오늘 저녁에 먹을 훈제연어를 어제 신문에 싸서 들고 있었다.

"실례합니다."

샬럿이 시선을 들었다. 깜짝 놀란 표정이 소녀 같은 미소로 바뀌었다.

"캐서린!"

샬럿이 자기 옆의 노부인을 가리켰다.

"이분은 우리 할머니세요."

(말도 안 돼.)

"뵙게 돼서 반갑습니다." 내가 말했다.

샬럿이 노부인에게 이디시어로 뭐라고 말했다. 아마 우리가 같은 직장에서 일한다고 설명하는 모양이었다.

"너 이거 지하철에 두고 내렸어." 내가 말했다.

샬럿의 얼굴에서 웃음기가 사라졌다. 샬럿은 서류를 받아 들었다.

"어머, 내 정신 좀 봐. 정말 고마워요."

"됐어."

샬럿은 잠시 가만히 있더니 최악의 충동에 굴복해버렸다.

"하퍼 씨가 내일 아침 일찍 중요한 고객이랑 회의가 있는데, 이 수정본을 9시까지 캠든&클레이에 전달해야 한다면서 나더러 내일 출근길에 혹시……."

"하퍼 씨는 하버드 학위 외에 신탁 펀드도 갖고 있어."

샬럿은 둔한 표정으로 무슨 소리인지 모르겠다는 듯이 나를 바라보았다.

"그 사람이 혹시 해고되더라도 그런 것들이 크게 도움이 될 거야."

샬럿의 할머니는 내 손을 보았고, 샬럿은 내 신발을 보았다.

여름에 쇼츠 일가 사람들은 피클과 청어와 수박껍질이 담긴 통들을 가게 앞 인도까지 굴려 와서, 식초를 섞은 소금물을 인도를 포장한 자갈에까지 스며들 정도로 뿌려댔다. 여덟 달이 지난 지금도 그 냄새가 느껴질 정도였다.

노부인이 샬럿에게 뭐라고 말했다.

"할머니가 우리랑 같이 저녁을 먹겠느냐고 물어보라네요."

"미안하지만 약속이 있어서……."

샬럿이 불필요하게 굳이 통역을 해주었다.

커넬 거리에서 집까지는 15블록 거리였다. 그보다 열 블록쯤은 더 멀어야 또 돈을 내고 지하철을 탈 텐데. 그래서 나는 이 동네 사람들 말처럼 느적느적 걸었다. 교차로에서는 항상 왼편, 오른편을 살펴보았다. 헤스터 거리, 그랜드 거리, 브룸 거리, 스프링 거리. 프린스 거리, 1번가, 2번가, 3번가. 한 블록, 한 블록이 다른 나라에서 온 막다른 길 같았다. 셋집들 사이에는 쇼츠 씨 가게처럼 아버지와 아들들이 자기네 고국의 음식을 조금씩 변형해서 팔고 있는 가게들이 끼어 있었다. 자기네가 고향에서 먹던 소시지나 치즈를 팔기도 하고, 훈제하거나 소금에 절인 생선을 이탈리아나 우크라이나 신문에 싸서 팔기도 했다. 그리고 어느 나라에나 있는 천하무적의 할머니들이 그런 음식들을 사갔다. 위를 올려다보면 방 두 개짜리 아파트들이 줄줄이 늘어서 있는 것이 보였다. 그리고 그곳에서는 3대가 한자리에 모여, 식후에 먹는 술처럼 감상적이고 독특한 자기들만의 종교적 의식이 곁들여진 저녁 식사를 하고 있을 터였다.

브로드웨이가 맨해튼 맨 위쪽에서부터 저 아래 배터리 공원까지 이어진 강물처럼 차량과 상품과 불빛으로 물결친다면, 동서의 거리들은 소용돌이 같아서 사람들은 자칫 거기에 휘말린 이파리처럼 끝없는 세상 속을 천천히 빙빙 돌게 될 수도 있었다.

애스터 플레이스에서 나는 걸음을 멈추고 길가 신문판매대에서 석간 《뉴욕타임스》를 샀다. 1면에 바뀐 유럽 지도가 실려 있고, 계속 바뀌고 있는 전선戰線이 부드러운 점선으로 표시되어 있었다. 신문판매대를 지키고 있는 사람은 하얗게 센 눈썹이 길게 자란 노인이었는데, 멍하니 아무 생각도 하지 않는 시골 아저씨처럼 인정이 많을 것 같았다. 그래서 이런 할아버지가 왜 이 도시에 있을까 하는 생각이 들었다.

"기분 좋은 밤이군."

노인이 말했다. 아마도 모자가게 창문에 비친 풍경을 보고 하는 말인 것 같았다.

"네, 그래요."

"비가 올 것 같은가?"

나는 금성이 비행기 표지등처럼 선명하게 반짝이고 있는 이스트사이드의 지붕 너머를 바라보았다.

"아뇨. 오늘 밤은 안 올 거예요."

노인은 안도한 표정으로 미소를 지었다.

내가 그에게 1달러를 건네는데, 또 다른 손님이 다가오더니 나와 필요 이상 가까운 거리에 멈춰 섰다. 하지만 그가 누구인지 살펴보기 전에 노인의 눈썹이 축 처지는 것이 먼저 내 눈에 들어왔다. 그 손님이 말했다.

"이봐, 아가씨. 담배 좀 있어?"

나는 시선을 돌려 그와 눈을 마주쳤다. 단순한 실업자에서 더 이상 직장을 구하기 힘든 사람으로 확실히 변해가고 있는 듯한 그는 머리가 전보다 훨씬 길었고, 염소수염도 제대로 손질하지 않아서 형편없는 몰골이었지만 열네 살 때의 그 건방진 미소와 방랑하는 눈빛은 그대로였다.

"아뇨. 미안합니다."

남자는 고개를 한 번 저었다. 그러고는 고개를 갸우뚱하게 기울였다.

"이봐요, 나랑 아는 사이죠?"

"아닌 것 같은데요."

"아냐, 확실해. 214호. 샐리 샐러몬 수녀. E 앞에 I가 오지만 C 뒤에는……."

그는 웃음을 터뜨렸다.

"절 다른 사람으로 착각하신 모양이네요." 내가 말했다.

"착각이 아냐. 당신이 맞아."

"자요." 내가 거스름돈으로 받은 잔돈을 내밀며 말했다.

그는 가볍게 항의하듯이 두 손을 들어 올렸다.

"그런 전제로 한 말은 아니었어."

그러고는 자기가 그런 단어를 썼다는 사실에 웃음을 터뜨리더니 2번 애버뉴 쪽으로 가버렸다.

신문판매대의 노인이 조금 슬픈 표정으로 말했다.

"뉴욕에서 태어난 사람들의 문제가 바로 저거야. 남들처럼 뉴욕으로 도망칠 수가 없잖아."

7장
•
외로운 샹들리에

"케이티 콘텐트입니다."

"클레런스 대로입니다."

퀴긴&헤일의 타자기들이 증기를 내뿜으며 전속력으로 움직이고 있었지만, 이비의 목소리에 되돌아온 쾌활함을 알아차리지 못할 만큼 주위가 시끄럽지는 않았다.

"언제 돌아왔어요, 대로 양?"

"87시간 됐어."

"키웨스트는 어땠어?"

"웃겼어."

"내가 질투할 필요는 없다는 뜻?"

"전혀 없어. 있지, 오늘 밤에 친구들을 좀 초대할 건데, 너도 오면 좋을 것 같아서. 우리 꼬임에 넘어와줄래?"

"날 꼬셔서 뭐 하게?"

"바로 그거야."

나는 40분 늦게 베레스포드에 도착했다.

인정하기 좀 창피한 일이긴 하지만, 내가 늦은 것은 어떤 옷을 입을지 결정하기 힘들었기 때문이다. 이브와 함께 하숙집에 살 때는 다른 아가씨들과 옷을 돌려 입곤 했기 때문에 토요일 밤이면 항상 멋진 옷차림을 할 수 있었다. 하지만 집을 옮긴 뒤로 나는 갑작스러운 깨달음을 얻었다. 내가 입었던 멋진 옷이 모두 다른 아가씨들의 것이었다는 사실. 내 옷은 온통 유행에 뒤처진 실용적인 것들뿐인 것 같았다. 내 옷장을 훑어보니, 옷들이 창밖에 널어둔 이불처럼 우중충하게 보였다. 나는 4년이나 유행이 지난 군청색 원피스를 입기로 하고, 치마 길이를 줄이느라 30분을 썼다.

오늘의 엘리베이터 보이는 내가 본 적이 없는, 어깨가 넓은 사람이었다. 위로 올라가는 동안 내가 물었다.

"오늘은 해밀턴이 근무하지 않나 보죠?"

"그 친구는 이제 없어요."

"유감이네요."

"저한텐 유감이 아니지만요. 그 친구가 아직 여기 있었다면 저는 실업자였을 테니까요."

이번에는 이브가 현관 홀에서 나를 기다리고 있었다.

"케이티!"

우리는 서로의 오른편 뺨에 입을 맞췄다. 그리고 이브는 내 양손을 잡았다. 팅커가 즐겨 그랬던 것처럼. 이브는 한 걸음 물러서서 나를 훑어보았다. 해변에서 두 달 동안 놀다 온 사람이 나인 것 같았다.

"정말 근사해 보인다." 이브가 말했다.

"농담이지? 근사해 보이는 건 너야. 난 모비 딕 같고."

이브가 눈을 가늘게 뜨고 빙긋 웃었다.

이브는 실제로 근사한 모습이었다. 플로리다에서 연한 갈색으로 변한 머리카락을 턱선 근처까지 잘라서 섬세한 이목구비가 돋보였다. 냉소적이고 무기력하던 3월의 모습은 사라지고 장난스럽게 반짝이는 눈빛이 되돌아와 있었다. 귀에는 화려한 샹들리에 모양의 다이아몬드 귀걸이를 하고 있었는데, 귀걸이가 귓불에서부터 목까지 폭포수처럼 이어져 고르게 그을린 피부 위에서 반짝였다. 의심의 여지가 없었다. 팅커가 내린 팜비치 처방이 이브에게 딱 들어맞은 모양이었다.

이브가 앞장서서 거실로 들어갔다. 팅커는 소파 옆에 서서 어떤 남자와 철도 주식에 대해 이야기하고 있었다. 이브가 그의 손을 잡으며 끼어들었다.

"누가 왔는지 좀 봐요." 이브가 말했다.

팅커도 근사해 보였다. 간병을 하면서 쪘던 살이 플로리다에서 빠지고, 비굴해 보이는 태도도 사라져 있었다. 넥타이를 매지 않은 채 손님들을 대접하고 있었기 때문에, 벌어진 옷깃 사이로 햇볕에 그을린 가슴이 언뜻 보였다. 그는 이브의 손을 놓지 않은 채 앞으로 몸을 기울여 내 뺨에 쪼듯이 가볍게 입을 맞췄다. 그가 내게 뭔가를 알리려고 그렇게 가벼운 키스를 한 건지는 몰라도, 굳이 그럴 필요는 없었다. 나는 이미 분위기를 파악하고 있었다.

내가 늦은 것에 크게 신경을 쓰는 사람은 없는 것 같았지만, 나는 술을 마실 기회를 놓쳤다. 사람들과 수인사를 나눈 지 몇 분 되지 않아, 나는 술잔 없이 빈손으로 식당으로 안내되었다. 사람들 모습을 보니 다들 한 잔 이상씩 술을 마신 모양이었다.

나 외의 손님은 세 명이었다. 내 왼편에는 내가 도착했을 때 팅커와 이야기를 나누던 남자가 앉았다. 버키라는 별명의 주식중개인이었는데, 어렸을 때 팅커와 가까운 곳에서 여름을 보내던 사이라고 했다. 1937년의 경기침체 때는 고객들보다 먼저 주식을 파는 지혜를 발휘한 모양이었다. 그래서 지금은 코네티컷 주 그리니치에서 편안한 생활을 즐기고 있었다. 그는 매력적인 미남이기도 했다. 비록 말솜씨만큼 똑똑한 사람은 전혀 아니었지만, 적어도 자기 아내보다는 쾌활했다. 머리를 뒤로 넘긴 위스(위스테리아를 줄인 이름이라고 한다!)는 꽉 막힌 여교사처럼 고지식하고 비참해 보였다. 코네티컷은 우리 나라에서 가장 작은 주 중 하나지만, 위스는 그것도 크다고 생각하는 모양이었다. 그녀는 오후가 되면 십중팔구 식민지 양식의 계단을 올라가 2층 창가에서 원망과 부러움이 깃든 시선으로 델라웨어 쪽을 바라볼 것 같았다.

내 바로 맞은편에는 월러스 월코트라는 팅커의 친구가 앉았다. 세인트조지스 학교에서 팅커보다 몇 년 선배였던 그는 금발이었으며, 테니스를 별로 좋아하지 않으면서도 대학 테니스 스타가 된 사람답게 장중한 우아함을 지니고 있었다. 나를 위해 이 사람을 초대한 것이 이브의 생각인지 팅커의 생각인지 순간적으로 궁금해졌다. 아마 둘이 같이 짠 계획일 것이다. 훌륭한 결혼 생활을 하는 사람들에게서 볼 수 있는, 서로 감춘다고 애쓰면서도 사실은 속이 뻔히 들여다보이는 계획 같은 것 말이다. 둘 중 누구 생각이든, 성과는 별로 없었다. 말을 하는 데에 약간 장애가 있어서 매번 중간에 말을 딱 멈추곤 하는 월러스는 나와 눈을 마주치는 일보다는 자기 스푼과 노는 일에 더 관심이 있음이 분명했다. 전체적으로 봤을 때, 그는 자기 집안이 운영하는 제지회사의 자기 자리에 앉아 있는 편이 더 낫다고 생각하는 것 같은 인상을 풍겼다.

사람들이 갑자기 오리에 대해 이야기하기 시작했다.

이 자리의 다섯 사람은 뉴욕으로 돌아오는 길에 사우스캐롤라이나에 있는 월코트의 사냥터에 들렀는데, 그 사냥 이야기에서 청둥오리의 깃털 중 어느 부분이 더 아름다운가에 관한 논쟁으로 화제가 이어졌다. 나는 혼자 이런저런 생각을 하고 있다가 누군가가 내게 질문을 던지고 있음을 깨달았다. 버키였다.

"뭐라고 하셨죠?" 내가 물었다.

"남쪽에서 사냥을 해보신 적이 있어요, 케이티?"

"남쪽이든 어디든 사냥을 한 적이 없어요."

"사냥은 훌륭한 스포츠예요. 내년에 저희랑 함께 가시죠."

나는 월러스에게 시선을 돌렸다.

"매년 거기서 총을 쏘시나요?"

"대개 그렇죠. 가을과 봄에…… 몇 주씩."

"그런데도 왜 오리들은 그리로 돌아오는 걸까요?"

위스를 제외한 모든 사람이 웃음을 터뜨렸다. 위스가 나를 위해 설명을 해주었다.

"거기 옥수수 밭이 있어서 그래요. 그게 새들을 끌어들이는 거예요. 그런 의미에서 보면, 그건 사실 '스포츠'가 아니죠."

"버키도 그런 식으로 당신의 마음을 끈 것 아닌가요?"

순간적으로 위스를 제외한 모든 사람이 웃음을 터뜨렸다. 하지만 이내 위스가 웃기 시작하자, 이번에는 버키를 제외한 모든 사람이 함께 웃었다.

수프가 나왔다. 셰리주를 한 숟갈 넣은 검은콩 수프였다. 어쩌면 팅커와 내가 마셨던 그 셰리주를 넣은 건지도 모른다. 만약 그렇다면, 이 수프는 누군가에게 인과응보가 되는 셈이었다. 하지만 그 사람이 누군지 결론을 내리기에는 아직 너무 일렀다.

"이것 맛있는데."

팅커가 이브에게 말했다. 그가 30분 만에 처음으로 하는 말이었다.

"무슨 수프야?"

"검은콩에 셰리주를 넣은 거예요. 걱정 마요. 크림은 눈곱만큼도 안 들어갔으니까."

팅커가 민망한 듯이 빙긋 웃었다.

"팅커가 영양에 신경을 쓰거든요." 이브가 설명했다.

"효과가 있는 것 같은데. 정말 근사해졌어요." 내가 말했다.

"설마요." 팅커가 말했다.

"아니에요." 이브가 팅커를 향해 잔을 들어 올리며 말했다.

"케이티 말이 맞아요. 당신 정말 반짝반짝 빛나고 있어요."

"그거야 하루에 두 번씩 면도를 하니까 그렇죠." 버키가 말했다.

"아냐. 그건…… 운동 덕분이야." 월러스가 말했다.

이브가 같은 생각이라는 듯이 손가락으로 월러스를 가리켰다.

"키즈 제도에 있을 때 바닷가에서 1.5킬로미터쯤 떨어진 섬이 하나 있었는데, 팅커가 하루에 두 번씩 수영으로 거기를 오갔어요."

이브가 설명했다.

"팅커는…… 물고기였어."

"그건 아무것도 아냐. 어느 해 여름에는 내러갠섯 만을 헤엄쳐서 건너기도 했다고." 버키가 말했다.

별 모양으로 상기되었던 팅커의 뺨이 더욱 더 붉어졌다. 그가 말했다.

"겨우 몇 킬로미터밖에 안 돼. 물때만 잘 맞추면 어렵지 않아."

버키가 또 내게 질문을 던졌다.

"케이티는 어때요? 수영 좋아하세요?"

"전 수영할 줄 몰라요."

모두들 앉은 채 허리를 곧추세웠다.

"그게 무슨 말이에요?!"

"수영할 줄 모른다고요?"

"전혀요."

"그래서요?"

"아마 가라앉겠죠. 대부분의 물건처럼."

"캔자스 출신이에요?" 위스가 비꼬는 기색이 전혀 없이 물었다.

"브라이튼비치 출신이에요."

모두들 또 흥분했다.

"굉장해." 버키가 말했다. 마치 내가 마터호른 산에 올랐다고 말하기라도 한 것 같았다.

"수영을 배우고 싶어요?" 위스가 물었다.

"전 총 쏘는 법도 몰라요. 둘 중에 고르라면 총 쏘는 법을 배우고 싶은데요."

웃음이 터졌다.

"뭐, 그거야 쉽죠. 그건 정말이지 아무것도 아니니까요."

버키가 격려했다.

"저도 방아쇠를 당기는 법 정도는 알아요. 그러니까 배우고 싶은 건 과녁을 명중시키는 법이에요." 내가 말했다.

"내가 가르쳐줄게요." 버키가 말했다.

화제가 바뀌자 팅커가 좀 더 편안한 표정으로 말했다.

"아냐. 월러스가 잘해요."

월러스는 디저트 스푼으로 식탁보에 동그라미를 그리고 있었다.

"그렇지, 월러스?"

"……별로."

"월러스가 100미터 거리에서 과녁을 명중시키는 걸 본 적도 있어요."

팅커가 말했다.

나는 눈썹을 치떴다. "진짜예요?"

월러스가 수줍게 말했다.

"진짜예요. 하지만 솔직히…… 과녁은 움직이지 않잖아요."

그릇이 치워진 뒤 나는 화장실에 가겠다고 일어섰다. 수프와 함께 나온 좋은 부르고뉴 포도주 때문에 머리가 빙빙 돌고 있었다. 거실 근처에 작은 화장실이 있었지만, 나는 에티켓 따위 무시해버리고 복도를 내려가 중앙 침실 옆의 화장실로 갔다. 침실을 재빨리 둘러본 결과 이제는 이브가 혼자 자지 않는다는 사실을 알 수 있었다.

나는 소변을 보고 물을 내렸다. 그러고 나서 세면대에서 손을 씻고 있는데 이브가 나타났다. 이브는 거울 속의 내게 윙크를 하더니 옷을 걷어 올리고 변기에 앉았다. 옛날과 똑같았다. 그 모습을 보니 집 안을 기웃거린 것이 미안해졌다.

이브가 짐짓 쑥스러운 척하면서 말했다.

"말해봐. 월러스 어떤 것 같아?"

"A급인 것 같아."

"그 정도가 아니지."

이브는 물을 내리고 스타킹을 올렸다. 그리고 세면대로 다가와 내가 서 있던 자리에 섰다. 경대 위에 작은 도자기 담배 상자가 있었다. 나는 담배 한 대에 불을 붙인 뒤 변기에 앉았다. 그리고 이브가 손을 씻는 모습을 지켜보았다. 내가 앉은 자리에서 이브의 흉터가 보였다. 지금도 조금 염증이 있는 것처럼 빨간색이었지만, 예전처럼 심하게 흉하지는 않았다.

"귀걸이 굉장하다." 내가 말했다.

이브는 거울 속의 자기 모습을 평가하듯 바라보았다.

"그렇지?"

"팅커가 너한테 잘해주나 봐."

이브도 담배에 불을 붙이고는 성냥을 어깨너머로 던졌다. 그리고 벽에 기대서서 담배를 한 모금 빨아들이고 빙긋 웃었다.

"팅커가 준 게 아냐."

"그럼 누가 준 건데?"

"내가 협탁에서 찾아낸 거야."

"이런."

이브는 담배를 한 모금 더 빨아들이고서 눈썹을 치뜬 채 고개를 끄덕였다.

"아무리 봐도 1만 달러가 넘겠는데." 내가 말했다.

"그 정도가 아니지."

"그게 왜 거기 있었는데?"

"그러게 말이야."

나는 다리를 벌리고 담배를 변기 안으로 던져 넣었다. 이브가 말했다.

"하지만 제일 굉장한 건 그게 아냐. 내가 팜비치에서 돌아온 뒤로 매일 이 귀걸이를 걸고 있는데 팅커는 끽 소리도 안 해."

나는 웃음을 터뜨렸다. 정말이지 이브다운 말투였다.

"그럼, 이젠 네 거지, 뭐."

이브는 세면대 안에서 담배를 비벼 껐다.

"그렇게 믿어야겠지."

메인코스와 함께 부르고뉴 포도주 두 병이 더 나왔다. 마치 우리 머리 위에 포도주를 붓기라도 한 것 같았다. 그 자리에 안심인지 양고기인지 하여튼 요리의 맛을 느낀 사람이 있었을 것 같지 않다.

술에 취한 버키는 나를 위해 자기들 다섯 사람이 탬파-세인트 피트에서 카지노에 갔던 이야기를 장황하게 시작했다. 그들 일행이 룰렛 테이블에서 15분 동안 시간을 보낸 뒤, 남자들 중 어느 누구도 게임에 낄 생각이 없음이 분명해졌다고 했다. (아마도 애당초 자기 것이 아닌 돈을 잃을까 봐 걱정스러웠을 것이다.) 그래서 이브는 남자들에게 교훈을 가르쳐주려고 남자들 각자에게서 100달러씩 돈을 빌려서 각각 짝수, 검은색, 자기 생일에 칩을 걸었다. 빨간색 9번이

나오자 이브는 그 자리에서 원금을 갚고 남은 돈을 브래지어 속에 쑤셔 넣었다.

도박을 할 때 어떤 사람은 돈을 따면 속이 불편해지고, 또 어떤 사람은 돈을 잃으면 속이 불편해진다. 이브는 두 경우 모두 속은 아무런 문제가 없었다.

"여보, 버키. 혀가 꼬부라지고 있어요." 버키의 아내가 주의를 주었다.

"혀가 꼬부라지는 건 말의 흘림체예요." 내가 말했다.

"봐로 크거야." 버키가 팔꿈치로 내 옆구리를 쿡쿡 찌르며 말했다.

마침 딱 알맞은 시기에 거실에 커피가 준비되었다는 말이 들려왔다.

이브는 전에 했던 약속을 지키기 위해 위스테리아에게 아파트를 구경시켜주러 나섰고, 버키는 가을 사냥에 초대한다는 약속을 받아내려고 윌러스를 구석으로 끌고 갔다. 그래서 결국 팅커와 나만 거실에 남게 되었다. 팅커는 소파에 앉았고, 나는 그 옆에 앉았다. 그가 팔꿈치를 무릎에 괴고 양손을 맞잡았다. 그리고 새로운 손님이 기적처럼 나타나주기를 바라듯이 식당 쪽을 뒤돌아보았다. 그는 주머니에서 라이터를 꺼내 뚜껑을 열었다가 닫더니 다시 치워버렸다.

"와줘서 고마워요." 마침내 그가 말했다.

"그냥 디너파티인걸요, 팅커. 무슨 위기상황에 불려 온 것도 아닌데요."

"이브는 훨씬 나아 보이죠?"

"정말 좋아 보여요. 그렇게 괜찮아질 거라고 했잖아요."

팅커는 미소를 지으며 고개를 끄덕였다. 그러고는 내 눈을 똑바로 들여다보았다. 아마도 오늘 저녁에 처음이지 싶었다.

"그런데 말이에요, 케이티…… 이브랑 내가 잘됐다고나 할까, 그렇게 됐어요."

"알아요, 팅커."

"우리가 정말로 그러려고 한 건……."

"잘된 일이에요."

"진심이에요?"

"물론이죠."

중립적인 입장에 있는 사람이 보았다면, 내 대답에 십중팔구 한쪽 눈썹을 치떴을 것이다. 내 말에 반짝이는 느낌 같은 건 별로 없었다. 그리고 단답형 대답은 대개 그다지 설득력 있게 들리지 않는 법이다. 하지만 사실 내 말은 진심이었다. 한 마디, 한 마디가 모두 진심이었다.

우선 누구도 두 사람을 비난할 수 없었다. 향기로운 산들바람, 옥색 바다, 카리브해의 럼주, 이런 것들이 사랑을 부추긴다는 것은 이미 정설이다. 두 사람이 물리적으로 가까이 있는 것, 서로가 필요한 상황, 금방 절망에 빠질 것 같은 분위기도 마찬가지다. 3월에 고통스러울 만큼 분명히 드러나 있었던 것처럼 팅커와 이브 두 사람 모두 그 자동차 사고로 인해 자신의 자아에 없어서는 안 되는 부분을 잃어버린 것이 사실이라면, 플로리다에서는 두 사람이 그 잃어버린 부분을 되찾는 데 서로에게 도움이 된 셈이었다.

뉴턴의 물리학 법칙 중에, 움직이는 물체는 외적인 힘이 가해지지 않는 한 본래 궤적을 계속 따라간다는 것이 있다. 이런 자연법칙을 생각할 때, 팅커와 이브를 지금의 길에서 벗어나게 할 외적인 힘이 등장할 가능성은 얼마든지 있었다. 하지만 내가 그 힘이 될 가능성은 전혀 없었다.

버키가 휘청거리며 거실로 들어와 의자에 쓰러지듯 주저앉았다. 심지어 나도 그를 보고 안도감이 들었다. 팅커는 이 틈을 타서 바로 갔다. 그는 아무도 요청하지 않은 술이 담긴 잔들을 들고 와서 다른 소파에 앉았다. 버키가 반갑다는 듯이 술을 꿀꺽꿀꺽 들이마시더니 다시 철도 주식 이야기로 뛰어들었다.

"그러니까, 자네는 그게 범위 안에 있다는 거지, 팅크? 우리가 애슈빌 철도의 주식을 살 수 있다는 거야?"

"안 될 이유가 없지. 자네 고객들한테 이로운 일이라면 말이야."

팅크가 인정했다.

"우리 포티윌에 가서 점심 식사를 하면서 자세히 이야기를 나누는 게 어때?"

"좋지."

"이번 주?"

"아, 팅커를 귀찮게 하지 마요, 버키."

위스테리아가 이브와 함께 방금 돌아온 참이었다.

"그렇게 촌뜨기처럼 굴지 말라고요." 위스테리아가 말했다.

"왜 이래, 위스. 팅크는 즐거운 자리에 사업 얘기를 조금 섞는 것쯤 신경 안 써. 그렇지, 팅크?"

"물론이지." 팅크가 예의 바르게 말했다.

"봤지? 게다가 팅크는 온갖 권리를 갖고 있어. 이 세상이 팅크의 문 앞까지 길을 만들어줄 수밖에 없게 돼 있다고."

위스는 무서운 표정으로 그를 노려보았다. 월러스가 솜씨 좋게 끼어들었다.

"이블린. 저녁 식사가 아주…… 맛있었어요."

"맞아요, 맞아요." 사람들이 합창하듯 말했다.

그러고 나서 몇 분 동안 음식을 철저히 헤집어 분석하는 대화가 이어졌다(고기가 아주 맛있었어요. 소스가 완벽했어. 그리고 아, 그 초콜릿무스라니). 이런 식의 사교적 예의는 사회의 사다리를 올라가면 올라갈수록, 안주인이 직접 요리하는 일이 줄어들면 줄어들수록 더 두드러지게 나타나는 것 같았다. 이브는 아무것도 아니라는 듯 손사래를 치면서도 적당한 허세를 곁들여 찬사를 받아들였다.

시계가 1시를 쳤을 때, 우리는 모두 현관 홀에 있었다. 이브와 팅커는 서로 손가락을 깍지 낀 모습이었다. 애정을 보여주려는 행동인 동시에, 서로 물에 빠진 상대방을 끌어올리려는 행동인 것처럼 보였다.

"정말 즐거웠어요."

"아주 환상적이었어."

"언제 또 이렇게 뭉치자고."

심지어 위스조차 다시 만나자고 부추겼다. 그 이유는 하느님만이 아실 것이다.

엘리베이터에는 내가 올라올 때 근무 중이던 그 남자가 여전히 근무 중이었다.

"1층으로 내려갑니다."

그는 철창처럼 생긴 문을 잡아당겨 닫은 뒤 선언하듯 말했다. 마치 전에 어디 백화점에서 일하다 온 사람 같았다.

"정말 굉장한 아파트예요." 위스가 버키에게 말했다.

"재 속에서 일어난 불사조 같지." 버키가 대답했다.

"값이 얼마나 할 것 같아요?"

아무도 대답하지 않았다. 월러스는 너무 훌륭한 집안에서 자랐기 때문이거나, 아니면 워낙 관심이 없는 탓에 말이 없는 것 같았다. 버키는 자기와 내 어깨가 계속 부딪히는데도 의식하지 못할 정도였다. 그리고 나는 이 사람들이 다시 모임을 갖기로 했다며 나를 초대하면 무슨 핑계를 대야 빠져나갈 수 있을지 고민하느라 여념이 없었다.

◆ ◆ ◆

하지만…….

그날 밤 늦게 엘리베이터가 없는 아파트 복도가 유난히 조용한 가운데, 혼자 말똥말똥한 정신으로 침대에 누워 있을 때 내 머릿속에 가장 또렷하게 떠오른 사람은 이브였다.

지금까지 몇 년 동안은 오늘처럼 서로 적당히 의견이 어긋나기도 하는 사람들이 모인 디너파티에 초대받아서 다음 날 출근할 것을 생각하면 너무 늦은 시간까지 붙들려 있을 때, 베개에 기대앉아 내 이야기를 시시콜콜 들으려고 기다리고 있을 이브의 존재가 내게 유일한 위안이 되어주었는데…….

8장

•

모든 희망을 버리다

5월 중순의 어느 날 밤, 집으로 가는 길에 7번가 도로를 건너고 있는데 내 또래 여자가 모퉁이를 돌아 다가오다가 내게 부딪히는 바람에 나는 바닥에 넘어졌다.

"길을 걸을 때는 조심해야지." 그 여자가 말했다.

그러고는 내게 몸을 기울여 나를 자세히 들여다보았다.

"가슴이 터질 뻔했잖아. 너야, 콘텐트?"

프랜 파셀리였다. 마팅게일 부인의 하숙집에서 같은 층에 살던, 가슴이 자두만 한 시티 칼리지 자퇴생. 나는 프랜과 그리 잘 아는 사이가 아니었지만, 그래도 그럭저럭 착해 보이기는 했다. 프랜은 셔츠를 입지 않은 채 복도를 돌아다니며 이 사람 저 사람에게 남는 술 있느냐고 큰소리로 물어대는 식으로 하숙집의 새침한 숙녀 같은 분위기를 들쑤시는 걸 좋아했다. 어느 날 밤에는 프랜이 하이힐과 다저스 유니폼 외에는 아무것도 입지 않은 차림으로 2층 창문을 통해 들어오는 걸 본 적도 있었다. 프랜의 아버지는 트럭 운송일을 했는데, 1920년대에 트럭 운송일이란 대개 주류밀매업을 뜻했다. 프랜의 말씨를 보면, 그녀 역시 1920년대에 주류밀매일을 조금 했음을 짐작할 수 있었다.

프랜이 나를 일으켜 세우며 말했다.

"야, 정말 반갑다! 길에서 이렇게 부딪히다니. 근사해 보이는데."

"고마워." 나는 치마의 흙먼지를 털면서 말했다.

프랜은 뭔가 조심해야 할 것이 있는 사람처럼 주위를 살폈다.

"음…… 어디 가던 길이야? 술 한 잔 어때? 지금 한 잔 마시면 딱 좋을 것 같은 얼굴인데."

"나더러 근사해 보인다며?"

"물론이지."

프랜이 뒤쪽의 7번가를 가리켰다.

"저쪽에 작고 예쁜 집이 하나 있어. 내가 맥주 한 잔 살게. 지난 얘기나 좀 하자. 재미있을 거야."

작고 예쁜 집이란 알고 보니 오래된 아일랜드 술집이었다. 문 위의 간판에는 이렇게 적혀 있었다. '맛있는 에일 맥주, 생양파 있음, 여성 사절.'

"저거 우리를 말하는 것 같은데."

"괜찮아. 어수룩하게 굴지 마." 프랜이 말했다.

안의 분위기는 시끄러웠고, 바닥에 쏟아진 맥주 냄새가 났다. 더블린의 부활절 봉기에서 맨 앞줄에 섰을 것 같은 사람들이 서로 어깨가 부딪힐 만큼 바에 다닥다닥 붙어 앉아서 완숙 달걀과 함께 흑맥주를 마시고 있었다. 바닥에는 톱밥이 깔려 있고, 양철 천장은 수

십 년 전의 가스등 연기가 남긴 얼룩이 져 있었다. 대부분의 손님은 우리를 무시했다. 바텐더는 못마땅한 얼굴로 우리를 바라보았지만, 내쫓지는 않았다.

프랜은 손님들을 휙 훑어보았다. 앞쪽에 빈자리가 몇 개 있었지만, 프랜은 "실례 좀 합시다"라는 말을 두어 번 중얼거리며 취객들을 밀치고 나아갔다. 가게 뒤편에 태머니파[*] 인물들, 그러니까 곤봉과 현금으로 표를 긁어모은 인간들을 찍은, 화질이 별로인 사진들이 걸려 있는 지저분한 작은 방이 하나 있었다. 프랜은 한마디 말도 없이 반대편 구석으로 움직이기 시작했다. 석탄 난로와 가장 가까운 자리에 젊은 남자 세 명이 맥주를 앞에 두고 옹기종기 모여 앉아 있었다. 그중에 키가 크고 호리호리한 빨간 머리 청년은 어이가 없을 만큼 여성적인 글씨체로 '파셀리 트럭운송'이라는 말이 가슴에 새겨진 작업복 차림이었다. 이제야 뭐가 어떻게 된 건지 알 것 같다.

거리가 가까워지자 그 세 사람이 뭔가 말다툼을 벌이는 소리가 술집 안의 소음을 이기고 크게 들려왔다. 아니, 말하는 사람은 한 명이었다. 우리를 등지고 앉은 그가 호전적인 말투로 말했다.

"둘째, 그놈은 망할 새끼야." 그가 빨간 머리에게 말했다.

"새끼?"

빨간 머리는 이런 말다툼이 재미있는지 빙긋 웃었다.

"그래. 기운이야 넘치지만, 책략이 없어. 절제도 없고."

두 싸움꾼 사이의 자그마한 남자는 자리에 앉은 채 불안한 표정

---

[*] 뉴욕의 태머니홀을 본거지로 한 민주당 단체. 뉴욕 시정의 부패상이나 보스 정치를 비유하는 말로 쓰이기도 함.

으로 꼼지락거리고 있었다. 그가 선천적으로 싸움을 견디지 못하는 성격이라는 것을 알 수 있을 정도였다. 그런데도 그는 한 마디도 놓칠 수 없다는 듯 두 사람을 번갈아 바라보고 있었다.

"셋째, 조 루이스보다 더 과대평가돼 있어."

호전적인 남자가 계속 말을 이었다.

"그렇군, 행크."

"넷째, 넌 엿이나 먹어."

"내가? 엿이나 먹으라고? 어느 구멍으로 먹을까?"

빨간 머리가 물었다. 행크가 막 대답하려고 했을 때, 빨간 머리가 우리를 알아차리고 활짝 웃었다.

"어이, 예쁜이! 여긴 웬일이야?"

"그럽?!" 프랜이 믿을 수 없다는 듯이 외쳤다.

"이런, 세상에! 내 친구 케이티랑 근처에서 만나서 그냥 맥주나 한잔하려고 들렀지!"

"이런 우연이!" 그럽이 말했다.

이런 우연이라고? 확률이 100퍼센트인데?

"우리랑 같이 앉지그래? 이쪽은 행크, 이쪽은 조니야."

빨간 머리가 말했다.

그럽이 자기 옆으로 의자 하나를 끌어오자 가엾은 조니도 다른 의자를 끌어왔다. 행크는 꼼짝도 하지 않았다. 그는 바텐더보다 더 우리를 쫓아내고 싶은 표정이었다.

"프랜. 난 그냥 가볼래." 내가 말했다.

"에이, 왜 그래, 케이티. 맥주 한잔해. 그러고 나서 같이 가자고."

프랜은 내 대답을 기다리지 않고 나를 행크 옆자리에 남겨둔 채 그럽에게로 갔다. 그럽이 피처로 잔 두 개에 맥주를 따랐다. 이미 누군가가 사용한 흔적이 있는 잔이었다.

"근처에 살아?" 프랜이 그럽에게 물었다.

"미안한데, 우리가 얘기를 하던 중이라서." 행크가 프랜에게 말했다.

"아, 왜 그래, 행크. 그만해."

"그만하다니, 뭘?"

"행크, 자네가 그 친구를 망할 새끼로 생각한다는 말은 알아들었어. 하지만 그 사람은 큐비즘의 망할 선구자야."

"누가 그래?"

"피카소가."

"미안하지만……. 혹시 세잔 얘기를 하는 거예요?" 내가 말했다.

행크가 못마땅한 표정으로 나를 바라보았다.

"그럼 도대체 우리가 누구 얘길 하는 줄 알았어?"

"권투 얘길 하는 줄 알았죠."

"그건 비유였어." 행크가 웃기는 소리 말라는 듯이 말했다.

"행크랑 그럽은 화가예요." 조니가 말했다.

프랜이 기쁘다는 듯이 몸을 꼬더니 내게 윙크를 했다. 조니가 용기를 내서 조심스레 말했다.

"그런데 말이야, 행크. 그 풍경화들은 훌륭하지 않아? 그 초록색이랑 갈색 풍경화들 말이야."

"아니." 행크가 말했다.

"취향은 사람마다 다르니까요." 내가 조니에게 말했다.

행크가 나를 다시 바라보았다. 하지만 이번에는 좀 더 조심스러운 시선이었다. 그가 내 말에 반박할 생각인지, 아니면 날 한 대 치려고 하는 건지 판단이 서질 않았다. 어쩌면 그 자신도 판단이 서지 않는 것 같았다. 우리가 답을 찾아내기 전에 그럽이 문간에 서 있는 남자를 불렀다.

"어이, 마크."

"어이, 그럽."

"이 친구들 알지? 조니 저킨스. 행크 그레이."

남자들은 침착한 표정으로 서로에게 고개를 끄덕했다. 우리 여자들을 소개해야겠다고 생각한 사람은 하나도 없었다.

마크가 근처 탁자에 앉자 그럽이 그에게 합류했다. 프랜이 나 혼자만 남겨두고 언제 그 자리로 옮겨갔는지는 나도 미처 알아차리지 못했다. 행크 그레이를 바라보느라고 여념이 없었기 때문이다. 무슨 일에도 꿈쩍 않는 헨리 그레이. 나이가 조금 많고, 키가 좀 더 작았지만 그는 2주일쯤 굵은 팅커와 완전히 똑같은 모습이었다. 물론 평생 예의라고는 모르고 살아온 사람처럼 구는 점은 다르지만.

조니가 마크 쪽을 은밀하게 가리키며 말했다.

"저 친구 그림 봤어? 그럽 말로는 엉망이라던데."

"그것도 저 녀석이 틀렸어." 행크가 애석하다는 듯이 말했다.

"어떤 그림을 그리세요?" 내가 물었다.

그는 잠시 나를 유심히 바라보며 내가 대답을 들을 자격이 있는지 가늠해보는 눈치였다.

마침내 그가 말했다.

"진짜 그림. 아름다운 것들."

"정물화요?"

"난 그릇에 담긴 오렌지는 안 그려. 정물화라는 게 그런 뜻이라면."

"그릇에 담긴 오렌지도 아름다운 것 아닌가요?"

"이제는 아냐."

그는 탁자 맞은편으로 손을 뻗어 조니 앞에 놓인 럭키스트라이크 담뱃갑을 집었다. 그가 말했다.

"이런 게 아름다운 거지. 뱃전의 빨간색과 곡사포의 초록색. 동심원. 이런 게 목적을 지닌 색깔들이야. 목적을 지닌 형태고."

그는 양해의 말도 없이 조니의 담뱃갑에서 담배를 한 개비 꺼냈다.

"행크가 그린 그림이 저거예요."

조니가 석탄통에 기대어져 있는 캔버스를 가리키며 말했다.

조니의 목소리를 들어보면 그가 행크를 우러러본다는 것을 알 수 있었다. 단순히 화가로만 우러러보는 것이 아니었다. 그는 행크라는 인간 자체에 감탄하고 있는 것 같았다. 마치 행크가 미국 남성의 모습을 새로이 조각해내고 있다고 생각하는 모양이었다.

하지만 행크의 뿌리가 무엇인지 알아보기는 힘들지 않았다. 신세대 화가들은 헤밍웨이가 잡아낸 투우장의 분위기를 캔버스에 옮겨놓으려고 했다. 캔버스가 안 된다면, 하다못해 아무것도 모르는 구경꾼들한테라도 그 분위기를 적용해보려고 했다. 그들은 우울하고, 거만하고, 야만적이었다. 하지만 무엇보다 중요한 것은 그들이 죽음을 두려워하지 않는다는 점이었다. 이젤 앞에서 하루를 보내는 남자한테 그게 어떤 의미인지는 잘 모르겠지만. 행크 같은 태도가 한창 유행을 타는 중이라는 사실을 조니는 몰랐던 것 같다. 그 거칠고 무심한 사람들을 떠받치고 있는 것이 사실은 상류 계층의 돈이라는 사실도 역시 모르는 것 같았다.

석탄통에 기대어져 있는 그림은 아무리 봐도 팅커의 아파트에 걸려 있던, 항만 노동자들의 그림을 그린 바로 그 화가가 그린 것 같았다. 도살장의 하역장을 묘사한 그림 전경에는 트럭들이 줄지어 서 있었고, 후경에는 배의 조종간 모양에 '비텔리스'라는 말이 적힌 커다란 네온간판이 있었다. 구상적인 그림이지만 색채와 선들이 스튜어트 데이비스의 스타일로 단순화되어 있었다.

스튜어트 데이비스의 스타일과 아주 흡사했다.

"갠즈보트 거리인가요?" 내가 물었다.

"맞아." 행크가 말했다. 조금 감탄한 기색이었다.

"왜 비텔리스를 그렸어요?"

"이 친구가 거기 살거든요." 조니가 말했다.

"내 머리에서 저게 떠나질 않아서 그린 거야." 행크가 말을 바로잡았다.

"네온간판은 사이렌과 같아. 저런 걸 그리려면 돛대에 자기 몸을 묶어야 한다고. 내 말이 무슨 뜻인지 알아?"

"글쎄요."

나는 그림을 바라보고는 말했다.

"그래도 마음에 들어요."

그가 움찔했다.

"저건 장식품이 아냐, 아가씨. 이 세상이라고."

"세잔도 세상을 그렸죠."

"그깟 과일이랑 물병이랑 졸린 여자들 그림이 무슨. 그런 건 세상이 아냐. 그 인간들은 왕에게 인정받는 화가가 되고 싶었을 뿐이야."

"미안하지만, 왕의 비위를 맞춘 그 화가들도 역사를 다룬 그림이나 초상화를 그렸던 걸로 아는데요. 정물화는 좀 더 개인적인 그림이었을 뿐이에요."

행크가 잠시 나를 뚫어지게 바라보았다.

"당신 누가 보내서 왔어?"

"네?"

"무슨 토론 클럽 회장쯤 돼? 한 백 년 전이나 그쯤에는 당신 말이 전부 사실이었을지 모르지만, 한 세대에 천재였던 사람도 일단 칭찬에 흠뻑 젖고 나면 후세에는 성병 같은 존재가 돼. 혹시 주방에서 일해봤어?"

"물론이죠."

"진짜? 여름 캠프 같은 데서? 아니면 기숙사 식당은 어때? 군대에서는 말이야, 벌로 취사장 근무를 할 때면 30분 만에 양파를 백 개나 썰 때도 있어. 기름이 손끝에 아주 깊이 배어서 몇 주 동안이나 샤워할 때마다 그 냄새가 나지. 세잔의 오렌지가 지금 바로 그 꼴이야. 풍경화도 마찬가지고. 손끝에 배인 양파 냄새 같은 거라고. 알았어?"

"알았어요."

"그럼 됐어."

나는 이제 그만 갈 때가 됐다 싶어서 프랜 쪽을 바라보았지만 프랜은 그럽의 무릎으로 자리를 옮겨 앉아 있었다.

호전적인 사람들을 대할 때면 대개 그렇듯이 행크도 급속히 귀찮은 상대가 되어가고 있었기 때문에 그것만으로도 밤 나들이를 끝내고 집으로 갈 충분한 이유가 되었다. 하지만 팅커의 감각에 대한 의문이 자꾸만 떠오르는 것을 막을 수 없었다. 행크와 내가 죽이 잘 맞을 거라고 했던 팅커의 말을 어떻게 받아들여야 하는 걸까? 아무래도 좋게 받아들일 수는 없을 것 같았다.

"내 짐작에 댁은 팅커의 형인 것 같네요."

이 말에 행크는 확실히 한 방 먹은 표정을 지었다. 그가 이런 감정을 자주 경험하는 편도 아니고, 좋아하는 편도 아니라는 건 금방 알 수 있었다.

"당신이 팅커를 어떻게 알아?"

"친구예요."

"진짜야?"

"그게 놀라운 일인가요?"

"뭐, 그 녀석은 이런 식으로 주거니 받거니 논쟁하는 걸 별로 안 좋아하는 편이니까."

"아마 그런 것 말고 달리 할 일이 있나 보죠."

"아, 그거야 물론 있지, 당연히. 어쩌면 실제로 그런 일을 할 짬을 낼 수도 있을 거야. 사람을 갖고 노는 그 계집만 아니면."

"그쪽도 내 친구예요."

"취향은 사람마다 다르다고 했나?"

행크가 또 조니의 담배를 향해 손을 뻗었다.

이 인간은 왜 이블린 로스를 이렇게 헐뜯게 된 걸까. 나는 속으로 생각했다. 이 인간도 한번 자동차 앞유리창을 뚫고 튀어 나가는 사고를 당해보라지. 어디 얼마나 잘 견디는지 보게.

나는 결국 참지 못하고 말을 꺼냈다.

"스튜어트 데이비스가 럭키스트라이크 담뱃갑을 그리지 않았던 가요?"

"난 몰라. 그랬나?"

"그럼요. 그러고 보니 당신 그림을 보면 자꾸 그 사람 그림이 생각나네요. 도시의 상업적인 이미지 하며, 원색을 쓴 것 하며, 단순화된 선들 하며……."

"훌륭해. 개구리 해부를 직업으로 삼지 그랬어."

"그것도 해봤어요. 당신 동생 아파트에 스튜어트 데이비스의 그림이 몇 점 있지 않나요?"

"테디가 스튜어트 데이비스에 대해 눈곱만큼이라도 아는 줄 알아? 젠장. 그 녀석은 내가 양철북을 사라고 했으면 그냥 양철북을 샀을 놈이야."

"당신 동생은 당신을 그렇게 형편없이 깎아내리는 것 같지 않던데요."

"그래? 깎아내려도 되는데."

"틀림없이 당신이 동생을 많이 괴롭혔겠죠."

행크는 크게 웃었다. 나중에는 기침이 나올 정도였다. 그는 자기 잔을 들더니 그날 밤 처음으로 미소를 지으며 나를 향해 잔을 살짝 기울였다.

"제대로 알아맞혔군, 아가씨."

모두들 나가려고 일어섰을 때, 술값을 계산한 사람은 행크였다. 그는 주머니에서 꼬깃꼬깃한 지폐를 몇 장 꺼내더니 사탕 포장지를 버리듯이 탁자 위로 던졌다. 저 지폐의 색깔과 형태는 어떤가요? 나는 이렇게 묻고 싶었다. 거기에도 목적이 있나요? 그것들도 아름답지 않나요?

그의 신탁재산을 관리하는 담당자가 지금 이 모습을 봐야 하는 건데.

♦ ♦ ♦

그 아일랜드 술집에서 술을 마신 뒤로 다시 프랜을 볼 일은 없을 줄 알았다. 하지만 프랜은 내 전화번호를 알아내서 어느 비 내리는 토요일에 전화를 걸어왔다. 프랜은 날 버려두고 혼자 멋대로 굴어서 미안하다며 그 보상으로 내게 영화를 보여주겠다고 말했다. 하지만 프랜은 날 데리고 극장 대신 여러 술집을 돌아다녔고, 우리는 옛날처럼 조금은 풀어진 기분으로 즐거운 시간을 보냈다. 내가 마침내 기회를 잡아 왜 굳이 내 연락처를 알아냈느냐고 물어보자 프랜은 우리가 서로 아주 비슷하기 때문이라고 대답했다.

우리는 키도 비슷하고, 머리도 똑같은 밤색이었다. 그리고 우리 둘 다 강을 사이에 두고 맨해튼 맞은편에 있는 방 두 개짜리 아파트에서 어린 시절을 보냈다. 비 내리는 토요일 오후라면, 그 정도만으로도 우리 둘이 아주 비슷하다는 결론을 얼마든지 내릴 만하다는 생각이 든다. 우리는 한동안 함께 어울려 다녔다. 그러다가 6월 초의 어느 저녁에 프랜이 벨몬트의 경마훈련을 보러 가지 않겠느냐고 전화로 물었다.

아버지는 모든 종류의 노름을 증오했다. 노름은 타인의 친절에 기대서 살아가야 하는 처지로 떨어지는 가장 빠른 길이라는 것이었다. 그래서 나는 1점에 1센트짜리 커내스타*를 해본 적도, 교장 선생님 댁 창문에 누가 먼저 돌을 던질지를 두고 껌을 거는 내기도 해본 적이 없었다. 물론 경마장에 가본 적도 없었다. 그래서 경마훈련이라는 게 뭔지 알 수 없었다.

"경마훈련?"

벨몬트 스테이크스[++]가 열리기 전 수요일에 말들이 코스에 대한 감을 잡을 수 있게 출전마들에게 트랙이 개방되는 모양이었다. 프랜은 경마훈련이 경마 자체보다 훨씬 더 재미있다고 말했다. 하지만 너무 말이 안 되는 주장이라서, 경마훈련은 확실히 지루한 구경거리일 것 같다는 생각이 들었다.

"미안. 난 수요일에 출근해야 해." 내가 말했다.

"그래서 가자는 거야. 날이 더워지기 전에 말들이 한 바퀴씩 뛰어볼 수 있게 날이 밝을 무렵에 트랙이 열리거든. 기차를 타고 슝 날아가서 말을 몇 마리 보고 와도 9시에 출근카드를 찍을 수 있어. 걱정 마. 내가 벌써 수백 번이나 해본 일이니까."

프랜이 날이 밝을 무렵에 트랙이 열린다고 말했을 때, 나는 그냥 비유적인 표현이라고 생각했기 때문에 6시가 지난 뒤에나 롱아일랜드로 출발하게 될 줄 알았다. 하지만 그건 결코 비유적인 표현이 아니었다. 지금은 6월 초였으므로, 5시 즈음이면 날이 밝았다. 그래서 프랜이 내 집 문을 두드린 시각은 4시 30분이었다. 둥글게 말린 머리카락이 프랜의 정수리에 탑처럼 쌓여 있었다.

우리는 15분을 기다려 기차를 탔다. 기차는 마치 다른 세기에서 온 것처럼 덜컹거리며 역 안으로 들어왔다. 기차 내부의 전등이 밤

✦ 카드놀이의 일종.
✦✦ 미국의 3대 경마대회 중 하나.

거리를 어슬렁거리며 돌아다닌 사람들 머리 위로 심드렁한 빛을 던졌다. 야간 경비원, 술꾼, 댄스홀에서 일하는 아가씨 들이 열차 안에 앉아 있었다.

우리가 벨몬트에 도착한 것은 해가 막 지평선 위로 무거운 몸을 들어 올리기 시작할 때였다. 마치 해가 중력에 도전하고 있는 것 같았다. 프랜 역시 중력에 도전하고 있었다. 프랜은 지나치게 밝고, 쾌활하고, 신경에 거슬렸다. 프랜이 말했다.

"얼른 가자, 촌뜨기. 빨리빨리 서둘러!"

경마장의 넓은 주차장은 텅 비어 있었다. 그 주차장을 가로지르면서 프랜이 커다란 경마장 건물을 주의 깊게 살피는 모습이 눈에 들어왔다.

"이쪽이야."

프랜이 직원 출입문 쪽으로 향하면서 별로 자신 없는 목소리로 말했다. 나는 '입구'라고 적혀 있는 표지판을 가리켰다.

"저쪽 아냐?"

"그렇지!"

"잠깐만, 프랜. 뭐 하나 물어보자. 너 정말로 여기 와본 적 있어? 한 번이라도?"

"물론이지. 수백 번이나 왔어."

"그럼 다른 걸 물어볼게. 너 말이야, 거짓말은 절대로 안 해?"

"그거 이중부정이야? 난 그런 거 약한데. 이번엔 내가 하나 물어볼게."

프랜은 자기 블라우스를 가리켰다.

"이거 나한테 잘 어울려?"

내가 미처 대답하기도 전에 프랜은 옷을 잡아당겨 가슴 사이의 골이 좀 더 드러나게 했다.

우리는 사람이 없는 매표소를 지나쳐 중앙 출입구의 회전문을 밀고 들어가 좁은 통로를 올라갔다. 곧 사방이 탁 트였다. 경마장은 으스스한 정적에 감싸여 있었다. 초록색 안개가 트랙 위에 걸려 있었다. 뉴잉글랜드의 연못에서나 볼 수 있을 것 같은 안개였다. 텅 빈 관중석 여기저기에 우리처럼 일찍 서둘러 나온 사람들이 삼삼오오 모여 있었다.

6월치고는 이상할 정도로 추웠다. 우리에게서 1미터쯤 떨어진 곳에 누비 재킷을 입은 남자가 커피를 들고 있었다.

"이렇게 추울 거라는 말은 없었잖아." 내가 말했다.

"6월 날씨는 너도 알잖아."

"새벽 5시의 날씨는 모르지. 다들 커피를 들고 있어."

내가 말을 덧붙였다. 프랜이 내 어깨를 때렸다.

"자꾸 징징대지 마."

프랜은 다시 주위를 살피고 있었다. 이번에는 관중석 중앙에 있는 사람들을 주의 깊게 보았다. 우리 오른편에 키가 크고 마른 남자가 체크무늬 차림으로 서서 손을 흔들었다. 가엾은 조니를 거느린 그럽이었다.

우리가 그럽의 자리로 가자 그가 프랜을 한 팔로 감싸고는 나를 바라보았다.

"캐서린이죠?"

그가 내 이름을 안다는 사실이 조금 놀라웠다. 프랜이 말했다.

"춥대. 커피가 없어서 화도 좀 났어."

그럽이 히죽 웃었다. 그러고는 배낭에서 무릎담요를 꺼내 내게 던져주었다. 프랜에게는 보온병을 주었다. 그는 가방 안에 손을 넣어 엉터리 마술사처럼 공들여 이리저리 만져보더니 계피 도넛을 손끝에 얹어 꺼냈다. 그것만으로도 내 호감을 사기에 충분했다.

프랜이 내게 커피를 한 잔 따라주었다. 나는 남북전쟁에 참전한 병사처럼 어깨에 담요를 두르고 커피잔 위로 몸을 웅크렸다.

그럽은 반바지를 입고 다니던 어린 시절에 부모와 함께 경마장에 온 적이 있기 때문에 이 경마훈련을 보러 온 것이 마치 여름캠프 같은 느낌이었다. 그는 달콤한 추억과 어린 시절의 즐거움에 푹 빠져 있었다. 그가 우리에게 이런저런 배경지식을 재빨리 알려주었다. 트랙의 크기, 출전 자격을 얻은 말들, 벨몬트와 사라토가의 대결이 중요한 이유 등이었다. 그러고는 목소리를 낮춰서 울타리가 쳐진 작은 잔디밭을 가리켰다.

"저기 첫 번째 말이 나오고 있어."

이 말이 신호라도 되는 것처럼 관중석에 모여 있던 잡다한 사람들이 자리에서 일어섰다.

기수는 경마장의 축제 분위기를 돋우는, 밝은색의 체크무늬 옷차림이 아니었다. 위아래가 붙은 갈색 작업복을 입고 있어서 왜소한 정비소 기술자 같았다. 그가 말을 데리고 잔디밭에서 트랙으로 걸어 나오는 동안 말의 콧구멍에서 김이 솟아나왔다. 주위가 고요했기 때문에 150미터 거리에서 말이 히힝거리는 소리를 들을 수 있었다. 기수가 파이프를 문 남자(아마도 조마사인 듯했다)와 잠깐 이야기를 나누더니 말 등에 휙 올라탔다. 그리고 말이 주위를 파악할 수 있게 잠시 느린 구보로 움직이다가 방향을 돌려서 출발점에 섰다.

숨죽인 정적이 내려앉았다. 출발을 알리는 총소리도 없이 말과 기수가 출발했다.

말발굽 소리가 리듬에 맞춰서 둔탁하게 관중석까지 한들한들 올라오고 말발굽에 채인 잔디와 흙덩어리가 허공으로 떠올랐다. 기수는 말 머리 위로 30센티미터쯤 되는 지점까지 고개를 숙이고 첫 번째 구간을 편안한 속도로 달리고 있는 듯 보였다. 하지만 두 번째 구간에서는 말을 다그쳤다. 그는 팔꿈치를 안쪽으로 잡아당기고, 허벅지로 말의 몸통을 조였다. 그리고 한쪽 뺨을 말의 목덜미에 묻고 격려의 말을 속삭였다. 말도 반응을 보였다. 말이 점점 멀어지고 있는데도 녀석이 점점 빨리 달리고 있다는 것을 분명히 알 수 있었다. 녀석은 주둥이를 앞으로 쑥 내밀고, 정확한 리듬으로 바닥을 두드려댔다. 녀석이 가장 먼 코너를 돈 뒤 말발굽 소리가 점점 가깝고 크고 빨라졌다. 그러다 마침내 녀석이 나중에 결승선이 될 지점을 벼락같이 통과했다.

"저 녀석이 패스터라이즈드야. 유력한 우승후보지." 그럽이 말했다.

나는 관중석을 둘러보았다. 환호성은 들리지 않았다. 박수갈채도 없었다. 남자가 대부분인 구경꾼들은 유력한 우승후보를 침묵으로 인정할 뿐이었다. 그들은 스톱워치로 잰 시간을 다시 보며 조용히 의견을 나눴다. 감탄인지 실망인지 알 수 없는 표정으로 고개를 젓는 사람들이 몇 명 보였다.

패스터라이즈드가 느린 구보로 트랙을 벗어나 크러뱃이라는 녀석에게 자리를 내주었다.

세 번째 말이 나왔을 무렵에는 나도 이 경마훈련이 어떤 건지 점점 감이 잡혔다. 그럽이 실제 경마보다 이게 더 재미있다고 생각하는 이유도 알 수 있었다. 관중석에는 (5만 명이 아니라) 겨우 몇백 명이 앉아 있을 뿐이지만, 그들은 같은 것에 열광하는 열성적인 팬들이었다.

난간, 그러니까 경마장에서 가장 안쪽의 원에 옹기종기 모여 있는 사람들은 노름꾼들이었다. 머리도 제대로 빗지 않은 후줄근한 모습의 그들은 자기네 '시스템'을 섬세하게 다듬는 과정에서 모든 것을 잃은 사람들이었다. 저축한 돈, 집, 가정, 모든 것을. 구겨진 재킷을 입고 열에 들뜬 눈빛을 한 그들의 모습을 보니 간밤에 관중석 아래에서 잠을 잔 것 같았다. 이 상습적인 노름꾼들은 난간에 몸을 기대고 가끔 입술을 핥으며 말들을 지켜보았다.

아래쪽 관중석에는 어렸을 때부터 경마를 훌륭한 오락으로 알고 자란 남자들과 여자들이 앉아 있었다. 다저스타디움의 관중석에서 볼 수 있는 사람들과 똑같은 부류였다. 선수들의 이름과 관련 통계를 모두 알고 있는 사람들. 그들은 그럽처럼 어렸을 때 어른들에게 이끌려 경마장을 처음 찾았고, 어른이 된 뒤에는 역시 자기 아이들을 데려오는 사람들이었다. 그들에게서는 전쟁 때에나 볼 수 있을 법한 충성심이 느껴졌다. 소풍 바구니와 출마표를 들고 있는 그들은 누구든 옆자리에 앉은 사람들과 금방 친구가 되었다.

그들 위쪽의 박스석에는 젊은 여자들과 이런저런 수행원들을 거느린 마주들이 앉아 있었다. 마주들은 물론 모두 부자지만, 경마훈련에 오는 사람들은 명문가 출신이나 단순한 애호가가 아니었다. 그들은 한 푼, 한 푼 직접 돈을 벌어서 말을 산 사람들이었다. 완벽하게 재단된 양복을 입은 은발의 거물이 조종실의 해군 제독처럼 난간에 양팔을 올리고 기대서 있었다. 그에게 경주용 말은 결코 한가로이 바라볼 수 있는 대상이 아님을 금방 알 수 있었다. 그는 기분전환 삼아 여기에 돈을 쓰는 것이 아니었다. 이 돈을 움직이는 데에는 철도를 운영할 때와 똑같은 절제, 헌신, 관심이 필요했다.

지금까지 말한 사람들 모두의 위쪽, 그러니까 노름꾼과 팬과 백만장자 들 위쪽의 관중석 상단 높은 곳에는 늙은 조마사들이 있었다. 한창때가 지난 사람들. 그들은 쌍안경이나 스톱워치 같은 것 없이 맨눈으로 말들을 지켜보며 앉아 있었다. 그들에게 그런 물건은 필요하지 않았다. 그들은 말의 속도나 출발 모습이나 지구력만 보는 것이 아니라, 말들의 용기와 무모함도 보았다. 그들은 돌아오는 토요일에 여기서 어떤 일들이 벌어질지 아주 정확히 알고 있으면서도, 경마에 돈을 걸어서 지금의 빈약한 생활에서 벗어날 생각 같은 건 결코 하는 법이 없었다.

벨몬트에서 한 가지 확실한 것은, 이곳이 수요일 새벽 5시에 평범한 남자가 올 곳이 결코 아니라는 점이었다. 여기는 단테의 「지옥편」에 나오는 지옥과 같았다. 다양한 죄를 지었을 뿐만 아니라, 저주받은 자의 심술과 집착도 지니고 있는 남자들이 모여 있다는 점에서 그랬다. 이곳은 아무도 「천국편」을 굳이 읽으려 하지 않는 이유를 생생하게 일깨워주었다. 아버지는 노름을 싫어했지만, 경마훈련을 보았다면 아주 좋아했을 것이다.

그럽이 프랜의 팔을 잡으며 말했다.

"가자, 예쁜이. 옛 친구들이 몇 명 온 것 같아."

예쁜이는 넘칠 듯한 자부심으로 환하게 웃으며 내게 쌍안경을 넘겨주었다. 두 사람이 멀어지자 조니가 기대에 찬 얼굴로 나를 올려다보았다. 나는 울타리가 쳐진 잔디밭을 더 가까이서 보고 싶다며 그를 나 몰라라 해버렸다.

잔디밭에서 나는 프랜의 쌍안경을 들어 은발의 해군 제독을 다시 바라보았다. 그의 박스석에서 두 여자가 알루미늄 컵으로 뭔가를 마시며 수다를 떨고 있었다. 컵에서 김이 오르지 않는 것으로 보아 술이 들어 있는 것 같았다. 한 여자가 그에게 한 모금 마셔보라며 권했지만, 그는 거들떠보지도 않았다. 대신 스톱워치와 클립보드를 든 젊은 남자와 뭔가 의견을 나눴다.

"취향이 좋군요."

고개를 돌려보니 팅커의 대모가 내 옆에 있었다. 그 부인이 나를 알아본 것이 놀라웠다. 조금은 우쭐한 기분이 드는 것 같기도 했다. 부인이 말했다.

"제이크 드 로셔예요. 재산이 5천만 달러쯤 되죠. 그것도 자수성가로. 원한다면 내가 소개해줄 수도 있어요."

나는 웃음을 터뜨렸다.

"저한테는 조금 힘에 부칠 것 같은데요."

"그럴지도 모르죠." 부인이 인정했다.

부인은 황갈색 바지와 하얀 셔츠 차림이었다. 소매는 팔꿈치까지 말려 올라가 있었다. 확실히 별로 추위를 느끼지 않는 모양이었다. 그걸 보니 어깨에 담요를 두른 내가 어색한 꼴로 보일 것 같았다. 나는 아무렇지도 않은 척 담요를 벗으려고 했다.

"경주마를 갖고 계신가요?" 내가 물었다.

"아뇨. 하지만 옛 친구가 패스터라이즈드의 주인이에요."

(그러시겠지.)

"그거 굉장하네요." 내가 말했다.

"사실 유력한 우승후보가 굉장한 경우는 별로 없어요. 짜릿한 건 가능성이 희박한 말이죠."

"하지만 우승후보의 주인이라면 은행계좌를 불릴 수 있지 않을까요?"

"그럴지도 모르죠. 하지만 대개 먹을 것과 살 곳을 제공해줘야 하는 투자처에서는 그리 많은 게 나오지 않아요."

예전에 팅커가 그랜딘 부인의 재산이 원래 석탄 광산에서 나온 것이라는 말을 넌지시 해준 적이 있었다. 왠지 앞뒤가 잘 들어맞는다는 생각이 들었다. 땅이나 석유나 금처럼 불변하는 자산이 있는 사람만이 부인처럼 침착하고 냉정한 모습을 유지할 수 있을 것 같았다.

다음 말이 트랙에 나와 있었다.

"저건 누구죠?" 내가 물었다.

"좀 빌릴까요?"

부인이 내 쌍안경을 향해 손을 내밀었다. 깔끔하게 정리한 머리에 작은 모자를 썼기 때문에 얼굴에 흘러내린 머리카락이 하나도 없었다. 부인은 사냥꾼처럼 쌍안경을 눈에 대고 곧바로 말을 향해 렌즈를 돌렸다. 그리고 아무 문제 없이 곧 자신의 사냥감을 찾아냈다.

"졸리 타르예요. 위더링의 말이죠. 배리가 루이스빌에 서류를 갖고 있어요."

부인은 쌍안경을 내렸지만 내게 돌려주지는 않았다. 그리고 잠시 나를 바라보며 머뭇거렸다. 아주 민감한 질문을 하기 전에 사람들이 그러는 것처럼. 하지만 부인은 질문 대신 그냥 선언하듯 말했다.

"팅커와 당신 친구가 잘 지내는 모양이더군요. 언제부터 둘이 같이 살았죠? 이제 한 여덟 달쯤 됐나요?"

"다섯 달이 조금 안 돼요."

"아."

"마음에 안 드세요?"

"빅토리아 시대의 사람처럼 완고하게 굴 생각은 전혀 없어요. 난 우리 시대의 자유에 대해 환상 같은 건 없는 사람이에요. 사실 굳이 묻는다면, 난 대개 자유를 찬양하는 편이라고 말할 거예요."

"빅토리아 시대의 사람처럼 굴 생각은 없다고 하셨는데, 그럼 다른 기준으로는 마음에 안 든다는 뜻인가요?"

부인이 빙긋 웃었다.

"당신이 법률회사에서 일한다는 걸 깜빡했군요, 캐서린."

'부인이 그걸 어떻게 알지?' 나는 의아했다.

"만약 그게 마음에 안 든다면……."

부인은 잠시 내 질문을 가늠해본 뒤 말을 이었다.

"그건 사실 당신 친구를 위해서예요. 팅커와 함께 사는 게 당신 친구에게 어떤 이득이 되는지 모르겠어요. 우리가 젊었을 때는 여자들에게 기회가 제한되어 있는 편이었기 때문에 적당한 신랑감을 빨리 잡을수록 좋았죠. 하지만 지금은……."

부인은 드 로셔의 박스석을 가리켰다.

"제이크 옆에 있는 서른 살의 금발 여자 보여요? 제이크의 약혼녀예요. 캐리 클랩보드. 캐리는 저 자리에 앉기 위해서 물불을 안 가리고 애를 썼어요. 이제 조금 있으면 세 채나 되는 집에서 부엌 하녀들과 상차림과 골동품 의자의 커버 교체 같은 걸 감독하며 행복해 하겠죠. 그거야 다 좋은 일이에요. 하지만 내가 당신 나이라면, 캐리와 같은 자리를 차지하려고 애쓰지 않을 거예요. 제이크의 자리를 차지하려고 애쓰겠죠."

졸리 타르가 가장 먼 코너를 돌고 있을 때, 다음 말이 마구간에서 나왔다. 우리는 둘 다 잔디밭을 내려다보았다. 앤 그랜딘 부인은 굳이 쌍안경을 들어 올리지도 않았다. 부인이 말했다.

"젠틀 새비지, 승률 50대 1. 저런 게 바로 짜릿한 거예요."

•

9장

언월도, 체, 그리고 나무 의족

6월 9일에 일을 마치고 밖으로 나오자 갈색 벤틀리가 길가에 서 있었다.

자신을 아무리 대단하게 생각하는 사람이라도, 할리우드나 하이드파크에서 아무리 오래 산 사람이라도, 갈색 벤틀리를 보면 당연히 눈길이 갈 것이다. 세상에 겨우 몇백 대밖에 없는 이 차는 모든 면에서 부러움을 염두에 두고 설계된 물건이다. 펜더는 바퀴 위로 솟아올랐다가, 휴식을 취하고 있는 첩처럼 널찍하고 나른한 곡선을 그리며 발판을 향해 내려간다. 한편 타이어의 하얀 벽들은 프레드 아스테어*의 각반처럼 말도 안 되게 티끌 하나 없다. 그 차의 뒷좌석에 앉은 사람이 누군지는 몰라도 틀림없이 나의 세 가지 소원을 들어줄 능력이 있을 것 같다.

---

* 많은 뮤지컬 영화에서 훌륭한 춤 솜씨를 보여주었던 미국의 배우 겸 안무가.

그날 길가에 서 있던 갈색 벤틀리는 운전석이 노출되어 있는 모델이었다. 기사는 아일랜드 경찰관이었다가 하인으로 전직한 사람 같았다. 그는 똑바로 앞만 바라본 채 작은 갈색 장갑에 억지로 쑤셔 넣은 커다란 주먹으로 운전대를 쥐고 있었다. 칸막이로 구분된 조수석 창문에는 색이 입혀져 있어서 안에 있는 사람이 보이지 않았다. 그 창문에 거리를 지나는 사람들의 모습이 비치는 걸 지켜보고 있는데, 창문이 스르르 열렸다.

"이런, 세상에." 내가 말했다.

"안녕. 어디 가는 길이야?"

"그냥 배터리 공원에 가서 물에 빠져 죽을까 생각하던 중이야."

"좀 미루면 안 돼?"

운전기사가 순식간에 내 옆에 나타났다. 그는 놀라울 정도로 우아하게 뒷문을 열더니 배다리 끝에 서 있는 해군사관학교 생도 같은 자세를 취했다. 이브가 엉덩이를 쓱 밀듯이 움직여서 자리를 만들어주었다. 나는 경례를 하고는 차에 올랐다.

차 안에서는 가죽 냄새와 연한 새 향수 냄새가 달콤하게 풍겼다. 다리를 뻗을 공간이 어찌나 넓은지 하마터면 의자에서 바닥으로 미끄러질 뻔했다.

"이 자동차가 밤에는 어떻게 변해?" 내가 물었다.

"아티초크로."

"난 아티초크 싫은데."

"나도 옛날에는 그랬어. 하지만 익숙해지면 좋아져."

이브가 앞으로 몸을 기울여 크롬 패널의 상아색 단추를 눌렀다.

"마이클."

운전기사는 고개를 돌리지 않았다. 스피커를 통해 들려오는 그의 목소리에 지직거리는 잡음이 섞여 있어서 마치 그가 수백 킬로미터나 떨어진 바다에 나가 있는 것 같았다.

"네, 미스 로스."

"우릴 익스플로러스 클럽에 데려다줄래요?"

"물론입니다, 미스 로스."

이비는 뒤로 등을 기댔고, 나는 그녀를 살펴보았다. 베레스포드에서 열린 그 디너파티 이후로 이브를 만나는 건 처음이었다. 이브는 실크 느낌의 파란색 긴소매 드레스 차림이었다. 목선이 깊이 파인 옷이었다. 머리카락은 다림질이라도 한 것처럼 곧게 뻗어 있었다. 이브가 머리카락을 귀 뒤로 넘기자 뺨에 난 흉터가 고스란히 드러났다. 고급 유곽의 아가씨들이 꿈꾸는 경험의 흔적인 듯 가늘고 하얗게 변한 그 흉터가 이제는 매력적으로 보였다.

우리는 함께 미소를 지었다.

"생일 축하해, 뜨거운 아가씨." 내가 말했다.

"내가 그런 말을 들을 자격이 있는 거야?"

"물론이지."

계획은 이러했다. 팅커는 이브의 생일을 맞아 무도장을 하나 빌려도 좋다고 말했다. 하지만 이브는 파티를 원하지 않는다고 말했다. 심지어 선물도 받고 싶은 생각이 없었다. 이브가 원하는 것은 새 옷을 한 벌 사고, 레인보룸에서 두 사람만의 저녁 식사를 하는 것뿐이었다.

뭔가 문제가 있다는 것을 내가 이때 알아차렸어야 하는 건데.

이 차와 운전기사는 팅커의 것이 아니라 월러스의 것이었다. 월러스는 이브가 생일에 원하는 것이 무엇인지 듣고는 하루 동안 쇼핑을 다니면서 쓰라고 자기 차를 선물로 내주었다. 그리고 이브는 그 차를 최대한 이용했다. 오전에 일단 5번 애버뉴로 가서 상점들을 정탐한 뒤, 점심을 먹고 나서 팅커의 돈을 가지고 다시 5번 애버뉴로 돌아가 본격적인 공략을 시작했다. 버그도프 백화점에서 지금 입은 파란색 드레스를 샀고, 벤델스에서 새 구두를 샀으며, 삭스에서는 밝은 빨간색 악어 클러치백을 샀다. 심지어 속옷에도 돈을 들였다. 이렇게 완벽히 치장을 끝낸 뒤 한 시간쯤 시간이 남았기 때문에 이브는 날 만나러 오기로 했다. 구름에 둘러싸인 록펠러 센터 꼭대기 층에서 스물다섯 살을 맞기 전에 오랜 친구와 술을 한잔하고 싶어서였다. 나는 이브가 와준 것이 몹시 기뻤다.

조수석 패널 뒤에 바가 있었다. 디캔터 두 개, 잔 두 개, 작고 귀여운 얼음통 한 개가 있었다. 이브가 내게 진을 한 잔 따라주었다. 자기가 먹을 술은 더블로 준비했다. 내가 말했다.

"와. 속도를 좀 조절해야 하지 않아?"

"걱정 마. 계속 훈련하고 있었으니까."

우리는 챙 하고 잔을 부딪쳤다. 이브는 얼음조각과 함께 진을 한 입 가득 마셨다. 그리고 얼음을 우적우적 씹어 먹으면서 창밖을 내다보며 생각에 잠겼다. 그렇게 뒤를 돌아보지 않은 채 이브가 말했다.

"뉴욕은 정말 사람을 확 바꿔놓지 않아?"

5번 애버뉴의 아담한 타운하우스에 자리 잡은 익스플로러스는 자연주의자와 모험가 들이 모이는 2급 클럽으로, 주식시장 붕괴 이후 도산한 곳이었다. 이곳의 소유물 중 값어치가 있는 소수의 물건은 이 가게에 호의를 품은 사람들 손에 자연사박물관으로 휘리릭 옮겨졌다. 나머지 물건들, 그러니까 오래된 물건과 기념품 등이 뒤죽박죽 섞인 물건들은 채권자들도 손을 대지 않아 그냥 먼지를 뒤집어쓰고 있었다. 애당초 그렇게 먼지나 뒤집어쓰고 있어야 마땅한 물건들이기는 했다. 그러다가 1936년에 뉴욕을 벗어나본 적이 없는 은행가 몇 명이 이 건물을 사서 이 클럽을 고급 술집으로 꾸며 다시 문을 열었다.

우리가 도착했을 때, 1층의 스테이크하우스에 막 손님이 채워지고 있었다. 우리는 눈밭의 탐험대와 배 등을 찍은 낡은 사진들이 죽 걸려 있는 좁은 계단을 통해 2층의 '도서관'으로 올라갔다. 바닥에서부터 천장까지 이어진 이 도서관의 책꽂이에는 클럽 측이 정성 들여 수집한 19세기 자연주의 문헌들이 꽂혀 있었지만, 실제로 그 책들을 읽을 사람은 하나도 없을 것 같았다. 2층 바닥 한가운데에 놓인 두 개의 전시용 상자에는 각각 남미의 나비들과 남북전쟁 때의 권총들이 들어 있었다. 사방에 놓여 있는 나지막한 가죽의자에는 주식중개인, 법조인, 기업인 등이 앉아 점잔을 빼며 음식을 우물거렸다. 이 방 안에서 우리를 제외하면 여자라고는 갈색 머리를 짧게 자른 젊은 여자뿐이었다. 그녀는 저 멀리 구석에서 좀 먹은 회색 곰 머리 아래에 앉아 있었다. 남자 양복과 하얀 깃의 와이셔츠를 입은 그녀는 거트루드 스타인이 되고 싶어 하는 것 같은 표정으로 담배 연기를 둥근 고리 모양으로 뿜어내고 있었다.

"이쪽입니다." 지배인이 말했다.

걸어가는 동안 나는 이브가 자기만의 재주를 발휘해서 절룩거리는 걸음걸이를 자기 것으로 만들었음을 알 수 있었다. 대부분의 여자들은 절룩거리지 않는 것처럼 보이려고 애쓸 것이다. 그래서 게이샤처럼 머리를 틀어 올리고, 시선은 아래를 향한 채 눈에 보이지도 않을 만큼 작게 발을 내딛는 걸음걸이를 터득하려 할 것이다. 하지만 이브는 자신의 걸음걸이를 전혀 숨기지 않았다. 치맛자락이 바닥까지 닿는 파란색 드레스 차림으로 이브는 왼쪽 다리를 어색하게 휘두르듯이 움직이며 걸었다. 날 때부터 발이 뒤틀린 남자 같았다. 이브의 구두는 나무 바닥 위에서 거친 당김음 같은 소리를 냈다.

지배인이 방 한가운데 자리로 우리를 안내했다. 모든 사람이 이브의 매력을 볼 수 있게 우리를 중앙에 앉힌 것이다.

"여긴 왜 온 거야?" 자리에 앉은 뒤 내가 물었다.

이브는 고급스러운 비평가 같은 시선으로 주위의 남자들을 둘러보며 말했다.

"난 여기가 좋아. 여자들이랑 같이 있으면 미칠 것 같아."

이브는 빙긋 웃으며 내 손을 토닥토닥 두드렸다.

"넌 예외야, 당연히."

"그거 참 다행이네."

가운데 가르마를 탄 젊은 이탈리아인이 문 뒤에서 나타났다. 이브는 샴페인을 주문했다.

"그래, 레인보룸이란 말이지." 내가 말했다.

"진짜 끄으을내주는 데라고 하더라. 일단 50층이니까 말이야. 비행기가 아이들와일드 공항+에 착륙하는 것도 볼 수 있대."

"팅커는 고소공포증 아냐?"

"아래를 내려다보지 않으면 되지."

쓸데없이 화려하고 수선스러운 분위기 속에서 샴페인이 나왔다. 웨이터가 얼음통을 이브 쪽에 놓았고, 지배인은 코르크를 따는 영예를 누렸다. 이브가 손을 저어 두 사람을 보낸 뒤 직접 술을 잔에 따랐다.

"뉴욕을 위하여." 내가 말했다.

"맨해튼을 위하여." 이브가 말을 고쳤다.

우리는 술을 마셨다.

"집 생각은 안 나?" 내가 물었다.

"엄마는 완전 잔소리꾼이야. 상대를 못 하겠어."

"어머니도 아셔?"

"엄마도 같은 심정일 걸."

"설마."

이브가 빙긋 웃으며 우리 잔에 다시 술을 채웠다.

"그런 얘기는 그만하자. 네가 나한테 얘기 좀 해봐."

이브가 내게 조르듯이 말했다.

"무슨 얘기?"

"아무거나. 뭐든지. 마팅게일 부인 하숙집의 여자들은 잘 지내?"

"나도 못 본 지 몇 달이나 돼서 몰라."

물론 이건 선의의 거짓말이었다. 프랜과 한동안 어울리는 중이었으니까. 하지만 이비에게 그런 이야기를 할 필요는 없었다. 어차피 이비는 프랜을 그다지 좋아하지 않았다. 이브가 말했다.

◆ JFK 공항의 옛 이름.

"맞다! 네가 혼자 사는 집을 구했다니 다행이야. 어때?"

"하숙집보다 비싸지. 하지만 이젠 내가 먹을 오트밀을 태워도, 내 변기에 뛰어들어도 뭐랄 사람이 없어."

"통금도 없고……."

"내가 잠자리에 드는 시간을 생각하면 그런 건 별로 상관없지만."

"아."

이비는 짐짓 걱정스러운 듯 말했다. 그 목소리에 슬픔과 외로움이 배어 있는 것 같았다.

나는 빈 잔을 들어 이브를 향해 흔들었다.

"베레스포드 생활은 어때?"

이브는 술을 따르며 대답했다.

"좀 정신이 없어. 침실을 다시 꾸밀 생각이거든."

"근사하겠네."

"그렇지만도 않아. 그냥 조금 말쑥하게 다듬을 뿐이야."

"공사 중에도 거기에 있을 거야?"

"공교롭지만, 팅커가 고객을 만나러 런던에 가게 됐거든. 그래도 나는 플라자 호텔에 방을 잡고, 팅커가 돌아오기 전에 공사를 끝내라고 좀 재촉을 할까 해."

선물이 없는 생일…… 런던 출장…… 침실 개조공사…… 전체적인 그림이 점점 선명해지고 있었다. 지금 내 앞에서 방금 산 드레스를 입고 샴페인을 마시고 있는 이 아가씨는 곧 레인보룸으로 향할 예정이었다. 이런 겉모습만 보면 이브가 현기증이 날 만큼 행복하게 보일 것이다. 하지만 이브는 전혀 행복해 보이지 않았다. 너무 행복해서 현기증이 날 정도가 되려면 뭔가 뜻밖의 요소가 필요하다.

행복에 들뜬 여자는 바로 다음에 무슨 일이 일어날지 알지 못한다. 뭔가 굉장한 일이 금방이라도 일어날 것 같다는 느낌이 있을 뿐이다. 이런 기대감과 궁금함이 한데 섞여야 아득하게 현기증이 날 것 같은 기분이 된다. 하지만 이브를 놀라게 할 뜻밖의 요소는 없었다. 낯선 패도, 은밀한 패의 조합도 없었다. 이브는 모든 것을 자기 뜻대로 조각해냈다. 그녀가 운수에 맡기는 것은 고작해야 배를 탈 때 자신에게 배정될 개인 선실의 크기 정도였다.

전에 21 클럽에서 '하루 동안 무엇이든 될 수 있다면, 어떤 사람이 되고 싶은가?'라는 질문을 던졌을 때, 이브는 영화사 사장인 대릴 재녁이 되고 싶다고 말했다. 그때는 아주 재미있는 대답이라고 생각했지만, 지금 그녀는 실제로 크레인을 타고 우리 머리 위에 떠서 세트장과 의상과 안무를 몇 번씩 확인하고 있었다. 그리고 이제 곧 해에게 떠오르라고 큐 사인을 보낼 것이다. 하지만 생각해보면, 누가 이브를 비난할 수 있을까?

우리와 몇 개의 식탁을 사이에 둔 자리에서 잘생긴 촌뜨기 두 명이 점점 시끄럽게 굴고 있었다. 아이비리그 시절에 자기들이 했던 못된 짓을 회상하는 중이었는데, 둘 중 한 명이 확실하게 '갈보'라는 단어를 썼다. 그러자 심지어 남자들 중에서도 몇 명이 두 사람을 못마땅한 시선으로 바라보기 시작했다.

이브는 단 한 번도 뒤를 돌아보지 않았다. 그런 일에 신경을 쓸 계제가 아니었다. 침실 개조 이야기를 꺼낸 뒤로 이브는 말을 멈추지 않았다. 보병들이 포탄을 피해 숨을 곳을 찾아 뛰는데도 박격포 소리를 무시해버리는 지휘관 같았다.

두 주정뱅이가 갑자기 벌떡 일어섰다. 그리고 비틀비틀 우리 옆을 지나가며 와자하게 웃음을 터뜨렸다. 이브가 건조한 목소리로 말했다.

"이런, 이런. 테리 트럼불. 그렇게 소란을 떤 게 당신이에요?"

테리는 보트 놀이를 처음 배우는 아이가 배를 몰듯이 돌아섰다.

"이브. 당신을 여기서 만날 줄은······."

만약 그가 20년 동안 사립학교에 다니면서 배운 것이 없었다면, 머릿속에 떠오른 생각을 더듬더듬 말해버렸을 것이다.

그는 이브에게 어색하게 입을 맞추고는 누구냐고 묻는 듯한 시선으로 나를 바라보았다.

"이쪽은 내 오랜 친구 케이트예요." 이브가 말했다.

"만나서 반갑습니다, 케이트. 역시 인디애나폴리스 출신인가요?"

"아뇨. 저는 뉴욕 출신이에요."

"그렇군요! 뉴욕 어디죠?"

"앤 당신 타입이 아니에요, 테리."

그는 공격을 받아넘기려는 듯이 이브를 바라보았지만, 생각을 고쳐먹은 것 같았다. 점점 술이 깨는 모양이었다.

"팅커한테 안부 전해줘요." 그가 말했다.

이브는 물러가는 그를 지켜보았다.

"저 사람은 누구야?" 내가 물었다.

"유니언 클럽에 팅커랑 같이 다니는 친구야. 몇 주 전 주말에 웨스트포트에 있는 저 인간 집에서 다 같이 파티를 했는데, 저녁 식사 후에 저 인간 아내가 피아노로 모차르트를 연주하는 동안 (하늘도 무심하시지) 저 인간이 하녀한테 식품저장실에서 뭔가 보여줄 게 있다고 말하더라고. 나중에 내가 가보니까 저 인간이 그 아가씨를 빵 상자 옆의 구석으로 몰아넣고 막 목을 물려는 참인 거야. 그래서 내가 감자 으깨는 기구로 저 인간을 쫓아버렸지."

"그게 칼이 아닌 게 저 사람한테는 다행이었네."

"칼로 찔러줬으면 좋았을 텐데."

나는 그 모습을 그려보며 빙긋 웃었다.

"그 하녀한테도 네가 그때 나타난 게 다행이었겠다."

이브는 뭔가 다른 생각을 하다 놀란 사람처럼 눈을 깜박거렸다.

"뭐?"

"네가 나타나서 그 아가씨도 운이 좋았다고."

이브는 조금 놀란 표정으로 나를 바라보았다.

"그건 운과는 아무 상관이 없어. 내가 식품저장실까지 저 자식을 '미행'한 거니까."

이브가 감자 으깨는 기구를 손에 들고 앵글로색슨계 백인들이 사는 뉴욕의 주택 복도를 배회하는 모습이 갑자기 머리에 떠올랐다. 그림자에서 그림자로 훌쩍훌쩍 뛰어 몸을 숨겨가며 비열한 인간들을 죄다 혼내주려고 나선 모습.

"그거 알아?" 내가 새로운 확신을 갖고 말했다.

"뭘?"

"너야말로 최고 중의 최고야."

8시가 다 되었을 때, 샴페인 병은 얼음통 속에 거꾸로 꽂혀 있었다.

나는 이브에게 이제 그만 가봐야 하지 않느냐고 말했다. 이브는 조금 쓸쓸한 표정으로 빈 병을 바라보았다.

"네 말대로 해야겠지." 이브가 말했다.

그리고 새로 산 클러치백을 들면서 동시에 웨이터에게 신호를 보냈다. 팅커를 연상시키는 동작이었다. 이브는 빳빳한 20달러 지폐가 가득 든 봉투를 꺼냈다. 내가 말했다.

"아냐. 이건 내가 살게, 네 생일이잖아."

"좋아. 하지만 24일에는 내가 이 은혜를 갚을 거야."

"그거 좋지."

이브가 일어섰다. 순간적으로 나는 이브의 찬란한 모습을 고스란히 볼 수 있었다. 어깨에서부터 우아한 선을 그리고 있는 드레스와 손에 든 빨간 클러치백 덕분에 이브는 존 싱어 사전트가 그린 전신 초상화 같았다.

"세상이 멸망하는 날까지." 이브가 옛 인사를 되새겨주었다.

"세상이 멸망하는 날까지."

웨이터가 가져올 계산서를 기다리면서 나는 방 한가운데의 전시용 상자로 한들한들 다가갔다. 이런 걸 잘 아는 사람이라면 전시된 총을 보고 희귀한 물건이라며 감탄할지도 모르지만, 잘 모르는 사람 눈에는 그저 추레한 물건일 뿐이었다. 마치 미시시피 강의 강둑에서 캐낸 총들 같았다. 그리고 총이 들어 있는 상자 바닥에는 남북전쟁 때의 총알들이 사슴 똥처럼 쌓여 있었다.

나비는 보기에 더 편안했지만, 거기서도 역시 아마추어 냄새가 났다. 펠트 천 위에 나비를 핀으로 고정해둔 솜씨가 별로라서 날개 윗면밖에 보이지 않았다. 나비에 대해 조금이라도 아는 사람이라면, 날개의 양면이 근본적으로 다른 경우도 있다는 것을 알 것이다.

윗면이 은은하게 빛나는 파란색이라면, 아랫면은 갈색이 도는 회색 바탕에 황토색 점이 찍혀 있는 식이다. 이처럼 날카롭게 대비되는 날개 무늬는 나비들에게 진화進化상의 이점을 제공해준다. 날개를 펼쳤을 때는 짝짓기 상대의 관심을 끌 수 있고, 날개를 접었을 때는 나무줄기와 같은 모양이 되어 모습을 감출 수 있기 때문이다.

어떤 사람을 가리켜 카멜레온이라고 말하는 것은 다소 진부한 표현이다. 환경에 따라 색깔을 바꿀 수 있는 사람이라는 뜻이니까. 하지만 실제로 그렇게 할 수 있는 사람은 1백만 명 중 한 명도 안 된다. 반면 나비 같은 사람들은 수만 명이나 있다. 이브처럼 근본적으로 다른 두 가지 색깔을 지닌 사람들. 한 색깔은 매력을 발산하고, 다른 색깔은 자신을 감춰주는 역할을 한다. 그리고 그들은 날개를 가볍게 움직이는 것만으로 색깔을 바꿀 수 있다.

계산서가 왔을 때쯤, 샴페인의 술기운이 오르기 시작했다.

나는 가방을 들고 문에 시선을 고정했다.

양복을 입은 갈색 머리 여자가 내 옆을 지나쳐 화장실로 향했다. 그러면서 지금의 평화를 못마땅해 하는 오랜 원수처럼 차갑고 적대적인 시선으로 나를 노려보았다. 아주 완벽하네. 나는 속으로 생각했다. 증오에 물든 사람은 상상력과 용기를 거의 보여주지 못한다. 시간당 50센트를 버는 사람은 부자에게 감탄하고 가난한 사람을 가엾게 여기면서, 시간당 임금이 자기보다 1센트 많거나 1센트 적은 사람에게 온갖 독설을 퍼붓는다. 혁명이 10년마다 한 번씩 세상을 휩쓸지 않는 이유가 바로 그것이다. 나는 그 여자에게 뒤늦게 혀를 쑥 내밀어주고는, 기차에 올라탄 영화배우 같은 뒷모습을 연출하려고 애쓰면서 문을 향해 손을 흔들었다.

계단으로 나와 보니 아까 우리가 올라왔던 계단이 갑자기 좁고 가팔라 보였다. 롤러코스터의 궤도 꼭대기에서 보는 풍경과 조금 비슷했다. 나는 할 수 없이 구두를 벗고 난간에 꼭 매달렸다.

벽에 어깨를 대고 내려오면서 나는 계단 벽에 걸린 사진들이 남극에 얼어붙은 인듀어런스호를 찍은 것임을 깨달았다. 나는 걸음을 멈추고 사진 한 장을 좀 더 자세히 들여다보았다. 삭구들이 돛에서 모두 제거되어 있었다. 얼음 위에는 음식을 비롯한 필수품 짐 꾸러미가 놓여 있었다. 나는 섀클턴 대장에게 손가락질을 하며 모든 것이 그의 잘못임*을 일깨워주었다.

내가 거리로 나와서 69번가를 건너 3번 애버뉴 고가철도 쪽으로 가려는데, 갈색 벤틀리가 길가에 서 있는 것이 보였다. 그리고 문이 열리더니 운전기사가 밖으로 나왔다.

"미스 콘텐트."

나는 어리둥절했다. 단순히 술기운 때문에 정신이 없는 것이 아니었다.

"마이클이라고 했죠?"

"네."

마이클이 내 아버지의 형, 그러니까 로스코 큰아버지와 많이 닮았다는 생각이 갑자기 머리를 스쳤다. 큰아버지도 주먹이 아주 컸고, 귀는 콜리플라워 모양이었다.

✦ 섀클턴은 27명의 대원과 함께 인듀어런스호를 타고 남극 탐험에 나섰다가 634일 동안 빙벽에 갇혀 있었다. 그러나 전 대원이 무사히 귀환함으로써 섀클턴은 영웅이 되었고, 그들의 탐험은 '위대한 실패'로 불리게 되었다.

"이브 보셨어요?" 내가 물었다.

"네. 저더러 아가씨를 댁까지 모셔다드리라고 하셨습니다."

"저 때문에 당신을 돌려보냈다고요?"

"아뇨. 미스 로스는 걷고 싶다고 하셨습니다."

마이클이 뒷좌석 문을 열었다. 차 안이 어둡고 외로워 보였다. 6월이라 아직 날이 환하고, 기온도 온화했다.

"제가 앞자리에 타도 될까요?" 내가 물었다.

"그럴 수는 없습니다."

"그럴 것 같았어요."

"11번가인가요?"

"맞아요."

"어떻게 갈까요?"

"무슨 뜻이에요?"

"2번 애버뉴를 탈 수도 있고, 센트럴파크를 빙 둘러서 아래쪽으로 내려갈 수도 있습니다. 어쩌면 그쪽이 앞자리에 타지 못하는 보상이 될지도 모릅니다."

나는 웃음을 터뜨렸다.

"와. 그거 엄청난 제안인데요, 마이클. 그렇게 해요."

우리는 72번가에서 공원으로 들어가 북쪽의 할렘으로 향했다. 내가 양쪽 창문을 모두 내리자 따스한 6월의 바람이 내게 분에 넘치는 애정을 베풀어주었다. 나는 발을 차듯이 신발을 벗고 다리를 몸통 밑으로 접어 넣었다. 그러고는 나무들이 휙휙 지나가는 것을 지켜보았다.

나는 택시를 자주 타는 편이 아니지만, 택시를 탈 때는 최단거리를 택했다. 일부러 멀리 돌아서 집으로 갈 생각은 한 번도 해본 적이 없었다. 26년 동안 단 한 번도. 그런데 이것도 꽤나 끄으을내주는 일이었다.

◆ ◆ ◆

다음 날 이브에게서 전화가 왔다. 24일의 약속을 취소해야 할 것 같다는 얘기였다. 팅커가 유럽행 증기선 표를 들고 레인보룸에 나타나 이브를 '깜짝 놀라게' 한 모양이었다. 팅커는 런던에서 고객들을 만난 뒤 이브와 함께 리비에라로 가서 거기서 7월 한 달 동안 집을 빌릴 예정인 버키와 위스를 만날 생각이었다.

1주일 뒤 프랜과 그럽을 만나, 광고에는 스테이크라고 되어 있던 햄버거를 먹고 있을 때, 프랜이 내게 《데일리 미러》의 사교란에서 찢어온 토막기사를 하나 주었다.

대서양 한복판의 퀸 빅토리아호에서 놀라운 일이 있었다는 소식이 들어왔다. C. 밴더빌트 2세가 매년 선상에서 주최하는 '예복 차림의 보물찾기 대회'에서 언제나 훌륭한 신랑감인 뉴욕의 은행가 T. 그레이와 그보다 더 매력적인 그의 반쪽 E. 로스라는 새 얼굴들이 수월하게 우승했다는 소식이다. 상갑판 승객들이 놀라서 말을 잃게 한 그레이와 로스는 50가지의 보물 중 언월도, 체, 나무 의족을 찾아내는 데 성공했다. 이 젊은 보물사냥꾼들은 성공의 비결을 밝히려 하지 않았지만, 그들을 지켜본 사람들에 따르면 그들은 승객들 대신 선원들에게 질문을 던지는 신선한 방법을 썼다고 한다. 그럼 상품은? 클래리지 호텔의 5박 숙박권과 런던 국립 미술관의 개인 특별관람권이다. 이 빈틈없는 한 쌍이 서둘러 도망치기 전에 몸수색을 잘 해보라고 미술관 경비원들에게 미리 알려야 할 것이다.

10장

마을에서 가장 높은 건물

6월 22일 오후에 나는 젊은 변호사 토머스 하퍼와 함께 62번가에 있는 상대 법률회사에 가서 창문도 환기시설도 없는 방에 앉아 진술조서 작성을 도왔다. 진술을 하는 당사자는 망해가는 강철공장의 생산라인 관리자였는데, 세탁부婦처럼 땀을 뻘뻘 흘리며 자꾸만 같은 말을 되풀이했다. 아무 의미가 없는 말까지도 마찬가지였다. 그는 상황이 얼마나 나쁜지와 관련된 질문들에만 정말로 의미 있는 진술을 하는 것 같았다.

그가 하퍼에게 물었다. 20년 동안 아침마다 애들이 아직 자고 있는 시간에 출근해서 시계가 째깍거리는 소리를 들으며 아주 세세한 것까지 하나도 빼놓지 않고 살피면서 묵묵히 일했는데 어느 날 아침에 깨어보니 그 모든 게 사라져버렸을 때 기분이 어떤지 아십니까?

"아뇨. 이제 1937년 1월에 일어난 사건들 얘기를 좀 해주시죠."

하퍼가 쌀쌀맞게 말했다.

마침내 조서 작성이 끝나자 나는 센트럴파크로 가서 신선한 공기를 쐬어야 할 것 같았다. 그래서 길모퉁이 가게에서 샌드위치를 하나 사 들고 목련 나무 근처에서 좋은 장소를 찾아냈다. 거기라면 내오랜 친구 찰스 디킨스를 벗 삼아 평화로운 식사를 할 수 있을 것 같았다.

나는 그렇게 공원에 앉아서 핍*의 인생유전을 읽다가 가끔 고개를 들어 한가로이 지나가는 사람들을 지켜보았다. 그들은 이미 삶에서 기대할 수 있는 유산을 찾아낸 사람들이었다. 바로 그때 앤 그랜딘이 눈에 들어왔다. 그 부인을 만나는 건 이로써 세 번째였다. 나는 잠시 망설이다가 책을 가방에 쑤셔 넣고 부인의 뒤를 따라갔다.

예상대로 부인은 어딘가 목적지가 있는 사람처럼 걷고 있었다. 59번가에서 공원을 빠져나온 부인은 자동차들 사이를 뚫고 길을 건너 플라자 호텔의 계단을 뛰어 올라갔다. 나도 그 뒤를 따라 계단을 뛰어 올라갔다. 제복 차림의 벨보이가 회전문을 돌려주는 순간, 지인의 뒤를 쫓아 근처 호텔로 들어가는 건 절대 금물이라는 것이 예의 바른 사람들 사이의 암묵적인 규칙일 것 같다는 생각이 들었다. 하지만 그랜딘 부인이 그냥 친구들을 만나 술이나 한잔하려고 호텔에 온 것일 수도 있지 않을까? 회전문이 돌아가는 가운데 나는 과학적인 방법을 쓰기로 했다.

"어느 것을 할까요, 알아맞혀봅시다, 딩동댕동……."

✦ 찰스 디킨스의 소설 『위대한 유산』의 주인공.

나는 안으로 들어가서 야자수 화분 그늘 밑에 자리를 잡았다. 로비는 잘 차려입은 사람들로 붐비고 있었다. 짐 가방을 들고 이제 막 도착한 사람도 있고, 술집으로 향하는 사람도 있고, 구두를 닦거나 살롱에 들르려고 아래층에 내려갔다가 계단을 올라오는 사람도 있었다. 오페라극장도 무색해질 것 같은 샹들리에 밑에서 콧수염을 멋들어지게 기른 외교관이 여덟 살짜리 여자아이와 푸들 두 마리를 위해 사람들 사이로 길을 내고 있었다.

"실례합니다."

자그마한 빨간색 모자를 쓴 호텔 급사가 나무 옆에서 고개를 내밀었다.

"미스 콘텐트이십니까?"

그는 내게 자그마한 크림색 봉투를 건네주었다. 무도회나 결혼식 피로연에서 내가 앉을 자리가 어딘지 알려줄 때 사용하는 봉투와 비슷했다. 봉투 안에 들어 있는 것은 명함이었다. 간단히 '앤 그랜딘'이라고만 적혀 있는 명함. 그리고 그 뒷면에 자유롭고 편안한 필체로 부인이 써놓은 말이 있었다. '와서 인사나 해요. 스위트룸 1801호.'

이런.

나는 엘리베이터에 오르면서 부인이 로비에서 나를 봤는지, 센트럴파크에서 이미 나를 봤는지 궁금했다. 엘리베이터 보이는 시간이 필요하다면 얼마든지 느긋하게 구셔도 상관없다고 말하듯이 정중하게 나를 바라보았다.

"18층 갈 수 있나요?" 내가 물었다.

"그럼요."

문이 닫히기 전에 신혼부부 한 쌍이 엘리베이터에 탔다. 장밋빛 전망에 들떠서 밝고 젊은 그들은 가진 돈을 한 푼도 남김없이 기꺼이 룸서비스에 쓸 준비가 되어 있는 것 같았다. 두 사람이 12층에서 내려 통통 튀듯이 복도를 걸어간 뒤, 나는 엘리베이터 보이에게 친한 사이처럼 알만 하다는 미소를 지었다.

"신혼부부네요." 내가 말했다.

"꼭 그렇지는 않습니다."

"꼭 그렇지는 않다고요?"

"반드시 신혼도 아니고, 반드시 결혼한 것도 아니에요. 내리실 때 조심하십시오."

스위트룸 1801호는 엘리베이터 바로 맞은편에 있었다. 내가 문틀에 달린 황동 버튼을 누르자 앤 부인의 발소리보다 무겁게 들리는 발소리가 안에서 났다. 문이 열리자 프린스오브웨일스 체크 수트를 입은 호리호리한 젊은이의 모습이 드러났다. 나는 조금 어색한 기분으로 명함을 내밀었다. 그는 손톱이 깨끗하게 손질된 손으로 명함을 받았다.

"미스 콘텐트?"

그의 발음도 양복 재단만큼이나 깔끔했다. 하지만 틀린 발음이었다. 마치 책의 내용content을 가리키듯이 앞부분에 강세를 넣어서 '콘'텐트로 발음했기 때문이다.

"콘'텐트'예요. 상태content를 가리킬 때처럼." 내가 말했다.

"죄송합니다, 미스 콘'텐트'. 들어오시죠."

그가 문에서 몇 걸음 안쪽을 정확히 가리켰다.

문 안쪽은 해가 밝게 비치는 스위트룸의 현관 홀이었다. 중앙 거실 한편에 닫힌 문이 있었는데, 아마도 침실 문인 것 같았다. 거실 앞쪽에는 파란색과 노란색이 들어간 소파 하나와 안락의자 두 개가 칵테일 탁자를 중심으로 둥글게 늘어서서 남성적 스타일과 여성적 스타일 사이에 효과적으로 균형을 맞추고 있었다. 소파와 의자 뒤쪽으로는 은행가들이 쓰는 것 같은 책상이 있고, 책상의 한쪽 귀퉁이에는 백합이 꽂힌 꽃병, 다른 쪽 귀퉁이에는 검은 갓을 씌운 스탠드가 각각 놓여 있었다. 팅커의 아파트가 완벽한 취향으로 꾸며져 있던 것이 아무래도 앤 부인의 솜씨인 것 같다는 생각이 들었다. 부인은 현대적인 디자인을 상류사회와 조화시키는 데 필요한, 스타일과 자신감의 조합을 딱 알맞게 지니고 있었다.

앤 부인은 책상 뒤에 서서 창문으로 센트럴파크를 바라보며 통화 중이었다.

"그래요, 그래요. 무슨 말인지 정확히 이해했어요, 데이비드. 틀림없이 내가 이사의 자격을 이용할 거라고는 기대도 안 했겠죠. 하지만 이제 당신도 눈치챘듯이, 난 분명히 그걸 이용할 생각이에요."

앤 부인이 말하는 동안, 내가 건넨 명함을 비서가 부인에게 주었다. 부인은 휙 돌아서서 소파에 앉으라는 듯이 손을 흔들었다. 내가 자리에 앉은 뒤, 옆에 놓았던 가방이 쓰러지면서 핍이 무슨 일인지 궁금하다는 듯 고개를 내밀었다.

"맞아요, 맞아요. 이제 데이비드답네요. 5일에 뉴포트에서 자세히 이야기해요."

부인은 전화를 끊은 뒤 소파로 다가와 내 옆에 앉았다. 마치 약속도 없이 갑자기 들이닥친 사람을 대하는 것 같은 태도였다.

"케이티! 정말 반가워요!"

부인은 전화기 쪽을 가리켰다.

"미안해요. 내 남편이 갖고 있던 주식을 조금 물려받았는데, 그 덕분에 자격도 없는 권위를 행사할 수 있게 돼서……. 그런데 나 말고 모든 사람이 그걸 탐탁지 않게 생각하는 것 같네요."

부인은 금방 지인이 찾아오기로 되어 있지만, 행운이 따른다면 나와 술을 한잔할 시간 정도는 있을 거라고 말했다. 그러고는 비서인 브라이스에게 마티니를 가져오라고 지시한 뒤 잠시 침실에 다녀오겠다고 양해를 구했다. 브라이스는 단풍나무로 만든 훌륭한 장식장으로 갔다. 거기에 간단한 바가 준비되어 있었다. 브라이스는 은제 집게로 통에서 얼음을 꺼낸 뒤 긴 스푼으로 식탁용 유리병에 담긴 술을 휘저어 마티니를 만들었다. 스푼이 유리병에 부딪혀 소리가 나지 않게 주의하는 기색이 역력했다. 그는 양파 피클 한 접시와 함께 잔 두 개를 탁자에 내려놓았다. 그리고 그가 막 잔에 술을 따르려는데, 앤 부인이 침실에서 나왔다.

"그건 내가 하지, 브라이스. 고마워. 이제 물러가도 좋아."

"러더퍼드 대령께 보내는 편지를 마저 작성할까요?" 그가 물었다.

"그건 내일 이야기하지."

"알겠습니다, 그랜딘 부인."

여자가 남자에게 이토록 단호하고 권위적으로 지시를 내리는 광경은 확실히 보기 드문 것이었지만, 브라이스의 태도 또한 비교적 단정하고 깔끔하다는 점도 이례적이었다. 그는 부인에게 아주 정중하게 목례하고 나서 내게는 그저 형식적인 목례를 했다. 부인이 다시 소파에 앉았다.

"자, 이제 마십시다!" 부인이 말했다.

부인은 여러 동작을 재빨리 동시에 해치우는 특유의 움직임으로, 몸을 앞으로 기울이며 팔꿈치를 무릎에 괴고 유리병을 향해 손을 뻗었다. 그리고 술을 따랐다.

"양파는?" 부인이 물었다.

"전 올리브를 좋아하는 편이에요."

"그걸 기억해둬야겠네요."

부인은 내게 잔을 건네준 뒤 자신의 잔에 양파 두 조각을 퐁당 떨어뜨렸다. 그리고 왼팔을 소파 등받이에 걸쳤다. 나는 편안하게 보이려고 애쓰면서 부인을 향해 내 잔을 들어 올렸다.

"패스터라이즈드의 우승을 축하합니다."

"그럴 필요 없어요. 나는 미리 말한 대로 가능성이 희박한 말에 걸었으니까."

부인은 내게 빙긋 웃어 보인 뒤 술을 한 모금 마셨다.

"그래, 수요일 오후에 이쪽에는 웬일이에요? 퀴긴&헤일에서 일한다고 들은 것 같은데. 직장을 바꾸기라도 했어요?"

"아뇨. 지금도 퀴긴에서 일해요."

"아." 부인은 살짝 실망한 표정이었다.

"여기서 몇 블록 떨어진 곳에서 진술조서를 받으려고 변호사 님과 같이 왔어요."

"재판 전에 미리 상대방한테 날카로운 질문들을 던져보는 것 말이에요?"

"맞아요."

"음, 그래도 그건 재미있겠네."

"그래도 어떤 질문을 던지는가에 따라 달라요."

"그리고 질문을 던지는 사람이 누구인지에 따라서도 달라지겠죠."

부인이 잔을 탁자에 놓으려고 몸을 앞으로 기울였다. 그러는 중에 맨 위의 단추를 풀어둔 블라우스 깃이 살짝 아래로 처졌다. 브래지어를 하지 않은 것이 눈에 들어왔다.

"여기서 사세요?" 내가 물었다.

"아뇨, 아뇨. 여긴 그냥 사무실이에요. 하지만 사무실 빌딩보다 훨씬 더 편해요. 제대로 된 저녁 식사를 준비시킬 수도 있고, 외출하기 전에 샤워를 하고 옷을 갈아입을 수도 있으니까. 다른 도시에서 온 사람들이 나를 만나러 오기도 편하고요."

"저를 만나려고 다른 도시에서 일부러 찾아온 사람이라고는 외판원밖에 없었는데요."

부인은 웃음을 터뜨리며 다시 잔을 들었다.

"그 사람은 그렇게 일부러 찾아온 보람이 있었나요?"

"그렇지는 않았어요."

부인은 잔을 입술에 대면서 곁눈질로 나를 유심히 살폈다. 그리고 잔을 탁자에 내려놓으며 별일 아니라는 듯이 말했다.

"팅커와 이브는 해외에 나갔다고 들었어요."

"맞아요. 런던에 며칠 있다가 리비에라로 갈 모양이에요."

"리비에라! 그건 진짜 로맨틱하겠군. 따스한 물과 라벤더라니. 하지만 로맨스가 전부는 아니죠. 안 그래요?"

"부인은 아직도 두 사람 관계가 미심쩍으신가 봐요."

"물론, 내가 간섭할 일이 아닌 줄은 알아요. 그리고 그 두 사람이 있으면 확실히 분위기가 밝아지기도 하고. 사실 버킹엄 궁전마저 환하게 만들 기세이긴 하죠. 하지만 군이 '진술'을 해야 한다면, 솔직히 난 항상 팅커의 짝으로 좀 더 만만찮은 사람을 생각했어요. 지적인 면에서 만만찮은 여자."

"이브가 부인을 깜짝 놀라게 할지도 모르잖아요."

"그러면 내 생각이 바뀔지도 모르죠."

초인종이 울렸다. 부인이 말했다.

"아. 틀림없이 오기로 한 손님일 거예요."

나는 매무새를 조금 다듬을 곳이 있느냐고 물었고, 부인은 내게 침실 옆의 욕실을 알려주었다. 윌리엄 모리스 스타일의 벽지가 발라진 욕실은 아담하지만 화려했다. 나는 얼굴에 찬물을 끼얹었다. 세면대 옆의 대리석 대 위에는 사각형으로 깔끔하게 접힌 브래지어가 놓여 있었다. 그리고 그 위에 에메랄드 반지가 놓인 모습이 마치 대관식 날 푹신한 받침대 위에 놓인 왕관 같았다. 다시 밖으로 나와 보니 앤 부인은 잿빛 머리카락의 신사와 함께 소파 근처에 서 있었다. 그 신사는 델라웨어의 전 상원의원인 존 싱글턴이었다.

호텔 밖으로 나왔을 때, 실크해트를 쓴 도어맨이 화려한 한 쌍을 택시에 태워주고 있었다. 택시가 떠난 뒤 도어맨은 고개를 돌려 나와 시선을 마주쳤다. 그는 정중하게 모자를 살짝 들어 내게 인사하고는 뒤로 물러나서 차려 자세로 섰다. 호텔 앞에 줄 서 있는 택시를 불러줄 생각은 없는 모양이었다. 그런 아마추어 같은 실수를 할 만큼 풋내기는 아니라는 뜻이었다.

◆ ◆ ◆

아파트로 돌아오니 오늘이 수요일임을 확실히 알 수 있었다. 3B호의 수줍음 많은 새색시가 자기 어머니의 볼로네즈 파스타 요리법을 마구 헐뜯고 있었기 때문이다. 요리법을 베끼면서 정향 두 개를 마늘 두 개로 잘못 쓴 모양이었다. 주말까지 우리 모두 그녀가 만든 요리의 냄새를 몸에 묻히고 다녀야 할 것 같았다.

나는 집 안으로 들어온 뒤 부엌 식탁 앞에 잠시 서서 우편물을 정리했다. 언뜻 보기에 여느 때처럼 하찮은 우편물들뿐이었지만, 청구서 두 장 사이에 항공우편 봉투가 끼어 있었다. 청록색 봉투였다.

그리고 팅커의 필체가 있었다.

나는 부엌을 뒤져서 먹다 만 포도주를 찾아내 병째 들고 맛을 보았다. 일요일 성찬식에서 포도주를 마셨을 때처럼 혀가 얼얼했다. 나는 포도주를 잔에 따른 뒤 식탁에 앉아 담배에 불을 붙였다.

봉투에 붙어 있는 우표는 영국 것이었다. 하나는 어떤 정치가의 얼굴을 자주색으로 인쇄한 것이고, 나머지는 자동차를 파란색으로 인쇄한 것이었다. 세상 모든 나라에는 정치가와 자동차가 들어간 우표가 있는 것 같았다. 엘리베이터 보이나 불행한 주부의 얼굴이 들어간 우표는 어디 있는 걸까? 엘리베이터가 없는 6층짜리 아파트에 살면서 시큼해진 포도주를 마시는 사람의 우표는? 나는 담배를 눌러 끄고 편지를 열었다. 유럽인들이 좋아하는 종이가 나왔다.

친애하는 케이트,

여행을 떠난 뒤 하루도 빠지지 않고, 우리 둘 중 한 명은 반드시 "케이트가 봤으면 좋아했을 텐데!"라는 말을 하고 있어요. 오늘은 내 차례였습니다…….

　요약하자면, 팅커와 이브가 사우샘프턴에서 런던까지 해안을 따라 직접 차를 운전해서 가기로 했는데, 도중에 작은 어촌에 머무르게 되었다는 얘기였다. 이브가 호텔에서 쉬는 동안 팅커는 산책을 나갔고, 오래된 성당의 뾰족탑이 마을 어디서나 보인다는 것을 알게 되었다. 이 성당이 마을에서 가장 높은 건물이었기 때문이다. 그래서 결국 팅커는 길을 돌아서 그 교회로 갔다.

　안에 들어가니 벽이 하얀색이었습니다. 옛날에 포경선 선장들이 뉴잉글랜드에 세운 교회들처럼요.
　신도석 첫째 줄에는 어떤 선원의 미망인이 앉아서 찬송가책을 읽고 있었습니다. 그리고 뒤로 한참 떨어진 자리에서는 레슬링 선수 같은 몸집의 대머리 남자가 열매가 담긴 바구니를 옆에 놓고 울고 있었죠.
　갑자기 제복 입은 소녀들이 갈매기 떼처럼 웃으며 문으로 쏟아져 들어왔습니다. 그러자 레슬링 선수 아저씨가 벌떡 일어나서 아이들을 야단쳤어요. 아이들은 통로를 쭉 뛰어가서 다시 밖으로 달려나갔고, 그때 머리 위에서는 종이 울리기 시작…….

　정말이지, 다른 사람들의 휴가 이야기를 들으며 해줄 좋은 말 같은 건 없나? 나는 편지를 공처럼 둥글게 구겨서 쓰레기통에 던져 넣었다. 그리고 『위대한 유산』을 들어 20장을 펼쳤다.

　아버지는 결코 힘들다고 불평하는 분이 아니었다. 나와 함께 산

19년 동안 아버지는 러시아 군대에서 겪었던 우여곡절이나 어머니와 함께 근근이 살던 이야기나 어머니가 우리를 버리고 나가버린 날의 이야기를 거의 입에 담지 않았다. 건강이 점점 나빠질 때도 불평 한 마디 없었다.

하지만 돌아가시기 얼마 전의 어느 날 밤, 내가 아버지의 침대 옆에 앉아서 기운을 좀 북돋아드리려고 멍청한 직장 동료 이야기를 하고 있는데 아버지가 느닷없이 옛날이야기를 꺼냈다. 너무나 맥락에서 벗어난 이야기라서 나는 아버지가 헛것을 보시는 줄 알았다. 아버지는 살면서 아무리 힘든 일이 닥쳐도, 아무리 풀이 죽고 기운이 빠져도, 자신이 언제나 이겨낼 수 있을 거라고 확신했다고 말했다. 당신이 아침에 일어나 처음 커피를 마시는 순간을 고대하는 한은 이겨낼 수 있을 거라고. 나는 그로부터 수십 년이 지난 뒤에야 비로소 그것이 아버지가 내게 해준 조언이었음을 깨달았다.

타협을 모르고 목표를 추구하는 자세와 영원한 진리를 향한 탐구는 고귀한 이상을 지닌 젊은이들에게 확실히 매력적이다. 하지만 사람이 일상적인 것, 그러니까 현관 앞 계단에서 피우는 담배나 욕조에 몸을 담그고 먹는 생강 쿠키의 즐거움과 맛을 느끼지 못하게 된다면, 십중팔구 쓸데없는 위험 속에 몸을 담갔다고 보면 된다. 그때 아버지가 당신 인생의 결말을 앞두고 내게 말하려고 했던 것은, 이 위험을 가볍게 보면 안 된다는 것이었다. 사람은 반드시 소박한 즐거움을 위해 싸울 준비가 되어 있어야 한다. 우아함이나 박학다식처럼 온갖 화려한 유혹들에 맞서서 소박한 즐거움을 지켜야 한다.

돌이켜 생각해보면, 내게는 찰스 디킨스의 책들이 아버지의 커피

한 잔과 같은 역할을 했다. 소외계층에 속하면서도 용감한 책 속의 젊은이들과˙아주 적절한 이름을 지닌 악당들에게 조금 짜증스러운 구석이 있는 것은 솔직히 사실이다. 하지만 나는 아무리 우울할 때도 디킨스 소설을 읽다가 정거장을 지나칠 만큼 책에 몰입할 수만 있다면 모든 일이 잘 풀릴 가능성이 높아진다는 것을 깨닫게 되었다.

  하지만 내가 이 우화 같은 작품을 너무 많이 읽은 건지도 모르겠다. 아니면 심지어 핍조차 런던으로 향하고 있다는 사실에 짜증이 난 것 같기도 했다. 이유가 무엇이든, 나는 겨우 두 쪽을 읽은 뒤 책을 덮고 침대로 올라갔다.

11장

·

벨에포크

24일 금요일 오후 5시 45분, 비서실의 모든 책상이 내 것만 빼고 비어 있었다. 나는 서류를 세 통 작성해야 하는 맞고소 서류의 타이핑을 막 끝내고 집에 갈 준비를 하려던 참이었다. 그런데 그때 샬럿 사이크스가 화장실에서 나와 내게 다가오는 모습이 시야 가장자리에 잡혔다. 샬럿은 하이힐과 귤색 블라우스로 옷을 갈아입은 뒤였는데, 의도와 달리 구두와 블라우스가 충돌을 일으키고 있었다. 샬럿은 양손으로 가방을 꼭 움켜쥐고 있었다. 또다. 나는 속으로 생각했다.

"캐서린, 야근하는 거예요?"

지하철에서 샬럿이 잊고 간 합병서류를 전해준 뒤로 샬럿은 줄곧 나와 함께할 자리를 만들었다. 식당에서 점심을 같이 먹는다든지, 식구들과 함께 보내는 안식일에 나를 부른다든지, 계단에서 담배를 같이 피우자고 권하는 식이었다. 심지어 로버트 모제스가 새로 지은 대형 공공수영장 중 한 곳에 몸을 담그러 가자고 권하기까지 했다. 시 외곽에 사는 사람들이 냄비 속의 게들처럼 바글바글한 곳인데 말이다. 지금까지는 진부한 이유들을 내세워서 샬럿의 제안을 거절했지만, 앞으로 얼마나 더 버틸 수 있을지는 알 수 없었다.

"로지랑 같이 브래니건스에 가서 술을 한잔하기로 했어요."

샬럿의 어깨너머로 로지가 자신의 손톱을 열심히 들여다보는 것이 보였다. 화려하게 꾸몄지만 블라우스의 맨 위 단추를 잠그는 걸 잘 잊어버리는 경향이 있는 로지는 로맨스를 무기로 엠파이어스테이트 빌딩 꼭대기까지 올라갈 수 없다면, 킹콩 같은 방법을 동원해서라도 올라갈 여자였다. 하지만 지금 상황에서는 로지가 함께 있는 것이 그리 나쁘지 않을 수도 있었다. 로지 덕분에 내가 술을 한잔한 뒤에 몸을 빼내기가 훨씬 더 쉬울 것 같았다. 또한 최근 내가 자기연민에 빠져 있다는 점을 감안하면, 샬럿 사이크스의 삶을 가까이서 언뜻 보는 것이 의사의 처방전 역할을 해줄 가능성도 있었다.

"좋아. 우선 정리 좀 하고." 내가 말했다.

나는 일어서서 타자기에 덮개를 씌웠다. 그리고 가방을 들었다. 그런데 그때, 조용하지만 확실히 찰칵하는 소리를 내며 Q 위의 빨간 등에 불이 들어왔다.

샬럿은 나보다 더 비참한 표정을 지었다. '금요일 밤 5시 45분인데!' 이런 생각을 하고 있는 모양이었다. '도대체 뭘 원하는 거야?' 하지만 나는 무슨 일 때문인지 알 것 같았다. 얼마 전부터 아침에 일어나기가 힘들어져서 열흘 중에 이틀은 출근시간보다 5분 늦게 사무실에 도착하곤 했기 때문이다.

"나중에 그리로 갈게." 내가 말했다.

그러고 나서 나는 자리에서 일어나 치마를 매끈하게 펴고 속기판을 집어 들었다. 미스 마크햄은 지시를 내릴 때 우리가 자기 말을 한 마디도 빼놓지 않고 필기하기를 원했다. 꾸중을 들을 때도 마찬가지였다. 내가 사무실로 들어가니 미스 마크햄은 어떤 편지를 마무리하는 중이었다. 그녀는 고개를 들지 않은 채 의자를 가리키고는 계속 편지를 썼다. 나는 의자에 앉아 조금 전에 매끈하게 편 치마를 또 매끈하게 폈다. 그리고 미스 마크햄의 뜻에 복종한다는 것을 보여주기 위해 속기판을 열었다.

미스 마크햄은 십중팔구 50대 초반이었지만, 매력이 아주 없지는 않았다. 글을 읽을 때 안경을 쓰지도 않았고, 가슴선도 흐릿하게 무너지지 않았다. 비록 머리를 둥글게 말아서 틀어 올렸지만, 머리카락이 놀라울 정도로 굵고 길다는 것을 알 수 있었다. 과거에 미스 마크햄이 우리 회사 상급 파트너의 후처 자리를 노렸다면 가능했을 것도 같았다.

미스 마크햄은 전문가다운 화려한 몸짓으로 편지를 마친 뒤 펜을 황동 받침대에 놓았다. 펜이 목표물을 맞힌 창과 같은 각도로 기울어졌다. 미스 마크햄은 책상 위에 양손을 엇갈리게 놓고 내 눈을 바라보았다.

"캐서린, 속기판은 필요 없어요."

나는 속기판을 닫아서 미스 마크햄이 가르쳐준 대로 오른쪽 허벅지 옆에 놓았다. '생각했던 것보다 더 심각한데.' 속으로 이런 생각이 들었다.

"우리 회사에서 얼마나 일했죠?"

"거의 4년이에요."

"1934년 9월이던가요?"

"네. 17일 월요일요."

미스 마크햄이 내 정확한 대답에 빙긋 웃었다.

"내가 부른 건 캐서린의 장래에 대해 이야기하고 싶어서예요. 캐서린도 들었겠지만, 올여름이 끝나면 패멀라가 회사를 그만둘 거예요."

"저는 모르는 얘기인데요."

"다른 여직원들하고 수다를 많이 떠는 편이 아니죠, 캐서린?"

"제가 소문을 가지고 수다를 떠는 걸 별로 안 좋아해서요."

"좋은 일이에요. 그래도 다른 직원들하고 잘 지내는 것 같던데?"

"같이 지내기에 힘든 사람들이 아니니까요."

미스 마크햄이 또 미소를 지었다. 이번에는 내 문장이 정확한 것을 인정하는 미소였다.

"반가운 얘기네요. 여직원들이 어느 정도까지는 서로 잘 지내게 하려고 우리도 신경을 쓰고 있으니까. 어쨌든 패멀라가 퇴사할 거예요. 패멀라는……."

미스 마크햄이 잠시 말을 멈췄다.

"이이임신 중이에요."

'임신'이라는 단어가 살아 움직이는 것 같았다.

패멀라가 어른이 될 때까지 자란 베드스타이*의 북적이는 동네라면 이런 소식은 축하의 대상이 되었을지도 모르지만, 여기서는

✦ 브루클린의 베드포드-스타이브선트를 줄여서 부르는 말. 1936년에 할렘에서 베드포드까지 지하철이 놓인 뒤 이 지역은 브루클린 흑인들의 문화적 중심지가 되었다.

그렇지 않았다. 나는 직장동료가 직장 금고에 손을 대다가 현장에서 들켰다는 말을 방금 들은 사람 같은 표정을 지으려고 애썼다. 미스 마크햄이 말을 이었다.

"캐서린의 일솜씨는 흠 잡을 데가 없어요. 문법에 관한 지식도 뛰어나고요. 파트너들을 대할 때의 처신도 모범적이에요."

"감사합니다."

"처음에는 속기 속도가 타이핑 속도를 따라가지 못할 것 같았는데, 그것도 확연히 나아졌어요."

"그게 제 목표였거든요."

"훌륭해요. 게다가 신탁과 부동산 관련법에 관한 지식이 일부 신참 변호사들 수준에 근접하기 시작한 것도 눈에 띄었어요."

"너무 주제넘은 짓을 한 건가요?"

"전혀 아니에요."

"제가 일의 본질을 이해하면 파트너분들을 더 많이 도와드릴 수 있다는 걸 알게 됐거든요."

"맞아요."

미스 마크햄이 다시 말을 멈췄다.

"캐서린, 캐서린이 퀴긴에 철저히 잘 맞는 사람이라는 것이 내 판단이에요. 그래서 패멀라를 대신해서 수석 사무원으로 승진시킬 사람으로 캐서린을 추천했어요."

(이 사람 발음에 너무 힘이 들어갔어.)

"알다시피, 수석 사무원은 오케스트라의 제1 바이올린과 같아요. 단순히 자기 몫의 독주만 하면 되는 것이 아니니까요. 아니, 좀 더 자신에게 걸맞을 만큼 독주가 늘어난다고 표현하는 편이 낫겠네요.

하지만 다른 직원들에게 모범을 보이는 역할도 해야 해요. 이 작은 오케스트라의 지휘자는 나지만, 내가 한시도 쉬지 않고 모든 여직원을 살필 수는 없어요. 그리고 여직원들도 조언을 얻고 싶을 때 캐서린을 찾을 거예요. 말할 필요도 없는 일이지만, 이번 승진에는 적절한 봉급 인상과 더불어 책임의 증가와 직업적인 지위 향상이 동반될 거예요."

미스 마크햄은 여기서 말을 멈추고 눈썹을 살짝 치떴다. 이제 내가 뭔가 말을 해야 할 차례가 되었다는 뜻이었다. 그래서 나는 직장인의 본분에 맞게 절제된 자세로 감사하다고 말했다. 그리고 미스 마크햄과 악수를 하면서 속으로 이런 생각을 했다. '퀸에 철저히 잘 맞는 사람이라. 누구는 나더러 거의 이웃이라고 하고, 또 누구는 나더러 자기랑 아주 비슷하다고 하더니.'

나는 사무실을 나와서 다운타운+의 사우스페리 선착장을 향해 걸었다. 그래야 브래니건스 앞을 지나지 않을 수 있기 때문이다. 상한 조개 냄새가 항구에서 육지 쪽으로 흘러왔다. 마치 뉴욕의 굴들이 이름에 R이 들어가지 않는 달++에는 아무도 굴을 먹지 않는다는 사실을 너무나 잘 알고 있기 때문에 스스로 강변을 향해 몸을 던지기라도 한 것 같았다.

내가 전철에 오르는데 작업복 차림의 멀대같은 촌뜨기가 한 칸에서 다른 칸으로 달려가는 와중에 내가 들고 있던 가방을 쳐서 떨어뜨렸다. 그래서 가방을 주우려고 몸을 숙이는 순간 내 치마 솔기가

+ 여기서 다운타운은 맨해튼의 남쪽.
++ 5월부터 8월.

뜯어졌다. 나는 원래 내리려던 정거장에서 내린 뒤 라이 위스키 한 병과 양초를 샀다. 초는 코르크 마개 위에 꽂아둘 생각이었다.

내가 식탁에서 술병을 절반쯤 비운 뒤에야 구두와 스타킹을 벗은 것이 다행이었다. 스크램블드에그를 만들려고 일어서다가 식탁에 부딪히는 바람에 술이 쏟아졌기 때문이다. 나는 로스코 큰아버지처럼, 그러니까 운을 맞춰서 예수님의 이름을 들먹여 투덜거리면서 더러워진 것을 치우고 아버지의 안락의자에 털썩 주저앉았다.

'1년 중 가장 좋아하는 날은?' 이것은 우리가 1월에 21 클럽에서 서로에게 던졌던 엉뚱한 질문들 중 하나였다. 팅커는 눈이 가장 많이 오는 날이라고 대답했다. 이브는 자신이 인디애나에 있지 않다면 어느 날이든 좋다고 대답했다. 내 대답은? 하지였다. 6월 21일. 1년 중 낮이 가장 긴 날.

귀여운 대답이었다. 적어도 그때 나는 그렇게 생각했다. 하지만 냉정하게 돌이켜보니, 1년 중에 가장 좋아하는 날이 언제냐는 질문에 6월 중 하루를 꼽는다면 거기에는 약간의 오만이 들어 있다는 생각이 들었다. 워낙 끝내주는 삶을 살고 있고 주변 상황이 완벽히 자기 통제하에 있기 때문에, 바라는 것이라고는 해가 길어져서 자신의 운명을 더 길게 축하할 수 있게 되는 것뿐이라는 뜻이 숨어 있는 대답이기 때문이다. 고대 그리스인들의 가르침처럼, 그런 식의 오만을 치료하는 방법은 하나뿐이다. 그리스인들이 '네메시스'라고 부르던 방법. 이걸 우리는 인과응보라거나, 그냥 줄여서 응보라고 부른다. 그리고 여기에는 적절한 봉급 인상과 더불어 책임의 증가와 직업적인 지위 향상이 동반된다.

누가 문을 두드렸다.

나는 귀찮아서 누구냐고 묻지도 않고 그냥 문을 열었다. 웨스턴 유니언의 젊은 직원이 내 평생 처음 받아보는 전보를 들고 서 있었다. 런던에서 부친 전보였다.

생일 축하/같이 못 있어서 미안/우리 둘을 위해서 한바탕 뒤엎어 줘/2주 뒤에 봐

2주? 팜비치에서 보낸 엽서의 경우로 미루어 짐작해본다면, 추수 감사절이나 되어야 팅커와 이브를 만날 수 있을 거라는 뜻이었다.

나는 담배에 불을 붙이고 전보를 다시 읽었다. 문맥상 '우리 둘을 위해서'가 이브와 팅커를 가리키는 말인지, 아니면 이브와 나를 가리키는 말인지 애매했다. 내 본능은 후자를 가리키고 있었다. 어쩌면 이브에게 뭔가 꿍꿍이가 있는 것 같기도 했다.

나는 의자에서 일어나 침대 밑에서 로스코 큰아버지의 트렁크를 꺼냈다. 트렁크 맨 밑바닥, 그러니까 내 출생증명서와 행운의 부적인 토끼발과 하나밖에 남지 않은 어머니 사진 밑에 로스 씨가 준 봉투가 파묻혀 있었다. 나는 그 안에 남아 있는 10달러 지폐들을 침대 커버 위에 쏟았다. '한바탕 뒤엎어줘.' 이것이 내게 내려진 신탁이었다. 그래서 나는 바로 다음 날 정확히 그 말대로 할 생각이었다.

◆ ◆ ◆

벤델스의 5층에는 장례식장보다 꽃이 더 많이 있었다.

나는 작은 검은색 원피스들이 걸린 진열대 앞에 서 있었다. 면, 리넨, 레이스, 등이 깊게 파인 옷, 민소매, 검은색…… 검은색……

검은색.

"어떤 걸 찾으세요?"

내가 이 가게에 들어온 뒤로 벌써 다섯 번째 듣는 질문이었다.

고개를 돌려 보니 안경을 쓴 40대 중반의 여자가 치마 정장 차림으로 나와 적당한 거리를 유지하며 서 있었다. 예쁜 붉은색 머리를 뒤에서 하나로 묶어둔 덕분에, 아직 스타는 아니지만 하여튼 노처녀 역할을 하는 배우 같은 분위기가 났다.

"이것보다 좀 더…… 색이 있는 건 없나요?" 내가 물었다.

오매라 부인이라는 그 여자는 나를 푹신한 소파로 안내하더니 내 치수와 모임 일정을 묻고, 내 머리 색과 눈 색깔도 살펴보았다. 그러고는 어디론가 사라졌다가 두 아가씨를 이끌고 나타났다. 아가씨들은 각각 한 팔에 여러 벌의 드레스를 걸쳐 들고 있었다. 오매라 부인이 한 벌씩 차례로 장점들을 소개하는 동안 나는 고급 도자기 잔에 든 커피를 마셨다. 내가 내 느낌을 말하면(초록색이 너무 짙어요, 너무 길어요, 너무 심심해요), 한 아가씨가 메모를 했다. 마치 내가 벤델스의 이사회실에서 봄 상품에 관한 서류들을 결재하는 중역이 된 기분이었다. 곧 우리들 사이에 돈이 오갈 것임을 알려주는 분위기는 전혀 없었다. 내 쪽은 확실히 아니었다.

물건을 팔려면 어떻게 해야 하는지 정확히 아는 전문적인 판매원답게, 오매라 부인은 가장 좋은 옷을 맨 마지막까지 아껴두었다. 흰 바탕에 연한 파란색 물방울무늬가 있는 반소매 원피스와 같은 무늬의 모자였다. 오매라 부인이 말했다.

"이 옷은 정말로 재미있지요. 하지만 교양 있고 우아한 재미예요."

"너무 촌스럽지 않아요?"

"오히려 정반대죠. 도시생활 속에서 신선한 공기를 맛보는 느낌으로 디자인된 옷이니까요. 로마, 파리, 밀라노 같은 도시들 말이에요. 코네티컷에서 입는 옷이 아니에요. 시골에는 이런 옷이 필요하지 않아요. 이것이 필요한 사람은 우리예요."

나는 고개를 갸우뚱하게 기울이며, 흥미롭다는 듯 순간적으로 눈을 빛냈다.

"한번 입어보세요." 오매라 부인이 말했다.

옷은 거의 완벽하게 내 몸에 맞았다.

"정말 멋지세요." 부인이 말했다.

"그래요?"

"확실해요. 게다가 지금 구두도 신지 않으셨잖아요. 이거야말로 옷을 테스트하는 훌륭한 방법이죠. 맨발로도 이렇게 우아해 보인다면……."

우리는 나란히 서서 냉정하고 침착한 표정으로 거울을 바라보고 있었다. 나는 한쪽으로 살짝 몸을 틀면서 카펫 위에 놓인 오른발 발꿈치를 들었다. 치맛단이 내 무릎 주위에서 살짝 움직였다. 나는 스페인계단*에 맨발로 서 있는 내 모습을 상상해보았다. 정말로 그런 모습이 머릿속에 떠오르려고 했다.

"정말 멋지네요." 나도 부인의 말을 인정했다.

"하지만 부인의 머리 색깔을 생각하면, 이 옷이 부인한테 훨씬 더 잘 어울릴 것 같다는 생각을 떨쳐버릴 수가 없네요."

✦ 로마의 스페인 광장에 있는 유명한 만남의 장소.

"조금 대담한 말씀을 드리자면, 미스 콘텐트, 2층에 가시면 이런 머리 색깔을 구하실 수 있어요."

◆ ◆ ◆

두 시간 뒤, 아일랜드인처럼 붉은 머리를 한 나는 택시를 타고 웨스트빌리지의 벨에포크로 향했다. 아직 프랑스 식당들이 유행하기 몇 년 전이었지만, 벨에포크는 타국에 나와 살던 사람들이 고향으로 돌아갈 때 들르는 곳이 되어 있었다. 자그마한 식당 안에는 커버를 씌운 붙박이형의 길쭉한 소파들이 있고, 벽에는 시골 부엌에서 볼 수 있는 물건들을 샤르댕 식으로 묘사한 정물화들이 걸려 있었다.

지배인은 내 이름을 물은 뒤, 기다리는 동안 샴페인을 한 잔 드시겠느냐고 물었다. 아직 7시밖에 안 되었기 때문에 자리는 절반 넘게 비어 있었다.

"기다리다니, 뭘요?" 내가 물었다.

"약속하신 분이 있는 것 아닙니까?"

"제가 알기로는 없는데요."

"실례했습니다, 마드무아젤. 이쪽입니다."

그는 식당 안으로 척척 걸어갔다. 그리고 2인분의 식기가 차려진 탁자 앞에서 1초도 안 될 만큼 아주 잠깐 머뭇거리더니 식당 안이 한눈에 들어오는 긴 소파 쪽으로 계속 걸어갔다. 그리고 내가 편안히 자리 잡은 것을 보고는 어디론가 사라졌다가 아까 말했던 샴페인을 들고 나타났다.

"틀에 박힌 삶에서 벗어나기 위하여." 나는 혼자 건배를 했다.

새로 산 군청색 구두가 발목을 파고들고 있었다. 그래서 베일처럼 발을 가려주는 식탁보 밑에서 신발을 벗어버리고 발가락을 꼼지락거렸다. 새로 산 파란색 클러치백에서 담뱃갑을 꺼내자 웨이터가 스테인리스스틸 라이터를 들고 탁자 위로 몸을 기울여 이 일에 정말 잘 어울리는 불꽃을 만들어냈다. 그가 그렇게 조각상처럼 꼼짝 않고 기다리는 동안 나는 일부러 느긋하게 담배를 꺼냈다. 내가 첫 번째 연기를 들이마시자 그는 몸을 세우고 만족스러운 듯이 찰칵하는 소리를 내며 라이터를 닫았다.

"기다리시는 동안 메뉴를 보시겠습니까?" 그가 물었다.

"난 기다리는 사람 없어요." 내가 말했다.

"죄송합니다, 마드무아젤."

그가 급사에게 손가락을 튕기자 급사가 내 옆자리에 놓인 식기를 치웠다. 웨이터는 팔꿈치 안쪽에 메뉴판을 안전하게 끼우고 나타나 다양한 요리를 가리키며 장점을 이야기해주었다. 오매라 부인이 옷들을 설명할 때와 아주 비슷했다. 이 모든 것이 내게 자신감을 주었다. 만약 내가 저축한 돈에 뭉텅 구멍을 낼 작정이었다면, 적어도 방법은 제대로 고른 것 같았다.

식당은 천천히 생기를 띠며 살아났다. 테이블 몇 군데가 찼고, 칵테일이 조금 나왔고, 여기저기서 담뱃불이 붙여졌다. 이런 식으로 식당의 분위기는 천천히, 꼼꼼하게 앞으로 나아갔다. 9시쯤이면 우주의 중심 같은 분위기가 될 것이라는 확신을 안고서.

나도 천천히 생기를 띠며 살아났다. 나는 샴페인을 두 잔째 마시며 카나페를 음미했다. 담배도 한 대 더 피웠다. 웨이터가 다시 다가

오자 나는 백포도주 한 잔, 아스파라거스 그라탱을 주문했다. 앙트레로는 이 집의 특별요리인, 검은 송로를 채워 넣은 영계 요리를 주문했다.

웨이터가 서둘러 멀어지는 동안 나는 반대편 소파에 앉은 노부부가 나를 향해 미소 짓는 것을 알아차렸다. 벌써 두 번째였다. 머리숱이 점점 적어지고 있는 남자는 땅딸막한 몸집에 더블 양복을 입고 나비넥타이를 맸다. 그의 우윳빛 눈은 지극히 사소한 일에도 감상적으로 눈물을 흘릴 것 같았다. 남자보다 족히 8센티미터는 더 큰 여자는 우아한 여름 원피스 차림이었으며, 구불구불한 머리와 품위 있는 미소를 지니고 있었다. 20세기 초에 주교에게 점심을 대접한 뒤 밖으로 나가 여성참정권 시위를 이끌던 여자들과 비슷해 보였다. 여자가 윙크를 하며 살짝 손을 흔들었다. 나도 윙크를 하며 살짝 손을 흔들었다.

아스파라거스가 다소 화려하게 등장했다. 자그마한 구리 팬에 담겨 식탁 옆에 나타난 것이다. 아스파라거스 하나하나가 완벽하게 배열되어 있었다. 모두 길이가 똑같았고, 서로 겹쳐 있는 건 하나도 없었다. 맨 위에는 버터를 바른 빵조각과 폰티나 치즈가 섬세하게 뿌려졌고, 치즈가 바삭바삭하게 갈색으로 부풀어 오를 때까지 잘 구워져 있었다. 웨이터장長이 은제 포크와 스푼으로 아스파라거스를 접시에 담은 뒤, 접시 위에 레몬 껍질을 살짝 문질렀다.

"본 아페티✦."

과연.

✦ '맛있게 드십시오'라는 의미의 프랑스어.

우리 아버지는 설사 100만 달러를 벌었다 해도 벨에포크에서 식사하지 않았을 것이다. 아버지에게 식당이란 지독한 낭비가 궁극적으로 실현되는 곳이었다. 돈으로 살 수 있는 모든 사치 중에서 식당은 쓸모가 가장 적었다. 모피코트라면 적어도 겨울에 입고 다니며 추위를 막을 수도 있고, 은제 스푼이라면 녹여서 보석상에 팔 수도 있다. 그럼 고급 비프스테이크는? 칼로 잘라서 씹어 먹은 뒤 입술을 닦고 냅킨을 접시 위에 놓으면 그만이다. 그럼 아스파라거스는? 아버지라면 치즈를 입힌 화려한 풀에 돈을 쓰느니 차라리 20달러 지폐를 무덤까지 가져가셨을 것이다.

하지만 내게는 고급 식당에서 먹는 저녁 식사가 최고의 사치였다. 이것이야말로 문명의 정점이었다. 인간의 지성이 필수품(주거, 음식, 생존)으로만 이루어진 우울한 세상에서 화려하지만 꼭 필요하지는 않은 것들(시, 핸드백, 고급요리)로 이루어진 저 창공으로 올라가는 것을 빼면, 문명이 무엇이겠는가? 이런 경험 자체가 일상 생활과 워낙 동떨어져 있었기 때문에, 속까지 모두 형편없이 썩어버린 느낌이 들 때의 훌륭한 저녁 식사는 기운을 북돋워 줄 수 있었다. 만약 내게 나만의 이름으로 된 20달러가 남는다면, 나는 그것을 바로 여기서 결코 저당 잡힐 수 없는 우아한 한 시간을 보내는 데 곧바로 투자할 것이다.

웨이터가 아스파라거스 접시를 치운 뒤, 나는 두 잔째 샴페인을 마시지 말았어야 했다는 것을 깨달았다. 그래서 화장실에 가서 이마에 물을 좀 축이기로 했다. 나는 군청색 구두에 왼발을 넣었지만, 오른쪽 신발은 아무리 발로 더듬어보아도 찾을 수 없었다. 그래서 재빨리 정신없이 찾아보았다. 내 눈이 식당 안을 이리저리 훑었다.

그리고 내 발가락은 동심원을 그리며, 앉은 자세가 바뀌지 않는 한도 내에서 최대한 먼 거리까지 좀 더 체계적인 조사를 시작했다. 그런데 그 조사도 실패하자 나는 어깨를 움츠렸다.

"도와드릴까요?"

나비넥타이를 맨 그 신사가 어느새 내 자리 앞에 서 있었다.

내가 미처 뭐라고 대답하기도 전에 그는 천천히 웅크리고 앉았다가 다시 일어섰다. 그의 손바닥에 구두가 균형 있게 얹혀 있었다. 그는 유리 구두를 내미는 왕의 섭정처럼 정중하게 허리를 숙이며 빵바구니 뒤에 신발을 조심스레 내려놓았다. 나는 잽싸게 신발을 들어 바닥에 떨어뜨렸다.

"감사합니다. 제가 좀 정신없게 굴었죠."

"전혀 그렇지 않습니다."

그는 자기 자리가 있는 쪽을 가리켰다.

"아내와 내가 아가씨를 너무 빤히 바라본 건 아닌지 모르겠군요. 하지만 멋지다는 생각이 들어서요."

"네? 멋지다니요?"

"그 물방울무늬 말입니다."

그 순간 내가 주문한 앙트레가 나왔고, 눈에 물기가 가득한 신사는 자기 자리로 물러갔다. 나는 닭고기를 체계적으로 자르기 시작했다. 하지만 몇 입 만에 내가 이 음식을 다 먹을 수 없음을 깨달았다. 사람을 도취시키는 송로의 향기가 접시에서 피어올라 나의 감각들을 휘저었다. 고기를 한 입만 더 먹으면, 틀림없이 속에서 도로 올라올 것 같았다. 그래서 아직 절반이나 남은 음식을 굳이 고집을 부려 치우게 했는데도, 여전히 음식이 속에서 올라올 것 같았다.

나는 식탁보 위에 잡다한 지폐들을 던지듯 놓았다. 그리고 빨리 신선한 공기를 쐬고 싶어서 서둘러 일어섰다. 그 바람에 적포도주가 담긴 잔이 쓰러졌다. 내가 언제 그 포도주를 주문했는지 기억도 나지 않았다.

노부부 앞에 수플레가 나오고 있는 모습이 시야 가장자리에 잡혔다. 여성참정권 운동가 같은 부인이 어리둥절한 표정으로 손을 흔들었다. 문간에서 나는 그림 속 토끼와 눈을 맞췄다. 토끼도 나처럼 고리에 발만 걸린 채 대롱대롱 매달려 있었다.

밖으로 나온 나는 가장 가까운 골목으로 향했다. 그리고 벽돌담에 몸을 기대고 조심스레 숨을 들이쉬었다. 이것이 인과응보라는 것을 나도 충분히 알 수 있었다. 만약 내가 기어이 토한다면, 아버지는 저 하늘 위에서 바닥에 쏟아진 아스파라거스와 송로를 노려보며 우울한 만족감을 느낄 것이다. 그리고 이렇게 말할 것이다. 네가 말한 지성의 승천이 그거냐?

누군가가 내 어깨에 손을 얹었다.

"괜찮아요?"

그 여성참정권 운동가였다. 그녀의 남편은 예의에 어긋나지 않게 조금 떨어진 곳에서 물기 가득한 눈으로 나를 지켜보고 있었다.

"조금 지나쳤던 것 같아요." 내가 말했다.

"그 끔찍한 닭고기 때문이에요. 여기 사람들은 그걸 가지고 굉장히 으스대지만, 내가 보기에는 정말이지 비위에 거슬릴 뿐이에요. 토하면 좀 나아질 것 같아요? 그러면 걱정 말고 토해요. 내가 모자를 들어줄게요."

"이젠 괜찮을 것 같아요. 감사합니다."

"내 이름은 해피 도런이에요. 이쪽은 내 남편 밥이고."

"전 캐서린 콘텐트예요."

"콘텐트라." 도런 부인이 말했다. 마치 아는 이름 같다는 듯이.

도런 씨는 이제 별일 없을 것 같다는 생각이 들었는지 조금씩 우리에게 다가왔다.

"벨에포크에 자주 오는 편이에요?"

그가 물었다. 여기가 골목이 아닌 어디 다른 곳인 것 같았다.

"처음이에요."

"아가씨가 들어왔을 때, 우리는 누구랑 약속이 있겠거니 했어요. 아가씨가 혼자 식사할 줄 알았으면, 우리랑 같이 먹자고 했을 텐데."

"로버트!"

도런 부인이 말하고는 내게 시선을 돌렸다.

"남편은 젊은 아가씨가 '자의'로 혼자 식사할 수도 있다는 걸 상상도 못 하는 사람이에요."

"뭐, 젊은 아가씨들이 전부 그런 건 아냐." 도런 씨가 말했다.

도런 부인은 웃음을 터뜨리고는 남편을 분개한 시선으로 바라보았다.

"당신은 구제불능이에요!"

그러고는 다시 내게 시선을 돌렸다.

"최소한 우리가 아가씨를 집까지 바래다주는 것만이라도 하게 해줘요. 우리는 85번가와 파크 애버뉴 모퉁이에 살아요. 아가씨 집은 어디죠?"

골목 끝에 롤스로이스와 아주 비슷해 보이는 차가 서서히 멈추는 것이 보였다.

"센트럴파크 웨스트 211번지예요." 내가 말했다.

베레스포드의 주소였다.

몇 분 뒤, 나는 도런 부부의 롤스로이스 뒷좌석에 앉아 8번 애버
뉴를 달리고 있었다. 도런 씨가 나를 굳이 가운데 자리에 앉혔다. 그
리고 내 모자를 자기 무릎 위에 조심스레 놓아두고 있었다. 도런 부
인이 기사에게 라디오를 켜라고 했고, 우리 셋은 즐거운 시간을 보
냈다.

도어맨 피트는 자동차 문을 열어준 뒤 어리둥절한 표정을 지었지
만 도런 부부는 알아차리지 못했다. 우리 셋은 입을 맞추며 또 만나
자고 약속을 하느라고 정신이 없었다. 나는 멀어져가는 롤스로이스
를 향해 손을 흔들었다. 피트가 조금 어색한 표정으로 헛기침을 했
다.

"죄송합니다만, 미스 콘텐트, 미스터 그레이와 미스 로스는 지금
유럽에 계십니다."

"네, 피트, 나도 알아요."

다운타운행 전철은 다양한 옷을 입은 다양한 인종의 사람들로 북
적였다. 그리니치빌리지와 할렘 사이를 오가며 극장이 몰려 있는
지역에서도 두 번 정차하는 브로드웨이 로컬 선은 토요일 밤이 되
면 이 도시에서 가장 민주적인 곳이 되었다. 깔끔한 셔츠를 입은 사
람들이 지나치게 화려한 양복을 입은 사람들과 낡아빠진 옷을 입은
사람들 사이에 편안하게 끼어 있었다.

콜럼버스 서클 정거장에서 작업복 차림의 멀대같은 남자가 열차

에 올랐다. 팔이 길고 턱에 수염 자국이 있는 그는 전성기가 지난 마이너리그 투수 같았다. 나는 잠시 후에야 그가 일전에 IRT 열차에서 내 가방을 떨어뜨렸던 그 촌뜨기라는 사실을 깨달았다. 그는 빈자리가 있는데도 앉지 않고 차량 한가운데에 서는 편을 택했다.

문이 닫히고 열차가 출발하자 그는 작업복 주머니에서 자그마한 노란색 책을 꺼내 귀퉁이를 접어둔 페이지를 펼치고 큰소리로 읽기 시작했다. 애팔래치아 산맥에서 곧장 뽑아온 목소리 같았다. 나는 한두 구절을 들은 뒤에야 그가 산상수훈*을 읽고 있음을 깨달았다.

"입을 열어 가르쳐 가라사대 심령이 가난한 자는 복이 있나니 천국이 저희 것임이요 애통해 하는 자는 복이 있나니 저희가 위로를 받을 것임이요."

그 설교자가 손잡이를 잡지 않고 서 있는 것은 인정해줄 만했다. 열차가 앞뒤로 흔들리는데도 그는 그 의로운 책의 양편을 움켜쥔 채 굳건히 버텼다. 베이리지까지 쭉 갔다가 돌아오는 길까지 줄곧 성경을 읽는다 해도 그는 계속 그렇게 버티고 서 있을 것 같았다.

"온유한 자는 복이 있나니 저희가 땅을 기업으로 받을 것임이요 긍휼히 여기는 자는 복이 있나니 저희가 긍휼히 여김을 받을 것임이요 마음이 청결한 자는 복이 있나니 저희가 하나님을 볼 것임이요."

설교자의 솜씨는 정말 감탄스러웠다. 감정이 담긴 그의 목소리가 선명하게 들렸다. 그는 킹제임스 성경의 시적인 느낌을 포착해서, '자'라는 말이 나올 때마다 마치 자기 목숨이 걸리기라도 한 것처럼

✦ 신약성서 「마태오 복음서」 5~7장에 있는 예수의 산상설교. '성서 중 성서'로 일컬어진다.

박력 있게 외쳤다. 기독교의 이 핵심적인 역설, 즉 약하고 지친 자들이 모든 것을 얻게 되리라는 역설을 찬양하는 것 같았다.

하지만 토요일 밤 브로드웨이 로컬 선 전철에서는 주위를 한번 둘러보기만 해도 저 남자가 뭘 모르고 있다는 것을 알 수 있었다.

◆ ◆ ◆

아버지가 돌아가시고 얼마 안 돼서 로스코 큰아버지가 항구 근처의 단골 식당으로 나를 데려가 저녁을 사주었다. 부두 노동자인 큰아버지는 덩치 크고 인정 많은 아저씨였다. 여자나 아이도 없고 사회적 품위 같은 것도 지킬 필요 없고 오로지 많은 일과 암묵적인 동지애만 있는 바다에 나가는 편이 큰아버지에게는 훨씬 더 좋았을 것이다. 이제 막 고아가 된 열아홉 살짜리 조카를 데리고 가서 식사를 사주는 것이 큰아버지에게 아주 자연스러운 일이 아님은 분명했다. 그래서 앞으로도 평생 그 일을 잊지 못할 것 같다.

그때 나는 이미 직장을 구해서 마팅게일 부인의 집에 하숙하고 있었기 때문에 큰아버지가 굳이 나를 걱정할 필요는 없었다. 그러니까 큰아버지는 그저 내가 잘 지내는지, 뭔가 부족한 것은 없는지 확인해보고 싶었던 거였다. 내게 궁금한 것을 물어본 뒤에는 만족한 표정으로 말없이 폭찹을 자르는 데 열중했다. 하지만 나는 큰아버지를 가만히 내버려둘 생각이 없었다.

나는 큰아버지에게서 허풍 같은 옛날이야기들을 억지로 이끌어냈다. 큰아버지와 아버지가 경찰관의 개를 훔쳐 시베리아행 기차에 실어버린 이야기라든가, 줄타기 순회 공연을 보려고 나섰다가 목적지와는 영 다른 엉뚱한 방향으로 30킬로미터쯤 떨어진 곳에서 발견

된 이야기라든가, 두 분이 1895년에 뉴욕에 도착하자마자 곧장 브루클린 다리를 보러 간 이야기 같은 것들. 물론 벌써 몇 번이나 들은 이야기였지만, 바로 그것이 중요한 점이었다. 그런데 그날 큰아버지는 내가 한 번도 들어보지 못한 이야기도 하나 해주었다. 이것도 두 분이 미국에 온 지 얼마 안 됐을 때의 일이었다.

그때 뉴욕에는 이미 상당수의 러시아인이 살고 있었다. 우크라이나 출신, 조지아 출신, 모스크바 출신 등 다양했다. 개중에는 유대인도 있고, 비유대교도도 있었다. 그래서 몇몇 동네에서는 아예 상점 간판들이 러시아어로 되어 있었고, 루블화가 달러만큼 널리 통용되었다. 로스코 큰아버지는 상트페테르부르크의 넵스키 대로에서 구할 수 있는 것 못지않게 훌륭한 바트루슈카*를 2번 애버뉴에서도 구할 수 있었다고 회상했다. 하지만 두 분이 미국에 도착해서 한 달치 방세를 치르고 나서 며칠 뒤 아버지가 큰아버지에게 남은 러시아 돈을 모두 달라고 요구했다. 그리고 그것을 자신이 갖고 있던 돈과 합쳐서 냄비에 넣고 태워버렸다.

로스코 큰아버지는 그때 아버지의 행동을 회상하며 감상적인 미소를 지었다. 큰아버지는 지금 되돌아보면 그게 무슨 의미가 있는 일이었는지 잘 모르겠다고 말했지만, 그래도 그것은 훌륭한 이야기였다.

그 일요일에 내가 아버지와 큰아버지 생각을 아주 많이 했던 것 같다. 두 분이 20대 초반에 영어라고는 한 마디도 모르면서 상트페

---

* 러시아와 우크라이나의 전통음식인 달콤한 치즈 페이스트리.

테르부르크에서 화물선을 타고 떠나와 곧장 브루클린 다리를 보러 가는 모습을 생각해보았다. 곡예사가 타는 줄처럼 팽팽하게 줄을 매서 만든, 세계 최대의 현수교. 온유한 자와 긍휼히 여기는 자, 복 받은 자와 용감한 자에 대해서도 생각해보았다.

다음 날 아침 나는 막 동이 틀 무렵에 깨어나서 샤워를 하고 옷을 입었다. 이도 닦았다. 그러고는 철저히 퀴긴&헤일다운 사무실로 가서 사표를 냈다.

6월 27일

　서점 봉투를 들고 스위트룸으로 들어온 그는 열쇠를 전면 탁자 위에 조용히 내려놓았다. 복도 저편의 침실 문이 아직도 닫혀 있어서 그는 햇빛이 잘 드는 커다란 거실로 들어갔다.

　등받이가 높은 의자의 팔걸이에 전날 반쯤 읽다 만 《헤럴드》지가 걸려 있었다. 커피 탁자에는 사과 하나가 사라진 과일 그릇과 탑처럼 높게 꽂아둔 꽃들이 있었다. 모든 것이 2층의 그 작은 방에 있을 때와 정확히 똑같았다.

　전날 밤, 런던의 시티에서 회의를 마친 뒤 그는 자신이 좋아하는 켄싱턴의 식당으로 갔다. 거기서 이브를 만나 저녁을 함께 먹기로 되어 있었다. 그는 정각에 도착해서 위스키와 소다수를 주문했다. 아마도 이브는 몇 분쯤 늦을 터였다. 하지만 두 번째 술잔이 거의 바닥을 드러낼 무렵 그는 차츰 걱정이 되기 시작했다. 이브가 길을 잃은 걸까? 식당 이름을 잊었거나, 약속시각을 잊은 걸까? 그는 호텔로 다시 가볼까 생각했지만, 이브가 벌써 출발해서 오는 중이면 어쩌나 싶어서 그만두었다. 그가 어떻게 하면 좋을지 고민하고 있는데, 식당의 여자 종업원이 전화기를 들고 다가왔다.

　클래리지 호텔에서 걸려온 전화였다. 호텔 지배인은 10년 만에 처음으로 호텔 엘리베이터가 고장을 일으켰다고 우울하게 설명했다. 그래서 미스 로스가 층과 층 사이에 30분 동안 갇혀 있었다는 것이다. 하지만 다친 곳이 없어서 지금 이쪽으로 오는 중이라고 했다.

그는 그럴 필요 없다고 말했지만, 호텔 지배인은 그와 이브를 더 좋은 방으로 옮겨주겠다고 고집을 부렸다.

15분 뒤 식당에 도착한 이브는 사고 때문에 당황한 기색이 전혀 없었다. 오히려 엄청나게 즐거웠다고 했다. 우선 엘리베이터 보이가 할리우드 갱들을 흉내 내는 솜씨가 최고였고 엉덩이에 아일랜드 위스키까지 한 병 매달고 있었다. 게다가 이 불운한 엘리베이터에서 이브를 제외한 유일한 승객이었던 여성은 레이디 램지*였다. 평민의 아내로 이제 백발이 된 그녀도 옆에서 조르면 할리우드 스타들 몇 명을 나름대로 흉내 낼 줄 아는 사람이었다.

식사를 마치고 호텔로 돌아와 보니 손으로 쓴 편지가 두 사람을 기다리고 있었다. 다음 날 밤에 그로스베너 스퀘어에 있는 램지 부처夫妻의 자택에서 열리는 파티에 두 사람을 초대한다는 내용이었다. 그리고 곧 호텔 지배인이 와서 두 사람을 5층의 스위트룸으로 안내했다.

두 사람의 소지품은 이미 전문가의 솜씨로 옮겨져 있었다. 옷가지들도 한 쌍으로 된 벽장 안에 예전과 똑같이 걸려 있었고(재킷은 왼쪽, 셔츠는 오른쪽), 그의 안전면도기는 세면대 위의 유리잔 안에 세워져 있었다. 심지어 아무렇게나 놓아두었던 물건들, 그러니까 앤

✦ 빅토리아 여왕의 손녀.

이 꽃과 함께 보내온 환영 카드 같은 것들까지도 대충 탁자 위에 던져놓은 것처럼 일부러 비스듬하게 놓여 있었다.

세세한 부분에까지 이만큼이나 신경을 쓰는 것은 아마도 완전범죄의 현장에서나 볼 수 있는 일일 것이다.

그는 침실로 가서 조용히 문을 열었다.

침대는 비어 있었다.

이브는 화려한 잡지를 들고 창가에 앉아 있었다. 밝은 파란색 바지와 봄 셔츠로 대략 옷을 갖춰 입은 차림이었다. 머리카락은 어깨 위까지 늘어져 있었고 발은 맨발이었다. 이브는 담배를 피우며 창밖으로 담뱃재를 털고 있었다.

"좋은 아침이에요." 이브가 말했다.

그는 이브에게 입을 맞췄다.

"잠은 잘 잤어?"

"죽은 듯이."

침대 위에도 커피 탁자 위에도 쟁반은 보이지 않았다.

"아침은 먹었어?" 그가 물었다.

이브는 담배를 들어 보였다.

"배가 엄청 고프겠네!"

그는 수화기를 들었다.

"룸서비스를 부르는 법은 나도 알아요."

그는 수화기를 다시 내려놓았다.

"벌써 나갔다 온 거예요?" 이브가 물었다.

"당신을 방해하기 싫어서 그냥 나갔어. 아래층에서 아침을 먹고 산책을 했지."

"뭘 샀어요?"

그는 이브가 뭘 말하는지 알아차리지 못했다.

이브가 손가락으로 가리켰다.

그는 자신이 서점 봉투를 여전히 손에 들고 있다는 사실을 까맣게 잊고 있었다.

"베데커 여행안내서야. 나중에 관광을 좀 할까 해서."

"관광은 좀 기다려야겠는데요. 11시에 미용실 예약을 했어요. 정오에는 손톱 손질을 받을 거고. 그리고 4시에는 호텔 측에서 왕실 에티켓 전문가와 함께 차를 올려 보내겠대요."

이브가 눈썹을 살짝 치뜨며 미소를 지었다. 왕실 에티켓 강의라니, 이브가 재미있어 할 만한 일이었다. 그런데 아무래도 그가 그 재미를 망쳐버릴 것처럼 보인 모양이었다. 이브가 말했다.

"당신은 굳이 여기 남아 있을 필요 없어요. 먼저 박물관에 가보지 그래요? 아니면, 버키가 얘기하던 그 구두를 사러 가는 게 더 낫겠네요. 이번 출장이 잘 끝나면 당신 자신한테 주는 선물로 구두를 한 켤레 사겠다고 하지 않았어요?"

사실이었다. 그는 버키에게 그런 말을 했었다. 그리고 이번 출장도 잘 끝났다. 그가 상대방에게서 완전한 양보를 얻어냈기 때문에, 이제 업계 사람들이 문턱이 닳도록 그를 찾아오는 수밖에 없었다.

그는 엘리베이터를 타고 아래층으로 내려가면서 만약 도어맨이 그 가게 주소를 모른다면 구두를 사러 가지 않겠다고 혼자 다짐했다. 하지만 물론 도어맨은 그 가게의 위치를 정확히 알고 있었다. 게다가 클래리지의 손님들이라면 그 가게 말고 다른 제화점 주소 같은 건 알 필요도 없다고 말하는 듯한 말투였다.

처음 성 제임스 공원을 따라 걸을 때는 그 가게를 미처 못 보고 그냥 지나쳐버렸다. 그는 영국식 쇼핑에 아직 익숙하지 않았다. 왕에게 구두를 납품하는 제화점이라면 뉴욕에서는 한 블록을 통째로 차지했을 것이다. 그리고 세 가지 색으로 반짝이는 네온 간판을 내걸었을 것이다. 하지만 이 가게는 겨우 신문 판매대만 한 크기였고, 이런저런 물건들이 어지럽게 흩어져 있었다. 왠지 호감이 가는 부분이었다.

하지만 겉모습이 아무리 보잘것없어 보여도, 버키에 따르면 이 존 롭 제화점보다 더 비싼 곳은 없었다. 윈저 공작도 여기서 구두를 샀다. 에롤 플린과 찰리 채플린도 여기서 구두를 샀다. 이 가게는 제화업의 정점이었다. 상업 세계의 키질을 이겨내고 마지막까지 굳건히 남은 곳. 존 롭에서 만드는 것은 신발뿐만이 아니었다. 그들은 고객의 발 모양을 석고로 떠서 창고에 저장해두었다. 언제든 고객이 원할 때 완벽한 신발을 만들어주기 위해서였다.

석고본이라. 그는 유리창 안쪽을 빤히 바라보며 속으로 생각했다. 죽은 시인의 얼굴이나 공룡 뼈를 석고로 뜰 때처럼 그렇게 한단 말이지.

키가 큰 영국인이 하얀 양복 차림으로 가게 안에서 나와 담배에 불을 붙였다. 집안도 좋고, 교육 수준도 높고, 옷도 잘 차려입은 그 역시 사회적인 키질을 이겨낸 존재 같았다.

그 영국인도 순식간에 비슷한 계산을 마치고는 자기와 동등한 자에게 보내는 목례를 했다.

"날씨가 좋죠?" 영국인이 말했다.

"그렇군요."

그는 맞장구를 친 뒤 조금 머뭇거렸다. 그렇게 머뭇거리고 있으면 영국인이 담배를 한 대 권할 수밖에 없다는 것을 본능적으로 알고 있기 때문이었다.

성 제임스 공원에서 그는 페인트가 칠해진 낡은 벤치에 앉아 담배 맛을 음미했다. 확실히 미국 담배와는 다른 맛이 났다. 실망과 즐거움이 동시에 느껴졌다.

공원은 햇볕이 잘 들고 아름다웠지만, 텅 비어 있는 것이 놀라웠다. 틀림없이 인적이 드물어지는 시간인 모양이었다. 출근시간과 점심시간 사이의 애매한 시간. 그는 운이 좋았다는 생각이 들었다.

잔디밭 맞은편에서 젊은 어머니가 여섯 살짜리 아이의 뒤를 쫓아 튤립 꽃밭에서 뛰어나왔다. 옆 벤치의 노인은 꾸벅꾸벅 조느라고 봉투 안에 든 견과류를 바닥에 쏟기 직전이었고, 현명한 다람쥐들이 그의 발치에 모여들었다. 마지막 꽃잎들을 떨어뜨리고 있는 벚나무 위로 이탈리아제 자동차 모양의 구름이 지나갔다.

그는 담배를 껐지만, 바닥에 그냥 던져버리면 안 될 것 같았다. 그래서 손수건으로 꽁초를 싸서 주머니에 넣었다. 그러고는 서점 봉투를 열어 책을 꺼내서 처음부터 읽기 시작했다.

다음의 글, 그러니까 꽤 두툼한 이 책을 썼을 때 나는 숲에서 혼자 살고 있었다. 1.5킬로미터는 가야 이웃집이 나오는, 내가 직접 지은 집에서. 월든 호숫가의…….

SUMMERTIME

여름

12장

•

20파운드 6펜스

너새니얼 패리시는 펨브로크 출판사의 소설 담당 상급 편집자로, 이 회사의 붙박이 비슷한 존재였다. 19세기 소설 문장을 알아보는 절대적인 감각과, 소설이란 모름지기 계몽의 불을 밝혀야 한다는 종교적 신념을 지닌 그는 일찌감치 러시아 문학을 알아보고 톨스토이와 도스토예프스키 작품들의 권위 있는 영어 번역본을 만들어냈다. 어떤 사람들은 그가 『안나 카레니나』의 마지막 문단에서 뜻이 모호한 문장 하나 때문에 톨스토이의 시골 농장인 야스나야 폴랴나까지 가서 의견을 나눴다고 말한다. 패리시는 체호프와 편지를 주고받았고, 워튼의 정신적 스승이었으며, 조지 산타야나⁺와 헨리 제임스⁺⁺의 친구였다. 하지만 전쟁이 끝난 뒤 마틴 더크 같은 편집자들이 이제 소설이 죽을 때가 됐다고 나팔을 불어대며 유명해지

⁺ 미국의 철학자이자 시인.
⁺⁺ 『나사의 회전』 등을 쓴 미국 소설가.

자 패리시는 성찰적인 침묵을 택했다. 그는 새로운 프로젝트를 더 이상 받아들이지 않고, 자신의 작가들이 하나씩 죽어가는 것을 말 없이 지켜보았다. 그리고 천상의 낙원으로 올라가면 플롯과 알맹이 있는 내용과 세미콜론의 현명한 사용법에 바쳐진 층에서 곧 그들을 다시 만날 수 있으리라는 생각을 하며 평온함을 유지했다.

나는 예전에 퇴근한 뒤 이비를 만나러 갔을 때 패리시를 몇 번 본 적이 있었다. 그는 눈썹이 성기고, 눈은 개암 열매 색이었다. 여름에는 가벼운 무명천으로 만든 옷을 입었고, 겨울에는 낡은 회색 레인 코트를 입었다. 점점 나이를 먹어가고 있는 서투르고 학구적인 사람들이 으레 그렇듯이, 그도 젊은 여자들을 보면 안절부절못하는 시점에 이르러 있었다. 그는 점심을 먹으러 가려고 사무실을 나설 때면 엘리베이터까지 사실상 뛰어가다시피 했다. 그러면 이브를 포함한 여직원들은 일부러 그의 앞길을 막고 서서 문학에 관한 질문들과 몸에 꼭 끼는 옷차림으로 그를 괴롭히곤 했다. 그는 자기 방어를 위해서 양팔을 흔들어대며 말도 안 되는 핑계를 댔다(스타인벡 이랑 만나기로 했는데 벌써 늦었어!). 그러고는 길디드 릴리로 갔다. 이 오래된 식당에서 그는 매일 혼자 점심을 먹었다.

내가 직장을 그만둔 날 그를 찾아낸 곳도 여기였다. 그는 항상 앉는 자리에 막 앉은 참이었다. 메뉴를 볼 필요도 없으면서 메뉴판을 정독한 뒤 그는 수프와 샌드위치 반쪽을 주문했다. 그러고는 자기 접시 옆에 놓여 있는 책으로 주의를 돌리기 전에, 누구나 하는 행동을 했다. 느긋한 미소를 지으며 식당 안을 둘러보았다는 뜻이다. 식사도 주문했고, 한 시간 동안 자유도 누릴 수 있으니 세상에 문제라고는 없다는 듯 만족한 표정이었다. 그때 내가 그에게 접근했다. 손에는 『벚꽃 동산』을 들고 있었다.

"죄송합니다만, 혹시 마틴 더크 씨인가요?" 내가 물었다.

"천만에요!"

이 늙은 편집자가 쏘아붙이는 목소리가 어찌나 강렬했는지, 심지어 그 자신도 당황할 정도였다. 그는 사과를 겸해서 이렇게 덧붙였다.

"마틴 더크는 나이가 내 절반밖에 안 돼요."

"정말 죄송합니다. 그분과 점심 약속이 있는데, 저는 그분이 어떻게 생기셨는지 모르거든요."

"뭐, 나보다 키가 10센티미터쯤 더 크고, 머리숱도 많지. 하지만 지금 아마 파리에 있을 거요."

"파리요?" 나는 큰일 났다는 듯이 말했다.

"사교면 기사에 따르면 그래요."

"여기서 면접을 보기로 했는데……."

나는 허둥거리다가 책을 떨어뜨렸다. 패리시 씨가 의자에서 몸을 기울여 책을 주웠다. 그리고 그것을 내게 건네면서 나를 좀 더 유심히 살폈다.

"러시아 작품을 읽어요?" 그가 물었다.

"네."

"이 희곡은 보기에 어떻소?"

"아직까지는 마음에 들어요."

"시대에 뒤떨어졌다는 생각은 안 들고? 농업 귀족이 사라지는 걸 두고 왜 이리 소란인가 싶죠? 여기 나오는 라넵스카야 집안의 신세에 공감하는 사람이라면 아주 구식인 것 같은데."

"어머, 제 생각은 달라요. 저는 누구나 과거의 조각들이 절망 속
으로 빠져들거나, 조각조각 팔려나가는 것 같은 기분을 느낀다고
생각해요. 팔려나가는 것이 벚꽃 동산이 아닐 뿐이죠. 대부분은, 우
리가 어떤 사물이나 사람에 대해 품고 있는 생각 같은 것들이 바로
그런 역할을 한다고 봐요."

패리시 씨는 빙긋 웃으며 내게 책을 돌려주었다.

"아가씨, 더크 씨가 약속을 지키지 않은 게 아가씨한테는 오히려
잘된 일인 것 같군요. 아가씨의 감수성이 그에게는 아무런 소용이
없었을 것 같소."

"그건 칭찬으로 하시는 말씀이죠?"

"물론이지."

"저는 케이티예요."

"너새니얼 패리시요."

(놀라는 척)

"제가 바보처럼 보이시겠군요. 체호프의 희곡이 지닌 의미에 대
해 이러쿵저러쿵 떠들다니. 속이 상하네요."

그는 빙긋 웃었다.

"아니, 그 작품은 내 인생의 정점이었소."

이것이 신호라도 된 것처럼 감자 크림수프가 식탁에 올려졌다.
나는 그 수프를 내려다보며 최대한 올리버 트위스트 흉내를 냈다.

◆ ◆ ◆

다음 날 나는 너새니얼 패리시의 조수로 펨브로크 출판사에 출근

했다. 패리시는 내게 일자리를 제의하고는 곧바로 그 제의를 받아들이지 말라고 나를 설득하려 들었다. 그는 펨브로크가 시대에 40년쯤 뒤떨어진 곳임을 알게 될 것이라고 말했다. 자기가 내게 줄 일거리가 충분하지 않다는 말도 했다. 봉급이 형편없다는 얘기도 있었다. 그리고 자기 조수라는 일자리가 결국 막다른 길이 될 거라는 결론을 내렸다.

그의 예언은 얼마나 정확한 것이었을까?

펨브로크는 정말로 시대에 40년쯤 뒤떨어져 있었다. 출근 첫날 나는 펨브로크의 편집자들이 이 도시의 젊은 편집자들과는 완전히 다르다는 사실을 알아차렸다. 그들은 예의가 바를 뿐만 아니라, 예의를 보존할 가치가 있다고 생각했다. 그들은 숙녀를 위해 문을 열어주는 일이나 거절편지를 손으로 직접 쓰는 일 등을 아주 소중하게 취급했다. 도자기 파편을 다루는 고고학자 같았다. 대개 사람들은 아주 중요한 것들에게만 그렇게 사랑스럽고 세심한 손길을 보여주는 법이다. 테런스 테일러는 비가 내리는 길거리에서도 숙녀가 잡으려던 택시를 가로채듯 불러서 타는 일은 절대로 하지 않을 사람이었다. 비크먼 캐넌은 엘리베이터를 타려고 다가오는 숙녀를 보고도 엘리베이터 문을 닫아버리는 짓은 하지 않았다. 그리고 패리시 씨는 숙녀가 포크를 들기 전에 자기가 먼저 포크를 드는 짓은 절대로 하지 않았다. 그러느니 차라리 굶을 사람이었다.

확실히 그들은 '대담하기 짝이 없는' 새로운 목소리를 사냥개처럼 찾아내서 경쟁자들을 팔꿈치로 밀어내며 계약을 따낸 뒤, 타임스 스퀘어에서 그 작가의 예술적인 화려함을 광고하는 가두연설을 할 사람들이 아니었다. 그들은 지하철 안에서 지도를 잘못 읽는 바람에 불운하게도 상업세계라는 정거장에서 내려버린 영국 공립학교 교사들 같았다.

패리시 씨가 내게 줄 일거리가 충분하지 않다는 말도 맞았다. 지금도 패리시 씨에게 자청해서 원고를 보내는 작가 지망생들이 많았지만, 새로운 소설에 대한 그의 열정은 이미 사라지고 없었다. 그래서 그 원고들은 대개 정중한 거절편지와 함께 반송되었다. 이 편지에 패리시 씨는 자기가 예전처럼 활발히 활동하고 있지 않기 때문에 미안하다는 사과와 그래도 굳건히 계속 노력하라는 격려를 담았다. 이제 패리시 씨는 모든 종류의 행정업무와 회의도 하지 않으려 들었고, 그와 진지하게 편지를 주고받는 사람들 또한 소수의 칠순 노인들밖에 남아 있지 않았다. 나날이 흔들리는 서로의 필체를 해독할 수 있는 것도 그 사람들뿐이었다. 전화벨이 울리는 일도 드물었고, 패리시 씨는 커피도 마시지 않았다. 설상가상으로 내가 출근을 시작한 지 며칠 안 돼서 달력이 7월로 넘어갔다.

아무래도 여름이 오면 작가들은 집필을 멈추고, 편집자들은 편집을 멈추고, 출판사는 출판을 멈추는 모양이었다. 그래야 모두들 바닷가에 있는 가족 별장 같은 곳에서 긴 주말을 즐길 수 있으니까 말이다. 책상에는 우편물이 높이 쌓였고, 로비에 놓인 식물들은 가끔 사전 약속도 없이 나타나서 욥처럼 인내하는 표정으로 알현을 기다리는 학구적인 시인들처럼 시들시들해지기 시작했다.

내가 패리시 씨에게 편지들을 어디에 정리하면 되느냐고 물었을 때, 패리시 씨가 그럴 필요 없다면서 자신의 정리 시스템을 적당히 언급한 것이 내게는 다행한 일이었다. 내가 자세히 말해보라고 고집을 부리자, 패리시 씨는 겸연쩍은 표정으로 구석의 마분지 상자를 바라보았다. 지난 30년 동안 패리시 씨는 중요한 편지를 읽고 난 뒤 그 상자에 넣어둔 모양이었다. 상자가 꽉 차면 수레에 실어 창고로 보내고, 새로 빈 상자를 놓아두었다. 나는 이런 것은 시스템이 아니라고 말했다. 그러고는 패리시 씨의 동의를 얻어 금세기 초의 상자들을 몇 개 꺼내 작가의 이름과 연대순으로 편지를 정리하기 시작했다. 편지의 주제는 하위의 분류 기준이 되었다.

패리시 씨는 케이프코드에 집이 있는데도 1936년에 아내가 세상을 떠난 뒤 그 집에 가려고 하지 않았다. "그냥 초라한 오두막일 뿐이오."

그는 이렇게 말하곤 했다. 재산을 존중하지만 그걸 실제로 쓸 생각은 좀처럼 하지 않는 뉴잉글랜드 개신교도들이 자청해서 소박한 생활을 하면서 좋아하는 모습을 참고한 모양이었다. 하지만 사실은 아내의 부재로 인해, 그가 그토록 낮춰 말한 여름 별장에서 오랫동안 상징적인 존재였던 삼베 깔개, 고리버들 의자, 빗물 같은 회색의 지붕널 등이 갑자기 무한한 슬픔을 만들어내기 시작한 것이 문제였다.

내가 옛날 편지들을 정리하고 있을 때면, 패리시 씨가 자주 내 어깨너머로 편지들을 바라보곤 했다. 그러다가 편지 더미에서 편지를 하나 꺼내 자기 사무실로 들어갈 때도 있었다. 그는 조용한 오후에 그렇게 사무실 문을 꼭 닫고서, 이제는 기억조차 흐릿해진 친구들의 이야기를 되새기곤 했다. 멀리서 가끔 직원들의 목을 자르는 도끼가 쿵쿵거리는 소리 외에는 어느 것도 그를 방해하지 못했다.

봉급이 형편없다는 말도 맞았다. 물론 형편없다는 말은 상대적인 것이고, 패리시 씨는 형편없다는 봉급의 수준이 정확히 어느 정도인지 분명히 말해주지 않았다. 그 차가운 감자 수프를 우아하게 먹는 자리에서 나도 꼬치꼬치 캐물을 수는 없었다.

그래서 출근한 뒤 처음 맞는 금요일에 주급을 받으러 내려갈 때도 나는 여전히 오리무중이었다. 주위를 둘러보니 다른 여직원들이 쾌활해 보였고 옷차림도 좋아서 나는 마음이 좀 놓였다. 하지만 봉투를 열어본 뒤 나는 내 주급이 전에 퀴긴&헤일에서 받던 돈의 절반임을 알아차렸다. 절반이라니!

'세상에, 내가 무슨 짓을 저지른 거야?' 나는 속으로 생각했다.

나는 주위의 다른 여직원들을 다시 한번 둘러보았다. 다들 심드렁한 미소를 지으며 주말을 어디서 보낼 것인지에 관해 수다를 떨기 시작했다. 그 순간 나는 깨달았다. 이 사람들이 심드렁한 표정을 짓는 건 당연한 일이었다. 이들에게 주급으로 받는 돈은 필요 없었다! 그것이 비서와 조수의 차이였다. 비서는 생계를 위해 노동과 임금을 교환한다. 하지만 조수는 훌륭한 집안 출신으로 스미스 칼리지를 다녔고, 자기 어머니가 디너파티에서 우연히 출판사 사장 옆자리에 앉은 덕분에 이 직장에 취직한 사람이다.

패리시 씨의 세 가지 예언은 이렇게 모두 옳았지만, 그래도 이 일자리가 막다른 길이라는 예언은 전적으로 틀린 것이었다.

내가 경리부에서 아픈 마음을 달래고 있는데 수지 밴더와일이 다른 조수들과 한잔하러 가는 데 같이 가겠느냐고 물었다. '그래, 안 될 것 없지. 가난이 코앞에 닥친 것만큼 술 마시기 좋은 이유가 어디 있어?' 나는 속으로 생각했다.

퀴긴&헤일에서 동료 여직원들과 함께 시간을 보낼 때는 길모퉁이만 돌면 되는 근처 술집으로 가서 그날 하루 동안 있었던 일들을 마구 헐뜯고, 각각의 부서가 서로를 어떻게 꼬집어대고 있는지 추측해보다가 어중간하게 취한 채 집으로 향하곤 했다. 하지만 수지는 펨브로크 출판사를 나선 뒤 택시를 잡았다. 우리는 모두 택시에 올라타고 세인트 레지스 호텔로 향했다. 수지의 남동생인 디키가 그곳의 킹콜 바에서 기다리고 있었다. 이제 대학을 갓 졸업한 그는 사교적인 사람 같았다. 바에는 앞머리를 펄럭거리는 그 외에도, 프린스턴을 그와 함께 다닌 친구 두 명과 사립학교 시절의 룸메이트가 같이 기다리고 있었다.

"왔구나, 누나!"

"응, 디키. 헬렌 알지? 이쪽은 제니랑 케이티."

디키는 기관총처럼 따따따따 소개를 해치웠다.

"제니, TJ. TJ, 헬렌. 헬렌, 웰리. 웰리, 케이티. 로베르토, 로베르토."

내가 이 자리의 모든 사람보다 몇 살 위라는 사실을 아무도 알아차리지 못한 것 같았다.

디키가 양손을 짝 마주쳤다.

"좋았어. 이제 뭘 하지?"

모두를 위해 진토닉이 주문되었다. 그러고 나서 디키는 바 주위의 나지막한 안락의자들을 끌어오려고 달려갔다. 그는 의자들을 우리 자리로 밀었다. 그 바람에 의자들이 코니아일랜드의 범퍼카들처럼 서로 쿵쿵 부딪혔다.

몇 분 안 돼서 로베르토가 바커스의 힘과 포세이돈의 심술로 피셔스 섬의 안개 속에서 길을 잃었다는 이야기가 나왔다. 그 바람에 자기 아버지의 버트램 요트를 콘크리트벽에 들이박아 배가 산산이 부서졌다는 것이다. 로베르토가 설명했다.

"나는 해안에서 400미터는 떨어진 줄 알았어. 좌측 뱃머리에서 타종 부표⁺ 소리가 들렸거든."

"하지만 애석하게도 그 종소리는 타종 부표가 아니라 매클로이의 베란다에서 울리는 저녁 식사 종소리였지." 디키가 말했다.

디키는 말을 하면서 활기찬 표정으로 모든 여자와 공평하게 눈을 마주쳤다. 그리고 이야기 중간 중간에 서로 다 아는 이야기를 한다는 듯 친숙한 분위기를 자아냈다.

피셔스 섬의 안개가 어떤지는 다 알잖아.

버트램 요트가 바지선처럼 움직이는 건 다 알잖아.

매클로이의 저녁 식사가 어떤지 다 알잖아. 할머니 세 명이랑 친척들 스물두 명이 사냥감을 에워싼 새끼 동물들처럼 갈비구이를 에워싸고 모여들었다니까.

그래, 디키, 우리도 알아.

우리는 뉴헤이븐의 모리스 술집 바를 지키는 심술쟁이 노신사도 알고 있었고, 메이드스톤에 모여든 사람들이 얼마나 재미없는지도 알고 있었고, 돕슨이니 롭슨이니 페니모어니 하는 사람들도 다 알고 있었다. 삼각돛을 가리키는 말인 지브와 뱃머리 방향을 바꾼다

⁺ 종소리로 물이 얕은 곳을 알리는 부표.

는 말인 자이브도 구분할 줄 알고, 팜비치와 팜스프링스도 구분할 줄 알았다. 포크가 하나밖에 없을 때 쓰는 포크, 샐러드 포크, 그리고 옥수수가 통째로 상에 올라왔을 때 그 속대를 깨뜨릴 수 있게 구부러진 가지가 달린 특수한 포크도 구분할 줄 알았다. 우리는 모두 서로 아주 잘 아는 사이라서…….

여기에 펨브로크 출판사에 취직하면서 누리게 된 뜻밖의 이점 두 개 중 하나가 있었다. 이 회사의 봉급이 워낙 짜고 직업적인 전망도 워낙 형편없기 때문에, 이 직장을 택했다는 것은 곧 그럴 만한 여유가 있는 사람이라는 뜻임을 기정사실로 인정해버리는 분위기.

"캐서린은 누구 밑에서 일해?"

택시를 타고 오는 도중에 여직원 한 명이 이렇게 물었다.

"너새니얼 패리시."

"와! 끝내준다! 그분이랑 어떻게 아는 사이야?"

어떻게 아는 사이냐고? 우리 아버지랑 하버드를 같이 다녔다고 할까? 할머니랑 패리시 부인이 어렸을 때 케네벙크포트에서 여름을 함께 보냈다고 할까? 내가 패리시 씨의 조카랑 같이 피렌체에서 공부했다고 할까? 얘, 뭐든 마음대로 골라봐.

디키는 이제 일어서 있었다. 손으로는 요트의 키를 잡은 시늉을 하면서. 그는 눈을 찡그리며 타종 부표 소리가 들려온 방향을 가리켰다.

　　"그대, 아이올로스―인간들의 왕과
　　신들의 왕이 무서운 힘을 빌려준 자
　　출렁이는 파도를 잠재우거나, 바람으로

파도를 부추기는 힘—이제 바람을 휘저어 날뛰게 하라.

그들의 배를 뒤집어 가라앉히라. 아니면 선원들과 함께

저 너른 에메랄드 빛 바다로 내던져버리라!"

그는 베르길리우스의 시를 완벽한 운율로 읊었다. 하지만 디키가
고전시대의 시를 읊게 된 것이 문학을 사랑하는 마음 때문이라기보
다는 사립학교에서 주입식으로 배운 지식이 지워질 만큼 아직 시간
이 많이 흐르지 않은 탓인 것 같다는 의심이 들기는 했다.

제니가 박수를 치자 디키는 허리를 숙여 인사하다가 진이 든 잔
을 로베르토의 무릎 위로 쓰러뜨렸다.

"몽디외*, 로베르토! 발을 좀 빠르게 놀려야지!"

"발을 좀 빠르게 놀려? 너 때문에 내 카키색 바지가 또 못 쓰게
됐잖아."

"에이, 뭘. 평생 바지 구할 걱정은 없으면서."

"나한테 바지가 아무리 많아도, 난 사과를 받아야겠어."

"그럼 사과하지!"

디키는 손가락으로 허공을 가리켰다. 그리고 진지하게 회개하는
표정을 짓고는 입을 열었다.

"펜시!"

우리 모두 펜시가 뭔지 보려고 고개를 돌렸다. 또 다른 아이비리
그 출신이 양팔에 여자를 끼고 안으로 들어오는 중이었다.

"디키 밴더와일! 이런 세상에. 여기서 만날 줄이야."

---

* 프랑스어로 이런, 세상에.

그래, 디키는 진정한 사교가였다. 그는 자기 삶의 가닥들을 잘 짜서 펼친 다음에 솜씨 좋게 휙 잡아당기면 친구의 친구의 친구들이 죄다 문을 통해 우르르 쏟아져 들어온다는 사실에 상대적인 자부심과 절대적인 기쁨을 느꼈다. 뉴욕은 그를 위해 존재하는 도시나 마찬가지였다. 디키 밴더와일 같은 사람과 잘 사귀어두면, 금방 뉴욕의 모든 사람과 아는 사이가 될 것이다. 아니, 적어도 스물다섯 살 이하의 부유한 백인이라면 모두 아는 사이가 될 수 있었다.

시계가 10시를 쳤을 때 디키의 선동으로 우리는 예일 클럽으로 몰려갔다. 그 집 그릴이 하루 일을 접기 전에 햄버거를 사 먹기 위해서였다.

낡은 나무 탁자에 둘러앉은 우리는 김빠진 맥주를 물잔에 마셨다. 강렬하고 야성적인 눈빛으로 풀어놓는 옛날 일화들과 재치 있는 대화가 계속 이어졌다. 또 친숙한 얼굴들이 등장하면, 이내 속사포 같은 소개가 이루어졌고, 다들 상대방에 대해 나름의 가정을 세우고 결론을 내리고 또 가정을 세웠다.

"그래, 그래. 전에 만난 적이 있어."

디키가 나를 소개했을 때, 새로 나타난 얼굴 중 하나가 말했다.

"빌리 에버슬리스에서 같이 한바탕 춤을 춘 적이 있어."

아무도 내 나이를 눈치채지 못했다고 생각한 건 실수였다. 디키는 눈치채고 있었고, 그걸 매력적이라고 생각한 모양이었다. 다들 풋내기처럼 보이지 않게 해주는 말을 찾으려고 애쓰고 있을 때, 디키가 탁자 맞은편에서 마치 음모를 꾸미는 사람처럼 내게 추파를 던졌다. 일상에서 벗어나 누나의 친구들과 짜릿한 여름을 보냈다는 학교 친구들의 이야기를 너무 곧이곧대로 믿고 있는 것 같았다. 로베르토와 웰리가 자기네 아버지들 중 누구의 은행계좌가 더 두둑한지를 놓고 겨루는 틈을 타서 디키는 의자를 바짝 붙였다.

"말해봐요, 미스 콘텐트. 평범한 금요일 밤에는 어딜 가야 당신을 만날 수 있죠?"

그는 자기 누나를 비롯해서 같은 자리에 앉아 있는 다른 여자들을 가리켰다.

"이 여성동지들은 빼고요."

"평범한 금요일 밤이라면, 난 집에 있어요."

"집이라고요? 좀 더 정확하게 말해주면 안 돼요? 우리들 사이에서 '집에' 있다는 건 부모님이랑 같이 산다는 뜻이거든요. 저기 웰리는 집에서 줄무늬 파자마를 입고, 로베르토는 침대 위 천장에 비행기 모형들을 매달아놨어요."

"나도 마찬가지예요."

"파자마랑 비행기 중 어느 쪽?"

"둘 다."

"나도 보고 싶은데요. 그럼 그 집이라는 건 어디예요, 정확히? 금요일 밤에 어디로 가야 줄무늬 파자마를 입은 당신을 볼 수 있죠?"

"평범한 금요일 밤에 여길 오면 당신을 만날 수 있나요, 디키?"

"그건 무슨 뜻이에요?!"

디키는 질색한 얼굴로 주위를 둘러보았다. 그러고는 말도 안 된다는 듯이 손사래를 쳤다.

"그럴 리가 없잖아요. 여긴 지루해요. 노인네들이랑 바쁜 사장님들밖에 없다고요."

그가 내 눈을 바라보았다.

"우리 둘이 나가는 거 어때요? 빌리지를 산책하는 거예요."

"친구들한테서 당신을 훔쳐갈 수는 없어요."

"아, 애들은 내가 없어도 괜찮을 거예요."

디키가 내 무릎에 한 손을 얹었다. 신중하게.

"……그리고 나도 애들이 없어도 괜찮고요."

"레버를 잡아당기는 게 좋을 거예요, 디키. 지금 콘크리트벽을 향해 곧장 돌진하고 있으니까."

디키는 신이 나서 내 무릎에서 손을 떼며 고개를 끄덕였다.

"좋았어! 틀림없이 시간은 우리 편이에요. 적이 아니라."

그는 의자를 넘어뜨리며 일어나 허공을 손가락으로 가리키며 딱히 누구에게라고 할 것도 없이 선언하듯 말했다.

"이 밤의 모임이 시작할 때와 똑같이 끝나게 하라. 약간의 미스터리를 남기고!"

◆ ◆ ◆

예상치 못한 이점 두 번째?

7월 7일에 출근해 보니 패리시 씨는 자기 사무실에서 맞춤 양복을 입은 잘생긴 남자와 이야기 중이었다. 50대 중반인 그는 한창때가 몇 년쯤 지난 배우 같았다. 두 사람이 대화를 나누는 모습을 보니, 서로 잘 아는 사이이긴 하지만 각자 자발적으로 일정한 거리를 유지하고 있는 모양이었다. 종교는 같지만 서로 다른 교단에 속한 고위 사제들 같았다.

그 낯선 남자가 떠난 뒤 패리시 씨가 나를 사무실로 불렀다.

"캐서린, 앉아요. 나랑 방금 이야기하던 신사가 누군지 알아요?"

"모르는데요."

"메이슨 테이트라는 사람이오. 젊었을 때 내 밑에서 일하다가 더 좋은 데로 옮겨갔지. 아니, 더 좋은 곳들이라고 해야 하나? 어쨌든, 지금은 콘데내스트에서 일하는데, 새 문학지를 준비하면서 편집 조수를 몇 명 구하고 있다는군. 캐서린이 한번 만나보면 어떨까 하는데."

"전 여기가 좋아요, 패리시 씨."

"그래, 그건 나도 알아요. 15년 전이었다면, 여기야말로 캐서린에게 딱 맞는 직장이었겠지. 하지만 이제는 아니오."

패리시 씨는 자신의 서명을 기다리고 있는 거절편지 더미를 손으로 톡톡 두드렸다.

"메이슨은 아주 재빠른 녀석이지만, 능력이 아주 좋아요. 준비 중이라는 문학지가 성공하든 실패하든, 캐서린만큼 머리가 좋은 아가씨라면 그 친구 옆에서 많은 걸 배울 수 있을 거요. 그리고 여기 펨브로크 출판사에 있는 것보다는 확실히 하루하루가 역동적이겠지."

"선생님이 권하신다면 한번 만나보기는 할게요."

패리시 씨는 대답 대신 테이트 씨의 명함을 내밀었다.

메이슨 테이트의 사무실은 콘데내스트 건물 25층에 있었다. 겉으로 보기에는 그가 준비 중이라는 문학지가 이미 오랫동안 성공을 거두고 있는 것 같은 분위기였다. 주문 제작한 접수대에 놀라운 미인이 앉아 있고, 접수대 위에는 신선한 꽃이 꽂혀 있었다. 나는 테이트 씨의 사무실로 안내되는 동안 최신식 스미스 코로나 타자기를 마구 두드려대거나 수화기를 붙들고 통화 중인 젊은 남자 열다섯 명 옆을 지나갔다. 아무래도 미국에서 가장 잘 꾸며진 편집국인 것 같았다. 벽에는 뉴욕의 분위기를 보여주는 사진들이 걸려 있었다. 거대한 부활절 모자를 쓴 애스터 부인, 리무진의 운전기사 자리에 앉은 더글러스 페어뱅크스*, 눈이 내리는데도 코튼클럽** 밖에서 기다리고 있는 부자들의 모습을 담은 사진들이었다.

테이트 씨의 사무실은 벽이 유리로 되어서 전망이 좋았다. 그의 책상도 느슨한 X자 모양의 스테인리스스틸 받침대에 유리 상판을 올린 것이었다. 책상 앞에는 소파와 의자가 놓인 자그마한 응접 공간이 있었다.

"들어와요." 그가 말했다.

확실히 귀족적인 말씨였다. 사립학교 말씨 조금, 영국식 말씨 조금, 점잖은 척하는 말투 조금. 그는 손가락으로 지시를 내리듯이 의자를 가리켰다. 소파는 자기 몫으로 남겨둘 생각인 모양이었다.

"콘텐트 양에 대해 좋은 말을 많이 들었소."

"감사합니다."

"나에 대해서는 어떤 말을 들었소?"

"그다지⋯⋯."

"훌륭하군. 어디 출신이죠?"

"뉴욕에서 자랐어요."

"뉴욕 시, 아니면 뉴욕 주?"

"뉴욕 시요."

"앨곤퀸에 가본 적 있소?"

---

* 미국 영화배우, 영화 제작자.
** 할렘에 있던 재즈 나이트클럽.

"호텔 말인가요?"

"그래요."

"가본 적 없어요."

"그게 어디 있는지는 알아요?"

"웨스트 44번가던가요?"

"맞아요. 그럼 델모니코스는? 거기서 식사해본 적 있소?"

"거긴 문을 닫지 않았나요?"

"말하자면 그런 셈이지. 아버님은 어떤 일을 하시던 분이었소?"

"테이트 씨, 왜 그런 질문을 하시는 거죠?"

"설마 아버님의 생업에 대해 말하는 게 두려운 건 아닐 텐데."

"아버님 직업이 뭔지는 말씀드리죠. 테이트 씨가 왜 그걸 묻는지 알려주신다면."

"공평하군."

"아버지는 기계 공장에서 일하셨어요."

"프롤레타리아로군."

"그런 셈이죠."

"내가 왜 콘텐트 양을 만나려고 했는지 말해주죠. 난 1월 1일에《고담》이라는 새 잡지를 창간할 거요.《고담》은 그림이 곁들여진 주간지이고, 여기 맨해튼, 그리고 더 나아가 이 세상의 틀을 짜고자 하는 사람들의 인물상을 소개하는 것이 목적이오. 정신의《보그》지 같은 거라고나 할까. 나는 지금 내게 오는 전화, 편지 등을 선별하고, 필요한 경우 빨래도 관리해줄 수 있는 조수를 구하고 있소."

"테이트 씨, 저는 문학지의 편집 조수를 구하시는 줄 알았는데요."

"그건 내가 네이선에게 그렇게 말했기 때문이지. 만약 내가 화려한 잡지를 준비하면서 시종을 구한다고 말했다면, 네이선은 절대 콘텐트 양을 내게 추천하지 않았을 거요."

"아니면 그 반대일 수도 있죠."

테이트 씨는 눈을 가늘게 뜨더니 손가락으로 내 코를 가리켰다.

"바로 그거야. 이리 와요."

우리는 브라이언트 공원을 굽어보는 창가의 커다란 탁자로 갔다. 그 위에 젤다 피츠제럴드[+], 존 배리모어[++], 그리고 록펠러 가문의 젊은이 한 명의 스냅사진들이 있었다.

"누구나 좋은 점과 나쁜 점을 모두 갖고 있소, 콘텐트 양. 대략적으로 말하자면, 《고담》은 이 도시의 불빛, 연인, 글, 실패자 들을 다룰 거요."

그는 탁자 위의 사진 세 장을 가리켰다.

"이 사람들은 그중의 어떤 범주에 속하는지 말해보겠소?"

"모든 범주에 다 속하죠."

그는 이를 악문 것 같은 표정으로 미소를 지었다.

"좋군. 네이선과의 생활에 비하면, 내 밑에서 일하는 건 상당히 다를 거요. 임금은 두 배, 근무시간은 세 배, 목적의식은 네 배. 하지만 한 가지 문제가 있소. 나한테는 이미 조수가 있어요."

"정말로 조수가 둘씩이나 필요하세요?"

"그럴 리가. 1월 1일까지 두 사람을 지치도록 몰아붙이다가 한 사람을 내보내는 게 내 계획이오."

[+] 작가 스콧 피츠제럴드의 아내.
[++] 미국의 영화배우. 드류 배리모어의 할아버지.

"제 이력서를 보내드리죠."

"왜?"

"지원하려고요."

"이건 면접이 아니오, 콘텐트 양. 일자리를 제의하는 거지. 제의를 수락할 거면 내일 8시에 이리로 나오면 돼요."

그는 다시 자기 책상으로 돌아갔다.

"테이트 씨."

"응?"

"왜 제 아버지 직업을 물으셨는지 아직 말해주지 않으셨어요."

그는 깜짝 놀란 표정으로 시선을 들었다.

"그거야 뻔하지 않소, 콘텐트 양? 난 사교계 여자는 참아줄 수 없어요."

◆ ◆ ◆

7월 1일, 금요일 아침에 나는 기울어져가는 출판사에서 저임금을 받으며 일하고 있었고, 그다지 잘 알지 못하는 지인들의 숫자도 점점 줄어들고 있었다. 7월 8일 금요일에 나는 한 발은 콘데내스트 문 안에, 다른 발은 니커보커 클럽*의 문 안에 들여놓고 있었다. 그 뒤 30년 동안 내 삶은 이 직장과 이런 사교클럽에 드나드는 사람들을 중심으로 돌아갔다.

뉴욕 시의 삶은 이렇게 휙휙 빠르게 돌아간다. 바람개비처럼, 아니면 코브라의 머리처럼. 둘 중 어느 쪽인지는 시간이 말해줄 것이다.

✦ 뉴욕의 신사 클럽.

13장

•

혼란

7월 셋째 주 금요일 무렵, 내 생활은 다음과 같았다.

a.)

8:00 AM. 나는 메이슨 테이트의 사무실에 차려 자세로 서 있다. 그의 책상 위에는 초콜릿바, 커피 한 잔, 훈제 연어 한 접시가 놓여 있다.

내 오른편에 앨리 매케나가 있다. 아담한 몸집에 갈색 머리인 그녀는 IQ가 하늘만큼 높고, 고양이 눈처럼 생긴 안경을 썼다. 검은 바지에 검은 셔츠, 그리고 검은 하이힐 차림이다.

대부분의 사무실에서 야심만만한 여자가 블라우스 단추를 느슨하게 풀면, 해가 바뀔 무렵 꽤 숙련된 직원에서 결코 없어서는 안 되는 직원으로 올라설 수 있다. 하지만 메이슨 테이트의 사무실에서는 그렇지 않다. 처음부터 그는 자신이 호감을 느끼는 부분은 따로 있음을 분명히 했다. 그래서 우리는 야구장에서 남자들을 유혹하려고 열심히 속눈썹을 깜박거리는 것 같은 짓은 하지 않아도 된다. 테이트는 귀족적이고 냉정한 태도로 앨리에게 연달아 지시를 쏟아내는 동안 서류에서 거의 고개를 들지도 않는다.

"화요일 시장과의 약속을 취소해. 그쪽에다가는 내가 일이 있어서 알래스카에 갔다고 말하고.《보그》,《배니티페어》,《타임》의 지난 2년 치 표지를 전부 가져와. 아래층에 없으면 가위를 들고 공립도서관으로 가봐. 내 누이의 생일이 8월 1일인데, 벤델스에서 뭐든 좀 얌전한 걸로 하나 사다줘. 제 말로는 사이즈가 5라지만, 6이라고 생각하면 될 거야."

그는 파란 줄이 쳐진 서류 더미를 내 쪽으로 민다.

"콘텐트. 모건 군에게 방향은 제대로 잡았지만, 문장이 1백 개쯤 부족하고 단어는 1천 개쯤 많다고 전해. 캐벗 군에게는 좋아, 좋아, 아니야 라고 대답하면 돼. 스핀들러 군에게는 완전히 요점을 놓쳤다고 말해. 창간호 표지기사에 걸맞게 강력한 이야기가 아직 없어. 직원들한테 토요일 예정은 취소됐다고 전해. 점심은 씨가 들어 있는 호밀빵에 뮌스터 치즈와 햄을 얹은 것과 53번가의 그리스 식당에서 파는 렐리시⁺로 준비해줘."

우리는 이 상황에 딱 맞게 입을 모아 대답한다. "네, 알겠습니다."

9:00. 전화벨이 울린다.

✦ 과일과 채소를 걸쭉하게 끓인 뒤 차게 식혀서 고기나 치즈에 얹어 먹는 소스.

》 메이슨과 당장 만나야겠어요.

》 테이트 씨가 내게 돈을 준다고 해도 만나고 싶지 않을 거예요.

》 몸이 아픈 제 아내가 테이트 씨한테 연락할지도 몰라요. 테이트 씨에게 아내의 건강을 생각해서, 아내에게 아이들이 기다리는 집으로 돌아가 의사의 치료를 받으라고 말해달라고 전해줄래요?

》 내 남편에 관한 정보가 있는데, 아마 테이트 씨도 관심이 있을 거예요. 매춘부, 50만 달러, 개 한 마리가 관련된 이야기거든요. 내게 연락하고 싶으면 칼라일에서 내 처녀 때 이름을 대면 돼요.

》 훌륭한 시민인 제 의뢰인의 부인이 좀 상황이 좋지 않아서 망상에 가까운 비난을 해대고 있다는 것을 제 의뢰인이 알게 되었습니다. 앞으로 나올 잡지에 테이트 씨가 그 안타깝고 공상적인 주장을 조금이라도 싣는다면, 제 의뢰인은 출판사뿐만 아니라 테이트 씨 개인을 상대로도 기꺼이 소송을 제기할 준비가 돼 있다고 전해주세요.

이름 철자가 어떻게 되죠? 연락처는요? 몇 시까지 연락을 받으실 수 있나요? 테이트 씨께 말씀을 전해드리죠.

"에헴."

콘데내스트의 회계 감사인 제이콥 와이저가 내 책상 앞에 서 있다. 정직하고 근면한 사람인 그는 찰리 채플린 같은 사람들 덕분에 인기를 끌었지만 아돌프 히틀러 같은 사람들이 영원히 패션 세계에서 추방해버린 모양의 콧수염을 기르고 있다. 표정만 봐도 그가 《고담》을 좋아하지 않는다는 것을 알 수 있다. 그는 이 잡지에 조금도 호감이 없다. 십중팔구 이 잡지의 기획 자체가 음란하고 불편한 내용을 담고 있다고 생각할 것이다. 물론 맞는 생각이다. 비록 이 잡지

보다는 맨해튼이 더 음란하고 불편하다 할지라도. 하지만 이 잡지가 맨해튼만큼 화려하기는 하다.

"안녕하세요, 와이저 씨. 어쩐 일이세요?"

"테이트를 만나야겠소."

"네. 와이저 씨 조수한테서 이야기를 들었어요. 화요일로 약속이 잡혀 있습니다."

"5시 45분이지. 그거 무슨 농담 같은 거요?"

"아뇨."

"당장 만나야겠소."

"죄송합니다만, 그건 힘들 것 같은데요."

와이저 씨는 유리문 안쪽을 손가락으로 가리켰다. 테이트 씨가 남은 커피에 사각형 초콜릿을 조심스레 담그고 있었다.

"당장 만나야겠어. 아가씨가 말려도."

와이저 씨가 앞으로 나아간다. 회사 회계의 불균형을 바로잡기 위해서라면 목숨까지도 내놓을 사람임이 분명하다. 하지만 그가 내 책상 옆을 돌아 한 걸음 내딛는 순간 나는 그의 앞을 막을 수밖에 없다. 그의 얼굴이 순무처럼 새빨갛게 물든다.

"이봐요, 아가씨."

그가 말한다. 화를 참으려고 애쓰는 눈치지만, 뜻대로 되지 않는 것 같다.

"무슨 일이야?"

테이트 씨가 갑자기 우리 둘 사이에 나타나 내게 묻는다.

"와이저 씨가 만나러 오셨습니다." 내가 설명한다.

"약속은 화요일인 줄 알았는데."

"예정은 그렇게 잡혀 있습니다."

"그럼 뭐가 문제지?"

와이저 씨가 입을 연다.

"당신 직원들에 관한 최신 지출보고서를 방금 받았소. 예산을 30퍼센트나 초과했더군!"

테이트 씨가 서서히 와이저 씨에게 시선을 돌린다.

"여기 콘텐트 양이 분명히 말해주었겠지만, 제이크, 난 지금 시간을 낼 수 없소. 생각해보니 화요일에도 시간을 낼 수 없겠군. 콘텐트양, 나 대신 와이저 씨를 만나서 얘기해봐요. 와이저 씨가 걱정하는 부분을 메모해두고, 우리가 곧 연락을 드리겠다고 말씀드리면 돼."

테이트 씨는 다시 초콜릿을 먹으러 들어갔고, 와이저 씨는 3층 어딘가의 구석진 곳에 있는 자기 계산기로 돌아갔다.

대부분의 중역은 비서에게서 적절한 수준의 예의를 기대한다. 누굴 대하든 침착하고 정중한 태도를 보여주기를 바라는 것이다. 하지만 테이트 씨는 달랐다. 그는 앨리와 내게 자기처럼 오만하고 성질 급하게 굴라고 권했다. 처음에 나는 테이트의 귀족적이고 호전적인 태도와 태양왕 같은 거만함을 그런 식으로 확장하는 것은 비합리적인 일이라고 생각했다. 하지만 시간이 흐르면서 그의 생각에 깃든 천재성이 눈에 들어왔다. 우리 둘이 자기만큼 건방지고 위압적으로 굴게 함으로써 테이트는 자신의 대리인이라는 우리의 위치를 굳게 다지고 있었다.

앨리가 내 자리로 가만가만 다가오며 말한다.

"캐서린. 저것 좀 봐봐."

접수대에서 10대 심부름꾼이 4.5킬로그램이나 나가는 『웹스터 사전』을 무겁게 들고 있다. 사전에는 예쁜 분홍색 리본 장식까지 되어 있다.

접수 직원이 사무실 한가운데를 가리킨다.

기자들은 저마다 자기들 책상 쪽으로 가까이 다가오는 그 심부름 꾼을 심드렁한 표정으로 바라보다가 그가 자기 책상을 지나가고 나면 씁쓸한 미소를 짓는다. 어떤 기자들은 앞으로 어떤 쇼가 벌어질지 보려고 자리에서 일어나기도 한다. 마침내 심부름꾼이 니콜라스페신도프 앞에서 걸음을 멈춘다. 페신도프는 사전을 보더니 얼굴이새빨개진다. 설상가상으로 심부름꾼이 노래를 부르기 시작한다. 브로드웨이 뮤지컬의 사랑 노래 곡조에 맞춘 가벼운 노래다. 높게 올라가는 음정이 불안정하지만, 어린 심부름꾼은 노래에 마음을 담는다.

슬프구나, 말은 묘한 것이라는 말이 맞았어.
하지만 아들아, 겁낼 것 없다.
이 책 속에서
모든 영어 단어의 뜻을 알 수 있으니까.

테이트가 앨리에게 사전을 구해오라고 한 뒤 직접 쓴 가사였다. 하지만 노래로 된 전보와 분홍색 리본은 앨리의 솜씨였다.

◆ ◆ ◆

6시에 테이트 씨는 햄튼스행 열차를 타려고 사무실을 나섰다. 6시 15분에 나는 앨리와 눈을 마주쳤다. 우리는 타자기에 덮개를 씌우고 각자 겉옷을 입었다.

엘리베이터를 향해 걸어가며 앨리가 말했다.

"서둘러. 빨리 가자."

《고담》에 출근한 첫날 화장실에 갔을 때 앨리가 내 뒤를 따라왔다. 세면대에 그래픽 부의 여직원이 서 있는 것을 보고 앨리는 꺼지라고 말했다. 순간적으로 앨리가 내 앞머리를 자르고 가방을 화장실 변기 속에 던져버리려는 건가 하는 생각이 들었다. 옛날 고등학교 시절에도 그런 일을 당한 적이 있었다. 하지만 앨리는 고양이 눈 같은 안경 뒤에서 눈을 가늘게 뜨고는 곧장 본론을 꺼냈다.

앨리는 우리 둘은 콜로세움에 선 검투사고, 테이트는 사자라고 말했다. 사자가 우리에서 풀려나면 우리는 그를 에워싸고 빙빙 돌든지, 아니면 각자 흩어져 잡아먹히는 신세가 되는 수밖에 없었다. 만약 우리가 패를 제대로 쓰기만 한다면, 테이트는 우리 둘 중 누가 더 자신에게 필요한지 구분하기 힘들어질 것이다. 그러니까 몇 가지 기본적인 원칙을 정하자는 것이 앨리의 주장이었다. 테이트가 우리 둘 중 한 사람에게 나머지 한 명이 어디 있느냐고 물으면, (밤이든 낮이든) 화장실에 있다고 대답할 것. 테이트가 우리에게 서로의 일을 재확인해보라고 말하면 실수를 한 가지씩만 찾아낼 것. 테이트가 칭찬하면, 서로 상대의 도움이 없었다면 그 일을 해낼 수 없었을 것이라고 대답할 것. 테이트가 밤에 퇴근하고 나면, 그가 건물을 완전히 벗어날 때까지 15분쯤 기다렸다가 사이좋게 엘리베이터를 타고 로비로 내려갈 것.

"우리가 일을 망치지만 않으면, 돌아오는 크리스마스쯤에는 일이 아주 잘 풀릴 거야. 어때, 케이트?"

자연 상태에서 일부 동물들, 그러니까 표범 같은 동물들은 혼자
서 사냥에 나선다. 반면 하이에나 같은 동물들은 무리를 지어 사냥
한다. 나는 앨리가 하이에나라고 100퍼센트 확신하지 못했다. 하지
만 확실히 사냥감이 될 사람은 아닌 것 같다는 확신이 들었다.

　　"좋아, 같이 가는 거야."

　　금요일 밤에 어떤 여직원들은 그랜드 센트럴의 오이스터 바에서
그리니치행 급행전철을 타려고 온 남자들을 만나 그들이 사주는 술
을 마시며 즐겼다. 앨리는 자동판매식으로 운영되는 식당에 가서
혼자 앉아 디저트 두 종류와 수프 한 그릇을 먹는 것을 좋아했다.
먹는 순서도 지금 말한 그 순서대로였다. 앨리는 그곳의 무심함이
좋다고 했다. 식당 종업원들의 무심함, 손님들의 무심함, 음식의 무
심함.

　　앨리가 자기 케이크를 다 먹고 내 것에도 손을 뻗었을 때쯤 우리
는 그 사전 사건을 이야기하며 한바탕 웃어댔다. 그다음으로 화제
에 오른 것은 무엇이든 자주색과 관련된 것(왕족, 서양자두, 화려한
글)*을 싫어하는 메이슨 테이트의 취향이었다. 집으로 돌아갈 시간
이 되자 앨리는 과음한 흔적을 전혀 드러내지 않는 술꾼처럼 벌떡
일어서서 곧장 문으로 향했다. 7시 30분에 거리로 나온 우리는 데
이트 상대 없이 또 한 번의 금요일 밤을 보낸 서로에게 축하의 말을
던졌다. 하지만 앨리가 모퉁이를 돌아 사라지자마자 나는 다시 식
당 안으로 들어가 화장실에서 내가 가진 가장 좋은 옷으로 갈아입
고⋯⋯.

✦ 자주색을 뜻하는 purple에는 '제왕의'라는 뜻이 있고, purple prose는 '미사여구를 동원한
　화려한 글'을 뜻한다.

b.)

"저거 산울타리 아냐?"

두 시간 뒤 헬렌이 이렇게 물었다. 우리 다섯 명은 어둠 속에서 꽃밭 사이를 걷고 있었다.

디키 밴더와일은 킹콜 바에서 재빨리 1차를 마친 뒤 우리를 차에 태우고 오이스터 만으로 왔다. 어렸을 때 친구의 여름별장이 있는 화일어웨이에서 떠들썩한 술잔치를 즐기게 해주겠다고 약속하면서. 그런데 로베르토가 슈일러의 안부를 묻자, 남의 기행에 대한 최신소식을 들려주는 데는 언제나 재빠른 디키답지 않게 애매한 말로 얼버무렸다. 문간에서 손님들에게 인사하고 있는 30대 중반의 부부가 눈에 들어왔을 때, 디키는 로비에서 발목이 잡히는 건 피하자면서 예쁜 정원 출입문이 있다고 말했다. 그리고 우리를 집의 측면으로 이끌고 갔다. 우리는 금방 발목까지 국화에 파묻혔다.

걸음을 내디딜 때마다 스틸레토 힐이 흙 속에 박혔다. 나는 걸음을 멈추고 신발을 벗었다. 정원에서 보니 밤 공기가 놀라울 정도로 정적에 싸여 있는 것 같았다. 음악도, 웃음소리도 전혀 들리지 않았다. 하지만 불이 환하게 켜진 부엌 창문을 통해 일하는 사람들 열 명이 커다란 접시에 차갑고 뜨거운 전채요리를 담고 있는 것이 보였다. 그 접시들은 곧 문을 통해 재빨리 운반될 터였다.

헬렌이 어둠 속에서 말했던 쥐똥나무 산울타리가 이제 우리 앞에 탑처럼 우뚝 솟아 있었다. 디키는 책꽂이에 숨겨진 문고리를 찾으려는 사람처럼 손으로 나무를 죽 훑었다. 이웃 마당에서 폭죽이 횡하는 소리를 내더니 펑 하고 터졌다.

이해가 조금 느린 편인 로베르토가 우리와 같은 결론에 도달했다.

"이런 디키, 이 자식, 너 이 집 주인이 누군지도 모르지?"

디키는 걸음을 멈추고 허공을 향해 삿대질을 했다.

"누구 집에 왜 왔는지보다 언제 어디에 왔는지가 더 중요해."

그러고는 마치 열대의 탐험가처럼 산울타리를 둘로 가르고 그 틈으로 고개를 내밀었다.

"유레카."

우리도 디키를 따라 나뭇가지들 사이를 뚫고 나아갔다. 놀라울 정도로 상처 하나 없이 울타리를 빠져나오자, 홀링스워스 저택의 뒤쪽 잔디밭이었다. 저택에서는 파티가 한창 벌어지고 있었다. 그런데 내가 지금까지 보았던 그 어떤 파티와도 달랐다.

집 뒤편의 윤곽이 미국판 베르사유처럼 우리 앞에 길게 뻗어 있었다. 부드러운 격자에 유리를 끼운 문 뒤로 촛대에 꽂힌 촛불들과 샹들리에가 따스한 노란색 빛을 발하고, 잘 손질된 잔디밭 위에 마치 선착장처럼 떠 있는 석판 테라스에서 수백 명의 사람이 우아하게 서로 어울리고 있었다. 그들은 지나가는 쟁반에서 칵테일 잔이나 카나페를 집어들 때만 잠시 대화를 멈췄다. 육안으로는 보이지 않는, 20인조 오케스트라의 음악이 정처 없이 허공을 떠다녔다.

우리들은 테라스 담장을 넘어 디키를 따라서 바로 갔다. 마치 나이트클럽의 바처럼 규모가 크고, 온갖 종류의 위스키와 진과 밝은색 술들이 갖춰져 있었다. 아래에서부터 빛을 받은 술병들이 초자연적인 오르간의 파이프처럼 보였다.

바텐더가 돌아서자 디키가 싱긋 웃었다.

"주니퍼&토닉 다섯 개요."

그러고 나서 그는 바에 등을 기대고 마치 이 집 주인처럼 만족스러운 표정으로, 즐거워하는 사람들을 바라보았다.

이제 보니 디키는 정원에서 꽃을 꺾어 작은 꽃다발을 만들어서는 턱시도의 가슴주머니에 꽂아두고 있었다. 디키 자신처럼 그 코르사주도 밝고, 무모하고, 조금은 이곳과 어울리지 않는 듯 보였다. 테라스에 있는 대부분의 남자들에게서는 이미 소년 같은 모습을 찾아볼 수 없었다. 장밋빛 뺨, 가느다란 머리카락, 장난꾸러기처럼 반짝이는 눈 같은 것. 바닥까지 끌리는 민소매 드레스를 입은 여자들은 보석을 멋지게 몸에 걸치고 있었다. 모두들 편안하고 친밀하게 이야기를 나누고 있었다.

"내가 아는 사람은 하나도 안 보이는데." 헬렌이 말했다.

디키는 셀러리를 먹으며 고개를 끄덕였다.

"우리가 엉뚱한 파티에 와 있다는 건 아예 물어볼 필요도 없는 사실이군."

"음, 여기가 어디인 것 같아?" 로베르토가 말했다.

"내가 확실한 소식통한테서 들어서 아는데 말이야. 홀링스워스 집안의 아들 하나가 무도회를 연다고 했어. 그러니까 여기가 홀링스워스의 집이고, 이게 그 무도회인 게 분명해."

"그런데?"

"……홀링스워스 집안의 아들 중 누가 파티를 여는 건지 물어봐야 했던 건지도……."

"슈일러는 유럽에 있잖아, 그렇지?"

헬렌이 물었다. 헬렌은 결코 자신의 지성을 믿지 못하면서도 항상 뭔가 분별 있는 말을 하는 것 같았다. 디키가 말했다.

"그렇군. 이제 알겠네. 스카이가 우릴 초대하지 않은 건 지금 외국에 있기 때문이야."

그는 진토닉 잔을 우리에게 돌렸다.

"자, 우리도 어울려보자고."

이웃집 잔디밭에서 또 폭죽이 휭 하는 소리를 내더니 머리 위에서 터지며 작게 불꽃을 터뜨렸다. 나는 일행보다 몇 걸음 뒤로 처졌다가 방향을 바꿔 사람들 속으로 들어갔다.

킹콜 바에서 처음 디키를 만난 뒤로 나는 순회 서커스단 같은 그의 모임을 몇 번 따라다녔다. 이 나라 최고의 학교들에서 이제 막 쏟아져 나온 사람들치고는 놀라울 정도로 목적이 없었지만, 그렇다고 함께 어울리기에 힘든 사람들은 아니었다. 돈이 많거나 사회적 지위가 있지는 않았지만, 이제 곧 둘 다 가지게 될 터였다. 앞으로 5년 동안 바다에 빠져 죽거나, 죄를 지어서 징역을 선고받지 않고 버티기만 하면 산이 저절로 움직여 그들에게 다가올 것이다. 이익금을 배당해주는 주식과 래킷 클럽의 회원권, 오페라 극장의 박스석 티켓과 그것을 사용할 수 있는 시간 같은 것들. 수많은 사람들에게 뉴욕은 궁극적으로 그들이 결코 손에 넣지 못할 것들의 총합이었지만, 이 일당에게 뉴욕은 안 될 것 같던 일도 가능해지고, 말도 안 되는 일들이 그럴듯해지고, 불가능한 일도 가능해지는 도시였다. 그러니까 정신을 똑바로 유지하려면, 가끔 어느 정도 거리를 유지하려고 애써야 했다.

웨이터가 내 옆을 지나갈 때 나는 진을 놓고 샴페인 잔을 들었다.

홀링스워스 저택의 커다란 방으로 통하는 모든 유리문이 열려 있고, 손님들이 계속 들락거리며 본능적으로 테라스와 집 안 사이의 균형을 항상 유지했다. 나는 여기 초대된 사람들을 메이슨 테이트처럼 가늠해보려고 애쓰면서 한들한들 안으로 들어갔다. 소파 가장자리에 금발 여자 네 명이 줄지어 앉아서, 전깃줄에 나란히 앉아 음모를 꾸미는 까마귀들처럼 정보를 교환하고 있었다. 향신료 냄새가 나는 햄 두 개가 왕관처럼 놓여 있는 탁자 옆에서는 어깨가 널찍한 젊은 남자가 자기 데이트 상대를 무시하고 있었다. 피라미드 모양으로 쌓여 있는 오렌지, 레몬, 라임 앞에서는 플라멩코에 완전히 취한 여자 때문에 두 남자가 웃느라고 잔에 담긴 술을 흘리고 있었다. 잘 모르는 사람 눈에 그들은 모두 대단해 보였다. 부와 지위가 발휘한 연금술 덕분에 확고하게 갖게 된 몸가짐을 내보이는 사람들. 하지만 포부와 시기심, 불신과 욕망, 이런 것들도 드러나 있는 것 같았다. 어디에서 무엇을 봐야 하는지 아는 사람의 눈에만 보이는 거겠지만.

무도장에서는 밴드가 점점 빠른 곡을 연주하고 있었다. 트럼펫에서 1미터쯤 떨어진 곳에서 디키가 자기보다 나이 많은 여자와 한 배 반쯤 빠른 속도로 지르박을 추는 중이었다. 재킷은 이미 벗어버렸고, 셔츠자락도 느슨하게 풀려 있었다. 가슴주머니에 꽂았던 꽃 중 한 송이가 지금은 귀 뒤에 비스듬히 꽂혀 있었다. 그 모습을 지켜보던 나는 누군가가 조용히 내 옆에 와서 서는 것을 느꼈다. 잘 훈련된 하인 같은 움직임이었다. 나는 잔을 비우고 팔을 뻗으며 고개를 돌렸다.

"……케이티?"

잠시 침묵.

"월러스!"

그는 내가 자기를 알아본 것에 안도한 표정이었다. 하지만 베레스포드에서 그가 다른 데에 정신이 팔린 사람처럼 굴었기 때문에, 나는 그가 나를 알아보았다는 사실이 놀라웠다.

"그동안 어떻게…… 지냈어요?" 그가 물었다.

"잘 지낸 것 같아요. 무소식이 희소식이라고, 흔히들 말하는 식으로."

"이렇게 우연히 만나다니…… 정말 반가워요. 안 그래도…… 전화하려고 했어요."

연주가 점점 끝나가면서 디키가 화려한 마무리를 준비하는 것이 보였다. 함께 춤추는 부인을 찻주전자처럼 휙 뒤로 넘길 작정이었다. 내가 말했다.

"이 안은 좀 시끄럽네요. 밖으로 나가는 게 어때요?"

뜰에서 월러스는 샴페인 두 잔을 가져와서 내게 한 잔을 건넸다. 그리고 우리는 어색한 침묵을 지키며 다른 사람들을 지켜보았다.

"정말로 떠들썩한 파티네요." 마침내 내가 말했다.

"아, 이건…… 아무것도 아니에요. 홀링스워스 집안에는 아들이 넷 있어요. 여름 동안 각자가…… 따로 파티를 열죠. 하지만 노동절 주말에는…… 모든 사람이 초대되는 대형 파티가 열려요."

"내가 그 '모든 사람'에 속하는지는 잘 모르겠네요. 난 아무래도 '아무도 아닌 사람' 그룹에 속하니까요."

월러스는 내 주장을 믿을 수 없다는 듯이 빙긋 웃었다.

"혹시 자리를…… 바꾸고 싶으면 말만 해요."

처음 봤을 때 월러스는 턱시도 차림이 조금 불편한 것 같았다. 마치 남의 옷을 빌려 입은 사람 같았다. 하지만 자세히 살펴보니 턱시도는 맞춤옷이었고, 흑진주로 된 셔츠스터드*는 한두 세대 전부터 집안에 내려오는 물건 같았다.

또 침묵이 흘렀다.

"나한테 전화하려 했다고 그랬죠?" 내가 말을 건넸다.

"맞아요! 지난 3월에 내가 약속했잖아요. 그 약속을……. 지키려고요."

"월러스, 그렇게 오래전에 한 약속을 지키는 건, 특별한 약속일 때나 하는 거예요."

"월리 월코트!"

우리 대화를 방해한 사람은 월러스의 경영대학원 동기로, 역시 제지업계에서 일하는 사람이었다. 두 사람의 화제가 서로 잘 아는 친구들에서 독일과 오스트리아의 합병과 그것이 펄프 가격에 미치는 영향으로 바뀌자 나는 화장실에 다녀올 때가 되었다고 생각했다. 내가 화장실에 있었던 시간은 10분이 넘지 않았을 텐데, 돌아와보니 제지업자는 사라지고 아까 소파에 앉아 있던 금발 여자 중 한 명이 그의 자리를 차지하고 있었다.

아마 그것은 당연한 일이었을 것이다. 아직 손가락에 반지를 끼지 않은 젊은 사교계 여자라면 모두들 월러스 월코트에게 시선을 보내고 있었을 테니까. 시내의 건강한 아가씨들은 대부분 그의 순자산이 얼마인지, 누이들이 누구인지 알고 있을 터였다. 그리고 부지런한 아가씨들은 그의 사냥개 이름까지도 알고 있었다.

코티용을 두어 번 추고 온 것처럼 보이는 그 금발 아가씨는 계절과 몇 달쯤 어긋나는 흰 담비 털옷에 팔꿈치까지 꼭 끼게 올라오는

✦ 셔츠 앞섶의 단춧구멍에 꽂는 장식단추.

장갑을 끼고 있었다. 더 가까이 다가가 보니 그 여자의 말씨 또한 거의 외모만큼이나 훌륭하다는 것을 알 수 있었지만, 그렇다고 해서 그녀가 숙녀답게 삼가는 태도를 보인 것은 아니었다. 월러스가 이야기하는 동안 그녀는 심지어 그의 잔에 담긴 술을 한 모금 마시고 잔을 그에게 다시 돌려주기까지 했다.

그뿐만 아니라 월러스에 대해 나름대로 조사도 해본 모양이었다. "당신 농장의 요리사가 허시퍼피 과자를 그렇게 잘 만든다면서요!"

월러스가 열성적으로 대답했다.

"맞아요. 우리 요리사의 비법은…… 철저한 비밀이죠. 열쇠를 꼭꼭…… 잠가서 보관해두고 있어요."

월러스가 문장 중간에서 잠시 말을 멈출 때마다 여자는 콧잔등에 주름을 잡으며 얼굴을 빛냈다. 마치 월러스의 그 버릇이 너무나 사랑스럽다는 듯이. 뭐, 실제로 사랑스럽기는 했다. 하지만 그렇게 요란하게 티를 낼 필요는 없었다. 그래서 나는 그 둘의 대화를 방해하기로 했다. 내가 월러스와 팔짱을 끼며 말했다.

"방해해서 미안하지만……. 나한테 도서실을 보여주겠다고 하지 않았어요?"

여자는 눈 하나 깜짝하지 않았다. 이 홀링스워스 저택에 대해 잘 알고 있다는 사실을 과시하듯이 여자가 말했다.

"여기 도서실은 정말 굉장하죠. 하지만 지금은 들어가면 안 돼요. 금방 불꽃놀이가 시작될 거예요."

내가 미처 반박하기 전에 사람들이 물가 쪽으로 움직였다. 우리가 선착장에 도착했을 때쯤에는 백 명 정도가 거기에 모여 있는 것 같았다.

　술 취한 연인들 몇 명이 홀링스워스 집안 소유의 작은 배에 올라
탄 채 떠내려가고 있었다. 더 많은 사람들이 뒤에서 다가와 우리를
다이빙대 쪽으로 밀어댔다.

　물 위의 뗏목에서 첫 번째 폭죽이 발사되면서 크게 횡 하는 소리
가 났다. 아까 옆집 마당에서 폭죽이 터졌을 때의 장난감 호루라기
같은 소리가 아니었다. 대포 소리에 더 가까웠다. 폭죽은 연기를 길
게 리본처럼 늘어뜨리며 하늘로 올라가 그대로 꺼지는가 싶더니 점
점 커지는 하얀 원 모양을 그리며 폭발했다. 불꽃이 터져 나와 바람
에 날리는 민들레 홀씨처럼 서서히 땅으로 내려앉았다. 모두들 환
호성을 질렀다. 폭죽 네 대가 재빨리 연달아 발사되며 사슬처럼 이
어진 빨간 별들을 만들어내더니 마지막으로 엄청난 굉음을 냈다.
훨씬 더 많은 사람들이 선착장으로 몰려와 남들을 밀어대는 와중에
내가 옆 사람의 엉덩이를 조금 세게 밀어버린 모양이었다. 그 여자
가 모피를 입은 채로 물에 빠져버렸다. 머리 위에서는 또 폭죽이 터
졌다. 여자가 파란 수국 같은 빛 속에서 물 위로 다시 올라오며 물
장구를 치는 소리와 급히 숨을 들이쉬는 소리가 들려왔다. 머리가
헝클어진 모습이 해초의 백작부인 같았다.

　다들 불꽃놀이를 보고 나서 흩어지고 있을 때 디키가 테라스에
있던 나를 찾아냈다. 물론 그는 월러스와 아는 사이였다. 비록 월러
스의 여동생을 통해 간접적으로 아는 사이이긴 했지만. 월러스와의
나이 차이 때문에 디키도 좀 얌전해진 것 같았다. 월러스가 그에게
포부가 무엇이냐고 묻자, 그는 목소리를 한 옥타브쯤 낮춰서 법학

대학원에 진학하겠다는 터무니없는 소리를 늘어놓았다. 윌러스가 예의 바르게 양해를 구하고 사라지자 디키는 다른 일행들이 기다리고 있는 바로 나를 데리고 갔다. 디키가 없는 동안 로베르토가 덤불 속에서 한 번 토한 모양인지, 헬렌이 이제 돌아갈 때가 되지 않았느냐는 생각을 하고 있었다.

맨해튼을 빠져나올 때는 윌리엄스 다리를 탔지만, 돌아가는 길에 디키는 트라이보로 다리를 선택했다. 그가 나를 마지막까지 남겨놓고 다른 사람들을 모두 먼저 내려주기에 편한 길이었다. 그래서 오래지 않아 우리 둘만 남아서 다운타운으로 향하고 있었다. 플라자가 가까워지자 디키가 말했다.

"아, 육지다. 술 한 잔 더 어때?"

"난 됐어, 디키."

그가 실망하는 표정을 지었기 때문에 나는 내일도 출근해야 한다고 말을 덧붙였다.

"내일은 토요일이잖아."

"우리 회사에서는 아니야."

11번가에서 내가 차에서 내릴 때 그는 뚱한 표정을 지었다.

"우린 춤도 한 번 춰본 적이 없어." 그가 말했다.

어느 정도 체념이 배어 있는 말투였다. 부주의와 약간의 불운으로 자신이 기회를 놓쳤고, 어쩌면 그 기회가 다시는 생기지 않을지도 모른다고 생각하는 것 같았다. 나는 그의 소년 같은 불안감에 빙긋 웃음이 나오는 것을 참을 수 없었다. 하지만 물론 그는 내가 생각하는 것보다 훨씬 더 머리가 잘 돌아가는 사람이었다. 선견지명도 있었다.

나는 불안해 하지 말라는 듯이 그의 팔을 잡은 손에 힘을 주었다.

"잘 가, 디키."

디키는 차에서 내리는 내 손목을 꽉 잡았다.

"우리 둘이 언제 다시 만날까? 천둥 속, 번개 속, 아니면 빗속?"

나는 자동차 안으로 다시 허리를 숙이고 그의 귓바퀴에 내 입술
을 갖다 댔다.

"혼란이 끝나면. 승자와 패자가 결정되면."✦

✦ 여기서 두 사람이 주고받는 대화는 원래 〈맥베스〉 1막에서 세 마녀가 나누는 대화다.
'우리 셋이 언제 다시 만날까?' 중에서 '셋'을 '둘'로 바꿨다.

14장

·

허니문 브리지

일요일 오후에 월러스와 나는 어두운 초록색 컨버터블을 타고 롱아일랜드의 노스포크로 향했다.

그가 지키고 싶었다던 약속이란 내게 총을 쏘게 해주겠다는 것이었다. 비록 그가 약속을 지키는 데 시간이 오래 걸리기는 했어도, 정말로 특별한 약속이었던 것 같다. 내가 무슨 옷을 입어야 하느냐고 묻자, 그는 편안하게 입으면 된다고 말했다. 그래서 나는 앤 그랜딘이 입었을 법한 옷을 골랐다. 카키색 바지와 하얀 남방. 남방 소매는 걷어 올렸다. 만약 이 옷이 총을 쏘는 데 적합하지 않다 해도, '태평양을 비행하다가 소식이 끊겨져버린 여성 비행사 아멜리아 에어하트' 스타일로는 언제든 문제가 없을 거라는 생각이 들었다. 월러스는 가장자리가 노란색으로 장식되고 소매에 구멍이 뚫린 파란색 V넥 스웨터 차림이었다.

"머리 모양이…… 특급이네요." 그가 말했다.

"특급요?!"

"미안합니다. 마음에…… 안 들었나요?"

"특급이라는 말은 나쁘지 않아요. 하지만 멋지다든가 매력적이라는 말도 괜찮아요."

"그럼…… 멋지다?"

"바로 그거예요."

화창한 여름날이었다. 월러스의 제안으로 나는 조수석 도구함에서 색안경을 꺼냈다. 그리고 뒤로 등을 기대고 공원도로 옆의 나뭇잎들 사이로 햇빛이 얼룩무늬를 만드는 것을 지켜보았다. 내가 이집트 여왕과 할리우드 배우 지망생을 합쳐놓은 존재가 된 것 같았다.

"팅커와 이브한테서는…… 소식이 있었어요?"

월러스가 물었다. 이것은 그리 친하지 않은 지인들이 침묵을 물리치기 위해 꺼내는 평범한 공통화제에 속하는 말이었다.

"있잖아요, 월러스, 당신이 팅커랑 이브에 대해 꼭 이야기하고 싶은 기분이 아니라면, 나도 굳이 두 사람 얘기를 안 해도 돼요."

월러스가 웃음을 터뜨렸다.

"그럼 우리가…… 서로를 알게 된 걸 무엇으로 설명하죠?"

"다른 사람들한테는 내가 엠파이어스테이트 빌딩 전망대에서 당신한테 소매치기를 하다가 걸렸다고 말하죠, 뭐."

"좋아요. 하지만…… 내가 당신한테 걸린 걸로 해요."

월러스의 사냥클럽은 겉으로 보기에 놀랄 만큼 황폐해 보였다. 바깥쪽에 나지막한 주랑 현관이 있었는데, 날씬한 하얀 기둥들 때문에 클럽 건물이 남부 저택을 형편없이 흉내 낸 것처럼 보였다. 건물 안도 마찬가지였다. 소나무 바닥은 울퉁불퉁했고, 깔개들은 해어져 있었으며, 오듀본의 판화들은 조금 비뚤어져 있었다. 마치 어딘가 먼 곳에서 일어난 지진에 희생된 것 같았다. 하지만 좀 먹은 스웨터와 마찬가지로 이 클럽의 낡아빠진 모습이 월러스를 상대적으로 편안하게 만들어주는 것 같았다.

상당한 크기의 트로피 진열대 옆 자그마한 책상에 폴로셔츠와 바지를 말끔하게 차려입은 직원이 앉아 있었다. 그가 말했다.

"안녕하세요, 월코트 씨. 아래층에 모두 준비해두었습니다. 레밍턴, 콜트, 루거가 있습니다. 하지만 브라우닝 오토매틱이 어제 들어왔는데, 그것도 같이 보여드릴까요?"

"그거 좋죠, 존. 고마워요."

월러스는 나를 데리고 지하로 내려갔다. 하얀 미늘벽 판자들로 만들어진 좁은 통로가 연달아 이어져 있었다. 통로마다 그 끝에는 사각형으로 다진 건초더미에 종이 과녁판이 핀으로 고정되어 있었다. 그리고 작은 탁자 옆에서 젊은 남자가 총을 장전하는 중이었다.

"이제 됐어, 토니. 내가…… 알아서 하지. 나중에…… 송어 연못에서 다시 보세."

"네, 알겠습니다, 월코트 씨."

나는 적당한 거리에 자리를 잡았다. 월러스가 뒤를 돌아보며 미소를 지었다.

"좀 더…… 가까이 오지 그래요."

토니가 놓아둔 총들은 총신이 모두 같은 방향을 향하고 있었다. 은색으로 빛나는 몸통과 뼈로 만든 손잡이를 지닌 권총은 대단히 화려한 무기처럼 보였지만, 다른 총들은 겉치레를 일절 배제한 회색이었다. 월러스가 두 개의 라이플 중 작은 쪽을 가리켰다.

"저건…… 레밍턴 모델 8이에요. 좋은 연습용 라이플이죠. 저건…… 콜트 45예요. 그리고 저건…… 루거. 독일 장교의 권총이죠. 아버지가…… 전쟁에서 저걸 가져오셨어요."

"그럼 이건요?"

나는 커다란 총을 들었다. 어찌나 무거운지 허공에서 총의 균형을 잡기만 하는 것으로도 손목이 아플 지경이었다.

"그건 브라우닝이에요. 그건…… 기관총이에요. 보니와 클라이드가…… 사용했던 총이죠."

"진짜로요?"

"그리고…… 두 사람을 죽인 총도 그거예요."

나는 총을 부드럽게 내려놓았다.

"레밍턴부터 시작할까요?" 그가 제안했다.

"네, 알겠습니다, 월코트 씨."

우리는 통로로 다가갔다. 월러스가 라이플에 총알을 장전했다. 그러고는 내게 총의 여러 부위를 가르쳐주었다. 액션과 놀이쇠, 총신과 총구, 앞뒤의 조준기. 아무래도 내가 어리둥절한 표정을 지은 모양이었다.

월러스가 말했다.

"실제로는…… 그렇게 복잡하지 않아요. 레밍턴의 부위 명칭은 열네 개밖에 안 돼요."

"달걀 거품기는 네 개밖에 안 돼요. 그래도 난 그게 어떻게 작동하는 건지 모르는걸요."

"알았어요." 월러스가 빙긋 웃으며 말했다.

"그럼 내가 하는 걸 먼저 봐요. 개머리판을…… 어깨에 붙여요. 바이올린을…… 연주할 때처럼. 총신은 이렇게 왼손으로 잡아요. 움켜쥐면 안 돼요. 그냥…… 균형만 잡아요. 발을 벌리고 서서 과녁을 조준해요. 숨을 들이쉬고 내쉬어요."

핑!

나는 화들짝 놀랐다. 소리도 지른 것 같았다. 월러스가 말했다.

"미안해요. 놀라게 할…… 생각은 없었는데."

"난 계속 말로 할 줄 알았어요."

월러스가 웃음을 터뜨렸다.

"아뇨. 말하는 시간은…… 끝났어요."

그가 내게 라이플을 건네주었다. 갑자기 통로가 더 길어 보였다. 마치 과녁이 뒤로 물러난 것 같았다. 이상한 약을 마시고 몸이 갑자기 작아진 이상한 나라의 앨리스가 된 것 같았다. 나는 총을 연어처럼 들어 올려 수박처럼 어깨에 놓았다. 월러스가 가까이 다가서서 조언을 해주려고 했지만 효과가 없었다.

"미안해요. 이게 남한테…… 나비넥타이 매는 법을 가르치는 것이랑 조금 비슷해서, 내가 직접…… 괜찮을까요?"

"그럼요!"

그가 스웨터 소매를 걷어 올리고 내 뒤로 다가와 내 양팔과 자신의 양팔을 나란히 놓았다. 귀 뒤편에서 그의 고른 숨결이 느껴졌다. 마치 통로 끝에서 살아 있는 사냥감이 풀을 뜯고 있기라도 한 것처럼 조용한 목소리로 그가 내게 몇 마디 조언과 몇 마디 격려를 해주었다. 우리는 총신이 흔들리지 않게 잡았다. 우리는 함께 과녁을 조준했다. 우리는 함께 숨을 들이쉬고 내쉬었다. 그리고 우리가 함께 방아쇠를 당길 때 나는 내 어깨가 움츠러들지 않게 그의 어깨가 도와주는 것을 느꼈다.

그는 내가 열다섯 발을 쏘게 해주었다. 그다음에는 콜트였다. 그다음은 루거. 그러고 나서 우리는 브라우닝 오토매틱으로 몇 번 번갈아 쏘았다. 클라이드 배로를 쏘아 죽인 그 자식들이 나를 보며 뭔가 생각에 잠길 것 같았다.

4시경에 우리는 클럽 뒤편의 소나무 숲을 걸었다. 연못 옆의 공터에 이르렀을 때, 내 또래 여자가 우리를 향해 성큼성큼 다가왔다. 승마바지와 승마부츠 차림이었고, 모래 빛깔 머리는 뒤로 잡아당겨 머리핀으로 고정시킨 모습이었다. 팔오금에는 엽총이 걸려 있었다.

"어머, 안녕하세요, 호크아이."

그녀가 남의 사생활을 꼬치꼬치 파고드는 사람 같은 미소를 지으며 말했다.

"설마 데이트 현장인가요?"

월러스는 살짝 얼굴을 붉혔다. 그녀가 한 손을 내게 내밀며 말했다.

"빗시 휴턴이에요."

자기 이름을 밝힌다기보다는 자기 존재를 알리는 것 같은 말투였다.

"케이티 콘텐트예요." 나는 몸을 똑바로 펴면서 말했다.

"잭도…… 있어?"

월러스가 그녀에게 어색하게 입을 맞춘 뒤 물었다.

"아뇨. 잭은 시내에 있어요. 난 그냥 차를 몰고 스테이블스에 가다가 여기 들러서 몇 방 쏘는 것도 괜찮겠다 싶어서 왔죠. 몸이 녹슬지 않게요. 모든 사람이 당신처럼 타고나는 게 아니니까."

월러스는 다시 얼굴을 붉혔다. 하지만 빗시는 알아차리지 못하는 것 같았다. 그녀가 다시 내게 시선을 돌렸다.

"초보자 같은데요."

"그렇게 티가 나요?"

"당연하죠. 하지만 이 늙은 인디언하고 같이 있으면 금방 감을 잡을 거예요. 게다가 오늘은 총 쏘기에 최고잖아요. 어쨌든, 난 다 했어요. 만나서 반가웠어요, 케이트. 나중에 봐요, 월리."

빗시는 월러스를 놀리듯이 윙크를 해 보이고는 휙 가버렸다.

"와." 내가 말했다.

"그래요." 월러스가 멀어지는 그녀를 지켜보며 말했다.

"오랜 친구인가요?"

"빗시 오빠와 내가…… 어렸을 때부터 친구예요. 빗시는 좀…… 항상 우리를 따라다녔죠."

"이젠 아닌 것 같은데요."

월러스가 웃음 비슷한 것을 터뜨리며 말했다.

"맞아요. 그건…… 오래전 일이죠."

연못은 도시 한 블록의 절반쯤 되는 크기였으며, 나무에 에워싸여 있었다. 수초 덩어리들이 지구 표면의 대륙들처럼 여기저기 떠 있었다. 노 달린 배가 매여 있는 작은 부두를 지나 계속 걷다 보니 나무들 틈에 가려진 자그마한 연단이 나왔다. 토니가 우리에게 인사를 건네고 월러스와 몇 마디 말을 나눈 뒤 숲 속으로 사라졌다.

벤치 위에는 캔버스 케이스에 든 새 총이 한 자루 놓여 있었다. 월러스가 말했다.

"이건 엽총이에요. 사냥용 총이죠. 힘이 더 세요. 느낌이…… 더 올 거예요."

총신에 정교한 세공이 되어 있어서 빅토리아 시대의 은 제품 같았다.

개머리판도 치펀데일 가구*의 다리처럼 섬세해 보였다. 월러스가 총을 들고 표적들이 어디서 날아오는지, 총신 끝의 가늠쇠로 그 표적들을 어떻게 추적해야 하는지 설명해주었다. 표적이 그리는 궤적의 조금 앞쪽을 겨냥해야 한다고 했다. 그러고 나서 그는 총을 어깨로 들어 올렸다.

"당겨."

덤불 속에서 표적이 나타나 연못 위에서 잠시 어른거렸다.

빵!

비둘기 모양의 표적이 박살 나고, 그 조각들이 화일어웨이에서 본 불꽃처럼 물 위로 후두두 쏟아졌다.

나는 처음 세 번째까지는 비둘기를 놓쳤지만, 그다음부터는 점점 감이 잡혔다. 그래서 그다음 표적 여섯 개 중 네 개를 맞혔다.

사격장 안에서 총을 쏠 때는 레밍턴 소리가 왠지 억제되고 짤막하게 들렸다. 사람이 칼날을 씹는 소리처럼 살갗 속으로 조금 파고드는 느낌이었다. 하지만 여기 송어 연못에서는 총소리가 넓게 울려 퍼졌다. 함포처럼 우렁찬 소리가 한 박자를 꼭 채울 때까지 사라

* 곡선이 많고 장식적인 디자인의 가구.

지지 않았다. 그 소리가 허공에 형태를 만들어내는 것 같았다. 아니, 처음부터 그곳에 숨어 있던 구조를 드러내주는 것 같았다. 연못 위를 둥글게 덮은, 보이지 않는 성당 같은 것. 참새와 잠자리는 알고 있었지만 인간의 눈에는 보이지 않던 건물이었다.

라이플에 비하면 엽총은 자기 자신의 연장延長인 것 같은 느낌이 더했다. 레밍턴에서 발사된 총알이 사격장 통로 끝의 과녁을 꿰뚫을 때 나는 소리는 방아쇠를 당기는 내 손가락과는 별개의 것처럼 들렸다. 하지만 허공을 날아오는 표적이 박살 날 때는 그것이 자신의 명령으로 이루어진 일이라는 사실에 의심의 여지가 없었다. 연단 위에 서서 총신을 따라 허공을 바라보며 우리는 갑자기 고르곤 같은 힘을 갖게 된다. 단지 시선을 마주치는 것만으로도 멀리 있는 물체에 영향을 미칠 수 있는 힘.

총을 쏘는 소리가 들려도 그 느낌은 사라지지 않고 그대로 남아 내 팔다리로 스며들고, 감각을 날카롭게 다듬었다. 그래서 우쭐거리는 기분에 침착함이 어느 정도 더해졌다. 아니, 침착함에 우쭐거리는 기분이 더해지는 것 같기도 했다. 어느 쪽이든, 한 1분 동안은 마치 내가 빗시 휴턴이 된 것 같은 기분이었다.

총이 이렇게 자신감을 끌어올려준다고 누가 미리 말해주기만 했다면, 나는 벌써 오래전에 총쏘기를 배웠을 것이다.

저녁 식사로는 6시에 청석이 바닥에 깔린 안뜰에서 클럽 샌드위치를 먹었다. 안뜰은 바닷물이 드나드는 습지를 굽어보는 위치에 있었다. 철세공 탁자들 여기저기에 흩어져 앉아 있는 남자들 몇 명을 빼면 안뜰은 비어 있었다. 확실히 화려한 것과는 거리가 먼 곳이었지만, 그래도 매력이 없지는 않았다.

"샌드위치에 음료수를 곁들이시겠습니까, 월코트 씨?"

젊은 웨이터가 물었다.

"난 아이스티면 돼, 윌버. 하지만 원한다면…… 칵테일을 마셔도 돼요, 케이티."

"아이스티가 좋을 것 같은데요."

웨이터는 복잡하게 놓여 있는 탁자들 사이를 지나 클럽하우스로 향했다.

"사람들 이름을 전부 아시나 보죠?" 내가 물었다.

"사람들 이름?"

"프런트데스크 직원, 총을 내준 직원, 웨이터……."

"그게 이상한가요?"

"우리 동네 집배원은 하루에 두 번 오지만 난 그 사람 이름을 몰라요."

월러스는 수줍은 표정을 지었다.

"우리 동네 집배원은…… 토머스예요."

"나도 좀 더 관심을 기울여야겠네요."

"이미 많이 기울이는 것 같은데요."

월러스는 아무 생각 없이 냅킨으로 스푼을 닦아 광을 내며 안뜰을 둘러보았다. 고요한 시선이었다. 그는 스푼을 다시 제자리에 내려놓았다.

"괜찮죠? 이렇게…… 여기서 저녁을 먹는 것."

"그럼요."

"이것도 나한테는 즐거운 일이에요. 마치 애디론댁 산맥의 캠프에서 크리스마스를 보내던…… 어린 시절 같아요. 호수가 얼어붙으면 우린 하루 종일 스케이트를 탔어요. 그러고 나면 관리인인 더블린 출신의 노인이 아연 물통에 든 코코아를 따라줬죠. 내 누이들은 거실에서 벽난로에 발을 쬐며 앉아 있었어요. 하지만 할아버지랑 나는 베란다의 커다란 초록색 흔들의자에 앉아서 하루가 끝나가는 것을 지켜봤죠."

그는 말을 멈추고 습지를 바라보았다. 추억 속의 세세한 부분들을 확실히 각인시키려는 것 같았다.

"코코아가 어찌나 뜨거웠는지, 추운 밖으로 나가면 코코아 표면에 막이 생길 정도였어요. 코코아보다 짙은 색 막이 둥둥 떠 있었죠. 그걸 손가락으로 건드리면 한꺼번에 딸려 올라오곤 했어요……."

그는 안뜰 전체를 가리켰다.

"그 코코아가 여기와 비슷해요."

"당신이 노력해서 얻은 작은 보상?"

"맞아요. 바보 같은가요?"

"아뇨."

샌드위치가 나오자 우리는 아무 말 없이 먹었다. 월러스와 함께 있을 때는 어색한 침묵이 존재하지 않는다는 것을 차츰 알 수 있었다. 그는 반드시 해야 하는 말이 없을 때도 남들과 달리 편안한 기색이었다. 가끔 나무들 위로 오리들이 날아와 날개를 펄럭이고 발을 쭉 뻗으며 습지에 내려앉았다.

월러스는 이 클럽의 낡고 황폐해 보이는 분위기 속에서 느긋하게 긴장을 풀고 있는 것 같았다. 무기에 통달한 자신의 솜씨를 보여주고 이 아이스티를 마실 자격을 얻었으니까. 아니면 할아버지와 애디론댁 산맥의 황혼에 대한 추억이 그를 느긋하게 만든 것 같기도 했다. 아니면 그냥 나와 함께 있는 것이 점점 편안하게 느껴지는 것일 수도 있고. 이유가 무엇이든 월러스가 추억에 잠길수록, 말하다가 문장이 중간에서 잠깐씩 끊기는 증세도 거의 사라졌다.

맨해튼으로 돌아와 월러스의 차고에서 그와 헤어지면서 내가 정말 멋진 오후를 보내게 해줘서 고맙다고 말하자 월러스는 조금 머뭇거렸다. 아마 나더러 자기 아파트로 올라가자고 청할지를 놓고 머뭇거렸던 것 같지만, 결국 내게 청하지는 않았다. 자기가 나를 아파트로 청하면 왠지 좋았던 하루가 망가질지도 모른다는 걱정이 되었던 건지도 모른다. 그는 친구의 친구에게 하듯이 그냥 뺨에 입을 맞췄다. 그리고 나와 작별인사를 교환한 뒤 자리를 뜨려고 했다.

"저기요, 월러스." 내가 그를 불렀다.

그는 걸음을 멈추고 나를 돌아보았다.

"그 아일랜드인 할아버지 이름이 뭐였죠? 뜨거운 코코아를 따라 주었다는 분 말이에요."

그가 빙긋 웃으며 말했다.

"팰런이에요. 미스터 팰런."

다음 날 블리커 거리의 작은 가게에서 나는 애니 오클리⁺의 엽서를 샀다. 사슴가죽 셔츠, 하얀 술이 달린 부츠, 진주 손잡이가 달린 6연발 권총 두 자루로 완벽한 서부 복장을 갖춘 모습이 엽서에 찍

⁺ 명사수로 유명했던 미국 여성.

혀 있었다. 사진 뒷면에 나는 이렇게 썼다. "고마워요, 파트너." 목요일 4시에 오는 집배원에게서 나는 편지를 받았다. "내일 하이눈에 메트로폴리탄 박물관 계단에서 만나요." 서명된 이름은 와이어트 어프였다.♦

♦ ♦ ♦

월러스는 연한 회색 양복을 입고 가슴주머니에 하얀 면 손수건을 똑바로 꽂은 차림으로 박물관 계단을 뛰어 올라왔다.

"설마 나한테 그림을 몇 장 보여주면서 꼬시려는 건 아니죠?"

내가 말했다.

"그럴 리가요! 그런 거라면…… 어디서부터 시작해야 하는지도 모르는데요."

그는 그림 대신 총들이 전시돼 있는 방으로 나를 데려갔다.

어둑한 조명 속에서 우리는 어깨를 나란히 하고 진열대에서 진열대로 한가로이 옮겨 다녔다. 여기 진열된 총들은 당연히 화력보다는 디자인이나 출처 때문에 유명한 것들이었다. 정교한 조각이 새겨져 있거나 귀금속으로 장식된 총들이 많았다. 이 물건들이 사람을 죽이려고 설계된 것이라는 사실을 거의 잊게 만들 정도였다. 월러스는 십중팔구 총에 대해 모르는 것이 없는 것 같았지만, 지나치게 나서지 않았다. 화려하고 신비로운 이야기 몇 개와 전해지는 이야기들을 조금 내게 들려주었을 뿐이다. 그러고 나서 그는 점심을 먹으러 가자고 제안했다. 박물관의 총들을 구경하며 신기해 하는

♦ 정오를 뜻하는 '하이눈'은 유명한 서부영화 제목이고, 와이어트 어프는 서부에서 가장 강인한 총잡이로 유명했던 실존인물이며 서부영화의 실제 주인공이다.

기분이 사라지기 정확히 5분 전이었다.

박물관 밖으로 나오자 계단 아래에 그때의 갈색 벤틀리가 기다리고 있었다.

"안녕하세요, 마이클."

나는 그의 이름을 기억하는 나 자신을 속으로 칭찬하며 이렇게 말했다.

"안녕하세요, 미스 콘텐트."

차에 오른 뒤 월러스는 점심으로 무엇을 먹고 싶으냐고 물었다. 나는 나를 타지에서 온 사람으로 생각하고 그가 가장 좋아하는 집에 데려가는 것이 어떻겠느냐는 의견을 냈다. 그래서 우리는 파크로 갔다. 맨해튼 중심부의 유명한 사무실 건물 1층에 있는 식당이었다. 천장이 높고 벽에는 아무런 장식이 없는 현대식 분위기로, 양복 차림의 남자들이 대부분의 자리를 차지하고 있었다.

"당신 사무실이 여기서 가까워요?" 나는 순진하게 물었다.

월러스는 당황한 표정이었다.

"이 건물 안에 있어요."

"어머, 정말 행운이네요! 가장 좋아하는 식당이 사무실과 같은 건물 안에 있다니!"

우리는 미첼이라는 웨이터에게 마티니를 주문한 뒤 메뉴를 훑어보았다. 먼저 월러스는 그 많은 것들 중에서도 아스픽*을 주문했고 나는 하우스 샐러드를 주문했다. 빙산처럼 차가운 녹색 채소와 차가운 블루치즈와 따뜻하고 빨간 베이컨이 멋지게 어우러진 음식이

✦ 육즙으로 만든 젤리.

었다. 만약 내가 국가라면, 이 삼색 하우스샐러드를 내 나라의 국기로 삼았을 것 같았다.

도버 서대기 요리를 기다리는 동안 월러스가 디저트 스푼으로 식탁보 위에 원을 그리기 시작했다. 그리고 그때 처음으로 나는 그의 손목시계에 눈길이 갔다. 일반적인 시계와는 반대로 검은 바탕에 하얀 숫자가 있는 디자인이었다.

월러스가 스푼을 내려놓으며 말했다.

"미안해요. 오랜 버릇이라."

"사실 난 당신 시계에 감탄하고 있었어요."

"아. 이건…… 장교 시계예요. 문자판이 검은색인 건 밤에…… 적의 총격을 유발할 가능성을 줄이기 위해서예요. 아버지의 시계였어요."

월러스는 잠시 말이 없었다. 내가 그의 아버지에 대해 좀 더 물어보려고 막 입을 여는데 키가 크고 머리가 벗어진 신사가 우리 자리로 왔다.

월러스는 의자를 뒤로 밀어내며 일어섰다.

"에이버리!"

"월러스." 신사가 따뜻하게 말했다.

그 신사는 나를 소개받은 뒤 잠시 월러스를 빌려도 되겠느냐고 물었다. 그러고는 월러스를 데리고 또 다른 중년 신사가 기다리는 자기 자리로 갔다. 두 사람의 태도를 보니 월러스에게 조언을 구하고 있음이 분명했다. 월러스는 두 사람의 이야기를 끝까지 들은 뒤 몇 가지 질문을 던지고는 자신의 의견을 말하기 시작했다. 지금도 그의 말이 중간에서 끊기는 증상이 없음을 알 수 있었다.

월러스의 시계를 보니 2시가 다 되어 있었다. 매일 3시에 열리는 테이트 씨와의 회의 시간까지 앨리가 두 사람 몫을 해주기로 했었다. 디저트를 포기한다면, 택시를 타고 사무실로 돌아가 좀 더 긴 치마로 갈아입을 시간이 아직 있었다.

"완전히 비밀 이야기를 하는 분위기인데요."

월러스의 의자에 살짝 앉으며 이렇게 말한 사람은 승마복 차림으로 총을 들고 있던 빗시 휴턴이었다. 빗시가 음모를 꾸미는 사람처럼 말했다.

"시간이 기껏해야 1분밖에 없어요, 케이트. 그러니까 본론으로 들어가죠. 윌리랑 어떻게 아는 사이예요?"

"팅커 그레이를 통해서 만났어요."

"그 미남 은행가? 여자친구랑 같이 교통사고를 당한 사람 아니에요?"

"맞아요. 그 여자친구가 내 오랜 친구예요. 사실 우리 모두 그 차 안에 있었어요."

빗시는 감탄한 표정이었다.

"난 자동차 사고를 당한 적이 없는데."

하지만 말투를 들으면 다른 사고는 당한 적이 있는 것 같았다. 비행기나 오토바이나 잠수함 사고 같은 것. 빗시가 말을 이었다.

"그럼……. 다른 여자들 얘기처럼 당신 친구가 정말 야심만만해요?"

(다른 여자들 얘기처럼 야심만만해?)

"다른 여자들보다 더한 것 같지는 않은데요. 하지만 그 친구는 용기가 있어요."

"뭐, 그걸 알면 여자들이 그 친구를 미워할걸요. 어쨌든, 난 오지 랖 넓은 사람을 고양이보다 더 싫어하지만 그래도 좋은 정보를 하 나 줄까요?"

"좋아요."

"월리는 러시모어 산보다 더 기품이 있지만, 수줍음은 두 배예요. 월리가 먼저 키스할 때까지 기다리지 마세요."

내가 미처 뭐라고 대답하기도 전에 빗시는 벌써 저만치 가 있었 다.

◆ ◆ ◆

다음 날 밤 내가 혼자 카드놀이를 하며 하트 4에 두 배로 돈을 걸 고 있는데 누가 문을 두드렸다. 포도주병과 서류가방을 양손에 각 각 나눠 든 월러스가 서 있었다. 그는 근처에서 자신의 변호사와 막 저녁 식사를 끝냈다고 말했다. '근처'라는 말에 해당하는 범위를 상 당히 넓게 잡아야 할 것 같은 설명이었다. 나는 월러스를 안에 들인 뒤 문을 닫았고, 우리는 월러스 특유의 어색하지 않은 침묵에 잠겼 다.

"책이…… 아주 많네요." 마침내 그가 말했다.

"병이죠."

"혹시…… 치료를 받고 있나요?"

"아무래도 불치병 같아요."

그는 서류가방과 포도주를 아버지의 안락의자에 놓고 고개를 한 쪽으로 살짝 기울인 채 방 안을 둘러보기 시작했다.

"이건…… 듀이 십진분류법인가요?"

"아뇨. 그래도 비슷한 원칙이긴 해요. 그쪽은 영국 소설들이고요, 프랑스 작품들은 부엌에 있어요. 호메로스, 베르길리우스 같은 서사시들은 저쪽 욕조 옆에 있고요."

월러스는 창턱 쪽으로 다가가 흔들거리는 책더미 속에서 『풀잎』[*]을 뽑아냈다.

"아무래도…… 선험론자들은 햇볕을 받으면 잘 자라는 모양이군요."

"그럼요."

"물도 많이 줘야 하나요?"

"생각만큼 많이 필요하지는 않아요. 하지만 가지치기를 많이 해줘야 해요."

월러스는 내 침대 밑의 책더미를 가리켰다.

"그럼 저…… 버섯들은?"

"러시아 작가들이에요."

"아."

월러스는 휘트먼의 책을 조심스레 원래 자리에 돌려놓았다. 그리고 카드 탁자로 가서 건축 모형을 보듯이 그 주위를 한 바퀴 돌았다.

"누가 이기고 있어요?"

"난 아니에요."

월러스는 이번에 카드를 내놓을 차례가 된 사람의 맞은편에 앉았다. 나는 술병을 들었다.

---

[*] 월트 휘트먼의 시집.

"여기서 술을 마실 건가요?" 내가 물었다.

"그러면…… 좋죠."

포도주는 나보다 더 오래된 것이었다. 내가 탁자로 돌아왔을 때, 그는 자리를 차지하고 앉아서 카드를 다시 배열하고 있었다.

"돈을 거는…… 순서는?"

"내가 방금 하트 4에 걸었어요."

"상대가 돈을 두 배로 올렸어요?"

나는 그의 손에서 카드를 빼앗아 치워버렸다. 우리는 1분 동안 아무 말도 않고 앉아 있었다. 그는 자기 잔을 바닥까지 다 마셨다. 이제 그가 가려고 한다는 것이 느껴졌다. 나는 뭔가 주의를 확 끌만한 말을 생각해내려고 애썼다. 그때 그가 물었다.

"그런데 혹시……. 허니문 브리지 할 줄 알아요?"

그것은 독창적인 게임이었다. 월러스는 애디론댁 캠프에 비가 내리는 날 할아버지와 그 게임을 했다고 말했다. 게임의 규칙은 이렇다. 섞은 카드를 탁자에 놓는다. 상대방이 맨 위의 카드를 가져간다. 이제 그가 택할 수 있는 길은 둘 중 하나다. 그 카드를 계속 갖고 두 번째 카드를 본 뒤 그것을 앞면이 밑으로 가게 해서 버리는 길이 하나. 첫 번째 카드를 버리고 두 번째 카드를 계속 갖는 길이 또 하나. 그러고 나면 내 차례가 된다. 두 사람은 카드가 다 떨어질 때까지 이런 식으로 번갈아 카드를 가져간다. 그래서 카드가 다 떨어질 때면 각자 열세 장의 카드를 버리고, 열세 장의 카드를 갖고 있게 된다. 의도적인 행동과 우연 사이에 이례적으로 우아한 균형이 이루어지는 게임인 셈이다.

게임을 □면서 우리는 클라크 게이블과 클로데트 콜베르에 대해, 다저스와 □키스에 대해 이야기했다. 웃음도 많이 웃었다. 나는 스페이드로 □ 승리를 거둔 뒤, 빗시의 충고를 받아들이기로 하고 내가 먼저 □ 기울여 그의 입술에 키스했다. 하지만 그가 막 뭔가 말을 하려던 □이었기 때문에 결국 서로 이가 부딪히고 말았다. 내가 뒤로 몸을 □자 그는 내 어깨를 팔로 감싸려다가 하마터면 의자에서 떨어질 □다.

우리는 둘 다 □ 등을 기대면서 웃음을 터뜨렸다. 지금 우리 상황이 어떤지 갑작스□ 정확히 파악하게 되었기 때문에 나온 웃음이었다. 사냥클럽에 다□ 뒤 우리 사이에 작은 불확실성 같은 것이 윙윙거리며 끼어들었다. □가 화학작용이 일어나고 있는 것 같기는 한데, 손에 잘 잡히지 않고 □히 알 수도 없었다. 지금까지는.

어쩌면 우리가 함께 있는 것이 □무 편안했기 때문에 그런 것 같기도 했다. 그가 어렸을 때부터 빗시 □텬을 사랑하고 있었음이 분명하다는 사실(불행한 사랑이었다)이 도□의 역할을 했던 것 같기도 했다. 둘 중 어느 쪽이든, 우리는 서로를 □한 감정이 급박하거나 열렬하거나 속임수에 넘어가기 쉬운 상태□ 아니라는 것을 알고 있었다. 우리의 감정은 상냥하고 다정하고 □실했다.

허니문 브리지와 비슷했다.

우리 사이의 로□□□□□작용은 진짜 게임이 아니라, 수정된 □□□□□ 친구가 역에서 기차를 기다리는 동안 시간도 보내고 조금 실전연습도 할 겸 해서 만들어낸 수정판.

15장

완벽추구

8월 26일, 36.6도. 마치 일부러 그렇게 설계하기라도 한 것처럼, 메이슨 테이트의 사무실 유리문은 그가 언성을 높일 때 구체적인 내용은 들리지 않고 그저 높아진 목소리만 들리는, 딱 그만큼의 두께였다. 지금 그는 사진부 소속 사진기자인 비터스에게 뭔가 불만족스럽다는 뜻을 표현하면서 손가락으로 뉴저지 쪽을 가리키고 있었다.

멀리서 볼 때는 대부분의 사람들이 메이슨 테이트를 도저히 참아줄 수 없는 인간으로 볼 가능성이 높았다. 확실히 그는 자신의 화려한 잡지에 비이성적인 수준으로 신경을 썼다. "그 소문은 근거가 너무 확실해." "이 파란색은 너무 하늘색 같잖아." "거기 쉼표가 너무 먼저 들어갔어." "거기 콜론은 너무 늦었어." 하지만 다른 직원들에게 목적의식을 심어주는 것은 바로 시시콜콜 꼬치꼬치 파고드는,

그의 이런 열광적인 태도였다.

테이트가 조종간을 잡은 《고담》에서 우리가 하는 일은 노력의 결과가 시간과 기온의 인질이 되기 때문에 계절을 상대로 모호한 싸움을 벌이는 농부의 일과는 달랐다. 허름한 곳에서 계속 같은 동작으로 바늘을 찌르고 또 찌르다가 나중에는 바늘땀 속에 자신의 멀쩡한 정신마저 넣고 꿰매버리는 삯바느질꾼의 삶과도 달랐다. 한번 바다에 나가면 몇 년씩이나 자연과 맞서 싸우다가 나이 들고 약해진 몸으로 돌아와 보면 주위 사람들이 이미 그를 거의 잊어버린 탓에 키우던 개만 반겨주는 뱃사람의 삶도 아니었다. 우리의 작업은 파괴 전문가의 일과 비슷했다. 우리는 건물의 구조를 세심하게 연구한 뒤 건물 기초 주위에 폭약을 설치하고, 미리 잘 조정된 순서대로 그것을 터뜨려 건물이 자신의 무게로 폭삭 주저앉게 해야 했다. 그래서 그걸 보는 사람들이 경외감으로 얼빠진 표정을 짓게 하고, 뭔가 새로운 것이 들어설 자리를 마련해주어야 했다.

하지만 이렇게 한껏 고양된 목적의식을 갖는 대가로 우리는 잠시도 일을 멈출 수 없었다. 일을 멈췄다가는 손등을 자로 얻어맞았다.

비터스가 자신의 암실을 향해 전속력으로 도망친 뒤 테이트가 버저를 연달아 세 번이나 누르며 나를 호출했다. 안으로. 들어. 와. 나는 치마를 매끈하게 펴고 속기판을 들었다. 테이트는 커다란 탁자에서 유난히 더 오만한 표정으로 시선을 돌렸다.

"내 넥타이 색깔이 평소보다 더 착하게 보이나?"

"아뇨, 테이트 씨."

"새로 자른 머리 모양은 어때? 좀 더 남을 격려해주는 것처럼 보이나?"

"아뇨."

"오늘 내 모습 어딘가에 내가 묻지도 않은 상대의 의견을 어제보다 더 듣고 싶어 하는 것처럼 보이는 부분이 있나?"

"전혀 없습니다."

"그래, 그것 참 다행이로군."

테이트는 탁자로 다시 시선을 돌리고 양팔로 몸을 지탱하며 거기에 기댔다. 탁자 위에는 베티 데이비스의 스냅 사진 열 장이 있었다. 식당에 간 베티. 양키스 경기를 보러 간 베티. 5번 애버뉴를 걸으며 쇼윈도에 진열된 물건들을 무색하게 만들고 있는 베티. 테이트는 각각 몇 분 간격으로 찍은 사진 네 장을 따로 골라놓았다. 베티와 그녀의 남편, 그리고 그보다 젊은 남녀 한 쌍이 고급 나이트클럽의 칸막이 좌석에 앉아 있는 모습을 담은 것이었다. 탁자 위에는 담배꽁초가 가득한 재떨이와 빈 잔 들이 있었다. 남은 음식은 여배우 앞에 초가 켜진 채 놓여 있는 케이크 조각 하나뿐이었다.

테이트는 손을 흔들어 그 사진들을 가리켰다.

"어느 것이 가장 마음에 들어?"

비터스가 사진을 어떻게 잘라야 할지 연필로 의견을 적어둔 사진이 한 장 있었다. 방금 양초에 불이 켜졌고, 두 커플이 담배 광고판에서 담배를 피우는 모델들처럼 카메라를 향해 웃고 있는 사진이었다. 하지만 그보다 조금 나중에 찍은 사진에서는 베티가 자기 옆의 젊은 남자에게 마지막으로 남은 케이크를 권하고 있고, 그의 아내는 성난 표정으로 눈을 가늘게 뜨고 그 모습을 보고 있었다.

나는 그것을 뽑았다.

테이트 씨가 공감한다는 듯이 고개를 끄덕였다.

"사진이란 참 웃기는 거야, 그렇지? 사진이라는 매체 전체가 순간을 기반으로 하고 있거든. 몇 초 만이라도 셔터를 열린 채로 그냥두면, 사진이 시커멓게 나오지. 우리는 자신의 삶이 연달아 이어지는 행동으로 이루어져 있다고 생각하지. 자신이 성취한 것들이 계속 쌓이고, 스타일과 의견들이 물 흐르듯이 이어진다고 말이야. 하지만 사진은 16분의 1초 동안 엄청난 파괴를 저지를 수 있어."

테이트는 손목시계를 확인하더니 손짓으로 내게 의자를 가리켰다.

"나한테 시간이 10분 있어. 편지를 받아 적어."

데이비스의 매니저에게 보내는 편지였다. 테이트 씨는 데이비스를 존중하고 있으며, 그녀의 남편에게 호감을 품고 있다고 말했다. 생일을 맞아 엘모로코에서 정말 훌륭한 파티를 한 것 같다는 말도했다. 워너 브러더스와 데이비스의 계약을 앞두고 곧 벌어질 협상에 관한 가벼운 잡담, 그리고 한가한 시즌에 작은 바닷가 마을에서자신이 데이비스를 본 것 같다는 짤막한 말을 넣은 뒤 그는 인터뷰를 요청했다. 테이트는 내게 편지를 자기 책상에 두라고 말한 뒤 서류가방을 들고 휴가를 떠났다. 휴가를 갈 자격이 있는 사람은 오로지 테이트뿐인 것 같았다. 어쩌면 테이트 씨가 지금도 비터스한테조금 화가 나 있는 것일 수도 있고, 에어컨이 고장 난 탓일 수도 있었다. 이유가 무엇이든 그 편지는 조금 지나치게 길었고, 지나치게고집스러웠으며, 너무 노골적이었다.

15분 뒤 앨리와 함께 건물 밖으로 나오자 날씨가 너무 더워서 앨리는 케이크를 먹고 싶지 않다고 말했다. 우리는 모퉁이에서 서로

잘 가라고 인사하며 헤어졌다. 그러고 나서 나는 다시 그 자동판매
식당의 여자화장실로 갔다. 이번에는 검은 벨벳 원피스를 입고, 머
리에 밝은 빨간색 리본을 맸다.

◆ ◆ ◆

월러스와 내가 내 아파트에서 처음 카드놀이를 했던 그날 밤, 월
러스는 자기 자산을 신탁에 넣으려고 변호사와 상의 중이라고 고백
했다.

왜? 8월 27일에 그가 공화국 군에 합류하기 위해 스페인으로 갈
예정이기 때문이었다.

그냥 농담으로 하는 말이 아니었다.

내가 그렇게 놀란 표정을 짓지 말았어야 한다는 생각이 든다. 온
갖 종류의 괜찮은 젊은이들이 그 싸움에 합류하고 있었다. 그냥 유
행을 따라 그러는 사람도 있고, 위험한 것이 좋아서 그러는 사람도
있지만, 대개는 상대를 잘못 고른 이상주의 때문이었다. 월러스에게
는 자신이 너무 많은 것을 갖고 있다는 사소한 문제도 있었다.

어퍼이스트사이드의 고급 주택에서 태어난 그에게는 처음부터
애디론댁의 여름 별장과 사냥 농장이 대기 중이었다. 그는 자기 아
버지가 다닌 사립학교를 다니고, 아버지가 다닌 대학을 다니고, 아
버지가 돌아가신 뒤에는 가문의 사업을 이어받았다. 아버지의 책상
과 자동차뿐만 아니라 아버지의 비서와 운전기사까지 물려받은 것
이다. 월러스가 사업을 두 배로 불리고, 할아버지의 이름으로 장학
재단을 설립한 것은 사실이었다. 그는 동료들의 존경을 받을 자격
이 있었다. 하지만 그동안 내내 그는 자신의 이 믿음직한 삶이 자기

것이 아니라는 생각을 했다. 그가 기업체의 선장이자 교회 집사로서 보낸 지난 7년 동안의 삶은 자기 아버지가 50대에 살던 삶이었다. 무모한 20대의 삶은 그를 완전히 피해서 가버렸다.

계속 그렇게 살 수는 없었다.

그는 자신의 삶에서 분별 있고, 친숙하고, 안전한 것들을 단번에 벗어버릴 작정이었다. 그리고 스페인으로 떠나기 전에 그는 친구나 가족과 함께 자신의 결정이 자신에게 얼마나 불리한 것인지 돌이켜 보는 대신 잘 모르는 사이이지만 상냥한 사람과 함께 시간을 보내는 편을 택했다.

우리 모두 늦게까지 일을 해야 하는 처지였으므로, 주중에는 빗시와 잭을 만나 늦은 저녁을 먹고 브리지를 쳤다. 결혼 전의 성이 밴 휴이스인 빗시는 펜실베이니아의 부유한 지주계층에 속했으며, 아주 강하고 빈틈이 없었다. 뛰어난 외모 덕분에 굳이 그럴 필요가 없을 것 같은데도 그랬다. 우리의 관계를 굳게 다져준 것은 내가 카드놀이에 재능이 있다는 점이었다. 두 번째 만났을 때 우리는 남자들을 상대로 돈을 걸고 게임을 하면서 점수를 쌓아갔다. 모임이 파하고 헤어질 때면 월러스는 길가에서 내게 다정하게 입을 맞추고, 나를 택시에 태워주었다. 그리고 우리는 각자 자신의 아파트로 돌아가 편안한 잠을 잤다. 하지만 주말에는 함께 맨해튼의 우울을 축하했다.

언제든 토요일에 웨스트포트나 오이스터 만에서 수상파티가 열린다면, 월러스 월코트에게 초대장이 날아올 가능성이 높았다. 하지만 그가 나더러 골라보라며 처음 초대장들을 탁자 위에 쫙 펼쳤을 때, 나는 그가 별로 마음이 내키지 않는다는 걸 알 수 있었다. 내가 다그치자 그는 그런 파티에 가면 어울리지 않는 곳에 온 것 같은 기분이 든다고 시인했다. 다른 사람도 아니고 월러스가 그렇게 느낀다는데, 내가 그를 도와줄 길은 없었다. 그래서 우리는 유감의 뜻을 표했다. 파티에 참석하지 못할 것 같다고 햄린 집안, 커클랜드 집안, 깁슨 집안에 알렸다.

대신 우리는 토요일 오후에 월러스의 벤틀리를 타고 월러스의 사소한 볼일을 보러 다녔다. "마이클, 브룩스 브라더스로 가게. 새 카키색 셔츠를 가지러 가기로 했어." "권총을 청소해야 하니 23번가로 가게. 그다음에는 스페인어책을 사게 브렌타노스로 가."

올레!

어쩌면 내가 메이슨 테이트를 겪은 덕분인지 몰라도, 이런 사소한 일들을 해나가면서 나는 완벽을 추구하는 취향이 싹트는 것을 느꼈다. 겨우 몇 주 전만 해도 내 삶에는 내가 주의를 기울여야 할 만큼 큰일이 없었다. 세탁소의 중국인 여자가 내 스커트를 다리다가 구멍을 냈어도 나는 그 사실을 모른 채 5센트 동전을 던져주며 상냥하게 고맙다고 인사한 뒤 교회 모임에 그 치마를 입고 나갔다. 어차피 내 고향에서는 무엇이든 최대한 싸게 사는 것이 중요했기 때문에 멜론을 사서 집에 가져온 뒤 멍들지 않은 멜론이 들어 있는 걸 발견하면 분에 넘치는 물건이 들어왔다는 생각이 들 정도였다.

하지만 월러스는 그런 것을 누릴 자격이 있었다. 적어도 내가 보기에는 그랬다.

그래서 새로 산 스웨터의 색깔이 그의 눈 색깔과 어울리지 않으면 나는 그냥 돌려보냈다. 면도용 비누를 네 종류나 시험해봤어도 꽃향기가 너무 강하다는 생각이 들면, 나는 버그도프 백화점의 여직원에게 다른 네 종류를 가져오라고 말했다. 큼직한 비프스테이크용 고기의 두께가 충분하지 않다는 생각이 들면 나는 바로 카운터 앞에 서서 오토마넬리 씨가 제대로 고기를 자를 때까지 칼을 놀리는 것을 지켜보았다. 다른 사람의 생활을 돌봐주는 것, 비록 월러스 월코트는 도망치고 싶어 하는 생활일지라도, 내게는 그 일이 아주 잘 맞았다. 그렇게 볼일을 마친 뒤 (그만큼 수고했으므로) 우리는 텅 빈 호텔 바에서 당당하게 칵테일을 마시고, 예약도 없이 고급 식당에서 식사를 하고, 5번 애버뉴를 다시 걸어가 그의 아파트로 향했다. 그리고 그의 아파트에서 서로 소설책을 바꿔 보며 허쉬 초코바를 나눠 먹었다.

8월 초의 어느 날 밤 그로브(자그마한 하얀 전등들과 함께 화분이 걸려 있는 곳)에서 늦은 저녁을 먹다가 월러스가 아쉬운 듯한 목소리로 크리스마스 때는 자신이 집에 없을 것이라고 말했다.

월코트 집안에서는 크리스마스가 아주 큰 명절인 모양이었다. 크리스마스이브에 3대가 애디론댁 캠프에 모여 밤을 보냈고, 식구들이 자정 예배에 간 동안 월코트 부인은 베개마다 같은 색깔의 잠옷을 올려두었다.

그래서 아침이면 모든 식구들이 빨간색과 하얀색 줄무늬가 들어간 잠옷이나 격자무늬 잠옷을 입고, 갓 잘라온 전나무 트리가 서 있는 아래층으로 내려왔다. 월러스는 자신을 위해 쇼핑하는 것을 특별히 즐기는 편이 아니었지만, 조카들에게 줄 완벽한 선물을 고르는 일에 자부심을 느꼈다.

특히 자신의 이름을 딴 월러스 마틴이라는 조카를 아끼는 것 같왔다. 하지만 올해에는 크리스마스에 맞춰 집으로 돌아올 수 없을 터였다.

"그럼 지금 조카들 선물을 사는 게 어때요?" 내가 제안했다.

"선물을 포장해서 '크리스마스 때까지 풀지 마시오'라는 말을 붙여서 당신 어머니 집에 가져다두면 되잖아요."

"더 좋은 방법이 있어요. 그걸…… 내 변호사한테 주면 돼요. 크리스마스이브에 가져다주라는 지시사항을 붙여서."

"더 좋은 방법이네요."

그래서 우리는 먹던 음식을 옆으로 밀어버리고, 월러스가 선물을 주어야 할 사람들의 나이, 성격, 잘 맞을 것 같은 선물 등을 고려해 대강의 행동계획을 짰다. 월러스의 누이들과 매부들, 조카들 외에도 월러스의 비서, 운전기사 마이클, 그리고 그가 신세를 졌다고 생각하는 그 밖의 사람들 몇 명이 그 명단에 포함되었다. 마치 월코트 가문 전체에 대한 커닝페이퍼 같았다. 오이스터 만에서 본 여자들이라면 이 명단을 보기 위해 무엇인들 내놓지 않을까.

우리는 주말 내내 쇼핑을 한 뒤, 월러스가 떠나기 이틀 전 밤에 그의 아파트에서 둘만의 저녁 식사를 하며 선물 포장을 하기로 했다. 그날 오전에 내 옷장을 훑어보면서 내 머리에 가장 먼저 떠오른 생각은 그 물방울무늬 드레스를 입자는 것이었다. 하지만 왠지 그 자리에 그 옷이 맞지 않을 것 같았다. 그래서 나는 옷장 뒤쪽을 뒤져서 마지막으로 입은 지 백 년은 된 것 같은 검은색 벨벳 원피스를 찾아냈다. 그리고 그다음에는 반짇고리를 뒤져서 포인세티아처럼 붉은 리본을 찾았다.

월러스가 문을 열어주었을 때, 나는 무릎을 구부리며 인사했다.

"호호…… 호." 그가 산타의 웃음을 흉내 냈다.

거실에서는 캐롤 음반이 돌아가고, 샴페인 한 병이 상록수 화관을 쓰고 있었다. 우리는 성 니콜라스◆와 동장군에게 건배했다. 용감한 모험에서 빨리 돌아오기를 기원하는 건배도 했다. 그러고는 가위와 테이프를 들고 카펫 위에 앉아 작업을 시작했다.

월코트 가문은 제지사업을 하고 있었으므로, 지상에 존재하는 온갖 종류의 포장지를 얼마든지 구할 수 있었다. 숲 같은 초록색 바탕에 막대사탕 무늬가 그려진 포장지, 벨벳 같은 빨간 바탕에 파이프 담배를 피우며 썰매를 타는 산타들이 그려진 포장지……. 하지만 집에 커다란 두루마리로 배달되는 무겁고 하얀 종이로 모든 것을 포장하는 것이 가문의 전통이었다. 그리고 그 위에 선물을 받을 사람에 따라 각각 다른 색의 리본을 맸다.

열 살인 조얼에게 줄 선물은 야구장 모형 세트였다. 스프링을 조작하면 야구방망이가 튀어 나가 야구공 대신 볼베어링을 쳤다. 나는 그 선물을 포장한 뒤 파란색 리본으로 묶었다. 열네 살인 페넬로페에게 줄 도마뱀 인형 한 쌍은 노란색 리본으로 묶었다. 미래의 마담 퀴리를 꿈꾸는 페넬로페는 사탕을 포함한 대부분의 장난감 선물에 인상을 찌푸린다고 했다. 포장해야 할 선물 더미가 점점 줄어드는 가운데, 나는 월러스의 이름을 딴 어린 조카의 선물이 무엇인지 계속 살펴보았다. 쇼핑을 하는 동안 월러스는 이 조카를 위해 특별

◆ 산타클로스의 모델이 된 기독교 성인.

한 선물을 생각하고 있다고 말했지만, 선물 목록을 재빨리 훑어봐도 어느 것이 그 아이의 선물인지 알 수 없었다. 내 궁금증이 풀린 것은 마지막 선물까지 모두 포장하고 난 뒤, 월러스가 종이를 작은 직사각형으로 자르고는 자기 손목에 차고 있던 검은 문자판의 아버지 시계를 풀었을 때였다.

작업이 끝나자 우리는 부엌으로 갔다. 감자를 약한 불로 서서히 굽는 냄새가 났다. 월러스는 오븐을 확인하더니 허리에 앞치마를 두르고 내가 전날 공들여 고른 양갈비를 구웠다. 오븐에서 고기를 꺼낸 뒤에는 민트 젤리와 코냑으로 팬을 닦아냈다.

그가 내게 접시를 건네줄 때 내가 물었다.

"월러스. 만약 내가 미국에 선전포고를 하면 여기 남아서 나랑 같이 싸워줄 거예요?"

저녁 식사를 마친 뒤 나는 월러스와 함께 뒤쪽 식품 저장실로 선물들을 옮겼다. 복도에는 내가 가보고 싶은 장소들에서 미소 짓고 있는 월코트 가문 사람들의 사진이 줄지어 걸려 있었다. 부두에 서 있는 조부모의 사진, 스키를 타고 있는 삼촌 사진, 양발을 한쪽으로 나란히 드리우고 말을 탄 자매들 사진. 그때는 이렇게 뒤쪽 복도에 사진이 걸려 있는 것이 조금 이상해 보였지만, 그 뒤로 여기와 비슷한 복도에서 비슷한 사진들을 여러 번 보게 되면서 나는 마침내 그것이 앵글로색슨계 백인들의 귀여운 행동 중 하나임을 깨닫게 되었다. 그 사진들에는 그들의 삶 속에 조용히 배어 있지만 겉으로 잘 드러나지 않는 감상적인 부분(사진 속 친척들은 물론이고 배경이 된 장소들 또한 감상적인 추억의 대상이었다)이 표현되어 있었다.

브라이튼비치나 로워이스트사이드에서는 선반에 놓은 말린 꽃이나 타오르는 촛불 뒤에 그냥 사진 한 장이 있는 경우가 많았다. 몸을 굽히고 힘들게 살아온 한 세대의 삶이 낳은 사진이었다. 그런 동네에서 과거에 대한 향수에는 자손들을 위해 희생하신 선조를 기리는 마음이 아련하게 배어 있었다.

벽에 걸린 사진 중에 재킷과 타이 차림의 소년들 수백 명을 찍은 것이 있었다.

"이건 세인트조지스 학교인가요?"

"네. 내가…… 졸업반일 때."

나는 몸을 조금 가까이 기울여 월러스를 찾아보려고 했다. 그가 겸손하고 상냥한 표정의 아이를 가리켰다. 내가 이미 그냥 지나친 얼굴이었다. 월러스는 학교 사진의 배경 속에 그냥 묻혀버리는 아이였다(코티용을 추려고 줄을 늘어섰을 때도 마찬가지였다). 하지만 그런 아이들은 세월이 흐르면서 점점 때가 묻어가는 주위 사람들에 비해 돋보이게 된다.

"이게 전교생이에요?"

나는 아이들의 얼굴을 조금 더 살펴보다가 물었다.

"지금…… 팅커를 찾고 있어요?"

"네." 나는 사실을 인정했다.

"팅커는 여기 있어요."

월러스가 사진 왼쪽을 가리켰다. 거기 아이들 외곽에 우리의 친구가 혼자 서 있었다. 월러스가 1분만 더 기다렸다면, 내가 혼자 힘으로 팅커를 찾아냈을 것이다. 그는 열네 살 때 이런 모습이었을 것이라고 짐작했던 바로 그 모습이었다. 머리는 약간 헝클어져 있고,

재킷도 약간 구겨져 있고, 눈은 카메라에 고정돼 있었다. 마치 금방이라도 그 자리에서 튀어나올 것처럼 보였다.

그때 월러스가 빙긋 웃으며 사진 반대편으로 손가락을 움직였다.

"그리고 여기도 있어요."

그래, 맨 오른쪽 끝에 또 다른 인물이 서 있었다. 조금 흐릿했지만 확실히 그였다.

월러스는 전교생이 선명히 나오게 하려고 구형 박스 카메라를 사용해서 찍은 사진이라고 설명했다. 커다란 네거티브 원판 위로 렌즈 구멍이 서서히 움직이게 해서 학생들이 한 번에 몇 명씩 사진에 담기게 하는 방식이었다. 그 덕분에 맨 끝에 선 사람이 학생들 뒤로 전력질주를 해서 뛰어가면 사진에 두 번 찍힐 수 있었다. 하지만 그러려면 시간을 잘 맞춰서 죽어라 뛰어야 했다. 매년 1학년생 몇 명이 그런 재주를 부리려고 시도했지만, 월러스가 기억하기로 성공한 사람은 팅커뿐이었다.

두 번째로 찍힌 팅커의 얼굴이 환히 미소 짓고 있는 것으로 보아 그도 그 사실을 알고 있는 것 같았다.

월러스와 나는 팅커와 이브의 이야기를 꺼내지 않기로 한 약속을 대체로 잘 지켰다. 하지만 팅커의 장난꾸러기 같은 모습을 보니 우리 둘 다 기분이 좋아졌다. 그래서 팅커가 부린 재주에 마땅한 경의를 표하듯이 그 자리에 좀 더 머물렀다.

"뭣 좀 물어봐도 돼요?" 내가 잠시 후에 물었다.

"그럼요."

"그날 밤, 우리가 베레스포드에서 저녁을 먹었을 때 말이에요, 다들 엘리베이터를 타고 내려올 때 버키가 팅커는 재 속에서 일어난 불사조 같다고 말했잖아요."

"버키는 조금…… 촌스러워요."

"그렇다 해도, 그게 무슨 뜻이죠?"

월러스는 침묵했다.

"그렇게 나쁜 이야기인가요?" 내가 다그쳤다.

월러스는 부드럽게 미소 지었다.

"아뇨, 나쁜…… 이야기는 아니에요, 딱히. 팅커는 폴리버의 유서 깊은 가문 출신이에요. 하지만 내가 알기로 팅커의…… 아버지가 불운을 만났어요. 아마…… 거의 모든 걸 잃은 모양이에요."

"주식시장 붕괴 때?"

"아뇨."

월러스는 사진을 가리켰다.

"이 무렵이에요. 팅커가 1학년 때. 내가 확실히 기억하는 건, 그때 내가…… 반장이었기 때문이에요. 이사들이 모여서 팅커의…… 상황이 바뀐 걸 감안해서 어떻게 해야 할지 의논했어요."

"팅커한테 장학금을 주기로 했나요?"

월러스는 천천히 고개를 저었다.

"팅커한테 학교를 떠나라고 했어요. 팅커는 폴리버에서 고등학교를 마치고…… 프로비던스 칼리지를 혼자 힘으로 다녔죠. 그러고 나서 어떤…… 신탁회사에 사무원으로 들어가 다시 치고 올라오기 시작한 거예요."

'보스턴의 백베이에서 태어나 브라운 대학을 다녔으며, 자기 조부가 세운 은행에서 일하는 사람.' 처음 팅커를 만난 지 10분 만에 내가 내린 독선적인 평가였다.

나는 곱슬머리와 상냥한 미소를 지닌 소년의 사진을 한 번 더 보았다.

몇 달 만에 처음으로 그가 보고 싶어졌다. 뭔가 깊이 있는 이야기를 나누기 위해서가 아니었다. 이브에 대한 이야기나, 어쩌면 가능했을 수도 있었던 일에 대한 이야기를 할 필요는 없었다. 그저 그의 첫인상을 다시 평가해보고 싶었다. 그가 핫스팟으로 걸어 들어와 옆 테이블에 앉아 밴드를 지켜보는 모습을 다시 보는 것. 이번에는 솔로 연주자가 시끄러운 소리를 내기 시작할 때 팅커가 나를 보며 그때처럼 당혹스러운 미소를 지으면 나는 선입견 없이 그를 바라볼 수 있을 것이다. 월러스가 내게 알려준 이 작은 정보는 내가 처음부터 마땅히 알고 있어야 했던 한 가지 사실을 말해주었다. 팅커와 내가 성인이 될 때 서로 반대편에 서 있었던 것이 아니라 나란히 서 있었다는 사실.

월러스는 뭔가를 살피는 듯한 시선으로 사진을 이리저리 훑어보았다. 마치 사진을 찍던 바로 그 순간에 그레이 씨가 가족의 재산을 모두 잃어버리기라도 한 것 같았다. 그리고 사진 양편에 찍힌 두 팅커는 각각 기존 생활의 종말과 새로운 생활의 시작을 알리는 것 같았다. 월러스가 말했다.

"대부분의 사람들은 불사조가 재 속에서 태어난다고 알고 있죠. 하지만 불사조의 다른 면에 대해서는 잊어버리고 있어요."

"그게 뭔데요?" 내가 물었다.

"불사조의 수명이 500년이라는 것."

◆ ◆ ◆

다음 날 윌러스가 출항했다.

아니, 정확한 표현은 아니다.

1917년이라면 '출항'이라는 말이 맞았을 것이다. 당시 장밋빛 뺨과 금발의 청년들은 빳빳하게 다린 군복 차림으로 브루클린 조선소의 선착장에 있던 부대로 모였다. 그리고 더플백을 어깨에 메고 입을 모아 용감하게 〈저쪽에, 저쪽에〉를 부르며 커다란 회색 순양함의 배다리를 척척 올라갔다. 마침내 뱃고동이 울리면 그들은 서로 앞다퉈 난간에 매달려서 애인에게 키스를 날려 보내거나 어머니에게 손을 흔들었다. 그리고 그들의 인사를 받는 애인들과 어머니들은 저 뒤편에서 미래를 예견한 듯 울어댔다.

하지만 1938년에 스페인내전에 참전하려고 떠나는 부유한 젊은이라면 그렇게 성대한 절차를 거치지 않았다. 퀸 메리호의 일등석 표를 산 뒤 느긋하게 점심을 먹고 부두에 나타나면 그만이었다. 그는 벌써 스페인어 회화책을 넘겨보고 있는 관광객들을 지나 점잖게 배다리를 올라가서 위층에 있는 선실로 올라갔다. 선실에는 미리 보내둔 여행 가방 속의 물건들이 승무원의 정성스러운 손길로 이미 정리되어 있었다.

외국인들이 분쟁에 자진해서 참전하는 것을 국제연맹이 금지한 이래로, 배에서 선장과 한자리에 앉아 식사하며(양옆에는 필라델피아의 모건 집안사람들과 브리즈우드 자매들과 그들의 숙모가 앉아 있었다) 자신이 전쟁터로 가는 길이라는 이야기를 꺼내는 것은 부주의한 짓이었다. 사우샘프턴의 이민국 관리들에게 그런 말을 하는 것도 금물이었다.

대신 학창시절의 친구들도 만나고 그림도 한두 점 사려고 파리에
가는 길이라고 말해야 했다. 그러고는 도버까지 기차로 가서 배로
갈아타고 칼레로 간 다음 자동차로 프랑스 남부로 간다. 거기서부
터는 피레네 산맥을 직접 도보로 넘든지, 아니면 트롤 어선을 빌려
타고 해안을 내려가는 길이 있었다.

"나중에 보세, 마이크." 월러스가 배다리에서 말했다.

"행운을 빕니다, 월코트 씨."

그가 내게 시선을 돌렸을 때, 나는 이제 토요일에 무엇을 해야 할
지 알 수 없게 됐다고 말했다.

"당신 어머니의 잔심부름이라도 해드릴까요?" 내가 의견을 냈다.

"케이트. 다른 사람의 잔심부름이나…… 하고 다니면 안 돼요. 내
심부름도, 우리 어머니 심부름도, 메이슨 테이트의 심부름도."

마이클이 모는 차를 타고 부두에서 돌아오는 길에 차 안의 분위
기는 상당히 슬펐다. 우리 둘 다 슬퍼하고 있었다. 차가 다리를 건너
맨해튼으로 들어설 무렵, 내가 침묵을 깼다.

"월러스가 조심할 것 같아요, 마이클?"

"아무래도 전쟁터니까요, 아가씨. 조심스럽게 구는 건 목적에 어
긋나겠죠."

"그래요, 그렇겠죠."

차창 밖으로 시청이 흐르듯 지나갔다. 차이나타운에서는 왜소하
고 나이 많은 여자들이 지독하게 생긴 생선이 가득한 노점상 주위
에 몰려 있었다.

"댁으로 모셔다드릴까요, 아가씨?"

"네, 마이클."

"11번가죠?"

이것을 물어본 건 마이클의 상냥함이었다. 만약 내가 월러스의 주소를 댔다면, 그는 나를 그곳으로 데려다주었을 것이다. 그리고 길가에 차를 세운 뒤 뒷좌석의 문을 열어주었을 것이다. 그러면 빌리가 건물로 들어가는 문을 열어주었을 것이고, 잭슨은 나를 엘리베이터에 태워 11층까지 데려다주었을 것이고, 나는 거기서 몇 주 동안 더 머무르며 미래가 다가오는 걸 막아낼 수 있었을 것이다. 하지만 선물 꾸러미들은 법률회사의 파일 보관실에서 참을성 있게 기다리고 있었고, 마이클은 곧 갈색 벤틀리에 덮개를 씌울 것이고, 존과 토니는 레밍턴과 콜트를 분해해서 보관함에 넣어둘 것이다. 어쩌면 이제 나도 완벽한 것들과 잠시 스쳤던 경험을 분해해서 보관함에 넣어둘 때가 된 것 같았다.

월러스가 떠난 뒤 목요일에 나는 일을 마치고는 5번 애버뉴로 천천히 걸어가서 버그도프 백화점의 쇼윈도를 바라보았다. 며칠 전에는 거기 진열된 물건들을 새로 바꾸느라고 진열창에 커튼이 드리워져 있었다.

겨울, 봄, 여름, 가을. 나는 항상 버그도프 백화점이 새로운 계절을 맞아 커튼을 걷는 시기를 고대했다. 쇼윈도 앞에 서 있으면, 마치 자신이 정교한 조각을 공들여 새기고 보석으로 장식한 달걀 모양의 장식품*을 받는 러시아 여황제라도 된 것 같은 기분이었다. 한쪽 눈

✦ 러시아에서 인기를 끈 부활절 선물. '파베르제의 달걀'.

을 감고 쇼윈도 안을 염탐하듯이 바라보면, 그곳에 진열된 황홀한 물건들 하나하나에 감탄하느라 시간 감각을 모두 잊어버렸다.

'황홀하다'는 말이 딱 들어맞았다. 버그도프 백화점의 쇼윈도에 미처 팔리지 않은 물건이 30퍼센트 할인된 가격으로 진열되는 경우는 없었다. 그곳의 물건들은 5번 애버뉴를 오가는 여자들의 삶을 바꿔놓기 위해 만들어진 것이었다. 어떤 여자들은 그것을 보며 부러워했고, 어떤 여자들은 자기만족을 느꼈지만, 모두들 가능성을 언뜻 엿볼 수 있다는 점은 똑같았다. 1938년 가을, 5번 애버뉴 파베르제 진열품은 나를 실망시키지 않았다.

쇼윈도의 주제는 동화였다. 그림 형제와 한스 크리스티안 안데르센의 유명한 작품들이 바탕이 되었지만, 각각의 세트에서 '공주'가 있어야 할 자리에 남자가 있었고, '왕자'의 자리에는 여자가 있었다.

첫 번째 쇼윈도에서는 새까만 머리카락과 흠 잡을 데 없는 피부를 지닌 젊은 군주가 꽃을 피운 나무 밑에 당당하게 누워 있었다. 그의 섬세한 손은 가슴 위에 포개져 있었다. 그런데 그 옆에 늠름한 젊은 여자(스키아파렐리가 디자인한 빨간색 볼레로 재킷을 입었다)가 서 있었다. 머리는 전투를 위해 짧게 잘랐고, 검劍은 허리띠에 깔끔하게 꽂혀 있었으며, 손에는 충실한 말의 고삐를 쥐고 있었다. 세속적인 동시에 연민의 정이 어린 표정으로 그녀는 왕자를 내려다보았다. 키스로 그를 깨우려고 서두르는 기색은 별로 보이지 않았다. 그다음 쇼윈도에는 르네상스 시대처럼 꾸민 오페라세트에서 1백 개의 대리석 계단이 궁전 문에서 자갈을 간 뜰까지 이어져 있고, 뜰에는 생쥐 네 마리가 호박의 그림자 속에 숨어 있었다. 가장자리에서는 황금색 머리칼의 의붓아들이 전력질주로 모퉁이를 돌아 사라지려는 것처럼 보이는 반면, 전면 중앙에는 공주(몸에 꼭 맞는 샤넬의 검은 드레스 차림)가 무릎을 꿇고 앉아 결의에 찬 표정으로 유리로 만들어진 더비구두[*]를 바라보고 있었다. 표정을 보니 그 유리구두에 발이 딱 맞는 청년을 찾으려고 왕국 전체를 동원해서 새벽부터 어스름 녘까지 온 나라를 뒤질 각오가 되어 있는 것 같았다.

"케이티, 맞죠?"

고개를 돌려 보니 새침한 갈색 머리 여자가 내 옆에 서 있었다. 작은 주인 코네티컷에 사는 위스였다. 만약 누가 나더러 8월 오후에 위스테리아가 입을 옷차림을 추측해보라고 했다면, 나는 미국 원예클럽 스타일일 거라고 말했겠지만 그건 틀린 생각이었다. 위스는 코발트 블루의 반소매 드레스에 같은 색의 비대칭형 모자를 쓴 완벽하고 우아한 모습이었다.

팅커와 이브의 디너파티에서 위스와 나는 딱히 죽이 맞는 편은 아니었다. 그래서 나는 위스가 군이 내게 다가와 아는 척을 했다는 사실이 조금 놀라웠다. 의례적인 인사말을 주고받는 동안 위스는 반가운 듯이 굴었다. 거의 눈이 반짝이는 것처럼 보일 정도였다. 우리의 대화는 당연히 유럽에서 보낸 휴가 쪽으로 흘러갔다. 나는 휴가가 어땠느냐고 물었다.

"정말 좋았어요. 완벽하게 좋았어요. 유럽에 가봤어요? 아니라고요? 음, 프랑스 남부의 7월 날씨는 '라비쌍'[**] 해요. 음식은 믿을 수 없을 정도고요. 하지만 팅커와 이블린이 함께 있어서 더욱 더 좋았어요. 팅커의 프랑스어는 정말 아름다워요. 게다가 네 명이 함께 있

[*] 남성용 구두의 디자인 중 하나.
[**] 황홀하다는 뜻의 프랑스어.

다 보니 매 순간이 더욱 빛났죠. 이른 아침에는 바닷가에서 수영을 하고…… 바다를 바라보며 느긋하게 점심을 먹고…… 늦은 밤에는 시내로 나들이를 나가고……. 물론(가벼운 웃음), 팅커가 이른 아침 수영에 빛을 조금 더해주었고, 이브는 늦은 밤의 나들이에 빛을 더해주었죠."

위스가 왜 내게 말을 걸었는지 이제야 알 것 같았다.

베레스포드의 그 디너파티에서 위스는 홀로 따돌림을 당했다. 하지만 노련한 전도사처럼 그녀는 자신을 제물로 삼은 농담들을 견뎌냈다. 선하신 주님이 언젠가 그 인내에 보답해주실 거라는 자신이 있었기 때문에. 그리고 마침내 구원의 날이 왔다. 황홀했다. 상황을 조금 반전시킬 뜻밖의 기회. 프랑스 남부에서 누가 따돌림을 당했는지는 우리 둘 다 정확히 알고 있었다.

나는 대화를 슬슬 마무리하며 말했다.

"그렇군요. 다들 돌아오셨다니 반가워요."

"아, 우린 함께 돌아오지 않았어요……."

위스는 손가락 두 개로 내 팔을 가볍게 잡으며 나를 제지했다.

매니큐어 색깔이 립스틱 색깔과 완벽하게 똑같은 것이 눈에 들어왔다.

"물론 그럴 생각이었지만, 예정대로 떠나기 직전에 팅커가 일 때문에 파리에 들러야 한다고 말했어요. 이브는 그냥 집으로 돌아가고 싶다고 했지만요. 그래서 팅커가 에펠탑에서 저녁을 사겠다는 약속으로(음모를 꾸미는 듯한 미소) 이브를 구워삶았어요."

(음모를 꾸미는 듯한 미소가 또 나타났다.)

위스가 말을 이었다.

"그런데 말이죠……. 팅커는 절대 일 때문에 파리에 간 게 아니에요."

?

"카르티에를 만나러 간 거예요!"

위스의 말에 나는 뺨이 살짝 달아오르는 것을 느꼈다.

"파리로 떠나기 전에 팅커가 나를 따로 한쪽 옆으로 불렀어요. 정말 굉장한 상태더라고요. 어떤 남자들은 그런 일에 관한 한 구제불능이죠. 루비 팔찌, 사파이어 브로치, 진주 소트와르⁺. 팅커는 뭘 사야 할지 모르고 있었어요."

물론 나는 자세히 물어볼 생각이 없었지만, 위스는 아랑곳하지 않았다. 벌써 왼손을 나른하게 뻗어서 포도알 크기의 다이아몬드 반지를 보여주고 있었다.

"그래서 이런 걸 하나 사주라고 했어요."

위스와의 만남 때문에 여전히 휘청거리며 다운타운으로 돌아온 나는 결국 나의 일용품들을 다시 채워 넣기 위해 식품점에 갔다. 새 카드 한 벌, 땅콩버터 한 병, 2급 진 한 병. 터벅터벅 계단을 올라가는데 3B호의 새색시가 벌써 자기 어머니의 볼로네즈 파스타 요리법을 완벽히 터득한 냄새가 나서 나는 조금 멍해졌다. 오히려 그 요리법을 더 개선하기까지 한 것 같았다. 나는 장을 본 물건들이 담긴 봉투를 한 팔로 안은 채 열쇠로 문을 열고 안으로 들어갔다. 그러다가 하마터면 누가 문 밑으로 밀어 넣어둔 편지를 밟을 뻔했다. 나는

⁺ 양쪽 끝이 가슴 앞에서 교차하는 목걸이.

봉투를 식탁에 내려놓고 편지를 들었다.

조가비 모양이 새겨진 상아색 봉투였다. 앞면에는 우표가 없었지만, 완벽한 달필로 주소가 적혀 있었다. 내 이름이 그렇게 아름다운 필체로 적힌 것은 한 번도 본 적이 없는 것 같다. 내 이름 철자 중 K자는 각각 높이가 1인치쯤 되는 것 같았고, 한쪽 다리는 다른 글자들 아래쪽을 우아하게 휩쓸듯이 뻗어 나가 아라비아 사람들이 신는 신발의 코끝처럼 끝이 휘어져 있었다.

봉투 안에는 가장자리에 금박이 둘린 카드가 있었다. 카드가 어찌나 두툼한지 그것을 꺼내려면 봉투를 찢는 수밖에 없었다. 카드 맨 위에는 역시 조가비 무늬가 있고, 그 밑에는 나의 참석을 바란다는 말과 함께 시각과 날짜가 적혀 있었다. 홀링스워스 집안의 노동절 파티 초대장이었다. 이미 배를 타고 수백 킬로미터나 떨어진 곳에 가 있는, 올곧고 섬세한 월러스의 또 다른 호의였다.

16장

•

전리품

이번에는 화일어웨이에 갈 때 정원을 통과하는 우회로를 택할 필요가 없었다. 나는 초대받은 다른 손님들과 함께 정문으로 곧장 다가갔다. 하지만 프랜의 꼬임에 넘어가 메이시 백화점 세일 판매대에서 나보다 그녀에게 더 잘 어울리는 옷을 산 탓에, 나는 지난번처럼 산울타리를 밀고 들어왔어야 했다는 생각을 떨쳐버릴 수 없다. 마치 그 사실을 확실히 알려주기라도 하듯이 남자 대학생 두 명이 문 앞에서 내 옆을 스치고 지나갔다. 그들은 허물을 벗듯이 겉옷을 벗어 시종의 손에 넘겨주고 웨이터에게서 샴페인 잔을 받았다. 그동안 시종이나 웨이터 누구와도 눈을 마주치지 않았다. 자기가 직접 이루어놓은 것도 없으면서, 그들은 훗날 제2차 세계대전 말기의 공군 비행사들처럼 자신감이 넘치는 모습이었다. 커다란 거실로 들어가는 입구에서 홀링스워스 집안의 대표들이 즉흥적으로 늘어서서 손님들을 맞이하고 있었다. 홀링스워스 부부와 아들 두 명, 그리고 며느리 한 명이었다. 여기서는 이 사람들을 피할 길이 없었다. 내가 이름을 대자 홀링스워스 씨가 정중한 미소를 지으며 내게 잘 오셨다고 말했다. 자기 자식들의 지인들을 더 이상 알 수 없게 된 지 오래인 부모의 미소였다. 그런데 그때 아들이 아버지에게 가까이 몸을 기울이며 말했다.

"월러스의 친구예요, 아버지."

"월러스가 전화로 말했던 아가씨? 아, 그렇군."

그가 친한 척하면서 말했다.

"그 전화 때문에 꽤 소란스러웠다오, 아가씨."

"데블린." 홀링스워스 부인이 책망하듯이 남편을 불렀다.

"그래요, 그래. 나야 월러스가 태어나던 날부터 아는 사이예요. 그러니까 그 녀석에 대해 알고 싶은 것이 있는데 그 녀석이 도무지 말해주지 않는다면 날 찾아와요. 우선 오늘은 여기서 편안히 놀다 가고."

테라스로 나오니 온화하지만 거친 바람이 불고 있었다. 아직 해는 지지 않았지만 집 안에는 전등이란 전등이 모조리 환하게 밝혀져 있었다.

속속 도착하는 손님들에게 혹시 날씨가 험악해지기라도 하면 모두 이 집에서 밤을 보내도 된다고 안심시켜주려는 것 같았다. 검은색 타이를 맨 남자들이 루비와 사파이어와 진주 소트와르를 걸친 여자들과 편안히 이야기를 나눴다. 내가 7월에 보았던 것과 똑같은, 친숙하고 우아한 분위기였다. 다만 지금은 3대가 한자리에 있다는 것이 다를 뿐이었다.

화려하게 꾸민 대녀代女들의 뺨에 입을 맞추는 은발의 거물들 옆에서는 젊은 방탕아들이 나지막한 목소리로 심술궂은 소리를 해대며 숙모들을 경악시키고 있었다. 바닷가에서 놀다가 어깨에 수건을 걸치고 뒤늦게 합류한 사람들 몇 명은 건강하고 상냥한 모습으로 집을 향해 걸어오고 있었다. 약속시간에 늦은 것을 불편해 하는 기색은 조금도 없었다.

그들의 그림자가 풀밭 위에 길고 가느다란 줄무늬처럼 늘어졌다. 테라스 가장자리에 놓인 탁자에는 샴페인 잔들이 피라미드 모양으로 쌓여 있다. 맨 위의 잔에서 흘러넘친 샴페인이 줄기를 타고 폭포처럼 아래로 떨어져 모든 잔을 가득 채웠다. 이 1천 달러짜리 재주를 부린 기술자는 자기 작품을 망치지 않으려고 탁자 밑에서 새 잔을 꺼내 내게 샴페인을 따라주었다.

홀링스워스 씨는 편하게 놀다 가라고 했지만, 내가 이곳을 편하게 느끼게 될 가능성은 별로 없을 것 같았다. 하지만 월러스가 일부러 애를 써주었으므로 나는 얼굴에 물을 좀 묻히고, 진을 마시며 사람들 사이로 뛰어들 생각이었다.

화장실이 어디냐고 묻자 중앙계단을 올라가서 말 사진을 지나 징두리 판자를 댄 복도를 따라 동관 끝까지 가라고 했다. 여자화장실은 장미정원을 굽어보는 연한 노란색 방이었다. 벽지도 연한 노란색이고, 의자도 연한 노란색이었다.

벌써 여자 두 명이 와 있었다. 나는 거울 앞에 앉아서 귀걸이를 손보는 척하며 거울에 비친 두 여자를 지켜보았다. 갈색 머리를 짧게 자르고 무심한 표정을 짓고 있는 키 큰 여자는 이제 막 선착장에서 올라온 차림이었다. 그녀는 수영복을 발치에 떨어뜨려 놓은 채 알몸의 물기를 닦으면서 전혀 거리끼는 기색이 없었다. 청록색 호박단 옷을 입은 다른 여자는 불이 환하게 켜진 경대에 앉아 눈물로 얼룩진 마스카라를 정돈하는 중이었다. 그녀는 대략 30초마다 한 번씩 우는 소리를 냈다. 수영을 하고 온 여자는 그녀에게 별로 연민의 감정을 드러내지 않았다. 나도 그런 감정을 드러내지 않으려고 애썼다.

위로를 받지 못한 그 여자는 코를 훌쩍이며 방을 나갔다.

"이제야 나갔네." 수영을 하고 온 여자가 덤덤하게 말했다.

그녀는 수건으로 머리를 한 번 더 문지른 뒤 수건을 다른 빨랫감 위에 던졌다. 운동선수 같은 몸매에 등이 파인 드레스를 입으려고 준비해두었는데, 아주 잘 어울릴 것 같았다. 그녀가 팔을 움직일 때마다 어깨뼈 주위의 근육들이 또렷이 드러나는 것이 보였다. 그녀는 신발을 신을 때도 굳이 의자에 앉지 않았다. 그냥 발을 신발 안에 미끄러지듯 집어넣고 자리가 잡힐 때까지 발꿈치를 꼼지락거렸다. 그러고는 길고 가느다란 팔을 어깨너머로 뻗어 드레스의 지퍼를 잠갔다. 그녀의 신발이 놓여 있던, 긴 의자 아래쪽의 카펫에서 뭔가가 은은히 반짝이는 것이 거울에 비쳤다. 나는 그쪽으로 가서 무릎을 꿇고 엎드려 그 물건을 향해 손을 뻗었다. 다이아몬드 귀걸이 한 짝이었다.

이제는 갈색 머리 여자가 나를 지켜보고 있었다.

"이거 그쪽 거예요?" 내가 물었다. 아니라는 것을 알면서도.

여자는 그것을 받아 들었다.

"아뇨. 굉장한 물건인데요."

그녀는 무심하게 방 안을 둘러보았다.

"이런 건 대개 한 쌍이 함께 있는 법인데."

내가 긴 의자 밑을 확인하는 동안 그 여자는 젖은 수건들을 흔들어보았다. 둘이서 1분쯤 더 방 안을 찾아본 뒤 그녀가 내게 귀걸이를 돌려주었다.

"전리품이네요."

이것이 얼마나 딱 들어맞는 말인지 그 여자는 몰랐을 것이다. 이 귀걸이, 그러니까 바게트 커팅으로 다이아몬드를 세공하고 백금 고리를 단 이 귀걸이는 틀림없이 이브가 팅커의 협탁 안에서 찾아낸 귀걸이 한 쌍 중 한 짝이었다.

둥글게 휘어진 전면 계단을 내려오면서 나는 균형을 잃을 것 같았다. 조금 전에 마신 샴페인 한 잔이 내 머리로 곧장 올라가기라도 한 것 같았다. 팅커와 이브가 파리에서 가져온 소식이 무엇이든, 나는 그것을 들을 준비가 되어 있지 않았다. 이런 분위기에서는 싫었다. 나는 걸음을 천천히 늦추며 계단의 바깥쪽 가장자리로 자리를 옮겼다. 그쪽은 계단의 폭이 더 넓고 난간을 잡기도 더 쉬웠다.

로비에는 새로 도착한 사람들이 북적이고 있었다. 역시나 으쓱거리는 남자들과 혼자서 드레스 지퍼를 잠그는 갈색 머리 여자들이었다. 유행에 맞춰 정해진 시간보다 늦게 온 그들은 서로를 만나서 반갑고 즐겁다는 얼굴로 출구를 막고 서 있었다. 하지만 만약 팅커와 이브가 이곳에 왔다면 로비에 붙들려 있지 않고, 친한 사람들과 함께 이 자리에 빛을 더해주고 있을 터였다. 계단을 다 내려왔을 때 나는 문까지 스무 걸음, 기차역까지는 800미터쯤 될 것이라고 속으로 생각하고 있었다.

"케이티!"

커다란 거실에서 씩씩하게 나오던 어떤 여자가 나를 깜짝 놀라게 했다. 하지만 걸음걸이만 보고도 그녀가 누군지 알아차렸어야 했다.

"빗시……."

"월리가 그렇게 스페인으로 쌩하니 가버려서 잭이랑 내가 얼마나 속이 상한지 몰라요."

빗시는 샴페인 두 잔을 들고 있다가 한 잔을 내 손에 불쑥 쥐여주었다.

"참전하겠다는 소리를 몇 달 전부터 하긴 했지만, 정말로 갈 줄은 아무도 몰랐거든요. 특히 당신이 나타난 뒤에는 더욱 더. 당신은 괜찮아요?"

"잘 지내고 있어요."

"당연히 그렇겠죠. 월리한테서 소식은 있었어요?"

"아직은요."

"그럼 아무도 소식을 못 들은 거네요. 우리 언제 점심 같이해요. 올가을에 우리 아주 친한 친구가 되는 거예요. 약속이에요. 하지만 먼저 잭이랑 인사부터 해요."

잭은 거실 입구에서 제너러스라는 여자와 즐겁게 웃고 있었다. 하지만 그 여자는 '너그럽다'는 뜻의 이름과는 전혀 어울리지 않는 사람인 것 같았다. 3미터쯤 떨어진 곳에서도 그 여자가 친구를 희생양으로 삼아 장황한 이야기를 늘어놓고 있다는 걸 알 수 있었다. 잭이 나를 그녀에게 소개하는 동안 나는 여기서 얼마나 수다를 떨어주어야 예의 바르게 몸을 빼낼 수 있을지 고민했다.

잭이 제너러스에게 말했다.

"처음부터 다시 얘기해봐요. 돈 주고도 들을 수 없는 이야기니까!"

"좋아요."

제너러스는 노련한 솜씨로 피곤한 척하며 말했다. 마치 그녀가 태어나던 바로 그날 권태가 발명되기라도 한 것 같았다.

"팅커와 이블린 알아요?"

"케이티는 그 두 사람이랑 같이 사고를 당했어요." 빗시가 말했다.

"그럼 꼭 이 이야기를 들어야겠네요."

제너러스의 설명에 따르면, 팅커와 이브는 대륙에서 막 돌아와 화일어웨이의 손님용 별채 중 한 곳에서 주말을 보내고 있었다. 어느 날 아침 모두들 가볍게 수영을 하고 있을 때 팅커가 스플렌디드호에 감탄했다.

"그건 홀리의 배예요." 잭이 설명하자 제너러스가 말을 바로잡았다.

"홀리의 '자식'이죠. 홀리는 모두들 그 배를 보며 오오, 아아 감탄사를 내뱉을 수 있게 부표 위에 떠워뒤요. 어쨌든, 당신 친구가 그 배에 대해서 계속 감탄사를 늘어놓으니까 홀리가 정말 아무것도 아닌 것처럼 '둘이 한번 타보지그래?' 하고 말했어요. 다들 놀라서 까무러칠 일이죠. 홀리가 자기 배를 빌려주다니! 하지만 이건 홀리와 팅커가 처음부터 계획한 일이었어요. 선착장에서 수영을 하는 것부터 홀리가 무심하게 말하는 것까지. 심지어 배에는 샴페인 한 병이랑 닭 요리까지 준비되어 있었으니까요."

"그게 무슨 뜻인 것 같아?" 잭이 물었다.

"누군가가 무릎을 꿇은 거지." 빗시가 말했다.

그때 또 그것이 시작되었다. 뺨이 따끔거리는 느낌. 그것은 우리를 당황하게 만드는 이 세상에 대해 우리 몸이 빛의 속도로 내보이는 반응이었다. 그리고 가장 불쾌한 느낌 중 하나이기도 했다. 진화 과정에서 이런 반응이 도대체 무슨 쓸모가 있었던 건지 궁금해질 정도였다.

잭이 트럼펫을 부는 시늉을 하며 붐붐붐 소리를 내자 다들 웃음을 터뜨렸다.

"그런데 그다음이 제일 재미있어요."

잭이 제너러스를 부추기며 말했다.

"홀리는 두 사람이 한두 시간 뒤면 돌아오려니 했어요. 그런데 여섯 시간이 지나도 오질 않는 거예요. 홀리는 두 사람이 멕시코로 도망쳐버린 건가 하고 슬그머니 걱정이 되기 시작했죠. 그때 작은 어선을 탄 사내들 두 명이 선착장으로 들어왔어요. 자기들이 스플렌디드호를 우연히 만났는데, 배가 모래톱에 걸려 있더라고 했어요. 그리고 그 배에 타고 있던 남자가 예인선을 끌고 오면 20달러를 주겠다고 약속했다는 얘기도 했어요."

"주님, 낭만주의자들에게서 저희를 구해주시옵소서."

빗시가 말했다. 누군가가 숨이 막힐 정도로 웃어대며 눈을 휘둥 그렇게 뜨고 달려왔다.

"배가 들어오고 있어. 바닷가재잡이 배에 끌려서!"

"그럼 가서 봐야지." 잭이 말했다.

모두들 테라스로 나갔지만 나는 현관문으로 향했다.

그때 나는 조금 변형된 형태의 쇼크 상태였던 것 같다. 그 이유는 하느님만이 아시겠지만. 앤은 몇 달 전부터 이런 상황을 예측하고 있었다. 위스도 마찬가지였다. 화일어웨이에 모인 사람들은 모두 마음의 준비를 단단히 갖추고 즉석에서 축하를 해주려고 선착장에 모여 있었다.

내 겉옷이 나오기를 기다리면서 나는 거실 쪽을 뒤돌아보았다. 마지막으로 남아 있던 사람들마저 배를 구경하려고 유리문 쪽으로 가는 바람에 거실은 거의 비어 있었다. 나보다 나이가 조금 많고 흰색 야회복 재킷을 입은 남자가 바 앞에 서 있었다. 주머니에 손을 넣은 채 진지하게 생각에 잠겨 있는 것 같은 모습이었다. 축하 분위기에 들뜬 사람 하나가 그런 그의 앞을 가로지르면서 커다란 술병의 목을 움켜쥐더니 다시 밖으로 나가다가 수국이 가득 꽂힌 꽃병을 넘어뜨렸다. 야회복 재킷 차림의 남자는 도덕적인 실망감이 담긴 표정으로 그 광경을 지켜보았다.

시종이 내 겉옷을 가져오자 나는 고맙다고 말했다. 처음 여기 왔을 때 본 남자대학생들처럼 나도 이 시종과 눈을 마주치지 않았었다는 생각이 뒤늦게 들었다.

"설마 벌써 가는 거요!"

홀링스워스 씨가 진입로 쪽에서 들어오며 외쳤다.

"파티는 정말 훌륭해요, 홀링스워스 씨. 저를 초대해주신 것도 정말 감사하고요. 하지만 조금 몸이 안 좋은 것 같아서요."

"이런, 유감이군. 어디 근처에 머무르고 있소?"

"시내에서 열차를 타고 왔어요. 그래서 사람들한테 택시를 좀 불러달라고 할 생각이었어요."

"이런, 그건 말도 안 돼요."

그는 거실 쪽을 뒤돌아보았다.

"밸런타인!"

하얀 야회복 재킷을 입은 그 젊은 남자가 이쪽을 돌아보았다. 금발과 잘생긴 얼굴, 그리고 진지한 태도 때문에 그는 조종사와 판사를 섞어놓은 것처럼 보였다. 그는 주머니에서 손을 빼고 재빨리 로비를 가로질러 걸어왔다.

"네, 아버지."

"콘텐트 양 기억하지? 윌러스의 친구 말이다. 몸이 좀 안 좋아서 시내로 돌아간다는구나. 네가 역까지 바래다주겠니?"

"물론이죠."

"스파이더를 가져가도 된다."

밖으로 나오니 노동절의 바람에 잎들이 흩어져 바닥으로 떨어지고 있었다. 곧 비가 쏟아질 것 같았다. 다들 주말 내내 비가 문짝을 두드리는 소리와 더불어 차를 마시며 카드놀이나 해야 할 것이다. 카지노들도 문을 닫을 것이고, 테니스코트에서는 네트를 내려놓을 것이고, 작은 배들은 10대 소녀들의 꿈처럼 강변으로 끌려올 것이다.

우리는 하얀 자갈이 깔린 진입로를 가로질러 여섯 개 구역으로 나뉘어 있는 주차장으로 향했다. 스파이더는 소방차처럼 새빨간 2인승 자동차였다. 밸런타인은 그 차를 그냥 지나쳐서 큼직하고 새까만 1936년식 캐딜락을 택했다.

진입로를 따라 늘어선 잔디밭에 주차된 차들이 백 대는 되는 것 같았다. 그중에 불을 켜놓고, 문도 열어놓고, 라디오도 틀어놓은 차가 한 대 있었다. 엔진 덮개 위에는 남녀 한 쌍이 나란히 누워 담배를 피우는 중이었다. 밸런타인은 아까 술병을 쥐고 나간 사람을 볼 때와 똑같이 도덕적 실망감이 깃든 표정으로 그 두 사람을 바라보았다. 진입로가 끝나자 그는 포스트로드 쪽으로 우회전을 했다.

"역은 반대 방향 아닌가요?"

"시내까지 바래다드리죠." 그가 말했다.

"그렇게까지 안 하셔도 돼요."

"어차피 나도 돌아가야 합니다. 아침 일찍 회의가 있어서요."

정말로 회의가 있을 것 같지는 않았다. 하지만 나와 시간을 보내고 싶어서 그런 핑계를 댄 것은 아니었다. 운전을 하는 동안 그는 나를 바라보거나 굳이 대화를 하려고 애쓰지 않았다. 나야 좋은 일이었다. 그 파티장을 빠져나오기 위해서라면 우리 둘 다 광견병에 걸린 개를 산책시키는 일이라도 하겠다고 자원했을 사람들이었다.

몇 킬로미터쯤 달린 뒤 그가 내게 조수석 도구함에서 메모지와 펜을 꺼내달라고 부탁했다. 그는 메모지를 대시보드에 대고 메모를 몇 자 적었다. 그리고 맨 위의 종이를 찢어내서 재킷 주머니에 쑤셔 넣었다.

"고맙습니다." 그가 메모지를 내게 돌려주며 말했다.

그는 대화를 피하기 위해 라디오를 켰다. 스윙 음악을 틀어주는 방송국에 주파수가 맞춰져 있었다. 그는 다이얼을 돌렸다. 발라드는 그냥 지나치고, 루스벨트 대통령의 연설에 잠시 멈추더니 다시 발라드로 돌아갔다. 빌리 홀리데이가 〈뉴욕의 가을〉을 부르고 있었다.

> 뉴욕의 가을,
> 왜 이리 마음이 설렐까?
> 뉴욕의 가을,

첫 밤의 짜릿함으로 주문을 건다네

　버넌 듀크라는 벨라루스 이민자가 만든 이 노래는 사실 재즈 스탠더드 곡으로 처음 소개되었다. 그 뒤로 15년 동안 찰리 파커, 새라 본, 루이 암스트롱, 엘라 피츠제럴드가 모두 이 감상적인 노래를 탐구하고 나섰다. 그리고 25년째가 될 때까지는 쳇 베이커, 소니 스팃, 프랭크 시내트라, 버드 파월, 오스카 피터슨이 선배들의 해석을 다시 해석한 노래를 내놓았다. 이 노래가 가을에 대해 우리에게 던지는 바로 그 질문을 우리도 이 노래에게 던질 수 있을 것이다. '왜 이리 마음이 설렐까?'

　우선 한 가지 꼽을 수 있는 요인은, 모든 도시에 저마다 낭만적인 계절이 따로 있다는 점일 것이다. 1년에 한 번씩 도시의 건축, 문화, 조경이라는 변수들이 태양의 운행과 잘 맞아떨어져서, 대로에서 스치듯 지나치는 남자들과 여자들로 하여금 유난히 로맨틱한 감정을 느끼게 한다. 비엔나의 크리스마스 무렵, 파리의 4월이 바로 그런 시기다.

　뉴욕 사람들이 가을에 대해 느끼는 감상도 바로 그런 것이다. 9월이 오면 점점 해가 짧아지는데도, 나뭇잎들이 회색빛 가을비의 무게에 무릎을 꿇는데도, 낮이 길었던 여름이 이제 지나갔다는 안도감 같은 것이 생겨나고, 역설적으로 다시 청춘을 되찾은 것 같은 분위기가 된다.

　　강철 숲 골짜기의
　　눈부신 사람들

희미하게 빛나는 구름들은
집에 온 것 같은 기분을 느끼게 해

뉴욕의 가을
새로운 사랑의 약속을 가져다주네

그래, 1938년 가을에 수천 명의 뉴요커들은 이 노래의 주문에 빠져들 것이다. 초췌한 사람들도 부유한 사람들도 모두 재즈바나 나이트클럽에 앉아서, 저 벨라루스 이민자가 노래를 제대로 만들었다고 인정하듯 미소를 지으며 고개를 까딱거릴 것이다. 겨울이 가까워지더라도, 뉴욕의 가을은 사람으로 하여금 맨해튼의 스카이라인을 새로운 시선과 감정으로 바라보게 만드는, 그래서 '다시 이런 경험을 하게 되어 좋다'는 생각을 하게 만드는 활기찬 로맨스를 약속해준다는 걸 저 벨라루스 이민자가 제대로 잡아냈다고 인정하면서.

그래도 생각해볼 것이 하나 더 있다. 만약 이것이 그토록 활기를 주는 노래라면, 어째서 빌리 홀리데이가 이 노래를 이토록 잘 부르는 걸까?[*]

◆ ◆ ◆

화요일 아침 일찍 엘리베이터에 오른 나는 이 엘리베이터 역시 메이슨 테이트의 책상처럼 유리로 만들어져 있음을 알아차렸다. 내

---

[*] 미국의 흑인 재즈가수 빌리 홀리데이는 불행한 삶의 경험을 바탕으로 심금을 울리는 노래를 부른다는 평을 받았다.

발아래로 한 층 높이쯤 떨어진 곳에서는 스테인리스 스틸 기어들이 도개교를 움직이는 장치들처럼 움직이고 있었고, 머리 위로 30층 높이에서는 청명한 푸른 하늘이 정사각형으로 보였다. 내 앞의 패널에는 은색 버튼이 두 개 있었다. 한쪽에는 '지금', 다른 한쪽에는 '영원히 안 됨'이라는 말이 적혀 있었다.

아침 7시라서 사무실은 비어 있었다. 내 책상에는 베티 데이비스의 매니저에게 보내는 편지가 놓여 있었는데, 잘못된 부분까지 충실하게 그대로 옮겨서 꼼꼼히 교정을 본 편지였다. 나는 편지를 한 번 더 읽어본 뒤 타자기에 새 종이를 끼워 넣고 편지를 고쳤다. 그리고 두 편지를 모두 테이트 씨의 책상에 놓아두면서, 그가 시간이 부족한 사람이라는 것을 알기 때문에 내가 멋대로 두 번째 초고를 준비해보았다는 메모를 곁들였다.

테이트 씨는 그날 퇴근시간이 다 되어서야 버저를 눌러 나를 불러들였다. 내가 안으로 들어가자 그는 두 장의 편지를 책상 위에 나란히 놓아두고 있었다. 둘 다 서명은 되어 있지 않았다. 그는 내게 앉으라는 말도 하지 않고, 마치 통금시간이 지난 뒤에 기숙사를 몰래 빠져나가다가 들킨 모범생을 보듯이 나를 바라보았다. 사실 내가 지금 그런 처지이기는 했다.

"사생활이 어떤지 궁금하군, 콘텐트." 마침내 그가 말했다.

"죄송합니다만, 무엇을 알고 싶으신 건가요?"

테이트는 의자에 앉은 채 등을 기댔다.

"아직 미혼이라는 건 알겠고, 남자를 좋아하기는 하나? 어디 아이를 숨겨놓지는 않았어? 어린 동생을 기르는 것도 아니고?"

"첫 번째만 '네'이고 나머지는 '아니요'인데요."

테이트 씨는 무심한 미소를 지었다.

"어떤 포부를 품고 있지?"

"제 포부는 점점 발전하는 중입니다."

그는 고개를 끄덕였다. 그러고는 자기 책상 위에 놓인 어떤 기사의 초고를 가리켰다.

"이건 캐벗 군이 쓴 프로필 기사야. 그 친구 기사를 읽어본 적 있나?"

"몇 번 있습니다."

"어떤 것 같던가? 그러니까, 문체 면에서 말이야."

캐벗의 기사가 좀 장황하기는 해도, 테이트 씨가 그의 글을 대체로 평가해주는 편이라는 건 알 수 있었다. 캐벗은 가십과 역사의 교차점을 찾아내는 본능이 훌륭했으며, 대단히 효과적인 인터뷰를 하는 재주가 있는 것 같았다. 사람들의 호감을 사서, 대답하지 않는 편이 나은 질문에도 대답을 하게 만든다는 뜻이다.

"제 생각에는 헨리 제임스를 너무 많이 읽은 것 같아요." 내가 말했다.

테이트는 약 1초쯤 고개를 끄덕였다. 그러고는 내게 그 초고를 넘겨주었다.

"그럼 좀 더 헤밍웨이 느낌이 나게 한번 고쳐봐."

17장
·
호외요, 호외

이틀 뒤 밤에, 계절에 맞지 않는 눈이 꿈속에 내렸다. 임대 아파트들과 코니아일랜드식 놀이기구들과 밝은색의 교회 뾰족탑들이 늘어선 시내의 한 동네에 눈이 마치 재처럼 고요하게 내려앉았다. 그 교회는 내 조부모님이 결혼식을 올린 곳이었다. 나는 교회 계단에 서서 문을 향해 손을 뻗었다. 파란색이 어찌나 선명한지 마치 천국의 판자로 만든 것 같았다. 시야 가장자리 어딘가에서 머리에 핀을 꽂고 금고털이들의 가방을 손에 든 어머니가 좌우를 살피더니 전속력으로 모퉁이를 돌아 사라졌다. 나는 문을 노크하려고 손을 뻗었지만 그쪽에서 먼저 노크소리가 들렸다.

"경찰입니다. 문 여세요." 지친 목소리가 외쳤다.

……

시계를 보니 새벽 2시였다. 나는 가운을 걸치고 문을 살짝 열었다. 계단에 머리가 큰 경찰관이 평범한 갈색 양복 차림으로 서 있었다.

"주무시는데 죄송합니다." 그가 전혀 미안하지 않은 말투로 말했다.

"나는 피너랜 경사고 이쪽은 틸슨 형사입니다."

내가 두 사람의 노크 소리를 알아차리는 데 조금 시간이 걸린 모양인지, 틸슨은 계단에 앉아 자기 손톱을 심문하는 중이었다.

"안으로 좀 들어가도 될까요?"

"아니요."

"캐서린 콘텐트라는 분을 아십니까?"

"그럼요." 내가 말했다.

"그분이 여기 사시나요?"

나는 가운을 더 단단히 여몄다.

"네."

"댁의 룸메이트인가요?"

"아뇨…… 내가 그 사람이에요."

피너랜이 틸슨을 뒤돌아보았고, 틸슨은 이제야 비로소 흥미가 생겼다는 듯 손톱에서 시선을 들었다.

"저기, 도대체 무슨 일이에요?" 내가 말했다.

경찰서는 조용했다. 틸슨과 피너랜이 나를 데리고 뒤쪽 계단을 내려가 좁은 통로로 들어섰다. 젊은 경찰관이 유치장으로 통하는 강철 문을 열어주었다. 유치장 안에서는 곰팡이와 암모니아 냄새가 났다. 이브는 침상 위에 담요도 없이 헝겊인형처럼 늘어져 있었다. 짧은 검은색 원피스 위에 내 신여성 재킷을 입은 차림이었다. 사고가 나던 날 이브가 입었던 바로 그 옷.

틸슨에 따르면 이브는 블리커 거리 근처의 골목에서 술에 취해 쓰러져 있었다고 했다. 순찰경관이 이브를 발견했을 때, 이브는 핸드백도 지갑도 갖고 있지 않았다. 그런데 겉옷 주머니에서 황당하게도 내 도서관 카드가 나왔다.

"친구분 맞습니까?" 틸슨이 물었다.

"맞아요."

"업타운에 사는 분이라고 했죠? 그런데 블리커 거리에서 왜 그러고 있었던 걸까요?"

"재즈를 좋아하는 친구거든요."

"누군들 안 그런가요." 피너랜이 말했다.

나는 틸슨이 감방문을 열어주기를 기다리며 문 옆에 서 있었다. 그가 말했다.

"경사. 여경을 불러서 저분을 샤워실로 데려가라고 해. 콘텐트 양, 저랑 같이 가시죠."

틸슨은 나를 데리고 다시 위층으로 올라가서 작은 방으로 들어갔다.

탁자 하나와 의자 몇 개가 있고, 창문은 없었다. 조사실임이 분명했다.

우리 둘 앞에 종이컵에 담긴 커피가 놓인 뒤 그가 의자에 등을 기댔다.

"그러니까, 그……."

"이브예요."

"그렇죠. 이블린 로스."

"우린 룸메이트였어요."

"그래요? 그게 언제입니까?"

"1월까지요."

피너랜이 들어왔다. 그는 틸슨에게 고개를 까딱하고는 벽을 떠받치듯 기대고 섰다. 틸슨이 말을 이었다.

"보자, 매키 경관이 골목에서 댁의 친구를 깨웠을 때 댁의 친구는 자기 이름을 말하지 않았어요. 이유가 짐작이 갑니까?"

"경관이 불친절하게 물었나 보죠."

틸슨은 빙긋 웃었다.

"친구분 직업은 뭡니까?"

"지금은 일을 하지 않고 있어요."

"그럼 댁은요?"

"난 비서예요."

틸슨은 손가락을 허공에 들어 올려 타자치는 시늉을 했다.

"맞아요."

"그런데 친구분은 어떻게 된 거죠?"

"어떻게 되다니요?"

"그 왜, 흉터 말입니다."

"자동차 사고를 당했어요."

"무척 빨리 달리신 모양이군요."

"우리 뒤에서 다른 차가 박은 거예요. 내 친구는 앞 유리창을 뚫고 튕겨 나갔고요."

"댁도 함께 사고를 당했군요!"

"맞아요."

"빌리 바워스라는 이름 혹시 들어봤습니까?"

"아뇨. 내가 알아야 하는 이름인가요?"

"제로니모 섀퍼는요?"

"아뇨."

"좋습니다, 캐시. 캐시라고 불러도 됩니까?"

"절대 안 돼요."

"뭐, 좋습니다, 그럼 케이트. 똑똑한 분 같군요."

"고마워요."

"이런 일이 처음도 아닙니다. 난 친구분 같은 꼴이 된 여자들을 봤어요."

"술 취한 것 말인가요?"

"때로는 두들겨 맞기도 하죠. 코가 부러지기도 하고, 아니면……."

그는 자기 말을 더욱 강조하기 위해 일부러 말끝을 흐렸다. 나는 빙긋 웃었다.

"이번에는 완전히 잘못 짚으셨어요, 형사님."

"그럴지도 모르죠. 하지만 가끔 감당할 수 없는 상황에 빠지는 여자들이 있어요. 난 이해합니다. 다른 사람들과 똑같이 그저 먹고살려고 애쓸 뿐인데 그렇게 돼버리죠. 본인도 자기가 그렇게 될 줄은 몰랐을 겁니다. 하기야 자기가 생각한 대로 살아가는 사람이 어디 있겠습니까? 사람들이 꿈을 꿈이라고 부르는 데에는 다 이유가 있는 법이죠, 안 그래요?"

피너랜이 틸슨의 말이 옳다는 듯 툴툴거렸다.

두 사람이 나를 경찰서 앞쪽으로 다시 데려다주었을 때, 이브는 긴 의자 위에 늘어져 있었다. 정복 차림의 여경이 그 옆에 서 있다가 나를 도와 이브를 택시 뒷좌석에 태웠고, 틸슨과 피너랜은 주머니에 손을 넣은 채 그 광경을 지켜보았다. 차가 떠나는 순간 이브가 눈을 감은 채로 트럼펫 소리를 흉내 내기 시작했다.

"이비. 어떻게 된 거야?"

이브는 소녀 같은 웃음을 터뜨렸다.

"호외요! 호외! 모두 읽어보세요!"

그러고 나서 내 어깨에 머리를 기대고는 기분 좋은 소리를 내며 잠들어버렸다.

확실히 몹시 지쳐 보였다. 나는 아이에게 하듯이 이브의 머리를 쓰다듬어주었다. 경찰서에서 샤워를 한 탓에 머리가 아직 젖어 있었다.

11번가에 도착한 뒤 나는 이브를 데리고 계단을 올라가는 걸 도와달라며 택시기사에게 추가로 돈을 주었다. 우리는 이브를 내 침대에 털썩 내려놓았다. 이브의 다리가 매트리스 밖으로 떨어져 대롱거렸다. 나는 베레스포드의 아파트로 전화를 걸었지만 전화를 받는 사람이 없었다. 나는 부엌에서 따뜻한 물 한 주전자를 가져다가 이브의 발을 씻어주었다. 그리고는 옷을 벗긴 다음, 신발까지 포함한 내 옷 한 벌 값보다 더 비싼 캐미솔 차림의 이브에게 이불을 덮어주었다.

경찰서에서 내근 경찰관은 이브의 소지품 확인서에 내 서명을 받은 뒤 커다란 마닐라 봉투에 들어 있던 단 하나의 물건을 쏟아놓았다. 그 물건은 가냘프게 챙 하는 소리를 내며 책상 위로 떨어졌다. 약혼반지였는데, 다이아몬드가 그 위에서 스케이트를 타도 될 만큼 컸다. 그것을 집어 드는 순간부터 손바닥에 땀이 고이기 시작했기 때문에 나는 집으로 돌아온 뒤 주머니에서 그것을 꺼내 부엌 식탁 위에 놓아두었다. 이브가 입었던 내 재킷은 쓰레기통에 던져버렸다.

자고 있는 이브를 바라보며 나는 도대체 무슨 일인지 의아했다. 왜 술에 취해서 골목길에 쓰러져 있었던 걸까? 신발은 어디로 갔지? 팅커는 또 어디에 있는 걸까? 두 사람 사이에 무슨 사연이 있는지는 몰라도 어쨌든 지금 이브는 고르게 숨을 쉬며 자고 있었다. 지금 이 순간만은 모든 것을 잊고 연약한 모습으로 편안하게 자고 있었다.

그건 인생이 일부러 마련해준 아이러니인 것 같다. 우리가 그런 모습의 자신을 결코 볼 수 없다는 것. 우리는 깨어 있을 때의 자기 모습만을 볼 수 있을 뿐이다. 그리고 그 깨어 있을 때의 모습은 정도의 차이는 있어도 항상 안절부절못하거나 두려워하는 모습이다. 젊은 부모들이 곤히 잠든 아기를 홀린 듯 바라보며 시간 가는 줄 모르는 것도 어쩌면 바로 그 때문인지 모른다.

아침에 타바스코를 친 달걀프라이와 함께 커피를 마실 때 이브는 평소처럼 쾌활한 모습이었다. 이브는 프랑스 남부에는 곰팡내 나는 건물들과 사람들로 북적거리는 바닷가밖에 없고 위스는 뭔가 귀족적인 것만 보면 난리를 피워대는 바람에 정말 지루해 죽는 줄 알았다고 말했다. 그래서 크루아상과 카지노만 아니었다면, 걸어서라도 집으로 돌아왔을 거라고 했다.

나는 한동안 이브의 수다를 들어주었지만, 이브가 내게 직장 일은 어떠냐고 물었을 때 식탁 위로 반지를 밀었다. 이브가 말했다.

"아. 그 얘기를 하는 중이었지."

"그럴걸."

이브는 고개를 끄덕이다가 어깨를 으쓱했다.

"팅커가 청혼했어."

"정말 근사하다, 이브. 축하해."

이브는 화들짝 놀란 표정을 지었다.

"그거 무슨 농담이야? 세상에, 케이티. 난 거절했어."

그러고는 내게 자세한 이야기를 해주었다. 제너러스가 말한 그대로였다. 팅커는 샴페인과 닭고기를 준비해둔 배에 이브를 태워 바다로 나갔다. 점심을 먹고 나서 수영을 하고 수건으로 몸을 닦은 뒤 그가 한쪽 무릎을 꿇더니 소금 그릇에서 반지를 꺼냈다. 이브는 즉석에서 거절했다. 사실 이브는 그에게 정확히 이렇게 말했다.

"날 차에 태우고 또 가로등에 차를 박아보지 그래요?"

팅커가 반지를 내밀었지만 이브는 만져보려고도 하지 않았다. 그래서 팅커는 할 수 없이 이브의 손에 반지를 억지로 쥐여주고 잘 생각해보라고 고집스레 말했다. 하지만 이브는 생각할 필요도 없다고 생각했다. 이브는 아기처럼 곤히 자고 새벽에 일어나 작은 여행 가방에 짐을 꾸려 뒷문으로 빠져나왔다. 팅커는 깊이 잠들어 있었다.

야심만만하다, 단호하다, 엄격하다 등등 이브를 어떤 말로 표현해도 좋지만, 이브는 항상 사람을 놀라게 했다. 나는 6개월 전에 하얀 옷을 입고 팅커의 아파트 소파에 늘어져서 미지근한 진에 진정제를 녹이고 있던 이브를 생각했다. 그렇게 몽롱한 상태로 쉬고 있던 이브는 몸을 일으켜 끊임없이 사람들을 놀라게 했다. 그리고 사람들은 이브가 팅커에게 청혼을 받으려고 수를 쓰고 있다고 확신하며 저마다 찬탄, 부러움, 경멸이 담긴 시선으로 지켜보았다. 하지만 그동안 내내 이브는 풀밭에 숨어 목표를 노리는 고양이처럼, 점잔을 빼며 이러쿵저러쿵 떠들어대는 사람들을 노리고 있었다.

이브가 그리움이 섞인 미소를 지으며 말했다.

"너도 그 자리에 있었으면 좋았을걸. 그랬으면 아마 너무 웃겨서 바지에 오줌을 지렸을 거야. 팅커가 1주일이나 걸려서 노래와 춤을 준비했는데, 내가 거절하자마자 자기 친구 배를 곧장 모래톱에 박아버린 거잖아. 그러고는 어쩔 줄을 모르고 쩔쩔맸지. 섬광탄을 찾는다고 선실을 한 백 번은 들락날락했을걸. 돛도 손질해보고, 돛대에도 올라가보고, 심지어 밖에 나가서 배를 밀기까지 했어."

"넌 뭘 하고 있었는데?"

"그냥 남은 샴페인을 들고 갑판에 누워 있었어. 그러면서 횡횡거리는 바람 소리, 돛이 펄럭이는 소리, 파도가 철썩이는 소리를 들었지."

이브는 이 이야기를 늘어놓으며 토스트에 버터를 발랐다. 거의 꿈꾸는 것 같은 표정이었다.

"그 세 시간 동안 반년 만에 처음으로 평화를 느꼈어." 이브가 말했다.

그러고는 버터나이프를 버터 통 속에 꽂아 넣었다. 투우사가 황소의 등에 창을 꽂아 넣듯이.

"웃기는 건, 당연히, 우리가 서로를 심지어 좋아하지도 않는다는 거야."

"그럴 리가 없어."

"너도 내 말이 무슨 뜻인지 알잖아. 재미있게 지내기는 했지. 하지만 대개 우리는 서로 영 다른 말을 할 때가 많아."

"팅커도 그렇게 생각했을 것 같아?"

"나보다 더하지."

"그런데도 청혼했다고?"

이브는 커피를 한 모금 마시더니 컵을 향해 인상을 썼다.

"이걸 좀 산뜻하게 만들면 어때?"

"마음대로 해. 하지만 난 30분 뒤에 출근해야 해."

이브는 찬장에서 5분의 1쯤 남은 위스키를 찾아내 아이리시 커피를 만들었다. 그리고 다시 자리에 앉은 뒤 화제를 바꾸려고 했다.

"이 책들은 다 어디서 난 거야?"

"그렇게는 안 되지. 난 심각해. 둘이 생각하는 게 그렇게 다르다면서 팅커는 왜 청혼한 거야?"

이브는 어깨를 으쓱하더니 커피를 내려놓았다.

"내 실수야. 내가 임신을 했는데, 영국에 도착했을 때 팅커에게 말해버렸거든. 주둥이를 닫치고 있어야 했는데. 내가 퇴원했을 때도 그렇게 골치 아프게 굴던 사람이니, 임신 얘기를 들은 뒤에는 어땠을지 너도 상상이 갈 거야."

이브는 담배에 불을 붙였다. 그리고 고개를 뒤로 젖히며 천장을 향해 연기를 내뿜었다. 그러고는 고개를 저었다.

"상대한테 빚을 졌다고 생각하는 남자들을 조심해. 그런 남자들만큼 사람을 미치게 하는 존재는 없어."

"그럼 이제 어쩔 거야?"

"어떻게 살 거냐고?"

"아니, 아기 말이야."

"아, 그건 파리에서 해결했어. 팅커한테 미리 말할 기회가 없었을 뿐이지. 충격이 덜 가게 말하는 방법을 찾을 셈이었는데. 결국은 그냥 말해버리는 수밖에 없었어."

우리는 잠시 말이 없었다. 나는 접시를 치우려고 일어섰다.

"나도 어쩔 수 없었어." 이브가 변명하듯 말했다.

"팅커가 나를 궁지로 몰았다고. 육지에서 1.5킬로미터나 떨어진 곳이었고."

나는 수돗물을 틀었다.

"케이티, 네가 우리 어머니처럼 설거지를 시작한다면, 난 저 창문으로 떨어져버릴 거야."

나는 다시 의자에 앉았다. 이브가 식탁 너머로 손을 뻗어 내 손을 꼭 쥐었다.

"그렇게 나한테 실망한 표정 짓지 마. 견딜 수가 없어⋯⋯. 네가 그러면."

"뭘 어떻게 해야 하는지 나도 모르겠다."

"그래, 알아. 하지만 이해해줘. 난 아이들과 돼지와 옥수수를 기르면서 우리에게 편안한 삶을 누리게 해준 선하신 주님께 감사해야 한다고 배우며 자랐어. 하지만 그 사고 뒤로 새로 알게 된 게 몇 가지 있지. 그것도 나름대로 괜찮아."

이브가 옛날부터 하던 말 그대로였다. 다른 사람한테 이래라저래라 지시를 받아야 하는 일만 아니라면, 무엇이든 기꺼이 해보고 싶다던 말.

이브가 고개를 갸우뚱하게 기울이고 내 표정을 좀 더 유심히 바라보았다.

"너 괜찮지?"

"그럼."

"그러니까, 난 망할 놈의 가톨릭이잖아."

나는 웃음을 터뜨렸다.

"그래, 넌 망할 놈의 가톨릭이지."

이브는 담뱃갑을 눌러서 담배 한 개비를 꺼낸 뒤 담뱃갑의 뚜껑을 닫았다. 안에는 한 개비가 남아 있었다. 이브는 담배에 불을 붙인 뒤 성냥을 어깨너머로 던져버렸다. 그러고는 인디언 추장처럼 담배를 내게 내밀었다. 나는 담배를 한 모금 빤 뒤에 다시 이브에게 건넸다. 우리 둘 다 말없이 그렇게 담배를 주고받았다.

"이제 어쩔 거야?" 마침내 내가 물었다.

"나도 몰라. 잠시 베레스포드에서 혼자 지낼 수 있지만, 그래도 거기 있기 싫어. 부모님은 전부터 계속 집으로 돌아오라고 하시는데, 거길 한번 가보는 것도 괜찮겠지."

"팅커는 어떻게 할 것 같아?"

"다시 유럽으로 가게 될지도 모른다고 말했어."

"스페인에서 파시스트랑 싸우려고?"

이브는 믿을 수 없다는 표정으로 나를 바라보더니 웃음을 터뜨렸다.

"세상에. 팅커는 코트다쥐르의 파도와 싸우러 가는 거야."

◆ ◆ ◆

사흘 뒤 밤에 내가 잠자리에 들려고 옷을 벗고 있는데 전화벨이 울렸다.

이브를 만난 뒤로 줄곧 예상하고 있던 일이었다. 한밤중의 전화.

뉴욕은 어둠에 잠겨 있지만, 수천 킬로미터 떨어진 코발트색 바다에서는 해가 뜨고 있는 시각. 그날 파크 애버뉴에서 사고만 나지 않았다면 이미 6개월 전에, 아니 어쩌면 그보다 더 오래전에 이런 전화가 걸려왔을지도 모른다. 심장박동이 조금 빨라졌다. 나는 다시 셔츠를 입고 전화를 받았다.

"여보세요?"

하지만 수화기에서 들려온 것은 피곤에 지친 귀족적인 목소리였다.

"캐서린인가?"

"……이브의 아버님이세요?"

"이렇게 늦은 시간에 귀찮게 해서 미안하군, 캐서린. 그냥 뭣 좀 물어보려고. 혹시……."

수화기 저편에 침묵이 흘렀다. 로스 씨가 수백 킬로미터 떨어진 인디애나에서 딸을 키웠던 지난 20년을 생각하며 감정을 억누르려고 애쓰는 소리가 들리는 듯했다.

"아버님?"

"미안하구나. 설명이 필요할 것 같은데, 이브와 그 팅커라는 친구의 관계가 끝난 모양이야."

"네, 며칠 전에 이브를 만나서 얘기를 들었어요."

"아. 그럼, 나는…… 그러니까 새라랑 내가…… 이브한테서 집으로 오겠다는 전보를 받았는데, 기차역에 마중하러 나갔지만 이브가 오질 않았어. 처음에는 플랫폼에서 이브를 미처 못 보고 지나쳤나 보다 했지만, 식당이나 대합실을 찾아봐도 이브가 보이질 않더구나. 그래서 역장한테 가서 승객 명단에 이브의 이름이 있는지 물어봤지. 그런데 역장이 방침에 어긋난다는 둥 하면서 알려주질 않는 거야. 그래도 결국은 이브가 뉴욕에서 기차에 탔다는 걸 확인해주긴 했지만. 그러니까 이브가 기차에 안 탄 건 아니었던 거야. 그저 내리질 않았던 거지. 우리는 며칠이나 걸려서 간신히 기차 차장과 통화를 했다. 그 친구는 덴버에서 다시 동쪽으로 향하고 있더군. 어쨌든 그 친구가 이브를 기억하고 있었어……. 그 흉터 때문에. 그러면서 하는 말이 기차가 시카고에 가까워졌을 때 이브가 돈을 내고 목적지를 바꿨다는 거야. 로스앤젤레스까지."

로스 씨는 한동안 말없이 감정을 추슬렀다.

"그래서 말이지, 캐서린, 우린 지금 굉장히 혼란스러워서……. 팅커랑 연락을 해보려고 했는데 어디 외국에 나가 있는 것 같더군."

"아버님, 정말 무슨 말씀을 드려야 할지……."

"캐서린, 친구끼리의 비밀을 털어놓으라고 할 생각은 없다. 이브가 우리한테 자기가 있는 곳을 알리고 싶어 하지 않는다면, 난 그걸 인정해줄 수 있어. 이브도 이젠 어른이니까. 자기 길을 스스로 헤쳐나갈 자유가 있지. 하지만 아무래도 우린 부모니까 말이야. 너도 언젠가는 이해하게 될 거다. 이브의 일에 쓸데없이 참견하려는 게 아니라, 그냥 이브가 잘 있는지만 확인하고 싶어."

"아버님, 제가 이브가 있는 곳을 안다면 말씀드렸을 거예요. 이브가 저한테 침묵의 맹세를 시켰더라도요."

로스 씨는 짤막한 한숨을 내쉬었다. 그 한숨이 짧아서 더 가슴이 아팠다.

두 분이 얼마나 들떴을까. 새벽에 일어나 시카고까지 차를 모는 동안 로스 씨 부부는 라디오도 켜지 않고, 가끔 몇 마디 말만 주고

받았을 것이다. 세월의 흐름 속에서 타인처럼 변해버린 흔한 부부들과 같은 길을 걷고 있기 때문이 아니라, 감정적으로 가장 가까이 닿아 있는 두 사람이 독립적인 성격의 딸이 뉴욕에서 상처를 입고 마침내 집으로 돌아온다는 생각에 상심에서 기쁨으로 변한 감정을 되새기고 있었기 때문에. 마치 일요일 예배에 나갈 때처럼 좋은 옷을 차려입고 역의 회전문을 통과해, 떠나는 사람들과 도착하는 사람들로 혼잡한 역 구내를 걸어가면서 두 분은 조금 불안했겠지만 그래도 전체적으로는 마음이 들떴을 것이다. 부모로서의 책임뿐만 아니라 인류라는 종에 대한 책임도 완수하게 되었다는 생각에. 그러니 또한 얼마나 참담했을까. 딸이 결국 나타나지 않을 것임을 처음으로 눈치챘을 때.

그동안 1천 킬로미터 이상 떨어진 다른 기차역에서 이브는 발을 내디뎠을 것이다. 갖가지 색깔과 빛으로 가득하고, 19세기 미국의 위대했던 철도산업의 음울한 분위기보다는 서부의 현대적이고 낙천적인 스타일이 반영된 그 건물에서. 그리고 이렇다 할 짐도 없이 야자수가 늘어선 거리를 절룩거리며 걸었을 것이다. 특별히 마음에 정한 목적지도 없이, 거칠고 가차없는 세상에서 온 스타 지망생 같은 모습으로.

나는 로스 씨가 정말로 안쓰러웠다.

"이브를 찾아달라고 탐정을 고용할까 생각 중이다."

로스 씨가 말했다. 하지만 이것이 과연 적절한 방법인지 확신하지 못하는 것 같았다.

"로스앤젤레스에 이브가 아는 사람이 있니?"

"아뇨. 캘리포니아에는 아는 사람이 하나도 없을 거예요."

하지만 만약 로스 씨가 탐정을 고용한다면, 내가 조언을 해줄 수 있을 것 같다는 생각이 들었다. 기차역에서 열 블록 이내의 전당포에 가서 스케이트를 타도 될 만큼 커다란 약혼반지와 한 짝밖에 없는 샹들리에 모양의 귀걸이를 찾아보라고. 바로 거기서부터 이블린 로스의 미래가 시작되었을 테니까 말이다.

다음 날 밤에 로스 씨에게서 다시 전화가 왔다. 이번에는 내게 질문을 던지지 않고, 하루 동안 있었던 일을 알려주었다. 그날 낮에 로스 씨는 마틴게일 부인의 하숙집에 사는 아가씨들과 이야기를 해보았지만, 이브의 소식을 아는 사람이 하나도 없었다고 했다. 로스 씨는 LA의 실종자 담당 부서에도 연락해보았지만, 그쪽에서는 이브가 성인이고 자기 손으로 기차표를 샀다는 말을 듣자마자 '실종자'의 법적인 정의에 해당하지 않는다고 설명해주었다. 로스 씨는 또한 부인의 걱정을 덜어주기 위해 병원과 응급실도 확인해보았다.

로스 부인은 어떻게 지내고 있을까? 부인은 슬픔에 잠겨 있었다. 가족이 죽었을 때보다 더했다. 딸이 죽으면 엄마는 딸이 결코 누릴 수 없게 된 미래를 생각하며 슬퍼하지만 딸과의 그 친밀했던 추억 속에서 위안을 얻을 수 있다. 하지만 딸이 부모에게서 달아났을 때는 그런 다정한 추억들이 잠들어버리고, 멀쩡히 잘 살아 있는 딸의 미래도 해변에서 물러가는 파도처럼 엄마에게서 물러나버린다.

로스 씨가 세 번째로 전화했을 때도 그 전에 비해 이렇다 할 진전이 없었다. 로스 씨는 (혹시 도움이 될 만한 친구의 이름을 알 수 있을까 해서) 이브의 편지들을 읽어보다가 이브가 나를 처음 만났을 때의 일을 설명해놓은 글을 우연히 찾아냈다고 말했다. "어젯밤 어떤 여자한테 스파게티 접시를 쏟았다. 그런데 그 여자가 정말 굉장한 사람이었다."로스 씨와 나는 함께 한바탕 웃었다. 로스 씨가 말했다.

"이브가 처음 하숙집에 들어갔을 때 1인실을 썼다는 걸 까맣게 잊고 있었구나. 둘이 룸메이트가 된 것이 언제지?"

나는 정말 골치 아픈 문제가 생겼다는 것을 깨달았다.

로스 씨는 슬픔에 잠겨 있었지만 그래도 아내를 위해 강해져야 했다. 그래서 함께 추억을 되새길 사람을 찾고 있었다. 이브를 잘 알면서도 안전한 거리를 유지하고 있는 사람. 내가 바로 그런 사람이었다.

나는 야박하게 굴고 싶지 않았다. 로스 씨와 잠시 이야기를 나누는 것이 그렇게 불편한 일도 아니었다. 하지만 앞으로 이런 이야기를 몇 번이나 더 나눠야 할까? 모르긴 몰라도, 로스 씨는 마음의 상처가 빨리 낫는 편이 아닌 듯싶었다. 아니, 슬픔을 놓아 보내기보다는 두고두고 음미하는 사람 같았다. 때가 됐을 때 내가 몸을 빼내려면 어떻게 해야 할까? 걸려오는 전화를 안 받을 수는 없었다. 그럼 로스 씨가 눈치를 챌 때까지 조금 무례하게 굴어야 할까?

며칠 뒤 밤에 전화벨이 울렸을 때 나는 한 손에는 열쇠 꾸러미를 들고 다른 팔은 코트 소매 속에 막 끼려던 참인 것 같은 목소리를 꾸며냈다.

"여보세요!"

"케이티?"

……

"팅커?"

"순간적으로 전화를 잘못 걸었나 했어요. 당신 목소리를 들으니까 반갑네요."

…….

"이브를 만났어요." 내가 말했다.

…….

"그랬을지도 모른다고 생각했어요."

그가 건성으로 웃었다.

"내가 확실히 1938년을 망쳐버린 모양이에요."

"당신뿐만 아니라 세상 사람들이 다 그랬죠."

"아뇨, 나는 특별 점수를 얻어도 될 정도예요. 1월 첫째 주부터 나는 매번 잘못된 결정을 내렸어요. 이브는 이미 몇 달 전부터 나한테 질려 있었던 것 같아요."

슬픈 우화를 들려주듯이 그는 프랑스에서 일찍 잠자리에 들었다가 해가 뜰 때 일어나 수영하는 버릇을 들였다고 말했다. 새벽이 너무 아름다웠다는 얘기도 했다. 석양과는 너무나 다른 모습이라서 그는 이브에게 일출을 함께 보자고 말했다. 이브는 대답 대신 차양이 달린 모자를 쓰기 시작하더니 매일 점심때까지 잠을 잤다. 그러다가 마지막 날 밤에 팅커가 침대로 들어가자 이브는 혼자 카지노로 가서 아침 5시까지 룰렛 게임을 한 뒤 바닷가에서 그를 만날 수 있는 시간에 딱 맞춰서 신발을 손에 든 채 진입로를 올라왔다.

팅커는 마치 두 사람 모두에게 조금 당혹스러운 경험이었다는 듯이 이 이야기를 해주었지만, 내 생각은 달랐다. 팅커와 이브의 관계에 어떤 한계가 있었든, 그 관계가 편의를 위한 것이었든 불완전한 것이었든 빈약한 것이었든 간에, 두 사람 모두 그런 사소한 일로 난처해 할 이유가 없었다. 내 입장에서 보면 팅커가 이브와 일출을 함께 보고 싶었지만 결국 혼자 일어나야 했던 것과 이브가 다른 데서 밤을 보내고 마지막 순간에 나타난 것은 두 사람이 얼마나 좋은 사람들인지를 보여주는 것이었다.

나는 그동안 팅커와의 통화를 상상하면서 매번 팅커의 태도를 이렇게 저렇게 바꿔서 생각해보았다. 어떤 때는 낙담한 목소리였고, 또 어떤 때는 혼란스러운 목소리였고, 또 어떤 때는 죄를 뉘우치는 것 같은 목소리였다. 하지만 언제나 흔들리는 목소리인 건 똑같았다. 자기가 스스로 만들어낸 고리 속을 전속력으로 통과해 나왔으니까. 하지만 실제로 내게 전화를 걸어온 팅커의 목소리는 전혀 흔들리지 않았다. 기가 죽은 목소리인 건 확실했지만, 고르고 편안했다. 거의 부럽기까지 한, 뭐라고 형언할 수 없는 느낌이 배어 있었다. 나는 그것이 안도감임을 조금 지난 뒤에야 깨달았다. 팅커는 낯선 도시에서 호텔에 묵었다가 화재를 만나 목숨 외에는 거의 모든 것을 잃은 뒤 길가에 앉아 있는 사람 같은 태도였다.

하지만 낙담했든 혼란스럽든 긴장이 풀렸든 안도했든 간에, 그 목소리가 어떻게 들리든 간에 그것은 바다 건너에서 들려오는 목소리가 아니었다. 라디오 방송처럼 선명하게 들리고 있었으니까.

"팅커, 지금 어디예요?"

그는 애디론댁 산맥에 있는 월코트의 캠프에 혼자 있다고 했다. 그곳에서 1주일 동안 숲 속을 산책하기도 하고, 호수에서 배를 타고 노를 젓기도 하면서 지난 6개월 동안의 일을 생각해보았다는 것이다. 하지만 이제는 누군가와 이야기를 나누지 않으면 조금 미쳐버릴지도 모른다는 걱정이 들었다고 했다. 그래서 내일 낮에 그쪽으로 와줄 수 있겠느냐고 내게 물었다. 아니면 금요일 퇴근 뒤에 기차를 타고 가서 그곳에서 주말을 보낼 수도 있었다. 여기 집이 얼마나 굉장한지 몰라요. 호수도 아름답고, 그리고…….

"팅커." 내가 말했다. "그렇게 핑계를 만들려고 애쓰지 않아도 돼요."

전화를 끊은 뒤 나는 일어서서 창밖을 내다보며 팅커의 제의를 거절했어야 하는 건지 생각해보았다. 내 아파트 건물 뒤의 쓸쓸한 안뜰에 조각보처럼 자리 잡은 창문들 속에는 미스터리도 위협도 마법도 없이 조용히 살고 있는 수많은 사람들이 있었다. 하지만 그 사람들과 나 사이에 있는 것은 오로지 그 창문들뿐이었다. 사실 내가 그 사람들보다 팅커 그레이를 더 잘 아는 것도 아니었다. 그런데도 아주 오래전부터 그를 알고 있었던 것 같은 기분이었다.

나는 방 안을 가로질렀다.

그리고 영국 작가들의 책더미 속에서 『위대한 유산』을 뽑아냈다. 그 책 20장의 책갈피 속에 바다 건너편의 작은 교회를 묘사한 팅커의 편지가 있었다. 어부의 미망인, 열매를 나르던 레슬링 선수 같은 남자, 갈매기처럼 웃어대던 여학생들…… 그리고 은연중에 드러나 있는, 평범한 것들에게 보내는 찬사. 나는 티슈처럼 얇은 편지지의 주름을 애써 폈다. 그러고는 자리에 앉아서 벌써 몇 번이나 읽었는지 모르는 그 편지를 또 읽었다.

18장

•

지금 여기

월코트의 '캠프'는 미술공예운동⁺ 스타일의 2층짜리 저택이었다. 밤 1시에 이 건물은 물을 마시러 온 우아한 짐승처럼 어둠 속에 솟아 있었다.

우리는 현관 베란다의 나른한 나무계단을 올라가 널찍한 거실로 들어갔다. 돌로 된 벽난로는 그 안에 사람이 들어가서 서도 될 만큼 컸다. 바닥에는 옹이투성이 소나무가 깔려 있고, 거기에 사람이 생각해낼 수 있는 모든 색조의 빨간색으로 짠 나바호 인디언 깔개가 덮여 있었다. 튼튼한 나무의자들이 두 개 또는 네 개씩 짝을 지어 놓여 있어서 한창 사람들이 많이 찾는 계절에는 여러 세대의 월코트 가문 사람들이 혼자 있는 것 같으면서도 또한 가족들과 함께 있는 환경 속에서 카드놀이를 하거나 책을 읽거나 조각그림 맞추기를

⁺ Arts & Craft Movement, 19세기 말에 일어난 디자인 개혁 운동 겸 사회운동으로, 산업혁명 이전 공예의 전통을 되살리자는 것.

할 수 있게 돼 있었다. 이 모든 것 위에 운모 갓을 씌운 램프가 따스한 노란 빛을 던졌다. 윌러스가 애디론댁에서 보내는 시간은 1년 중 겨우 몇 주밖에 안 되는데도 항상 집처럼 편안하다고 말했던 것이 기억났다. 그가 그렇게 말한 이유를 나도 금방 알아차릴 수 있었다. 돌아오는 12월에 크리스마스트리가 놓일 자리가 어디인지도 금방 상상이 갔다.

팅커가 신이 나서 이 집의 역사에 대해 들려주기 시작했다. 이 지역에 살던 인디언들과 이 집을 지은 건축가가 미학을 공부한 과정에 관한 이야기가 거기에 섞여 있었다. 하지만 나는 아침 6시에 일어나 《고담》에서 열 시간을 일하고 온 몸이었다. 그래서 허공에 떠도는 연기 냄새와 멀리서 우르릉거리는 천둥소리 속에서 내 눈꺼풀은 물가에 매여서 출렁거리는 배처럼 열렸다가 다시 감기기를 반복했다.

팅커가 빙긋 웃으며 말했다.

"미안해요. 당신을 보니 너무 반가워서 그만. 이야기는 아침에 해요."

그는 내 가방을 들고 나를 2층으로 안내했다. 복도에 문들이 죽 늘어서 있었다. 이 집은 한꺼번에 스무 명 이상을 재울 수 있을 것 같았다.

"이 방을 쓰는 게 어때요?"

팅커가 트윈베드 한 쌍이 놓여 있는 작은 방으로 들어서며 말했다.

그는 내 가방을 도자기 세면대 옆에 있는 서랍장 위에 놓았다. 벽에 걸려 있는 낡은 가스등에 전깃불이 들어와 있는데도, 그는 협탁

위의 석유램프에도 불을 붙였다.

"저기 물주전자에 새로 떠온 물이 있어요. 내 방은 복도 반대편 끝이니까 필요한 게 있으면 말해요."

그는 내 손을 꼭 잡아주었다. 당신이 와줘서 정말 기쁘다고 말하는 것 같았다. 그러고는 복도로 물러났다.

짐을 푸는 동안 팅커가 다시 계단을 내려가 거실로 가서 현관문을 단속하고, 벽난로의 깜부기불을 흩어놓고, 불을 끄는 소리가 들렸다. 그리고 조금 있다가 집의 반대편 끝에서 스위치를 내리는 소리가 무겁게 쿵 하고 들려왔다. 내가 천둥소리인 줄 알았던, 멀리서 우르릉거리는 소리가 그치더니 집 안의 모든 전등이 꺼졌다. 팅커의 발소리가 다시 통통 튀듯 계단을 올라와 복도 반대편으로 향했다.

나는 19세기의 램프 불빛 속에서 옷을 벗었다. 벽에 비친 내 그림자가 블라우스를 개고, 머리를 빗는 시늉을 했다. 나는 가져온 책을 읽을 생각도 없으면서 협탁에 놓고는 이불 속으로 들어갔다. 미국인들의 몸집이 지금보다 작을 때 만들어진 침대인지 내 발이 발치의 받침대에 곧장 닿았다. 예상외로 너무 추워서 나는 침대 발치를 우아하게 꾸며주고 있는 조각보 퀼트를 펼쳤다. 그러고는 결국 책을 펼쳤다.

그날 저녁에 펜 역으로 들어가던 나는 읽을 것을 하나도 가져오지 않았다는 것을 깨닫고 간이서점으로 가서 진열된 문고판 책들(로맨스소설, 서부소설, 모험소설)을 훑어보다가 애거서 크리스티의 책을 선택했다. 그때까지만 해도 나는 추리소설을 많이 읽은 편이 아니었다. 속물근성 때문이었다고 해도 좋다. 하지만 기차에 올라 질릴 때까지 창밖을 바라본 뒤 나는 크리스티 부인의 세계로 들어갔다. 그리고 그 세계가 기분 전환에 아주 좋다는 것을 깨닫고 기분 좋은 놀라움을 느꼈다. 이 책 속에서 벌어진 범죄의 무대는 영국의 한 영지였고, 여주인공은 여우 사냥을 즐기는 상속녀였는데, 책이 45쪽에 이르기 전에 벌써 두 번이나 재앙을 만났다.

나는 8장을 펼쳤다. 저마다 조금씩 의심스러운 구석이 있는 사람들 여러 명이 거실에서 차를 마시고 있었다. 그들은 보어 전쟁에 참전했다가 영영 돌아오지 않은 인근의 젊은이에 대해 이야기하는 중이었다. 피아노 위의 꽃병에는 이 영지의 주인을 남몰래 사모하는 사람이 보내온 백합이 꽂혀 있었다. 이 장면 전체가 지금의 나와는 상당히 먼 시대와 장소를 묘사하고 있었기 때문에 나는 일곱 번째 문단을 처음부터 한 번 더, 그리고 또 한 번 더 읽어야 했다. 그렇게 네 번이나 같은 곳을 다시 읽다가 나는 램프를 껐다. 방 안이 어둠에 잠겼다.

가슴 위에 묵직한 퀼트를 덮은 채로 나는 내 심장박동을 하나하나 모두 느낄 수 있었다. 마치 내 심장이 초조함과 차분함 사이에 섬세하게 눈금이 매겨진 척도 어디쯤에서 메트로놈처럼 정확하게 박자를 맞춰 날짜를 세고 있는 것 같았다. 한동안 나는 집 안에서 나는 소리, 밖에서 불어오는 바람 소리, 틀림없이 올빼미인 듯싶은 짐승이 부엉부엉 울어대는 소리를 들으며 가만히 누워 있었다. 그러다가 마침내 잠이 들었다. 결코 다가오지 않을 발소리를 들으려고 귀를 기울이면서.

＊＊＊

"얼른 일어나요."

팅커가 문간에 서 있었다.

"지금 몇 시예요?" 내가 물었다.

"8시."

"집에 불이라도 났어요?"

"캠프에서 이 정도면 늦잠 잔 거예요."

팅커가 내게 수건을 던져주었다.

"아침 식사를 준비하는 중이에요. 준비되면 내려와요."

나는 일어나서 얼굴에 물을 끼얹었다. 창밖을 내다보니 춥고 맑은 전형적인 가을 날씨가 될 것 같았다. 그래서 나는 내가 가진 옷 중에 가장 좋은 것을 골라 여우 사냥을 즐기는 상속녀처럼 차려입고 책을 손에 들었다. 벽난로 앞에서 오전 시간을 보내겠구나 하면서.

복도에는 바닥부터 천장까지 가족사진들이 잔뜩 걸려 있었다. 월러스의 아파트와 똑같았다. 비록 시간이 좀 걸렸지만 나는 그 사진들 속에서 마침내 월러스의 어렸을 적 모습들을 찾아냈다. 첫 번째로 찾아낸 사진은 그가 여섯 살 때 프랑스 선원복을 입은 모습을 찍은 한심스러운 스냅사진이었다. 두 번째 사진에는 열 살이나 열한 살쯤 된 월러스가 자작나무 껍질로 만든 카누에 할아버지와 함께 앉아서 그날 잡은 물고기들을 자랑하는 모습이 담겨 있었다. 하지만 두 사람의 표정을 보면 물고기가 아니라 온 세상을 다 잡은 것 같았다.

나는 다른 사진들에 이끌리듯이 계단을 지나쳐서 복도 서쪽 끝까지 갔다. 맨 마지막 방이 바로 팅커가 쓰고 있는 곳이었다. 그런데 그는 2층 침대의 아래칸을 쓰고 있었다! 그의 침대 옆 협탁에도 책이 한 권 놓여 있었다. 에르퀼 푸아로*가 내 귓가에서 속삭이는 소리를 들으며 나는 용기를 내서 조용히 그 방에 들어가 책을 들었다. 『월든』이었다. 팅커가 이 책을 어디까지 읽었는지 표시해주고 있는 것은 클로버 5 카드였다. 하지만 여기저기 그어진 밑줄의 색깔을 보니 팅커가 이 책을 읽는 것이 이번으로 적어도 두 번째는 되는 것 같았다.

소박함, 소박함, 소박함! 말하노니, 자신의 일을 수백 가지나 수천 가지가 아니라 두세 개로 줄이라. 수백만 대신에 여섯으로 만족하고, 설명은 아주 간략하게 하라. 이렇게 풍파가 이는 문명인의 삶에서는 구름과 폭풍과 유사流砂와 수천 가지 것들을 생각해야 하기 때문에 물에 빠져 바닥까지 가라앉아서 항구에 들어오지 못하는 신세가 되기 싫다면, 추측항법에 의지해서 살아야 하며 과연 대단한 계산능력을 지니고서…….

헨리 데이빗 소로의 유령이 내게 인상을 찌푸렸다. 당연한 일이었다. 나는 책을 제자리에 돌려놓고 까치발로 계단까지 가서 아래로 내려갔다.

팅커는 부엌에서 커다란 검은색 프라이팬으로 햄과 달걀을 기름에 굽고 있었다. 하얀 에나멜 상판의 작은 식탁에는 두 사람 몫의

✦ 애거서 크리스티의 소설에 등장하는 탐정.

식기가 차려져 있었다. 집 안 어딘가에는 틀림없이 12인용 떡갈나무 식탁이 있을 것이다. 이 작은 식탁으로는 요리사, 가정교사, 월코트 가문의 손주 세 명밖에 감당할 수 없을 테니까.

팅커의 옷차림이 나와 너무 비슷해서 당황스러울 정도였다. 카키색 바지와 하얀 셔츠. 다만 묵직한 가죽 부츠를 신고 있다는 것이 달랐다. 접시에 음식을 담아 식탁에 놓은 뒤 그는 커피를 따라서 내 맞은편에 앉았다. 좋아 보였다. 지중해에서 실컷 태운 피부에서는 이제 거무스름한 기운이 사라지고 대신 더 거친 느낌이 났으며, 머리카락은 여름의 습기 때문에 구불구불해져 있었다. 1주일 동안 깎지 않은 턱수염도 그에게 이롭게 작용했다. 그래서 과거의 유물 같은 단정한 모습은 사라졌지만, 해트필드와 맥코이 수준에는 아직 도달하지 못했다.◆ 통화할 때와 마찬가지로 그의 태도에서도 느긋한 분위기가 풍겼다. 내가 먹는 것을 보며 그가 환히 웃었다.

"왜요?" 결국 내가 물었다.

"당신이 빨간 머리일 때 모습이 어땠을지 상상해보는 중이에요."

나는 웃음을 터뜨렸다.

"미안하게 됐네요. 나의 빨간 머리 시절은 이미 과거지사예요."

"그걸 놓치다니. 어땠어요?"

"그 덕분에 내 안에 있던 마타 하리가 겉으로 나왔던 것 같아요."

"그럼 그 여자를 다시 끌어내봐요."

식사를 마치고, 그릇을 치우고, 설거지도 마친 뒤 팅커가 찰싹 손뼉을 쳤다.

◆ 해트필드와 맥코이 두 가문은 19세기 말에 살인과 복수로 얼룩진 분쟁을 벌인 것으로 유명하다. 약 30년에 걸친 분쟁으로 많은 사람이 목숨을 잃었다.

"산에 올라가는 거 어때요?"

"난 등산 안 좋아하는데요."

"설마, 딱 좋아하게 생겼는데요. 당신이 아직 그걸 모를 뿐이죠. 게다가 피넌 산에서 보는 호수 풍경은 숨이 막힐 정도예요."

"설마 주말 내내 이렇게 참기 힘들 만큼 들떠 있을 건 아니죠?"

팅커는 웃음을 터뜨렸다.

"그럴 위험도 있기는 해요."

"게다가……. 난 신발도 안 가져왔어요."

"아! 그래서 그랬구나. 그렇죠?"

그는 나를 데리고 거실 반대편의 복도를 걸어 당구실 앞을 지나 더니 화려한 몸짓으로 어떤 문을 활짝 열었다. 길고 품이 널찍한 비옷들이 못에 걸려 있고, 선반에는 모자들이 놓여 있으며, 바닥에는 벽을 따라 온갖 종류와 크기의 부츠들이 망라된 창고 같은 방이었다. 누가 팅커의 표정을 봤다면, 그가 40인의 도적의 보물을 보여주는 알리바바인 줄 알았을 것이다.

♦ ♦ ♦

집 뒤로 난 길은 소나무 숲을 통과해서 떡갈나무와 느릅나무 등 높이 우뚝 솟은 나무들이 자라는 더 깊은 숲속으로 이어졌다. 처음 한 시간 동안은 완만한 오르막길이어서 우리는 어깨를 나란히 하고 편안한 걸음으로 숲의 그늘 속을 걸으며 어렸을 때부터 알던 친구들처럼 이야기를 나눴다. 아무리 시간이 흘러도 만나서 이야기를 나눌 때마다 그 전에 만났을 때의 이야기와 분위기가 그대로 이어지는 친구.

우리는 윌러스에 관해 이야기하며 서로 그에게 품고 있는 애정에 공감했다. 이브에 대한 이야기도 나왔다. 이브가 캘리포니아로 가버렸다고 내가 말해주었더니 그는 다정하게 웃으면서 정말 놀라운 소식이지만 실제로 듣고 나니 그렇게 놀라운 것 같지도 않다고 말했다. 그는 이브가 할리우드에 짐작조차 할 수 없는 변화를 가져올 것이라면서, 1년이 가기 전에 영화배우가 되거나 아니면 영화사 사장이 될 거라고 말했다.

이브의 장래를 이야기하는 그의 목소리에서는 두 사람 사이에 있었던 일의 흔적이 전혀 느껴지지 않았다. 누가 그의 이야기를 들었다면, 두 사람이 서로에 대한 우정을 그대로 간직한 오랜 친구인 줄 알았을 것이다. 어쩌면 그것이 옳은 짐작일 수도 있었다. 팅커에게는 두 사람의 관계가 1월 3일에 다시 맞춰져 있어서, 지난 반년 동안의 일은 영화의 형편없는 장면처럼 싹둑 잘려나가버린 것인지도 모른다는 생각이 들었다.

산으로 점점 깊이 들어갈수록 나무들 사이로 들어오는 햇빛이 약해진 만큼 우리의 대화도 드물어졌다. 다람쥐들이 우리 앞의 나무 둥치들 사이를 쪼르르 쪼르르 돌아다녔고, 노란 꼬리를 단 새들이 가지에서 가지로 휭휭 날아다녔다. 공기에서는 옻나무와 사사프러스나무와 달콤한 말=의 냄새가 났다. 나는 내가 등산을 딱 좋아하게 생겼다는 팅커의 말이 옳은지도 모른다는 생각이 들기 시작했다.

하지만 길이 점점 가파르게 변해서 나중에는 계단만큼 가팔라졌다. 우리는 아무 말 없이 한 줄로 서서 산을 오르고 있었다. 한 시간이 지났다. 네 시간이 지난 것 같기도 했다. 내 부츠는 처음과 달리 내 발보다 한 치수 작아져서 왼쪽 발꿈치가 마치 프라이팬을 밟는 것 같았다. 도중에 두 번 넘어지는 바람에 여우 사냥 때 입을 법한 카키색 바지가 해어졌다. 상속녀 분위기가 나는 하얀 셔츠는 이미 땀으로 흠뻑 젖은 지 오래였다. 내가 차분한 목소리로 "도대체 얼마나 더 가야 하죠?"라고 물을 수 있을 만큼 자제력이 있는 사람인지 궁금해졌다. 아무렇지도 않은 듯 무심하게 물을 수 있을까? 그런데 그때 마침 나무들이 듬성듬성해지고 경사도 조금 완만해졌다. 그러더니 순식간에 우리는 탁 트인 하늘 밑의 바위 봉우리 위에 서 있었다. 사람 하나 보이지 않는 수평선이 바라다보였다.

저 멀리 아래쪽에 폭 1.5킬로미터, 길이 8킬로미터인 호수가 뉴욕의 황야를 기어가는 거대한 검은색 파충류처럼 보였다. 그가 말했다.

"자. 내 말이 맞죠?"

정말이었다. 자기 삶이 엉망이 됐다고 느낀 팅커가 왜 이곳에 왔는지 알 것 같았다.

"내티 범포의 말 그대로네요." 내가 단단한 돌 위에 앉으며 말했다.

팅커는 자기가 하루 동안 다른 사람이 된다면 누가 되고 싶으냐는 질문에 대답했던 말을 내가 기억하고 있는 것을 보고 미소를 지었다.

"그래요, 비슷하죠."

그는 내 말에 맞장구를 치며 배낭에서 샌드위치와 수통을 꺼냈다. 그러고는 1미터쯤 떨어진 곳에 앉았다. 신사다운 거리.

음식을 먹으면서 그는 옛날에 식구들과 함께 메인 주에서 7월을 보낼 때의 일을 회상했다. 형과 함께 한 번에 며칠씩 애팔래치아 산길을 걸은 이야기도 했다. 크리스마스 때 어머니에게서 선물로 받은 텐트와 나침반과 잭나이프를 6개월 만에 마침내 사용할 수 있게 된 것이다.

우리는 세인트조지스 학교나 어렸을 때 팅커가 겪은 생활의 변화에 대해서는 아직 이야기하지 않았다. 나야 그 이야기를 꺼낼 리가 없었다. 하지만 그는 메인 주에서 형과 함께 등산하던 이야기를 하면서 그때가 힘든 시절이 오기 전의 행복한 시기였음을 자기 나름대로 분명히 밝혔다.

점심 식사를 끝낸 뒤 나는 팅커의 배낭을 베고 누웠고, 팅커는 잔가지를 부러뜨려 6미터쯤 떨어진 자그마한 이끼밭으로 던지는 연습을 했다. 남학생이 학교에서 집까지 걸어가는 길에 세계선수권이라도 따려고 연습하는 것 같았다. 소매는 걷어 올렸고, 팔뚝에는 여름 햇빛에 노출된 탓에 주근깨가 나 있었다. 내가 물었다.

"페니모어 쿠퍼의 작품을 대체로 좋아한 편이에요?"

"아, 『라스트 모히칸』이랑 『사슴사냥꾼』은 아마 세 번은 읽었을 걸요. 하기야 그때는 모험 이야기라면 전부 좋아했으니까요. 『보물섬』, 『해저 2만 리』…… 『야성의 부름』……."

"『로빈슨 크루소』."

팅커가 빙긋 웃었다.

"사실 내가 『월든』을 손에 잡은 건 당신이 무인도에 난파할 때 그 책을 가져가고 싶다고 말한 뒤예요."

"그래서 읽어보니 어때요?" 내가 물었다.

"음, 처음에는 이걸 끝까지 읽을 수 있을까 싶었죠. 사람이 오두

막에 혼자 살면서 인류의 역사에 대해 철학적인 생각을 하며 삶을 꼭 필요한 것들만으로 제한하려고 애쓰는 이야기가 400쪽이나 되니……."

"그럼 다 읽은 뒤에는요?"

팅커는 잔가지 부러뜨리기를 그만두고 먼 곳을 바라보았다.

"다 읽은 뒤에는…… 그게 무엇보다 위대한 모험이라는 생각이 들었어요."

3시쯤 푸르스름한 회색 구름 무리가 저 멀리 나타나고 기온이 뚝 떨어지기 시작했다. 그래서 팅커가 배낭에서 아란 스웨터를 꺼내 내게 주었다. 우리는 날씨가 나빠지기 전에 산에서 내려가려고 애썼다. 우리가 막 작은 숲이 있는 곳에 도착했을 때 하늘이 비를 뿌리기 시작했다. 우리가 집 앞의 계단을 뛰어오를 때는 처음으로 천둥이 울렸다.

팅커가 커다란 벽난로에 불을 피웠고, 우리는 그 앞의 나바호 깔개에 자리를 잡고 앉았다. 집 안이 따뜻해지자 깜부기불 바로 위에서 돼지고기와 콩과 커피를 끓이고 있는 팅커의 뺨이 별 모양으로 울긋불긋 달아올랐다. 나는 그가 준 스웨터를 벗었다. 젖은 모직 스웨터에서 나는 따뜻한 흙냄새 같은 것이 또 다른 추억을 떠올리게 했다. 하지만 그 추억이 눈 내리던 밤에 우리가 캐피톨 극장으로 몰래 들어갔던 일이라는 것을 금방 깨닫지는 못했다. 팅커가 준 양털 코트의 따뜻한 품속에 있었던 그날.

내가 커피를 두 잔째 마시고 있을 때, 팅커가 막대기로 불을 쑤시는 바람에 불꽃이 날렸다.

"당신에 대해 아무도 모르는 사실 하나만 얘기해줘요."

내 말에 팅커는 농담을 들은 사람처럼 웃음을 터뜨렸다. 하지만 이내 곰곰이 생각하는 표정이 되었다. 그가 내 쪽으로 살짝 고개를 돌리며 말했다.

"좋아요. 우리가 트리니티 교회 맞은편의 그 식당에서 우연히 마주친 날 기억하죠?"

"네⋯⋯."

"내가 당신 뒤를 따라 들어간 거예요."

나는 프랜처럼 그의 어깨를 세게 때렸다.

"말도 안 돼!"

"알아요. 형편없는 짓이죠. 하지만 그게 사실인걸요! 이브한테서 당신 회사 이름을 우연히 듣고 정오 직전에 그 건물 맞은편으로 가서 신문판매대 뒤에 숨어 있었어요. 점심을 먹으러 가는 당신을 만날 수 있을까 싶어서. 40분을 기다렸는데 날이 얼마나 추웠는지 몰라요."

나는 그의 귀 끝이 발갛게 변해 있던 것을 떠올리고 웃음을 터뜨렸다.

"무슨 생각으로 그런 거예요?"

"당신 생각이 머리에서 떠나지 않았거든요."

"쳇!"

"아냐, 진심이에요."

그가 부드러운 미소를 띠고 나를 바라보았다.

"처음 봤을 때부터 나한테는 당신 안의 차분함이 보였어요. 사람들이 책에 써놓았지만 실제로 갖고 있는 사람은 거의 없는 것 같은,

내면의 고요함 같은 것. 그래서 속으로 이런 생각을 했죠. 저 여자는 어떻게 저럴 수 있지? 그러다가 저건 후회가 없는 사람만이 가능하다는 생각이 들었어요. 뭔가 결정을 내릴 때…… 아주 차분한 마음으로 단호하게 결정을 내리는 사람만 가능한 일이라는 생각. 그게 나를 멈칫하게 했죠. 그래서 그걸 다시 보고 싶어서 참을 수가 없었어요."

전등불을 다 끄고 깜부기불을 흩어버리고 2층으로 올라갔을 때는 우리 둘 다 아주 곤하게 잘 수 있는 상태가 되어 있었다. 우리가 손에 든 랜턴의 움직임에 따라 계단 위에서 우리 그림자가 앞뒤로 흔들렸다. 계단 위에 다다랐을 때 서로 몸이 부딪히자 그가 사과했다. 우리는 어색하게 잠시 서 있다가, 그가 내게 친구 같은 키스를 한 뒤 각자 반대 방향으로 헤어졌다. 우리는 각자 자기 방의 문을 닫고 옷을 벗었다. 우리는 각자 자신의 작은 침대로 올라가 아무 목적도 없이 책을 몇 쪽 읽다가 불을 껐다.

어둠 속에서 퀼트를 끌어올리며 나는 바람을 의식했다. 피넌 산에서 내려온 바람이 나무와 유리창을 흔들어댔다. 마치 바람도 마음을 정하지 못해 잠시도 가만히 있지 못하는 것 같았다.

『월든』에서 자주 인용되는 구절이 하나 있다. 소로가 우리에게 자기만의 북극성을 찾아 선원이나 도망노예처럼 흔들림 없이 그 별을 따라가라고 권고하는 구절이다. 그 구절을 읽으면 짜릿한 기분이 든다. 우리가 충분히 포부를 품을 만한 가치가 있다는 사실이 그토록 뻔히 보이니까. 하지만 그 진정한 길을 계속 따라갈 수 있을 만큼 사람의 자제심이 뛰어나다 해도, 진짜 문제는 자신의 별이 하늘의 어느 부분에 거하고 있는지 알아내는 일인 것 같다는 생각이 옛날부터 항상 들었다.

하지만 『월든』에서 지금까지 항상 내 곁에 머무르는 구절은 그것뿐만이 아니다. 소로는 진리가 멀리 있다는 생각은 잘못된 것이라고 말한다. 저 멀고 먼 별 뒤에, 아담이 태어나기 이전과 심판의 날 이후에 진리가 있는 것이 아니라는 것이다. "그 모든 시대와 장소와 일들이 모두 지금 이곳에 있다." '지금 이곳'에 이토록 찬사를 보내는 것이 어떤 의미에서는 자신만의 별을 따라가라는 권고와 어긋나는 것처럼 보인다. 하지만 이 말도 별을 따라가라는 말만큼 설득력이 있다. 게다가 도달하기가 훨씬 더 쉽다.

나는 팅커의 스웨터를 다시 입고 까치발로 복도를 걸어가 그의 방 앞에 섰다.

그리고 집이 삐걱거리는 소리, 비가 지붕을 두드리는 소리, 문 뒤편의 숨소리에 귀를 기울였다. 나는 소리를 내지 않으려고 조심하면서 문고리를 잡았다. 60초가 흐르면 시간의 시작과 끝 사이의 한가운데가 될 것이다. 그 순간에는 지금 이곳의 목격자가 되어 참여하고 그 앞에 무릎 꿇을 기회가 있을 것이다.

정확히 60초 뒤에.

50초. 40초. 30초.

제자리에.

준비.

땅.

♦ ♦ ♦

일요일 오후에 팅커가 나를 정거장으로 데려다주었을 때, 나는 그를 다시 볼 수 있을지 알 수 없었다. 아침을 먹으면서 그는 월코트 캠프에 좀 더 머무르면서 생각을 정리하겠다고 말했다. 하지만 그 시간이 얼마나 걸릴지 그는 말하지 않았고, 나도 묻지 않았다. 나는 사춘기 소녀가 아니었다.

나는 기차에 올라 몇 차량 앞까지 걸어가서 차창 밖으로 숲이 보이는 쪽에 앉았다. 서로 손을 흔들며 헤어지는 흉내를 내고 싶지 않아서였다. 기차가 움직이기 시작하자 나는 담배에 불을 붙인 뒤 가방에서 애거서 크리스티의 책을 꺼냈다. 8장의 일곱 번째 문단에서 그다지 앞으로 나아가지 못했기 때문에 열심히 읽을 생각이었다. 하지만 책을 가방에서 꺼내는 순간 책갈피에서 뭔가가 불쑥 튀어나와 있는 것이 보였다. 둘로 찢은 트럼프 카드였다. 하트 에이스. 거기에 적혀 있는 말은 이러했다. "마타 하리. 26일 월요일 오후 9시에 스토크 클럽에서 만나요. 혼자 와요."

이 내용을 암기한 뒤 나는 재떨이 위에서 쪽지를 들고 거기에 불을 붙였다.

19장
·
켄트로 가는 길

9월 26일 월요일에 나는 전화로 병가를 냈다.

그 전 주는 정신이 하나도 없었다. 20일에 창간호 표지기사 자리를 놓고 경쟁 중인 기사 네 편의 초고가 들어왔는데, 메이슨 테이트는 그 네 편을 모두 싫어했다. 그는 예전에 러시아인들이 크렘린의 대포로 침입자들을 쏴서 그들의 고향 쪽으로 날려버릴 때처럼, 기사가 적힌 종이들을 기자들이 앉아 있는 사무실 위로 던져버렸다. 그리고 자기가 얼마나 화가 났는지 더 확실하게 보여주기 위해 그 다음 사흘 동안 매일 밤 10시 넘어서까지 전 직원을 사무실에 붙들어두었다. 특히 앨리와 나는 쉬는 날을 절반이나 희생해야 했다.

그러니까 현명한 여자라면 아파서 못 나간다고 전화로 이야기한 뒤 곧바로 침대로 기어 올라갔을 것이다. 하지만 하늘에 햇볕이 화창하고, 공기가 산뜻하고, 오늘 하루는 아무래도 긴 날이 될 것 같았으므로 나는 단 한 순간도 낭비하지 않기로 했다.

나는 샤워를 하고 옷을 입은 뒤 빌리지의 카페로 가서 뜨거운 우유와 얇게 깎은 초콜릿을 얹은 이탈리아 커피 세 잔을 마셨다. 그리고 페이스트리를 네 등분해서 먹으며 신문을 처음부터 끝까지 샅샅이 읽었다. 십자말풀이도 한 칸도 빼지 않고 다 풀었다.

십자말풀이가 때로 얼마나 초월적인 기분전환 거리가 되어주는지. 처음과 끝이 A이고, '솔로'를 뜻하는 네 글자 단어. 처음과 끝이 E이고 '검劍'을 뜻하는 네 글자 단어. 처음과 끝이 O이고, '잡탕'을 뜻하는 네 글자 단어. ARIA, EPEE, OLIO. 일상적인 영어에서 이 단어들이 아무리 흔적만 남은 희미한 존재가 되어버렸다 해도, 십자말풀이 빈칸에 이 단어들이 깔끔하게 들어맞는 모습을 보며 우리는 유골을 조립하는 고고학자 같은 기분이 된다. 허벅지뼈 끝이 엉덩이뼈의 구멍에 정확히 들어맞는 것은 신의 섭리까지는 아니어도, 이 우주가 질서 있는 곳임을 확인해준다.

십자말풀이에 마지막으로 남은 문제의 답은 ECLAT이었다. '눈부신 성공' 또는 '여봐란 듯 화려한 과시'를 뜻하는 다섯 글자 단어. 나는 이것을 좋은 징조로 해석하며 카페를 나와 모퉁이 너머의 이자벨라 미용실로 갔다.

"어떻게 해드릴까요?" 신입 미용사 루엘라가 물었다.

"영화배우처럼 해주세요."

"터너요, 가르보요?"

"아무나 괜찮아요. 빨간 머리이기만 하면 돼요."

지금까지 나는 일단 미용사의 손에 머리를 맡긴 뒤에는 대화를 막기 위해 무슨 짓이든 했다. 인상을 찌푸리기도 하고, 잠을 자기도 하고, 무표정하게 거울만 빤히 바라보기도 했다. 심지어 영어를 모르는 척한 적도 있다. 가벼운 잡담을 나누는 데에 별로 관심이 없기 때문이었다. 하지만 오늘은 루엘라가 할리우드의 로맨스에 관한 부정확한 이야기를 떠들어대기 시작했을 때, 나도 모르게 잘못된 부분들을 바로잡곤 했다. 캐럴 롬바드는 윌리엄 파월과 다시 합치지 않았다. 아직도 클라크 게이블과 사귀는 중이다. 마를레네 디트리히는 글로리아 스원슨을 가리켜 퇴물이라고 하지 않았다. 스원슨이 디트리히를 그렇게 불렀다. 내가 이렇게 아는 것이 많다는 사실에 루엘라뿐만 아니라 나 자신도 놀랐다. 마치 내가 오래전부터 연예인들에 관한 기사를 계속 읽은 사람처럼 보였을 것이다. 하지만 그런 정보들은 내가 주중에 일을 하면서 나도 모르게 주워들은 것이었다. 기사의 교정을 볼 때는 할리우드라는 컨베이어벨트를 구성하는 이 나사들이 그렇게 재미있어 보이지 않았다. 하지만 루엘라에게는 달랐다. 한번은 다른 미용사 두 명까지 불러서 내게 캐서린 헵번과 하워드 휴즈의 이야기를 들려달라고 하기까지 했다. 그들이 가장 확실한 소식통에게서 들은 말이 아니면 결코 믿으려 하지 않기 때문이었다. 내가 믿을 만한 소식통이라고 불린 것은 내 평생 그때가 처음이었다. 그런데 기분이 그리 나쁘지 않았다. 어쩌면 나도 가벼운 잡담을 잘하는 사람인지 모른다는 생각이 슬슬 들기 시작했다. 등산도 좋아하고 수다도 잘 떨다니! 나 자신에 대해 새로 발견하는 것들이 늘어갔다.

드라이어 속에 머리를 넣은 뒤 나는 가방에서 애거서 크리스티의 책을 꺼내 느긋하게 대단원을 향해 나아갔다.

그날 푸아로는 유난히 일찍 일어나서 저택의 3층에 있는 옛날 아기방에 들어갔다. 그는 장갑을 낀 손으로 창턱을 훑어본 뒤 가장 서쪽에 있는 창문을 열고 재킷에서 놋쇠 문진(14장에서 그가 도서실에 들렀다가 주머니에 넣어온 물건)을 꺼내 바로 옆의 지붕 창을 향해 슬레이트 지붕 위로 던졌다. 중국인들이 경품 추첨을 할 때 흔들어대는 공처럼 문진은 지붕 창 측면을 맞고 튀어나와 덜거덕거리며 한 층을 내려가더니 중앙 침실의 지붕 창에 부딪혔다. 그리고 거기서 각도가 꺾어져 거실 위를 지나서 온실 처마 위로 쏟아지듯 떨어졌다가 정원 안으로 사라져버렸다.

푸아로가 왜 그런 실험을 했는지는 그저 각자의 상상에 맡길 뿐이다.

다만…….

다만 상속녀의 약혼자를 쏜 범인이 계단을 뛰어 올라와 아기방으로 가서 창문을 통해 옆의 지붕 창으로 총을 던졌을 것이라고 푸아로가 의심했다면……. 총은 저택의 서관을 미끄러지듯 가로질러서 정원 속으로 떨어졌을 것이다. 그로 인해 사람들은 범인이 도망치다가 그곳에 총을 떨어뜨렸다고 생각하게 되었을 것이다. 그리고 범인은 그 틈을 타서 집의 반대편에서 계단을 내려와 점잔을 빼며 왜 이렇게 소란스러우냐고 물어볼 수 있었을 것이다.

하지만 이 방법을 사용하기 위해서는 십중팔구 지붕의 각도를 시험해보아야 했을 것이다. 아이가 공을 던져 시험해보는 것처럼. 그리고 총소리가 난 뒤 계단을 내려온 유일한 인물은…… 여주인공인 상속녀?

아, 이런.

"거울 한번 보세요." 루엘라가 말했다.

이자벨라를 나서면서 나는 친한 친구가 되자던 빗시의 약속을 떠올리고 전화를 걸어보기로 했다.

"점심때 만날 수 있어요?"

"지금 어디서 전화 거는 거예요?"

빗시가 본능적으로 목소리를 낮췄다.

"빌리지의 공중전화예요."

"땡땡이치는 거예요?"

"그런 셈이죠."

"그럼 당연히 만나야죠."

곧바로 기분이 들뜬 빗시는 차이나타운의 시누아즈리에서 만나자고 말했다.

"20분 뒤면 도착할 수 있어요."

어퍼이스트사이드에 있는 빗시가 대담한 약속을 했다. 하지만 30분은 걸릴 것 같았다. 나는 10분이면 갈 수 있었다. 그래서 빗시에게 여유를 좀 주기 위해 미용실에서 몇 집 떨어진 곳에 있는 헌책방에 들어갔다.

서점 이름이 칼립소인 것이 잘 어울리는 것 같았다. 다른 점포 앞에 딸린 공간을 이용한 이 작은 서점은 햇볕이 잘 들었고, 서가들 사이의 통로는 좁았으며, 서가들은 비뚤비뚤했다. 다리를 질질 끌며 걷는 주인은 이 맥두걸 거리에서 50년 동안 귀양살이를 한 사람 같았다. 내가 인사를 건네자 그는 마지못해 대답하더니 짜증스럽다는 듯이 책들을 가리켰다. "꼭 읽어야겠다면 한번 읽어보쇼"라고 말하는 듯했다.

나는 마음이 내키는 대로 아무 통로나 골라서 주인의 눈에 보이지 않을 만큼 안쪽까지 깊숙이 들어갔다. 원래는 허울이 좋고 화려했겠지만 지금은 책등이 부러지고 표지가 너덜거리는 책들이 꽂혀 있었다. 흔히 볼 수 있는 헌책들이고, 주제도 자유분방했다. 이 통로의 서가에는 전기, 서간집, 기타 역사 관련 논픽션들이 있었다. 처음에는 닥치는 대로 아무렇게나 책을 쑤셔 넣은 것처럼 보였다. 저자의 이름이나 제목을 살펴보니 알파벳순으로 꽂혀 있는 것 같지는 않았기 때문이다. 하지만 나는 이 책들이 연대순으로 꽂혀 있다는 것을 곧 깨달았다(그러면 그렇지). 내 왼편에는 로마의 원로원의원들과 초기 기독교 성인들에 관한 책, 오른편에는 남북전쟁 때의 장군들과 초대 나폴레옹을 제외한 후대의 나폴레옹들에 관한 책이 있었다. 내 바로 앞에는 계몽주의 책들이 나를 정면으로 마주 보고 있었다. 볼테르, 루소, 로크, 흄. 나는 고개를 갸우뚱하게 기울이고 책등의 이성적인 제목들을 읽었다. 무슨 무슨 논문.

무슨 무슨 담론. 무슨 무슨 조사와 연구.

여러분은 운명을 믿는가? 나는 한 번도 믿은 적이 없다. 볼테르, 루소, 로크, 흄도 운명을 믿지 않았다는 것은 하느님도 아신다. 하지만 바로 다음 서가의 눈높이쯤에, 그러니까 18세기 중반의 책들이 18세기 후반의 책들에게 자리를 내주고 있는 지점에 빨간 가죽으로 된 작은 책이 있었다. 책등에는 황금색 별이 찍혀 있었다. 어쩌면 이것이 나의 북극성인지도 모른다는 생각에 나는 그 책을 꺼냈다. 아, 보라, 그 책은 우리 공화국 국부國父의 문집이었다. 속표지를 넘기자 목차 바로 다음에 그가 소년 시절에 쓴 금언들이 나왔다. 110개가 전부 있었다. 나는 늙은 주인에게 15센트를 주고 그 책을 샀다.

내가 그 책을 손에 넣고 기뻐하는 만큼, 주인은 그 책과 헤어지게
되어 괴로운 표정을 지었다.

◆◆◆

시누아즈리는 차이나타운에서 최근에 인기를 끌기 시작한 식당
이었다. 동양에 대한 환상을 표현한 내부는 커다란 도자기 항아리,
황동 부처상, 빨간 등롱, 뻣뻣한 자세로 말없이 공손한 표정을 짓고
있는 동양인 종업원(19세기 미국 이민자 계층 중에서 최후의 공손
한 종족) 등 곧 진부해질 동양풍 물건들과 사람들로 장식돼 있었다.
식당 뒤편에는 널찍한 문 두 짝이 앞뒤로 흔들리면서 손님들이 주
방 안을 직접 볼 수 있게 해주었다. 주방은 어찌나 정신이 없는 분
위기인지 식당이라기보다 시장 같았다. 심지어 바닥에 쌓여 있는
쌀자루들과 커다란 칼을 휘두르며 살아 있는 닭의 목을 쥐고 있는
요리사들이 그런 분위기를 더욱 부추겼다. 그런데 뉴욕의 부유한
사람들은 이 식당과 사랑에 빠져 있었다.

식당 앞쪽은 소용돌이처럼 휘어진 용이 그려진 커다란 진홍색 커
튼으로 식당의 다른 공간과 절반쯤 차단되어 있었다. 내 앞에 있는
한 건장한 남자는 석유가 나는 텍사스 주 특유의 콧소리를 내며 지
배인에게 자기 뜻을 전달하려고 애쓰고 있었다. 지배인은 흠 잡을
데 없이 턱시도를 차려입은 중국인이었다. 교양 있는 뉴요커의 중
립적인 입장에서 보면, 두 남자 모두 출신지를 생각할 때 말씨가 지
나치게 특이한 편은 아니었지만 당사자들은 자기들 사이에 가로놓
인 거리를 건너뛰기가 힘든 모양이었다.

지배인은 예약 없이는 자리를 내어줄 수 없다고 정중히 설명하고

있었다. 그리고 텍사스인은 그냥 아무 자리만 내주면 된다고 열심히 말하고 있었다. 지배인은 혹시 며칠 뒤로 예약을 잡아드리면 안 되겠느냐고 말했다. 텍사스인은 주방 바로 앞의 자리라도 괜찮다고 대답했다. 중국인 지배인은 그들 특유의 속을 알 수 없는 표정으로 텍사스인을 잠시 빤히 바라보았다. 그러자 텍사스인은 앞으로 한 걸음 나서며 그들 특유의 방식으로 10달러 지폐를 지배인의 손바닥에 놓아주었다. 텍사스인이 말했다.

"'콩자'께서 말씀하셨죠. 당신이 내 등을 긁어주면, 나도 당신 등을 긁어주겠다고."

지배인은 이 말의 요점을 알아들은 모양이었지만, 만약 눈썹이 있었다면 눈썹을 치떴을 것 같았다. 그는 "우리는 1천 년 전에 종이를 발명한 민족이에요"라고 말하는 듯한 우울함과 체념의 표정으로 뻣뻣하게 식당 안을 가리키며 텍사스인과 그 일행을 안내했다.

내가 지배인이 돌아오기를 기다리는 동안 빗시가 도착해서 겉옷 보관소 아가씨에게 재킷을 건넸다. 이렇게 빨리 온 것을 보니 틀림없이 걸어온 모양이었다. 우리는 인사를 나누고 식당 쪽으로 시선을 돌렸다. 내가 앤 그랜딘을 본 건 그때였다. 앤 부인은 칸막이 좌석에 혼자 앉아 있었는데, 식탁 위에는 빈 접시들이 흩어져 있었다. 언제나 그렇듯이 편안한 모습이었다. 머리는 짧고, 옷차림은 산뜻했다. 귓불에는 에메랄드 귀걸이가 걸려 있었다. 부인은 화장실 쪽으로 이어진 복도를 바라보고 있었기 때문에 나를 알아차리지 못했다. 그런데 그 복도에서 팅커가 나타났다.

그는 아름다운 모습이었다. 예전처럼 맞춤 양복을 입고 있었다. 깃이 좁은 황갈색 양복. 거기에 뻣뻣하게 다린 흰 셔츠를 받쳐 입고,

수레국화 무늬의 넥타이를 맸다. 옷깃을 열어젖히고 다니던 시절을 졸업한 것 같아서 다행이었다. 턱수염도 깨끗이 깎아서 맨해튼 성공담의 주인공다운 우아하고 절제된 모습으로 돌아와 있었다.

나는 커튼 뒤로 뒷걸음질을 쳤다.

나는 밤 9시에 스토크 클럽에서 팅커를 만나기로 약속이 되어 있었다. 원래 내 계획은 8시 30분에 그곳에 도착해서 색안경과 새로 붉게 염색한 머리로 내 정체를 감춘 채 앉아 있는 것이었다. 그래서 그 계획을 망치고 싶지 않았다. 빗시는 여전히 식당 앞쪽에 서 있었다. 만약 팅커가 빗시를 본다면 내 계획이 날아갈 수도 있었다.

"저기요." 내가 말했다.

"왜요?" 빗시가 속삭이는 목소리로 말했다.

나는 칸막이 좌석을 가리켰다.

"저기 팅커가 자기 대모랑 같이 있어요. 저 사람들한테 내가 여기 있는 걸 들키기 싫어요."

빗시는 어리둥절한 표정이었다. 그래서 나는 빗시의 팔을 잡고 커튼 뒤로 잡아당겼다.

"앤 그랜딘을 말하는 거예요?" 빗시가 물었다.

"맞아요!"

"팅커가 저 여자의 담당 은행원 아니에요?"

나는 잠시 빗시를 바라보았다. 그러다가 커튼 뒤로 더 깊숙이 빗시를 민 뒤 커튼 너머로 고개를 내밀고 살펴보았다. 팅커가 자리에 앉을 수 있게 웨이터가 식탁을 뒤쪽으로 잡아당기는 중이었다. 팅커는 칸막이 좌석의 앤 옆자리에 편안히 앉았다. 그런데 웨이터가 식탁을 다시 제자리로 돌려놓기 전 짧은 순간에 앤의 손이 팅커의 허벅지를 은밀하게 훑는 것이 보였다.

팅커는 가까이에 서 있던 지배인에게 고개를 끄덕이며 계산서를 가져오라는 신호를 보냈다. 하지만 지배인이 빨간 래커칠이 된 작은 쟁반을 식탁 위에 놓았을 때 그것을 받으려고 손을 든 사람은 앤이었다. 팅커는 꿈쩍도 하지 않았다.

앤이 계산서를 대충 살펴보는 동안 팅커는 자기 잔에 남은 술을 마지막 한 방울까지 마셨다. 그러고 나서 앤이 자기 가방에서 빳빳한 새 지폐가 꽂혀 있는 머니클립을 꺼냈다. 머니클립은 순은이었고, 하이힐 모양이었다. 변덕스러운 디자인의 마티니 셰이커, 담배통, 그 밖의 여러 훌륭한 액세서리들을 만든 장인의 솜씨임이 분명했다. 텍사스인의 말이 생각났다. 당신이 내 등을 긁어주면, 나도 당신 등을 긁어주겠다. 앤은 돈을 지불한 뒤 고개를 들다가 식당 앞쪽에 서 있는 나를 보았다. 언제나 용감한 그녀는 손을 흔들었다. 동양식 커튼이나 야자수 화분 뒤에 숨지 않았다.

팅커가 앤의 시선을 따라 식당 앞쪽을 바라보았다. 그가 나를 보는 순간 그의 매력이 안에서부터 무너져내렸다. 얼굴이 잿빛으로 변하고, 근육이 늘어졌다. 사람의 본 모습을 좀 더 분명히 알게 해주는, 자연의 방식이었다.

모욕을 당했을 때 유일한 위안이 되는 것은 그 자리를 즉시 떠날 수 있을 만큼 제정신을 유지하는 것이다. 나는 빗시에게 한마디 말도 없이 로비를 지나 진홍빛 문을 통과해서 가을 공기 속으로 나갔다. 길 건너편의 은행 건물 위에 구름 한 조각이 비행선처럼 걸려 있었다. 그 구름이 풀려나기 전에 팅커가 벌써 내 옆에 와 있었다.

"케이티······."

"이 괴물."

그가 내 팔꿈치를 향해 손을 뻗었다. 내가 그것을 피해 팔을 홱 움직이는 바람에 가방이 바닥에 떨어지면서 안에 든 물건들이 쏟아졌다. 그가 다시 내 이름을 불렀다. 나는 무릎을 꿇고 앉아서 흩어진 물건들을 쓸어 담았다. 그도 앉아서 나를 도와주려고 했다.

"그만둬요!"

우리 둘 다 일어섰다.

"케이티······."

"그동안 내가 줄곧 기다린 게 이런 거였어요?"

내가 말했다. 아니, 소리를 질렀는지도 모르겠다.

내 턱뼈에서 뭔가가 손등에 떨어졌다. 세상에, 눈물이었다. 그래서 나는 그의 뺨을 때렸다.

그것이 조금 도움이 되었다. 나는 냉정을 되찾았다. 그리고 그는 동요했다.

"케이티." 그가 머리가 잘 돌아가지 않는지 그냥 애원하듯 내 이름을 다시 불렀다.

"꺼져요." 내가 말했다.

내가 그 블록을 절반쯤 걸어갔을 때 빗시가 나를 따라잡았다. 평소와 달리 숨을 몰아쉬고 있었다.

"대체 무슨 일이에요?"

"미안해요. 조금 머리가 어지러웠어요."

"지금 머리가 어지러운 사람은 팅커예요."

"아, 그거 봤어요?"

"아뇨. 하지만 팅커 얼굴에 난 손자국을 봤는데 당신 손만 했어요. 무슨 일이에요."

"웃기는 일이에요. 아무것도 아니에요. 그냥 오해가 좀 있었을 뿐이에요."

"남북전쟁도 오해로 일어났어요. 아까 그건 애인 사이의 싸움이었다고요."

빗시는 민소매 원피스 차림이었는데, 팔에 소름이 돋은 것이 보였다.

"겉옷은 어쨌어요?" 내가 물었다.

"당신이 하도 빨리 달아나는 바람에 식당에 그냥 두고 왔죠."

"그럼 같이 돌아가요."

"안 돼요."

"가서 옷을 찾아야죠."

"내 옷 걱정은 그만둬요. 옷이 날 찾아올 테니까. 그래서 애당초 옷 주머니에 내 지갑을 넣어둔 거예요. 그보다 왜 그런 거예요?"

"말하자면 길어요."

"레위기만큼 길어요? 아니면 신명기만큼?"

"구약성서만큼 길어요."

"더 이상 말하지 마요."

빗시는 거리를 향해 돌아서서 한 손을 들었다. 즉시 택시 한 대가 나타났다. 마치 빗시에게 택시들을 다스리는 힘이라도 있는 것 같았다. 빗시가 명령했다.

"기사님. 매디슨 애버뉴로 가서 그 길을 따라가요."

빗시는 등을 기대고 앉아서 말이 없었다. 나도 똑같이 해야 할 것 같았다. 셜록 홈스가 생각을 할 수 있도록 왓슨 박사가 침묵을 지키는 것과 비슷했다. 52번가에서 빗시는 기사에게 차를 세우라고 말했다.

"꼼짝도 하지 마요." 빗시가 내게 말했다.

그러고는 차에서 뛰어내려 체이스맨해튼 은행으로 뛰어들어갔다. 10분 뒤 밖으로 나온 그녀는 어깨에 스웨터를 걸치고, 손에는 봉투를 들고 있었다. 현금이 가득 든 봉투였다.

"그 스웨터는 어디서 났어요?"

"체이스 은행은 나를 위해서라면 무슨 일이든 해줘요."

빗시가 앞으로 몸을 기울였다.

"기사님, 리츠로 가요."

거의 손님이 없는 리츠의 식당은 베르사유의 얼빠진 방 같았다. 그래서 우리는 다시 로비를 가로질러 바로 갔다. 더 어둡고 더 작은 그곳은 루이 14세 느낌이 덜 났다. 빗시가 고개를 끄덕였다.

"여기가 좀 낫네."

빗시는 뒤쪽 칸막이 좌석으로 들어가 햄버거, 프렌치프라이, 버번을 주문했다. 그러고는 기대에 찬 눈으로 나를 바라보았다.

"당신한테 말하면 안 될 것 같은데." 내가 말했다.

"케이, 케이, 그건 나도 좋아하는 말이에요."

그래서 나는 이야기했다.

이비와 내가 새해 전야에 핫스팟에서 팅커를 처음 만난 이야기, 우리 셋이 캐피톨 극장과 체르노프에서 함께 어울렸던 것, 21 클럽에서 앤 그랜딘을 처음 만났을 때 그녀가 자기를 팅커의 대모로 소개했던 것, 자동차 사고와 이브의 회복 과정, '닫힌 부엌의 달걀'과 엘리베이터 문 앞에서 나눈 슬픈 키스, 유럽행 증기선과 브릭섬에서 온 편지, 내가 말솜씨를 발휘해서 새 직장을 얻은 것, 디키 밴더와일과 월러스 월코트와 밴 휴이스였던 빗시 휴턴의 화려한 삶 속으로 은근히 비집고 들어간 것.

그리고 마침내 나는 이브가 사라진 뒤 늦은 밤에 걸려온 전화에 대해 이야기했다. 그 뒤로 내가 짐을 꾸려 소녀처럼 펜 역으로 통통 뛰어가서 부엉이와 벽난로와 돼지고기와 콩 요리가 있는 곳으로 갔다는 이야기도 했다.

빗시가 잔을 비우고는 말했다.

"완전히 그랜드캐년 급이네요. 깊이는 1.5킬로미터고, 폭은 3킬로미터쯤 되는 것 같아요."

아주 적절한 비유였다. 오랜 세월에 걸친 사교계의 역사가 이런 협곡을 만들어놓았기 때문에, 이제는 그 바닥까지 내려가려면 짐을 꾸려 노새에 실어야 했다.

나는 아마도 같은 여자로서의 연민 같은 것을 기대했던 것 같다. 그것이 아니라면 분노라도. 하지만 빗시는 그런 감정을 전혀 내비치지 않았다. 오늘 진도를 다 나갔다며 만족스러워 하는 노련한 강사 같은 표정이었다. 빗시가 웨이터를 불러 계산을 했다.

밖으로 나와 헤어질 때 나는 더 이상 참지 못하고 물어보았다.

"어때요……?"

"어떻다니, 뭐가요?"

"내가 어떻게 해야 할 것 같아요?"

빗시는 조금 놀란 표정이었다.

"어떻게 하냐고요? 계속 가야죠!"

◆ ◆ ◆

내가 집으로 돌아온 것은 5시가 넘어서였다. 아파트 옆집에서 지머스 부부가 점점 더 날카로운 말로 빈정거리는 소리가 들려왔다. 이른 저녁을 먹으면서 두 사람은 조각칼을 휘두르는 미켈란젤로라도 되는 것처럼 서로를 찍어대고, 정성을 기울여 세심하게 망치를 휘둘러댔다.

나는 아이스박스 앞에서 신발을 차듯이 벗고 진을 한 잔 따라서 의자에 털썩 주저앉았다. 빗시에게 그간의 일을 모두 이야기한 덕분에 조금 거리를 두고 이번 일을 바라볼 수 있었다. 아까 팅커를 후려칠 때와는 달랐다. 나는 마치 과학자가 된 것처럼, 음울한 매력에 홀린 사람처럼 이번 일을 바라보았다. 자기 살갗이 바이러스에 감염되어 찢어지는 모습을 바라보는 병리학자의 심정이 이럴 것 같았다.

'켄트로 가는 길'이라는 옛날 실내용 게임이 있다. 한 사람이 켄트까지 가는 길을 묘사하면서 그 길에서 눈에 띄는 것들을 모두 언급한다. 여러 상인들, 수레와 마차, 갖가지 관목들, 쏙독새, 풍차, 대수도원장이 도랑에 빠뜨린 1파운드 금화 등등. 이 여행자는 이야기를 끝낸 뒤, 다시 처음부터 그 길을 다시 묘사하면서 이번에는 전에 이야기했던 물건들 중 몇 개를 빼놓고 다른 것을 덧붙인다. 그리고 빼놓지 않은 물건들도 전과는 다른 자리에 있는 것처럼 묘사한다. 그러면 사람들이 달라진 부분을 최대한 많이 찾아내는 것이 이 게임의 요점이다. 나는 내 아파트에 앉아서 나도 모르게 이 게임과 비슷한 것을 하고 있었다. 내 이야기 속에 등장하는 길은 새해 전야부터 지금까지 나와 팅커가 함께 걸어온 길이었다.

이 게임에서 이기려면 기억력보다 사물을 눈으로 그려보는 능력이 필요하다. 실력이 좋은 사람은 여행 이야기를 들으면서 자신을 여행자의 자리에 대입시켜 여행자가 보는 것을 마음의 눈으로 함께 본다. 그러면 여행자와 함께 두 번째로 그 길을 갈 때 달라진 부분들이 저절로 눈에 들어온다. 나도 핫스팟에서부터 시작해서 맨해튼의 일상으로 이루어진 길을 더듬어 1938년을 되돌아보면서 풍경 속에 내가 직접 들어가 있는 듯한 기분으로 아주 사소한 부분들, 즉 흥적인 발언들, 시야 가장자리에서 이루어진 행동들을 다시 관찰해보았다. 이번에는 처음부터 끝까지 팅커와 앤의 관계라는 새로운 렌즈를 이용했다. 그랬더니 아주 신기하게 달라진 점들이 많이…….

팅커가 나를 베레스포드로 불렀던 밤이 생각났다. 그날 자정이 지나 사무실에서 돌아온 그는 머리가 깔끔하게 정돈돼 있고, 뺨은 두 번이나 면도를 한 것처럼 깨끗하고, 넥타이의 윈저 매듭도 정확했다. 그날 그는 당연히 사무실에 있다가 온 것이 아니었다. 내게 따뜻한 마티니를 따라주고 미안하다고 사과하며 문을 나선 뒤 그는 택시를 타고 플라자 호텔로 갔을 것이다. 그리고 거기서 이런저런 일로 몸을 열심히 움직인 뒤 앤의 편리한 욕실에서 몸단장을 했을 것이다.

7번가의 아일랜드 바에 갔던 날도 기억났다. 거기서 나와 우연히 마주친 행크는 "사람을 갖고 노는 계집"이라는 말을 했다. 그런데 행크가 말한 여자는 이브가 아니었다. 그는 이브를 아예 알지도 못했을 가능성이 높다. 그가 말한 여자는 팅커의 모든 것에 활기를 불어넣어준 숨은 손인 앤이었다.

게다가 분명히 말하건대, 애디론댁에서 팅커는 정말 섬세한 연인이었다. 정말로 영리하고 창의적이어서 놀라울 정도였다. 그가 나를 안고, 내 몸을 탐구하던 방식이라니. 세상에. 나는 결코 애송이가 아니었지만, 그렇게 눈에 뻔히 보이는 사실을 단 한 순간도 생각해보지 않았다. 그의 그 솜씨는 틀림없이 누군가 대담하고, 경험 많고, 수치심에 잘 휘둘리지 않는 사람에게서 배운 것이었는데.

그러면서도 그는 내내 겉으로는 신사의 모습을 예술적으로 유지했다. 예의 바르고, 말 잘하고, 옷도 잘 입고…… 잘 연마된 모습.

나는 일어나서 내 가방을 놓아둔 곳으로 갔다. 그리고 그 안에서 운명이 내 무릎에 떨어뜨려준 워싱턴의 책을 꺼내 젊은 조지 워싱턴이 품었던 포부들을 훑어보기 시작했다.

첫째 다른 사람들과 함께 행동할 때는 항상 주위 사람들을 존중해야 한다.

열다섯째 손톱을 항상 깨끗하고 짧게 유지한다. 손과 이도 깨끗하게 유지하되, 겉으로는 그다지 신경 쓰지 않는 것처럼 보여야 한다.

열아홉째 기분 좋은 표정을 짓되, 진지한 문제를 다룰 때는 다소 진지해져야 한다.

스물다섯째 지나친 찬사와 거짓 예의는 피해야 하지만, 필요할 때에는 무시해서도 안 된다.

갑자기 여기 적힌 말들의 본질이 눈에 들어왔다. 팅커 그레이에게 이 작은 책은 도덕적 포부를 담은 책이 아니었다. 출세를 위한 입문서였다. 독학자를 위한 사교계 예절교육 교본인 셈이었다. 시대를 150년이나 앞질러서 등장한, 『카네기 인간관계론』이라고 할 수 있었다.

나는 중서부 지방의 할머니처럼 고개를 절레절레 저었다.

그동안 나 캐서린 콘텐트가 얼마나 얼간이처럼 굴었던 건지.

테디가 팅커로, 이브가 이블린으로, 카티야가 케이트로. 뉴욕에서는 공짜로 이런 변화를 누릴 수 있다……. 새해가 시작될 때 나는 이렇게 생각하고 있었다. 하지만 이제는 두 가지 버전의 영화 〈바그다드의 도둑〉이 생각날 만한 상황에 처해 있었다.

처음 만들어진 영화에서 주인공 더글러스 페어뱅크스는 가난하지만 칼리프의 딸에게 반해서 궁전에 들어가기 위해 왕자로 변장한다. 하지만 총천연색으로 리메이크된 영화에서는 왕좌의 화려함과 겉치레에 질린 왕이 농부로 변장하고 바자의 떠들썩함을 맛보려 한다.

이런 식의 변장을 시도하거나 이해하는 데에는 상상력이 그다지 필요하지 않다. 일상적으로 벌어지는 일이니까. 하지만 이런 변장을 통해 해피엔딩의 가능성이 높아질 거라고 믿으려면 〈바그다드의 도둑〉의 두 가지 버전에 모두 등장하는 믿기 힘든 요소, 즉 하늘을 나는 카펫이 필요하다.

전화벨이 울렸다.

"네?"

"케이티."

나는 웃음을 터뜨릴 수밖에 없었다.

"지금 내 앞에 뭐가 있는지 알아요?"

"케이티."

"알아맞혀봐요. 아마 절대 짐작도 못 할걸요."

…….

"『예의 및 품위 있는 행동 규칙』이에요! 이 책 속의 규칙들 기억나요? 잠깐. 내가 하나 찾아볼게요."

나는 수화기를 든 채 서투르게 책을 펼쳤다.

"아, 여기 있다! '무엇이든 중요한 일에는 결코 조롱이나 농담을 하지 않는다.' 좋은 말이네요. 그럼 이건 어때요? 66번 규칙. '너무 앞으로 나서지 말고, 상냥하고 예의 바르게 처신한다.' 와, 이건 완전히 당신이네요!"

"케이티."

나는 전화를 끊었다. 그리고 다시 의자에 앉아 워싱턴의 규칙들을 좀 더 꼼꼼히 읽기 시작했다. 미국이 식민지이던 시절에 살았던 이 조숙한 꼬마를 인정해줄 수밖에 없었다. 규칙들 중 일부는 정말로 일리가 있었다.

전화벨이 다시 울리기 시작했다. 울리고, 울리고, 또 울리더니 마침내 조용해졌다.

사춘기 때 나는 내 긴 다리에 대해 엇갈린 감정을 갖고 있었다. 갓 태어난 당나귀 다리처럼 내 다리도 금방 무너질 것 같았다. 우리 집 근처에서 8남매나 되는 형제자매들과 함께 살던 빌리 보거도니는 날 귀뚜라미라고 불렀다. 물론 칭찬하는 뜻으로 한 말은 아니었다. 하지만 그런 일이 으레 그렇듯이, 나는 결국 내 다리를 좋아하게 되었을 뿐만 아니라 나중에는 소중히 여기게 되었다. 다른 여자들보다 키가 크다는 것이 마음에 들었다. 열일곱 살 때쯤에는 빌리 보거도니보다 내 키가 더 컸다. 내가 처음 마팅게일 부인의 하숙집에 들어왔을 때, 부인은 그 특유의 지나치게 달콤한 태도로 남자들은 자기보다 키 큰 여자와 춤추는 걸 좋아하지 않는다며 나더러 하이힐을 신지 말라고 말했다. 마팅게일 부인의 하숙집을 떠날 때 내 하이힐의 높이가 처음보다 1센티미터 이상 높아져 있었던 건 아마 부인의 그 말 때문이었을 것이다.

다리가 길어서 좋은 점은 또 있었다. 아버지의 안락의자에 등을 기댄 채로 발을 뻗어 발가락을 쭉 내밀어서 새로 산 커피탁자를 기울일 수 있다는 것. 그 위의 전화기가 타이태닉호의 갑판 의자처럼 아래로 미끄러져 떨어졌다.

나는 아무런 방해도 받지 않고 계속 책을 읽었다. 전에도 말했듯이, 이 책에는 110개의 규칙이 있었다. 어쩌면 좀 지나친 것이 아닌가 하는 생각이 들 수도 있겠지만, 워싱턴은 가장 좋은 것을 마지막까지 아껴두었다.

백열째 양심이라 불리는 천상의 불꽃이 가슴 속에 항상 살아 있게 노력하라.

팅커는 워싱턴의 많은 규칙을 상당히 꼼꼼하게 읽었을 테지만, 마지막까지는 미처 읽지 않은 건지도 모른다는 생각이 들었다.

화요일 아침, 나는 일찍 일어나서 직장까지 줄곧 빗시 휴턴의 걸음걸이로 걸어갔다. 하늘은 가을 특유의 파란색이고, 거리에는 정직한 돈을 벌러 가는 정직한 사람들로 분주했다. 5번 애버뉴의 고층건물들이 은은히 반짝이며 외곽 지역 사람들의 부러움을 부추겼다. 42번가 모퉁이에서 나는 휘파람을 부는 신문팔이 소년에게 동전 두 개를 주고 《뉴욕타임스》를 샀다(거스름돈은 그냥 너 가져, 애야). 곧 콘데내스트의 엘리베이터가 나를 25층까지 휙 데리고 갔다. 엘리베이터를 아래로 떨어뜨린다 해도 이 속도보다는 느릴 것 같았다.

내가 신문을 겨드랑이에 끼고(신문팔이 소년이 불던 휘파람이 내 입에도 옮겨와 있었다) 잡지사 편집국을 가로질러 걷는데, 노래 전보를 받았던 페신도프가 지나가는 나를 보고 일어서는 모습이 시야 가장자리에 잡혔다. 곧이어 캐벗과 스핀들러도 일어섰다. 편집국 저편에서 앨리가 책상에 앉아 전속력으로 타자를 치고 있었다. 앨리는 조심스러운 표정으로 나와 눈을 마주쳤다. 메이슨 테이트가 유리로 된 사무실 안에서 초콜릿을 커피에 담가 먹는 것이 보였다.

내 책상에는 의자 대신 등받이에 붉은 십자가가 그려진 휠체어가 놓여 있었다.

9월 30일

그는 5번 애버뉴를 건너면서 가로등 불빛 속에 서 있는 카리브해 출신 아가씨 두 명과 눈이 마주쳤다. 두 여자는 이야기를 멈추고 그를 향해 직업여성다운 미소를 지어 보였다. 그는 대답 대신 고개를 저었다. 그리고 22번가 저 아래 쪽을 바라보며 걸음을 빨리했다. 두 아가씨는 하던 이야기를 다시 시작했다.

또 비가 내리기 시작했다.

그는 모자를 벗어 재킷 밑에 넣고, 임대주택들의 번지수를 따라갔다.

242호. 244호. 246호.

전화로 이야기할 때 형은 업타운에서 만나는 것도, 식당에서 만나는 것도, 일반적인 약속시간에 만나는 것도 싫어했다. 자기가 개스하우스 지역에 볼일이 있으니 11시에 그곳에서 만나자고 고집을 부렸다. 형은 254호 현관 앞의 계단에 앉아 담배를 피우고 있었다. 광부처럼 창백한 안색이었다.

"형."

"왔냐, 테디."

"잘 지내?"

행크는 그의 말에 대답을 하지도, 일어서지도, 잘 지내느냐고 묻지도 않았다. 행크가 그에게 잘 지내느냐고 묻지 않게 된 건 이미 오래전 일이었다.

"그건 뭐야?"

행크가 재킷 속에서 불룩하게 튀어나온 곳을 고갯짓으로 가리키며 물었다.

"세례 요한의 목이라도 가져온 거냐?"

그는 모자를 꺼냈다.

"그냥 파나마모자야."

행크는 비뚤어진 미소를 지으며 고개를 끄덕였다.

"파나마!"

"비를 맞으면 줄어들거든." 그가 설명했다.

"당연히 그렇겠지."

"일은 어때?" 그는 화제를 바꾸려고 행크에게 물었다.

"모두 내가 상상했던 이상이야."

"지금도 극장 그림을 그려?"

"너 못 들었어? 내가 그 그림들을 현대미술관에 아주 많이 팔았는데. 집에서 쫓겨나기 직전이었는데 잘됐지 뭐냐."

"사실 그것도 내가 보자고 한 이유 중 하나야. 우연히 돈이 좀 생겼거든. 언제 또 이런 돈이 생길지 몰라. 그걸 좀 줄 테니까 집세로……"

그는 재킷 주머니에서 봉투를 꺼냈다.

그걸 본 행크의 표정이 일그러졌다.

차 한 대가 계단 앞에 멈췄다. 경찰차였다. 그는 봉투를 다시 주머니에 넣은 뒤 차를 향해 돌아섰다.

조수석에 앉은 경찰관이 창문을 내렸다. 가무잡잡한 피부에 검은 눈썹을 지닌 경찰관이었다.

"문제없습니까?" 순찰경관이 친절하게 물었다.

"네, 경관님. 신경 써주셔서 감사합니다."

"물론이죠. 그래도 조심하세요. 여긴 깜둥이 구역이니까."

"걱정 마쇼, 경관님." 행크가 그의 어깨너머로 소리쳤다. "그러는 댁들은 모트 거리에서 조심해요. 거긴 이탈리아 새끼들 구역이니까."

두 경찰관이 모두 차에서 내렸다. 운전석에 있던 경찰관은 벌써 곤봉을 꺼내 들고 있었다. 행크는 길가에서 두 사람과 싸움을 벌일 태세로 벌떡 일어섰다.

결국 그가 경찰관들과 형 사이로 끼어들어야 했다. 그는 가슴 앞에 양손을 올리고, 조용한 목소리로 미안하다는 듯이 말했다.

"그냥 해본 소리일 겁니다, 경관님. 술에 취했거든요. 제 형인데, 지금 집으로 데리고 돌아갈 겁니다."

경찰관들은 그를 유심히 살펴보았다. 그의 양복과 머리 모양을 유심히 살폈다. 조수석에 앉았던 경찰관이 말했다.

"좋습니다. 하지만 나중에라도 우리 눈에 띄지 않게 해요."

"다시는." 운전석에 앉았던 경찰관이 말했다.

두 사람은 다시 차에 올라 가버렸다.

그는 고개를 저으며 행크를 향해 돌아섰다.

"정신이 있는 거야?"

"정신이 있냐고? 넌 너의 그 잘난 일이나 해."

모든 것이 어긋나고 있었다. 어쨌든 그는 주머니에서 다시 봉투를 꺼냈다. 이제 두 사람은 서로를 정면으로 마주 보며 서 있었다.

그는 최대한 타협적인 어조로 말했다.

"자. 받아. 얼른 여기서 나가자. 어디 가서 한잔하든지."

행크는 돈을 보지 않았다.

"난 받기 싫어."

"받아, 형."

"네가 번 돈이니까 네가 가져."

"이러지 마, 형. 내가 이 돈을 번 건 우리 둘을 위해서야."

이 말을 하는 순간 그는 하면 안 되는 말을 했다는 것을 깨달았다.

온다. 그는 속으로 생각했다. 그리고 행크의 상체가 회전하면서 팔이 어깨에서 뻗어나오는 것을 지켜보았다. 그 팔이 그를 쓰러뜨렸다.

빗줄기가 더욱 굵어졌다.

형은 언제나 크로스 카운터가 좋아. 그는 입술의 피 맛을 느끼며 생각했다.

행크가 그를 향해 몸을 숙였지만, 그건 손을 빌려주기 위해서가 아니었다. 그에게 꺼지라고 말하기 위해서였다.

"내 앞에서 다시는 그 돈 꺼내지 마. 난 너더러 돈 벌어오라고 한 적 없어. 센트럴파크에 사는 사람은 내가 아냐. 그 일을 하는 건 너야."

그는 일어나 앉아서 입술의 피를 닦아냈다.

행크는 뒤로 물러나서 뭔가를 주웠다. 봉투에서 쏟아진 돈인가 보다 했지만 돈이 아니라 모자였다.

행크는 가버렸다. 쏟아지는 빗속에서 점점 줄어드는 파나마모자를 머리에 얹은 채 22번가의 시멘트 위에 앉아 있는 그를 버려둔 채로.

FALL

가을

20장

·

지옥에는 분노가 없다

그해 1938년 가을에 나는 애거서 크리스티의 책들을 많이 읽었다. 어쩌면 크리스티의 작품을 모두 읽은 건지도 모르겠다. 에르퀼 푸아로나 미스 마플이 나오는 소설들.『나일강 살인사건』,『스타일스 저택의 괴사건』, 그리고『골프장 살인사건』,『목사관 살인사건』,『오리엔트 특급 살인사건』등 살인사건 시리즈. 나는 지하철에서, 델리에서, 침대에 혼자 누워서 이 소설들을 읽었다.

프루스트 작품의 심리적 뉘앙스나 톨스토이의 서술적 시야에 대해 누구나 원하는 대로 주장을 펼칠 수는 있겠지만, 크리스티 부인의 작품이 재미없다고 주장할 수는 없을 것이다. 크리스티의 책들은 놀라울 정도로 커다란 만족감을 안겨준다.

크리스티의 소설들이 정해진 공식을 따라가는 것은 사실이다. 하지만 그것이 바로 독자에게 만족감을 안겨주는 요인 중 하나다. 모든 등장인물, 소설 속의 모든 방, 모든 살인 흉기가 새로 창조된 것 같으면서 동시에 판에 박힌 듯 친숙하게 느껴진다(제국주의가 물러간 시대에 인도에서 온 삼촌이 했던 역할을 사우스웨일스의 노처녀가 맡기도 하고, 정원사가 쓰는 헛간의 선반 위칸에 있던 여우용 독약병 자리에 서로 짝이 안 맞는 책받침대가 들어가는 식이다). 크리스티 부인은 이런 방식을 통해 아이에게 과자를 나눠주는 보모처럼 섬세하게 조정된 속도로 독자들에게 조금씩, 조금씩 놀라움을 안겨준다.

하지만 이 작품들이 사람을 즐겁게 하는 이유는 이것뿐이 아닌 것 같다. 그리고 이 두 번째 이유는 첫 번째 이유보다 더 중요하지는 않을망정, 최소한 거기에 버금갈 정도는 된다. 바로 애거서 크리스티의 세계에서는 누구나 궁극적으로 자신에게 걸맞은 운명을 만난다는 것.

유산 상속이든 빈곤이든, 사랑이든 상실이든, 머리를 맞고 쓰러지든 교수대에 목이 매달리든, 애거서 크리스티의 책 속에 등장하는 사람들은 나이와 계급에 상관없이 자신에게 딱 맞는 운명과 얼굴을 마주하게 된다. 푸아로와 마플은 사실 전통적인 의미의 주인공이 아니다. 그들은 역사의 여명기에 처음 확립된 복잡한 도덕적 평형의 대리인에 불과하다.

일상생활 속에서 우리는 대개 그런 보편적인 정의는 존재하지 않는다는 풍부한 증거와 맞닥뜨린다. 수레를 끄는 말처럼 우리는 고개를 숙이고 시야를 제한하는 가리개를 찬 채 주인의 물건을 끌며 터벅터벅 걷는다. 그러면서 주인이 먹여줄 각설탕을 끈기 있게 기다린다. 하지만 애거서 크리스티가 약속하는 정의가 어느 날 갑자기 우연하게 실행될 때가 있다. 우리는 자신의 삶 속에 등장하는 사람들을 둘러본다. 우리의 상속녀들과 정원사들, 우리의 목사들과 보모들. 그리고 겉으로 보이는 것과는 다른 정체를 숨긴 채 파티에 늦게 도착한 손님들. 그렇게 사람들을 둘러보다가 이번 주말이 다 가기 전에 이 모든 사람이 응분의 대가를 치르거나 받게 될 것임을 알게 된다.

하지만 그런 순간에 우리는 자신도 그들 중 한 명으로 함께 헤아려야 한다는 사실을 잘 기억하지 못한다.

◆ ◆ ◆

9월의 그 화요일 아침, 그러니까 메이슨 테이트가 휠체어를 통해 내 건강에 대한 염려를 보여주었을 때, 나는 굳이 사과하려 하지 않았다. 해명할 생각도 없었다. 나는 그냥 휠체어에 앉아 타자를 치기 시작했다. 지금 내 처지가 어떤지 정확히 알고 있었기 때문이다. 나는 바닥의 함정으로 통하는 문에서 대략 1미터쯤 떨어진 곳에 있었다.

메이슨 테이트의 세계에는 정상참작의 여지도, 다른 곳에 정신을 팔린 사람을 수용해주는 여유도 없었다. 따라서 그는 쾌활함이나 재치 등 자신감을 내보이는 행동에 대해서도 그다지 인내심을 발휘해주지 않을 터였다. 내가 할 수 있는 일은 어깨에 멍에를 짊어지고, 보스가 나를 위해 추가로 마련해둔 굴욕을 무엇이든 받아들이는 것뿐이었다. 내가 다시 그의 총애를 받게 될 때까지.

그래서 나는 그렇게 했다. 남들보다 조금 일찍 출근했고, 냉수 탱크를 멀리했으며, 테이트 씨가 다른 사람들을 비판할 때 비뚤어진 웃음을 짓지 않고 귀를 기울였다. 그리고 금요일 저녁에 앨리가 자동판매 식당에 갈 때도 나는 죄를 회개하는 착한 중세인처럼 집으로 가서 문법과 어법 규칙들을 베껴 썼다.

- 뭔가가 내키지 않는다는 뜻을 표현할 때는 'loathe'가 아니라 'loath'를 써야 한다.
- toward와 towards 중에서 전자는 미국에서 자주 쓰이고, 후자는 영국에서 자주 쓰인다.
- 소유격에서 아포스트로피는 Moses와 Jesus를 제외하고, s로 끝나는 모든 이름에 사용된다.
- 콜론과 비인칭 수동태의 사용을 절제하는 것이 좋다.

이때 누가 문을 두드렸다.

간결하게 세 번 똑똑똑 소리가 났다. 틸슨 형사나 웨스턴유니언 배달 소년이라고 보기에는 너무 점잖았다. 문을 여니 앤 그랜딘의 비서가 복도에 서 있었다. 그는 양복에 조끼까지 갖춰 입고, 단추란 단추는 모두 잠근 모습이었다.

"안녕하세요, '콘'텐트 양."

"콘'텐트'예요."

"아, 그렇죠. 콘'텐트'."

브라이스는 프로이센 병사처럼 규율이 잡혀 있는데도 참지 못하고 내 어깨너머로 내 아파트를 슬쩍 바라보았다. 그렇게 잠깐 본 모습이 마음에 들었는지, 쌀쌀맞은 미소에 만족스러운 기색이 조금 섞여 들어갔다.

"그래서요?" 내가 다음 말을 재촉했다.

"'댁'까지 찾아와 방해해서 죄송하지만······."

그는 자신이 품은 연민의 감정을 드러내기 위해 '댁'이라는 단어를 묵직하게 발음했다.

"그랜딘 부인이 이것을 최대한 빨리 전해드리라고 했습니다."

그가 손가락 두 개를 앞으로 내밀자 거기에 작은 봉투가 끼워져 있는 것이 보였다. 나는 그것을 휙 뽑아서 무게를 가늠해보았다.

"우체국에 맡길 수 없을 만큼 중요한 물건인가 보죠?"

"그랜딘 부인은 즉시 답장을 바란다고 하셨습니다."

"전화로는 안 되는 일이라고 하시던가요?"

"그럴 리가요. 전화를 걸어봤습니다. 몇 번이나. 하지만······."

브라이스는 선이 뽑힌 채 아직도 바닥에 떨어져 있는 전화기를 가리켰다.

"아."

나는 봉투를 열었다. 손으로 쓴 쪽지가 안에 들어 있었다. '내일 오후 4시에 나를 만나러 와요. 우리가 반드시 이야기를 나눠야 할 것 같네요.'

그 밑에는 'A. 그랜딘 올림'이라는 서명과 '올리브를 주문해뒀어요'라는 추신이 붙어 있었다. 브라이스가 물었다.

"그랜딘 부인에게 콘텐트 양이 오실 거라고 말해도 될까요?"

"그건 생각을 좀 해봐야겠는데요."

"주제넘은 질문인지도 모르겠지만, 콘텐트 양, 생각하는 데 시간이 얼마나 걸리겠습니까?"

"오늘 밤새. 기다리고 싶으면 기다리셔도 좋아요."

내가 앤의 소환장을 당연히 쓰레기통에 던져버려야 했을 것이다. 거의 모든 소환장은 굴욕적인 결말을 가져온다. 앤은 똑똑하고 의지가 강한 여성이므로, 그녀의 소환장은 특히 불신의 시선으로 바라보아야 했다. 게다가 내가 당연히 그 여자를 만나러 가야 하는 것처럼 생각하는 꼴이라니! 나를 어린 여자로만 취급하기 때문일 것이다.

나는 편지를 수천 조각으로 찢어서 다른 집 같으면 벽난로가 있었을 법한 위치를 향해 던졌다. 그러고는 무엇을 입고 갈지 신중하게 생각해보았다.

이제 와서 격식을 차려봤자 무엇하겠는가? 남의 눈을 의식하기에는 우리가 이미 너무 멀리까지 와버리지 않았는가. 에르퀼 푸아로라면 확실히 앤의 초대를 거절하지 않았을 것이다. 그라면 정의의 실현을 앞당길 뜻밖의 전개로 이런 소환장이 날아오기를 오히려기대하고 있었을 것이다. 아니, 틀림없이 소환장이 올 거라고 사실상 확신했을 것이다.

게다가 나는 서명과 함께 적힌 '올림'이라는 말의 유혹에 저항할수 없었다. 내가 칵테일에 무엇을 즐겨 넣어 먹는지 앤이 그토록 정확히 기억하고 있다는 사실도 마찬가지였다.

4시 15분에 스위트룸 1801호의 초인종을 누르자 브라이스가 지나치게 나긋나긋한 미소로 문을 열어주었다.

"안녕하세요, 브라이'스'."

나는 맨 끝의 '스' 발음을 약간 길게 끌어서 위협적인 소리가 나게 했다. 그가 내게 반격했다.

"콘'텐트' 양. 기'다'리고 있었습니다."

그가 현관 홀 쪽을 가리켰다. 나는 그의 옆을 지나 거실로 들어갔다.

앤은 책상에 앉아 있었다. 안경을 쓰고 있었는데, 숙녀인 척 점잔 빼는 여자들이 쓰는, 테가 절반만 있는 안경이었다. 훌륭한 선택이었다. 앤이 편지에서 눈을 들더니 내가 평소와 달리 격식을 생략했다는 것을 알아차리고 한쪽 눈썹을 치떴다. 그리고 그런 내게 지지 않겠다는 듯이 소파 쪽을 가리켜 보이고는 다시 편지를 쓰기 시작했다. 나는 앤의 책상 옆을 지나쳐서 창가로 갔다.

센트럴파크 웨스트를 따라 높은 아파트 건물들이 나무들 위로 불쑥불쑥 튀어나와 있었다. 아침 러시아워 전에 일찍 기차역에 나온 출근길 승객들처럼 서로 고독하게 여기저기 떨어져 있는 모습이었다. 하늘은 티에폴로의 그림 같은 파란색이었다. 1주일 동안 갑작스러운 추위가 몰려온 탓에 나뭇잎들의 색깔이 벌써 바뀌어 밝은 오렌지색 차양이 할렘까지 쭉 뻗어 있는 것 같았다. 마치 공원은 보석 상자이고, 하늘은 그 상자의 뚜껑처럼 보였다. 옴스테드의 공을 인정해줄 수밖에 없었다. 그가 공간을 만들기 위해 가난한 동네를 불도저로 밀어버린 건 전적으로 옳은 일이었다.

내 뒤에서 앤이 편지를 접어 봉투를 봉하고, 펜으로 주소를 쓰는 소리가 들렸다. 틀림없이 또 다른 소환장일 것이다.

"고맙네, 브라이스." 앤이 브라이스에게 편지를 건네며 말했다.

"이제 가봐도 좋아."

내가 몸을 돌리자 마침 브라이스가 방을 나서는 중이었다. 앤이 내게 온화한 미소를 지어 보였다. 부유하고 당당하며, 언제나처럼 시선을 끄는 모습이었다.

"비서가 좀 깐깐하네요." 내가 소파에 앉으며 말했다.

"누구, 브라이스? 좀 그렇긴 하죠. 하지만 아주 유능해요. 사실 비서라기보다 내게 일을 배우는 중이라고 해야 할 거예요."

"일을 배우는 중이라. 와. 뭘 배우는데요? 파우스트 같은 흥정기술?"

앤은 빈정대듯이 눈썹을 치뜨더니 바로 다가갔다. 앤이 내게 등을 돌린 채 말했다.

"노동계급 아가씨치고는 책을 많이 읽은 편이군요."

"그래요? 책을 많이 읽은 제 친구들은 전부 노동계급 출신이던데요."

"아, 이런. 왜 그런 것 같아요? 빈자의 순수함?"

"아뇨. 그저 독서가 가장 값싼 오락이기 때문일 뿐이에요."

"가장 값싼 오락은 섹스죠."

"여기서는 아닌 것 같은데요."

앤은 선원처럼 웃음을 터뜨리더니 마티니 두 잔을 들고 몸을 돌렸다. 그리고 나와 대각선으로 앉아 잔을 통 하고 내려놓았다. 탁자 중앙에는 과일그릇이 있었는데, 어찌나 값비싼 과일들을 모아놓았는지 내가 처음 보는 과일이 절반쯤은 되는 것 같았다. 초록색 털로 뒤덮인 것 같은 작은 공 모양의 과일, 미니 축구공 같은 모양에 과즙이 많은 노란색 과일. 여기 앤의 방 탁자에 놓이기 위해 이것들이 이동해 온 거리를 따지면, 내가 지금까지 평생 여행한 거리보다 더 멀 것 같았다.

과일그릇 옆에는 앤이 약속했던 올리브 접시가 있었다. 앤은 그 접시를 들어 절반을 내 잔에 쏟았다. 올리브가 잔 속에 높이 쌓여서 화산섬처럼 위로 불쑥 솟아올랐다. 앤이 말했다.

"케이트. 시답잖은 말다툼은 그만두죠. 그게 유혹적인 것도 알고, 달콤한 유혹인 것도 알지만, 우리는 고작 그런 사람들이 아니잖아요."

앤이 잔을 들어 나를 향해 뻗었다.

"휴전할까요?"

"물론이죠." 내가 말했다.

나는 앤의 잔에 내 잔을 부딪혔고, 우리는 술을 마셨다.

"자, 이제 왜 날 오라고 했는지 말씀해보시죠."

"좋았어, 그렇게 나와야죠." 앤이 말했다.

그리고 앞으로 손을 뻗어 내 화산섬 꼭대기에서 올리브 하나를 집어갔다. 앤은 그것을 입에 넣고 생각에 잠긴 표정으로 씹었다. 그러더니 웃음을 터뜨리며 고개를 저었다.

"웃기는 얘기지만, 난 당신과 팅커의 관계를 전혀 짐작도 하지 못했어요. 그래서 당신이 시누아즈리를 뛰쳐나갔을 때 나는 순간적으로 당신이 기가 막혀서 그런 줄 알았어요. 나이 많은 여자랑 젊은 남자가 어울리는 거라든가, 뭐 그런 것 때문에요. 팅커의 표정을 보고서야 그게 아니라는 걸 알았죠."

"인생에는 오해를 불러일으키는 신호들이 많죠."

앤은 음모를 꾸미는 사람처럼 빙긋 웃었다.

"그래요. 수수께끼와 미로가 많죠. 상대방과 나의 상대적 위치를 정확히 알 수 있는 경우도 드물고, 동맹을 맺은 사람끼리도 서로의 상대적 위치를 결코 알 수 없어요. 하지만 삼각형 내각의 합은 항상

180도죠. 안 그런가요?"

"글쎄요, 제 생각에는 부인과 팅커의 상대적 위치를 제가 좀 더 잘 이해하고 있는 것 같은데요."

"그거 반가운 소리네요, 케이티. 하긴, 당신이 모를 리도 없겠죠. 내가 한동안 게임을 즐기기는 했지만, 우리 관계는 사실 비밀도 아니에요. 그렇게 복잡한 관계가 아니니까. 당신과 팅커의 관계나 나와 당신의 관계에 비하면 어림도 없어요. 팅커와 나 사이에는 장부의 선만큼이나 명확한 이해가 존재하니까요."

앤은 엄지와 집게손가락을 한데 모아 허공에서 연필을 옆으로 죽 긋는 시늉을 했다. 자기가 방금 말한 직선을 그려 보이며, 자신의 말을 강조하기 위해서였다. 앤이 말을 이었다.

"신체적 욕구와 감정적 욕구 사이에는 상당히 분명한 차이가 있어요. 당신이나 나 같은 여자는 그걸 잘 알죠. 하지만 대부분의 여자들은 몰라요. 아니면 그걸 인정하려고 하지 않거나. 사랑이라는 이야기가 나오면 대부분의 여자들은 감정적 측면과 육체적 측면이 서로 떼려야 뗄 수 없게 얽혀 있다고 주장해요. 그 여자들한테 그렇지 않다고 이야기하는 건, 언젠가 자식들이 그 여자들을 사랑하지 않게 될 거라고 설득시키는 것만큼이나 힘든 일이에요. 그들의 생존 자체가 그 믿음에 달려 있으니까요. 지금까지의 역사가 아무리 반대의 증거들을 내보인다 해도 소용없어요. 물론, 남편의 무분별한 짓을 알면서도 모르는 척하는 여자들도 많죠. 하지만 대부분의 여자들은 그런 걸 알면 비참해져요. 자기 인생이라는 천이 찢어졌다고 생각하니까. 하지만 누구든 자기 자신을 냉정하게 바라본다면, 남편이 샤넬 No.5 향수 냄새를 풍기며 약속시간보다 30분 늦게 식당에 들어왔을 때 남편 옷에서 나는 향수 냄새보다 남편이 늦었다는 사실에 더 화를 내게 될 가능성이 높아요. 어쨌든, 방금 말했듯이…… 우리는 이 부분에 대해서 의견이 같은 것 같아요. 그래서 팅커 대신 당신을 이리로 청한 거예요. 당신과 나 사이에서 팅커에게도 이로운 공감대가 형성될 수 있을 것 같으니까. 우리 모두 원하는 것을 얻을 수 있게 되는 거예요."

앤은 이런 협동정신을 강조하려는 듯이 앞으로 몸을 기울여 내 화산섬에서 또 올리브를 하나 가져갔다. 나는 손가락 세 개를 내 잔 속에 넣어 올리브 절반을 푹 떠서 앤의 잔에 쏟아버렸다.

"내가 부인만큼 사람들을 이용하는 솜씨가 좋은지 잘 모르겠는데요."

"내가 사람을 이용한다고 생각하는 거예요?"

앤은 과일그릇에서 사과를 하나 꺼내 수정구라도 되는 것처럼 위로 쳐들었다.

"이 사과 보이죠? 달고, 아삭거리고, 루비처럼 빨간색이에요. 하지만 사과가 옛날부터 이랬던 건 아니죠. 미국에서 처음 자라난 사과는 얼룩덜룩하고, 맛도 너무 써서 먹을 수 없었어요. 하지만 몇 세대에 걸쳐서 품종을 개량한 결과 이젠 모든 사과가 이렇게 변했어요. 대부분의 사람들은 인간이 자연에 승리를 거뒀다고 생각하지만, 그렇지 않아요. 진화의 관점에서 보면, 이건 사과의 승리예요."

앤은 그릇에 담긴 이국적인 과일들을 무시하듯이 가리켰다.

"똑같은 자원, 그러니까 똑같은 햇빛, 똑같은 물, 똑같은 땅을 두고 경쟁을 벌인 수백 종의 생물들 사이에서 사과가 승리를 거둔 거예요. 인간의 감각과 신체적 욕구에 호소하는 방법으로. 우리는 우연히도 도끼나 소 같은 여러 도구를 사용할 줄 아는 짐승이었기 때문에, 사과는 진화의 관점에서 보면 아찔할 만큼 빠른 속도로 전 세계로 퍼져 나갔어요."

앤은 앞으로 몸을 기울여 사과를 제자리에 돌려놓았다.

"난 팅커를 이용하고 있지 않아요, 캐서린. 팅커는 이 사과예요. 다른 사람들이 시들어가는 동안 팅커는 나나 당신 같은 사람들에게 호소하는 법을 터득해서 자신의 생존을 확보한 거예요. 우리가 나타나기 이전에도 팅커에게는 십중팔구 우리 같은 사람들이 있었겠죠."

나를 케이티라고 부르는 사람도 있고, 케이트라고 부르는 사람도 있고, 캐서린이라고 부르는 사람도 있다. 그런데 앤은 내가 어떤 모습을 하든 자신은 편안히 대할 수 있다는 듯이 이 이름들 사이를 오갔다. 그녀는 거의 학자 같은 자세로 의자에 등을 기대고 앉았다.

"잘 알겠지만, 이건 팅커를 깎아내리는 말이 아니에요. 팅커는 아주 굉장한 사람이에요. 아마 당신이 아는 것보다 더 굉장할 거예요. 그리고 난 팅커에게 화가 나지 않았어요. 아마 두 사람은 잠자리를 했을 거고, 당신은 사랑에 빠져 있겠죠. 나는 그런 것 때문에 질투를 느끼거나 앙심을 품지 않아요. 난 당신을 라이벌로 보지 않으니까. 팅커가 결국 누군가를 만나게 될 거라는 건 처음부터 알고 있었어요. 당신 친구 같은 불나방을 얘기하는 게 아니에요. 나처럼 예리하고 도시적이면서도 좀 더 현대적인 사람. 그러니까 나는 전부 아니면 전무를 외치는 사람이 절대 아니라는 걸 두 사람이 모두 알아줬으면 좋겠어요. 나는 그 중간쯤으로도 상당히 행복해요. 그저 팅커가 약속시간을 어기지만 않으면 돼요."

앤이 자세히 설명하는 동안 나는 마침내 이해했다. 앤이 나를 부른 이유. 그녀는 팅커가 나와 함께 있다고 생각하고 있었다. 식당에서 팅커는 틀림없이 앤을 그냥 버려둔 채 나가버렸을 것이고, 앤은 내가 그를 어딘가에 숨겨뒀다는 결론에 도달했을 것이다. 순간적으로 나는 순전히 이 여자의 오후를 망치기 위해 장단을 맞춰줄까 하고 생각해보았다.

"난 팅커가 어디 있는지 몰라요. 만약 팅커가 당신의 휘파람에 더 이상 응답하지 않는다 해도, 나랑은 아무 상관없는 일이에요."

앤이 주의 깊게 나를 바라보았다.

"그렇군요." 그녀가 말했다.

시간을 벌기 위해 앤은 무심한 듯 바로 걸어가 셰이커에 진을 따랐다. 브라이스와 달리 앤은 귀찮게 은제 집게를 사용하지 않고 손을 얼음통에 직접 넣어 얼음을 한 줌 꺼내더니 셰이커 안에 던져 넣었다. 그리고 한 손으로 셰이커를 가볍게 흔들면서 자리로 돌아와 의자 가장자리에 앉았다. 여러 가지 가능성을 가늠하고, 자신의 계획을 다시 조정하며 생각에 잠겨 있는 것 같았다. 그녀답지 않게 자신감이 없는 모습이었다.

"한 잔 더 할래요?" 앤이 물었다.

"난 됐어요."

앤은 자기 잔에 술을 절반쯤 따르다가 멈추더니 실망한 표정을 지었다. 술이 자기가 원하는 만큼 투명하지 않다고 생각하는 것 같았다.

"5시 이전에 술을 마실 때는 항상 내가 평소 그 시간에 술을 마시지 않는 이유를 떠올려요." 앤이 말했다.

나는 일어섰다.

"술 잘 마셨어요, 앤."

앤은 나를 붙잡지 않고 문까지 배웅해주었다. 하지만 문간에서 나와 악수할 때, 일반적인 예의보다 조금 더 길게 내 손을 붙잡고 있었다.

"내가 한 말 잊지 마요, 케이티. 우리가 서로 공감대를 형성할 수 있을 거라는 말."

"앤……."

"알아요. 팅커가 어디 있는지 모른다고 했죠? 하지만 왠지 나보다 당신이 먼저 그의 소식을 듣게 될 것 같아요."

앤이 내 손을 놓아주자 나는 엘리베이터를 향해 돌아섰다. 엘리베이터 문이 열렸을 때, 엘리베이터 보이와 내 눈이 잠깐 마주쳤다. 6월에 신혼부부가 아닌 커플과 나를 태워주었던 바로 그 친절한 청년이었다.

"케이트."

"네?" 나는 다시 돌아섰다.

"대부분의 사람들은 필요한 것보다 원하는 것이 더 많아요. 그래서 다들 그렇게 살아가는 거예요. 하지만 이 세상을 움직이는 건 필요한 것이 원하는 것을 능가하는 사람들이에요."

나는 이 말을 잠시 생각해보았다. 결론은 하나였다.

"마지막 순간에 기억에 남는 말을 하는 솜씨가 아주 좋으시네요, 앤."

"그래요. 내 전문분야 중 하나죠."

앤이 말했다. 그러고 나서 앤은 부드럽게 문을 닫았다.

　내가 플라자 호텔 밖으로 나왔을 때, 도어맨은 역시 내게 고개만 끄덕여 인사할 뿐 택시를 불러주지 않았다. 그 점을 인정하면서 나는 6번 애버뉴를 걷기 시작했다. 집으로 가고 싶은 기분이 아니었으므로 앰배서더 극장으로 슬쩍 들어가 마를레네 디트리히의 영화를 봤다. 영화가 시작된 지 벌써 한 시간이나 지난 뒤였으므로, 나는 뒷부분을 먼저 보고 앞부분을 마저 보기 위해 그냥 자리에 남았다. 대부분의 영화가 그렇듯이, 중반쯤에는 모든 것이 암울해 보이다가 끝에는 행복하게 해결되었다. 이렇게 내 나름대로 영화를 보다 보니, 영화가 인생을 조금 더 사실적으로 그린 것처럼 보였다.

　극장을 나온 뒤 나는 뒤늦게나마 도어맨에게 교훈을 가르쳐주기 위해서 택시를 잡았다. 택시가 다운타운으로 향하는 동안 나는 집에 가서 무슨 술을 마시고 취할지 고민했다. 적포도주? 백포도주? 위스키? 진? 메이슨 테이트의 세계에 사는 사람들처럼, 이 술들도 저마다 장단점을 지니고 있었다. 그냥 우연에 맡겨야 할 것 같다는 생각도 들었다. 눈을 가리고 한 바퀴 빙글 돈 다음에 병을 찍으면 어떨까. 이런 장난을 할 생각만으로도 기분이 나아졌다. 하지만 11번가에서 택시에서 내렸을 때, 내 앞에 나타난 사람은 바로 시어도어 그레이였다. 그는 마치 도망자처럼 문간에서 모습을 드러냈다. 하지만 깨끗한 흰색 셔츠와, 한 번도 바다를 본 적은 없지만 어쨌든 선원들이 즐겨 입는 디자인의 겉옷을 입고 있다는 점은 도망자와 달랐다.

　여기서 잠깐. 분노든 시기심이든 굴욕감이든 감정이 한창 고조돼 있을 때 내뱉으려는 말에 기분이 좋아질 것 같다면, 그 말이 해서는 안 되는 말일 가능성이 높다. 이건 내가 살면서 알게 된 훌륭한 금언 중 하나다. 원한다면 여러분이 이 금언을 가져가도 좋다. 나한테는 아무 소용이 없었으니까.

"안녕하세요, 테디."

"케이티, 이야기 좀 해요."

"데이트 약속에 늦어서 안 되겠는데요."

그가 움찔했다.

"5분도 내줄 수 없어요?"

"좋아요. 말해요."

그는 거리를 둘러보았다.

"어디 앉을 만한 곳이 없을까요?"

나는 12번가와 2번 애버뉴 모퉁이에 있는 커피숍으로 그를 데려갔다. 길이는 30미터지만, 폭은 3미터밖에 안 되는 곳이었다. 카운터에서 어떤 경찰관이 각설탕으로 엠파이어스테이트 빌딩을 세우고 있었고, 뒤편에 앉은 이탈리아계 청년 두 명은 스테이크와 달걀을 먹고 있었다. 우리는 앞쪽 근처의 칸막이 좌석에 앉았다. 웨이트리스가 주문하시겠느냐고 묻자 팅커는 마치 질문의 뜻을 알아듣지 못한 사람처럼 고개를 들었다.

"커피를 가져다주세요." 내가 말했다.

웨이트리스는 어이없다는 표정을 지었다.

팅커는 멀어져가는 그녀를 지켜보더니 천천히 내게 시선을 돌렸다. 의지력을 동원해서 힘겹게 시선을 옮기는 사람 같았다. 그동안 제대로 먹지도, 자지도 못한 사람처럼 피부가 잿빛으로 변하고, 눈 주위가 퀭한 모습이 만족스러웠다. 그렇게 얼굴이 변한 탓에 옷도

남의 것을 빌려 입은 것 같았다. 어떤 의미에서는, 그것이 맞는 말일
수도 있다.

"설명을 하고 싶어요." 그가 말했다.

"설명할 게 뭐가 있어요?"

"당신이 화내는 게 당연해요."

"난 화나지 않았어요."

"내가 일부러 앤과 그런 상황을 만든 건 아니에요."

처음에는 앤이 팅커와 자신의 상황을 설명하려 하더니, 이제는
팅커가 자신과 앤의 상황을 설명하려 하고 있었다. 아마 모든 이야
기에는 두 가지 측면이 존재할 것이다. 그리고 대개 그렇듯이, 그 두
가지 측면 모두 변명에 불과했다.

"당신한테 해줄 아주 재미있는 이야기가 있어요." 내가 그의 말을
자르며 말했다. "정말 재미있을 거예요. 하지만 그 이야기를 하기 전
에 몇 가지만 물어볼게요."

팅커는 체념이 깃든 우울한 표정으로 시선을 들었다.

"앤이 정말로 당신 어머니의 오랜 친구였어요?"

…….

"아뇨. 내가 프로비던스 신탁에 있을 때 처음 만났어요. 은행장이
뉴포트에서 열린 파티에 나를 초대했을 때……."

"그럼 당신이 확보한 그 독점 거래…… 그러니까 철도 주식을 파
는 거래 말이에요……. 그건 앤의 주식이에요?"

…….

"네."

"당신이 은행원으로서 앤을 담당하게 된 건 앤과 그런 '상황'이

되기 전이에요 다음이에요?"

……

"글쎄요. 처음 만났을 때 내가 뉴욕으로 옮기고 싶다고 했더니, 앤이 날 몇몇 사람들에게 소개해주겠다고 했어요. 내가 일어설 수 있게 도와주겠다고."

나는 휘파람을 불었다.

"와."

나는 대단하다는 듯 고개를 절레절레 저었다.

"그럼 아파트는요?"

……

"앤의 아파트예요."

"그나저나 겉옷이 보기 좋네요. 그런 물건은 다 어디에 보관해요? 아, 내가 당신한테 무슨 얘길 하려고 했더라? 그렇지. 아마 당신도 들으면 재미있어 할 거예요. 이브는 당신을 차고 나서 며칠 뒤 밤에 혼자서 어찌나 성대하게 축하파티를 했는지 술에 취해서 골목에 쓰러져 있었어요. 경찰관들이 이브의 주머니에서 내 이름을 찾아내고는 이브의 신원을 확인하려고 날 데리러 왔죠. 하지만 훌륭한 형사님께서 우리를 풀어주기 전에 날 앉혀놓고 커피를 한 잔 마시며 그렇게 살아서 되겠느냐고 타이르려고 했어요. 우리가 창녀인 줄 알았으니까요. 이비의 흉터를 보고 그 형사는 일하다가 거친 놈을 만나서 당한 거라고 생각한 모양이에요."

나는 눈썹을 치뜨고 내 커피잔을 들어 건배하는 시늉을 했다.

"세상에, 정말 얄궂지 않아요!"

"너무하는군요."

"그래요?"

나는 커피를 한 모금 마셨다. 그는 군이 자신을 변호하려 하지도 않았으므로 나는 그를 계속 몰아붙였다.

"이브는 알고 있었어요? 그러니까, 당신과 앤에 대해서."

팅커는 힘없이 고개를 저었다. '힘없다'는 말의 뜻에 제대로 어울리는 모습이었다. '힘없다'는 말의 화신 같은 모습.

"다른 여자가 있을지도 모른다고 이브가 의심했던 것 같기는 해요. 하지만 그게 앤인 줄은 몰랐을 거예요."

나는 창밖을 내다보았다. 소방차 한 대가 빨간 신호등을 보고 멈춰 섰다. 화재진압복을 갖춰 입은 소방관들이 발판 위에 서서 갖가지 고리와 사다리에 매달려 있었다. 길모퉁이에서 엄마의 손을 잡고 서 있던 사내아이가 손을 흔들자 모든 소방관들이 마주 손을 흔들어주었다. 착하기도 하지.

"제발 이러지 말아요, 케이티. 앤과 나는 이미 끝났어요. 월러스의 집에서 돌아와 앤에게 말했어요. 그때 점심을 같이 먹은 게 바로 그 얘기를 하기 위해서였어요."

나는 팅커를 향해 시선을 돌리며 머릿속에 떠오르는 생각을 소리 내어 말했다.

"월러스는 알고 있었을까요?"

팅커가 다시 움찔했다. 그는 그 상처받은 표정을 도저히 떨쳐버릴 수 없는 모양이었다. 그가 그토록 매력적으로 보였다는 사실이 지금은 상상도 할 수 없는 일처럼 여겨졌다. 돌이켜 생각해보니, 그의 거짓말은 처음부터 뻔히 드러나 있었다. 여기저기에 자기 이름 첫 글자를 새겨 넣은 것도 그랬다. 가죽 케이스에 들어 있던 은제 수통도 같은 맥락이었다. 그는 티끌 하나 없던 부엌에서 아주 작은 깔때기로 그 수통에 술을 채워 넣었을 것이다. 맨해튼 거리 어디서나 주머니 크기에 딱 맞는 병에 든 위스키를 살 수 있는데도 말이다.

깔끔한 회색 양복을 입고 은발의 아버지 친구들에게 상담을 해주던 월러스를 생각하면, 팅커는 마치 쇼에 출연하는 배우 같았다. 사람들은 이야기 상대를 파악하기 위해 남과 비교하는 방법을 잘 쓰지 않는 것 같다. 대신 그 순간에 상대가 자신의 모습을 자유로이 그려낼 수 있게 허락해준다. 평생이 아니라 짧은 시간이라면 얼마든지 조작하고 연출할 수 있다.

웃기는 일이다. 그동안 나는 팅커와의 만남을 몹시 두려워하고 있었다. 하지만 막상 만나고 보니, 조금 흥미가 생겼다. 이 만남이 내게 도움이 될 뿐만 아니라, 심지어 기운을 북돋워주는 것 같기도 했다.

"케이티." 그가 말했다. 아니, 애원했다.

"제발 내 말 좀 들어줘요. 내가 그렇게 살던 시절은 이제 끝났어요."

"나도 마찬가지예요."

"제발, 그런 말은 하지 마요."

"저기요!" 나는 다시 그의 말을 끊으며 쾌활하게 말했다.

"내가 한마디 할까요? 캠핑해본 적 있어요? 그러니까, 숲 속에서 하는 진짜 캠핑 말이에요. 잭나이프랑 나침반을 가지고 하는 거."

이 말이 정곡을 찌른 것 같았다. 그의 턱에 단단히 힘이 들어가는 것이 보였다.

"그건 너무 지나친 말이에요, 케이티."

"그래요? 난 캠핑을 가본 적이 없어요. 어떤가요, 캠핑은?"

그는 자신의 손을 내려다보았다.

"세상에." 내가 말했다.

"당신 어머니가 지금의 당신 모습을 보셔야 하는 건데."

팅커가 갑자기 벌떡 일어났다. 그 바람에 허벅지가 탁자 모서리에 부딪혀서 그릇 속에 들어있는 크림의 고요함이 깨졌다. 그는 설탕 옆에 5달러짜리 지폐를 놓았다. 우리를 담당한 웨이트리스에게 적절한 호의를 보여준 셈이었다.

"커피 값은 앤이 내는 건가요?" 내가 물었다.

그는 술 취한 사람처럼 휘청거리며 문으로 향했다.

"이것도 지나친 말인가요?" 내가 그의 뒤에서 소리쳤다.

"그렇게 나쁜 말 같지 않은데요!"

나는 탁자 위에 5달러 지폐를 한 장 더 꺼내놓고 일어섰다. 문으로 걸어가는 동안 나도 조금 휘청거렸다. 나는 우리에서 탈출한 늑대처럼 2번 애버뉴 이쪽저쪽을 살펴보았다. 그리고 손목시계를 보았다. 시곗바늘이 9와 3을 가리키고 있었다. 결투에 나선 두 사람이 서로 등을 맞댄 자세에서 출발해 똑같이 발걸음을 센 뒤 돌아서서 총을 쏘기 직전인 것 같았다.

아직 긴 밤이 남아 있었다.

◆ ◆ ◆

문을 두드린 지 5분이 지난 뒤에야 디키가 문을 열어주었다. 화일어웨이의 파티장에 무작정 들어간 뒤로 디키를 만나는 건 처음이었다.

"케이티! 세상에, 어쩐 일이야. 굉장하다…… 난해하기도 하고."

디키는 턱시도 바지와 정장 셔츠를 입고 있었다. 내가 문을 두드리기 시작했을 때 그는 틀림없이 타이를 매던 중이었을 것이다. 타이가 칼라에서 멋대로 늘어져 있는 모습을 보니 그런 것 같았다. 검은 타이를 제대로 매지 않은 그의 모습이 멋있어 보였다.

"들어가도 돼?"

"물론이지!"

업타운에 와 지하철에서 내렸을 때 나는 렉싱턴 애버뉴의 아일랜드 바에 들러 술을 한두 잔 마셨다. 그래서 나는 도깨비불처럼 조금 흐느적거리며 디키의 옆을 지나쳐 거실로 들어갔다. 내가 디키의 집에 온 것은 항상 사람들이 북적거릴 때뿐이었다. 그런데 이렇게 집이 비어 있을 때 보니, 디키의 유쾌한 겉모습 밑에 사실은 아주 정돈된 모습이 있음을 알 수 있었다. 모든 것이 제자리에 놓여 있었다. 의자는 칵테일 탁자와 함께 깔끔하게 정돈되어 있었고, 책꽂이의 책들은 저자의 이름순으로 꽂혀 있었다. 외따로 떨어져 있는 재떨이는 독서용 의자 오른편에 있었고, 니켈 판으로 만든 건축가용 램프는 그 왼편에 있었다.

디키가 나를 빤히 바라보았다.

"다시 빨간 머리가 됐잖아!"

"얼마 안 됐어. 술 한 잔 어때?"

달리 약속이 있음이 분명한 디키는 현관문을 가리키며 입을 열려고 했다. 나는 왼쪽 눈썹을 치떴다. 디키가 물러섰다.

"에휴, 그래. 술이 딱 좋지."

그는 벽 앞에 놓인 훌륭한 마카사르 나무 장식장 쪽으로 갔다. 앞쪽 패널이 서판처럼 아래로 벌어졌다.

"위스키?"

"네가 좋은 거면 나도 좋아." 내가 말했다.

그가 잔에 술을 조금 따랐고, 우리는 잔을 부딪혔다. 나는 잔을 비운 뒤 허공을 향해 쭉 내밀었다. 디키는 뭔가 말하려는 듯 다시 입을 벌렸지만, 말하는 대신 잔을 비웠다. 그러고는 이번에는 좀 더 적당한 양으로 술을 다시 따랐다. 나는 그 잔을 단숨에 마셔버린 뒤 주위를 파악하려는 사람처럼 한 바퀴를 획 돌았다. 내가 말했다.

"집이 좋다. 하지만 이게 전부는 아니지?"

"당연하지, 당연하지. 내 정신 좀 봐. 이쪽으로 와! 보여줄게."

그가 어떤 문 안쪽을 가리켰다. 끝이 뾰족한 촛대 모양의 전구들이 달려 있는 작은 식당으로 통하는 문이었다. 식민지 시대 양식의 식탁은 십중팔구 뉴욕이 영국의 식민지이던 시절부터 가문에 내려오는 물건인 것 같았다.

"여긴 식당이야. 식탁은 6인용으로 만들어졌지만, 궁할 때는 최대 열네 명까지 앉을 수 있어."

식당 반대편 끝에는 창문이 있는 문이 있었다. 그 문을 밀고 들어가자 천국처럼 깨끗하고 하얀 주방이 나왔다. 디키가 허공에서 손을 돌리며 말했다.

"주방이야."

우리는 또 다른 문을 지나 복도를 걸어갔다. 도중에 있는 손님용 방은 사용하는 사람이 없음이 분명했다. 침대 위에는 겨울 동안 넣어두려고 깔끔하게 접어둔 여름옷들이 있었다. 그다음 방은 디키의 침실이었다. 침대도 깔끔하게 정돈되어 있었다. 밖에 나와 있는 옷은 작은 책상 앞의 의자에 걸쳐진 디키의 턱시도 재킷뿐이었다.

"그럼 여긴 뭐야?" 나는 어떤 문을 밀어 열면서 물었다.

"음. 세면실이라고나 할까?"

"아!"

디키가 그곳을 보여주고 싶어 하지 않는 모습이 귀여웠다. 하지만 그 방은 하나의 예술작품이었다. 유약을 두껍게 바른 널찍한 하얀 타일들이 바닥에서 천장까지 쭉 붙어 있었다. 심지어 창문도 두 개나 되었는데, 하나는 라디에이터 위에, 다른 하나는 욕조 위에 있었다. 욕조는 외따로 서 있는 도자기 제품으로 길이는 2미터 가까이 되었으며, 짐승의 발 모양을 흉내 낸 다리가 달려 있고, 니켈 수도관과 하수도관이 바닥에서 올라와 연결돼 있었다. 벽에 매달려 있는 긴 유리 선반에는 로션, 헤어토닉, 향수 등으로 보이는 물건들이 늘어서 있었다. 디키가 설명했다.

"우리 누나가 미용실에서 주는 크리스마스 선물을 좋아하거든."

나는 자동차 보닛을 한 손으로 쓸어볼 때처럼 욕조 가장자리를 손으로 쓸어보았다.

"정말 예쁘다."

"청결 유지는 신앙심 다음으로 중요한 거야." 디키가 말했다.

나는 내 잔을 비운 뒤 창턱에 놓았다.

"우리 한번 써보자."

"뭐?"

나는 옷을 머리 위로 벗어버리고 신발도 발로 차듯이 벗었다.

디키는 10대 소년처럼 눈을 휘둥그렇게 떴다. 그리고 한 모금에

꿀꺽 술잔을 비우고는 세면대 가장자리에 위태롭게 놓았다. 그가 열띤 목소리로 말했다.

"뉴욕을 다 뒤져도 이보다 좋은 욕조는 없을 거야."

나는 물을 틀었다.

"저 도자기는 암스테르담에서 구운 거야. 다리는 파리에서 주조한 거고. 마리 앙투아네트의 애완동물인 판다의 발 모양을 본뜬 거래."

디키는 셔츠를 찢듯이 벗어젖혔다. 진주 스터드가 검은색과 흰색 타일이 깔린 바닥을 미끄러지듯 굴러갔다. 디키는 오른쪽 신발을 단번에 벗어버렸지만, 왼쪽 신발은 쉽게 벗겨지지 않았다. 그는 한 발로 몇 번 깡충깡충 뛰다가 휘청거리며 세면대에 부딪혔다. 그가 놓아둔 위스키 잔이 미끄러져 배수구에 부딪혀서 산산이 조각났다. 그는 승리감에 들뜬 표정으로 왼쪽 신발을 허공에 들어 보였다.

이제 나는 옷을 모두 벗고 욕조에 막 들어갈 참이었다.

"비누거품!" 디키가 외쳤다.

그는 크리스마스 선물들이 놓인 선반으로 가서 정신없이 살펴보았다. 어떤 비누를 선택해야 할지 마음을 정하기가 힘든지 비누통 두 개를 집어 들고 욕조 가장자리에 발을 올리더니 둘 다 물속에 던져 넣었다. 그리고 양손을 물속에 넣고 휘저어서 거품이 일게 했다. 점점 피어오르는 수증기가 라벤더와 레몬 냄새를 진하게 퍼뜨렸다.

나는 거품 속으로 들어갔다. 디키는 학교를 빼먹고 술집에 뛰어드는 학생처럼 내 뒤를 따라 뛰어들었다. 어찌나 서둘렀는지 아직 양말을 신고 있다는 사실조차 깨닫지 못할 정도였다. 그가 양말을 벗어서 벽을 향해 던지자 찰싹하는 소리가 났다. 그는 뒤로 손을 뻗어 솔을 꺼냈다.

"해볼까?"

나는 그 솔을 받아 욕실 바닥으로 던졌다. 그리고 다리로 그의 허리를 감은 뒤 욕조 가장자리를 양손으로 짚고 그의 무릎을 향해 몸을 내렸다.

"신앙심 다음으로 중요한 건 바로 나야." 내가 말했다.

21장

피로하고, 가난하고,
태풍에 농락당한 자

월요일 아침, 나는 다시 메이슨 테이트와 함께 리무진에 앉아 어퍼웨스트사이드에 사는 귀부인을 인터뷰하러 가고 있었다. 테이트는 기분이 몹시 안 좋았다. 창간호 표지에 실을 기사를 아직도 정하지 못했고, 그렇게 1주일이 흐를 때마다 그가 기대하는 기사 수준이 점점 낮아지는 것 같았다. 차가 매디슨 애버뉴를 달릴 무렵, 그는 커피가 이미 차갑게 식어버렸다, 차 안이 너무 덥다, 운전기사가 차를 너무 느리게 몬다며 불평을 늘어놓았다. 설상가상으로, 발행인이 주선한 이번 인터뷰는 적어도 테이트가 보기에는 엄청난 시간 낭비였다. 그는 이 귀부인이 집안은 너무 좋고, 머리는 너무 나쁘고, 눈도 너무 나빠서 도무지 흥미 있는 이야기를 만들어낼 수 없다고 말했다. 그래서 원래는 테이트 씨와 함께 인터뷰를 하러 가겠느냐는 말이 대개 칭찬이었지만, 오늘만은 일종의 형벌이었다. 나는 아직 테이트에게 밉보인 사람이라는 위치를 벗어나지 못했다.

침묵 속에서 차가 59번가로 접어들었다. 플라자 호텔 계단에 쓸데없이 친절한 호텔 급사장들이 커다란 황동 단추가 달린 긴 빨간색 겉옷을 입고 서 있었다. 반 블록 떨어진 곳에서는 에섹스 하우스 소속의 직원들이 플라자 호텔의 급사장들과는 날카로운 대조를 이루는 파란색 제복을 입고 서 있었다. 어깨에는 견장이 달려 있었다. 만약 이 두 호텔 사이에 전쟁이 벌어진다면, 이 대조적인 제복 색깔이 틀림없이 도움이 될 것 같았다.

우리는 센트럴파크 웨스트로 접어들었다. 그리고 다코타와 산레모의 도어맨들 앞을 지나친 뒤 79번가에서 자연사박물관 앞에 멈춰 섰다. 여기서는 베레스포드의 차양을 볼 수 있었다. 마침 피트가 어떤 택시의 뒷문을 여는 참이었다. 그가 차 안의 승객을 향해 손을 내밀었다. 예전에 내게 그랬던 것처럼…… 3월에 팅커가 '사무실'에 가야 한다며 나를 불렀던 밤이나, 6월에 내가 운 나쁜 물방울무늬 옷을 입고 도런 부부의 차를 얻어 탔던 밤에 그랬던 것처럼.

그때 어떤 생각이 떠올랐다.

그냥 입을 다물고 있는 편이 현명하다는 것을 나도 분명히 알고는 있었다. 내 머릿속의 현명한 목소리는 지금 그런 소리를 할 때가 아니라고 내게 말했다. 테이트는 지금 화가 나 있고, 넌 아직 용서받지 못했다고. 하지만 박물관 계단 위로 우뚝 솟은 대리석 받침대 위에서 청동 말에 올라탄 테디 루스벨트가 외쳤다. 돌격!

"테이트 국장님."

"음?"(짜증 난 목소리)

"창간호에 실을 기사를 찾고 계시죠?"

"그래, 그런데?"(성마른 목소리)

"귀부인들 대신에 도어맨들을 인터뷰하면 어떨까요?"

"그게 무슨 소리야?"

"도어맨들은 모두 가문이 없죠. 하지만 대개 머리가 좋은 편이고, '모든 걸' 보잖아요."

메이슨 테이트는 잠시 똑바로 앞을 바라보았다. 그러더니 창문을 내리고 커피를 도로에 버렸다. 그는 열다섯 블록 만에 처음으로 내게 시선을 돌렸다.

"그 사람들이 왜 우리한테 이야기를 털어놓겠어? 만약 우리가 그 사람들한테서 들은 이야기를 기사화한다면 하루도 안 돼서 그 기사에 물리는 꼴이 될 텐데."

"전직 도어맨들을 인터뷰한다면요? 일을 그만두거나 해고당한 사람들 말이에요."

"그런 사람들을 어떻게 찾지?"

"시내의 가장 배타적인 아파트 중 다섯 곳에서 적어도 1년 이상 일한 경험이 있는 도어맨이나 엘리베이터 보이를 고액의 보수로 구한다는 광고를 신문에 내면 되지 않을까요?"

메이슨 테이트는 창밖을 바라보았다. 그러더니 재킷 주머니에서 초콜릿 바를 하나 꺼내서 작은 사각형 두 개를 끊어내 천천히, 꼼꼼히 씹어 먹었다. 마치 그 초콜릿을 갈아서 향기를 추출해내는 것이 목적인 것 같았다.

"만약 그런 광고를 낸다면, 정말로 흥미로운 기삿거리를 찾을 수 있을 것 같나?"

"한 달 치 봉급을 걸라면 걸 수도 있어요." 내가 차분하게 말했다.

테이트는 고개를 끄덕였다.

"그럼 맡아서 한번 해봐."

◆ ◆ ◆

금요일에 나는 조금 일찍 걸어서 출근했다.

광고는 《뉴욕타임스》, 《데일리 뉴스》, 《포스트 디스패치》에 사흘 동안 실렸다. 지원자들에게 오늘 아침 9시까지 콘데내스트 건물로 나오라는 내용이 거기 포함되어 있었다. 내가 테이트와 '내기'를 했다는 소문이 급속히 퍼져서, 편집국 남자 기자들 몇 명은 내가 지나갈 때마다 휘파람을 불어댔다. 상황을 감안하면, 그 사람들을 탓할 수도 없는 노릇이었다.

당시 5번 애버뉴에 늘어서 있는 건물들은 여전히 하루아침에 땅에서 솟아난 콩 줄기처럼 구름 속까지 뻗어 있는 것 같이 보였다.

1936년, 위대한 프랑스 건축가 르코르뷔지에는 처음으로 뉴욕을 다녀온 이야기를 자세히 적은 작은 책 『성당들이 하얀색일 때』를 펴냈다. 그 책에서 그는 뉴욕을 생전 처음 봤을 때의 짜릿한 기분을 묘사했다. 월트 휘트먼처럼 그도 인류애와 운율을 노래했지만, 고층건물과 엘리베이터와 에어컨에 관한 노래도 함께 불렀다. 반짝이는 강철과 반사유리에 대한 노래도 있었다. 그는 이렇게 썼다. "뉴욕의 용기와 열정이 어찌나 대단한지 모든 것을 다시 시작할 수 있다. 제작소로 다시 보내서 훨씬 더 훌륭한 것으로 만들어내는 것이다……."

그 책을 읽은 뒤 5번 애버뉴를 걷다가 탑처럼 높이 솟은 건물들을 올려다보면, 그 건물들이 황금알을 낳는 암탉에게로 우리를 데려다줄지도 모른다는 기분이 들었다.

하지만 그해 초여름에 이 도시를 찾은 또 다른 방문객은 조금 다른 인상을 받았다. 그는 존 윌리엄 와드라는 젊은이였다. 그는 오전 11시 30분경에 고담 호텔 17층의 바깥쪽 턱으로 나갔다. 곧 사람들이 그를 발견했고, 그로 인해 길에 상당한 사람들이 모여들었다. 남자들은 손가락을 고리처럼 구부려 겉옷을 어깨에 걸친 채 걸음을 멈췄다. 여자들은 모자로 부채질을 하며 서 있었다. 신문기자들은 사람들에게서 코멘트를 땄고, 경찰은 호텔 앞 인도의 출입을 통제했다. 언제든 사고가 터질 것 같은 느낌에……

하지만 와드는 기자, 경찰, 군중의 인내심을 시험하듯 가만히 서 있기만 했다. 그래서 모여든 사람들 중 회의주의자들은 와드가 살아갈 용기도 없고, 불행을 끝낼 용기도 없는 인간이라고 말했다. 적어도 그가 밤 10시 38분에 뛰어내릴 때까지는 그런 말들이 오갔다.

그러니까 뉴욕의 스카이라인이 사람들에게 그런 마음 또한 조금은 불러일으키는 것 같다.

콘데내스트의 로비는 아직도 비어 있었다. 남의 눈에 띄지 않고 빨리 사무실로 올라갈 수 있을 것 같았다. 하지만 내가 엘리베이터 쪽으로 걸어갈 때 경비 데스크의 토니가 손짓으로 나를 불렀다.

"안녕하세요, 토니? 무슨 일이에요?"

그는 로비 한쪽을 고갯짓으로 가리켰다. 크롬과 가죽으로 된 긴 의자에 모자를 손에 든 허름한 차림의 남자 둘이 앉아 있었다. 수염도 깎지 않고 잔뜩 기가 죽은 모습의 두 사람은 신조차 그들의 존재를 잊어버리는 바람에 순전히 수프 한 그릇을 얻어먹기 위해 바워리의 선교관에서 설교를 듣는 사람들 같았다. 누가 재미있는 이야기를 투명한 셀로판지로 싸서 푼돈에 판다 해도 그 두 사람은 그것이 무엇인지 모를 것처럼 보였다. 미스 마크햄한테 나를 다시 고용해달라고 하려면 그 앞에서 얼마나 비굴하게 기어야 할까? 속으로 이런 생각이 들었다.

"문을 열기 전부터 밖에서 기다리고 있었던 모양이에요."

토니가 이렇게 말하고는 작은 목소리로 덧붙였다.

"왼쪽에 있는 친구는 냄새도 좀 나요."

"고마워요, 토니. 내가 데리고 올라갈게요."

"그러세요, 미스 K. 그럼 다른 사람들은 어떻게 할까요?"

"다른 사람들요?"

토니는 책상 옆을 돌아 나와서 계단으로 통하는 문을 열었다. 수많은 남자들이 거기에 우글거리고 있었다. 긴 의자에 앉아 있던 두 사람과 마찬가지로 화물차 뒤칸을 얻어 타고 맨해튼으로 들어온 것처럼 보이는 사람도 있었지만, 은퇴한 영국인 하인처럼 보이는 사람들도 있었다. 아일랜드인, 이탈리아인, 흑인, 의뭉스러운 사람, 세련된 사람, 거친 사람, 상대를 기쁘게 해주려고 애쓰는 사람 등 구성도 다양했다. 그들은 2층을 향해 계단이 휘어져서 시야에 들어오지 않는 곳까지 쭉 둘씩 짝을 지어 앉아 있었다.

옷을 잘 차려입고 첫 번째 칸에 앉아 있던 키 큰 남자가 나를 보더니 막사에 들어온 지휘관을 본 병사처럼 차려 자세로 일어섰다. 그리고 그 뒤를 따라서 계단에 앉아 있던 다른 남자들도 모두 일어섰다.

22장

•

네버랜드

11월 중순의 토요일 밤이었다. 디키, 수지, 웰리, 나는 린투라는 재즈클럽에 약속이 있어 빌리지로 왔다. 다운타운의 음악가들이 밤 늦은 시간에 모여 즉흥연주를 한다는 이야기를 디키가 어디서 듣고는, 만약 음악가들이 모이는 곳이라면 분위기를 망치는 사교계 명사들의 힘이 아직 미치지 않았다는 믿을 만한 증거라고 판단한 것이다. 하지만 사실은 이 클럽의 소유주인 유대인 노인이 성격은 예민하지만 마음이 넓어서, 음악가들에게 이자 없이 돈을 빌려주기 때문에 이곳에 모이게 된 것이었다. 그들은 사교계 명사들의 인명록이 이 클럽으로 통째로 옮겨왔더라도 이곳에 모였을 터였다. 어떤 경우든 결과는 똑같았다. 늦게까지 이곳에서 버티고 있으면, 여과되지 않은 신선한 음악을 들을 수 있었다.

클럽은 이브와 내가 자주 드나들던 시절에 비하면 좀 더 화려하게 바뀌어 있었다. 이제는 겉옷 보관소에 여직원이 근무하고 있었고, 탁자들 위에는 빨간 갓을 씌운 램프들이 놓여 있었다. 하기야 나도 전보다 조금 화려해지고 있는 참이었다. 나는 디키가 우리의 3주일 기념일을 위해 어머니를 졸라 얻어낸, 1캐럿짜리 다이아몬드가 박힌 초커를 하고 있었다. 디키의 어머니가 특별히 나를 좋아했던 것 같지는 않지만, 디키가 평생 갈고 닦아온 모습에는 누구든 그의 요구를 거절하기가 몹시 어렵게 만드는 구석이 있었다. 전체적으로 봤을 때 그는 재미있는 일들을 좋아하고 뒤끝이 없는 성격이었지만, 아무리 작은 것이라도 그의 요구(우리 산책하러 갈까? 아이스크림 먹을까? 네 옆에 앉아도 돼?)에 긍정적인 대답을 하면 그의 얼굴이 빙고 게임 우승자처럼 순간적으로 환해지곤 했다. 그러니 밴더와일 부인도 아들을 낳아 지금까지 기르면서 아들의 요구에 안 된다고 한 적이 세 번을 넘지는 않았을 것 같다. 나도 그의 말에 안 된다는 대답을 하기가 쉽지 않다는 사실을 점점 깨닫고 있었다.

모두 여덟 명인 우리 일행은 디키가 여자 지배인의 도움을 얻어 4인용 테이블 두 개를 한데 붙여 만든 자리에 모여 앉아 있었다. 추가로 주문한 술이 나오기를 기다리는 동안 디키는 내 마티니에서 훔쳐간 올리브 창으로 대화를 지휘했다. 화제는 숨은 재능이었다.

디키: 웰리! 네가 다음 차례야.
웰리: 나는 보기 드물 정도로 쾌활해.
디키: 그거야 당연하지. 그건 재능이 아냐.
웰리: 그럼 양손을 다 잘 쓰는 거?
디키: 그건 좀 낫네.
웰리: 음, 가끔……

디키: 뭔데? 뭔데?

웰리: 성가대에서 노래해.

헉.

디키: 내가 졌다, 웰리!

TJ: 설마 정말 그런 거 아니지?

헬렌: 내가 웰리를 본 적 있어. 세인트 바스 교회의 뒷줄에서.

디키: 너 제대로 설명하는 게 좋을 거야.

웰리: 어렸을 때 성가대에서 노래를 불렀어. 지금은 가끔, 성가대에 바리톤이 모자랄 때, 나한테 연락이 와.

헬렌: 착하기도 하지!

나: 우리한테 맛보기로 좀 보여줄래, 하워드?

웰리: (허리를 똑바로 세우며)

지극히 거룩하신 성령이시여!

어둡고 거친 혼돈을 덮고,

그 성난 격정을 멈추라 하시고,

거친 혼란에 평화를 주신 분.

아 들어주소서 바다에서 위험에 빠진 자들을 위해

저희가 외치는 소리를.

감탄과 박수갈채.

디키: 야, 이 자식! 여자들 좀 봐. 울고 있잖아. 황홀해서. 더러운 수작을 부리다니. (나를 보며) 이제 너는, 내 사랑? 숨은 재능이 뭐야?

나: 그러는 너는, 디키?

모두: 그래. 너는!

수지: 너도 몰라?

나: 모르는 것 같은데.

수지: 어서 말해, 디키. 말해줘.

디키가 나를 보며 얼굴을 붉혔다.

디키: 종이비행기.

나: 이런, 세상에.

디키를 곤경에서 구해주기라도 하려는 듯이 드럼 연주자가 여섯 번 쿵쿵 소리를 내는 것으로 크루파+ 같은 솔로 연주를 끝내고 밴드 전체가 스윙을 연주하기 시작했다. 마치 드러머가 쇠 지렛대로 억지로 문을 연 뒤 다른 사람들이 집 안의 모든 것을 훔쳐가고 있는 것 같았다. 이제는 디키가 열광하며 날뛰고 있었다. 비브라폰 연주자가 3박자 멜로디를 연주하기 시작하자 디키는 의자에 앉은 채 몸을 휙 돌리며 발로 뛰는 시늉을 했다. 머리도 빠른 속도로 몇 바퀴 빙빙 돌렸다. 고개를 끄덕여야 할지 저어야 할지 마음을 정하지 못한 사람 같았다. 그러고는 내 엉덩이를 슬쩍 찔렀다.

세상에는 바흐나 헨델처럼 정해진 구조를 지닌 차분한 음악을 감상하는 능력을 타고나는 사람들이 있다. 그들은 음악의 수학적 관계들, 균형, 모티브 등이 지닌 추상적 아름다움을 느낄 수 있다. 하지만 디키는 그런 사람이 아니었다.

+ Gene Krupa, 미국 스윙시대의 대표적인 연주자.

2주 전 디키는 내게 잘 보이려고 모차르트 피아노 콘체르토 연주회가 열리는 카네기홀로 나를 데려갔다. 첫 번째 곡은 밤의 산들바람 속에서 영혼이 꽃을 피우게 하려고 만들어진 목가적인 분위기의 음악이었다. 디키는 여름학기 강의를 듣는 대학 2학년생처럼 잠시도 가만히 있지 못했다. 두 번째 곡이 끝나고 사람들이 박수갈채를 보낼 때 우리 앞줄의 노부부가 일어서자 디키는 자기 자리에서 거의 튀어 오르듯 벌떡 일어섰다. 그리고 열광적으로 박수를 치더니 겉옷을 집어들었다. 내가 연주회가 끝난 것이 아니라 중간 휴식시간이라고 말하자 디키는 풀이 죽어버렸다. 결국 나는 즉시 그를 데리고 3번 애버뉴로 가서 햄버거와 맥주를 먹게 해주어야 했다. 그곳은 주인이 관악기 하나와 작은 북 하나를 반주 삼아 재즈피아노를 연주하는 작은 클럽이었다.

이렇게 저렴한 가격에 소규모 재즈 연주를 처음 접한 것이 디키에게는 계시와 같았다. 그는 재즈의 본질이 즉흥연주라는 점을 본능적으로 이해했다. 미리 계획한 것도 없고, 질서도 없고, 자신을 지나치게 의식하지도 않는 이 음악은 사실상 디키의 성격을 그대로 옮겨놓은 것과 같았다. 그가 이 세상에서 좋아하는 모든 것이 거기 모여 있었다. 그 음악을 들으며 담배를 피워도 되고, 술을 마셔도 되고, 수다를 떨어도 되었다. 음악에 온전히 주의를 기울이지 않아도 죄책감을 느낄 필요가 없었다. 그 뒤로 밤마다 디키는 소규모 재즈 연주를 들으며 즐거운 시간을 보냈고, 그 공을 내게 돌렸다. 언제나 남들 앞에서 내놓고 그런 소리를 한 것은 아니지만, 중요한 순간에 자주 그런 말을 했다.

"우리가 언젠가 달에 갈 수 있을까?" 디키가 물었다. 비브라폰 연주자가 박수갈채에 답하듯 고개를 옆으로 살짝 기울였을 때였다.

"다른 행성에 발을 내딛는 건 정말 굉장한 일일 거야."

"달은 위성 아냐?" 선천적으로 자신감이 결여되어 있지만 아는 것은 많은 헬렌이 물었다.

"난 달에 가보고 싶어."

디키가 딱히 누구에게라고 할 것도 없이 확인하듯 말했다.

그는 양손을 깔고 앉아서 그 가능성을 곰곰이 생각했다. 그러더니 옆으로 몸을 기울여 내 뺨에 입을 맞췄다.

"……너도 같이 갔으면 좋겠어."

언제 그랬는지는 모르겠지만, 하여튼 디키는 탁자 반대편으로 옮겨가서 TJ, 헬렌과 이야기를 하고 있었다. 그것은 귀여운 자신감의 표현이었다. 이젠 날 즐겁게 해주려고 애쓰거나 내 관심을 끌고 싶다는 의지를 널리 알릴 필요가 없다고 생각한다는 뜻이었으니까. 이는 항상 끊임없이 남의 승인을 갈망하는 남자라도 약간의 섹스를 통해 자신감을 얻을 수 있음을 증명한다.

나는 디키의 윙크에 윙크로 답하다가 그 뒤의 탁자에 공공근로사업으로 생계를 이어나가는 것 같은 남루한 사람들이 모여드는 것을 보았다. 그중에 헨리 그레이가 있었다. 면도도 제대로 하지 않고 살도 조금 빠진 모습이라 나는 그를 금방 알아보지 못했다. 하지만 그는 문제없이 나를 알아본 모양이었다. 그가 우리 자리로 곧장 다가와 디키가 앉았던 빈 의자의 등받이에 몸을 기댔다.

"테디의 친구 맞지? 자기주장이 있던 여자."

"맞아요. 케이티예요. 아름다움을 추구하는 일은 잘되나요?"

"형편없어."

"그거 유감이네요."

그는 어깨를 으쓱했다.

"말할 것도 없고, 말할 방법도 없어."

행크는 시선을 돌려 밴드를 잠시 지켜보았다. 그러더니 고개를 끄덕였다. 박자를 맞추기 위해서라기보다는 음악이 마음에 든다는 뜻인 것 같았다.

"담배 좀 있어?" 그가 물었다.

나는 가방에서 담뱃갑을 꺼내서 내밀었다. 그는 담배 두 개비를 꺼내서 한 개를 내게 건네주었다. 그리고 자기 담배를 탁자 상판에 열 번 두드린 뒤 귀 뒤에 꽂았다. 클럽 안이 더웠기 때문에 그의 얼굴에 땀이 배어 나오기 시작했다.

"이봐, 밖으로 나가서 이야기 좀 할까?"

"좋아요. 잠시만 기다리세요."

나는 탁자 옆을 돌아서 디키에게 갔다.

"옛 친구의 형님이셔. 나가서 담배 한 대 피우고 올게. 괜찮지?"

"물론이지, 물론이지."

그가 이제 막 싹 트기 시작한 자신감을 과시하듯 말했다. 하지만 만일의 경우를 위해 자신의 겉옷을 내 어깨에 걸쳐주었다.

나는 행크와 함께 밖으로 나가 클럽의 차양 밑에 섰다. 아직 겨울은 아니지만 날씨가 꽤 쌀쌀했다. 하지만 아늑한 클럽 안에 있다가 나왔기 때문에 오히려 내게 딱 맞았다. 행크는 아닌 모양이었다. 그는 안에 있을 때와 마찬가지로 몸이 몹시 불편해 보였다. 그는 잘 다진 담배에 불을 붙이고 거리낌 없이 마음껏 연기를 들이마셨다.

행크가 살이 빠지고 안절부절못하게 된 것은 색채나 형태를 붙잡고 씨름한 탓이 아닌 것 같다는 생각이 들었다.

"그래, 내 동생은 어찌 지내나?" 그가 성냥을 거리로 던지며 물었다.

나는 두 달 동안 팅커를 만나지 못했으며, 지금 어디 있는지도 모른다고 말했다. 그런데 내 목소리가 내 의도와 달리 조금 날카로웠던 것 같다. 행크는 담배를 한 모금 더 빨더니 흥미로운 눈길로 나를 유심히 바라보았다.

"좀 싸웠어요." 내가 설명했다.

"그래?"

"그냥 팅커가 겉으로 보여준 모습 그대로가 아니라는 걸 마침내 내가 알아냈다고 해두죠."

"그러는 당신은?"

"난 비슷한 편이에요."

"아주 보기 드문 사람인걸."

"적어도 나는 요람에서 곧장 아이비리그로 간 것처럼 은근히 행세하고 다니지는 않아요."

행크가 담배를 바닥에 떨어뜨리고는 비웃음을 띤 채 발로 담배를 비벼 껐다.

"하나도 모르는군, 이 거미 같은 여자야. 지금 화를 내야 할 일은 테디가 아이비리그 출신인 것처럼 굴었다는 게 아냐. 애당초 그런 헛소리로 대우가 달라진다는 데 문제가 있는 거라고. 녀석이 5개 국어를 할 줄 알고, 카이로나 콩고에서 집까지 무사히 찾아올 수 있는 능력이 있다는 사실 같은 건 상관없어. 녀석이 가진 능력은 학교에서 배울 수 없는 거야. 놈들이 녀석의 능력을 눌러버리는 건 가능할지 몰라도, 그걸 학교에서 가르치지는 못해."

"그 능력이 뭔데요?"

"경탄하는 능력."

"경탄하는 능력이라니!"

"그래, 순수하게 경탄하는 능력. 누구든 돈만 있으면 차를 살 수도 있고, 도시에서 하룻밤을 보낼 수도 있지. 대부분의 사람들은 땅콩 껍질을 벗기듯이 하루하루를 살아갈 뿐이야. 하지만 1천 명에 한 명쯤은 놀라움을 담은 시선으로 세상을 바라볼 수 있지. 크라이슬러 빌딩을 보고 빙충맞게 입을 쩍 벌리는 걸 말하는 게 아냐. 잠자리 날개나 구두닦이의 사연 같은 것에 감탄하는 걸 말하는 거야. 순수한 마음으로 순수한 시간을 걸어가는 것."

"그러니까, 팅커가 아이처럼 순수한 마음을 지녔다는 건가요? 그래요?"

행크는 내가 말을 잘 알아듣지 못해 답답하다는 듯 내 팔을 움켜쥐었다. 그의 손가락이 내 살갗을 눌러대는 것이 느껴졌다.

"내가 어렸을 때는 어린아이처럼 말하고, 어린아이처럼 이해하고, 어린아이처럼 생각했다. 그러다가 어른이 되었을 때……*"

그는 내 팔을 놓았다.

"……불행한 일이지."

그는 시선을 돌렸다. 그리고 또다시 귀 뒤를 향해 손을 뻗었지만 이미 피워버린 담배는 거기 없었다.

---

* 「고린도 전서」 13장 11절.

"그래서 어떻게 됐죠?" 내가 물었다.

행크는 사람을 가늠해보는 특유의 시선으로 나를 바라보았다. 그는 자신이 상대의 질문에 대답하는 성은을 베풀어도 되는지 항상 이리저리 재어보았다.

"어떻게 됐냐고? 어떻게 됐는지 말해주지. 우리 아버지는 우리 집 재산을 모조리 잃어버렸어. 조금씩, 조금씩. 테디가 태어났을 때 우리 네 식구는 방이 열네 개나 되는 집에 살고 있었지. 그런데 매년 방이 하나씩 줄어드는 거야. 우리가 사는 집은 점점 부두에 가까워지고. 내가 열다섯 살 때 우리 식구들은 물 위로 기울어진 하숙집에 살고 있었어."

행크는 손을 45도 각도로 기울여서 내가 집의 모습을 그려볼 수 있게 해주었다.

"어머니는 무슨 일이 있어도 우리 증조할아버지가 다녔던 사립학교에 테디를 보내고 싶어 하셨지. 우리 증조할아버지가 그 학교에 다닌 건 1773년의 보스턴 차茶 사건 이전이지만. 어쨌든 어머니는 테디를 위해 돈을 모으고, 테디의 곱슬머리도 곱게 빗겨주고, 집요하게 애를 써서 결국 목적을 이뤘어. 그런데 테디가 1학년을 절반쯤 마쳤을 때 어머니가 암으로 입원하면서 아버지가 숨겨둔 돈을 발견한 거야. 그걸로 끝이었지."

행크는 고개를 저었다. 행크 그레이를 보고 있으면, 고개를 저을 때와 끄덕일 때가 언제인지 혼동할 일은 없을 것 같다는 생각이 들었다.

"테디는 그 뒤로 줄곧 그 망할 놈의 사립학교로 돌아가려고 애쓰고 있는 것 같아."

키가 큰 검둥이 커플이 거리를 걸어오고 있었다. 행크는 양손을 주머니에 넣고 턱짓으로 남자 쪽을 가리키며 말했다.

"어이, 이봐, 담배 있어?"

갑작스럽고 불퉁스러운 말투였다. 하지만 그 검둥이 남자는 기분이 상한 것 같지 않았다. 그는 행크에게 담배를 주었을 뿐만 아니라 그 커다란 손으로 불꽃을 가려가며 성냥불까지 켜주었다. 행크는 그 검둥이 커플이 멀어져가는 것을 공손히 바라보았다. 마치 인류를 위한 새로운 희망을 찾기라도 한 사람 같았다. 그런데 내게 다시 시선을 돌린 그는 말라리아 환자처럼 땀을 뻘뻘 흘리고 있었다.

"케이티라고 했지? 혹시 말이야, 돈 좀 있어?"

"글쎄요."

디키의 겉옷 주머니를 더듬어보니 수백 달러가 꽂힌 머니클립이 있었다. 행크에게 이 돈을 몽땅 줄까 하다가 10달러 두 장만 주었다. 내가 클립에서 돈을 꺼내는 동안 그가 무의식적으로 입술을 핥았다. 이 돈이 어떤 맛을 가져다줄지 벌써 느껴지는 모양이었다. 내가 지폐를 건네주자 그는 스펀지의 물을 짜낼 때처럼 주먹으로 돈을 꼭 쥐었다.

"다시 안으로 들어갈 거예요?"

내가 물었다. 하지만 나는 그가 들어가지 않으리라는 것을 알고 있었다.

설명 대신 그는 이스트사이드 쪽을 가리켰다. 그 몸짓에서 왠지 마지막 같은 느낌이 났다. 그는 우리가 다시 만날 일이 없을 거라고 확신하는 듯했다.

"5개 국어라고요?" 그가 자리를 뜨기 전에 내가 말했다.

"그래. 5개 국어. 게다가 녀석은 그 언어로 모두 자기 자신한테 거짓말을 할 수 있어."

디키 일행과 나는 밤늦게까지 그곳에서 기다린 덕분에 응분의 보상을 받았다. 한밤중을 막 지난 시각에 음악가들이 악기를 팔에 끼고 하나둘씩 나타나기 시작했다. 개중에 어떤 사람들은 빙글빙글 돌면서 무대로 올라갔고, 또 어떤 사람들은 벽을 떠받치기라도 하려는 것처럼 서 있었다. 그냥 바에 앉아서 자신에게 호의를 베풀고 싶어 하는 사람들을 기다리는 사람도 있었다. 1시경에 트럼펫 연주자 세 명이 포함된 여덟 명의 음악가들이 비긴＋을 연주하기 시작했다.

나중에 우리가 자리를 뜨려고 할 때 그 밴드에서 색소폰을 연주했던 덩치 큰 검둥이가 문간에서 내 앞길을 막았다. 나는 놀란 내색을 하지 않으려고 안간힘을 썼다.

"이봐요." 그가 수도사 같은 어조로 말했다. 하지만 그 목소리를 듣자마자 나는 그가 누군지 알아차렸다. 그는 새해 전야에 핫스팟에서 연주했던 색소폰 연주자였다.

"이블린의 친구죠?" 그가 말했다.

"맞아요. 케이티예요."

"이블린을 한동안 못 보았는데."

"LA로 갔어요."

그는 깊이 이해했다는 듯이 고개를 무겁게 끄덕였다. 이브가 로

＋ 카리브해 지방의 춤곡.

스앤젤레스로 간 것이 왠지 시대를 앞선 행동이라도 되는 것 같았다. 어쩌면 정말로 그런 건지도 몰랐다.

"그 아가씨는 음악을 제대로 들을 줄 알았는데."

그는 자기를 이해해주는 사람을 좀처럼 만나지 못하는 사람 특유의, 상대를 존중하는 분위기로 이렇게 말했다.

"이블린을 만나거든 우리가 보고 싶어한다고 전해줘요."

그러고 나서 그는 다시 바로 물러났다.

그 말에 나는 웃고 또 웃었다.

우리가 이브의 고집으로 밤에 재즈클럽들을 들락거리던 1937년에 이브는 음악가들을 궁지로 몰아서 담배를 빼앗아 피우는 짓까지 하곤 했다. 그때 나는 그 모든 것이 이브의 천박한 충동 때문이라고 생각했다. 중서부 출신 특유의 감수성을 벗어던지고 검둥이들의 분위기 속에 섞여 들어가고 싶어서 그러는 거라고. 하지만 사실 이블린 로스는 처음부터 끝까지 섬세한 재즈 애호가였다는 건가? 이브가 이 도시를 떠난 뒤 음악가들이 보고 싶어 할 정도로?

나는 밖에서 기다리는 일행에게로 가면서 딱히 대상을 정하지 않고 가볍게 감사 기도를 했다. 지금은 옆에 없는 옛 친구를 기분 좋게 돌아볼 수 있는 일이 생기는 건, 우연이 우리에게 줄 수 있는 최고의 선물이라고 봐도 좋으니까.

◆ ◆ ◆

디키가 종이비행기를 들먹인 건 농담이 아니었다.

린투에서 늦게까지 놀았기 때문에 다음 날 밤에 우리는 뉴욕 최고의 달콤한 사치를 만끽했다. 아무 할 일 없이 집에서 빈둥거리며 일요일 밤을 보냈다는 뜻이다. 디키는 주방에 연락해서 작은 샌드위치를 주문했다. 그리고 진 대신에 알아서 속도를 조절할 수 있는 백포도주 한 병을 땄다. 그날 밤에는 기온이 계절에 어울리지 않게 따뜻했기 때문에 우리는 83번가를 굽어보는 약 5평방미터 넓이의 테라스로 나가서 소풍을 즐기며 쌍안경으로 장난을 쳤다.

길을 사이에 두고 바로 맞은편 건물, 즉 이스트 83번가 42번지의 20층에서는 숨이 막힐 듯한 분위기의 디너파티가 열리고 있었다. 스모킹 재킷 차림의 잘난 척하는 남자들이 차례대로 장황한 건배사를 늘어놓았다. 한편 44번지의 18층에서는 부모가 잠자리를 보아주고 나간 뒤, 아이들 세 명이 조용히 불을 켜고 매트리스로 바리케이드를 쌓고 베개를 움켜쥐더니 『레미제라블』의 거리 싸움 장면을 재현하기 시작했다. 하지만 우리 건물에서 똑바로 앞쪽에 있는 46번지의 펜트하우스에서는 게이샤 같은 로브를 입은 뚱뚱한 남자가 홀린 듯이 스타인웨이 피아노를 연주 중이었다. 그의 테라스로 통하는 문이 열려 있어서 우리는 도로에서 희미하게 들려오는 일요일 밤의 자동차 소리에 그의 감상적인 연주가 실려 오는 것을 들을 수 있었다. 〈블루문Blue Moon〉, 〈페니 프롬 헤븐Pennies from Heaven〉, 〈사랑과 사랑에 빠지다Falling in Love with Love〉.

그는 눈을 감고 피아노를 연주하며 몸을 앞뒤로 흔들었다. 그의 두툼한 손은 옥타브와 감정 사이를 우아하게 오가며 서로 교차하듯 움직였다. 가만히 듣고 있으면 홀릴 것 같았다.

"저 사람이 〈잇츠 드 러블리It's De-Lovely〉를 연주했으면 좋겠는데."

디키가 동경에 잠긴 목소리로 말하기에 내가 제안했다.

"저 집 도어맨한테 전화해서 신청곡을 전해달라고 하지그래?"

디키는 더 좋은 생각이 있다는 듯 손가락 하나를 들어 올렸다.

그는 안으로 들어가더니 잠시 후 고급 종이가 든 상자, 펜, 종이 클립, 테이프, 자, 컴퍼스를 들고 나와 평소와 달리 아주 집중하는 표정으로 탁자 위에 내려놓았다.

나는 컴퍼스를 집어들었다.

"설마, 농담이지?"

디키는 조금 화가 난 표정으로 내게서 컴퍼스를 빼앗아 갔다.

"그럴 리가."

그는 자리에 앉아 수술실에서 메스를 정리하듯이 자신의 도구들을 늘어놓았다.

"자, 받아." 그가 내게 종이 뭉치를 주며 말했다.

그러고는 연필에 달린 지우개를 씹으며 잠시 생각에 잠겼다가 종이에 편지를 쓰기 시작했다.

친애하는 선생님,

외람되지만 '잇츠 드 러블리'에 대한 선생님의 해석을 듣고 싶습니다.

오늘 밤이 즐겁지 않습니까?

감상에 빠진 이웃이.

우리는 스무 장의 신청곡 쪽지를 속속 만들어냈다. 〈그중에 딱 하나Just One of Those Things〉, 〈그 숙녀는 방랑자야The Lady Is a Tramp〉. 그러고는 디키가 〈잇츠 드 러블리〉 신청 편지를 시작으로 작업에 들어갔다.

그는 앞머리를 뒤로 넘기고는 앞으로 몸을 기울여 컴퍼스의 뾰족한 끝을 종이의 오른쪽 아래 귀퉁이에 댔다. 그렇게 능숙하게 호 모양의 금을 새기더니 컴퍼스에 연필을 끼워 제도 기술자처럼 정밀한 솜씨로 컴퍼스를 한 바퀴 돌려 그 호와 접하는 원을 그렸다. 순식간에 연달아 이어진 원들과 서로 연결된 호들이 생겨났다. 디키는 거기에 자를 대고 선교에서 항로를 정하는 항해사처럼 대각선을 그었다. 이렇게 청사진이 완성되자 그는 미리 그려놓은 선들을 손톱으로 훑어서 더 선명하게 만들면서 다양한 대각선을 따라 종이를 접기 시작했다. 그가 손톱으로 선을 훑을 때마다 아주 만족스럽게 슥슥 스치는 소리가 났다.

이 작업을 하는 동안 디키의 혀끝이 이 사이로 뾰족하게 비집고 나왔다. 우리가 만난 넉 달 동안 디키가 이렇게 오랫동안 말이 없는 건 아마 처음이지 싶었다. 그가 한 가지 일에 이토록 오랫동안 집중하는 모습을 보는 건 확실히 처음이었다. 디키가 즐거운 이유 중에는 빵 부스러기의 태풍을 만난 참새처럼 순간에서 순간으로, 화제에서 화제로 폴짝폴짝 옮겨 다니는 것도 포함되어 있었다. 하지만 지금 그는 자신을 모두 잊고 한 가지 일에 몰두하는 모습을 보여주고 있었다. 폭탄 해체 전문가에게나 맞을 것 같은 모습이었지만, 꽤 사랑스럽기도 했다. 사실 정신이 제대로 박힌 남자라면 여자한테 잘 보이려고 이렇게 정성스레 종이비행기를 접을 리가 없지 않은가.

"됐다." 마침내 디키가 말했다. 양손 손바닥 위에 첫 번째 비행기가 놓여 있었다.

하지만 디키가 작업하는 모습을 지켜보는 것이 즐겁기는 했어도, 공기역학에 관한 그의 지식에는 그리 믿음이 가지 않았다. 그 종이

비행기는 내가 그때까지 본 그 어떤 비행기와도 달랐다. 보통 비행기들은 매끈한 티타늄 코, 둥근 배, 십자가의 좌우 가지처럼 동체에서 불쑥 튀어나온 날개를 지니고 있지만 디키의 비행기는 외팔보가 있는 삼각형 모양이었다. 코는 주머니쥐 같고, 꼬리는 공작 같고, 날개는 잔주름을 잡아놓은 커튼 같았다.

디키는 발코니 위로 살짝 몸을 기울이고 손가락을 한 번 핥더니 비행기를 허공에 들어 올렸다.

"각도는 65도, 풍속은 0.5노트, 시계는 3킬로미터. 비행하기에 완벽한 밤이야."

그걸 반박할 수는 없었다.

"자." 그가 내게 쌍안경을 넘겨주며 말했다.

나는 웃음을 터뜨리며 쌍안경을 무릎에 그냥 놓아두었다. 디키는 어찌나 집중하고 있는지 함께 웃음을 터뜨리지도 않았다.

"이제 간다." 그가 말했다.

그는 자신의 작품을 마지막으로 한 번 바라보더니 앞으로 발을 내딛으며 팔을 쭉 뻗었다. 마치 백조가 목을 뻗는 동작 같았다.

그래서 어떻게 됐느냐면, 디키의 날씬한 삼각형 비행기는 당시의 비행기 모습과는 다를지언정 그보다 나중에 나올 초음속 제트기를 완벽히 연상시키는 모습을 보여주었다. 종이비행기는 단 한 번의 진동도 없이 83번가를 화살처럼 가로질러 날아갔다. 살짝 기울어진 채 몇 초 동안 허공을 날다가 수평을 찾더니 목표지점을 향해 천천히 떠가기 시작했다. 나는 서둘러 쌍안경을 찾았다. 쌍안경으로 비행기를 찾아내는 데는 시간이 조금 걸렸다. 비행기는 기류를 타고 남쪽으로 떠가고 있었다. 그러다가 아주 살짝 흔들리더니 하강하기 시작했다. 비행기는 50번지의 19층 발코니 그림자 속으로 사라졌다. 우리 목표에서 서쪽으로 두 건물, 층수로는 세 층 어긋난 지점이었다.

"젠장." 디키가 강한 어조로 말했다.

그러고는 마치 딸을 걱정하는 아버지 같은 표정으로 나를 바라보았다.

"풀 죽지 마."

"풀이 죽어?"

나는 일어나서 커다랗게 쪽 소리가 나도록 입을 맞춰주었다. 내가 몸을 떼고 뒤로 물러나자 그가 미소를 지으며 말했다.

"다시 작업이닷!"

디키가 접은 종이비행기는 한두 대 수준이 아니었다. 무려 50대나 되었다. 종이를 세 겹으로 접은 것, 네 겹으로 접은 것, 다섯 겹으로 접은 것이 있었는데 개중에는 한 번 접은 종이를 재빨리 반대방향으로 다시 접어서 종이를 찢지 않고서는 도저히 불가능할 것처럼 보이는 날개 모양이 만들어진 것도 있었다. 그 밖에 날개가 뭉툭한 것도 있고, 코가 바늘처럼 뾰족한 것도 있고, 독수리 같은 날개와 좁은 잠수함 같은 몸체에 종이클립을 꽂아 무게중심을 잡아놓은 것도 있었다.

그렇게 신청곡을 적은 종이비행기들을 83번가 건너편으로 보내면서 나는 디키가 단순히 비행기를 만드는 솜씨만 뛰어난 것이 아니라 날려 보내는 솜씨 또한 뛰어나다는 사실을 서서히 깨달았다. 디키는 비행기의 구조에 따라 힘을 덜하거나 더하고, 비행기의 기울기를 조절했다. 헤아릴 수도 없을 만큼 다양한 기상조건 속에서 헤아릴 수 없을 만큼 많은 거리 너머로 헤아릴 수 없을 만큼 많은 종이비행기를 날려 보낸 사람만이 보여줄 수 있는 전문적인 기술이었다.

10시쯤 되자 지루한 파티를 하던 사람들은 이미 헤어진 뒤였고, 꼬마 혁명가들은 불을 켜놓은 채 잠이 들었다. 그리고 그때까지 우리는 그 뚱보 피아니스트의 집 테라스에 신청곡 네 개를 착륙시켰다. 하지만 뚱보 피아니스트는 그 사실을 알아차리지 못했다(그는 도중에 이를 닦으려고 비척비척 사라져버렸다). 마지막 비행기를 날린 뒤 우리도 그만 자리를 접기로 했다. 하지만 디키가 샌드위치 접시를 집으려고 허리를 숙였다가 마지막으로 남아 있는 종이 한 장을 발견했다. 그는 몸을 펴더니 길 건너편 발코니를 바라보았다.

"잠깐만." 그가 말했다.

그는 몸을 기울여 완벽한 흘림체로 쪽지를 쓴 뒤 다른 도구의 힘을 빌리지 않고 종이를 이리저리 접어 아주 뾰족한 비행기를 만들었다. 그러고는 조심스레 겨냥을 하더니 44번지 18층의 아이들 방을 향해 비행기를 날렸다. 비행기는 날아가면서 점점 힘을 얻는 것 같았다. 도시의 불빛들이 비행기를 응원하듯 깜박거렸다. 인광이 야간 수영객들을 응원하는 것처럼 보이는 것과 비슷했다. 비행기는 목적지 창문 안으로 곧장 들어가 바리케이드 위에 조용히 내려앉았다.

디키는 내게 쪽지의 내용을 보여주지 않았지만, 나는 그의 어깨 너머로 보았기 때문에 거기 적힌 내용을 알고 있었다.

우리 요새가 사방에서 공격받고 있다.

우리에게 남은 탄약은 얼마 없고,

우리의 구원은 너의 손에 달렸다.

그 밑에 디키가 서명한 이름은, 아주 적절하게도, '피터 팬'이었
다.

23장

이제 알겠지

뉴욕의 첫 겨울바람은 모질고 무정했다. 예전에 아버지는 바람이 불 때마다 러시아를 조금 그리워했다. 아버지는 사모바르를 꺼내 홍차를 끓여 마시며 옛날 어느 해 12월에 젊은이들을 군대로 끌고 가는 속도가 조금 느려졌던 것을 떠올렸다. 그해에는 우물도 얼지 않았고, 농사가 실패하지도 않았다. 사람이 태어나는 곳으로 그다지 나쁜 편은 아닌 것 같다고 아버지는 말했다. 거기서 계속 살지 않아도 된다면.

내 방에서 뒤뜰 쪽으로 난 창문은 심하게 뒤틀려 있어서 창틀과 창문이 맞물려야 하는 곳에 연필 하나가 들어갈 만큼 틈이 벌어져 있었다. 나는 낡은 팬티로 그 틈을 메우고, 스토브에 주전자를 올려놓고, 볼품없었던 나의 12월들을 돌이켜보았다. 그런 해가 몇 번 있었다. 하지만 노크 소리가 나를 상념에서 구해주었다.

앤이었다. 회색 바지와 연한 파란색 셔츠를 입은 앤.

"잘 있었어요, 캐서린."

"안녕하세요, 그랜딘 부인."

앤이 빙긋 웃었다.

"내가 그런 인사를 받을 자격이 있긴 한 것 같군요."

"일요일 오후에 저를 다 찾아오시다니 어쩐 일이신가요?"

"글쎄요, 인정하기는 정말 싫지만…… 언제나 우리는 '누군가'의 용서를 구하며 살아가죠. 지금 이 순간에는 내가 당신의 용서를 구하고 있는 것 같아요. 내가 당신을 바보 같은 처지로 몰아넣었어요. 나 같은 여자가 당신 같은 여자한테 그러면 안 되는 건데."

앤은 정말 굉장한 여자였다.

"들어가도 될까요?"

"그럼요." 내가 말했다.

안 될 것 없지 않은가. 모든 것을 고려해볼 때, 나는 앤에게 오랫동안 앙심을 품을 수 없다는 것을 잘 알고 있었다. 앤은 나의 신뢰를 악용한 적이 없었다. 그렇다고 딱히 자신의 명예를 더럽힌 적도 없었다. 재력이 있는 맨해튼 주민이라면 누구나 그렇듯이, 앤은 자신에게 필요한 것을 파악하고 그것을 위해 서비스를 구매했다. 조금 비뚤어진 일이긴 해도, 앤이 젊은 남자의 호의를 돈으로 산 것은 그녀를 그토록 인상적인 존재로 만들어준, 절대 변명하는 법이 없는 당당한 모습과 잘 어울렸다. 그래도 앤이 조금 흔들리는 모습을 볼 수 있었다면 기분이 좋았을 것이다.

"마실 것 좀 드릴까요?" 내가 물었다.

"난 이미 지난번에 교훈을 배웠어요. 하지만 지금 차를 끓이고 있는 건가요? 딱 내가 원하는 것인지도 모르겠네요."

내가 차를 준비하는 동안 앤은 내 아파트를 둘러보았다. 브라이스처럼 내 물건들을 점검하는 것은 아니었다. 앤은 건축적인 측면, 그러니까 뒤틀린 바닥이나 금이 간 몰딩이나 겉으로 드러난 파이프 같은 것에 더 관심이 있는 것 같았다. 앤이 말했다.

"어렸을 때 나도 여기와 아주 비슷한 아파트에서 살았어요. 여기서 그리 멀지 않은 곳이었죠."

나는 놀라움을 감추지 못했다.

"그게 충격인가요?"

"정확히 말해서 충격은 아니지만, 난 부인이 날 때부터 부자인 줄 알았어요."

"아, 그랬죠. 센트럴파크 근처의 타운하우스에서 자랐으니까. 하지만 여섯 살 때 유모랑 같이 로워이스트사이드에서 살았어요. 부모님은 아버지가 편찮으시다는 둥 헛소리를 늘어놓았지만, 십중팔구 결혼 생활이 무너지기 직전이었을 거예요. 내 짐작에 아버지는 바람둥이였던 것 같아요."

나는 눈썹을 치떴다. 앤이 빙긋 웃었다.

"그래요, 알아요. 부전여전. 내가 외가 쪽을 닮게 만들 수만 있다면 우리 어머니는 무슨 대가라도 치렀을 거예요."

우리 둘 다 잠시 침묵을 지켰다. 그 덕분에 앤은 자연스럽게 화제를 바꿀 수 있었을 텐데도 그냥 이야기를 이어나갔다. 어쩌면 누구든 첫 겨울바람을 맞으면, 이제는 해방되어서 다행이다 싶은 과거가 조금 그리워지는 모양이었다.

"어머니가 날 다운타운으로 데려다주던 날이 기억나요. 옷이 가득 들어 있는 트렁크와 함께 마차에 태워졌지만, 그 옷들 중 절반은 내가 가게 될 동네에서는 아무 소용이 없는 것들이었죠. 마차가 14번가에 도착했을 때 거리는 행상인, 술집, 수레로 북적거렸어요. 그렇게 소란스러운 모습에 내가 들떠 있는 걸 보고 어머니는 내가 매주 당신을 만나러 올 때마다 여기 14번가를 지나게 될 거라고 말씀하셨죠. 하지만 나는 그 뒤로 1년 동안 그 길을 지난 적이 없어요."

앤은 찻잔을 들어 마시려다가 멈췄다.

"그러고 보니 그 뒤로도 쭉 지금까지 그 길을 지난 적이 없네요."

앤이 말했다. 그러고는 웃음을 터뜨렸다.

잠시 후 나도 웃음에 가세했다. 좋든 나쁘든, 사람이 자기를 웃음거리로 삼아 신나게 웃어대는 것만큼 마음의 긴장을 풀어주는 일은 별로 없다. 앤이 말을 이었다.

"사실……. 내가 당신 때문에 다시 떠올린 어린 시절의 추억은 14번가뿐만이 아니에요."

"그럼 또 뭐가 있나요?"

"디킨스. 6월에 당신이 플라자 호텔에서 나를 염탐했던 거 기억나요? 가방에 디킨스 책을 하나 갖고 있었죠? 그걸 보고 정겨운 추억들이 떠올랐어요. 그래서 옛날부터 갖고 있던 『위대한 유산』을 다시 꺼냈죠. 30년 만에 처음으로. 사흘 만에 끝에서 끝까지 다 읽었어요."

"소감이 어떻던가요?"

"아주 재미있었죠, 당연히. 등장인물들, 문장, 사건 전개. 하지만 이번에는 그 책이 미스 해비셤의 집과 조금 비슷하다는 생각이 들었어요. 축제를 위해 꾸며졌지만 완전히 봉인돼서 세월의 흐름과 동떨어진 곳. 마치 디킨스의 세계가 제단에 올려진 것 같았어요."

이런 식으로 이야기가 이어졌다. 앤은 현대 소설, 즉 헤밍웨이와 울프의 작품에 대한 애정을 시적으로 표현했고, 우리는 차를 두 잔 마셨다. 그러고 나서 앤은 너무 오래 있는 것도 실례라며 가겠다고 일어섰다. 그리고 문턱에서 마지막으로 내 아파트를 한 번 더 둘러보았다.

"캐서린." 앤이 마치 이제 막 생각났다는 듯이 말했다.

"베레스포드에 있는 내 아파트가 그냥 놀게 될 것 같은데, 당신이 쓰는 게 어때요?"

"아, 그럴 수는 없어요, 앤."

"왜요? 울프가 『자기만의 방』에서 쓴 말은 절반만 옳아요. 거긴 방이 많고도 많아요. 내가 1년 동안 빌려줄게요. 내 나름대로 빚을 갚는 거라고 생각해요."

"고마워요, 앤. 하지만 난 여기가 좋아요."

앤은 가방 속에서 열쇠를 하나 꺼냈다.

"자, 받아요."

언제나 멋들어진 앤의 물건답게 열쇠는 여름철 사람들의 피부색 같은 가죽끈이 달린 은색 고리에 걸려 있었다. 앤은 그것을 내 아파트 문 바로 안쪽의 책더미 위에 놓고는 내 반발을 받아들이지 않겠다는 듯 한 손을 들어 올렸다.

"그냥 한번 생각해봐요. 언제 점심시간에 한번 그 안도 둘러보면서 거기서 살면 어떨지 생각해봐요."

나는 열쇠를 잽싸게 움켜쥐고 앤의 뒤를 따라 복도로 나갔다.

나로서는 이 모든 일에 대해 그냥 웃어버릴 수밖에 없었다. 앤 그랜딘은 작살처럼 날카로웠고 가시는 두 배나 더 박혀 있었다. 사과 뒤에 로워이스트사이드에서 보낸 어린 시절의 추억을 늘어놓다니. 게다가 그녀는 자신의 바람둥이 집안 내력에도 살짝 목례를 보냈다. 앤이 오늘의 대화에 설탕을 좀 뿌리기 위해 디킨스의 작품을 모조리 읽어버렸다 해도 나는 놀라지 않았을 것이다.

"당신은 특별한 사람이에요, 앤." 내가 노래하듯이 경쾌하게 말했다.

앤이 돌아서서 나를 바라보았다. 표정이 진지하게 변해 있었다.

"특별한 사람은 당신이에요, 캐서린. 당신과 같은 환경에서 태어난 여자라면 100명 중 99명은 지금쯤 빨래통에 팔을 담그고 있을 거예요. 당신은 자신이 얼마나 대단한 존재인지 조금도 모르고 있는 것 같아요."

앤에게 무슨 꿍꿍이가 있는지는 모르겠지만, 나는 이런 칭찬을 들을 준비가 되어 있지 않았다. 그래서 나도 모르게 바닥만 뚫어지게 바라보았다. 그러다 다시 시선을 들었더니, 앤의 블라우스 앞섶 틈새로 하얗고 매끈한 가슴 피부가 보였다. 앤은 브래지어를 하고 있지 않았다. 나는 미처 마음을 다잡을 여유가 없었다. 앤은 나와 눈이 마주치자 내게 키스했다. 우리 둘 다 립스틱을 바르고 있었기 때문에, 매끄러운 두 입술이 부딪치자 묘한 감각이 느껴졌다. 앤은 오른팔로 내 몸을 감고 더 가까이 끌어당겼다. 그러고는 서서히 뒤로 물러났다.

"언제 또 나를 염탐하러 와요." 앤이 말했다.

나는 돌아서는 앤의 팔꿈치를 향해 팔을 뻗어 다시 돌려세운 뒤 앤을 가까이 끌어당겼다. 여러 면에서, 앤은 지금까지 내가 만난 가장 아름다운 여자였다. 우린 거의 코가 맞닿을 만큼 가까이 서 있었

다. 앤이 입술을 벌렸다. 나는 앤의 바지를 향해 미끄러지듯 손을 움
직여 열쇠를 주머니에 넣어주었다.

24장
•
나라가 임하옵소서

12월 두 번째 토요일에 나는 이스트 강 맞은편의 6층짜리 허름한
아파트에서 낯선 사람들에게 둘러싸여 있었다.

그 전날 오후에 나는 빌리지에서 프랜과 우연히 마주쳐 많은 소
식을 들었다. 프랜은 마침내 마팅게일 부인의 하숙집에서 나와 그
럽과 같이 살고 있다고 말했다. 프랜의 집은 플랫부시 근처의 철로
옆 아파트였는데, 비상계단에서 브루클린 다리가 거의 보인다고 했
다. 프랜의 팔에는 신선한 모차렐라 치즈와 올리브와 토마토 통조
림 등 모트 거리에서 파는 물건들이 넘칠 만큼 가득 든 가방이 걸려
있었다. 그날이 그럽의 생일이라 송아지고기 파첼리를 만들 생각이
라고 했다. 프랜은 심지어 자기 할머니가 쓰던 것 같은 망치도 사서
고기를 직접 두드릴 작정이었다. 프랜은 그다음 날 자기 집에서 파
티가 열릴 거라며 내게서 거기 참석하겠다는 약속을 기어이 받아냈
다.

청바지에 꼭 끼는 스웨터 차림의 프랜은 키가 3미터쯤 되는 것
같았다. 그럽과 함께 새 아파트에서 살고 있고, 송아지고기를 두드
리는 나무망치까지⋯⋯. 내가 말했다.

"세상이 다 네 것 같겠구나. 진심으로 하는 말이야."

프랜은 그냥 웃기만 하면서 내 어깨를 때렸다.

"실없는 소리는 그만해, 케이티."

"진담이라니까."

"뭐, 그런 것 같기는 해." 프랜이 웃으며 말했다.

하지만 이내 자기 때문에 혹시 내가 기분이 상하지나 않았는지
걱정스러운 표정을 지었다.

"저기, 오해는 하지 마. 그렇게 좋은 말은 들어본 적이 없어서. 그
렇다고 네 말이 정말로 실없는 소리라는 뜻은 아냐. 내가 뭔가를 손
에 쥔 것 같은 기분이기는 해. 하지만 그게 세상은 아냐. 우린 결혼
할 거고, 그럽은 그림을 그릴 거고, 난 그럽에게 애를 다섯 낳아주고
젖가슴이 축 처져버리겠지. 빨리 그렇게 살고 싶어! 하지만 세상을
다 가졌다고? 그런 건 네가 더 가능성이 있지. 난 네가 그렇게 될 거
라고 믿고 있어."

이곳에는 프랜과 그럽의 친구들과 지인들이 잡다하게 뒤섞여 있
었다. 저지쇼어의 가톨릭 지역 출신으로 짝짝 소리 나게 껌을 씹어
대는 여자들이 낮에는 시인이 되고 밤에는 경비원이 되는 아스토리
아의 청년들과 어울리고 있었다. 파첼리 운송에서 온, 팔뚝이 굵은
두 청년은 원기 왕성하게 활동하는 에마 골드만*에게 푹 빠져 있었
다. 모두들 바지 차림이었고, 서로 팔꿈치가 부딪힐 만큼, 생각이 부

딪힐 만큼 북적거리고 있었다. 담배 연기가 안개처럼 그들을 감쌌다. 창문이 열려 있어서, 늦가을의 공기를 마시며 '거의' 보인다는 다리를 보려고 비상계단으로 나간 꾀바른 손님들의 모습이 보였다. 우리를 초대한 여주인도 거기에 자리를 잡고 있었다. 프랜은 베레모를 쓰고 비상계단 난간에 위태롭게 앉아서 보니 파커[++]처럼 담배를 느슨하게 물고 있었다.

저지에서 뒤늦게 도착해서 내 뒤쪽으로 들어오던 사람이 거실 벽을 보고는 그 자리에 딱 멈춰 섰다. 그 벽에는 가슴을 드러낸 외투보관소 아가씨들을 호퍼 스타일로 그린 일련의 그림들이 바닥에서 천장까지 걸려 있었다. 그림 속 아가씨들은 할 일 없고 지루해 보이지만 왠지 도전적인 표정으로 카운터 뒤에 앉아 있었다. 마치 우리에게 자기들처럼 할 일 없고 지루해져보라고 도전하는 것 같았다. 머리를 뒤로 넘긴 아가씨도 있고, 모자를 쓴 아가씨도 있었지만 모두들 그럽이 예쁜이라고 부르는 프랜을 여러 버전으로 표현한 것 같았다. 가지 색깔의 은화 크기만 한 젖꽃판까지도 그랬다. 뒤늦게 들어온 그 사람은 정말로 헉하는 소리를 냈던 것 같다. 고등학교 때의 단짝 친구가 가슴을 드러내고 포즈를 취했다는 사실이 그녀의 마음을 두려움과 부러움으로 가득 채웠다. 그녀가 바로 다음 날이라도 뉴욕으로 이사를 올 기세라는 걸 알 수 있었다. 아니, 뭐, 반대로 아예 영원히 안 올 수도 있지만. 벽 한가운데에는 브로드웨이 한 극장의 간판 그림이 그럽이 그린 아가씨들에게 둘러싸여 걸려 있었다. 행크 그레이의 오리지널 그림인데, 스튜어트 데이비스에게 보내

[+] 러시아 태생의 미국 무정부주의자.
[++] 영화 〈보니와 클라이드〉의 모델인 1인조 2인조 은행 강도 중 한 명.

는 사과 또한 곁들여져 있었다. 그가 여기 있을 가능성이 높다는 생각이 들면서 나도 모르게 그의 염세적인 실루엣을 볼 수 있으면 좋겠다고 바라고 있었다. 그는 기본적으로 호저 같은 사람이었지만, 감상적인 줄무늬와 가시가 있어서 사람들로 하여금 다시 한번 생각을 해보게 만들었다. 어쩌면 처음에 팅커가 했던 말이 옳은지도 모른다는 생각이 들었다. 어쩌면 행크와 내가 정말로 죽이 맞는 건지도……

이 모임의 노동계급적 성격에 걸맞게 알코올음료라고는 맥주뿐이었다. 그나마도 내 눈에 보이는 것은 모두 빈 병이었다. 파티 참석자들의 발치에 모여 있는 그 빈 병들은 가끔 볼링장의 핀처럼 발에 채여 넘어져 단단한 나무로 된 바닥을 덜컹덜컹 굴러갔다. 부엌에서 북적거리는 복도로 나오다가 나는 횃불을 든 자유의 여신상처럼 새로 딴 맥주병을 허공에 높이 들고 있는 금발 여자를 보았다.

부엌에는 확실히 거실보다 사람이 적었다. 부엌 한가운데에는 높이 솟은 통이 있었는데, 그 안에서 어떤 교수와 여학생이 무릎을 맞대고 앉아 아주 개인적인 일을 하며 키득거렸다. 나는 뒤쪽 벽 앞에 놓여 있는 냉장고로 향했다. 턱이 파르스름하고 키가 큰 보헤미안이 냉장고 문을 막고 있었다. 뾰족한 코와 왠지 유산계급 같은 분위기를 지닌 그는 파라오의 무덤을 지키는, 반은 인간이고 반은 자칼인 존재를 연상시켰다.

"실례합니다."

그는 실컷 꿈을 꾸다가 나 때문에 잠에서 깬 사람처럼 잠시 나를 유심히 바라보았다. 이제 보니 그는 히말라야만큼이나 키가 컸다.

"전에 본 적이 있어요." 그가 무미건조한 목소리로 말했다.

"그래요? 얼마나 멀리서요?"

"당신 행크의 친구죠. 린투에서 봤어요."

"아, 그렇군요."

그가 옆 테이블에 앉은, 공공근로사업으로 생계를 이어나가는 것 같은 사람들 중 하나였다는 사실이 어렴풋이 기억났다. 내가 말했다.

"안 그래도 행크가 있나 살피던 참이에요. 행크도 왔나요?"

"여기에요? 아뇨……."

그가 나를 위아래로 훑어보았다. 그리고 수염 자국이 있는 턱을 손가락으로 쓸었다.

"못 들은 모양이군요."

"듣다니 뭘요?"

그는 나를 또 유심히 바라보았다.

"행크는 없어요."

"없어요?"

"영원히 갔어요."

순간적으로 나는 화들짝 놀랐다. 불가피한 일과 맞닥뜨렸을 때, 아주 잠깐이라도 사람을 동요시키는, 그 낯선 놀라움이었다.

"언제요?" 내가 물었다.

"1주일 전쯤."

"어쩌다가요?"

"그게 묘해요. 실업수당으로 몇 달을 버티다가 갑자기 횡재를 했거든요. 푼돈이 아니라 진짜 큰돈이에요. 인생을 다시 시작할 수 있는 돈. 벽돌집을 지을 수 있는 돈. 하지만 행크는 그 돈을 죄다 들고 나가서 완전히 흥청망청했어요."

자칼처럼 생긴 남자는 여기가 어딘지 갑자기 기억해냈다는 듯이 주위를 둘러보았다. 그러고는 못마땅한 표정으로 병을 들어 방 안을 가리켰다.

"이런 파티가 아니었어요."

그렇게 병을 흔들다 보니 병이 비었다는 사실을 새삼 기억해낸 모양이었다. 그는 요란한 소리를 내며 병을 개수대에 던져버렸다. 그리고 냉장고에서 새 맥주를 하나 꺼낸 뒤 문을 닫고 거기에 몸을 기댔다. 그가 말을 이었다.

"맞아요. 정말 굉장했죠. 행크가 그 모든 걸 앞장서서 이끌었어요. 주머니에 20달러 지폐가 한가득 있었으니까. 사람들한테 니사나무 꿀이랑 테레빈유를 사오라고 시키고, 돈을 조금씩 나눠줬어요. 그러다가 새벽 2시쯤에 사람들을 시켜서 자기 그림을 옥상으로 끌어내게 했죠. 그걸 한데 모아놓고 석유를 잔뜩 뿌리더니 불을 붙였어요."

자칼이 빙긋 웃었다. 꼬박 2초 동안.

"그러고는 사람들을 전부 쫓아냈죠. 그게 우리가 본 행크의 마지막 모습이에요."

그는 술을 한 모금 마시고 고개를 절레절레 저었다.

"모르핀이었나요?" 내가 물었다.

"모르핀이라니, 뭐가요?"

"약물과용이었어요?"

자칼은 갑자기 웃음을 터뜨리더니 미친 사람을 보듯이 나를 바라보았다.

"행크는 군대에 갔어요."

"군대요?"

"지원했죠. 옛날에 있던 부대에. 13 야전포병대. 컴벌랜드 카운티의 포트 브래그."

조금 멍한 상태로 나는 돌아섰다.

"이봐요. 맥주 가지러 온 거 아니에요?"

그는 냉장고에서 맥주를 한 병 꺼내서 내게 건네주었다. 내가 그것을 왜 받았는지 모르겠다. 맥주를 마시고 싶은 생각은 이미 달아나버렸는데.

"또 봐요." 그가 말했다.

그러고는 냉장고에 몸을 기대고 서서 눈을 감았다.

"이봐요." 내가 그를 다시 깨웠다.

"네?"

"그게 어디서 난 건지 알아요? 그 횡재라는 거 말이에요."

"그럼요. 그림을 팔아서 생긴 돈이에요."

"말도 안 돼."

"진짜예요."

"그림을 팔 수 있다면 왜 군대에 갔겠어요? 남은 그림은 왜 죄다 태웠겠어요?"

"그 친구 그림을 판 게 아니거든요. 누군가한테 물려받은 스튜어트 데이비스의 그림이었어요."

내 아파트 문을 열자 사람이 살지 않는 곳 같았다. 집이 텅 비어 있는 건 아니었다. 나도 이런저런 소지품들이 있으니까. 하지만 지난 몇 주 동안 줄곧 디키의 집에서 잤기 때문에 내 아파트는 느리지만 확실하게 깨끗하고 정돈된 곳이 되었다. 싱크대와 쓰레기통은 텅 비었고, 바닥에도 떨어져 있는 물건이 전혀 없었다. 옷가지는 서랍 속에 잘 접혀 있고, 책들은 더미를 이루어 얌전히 기다리고 있었다. 마치 혼자 살던 홀아비가 죽은 지 몇 주 뒤, 그러니까 그의 자식들이 쓰레기를 모두 내갔지만 아직 자질구레한 물건들을 나눠 갖기 전의 아파트 모습 같았다.

그날 밤 나는 디키와 만나서 늦은 저녁을 먹기로 되어 있었다. 다행히 디키가 집을 나서기 전에 연락이 닿았다. 나는 지금 집에 돌아와 있으며 오늘은 그만 쉬고 싶다고 말했다. 모종의 일이 생겨서 내가 저녁 약속을 지킬 마음이 사라졌음이 분명히 느껴졌겠지만, 디키는 무슨 일이냐고 묻지 않았다.

내가 데이트했던 남자들 중에서 가정교육을 워낙 잘 받았기 때문에 차마 꼬치꼬치 캐묻지 못한 사람은 아무래도 디키가 처음이었던 것 같다. 그리고 나는 그때부터 그런 사람을 좋아하게 됐는지, 그 뒤로도 그런 남자들을 만났다.

나는 내 아파트를 덜 우울한 곳으로 느끼게 될 만큼 잔에 진을 따라서 아버지의 안락의자에 앉았다.

행크가 횡재한 돈을 파티에 낭비해버린 것에 자칼은 조금 놀랐던 것 같다. 하지만 행크가 왜 그랬는지 이해하기는 어렵지 않았다. 아무리 빳빳한 새 지폐라 해도, 스튜어트 데이비스의 그림을 팔아 번 돈이 결국은 앤 그랜딘의 재산 중 일부라는 사실에서 도망칠 수는 없었다. 그 돈은 또한 팅커가 인간적인 품위를 희생해서 만든 돈이기도 했다. 행크는 그 돈을 아무렇게나 써버리는 것 외에 다른 방법이 없었을 것이다.

세월은 마음에 술수를 부리는 재주가 있다. 과거를 돌아보다 보면 동시에 일어난 일련의 사건들이 1년 동안 쭉 이어져 있는 것처럼 보이기도 하고, 한 계절 전체가 단 하룻밤으로 압축될 수 있을 것처럼 보일 때도 있다.

어쩌면 나도 세월의 그런 술수에 넘어간 것인지 모른다. 하지만 내가 기억하는 한, 내가 그렇게 아버지의 안락의자에 앉아 행크가 흥청망청 돈을 써버린 것에 대해 생각하고 있을 때 전화벨이 울렸다. 빗시였다. 다급해서 말도 제대로 잇지 못하는 목소리. 빗시는 월러스 월코트가 죽었다고 말해주었다. 공화국 군이 산 중턱의 작은 마을을 지키고 있던 산타 테레사 근처에서 총을 맞은 모양이었다.

빗시가 내게 전화한 것은 그가 죽은 지 이미 3주나 지난 뒤였다. 그 당시에는 시신을 수습해서 신원을 확인하고 고향에 소식을 전하는 데 꽤 시간이 걸렸던 것 같다.

나는 전화해줘서 고맙다고 인사한 뒤 빗시가 아직 말을 끝맺지도 않았는데 그냥 수화기를 내려놓았다.

내 잔은 비어 있고, 술을 한 잔 더 하고 싶은데도 나는 도저히 술을 더 따를 수가 없었다. 그래서 그 대신 불을 끄고 바닥에 앉아 문에 등을 기댔다.

◆ ◆ ◆

5번 애버뉴와 50번가 사이에 있는 성 패트릭 성당은 19세기 초 미국의 고딕양식 건축물 중에서도 상당히 강렬한 곳이다. 뉴욕 주 북부에서 캐낸 하얀 대리석으로 만들어진 벽들은 두께가 틀림없이

1미터는 넘을 것이다. 스테인드글라스로 장식된 창문들은 샤르트르 출신 장인들의 솜씨였다. 제단 두 개는 티파니가 디자인한 것이고, 나머지 하나의 제단은 메디치라는 사람이 디자인했다. 그리고 남동쪽 구석의 피에타상은 미켈란젤로 작품의 두 배나 되는 크기다. 사실 성당 전체가 워낙 훌륭하게 지어졌기 때문에 주님도 이 성당 사람들이 스스로를 상당히 잘 돌보고 있을 것이라고 확신하면서 이 성당에 대해서는 별로 신경을 쓰지 않은 채 마음을 놓고 있을지도 모른다.

그날, 그러니까 12월 15일 오후 3시의 날씨는 따뜻했고, 기온이 점점 올라가고 있었다. 나는 사흘 동안 내내 메이슨과 함께 새벽 두세 시까지 「센트럴파크 웨스트의 비밀」이라는 기사를 작성하다가 택시를 타고 집으로 가서 몇 시간 눈을 붙인 뒤 샤워를 하고 옷을 갈아입고 잠시 생각할 여유도 없이 곧장 사무실로 다시 출근하는 생활을 했다. 하지만 그런 생활에 전혀 불만이 없었다. 그런데 오늘 메이슨이 일찍 퇴근하라며 억지로 돌려보내는 바람에 나는 아무 생각 없이 5번 애버뉴를 걷다가 성당의 계단을 올라가고 있었다.

시간이 시간인지라 400개나 되는 신도석 중 396개가 비어 있었다. 나는 한 곳에 자리를 잡고 앉아 생각이 정처 없이 흐르게 내버려두려고 했지만 쉽지 않았다.

이브, 행크, 월러스.

용감한 사람들이 모두 갑자기 사라져버렸다. 한 명씩 차례로 반짝이다가 사라져, 원하는 것에서 스스로 자유로워지지 못하는 앤이나 팅커나 나 같은 사람들만 뒤에 남았다.

"실례합니다." 누군가가 점잖게 말했다.

나는 이렇게 빈자리가 많은데 하필 내 자리에 끼어 앉으려는 사람에게 조금 짜증이 나서 시선을 들었다. 그런데 디키가 거기 있었다.

"여긴 웬일이야?" 내가 목소리를 낮춰 속삭이듯 말했다.

"회개하러 왔을까나?"

그는 내 옆에 슬쩍 앉더니 자동적으로 두 손을 무릎 위에 놓았다. 잠시도 가만히 있지 못하던 어린 시절부터 잘 훈련받은 사람 같았다.

"날 어떻게 찾았어?" 내가 물었다.

그는 제단에서 눈을 떼지 않은 채 오른쪽으로 몸을 기울였다.

"너랑 우연히 만난 척하려고 네 사무실에 들렀어. 그런데 네가 없어서 내 계획이 망가져버렸지. 그때 고양이 눈 같은 안경을 쓰고, 조금 거칠어 보이는 아가씨가 근처 교회에 한번 가보는 게 어떻겠냐고 하는 거야. 네가 휴식시간에 그런 곳에 들를 때가 있다면서."

앨리는 정말 대단한 사람이었다. 나는 교회에 들르는 것을 좋아한다고 앨리에게 말한 적이 없고, 앨리도 그 사실을 알고 있다고 말한 적이 없었다. 하지만 디키에게 그 정보를 슬쩍 알려준 것은 앨리와 내가 아주, 아주 오랫동안 친구로 지내게 될 것이라는 최초의 확실한 징조 같았다.

"그래도 내가 어떤 교회에 있는지 어떻게 알았어?" 내가 물었다.

"그거야 쉽지. 지금까지 내가 들러본 교회 세 군데에는 네가 없었거든."

나는 디키의 손을 꼭 쥐고 아무 말도 하지 않았다.

제단을 다 살펴본 디키는 이제 교회 천장의 움푹 들어간 부분들을 올려다보고 있었다.

"갈릴레오에 대해 잘 알아?" 그가 물었다.

"지구가 둥글다는 걸 발견한 사람이잖아."

디키가 깜짝 놀란 표정으로 나를 바라보았다.

"진짜? 그 사람이었어? 그거 대단한 발견이었잖아!"

"네가 말한 게 그 사람 아니었어?"

"글쎄. 이 갈릴레오라는 사람에 대해 기억나는 건, 추가 60센티미터를 움직이든 5센티미터를 움직이든 걸리는 시간은 똑같다는 걸 알아낸 사람이라는 거야. 이 발견은 물론 할아버지 시계의 수수께끼를 해결해줬지. 어쨌든, 갈릴레오는 교회 천장에 매달린 샹들리에가 흔들리는 걸 관찰해서 그 사실을 알아낸 모양이야. 자기 맥박을 재는 방법으로 샹들리에가 한 번 흔들리는 데 걸리는 시간을 쟀어."

"굉장하다."

"그렇지? 그냥 교회에 앉아서 그런 걸 알아냈다니. 어렸을 때 그걸 배운 뒤로 나는 설교 시간에 머릿속의 잡생각들을 그냥 내버려뒀어. 그래도 계시는 단 한 번도 안 떠오르더라."

나는 웃음을 터뜨렸다.

"쉬." 디키가 말했다.

부속 예배당 중 한 곳에서 수도 참사회원이 나타났다. 그는 무릎을 꿇고 성호를 긋더니 제단이 있는 곳으로 올라가 제단 위의 초에 불을 밝히기 시작했다. 4시 미사를 위한 준비였다. 그는 검은색의 긴 로브 차림이었다. 디키는 그를 바라보면서 마치 오랫동안 기다리던 계시를 받은 사람처럼 얼굴이 밝아졌다.

"너 가톨릭이구나!"

나는 다시 웃음을 터뜨렸다.

"아냐. 딱히 종교를 믿지는 않지만, 우리 집은 원래 러시아 정교
야."

디키가 휘파람을 불었다. 그 소리가 꽤 컸기 때문에 참사회원이
뒤를 돌아보았다.

"그거 만만찮을 것 같은데." 디키가 말했다.

"사실은 나도 잘 몰라. 하지만 부활절이 되면 우리는 온종일 금식
하다가 밤새 먹어대."

디키는 이 말을 곰곰이 생각해보는 눈치였다.

"그건 나도 할 수 있을 것 같아."

"내가 보기에도 그럴 것 같아."

우리는 한동안 말이 없었다. 그러다가 디키가 오른쪽으로 살짝
몸을 기울였다.

"며칠 동안 널 못 만났어."

"알아."

"무슨 일인지 말해줄 거야?"

우리는 이제 서로를 바라보고 있었다.

"이야기하자면 길어, 디키."

"그럼 밖으로 나가자."

우리는 팔을 무릎에 올린 채 차가운 계단에 앉았다. 그리고 나는
리츠에서 빗시에게 해줬던 이야기를 축약해서 들려주었다.

이제 그때보다는 좀 더 마음의 거리가 생겼을 뿐만 아니라 자의
식도 조금 더 생겨났는지, 나는 나도 모르게 마치 브로드웨이 연극

의 줄거리를 이야기하듯 그 이야기를 하고 있었다. 나는 우연한 만남과 뜻밖의 일들을 최대한 활용했다. 경마장에서 앤을 만날 줄이야! 이브가 청혼을 거절하다니! 시누아즈리에서 앤과 팅커를 우연히 만나다니!

"그런데 제일 재미있는 건 이거야." 내가 말했다.

그러고 나서 나는 워싱턴의 책 『예의 및 품위 있는 행동 규칙』을 발견한 이야기를 했다. 그 책이 팅커의 전술에 이용되었다는 사실을 알아차리지 못한 내가 바보였다는 이야기도. 내 말을 뒷받침하기 위해 나는 워싱턴의 금언 중 몇 개를 즉석에서 좔좔 읊었다.

하지만 12월에 교회 계단에 앉아 있다는 사실 때문인지 아니면 이 나라 국부의 금언이 소재이기 때문인지 나의 유머가 제대로 전달되지 않는 것 같았다. 그래서 마지막 금언을 읊을 때 내 목소리가 흔들렸다.

"막상 하고 보니 별로 재미없는 것 같네." 내가 말했다.

"그래." 디키가 말했다.

갑자기 그가 평소와 달리 진지한 표정을 지었다. 그리고 양손을 깍지 끼더니 계단 아래쪽을 바라보았다. 그는 아무 말도 하지 않았다. 나는 조금 겁이 나기 시작했다.

"어디 다른 데로 갈까?" 내가 물었다.

"아니. 괜찮아. 조금만 더 있자."

디키는 침묵을 지켰다.

"무슨 생각해?" 내가 캐물었다.

디키는 평소와 달리 차분하게 발로 계단을 두드리기 시작했다.

"무슨 생각 하냐고?" 그가 혼잣말을 했다. "무슨 생각을 하는 걸까?"

디키는 심호흡을 하며 마음의 준비를 했다.

"네가 그 팅커라는 친구한테 너무 심했던 것 같다는 생각이 들어."

그는 발로 계단 두드리기를 멈추고 5번 애버뉴 맞은편의 아틀라스 조각상 쪽으로 시선을 돌렸다. 아르데코 양식의 그 조각상은 록펠러 센터 앞에서 하늘을 떠받치고 있다. 디키는 아직 차마 나를 바라볼 수 없는 것 같았다.

"그러니까 그 팅커라는 친구는……."

디키가 말했다. 자신이 사실을 제대로 알고 있는지 확인하고 싶다는 듯한 목소리였다.

"……아버지가 학비를 탕진해버리는 바람에 사립학교에서 쫓겨났고, 취직해서 일을 하다가 루크레치아 보르자⁺를 만났는데, 그 여자가 그 세계에 한 발을 들여놓게 해주겠다는 약속으로 그 친구를 꾀어 뉴욕으로 오게 했다는 거지? 너와 그 밖의 사람들은 모두 우연히 만났고. 그리고 그 친구는 너한테 마음이 있는 것 같은데도 우유배달 트럭에 부딪혀 망가진 네 친구를 택했고, 나중에 네 친구가 팅커라는 친구를 찼어. 그리고 팅커의 형도 그 친구를 차다시피 했고……."

나는 나도 모르게 바닥만 바라보고 있었다.

"대충 이런 이야기인가?" 디키가 안타깝다는 듯이 물었다.

"응."

"그리고 너는 이 모든 내막을 알게 되기 전에, 그러니까 앤 그랜

⁺ 마키아벨리 『군주론』의 모델인 체사레 보르자의 여동생.

딘이랑 팅커의 어린 시절이랑 철도 주식 같은 것들에 대해 알게 되기 전에 그 녀석한테 빠졌고."

"응."

"그럼 이제 문제는…… 그런 모든 일들이 있었는데도…… 넌 아직 그 친구한테 빠져 있어?"

누군가를 우연히 만나서 조금 사랑의 불꽃이 튄 후 태어났을 때부터 알던 사이 같다는 느낌을 받을 때, 그 느낌에 과연 조금이라도 알맹이가 있는 걸까? 처음 만나서 몇 시간 동안 대화를 나눈 뒤, 그 사람과 나 사이의 유대가 워낙 특별해서 시간과 관습의 한계를 초월한다고 정말로 확신할 수 있을까? 만약 그럴 수 있다면, 그 누군가는 그 뒤로 이어질 나의 시간을 완벽하게 만들어줄 능력 못지않게 온통 뒤엎어버릴 능력 또한 갖고 있는 것이 아닐까?

지금까지 함께 했던 그 모든 일에도 불구하고, 디키는 초자연적으로 보일 만큼 초연한 태도로 물었다. 넌 아직 그 친구한테 빠져 있어?

'말하지 마, 케이티. 제발 부탁이니까, 인정하지 마. 얼른 일어나서 이 무모한 장난꾸러기한테 키스해. 디키가 다시는 이 말을 꺼내지 않게 확신을 심어줘.'

"응." 내가 말했다.

응. 이 말은 원래 축복이어야 한다. 줄리엣도 로미오에게 "네"라고 말했고, 엘로이즈도 "네"라고 말했고, 몰리 블룸⁺도 "네, 네, 네"

⁺ 제임스 조이스의 소설 『율리시즈』의 등장인물.

라고 말했다. 긍정의 언명, 달콤한 허락. 하지만 지금의 맥락에서 이 말은 독이었다. 디키의 안에서 뭔가가 죽어가는 것이 느껴지는 듯 했다. 지금 죽어가고 있는 것은 자신감 있고, 아무 의문도 품지 않 고, 모든 것을 용서해주는 사람이라는, 나에 대한 디키의 인상이었 다.

"뭐, 그럼." 디키가 말했다.

내 머리 위에서 검은 날개의 천사들이 사막의 새들처럼 빙빙 돌 았다.

"……너의 그 친구가 그 규칙들을 정말로 지키려고 했는지, 아니 면 주변 사람들에게 잘 보이려고 단순히 흉내만 낸 건지는 잘 모르 겠지만, 그렇다고 해서 달라질 것이 있나? 내 말은, 조지 아저씨가 거짓말을 지어낸 건 아니잖아. 그리고 그 친구는 어디선가 그걸 보 고 자신을 최대한 다듬으려고 했어. 내가 보기에는 꽤 인상적인데. 나라면 그 규칙을 한 번에 대여섯 개 이상은 못 지킬 것 같아."

우리는 이제 근육이 과장되게 표현된 조각상을 바라보고 있었다. 나는 이 성당에 수천 번이나 와봤는데도, 다른 사람도 아닌 아틀라 스가 바로 길 건너편에 서 있는 것이 이상하다는 생각은 지금 이 순 간까지 한 번도 해보지 못했다. 아틀라스가 성당 바로 정면에 자리 잡고 있기 때문에 성당을 나서는 사람의 눈에는 성당 문틀이 액자 처럼 둘러싸고 있는 아틀라스의 우뚝한 모습이 마치 자신을 기다리 고 있는 것처럼 보였다.

미국 최대의 성당 중 한 곳인 이 성당의 맞은편에 세울 동상으로 이만큼이나 대조적인 효과를 내는 것이 있을까? 올림포스의 신들 을 몰아내려 한 탓에 어깨로 영원히 하늘을 떠받쳐야 하는 벌을 받은 아틀라스는 오만과 맹목적인 인내의 화신이다. 성 패트릭 성당의 안쪽 어두운 곳에는 육체적으로도 영적으로도 아틀라스의 안티테제인 피에타가 있다. 신의 뜻에 따라 이미 자신을 희생한 우리의 구세주가 여위고 쇠약한 모습으로 마리아의 무릎에 누워 있는 모습을 표현한 조각상이다.

이 두 조각상, 이 두 개의 세계관은 겨우 5번 애버뉴를 사이에 두고 세상이 끝나는 날까지, 아니면 맨해튼이 끝나는 날까지 서로를 마주 볼 것이다. 이 세상과 맨해튼 중 어느 쪽이 먼저 끝날지는 모르겠지만.

내가 상당히 비참한 표정을 하고 있었는지, 디키가 내 무릎을 토닥거렸다.

"우리가 자신과 완벽히 맞는 사람하고만 사랑에 빠진다면, 애당초 사랑을 둘러싸고 그런 소동이 벌어지지도 않을 거야." 그가 말했다.

◆ ◆ ◆

사람들은 항상 누군가의 용서를 구하며 살아간다는 앤의 말이 옳았던 것 같다. 다운타운을 걸어가면서 나는 내가 누구의 용서를 구하고 있는지 깨달았다. 벌써 몇 달 동안 그가 어디 있는지 도저히 모르겠다고 사람들한테 말했는데도, 갑자기 어디로 가면 그를 찾을 수 있을지 정확히 알 것 같았다.

25장

**그가 사는 곳
그리고
그가 사는 목적**

비텔리는 도축장들이 밀집한 곳의 중심부인 갠즈보트에 있었다. 커다란 검은색 트럭들이 이상한 각도로 길가에 잔뜩 모여 있고, 시큼하게 상한 피 냄새가 길바닥에서 희미하게 올라왔다. 노아의 방주를 지옥 버전으로 옮겨놓기라도 했는지, 사람들이 갖가지 동물의 주검 두 구씩을 어깨에 들쳐 메고 트럭에서 하역장으로 내려왔다. 송아지 두 마리, 돼지 두 마리, 양 두 마리……. 휴식 중인 도살업자들은 피가 튄 앞치마 차림으로 12월의 추운 날씨 속에서 커다란 키 모양의 네온 간판 밑에서 담배를 피웠다. 행크의 그림 속에 표현돼 있던 바로 그 간판이었다. 도살업자들은 자갈 깔린 길을 하이힐을 신은 채 걷고 있는 나를 지켜보았다. 트럭에서 하역되는 고기를 바라볼 때처럼 무심한 눈길이었다.

여자 외투를 입은 남자 마약 중독자가 건물 앞 계단에서 고개를 끄덕이고 있었다. 얼굴로 바닥에 넘어지기라도 했는지 코와 턱에 딱지가 앉아 있었다. 내가 조금 캐묻자 그는 행크가 7호에 살고 있다고 말해주었다. 그 덕분에 나는 사회학 연구라도 하는 사람처럼 집집이 문을 두드려야 하는 수고를 덜 수 있었다. 계단은 좁고 습했다. 첫 번째 계단을 절반쯤 올라간 곳에 지팡이를 짚은 검둥이 노인이 있었다. 4층까지 올라가는 것보다 천국으로 올라가는 편이 더 빠를 것 같은 모습이었다. 나는 그의 옆을 지나 두 번째 층계참으로 올라갔다. 문이 살짝 열려 있었다.

지금까지 있었던 모든 일을 감안해서 나는 팅커가 축 처져 있을 거라고 미리 마음의 준비를 했다. 하기야 한때는 그가 그런 모습이 되기를 내가 바란 적도 있지 않던가. 하지만 그가 벌을 받고 있는 그 집 앞에 서자 내가 정말로 마음의 준비가 된 건지 별로 자신이 없었다.

"계세요?" 나는 아파트 문을 조심스레 열면서 용기를 냈다.

여기는 사실 아파트라고 부르기 힘든 곳이었다. 행운의 숫자 7을 달고 있는 이 집의 넓이는 18평방미터였고, 낮은 철제 침대에 회색 매트리스가 깔려 있었다. 감옥이나 군대 막사에서나 볼 수 있는 침대였다. 구석에는 작지만 그나마 있는 게 어딘가 싶은 창문 옆에 석탄 난로가 있었다. 하지만 침대 밑에 넣어둔 신발 몇 켤레와 빈 마대자루 하나 외에 행크의 소지품은 전혀 보이지 않았다. 대신 팅커의 물건들이 벽에 기대어져 바닥에 놓여 있었다. 가죽 수트케이스, 둘둘 말아서 묶어놓은 플란넬 이불, 책 몇 권.

"거기 없어."

고개를 돌려 보니 검둥이 노인이 내 옆에 서 있었다.

"헨리 씨 동생을 찾는 거라면, 거기 없어."

노인은 지팡이로 천장을 가리켰다.

"옥상에 있어."

옥상이라. 행크가 자기 그림들을 모아놓고 불을 지른 바로 그곳이었다. 그러고 나서 그는 뉴욕과 자기 동생의 생활방식에 등을 돌렸다.

팅커는 쓰지 않는 굴뚝 위에 앉아 있었다. 양팔은 무릎 위에 놓여 있고, 시선은 저 아래 허드슨 강을 향하고 있었다. 차가운 회색 화물선들이 부두에 줄지어 늘어선 것이 보였다. 뒤에서 보니 그는 마치 그 화물선 중 한 곳에 방금 자신의 인생을 태워 보낸 사람 같았다.

"잘 있었어요?"

나는 그의 뒤로 몇 걸음 떨어진 곳에서 걸음을 멈추고 말했다.

내 목소리를 듣고 그가 몸을 돌려 일어섰다. 그 순간 나는 내가 또 틀렸음을 깨달았다. 검은 스웨터를 입고, 수염을 깨끗이 깎고, 편안한 표정을 하고 있는 팅커는 풀 죽은 사람과는 거리가 멀었다.

"케이티!" 그가 놀라움과 반가움이 담긴 목소리로 말했다.

그러고는 본능적으로 한 걸음을 앞으로 내딛다가 멈칫했다. 자신이 친구로서 나와 포옹할 권리를 잃어버렸다고 생각하는 것처럼. 어떤 의미에서는 그것이 사실이기도 했다. 그의 미소에 무슨 일인지 알 것 같다는 회한이 조금 섞였다. 또 한 번의 비난을 감수하겠다는, 아니 심지어 즐거이 받아들이겠다는 마음의 준비가 됐음을 보여주는 신호였다.

"월러스가 죽었어요."

내가 말했다. 방금 그 소식을 들었는데 도저히 믿을 수가 없다는 듯이.

"알아요." 그가 말했다.

그 순간 내가 흐트러졌고, 그의 팔이 나를 감쌌다.

결국 우리는 옥상에서 한두 시간을 보냈다. 채광창 가장자리에 앉아서 한동안은 그냥 윌러스 얘기만 했다. 그러다가 조용해졌다. 그다음에는 내가 커피숍에서 보인 행동에 대해 사과했지만, 팅커는 고개를 저었다. 그는 내가 그날 아주 멋졌다고, 전혀 빈틈이 없었다고, 그리고 그런 반응이야말로 자신에게 꼭 필요한 것이었다고 말했다.

우리가 그렇게 앉아 있는 동안 어스름이 내리고 도시의 불빛들이 하나씩 켜졌다. 에디슨도 그런 광경은 미처 상상하지 못했을 것이다. 거대한 조각보처럼 자리 잡은 사무용 건물들과 다리를 지탱하는 케이블들을 따라 불이 켜지더니, 그다음에는 가로등과 극장 간판, 자동차 헤드라이트, 라디오 송신탑 꼭대기의 표시등에 불이 들어왔다. 이 각각의 불빛들은 사람들이 너나 할 것 없이 망설임도 자제도 없이 포부를 향해 돌진하고 있음을 보여주는 증거였다. 팅커가 말했다.

"행크는 여기서 몇 시간 동안이나 줄곧 앉아 있곤 했어요. 옛날에 나는 형을 설득해서 이사를 시키려고 했죠. 싱크대가 있는 빌리지의 아파트로. 하지만 형은 꿈쩍도 안 했어요. 빌리지는 너무 부르주아적이라나. 하지만 내 생각에는 이 전망 때문에 계속 여기서 살았던 것 같아요. 우리가 어렸을 때 보던 풍경이랑 똑같거든요."

화물선에서 경적이 울리자 팅커는 그것이 자기 말을 증명해주기라도 한 것처럼 그쪽을 가리켰다. 나는 미소를 지으며 고개를 끄덕였다.

....

"내가 폴 강 근처에서 살던 시절에 대해서는 별로 얘기해주지 않았죠?" 그가 말했다.

"네."

"어떻게 그런 변화가 일어나는 걸까요? 어떻게 해서 자기가 어디 출신인지 밝히는 걸 그만두게 되는 걸까요?"

"조금씩, 조금씩 그렇게 되는 거겠죠."

팅커는 고개를 끄덕이고는 부두 쪽을 다시 바라보았다.

"얄궂은 건, 내가 그 시절을 사랑했다는 거예요. 우리가 부두 근처에 살던 시절. 초라한 동네였어요. 학교가 끝나면 우린 모두 부두로 달려갔죠. 야구선수들의 타율은 몰라도 모스부호랑 대형 해운회사의 깃발은 잘 알고 있었어요. 부두에서 우리는 선원들이 어깨에 더플백을 둘러메고 배다리를 내려오는 걸 지켜보곤 했어요. 우리 모두 자라서 되고 싶은 모습이 그런 거였으니까. 상선 선원. 우리는 화물선을 타고 나가서 암스테르담이나 홍콩이나 페루까지 가보고 싶었어요."

나이를 먹은 어른의 눈으로 아이들의 꿈을 되돌아보면, 그 꿈을 이루는 것이 불가능하기 때문에 아이들이 그토록 애착을 품는다는 것을 알 수 있다. 어떤 아이는 해적이 되고 싶어 하고, 어떤 아이는 공주가 되고 싶어 하고, 어떤 아이는 대통령이 되고 싶어한다. 하지만 팅커의 얘기를 듣다 보니 그가 별처럼 눈을 반짝이며 꾸었던 꿈은 아직도 그의 손이 닿을 수 있는 곳에 있다는 느낌이 들었다. 어쩌면 그 어느 때보다 가까워진 것 같기도 했다.

날이 점점 어두워져서 우리는 행크의 방으로 물러났다. 계단에서 팅커는 내게 뭔가 요기를 하겠느냐고 물었다. 내가 배고프지 않다고 하자 팅커는 안도한 표정을 지었다. 내 생각에 당시 우리는 둘다 적어도 올해가 끝날 때까지는 더 이상 식당에 가고 싶지 않은 기분이었던 것 같다.

방에 의자가 없었으므로 우리는 농산물이 담겨 있던 상자 두 개를 뒤집어놓고 서로 얼굴을 마주 보는 자세로 대충 앉았다. 상자에는 각각 '할렐루야 양파'와 '비행사 라임'이라는 상표가 새겨져 있었다.

"잡지사 일은 어때요?" 팅커가 열성적인 목소리로 물었다.

애디론댁에서 만났을 때 나는 앨리와 메이슨 테이트에 대해서 팅커에게 이야기해주었다. 창간호 표지기사를 찾고 있다는 이야기도 했다. 그래서 나는 그의 질문을 받고 내가 도어맨들을 인터뷰하자는 아이디어를 냈다는 이야기를 하면서 우리가 도어맨들에게서 훑듯이 수집한 사연 중 일부를 들려주었다. 그런데 그 이야기를 하면서 나는 생전 처음으로 조금 마음이 불편해졌다. 메이슨 테이트의 리무진 뒷좌석에서 이 아이디어를 낼 때는 괜찮았는데, 여기 행크의 싸구려 아파트에서 그 이야기를 하는 것은 전혀 어울리지 않는 짓 같았다.

하지만 팅커는 아주 좋아했다. 메이슨이 내 아이디어를 마음에 들어하던 것과는 조금 다른 방식으로. 그가 내 아이디어를 좋아한 것은 그것이 뉴욕이라는 감자의 껍질을 벗겨 낼 것이라는 점 때문이 아니라, 독창적이라는 점 때문이었다. 그 안에 인간 희극이 들어 있다는 점도 있었다. 간통과 불법과 옳지 않은 방법으로 쌓아 올린 재산과 관련된 온갖 비밀들. 그동안 그토록 주도면밀하게 지켜지던 그 비밀들이, 아이들이 큼지막한 제목이 박힌 신문으로 종이배를 접어 센트럴파크의 연못에 띄웠을 때처럼, 사실은 뉴욕이라는 도시의 표면 위를 줄곧 자유로이 떠다니고 있었는데도 아무도 거기에 주의를 기울이지 않았다는 점이 팅커의 마음에 든 것이다. 하지만 팅커가 무엇보다도 좋아한 것은, 내가 그 아이디어를 냈다는 점이었다.

"우린 그래도 싸요."

팅커가 고개를 절레절레 젓고 웃음을 터뜨리며 말했다. 자신도 비밀을 지키려는 그 사람들과 한편으로 분류한 것이다.

"확실히 그렇죠."

우리 둘이 마침내 웃음을 멈췄을 때, 나는 취재과정에서 한 엘리베이터 보이에게서 들은 재미있는 이야기를 시작했다. 하지만 팅커가 내 말을 잘랐다.

"내가 부추겼어요, 케이티."

나는 그의 시선을 맞받았다.

"앤을 처음 만났을 때부터 앤이 날 받아들이게 하려고 내가 부추겼어요. 앤이 날 위해서 정확히 무엇을 해줄 수 있는지 알고 있었으니까. 그 대가도 알고 있었고요."

"가장 나쁜 건 그게 아니에요, 팅커."

"알아요, 알아요. 커피숍에서 당신한테 말했어야 했어요. 아니면 애디론댁에서. 우리가 처음 만난 날 밤에 당신한테 모든 걸 얘기했어야 했어요."

얼마쯤 시간이 흐른 뒤 팅커는 내가 양팔로 상체를 감싸 안고 있는 것을 눈치챘다.

"추운 거죠. 내가 멍청했네요."

그가 말했다. 팅커는 벌떡 일어서서 방 안을 둘러보다가 자기 담요를 펼쳐서 내 어깨에 덮어주었다.

"잠깐 나갔다 올게요."

그가 우당탕 쿵쾅 계단을 내려가는 소리가 들렸다. 거리로 통하는 문이 쾅 하고 닫혔다.

담요를 여전히 어깨에 두른 채로 나는 발을 동동거리며 방 안을 한 바퀴 돌았다. 부두의 시위를 그린 행크의 그림이 회색 매트리스 한가운데에 놓여 있는 것을 보니 팅커는 그동안 바닥에서 잠을 잔 모양이었다. 나는 팅커의 여행 가방 앞에서 걸음을 멈췄다. 뚜껑 안쪽에 파란색 비단으로 만든 주머니들이 일렬로 붙어 있었다. 머리빗, 면도용 빗 등 다양한 물건을 넣기 위한 주머니였다. 그 물건들에도 역시 팅커의 이름 머리글자가 새겨져 있었겠지만 지금은 하나도 보이지 않았다.

나는 쌓여 있는 책을 보려고 바닥에 무릎을 대고 앉았다. 베레스포드의 서재에 있던 참고용 책들, 팅커의 어머니가 선물로 준 워싱턴의 책이 보였다. 애디론댁에서 보았던 『월든』도 있었다. 가장자리에 조금 더 흠집이 난 것으로 보아 팅커가 이 책을 뒷주머니에 넣고 다닌 것 같았다. 피년 산을 오르내릴 때도, 10번 애버뉴를 오갈 때도, 이 싸구려 아파트의 좁은 계단을 오르내릴 때도.

층계참에서 팅커의 발소리가 났다. 나는 농산물 상자에 앉았다.

팅커는 신문지에 싼 석탄 1킬로그램을 들고 안으로 들어왔다. 그리고 바닥에 무릎을 댄 자세로 스토브 앞에 앉아 보이스카우트 단원처럼 불꽃을 후후 불어가며 불을 붙이기 시작했다.

저 사람은 소년과 남자의 모습이 동시에 드러날 때 가장 멋있어. 나는 속으로 생각했다.

그날 밤 팅커는 이웃에게서 담요를 한 장 빌려 와 1미터쯤 거리를 두고 바닥에 잠자리 두 개를 만들었다. 옥상에서 나를 처음 만났을 때처럼 예의 바르게 거리를 둔 것이다. 나는 일찍 일어나서 집으로 돌아가 샤워를 하고 출근했다. 저녁에 내가 돌아오자 팅커는 '할렐루야 양파' 상자에서 벌떡 일어났다. 하루 종일 그 자리에서 날 기다린 사람 같았다. 우리는 10번 애버뉴를 걸어가 부두에 있는 작은 식당으로 갔다. '밤샘 영업'이라는 문구가 파란색 네온 간판에 적혀 있는 식당이었다.

그날의 식사는 좀 희한했다. 오랜 세월이 흐른 지금도 나는 21 클럽에서 먹었던 굴을 기억한다. 이브와 팅커가 팜비치에서 돌아온 뒤 베레스포드에서 파티를 열었을 때 셰리주가 들어간 검은콩 수프를 먹었던 것도 기억한다. 파크에서 월러스와 함께 블루치즈와 베이컨이 들어간 샐러드를 먹었던 것도 기억한다. 또한 벨에포크에서 먹었던, 송로버섯을 넣은 닭 요리는 아주 생생히 기억하고 있다. 하지만 그날 밤 행크의 단골 식당에서 무엇을 먹었는지는 기억나지 않는다.

내가 기억하는 것이라고는 우리가 많이 웃었다는 것뿐이다.

그러다가 중간에 내가 도대체 무슨 멍청한 생각을 한 건지 팅커에게 앞으로 어떻게 할 거냐고 물었다. 팅커의 얼굴이 진지해졌다.

"내가 주로 생각하는 건 앞으로 하지 말아야 할 일들이에요. 지난 몇 년을 돌이켜보면 이미 벌어진 일들에 대한 후회와 혹시 일어날 수도 있었던 일들에 대한 두려움으로 괴로워요. 내가 잃어버린 것에 대한 향수와 지금 내게 없는 것들에 대한 욕망도 괴롭고요. 많은 것을 원하면서 동시에 원하지 않는 마음 때문에 아주 지쳐버렸어요. 그래서 이번만은 그냥 시험 삼아 현재만 생각해보려고 해요."

"너무 큰 것을 바라지 않고 소박하게 살아보겠다고요?"

"바로 그거예요. 관심 있어요?"

"내가 치러야 할 대가는요?"

"소로에 따르면, 거의 모든 것이에요."

"모든 것을 그렇게 포기하기 전에 단 한 번이라도 가져볼 수 있다면 좋을 텐데요."

팅커가 빙긋 웃었다.

"당신이 그걸 갖게 되면 내가 연락할게요."

행크의 방으로 돌아온 뒤 팅커는 불을 피웠고, 우리는 밤이 될 때까지 이야기를 주고받았다. 한 가지 이야기가 또 다른 추억으로 자연스레 꼬리를 물고 이어지는 식이었다. 대서양을 건너는 증기선에서 우정을 맺게 된 10대 청소년들처럼 우리는 목적지에 도착하기 전에 자신의 추억과 생각과 꿈을 상대에게 들려주려고 열심히 달렸다.

그러고 나서 팅커가 또 예의 바르게 거리를 두고 잠자리를 만들자 나는 내 잠자리를 밀어서 우리 둘 사이에 숨 쉴 공간조차 남지 않을 만큼 바싹 붙여버렸다.

◆ ◆ ◆

그다음 날 저녁, 내가 갠즈보트 거리의 그 집으로 돌아갔을 때 팅커는 이미 사라진 뒤였다.

팅커는 그 고급 가죽 여행 가방을 가져가지 않았다. 텅 빈 가방이 뚜껑이 열려서 벽에 기대진 채로 책더미 옆에 놓여 있었다. 결국 팅커는 형의 마대자루에 자기 옷가지를 넣어서 가져간 모양이었다. 처음에는 그가 책들을 놓아두고 간 것이 놀라웠지만, 자세히 살펴보니 작고 낡은 『월든』을 가져갔음을 알 수 있었다.

스토브는 차가웠다. 그 위에 팅커의 필체로 된 쪽지가 있었다. 책의 면지를 찢어서 쓴 것이었다.

누구보다 아끼는 케이트,
지난 이틀 동안 당신을 만난 것이 내게 얼마나 커다란 의미가 있는지 당신은 짐작도 못 할 겁니다.
아무 말 없이, 당신에게 진실을 이야기하지 않고 떠난 것이 그동안 내게 유일한 후회로 남아 있었습니다.
당신의 삶이 잘 풀리고 있다니 정말 기쁩니다. 내 삶을 이미 엉망으로 만들어버렸기 때문에 나는 당신이 있을 자리를 찾아낸 것이 얼마나 훌륭한 일인지 잘 알고 있습니다.
올 한 해가 지독했던 것은 내 탓입니다. 하지만 아무리 힘들 때에도, 당신은 항상 내가 다르게 살았더라면 될 수 있었던 모습을 언뜻 보여주었습니다.

"내가 어디로 가는지는 나도 잘 모르겠습니다. 하지만 결국 어디에 발길이 멈추든 나는 매일 당신의 이름을 부르며 하루를 시작할 겁니다."

팅커는 이렇게 쪽지를 끝맺었다. 마치 이렇게 함으로써 자신에게 좀 더 진실할 수 있다는 듯이.

그 밑에 서명이 있었다. *팅커 그레이 1910~?*

나는 그곳에서 우물거리지 않았다. 그대로 계단을 내려가 거리로 나갔다. 그러고는 8번 애버뉴까지 갔다가 다시 돌아섰다. 나는 터벅터벅 갠즈보트까지 돌아와 자갈이 깔린 길을 되짚어가서 좁은 계단을 다시 올라갔다. 그렇게 방 안에 들어간 뒤 부두 인부들을 그린 그림과 워싱턴의 책을 집어들었다. 언젠가 팅커는 이 물건들을 두고 간 것을 후회할 것이다. 나는 이것들을 그에게 돌려주는 자리에 서게 될 날을 고대했다.

내 행동을 낭만적이라고 생각하는 사람들이 있을지도 모른다. 하지만 다른 시각에서 보면, 내가 팅커의 물건을 챙기려고 그 집으로 돌아간 것은 죄책감을 달래기 위해서였다. 내가 처음 그 방에 들어가 방이 비어 있다는 것을 알아차리고는 밀려오는 상실감에 맞서 싸울 때에도, 기운이 넘치는 내 마음의 작은 조각 하나는 안도감을 느끼고 있었기 때문이다.

26장

•

지나간 크리스마스의 유령

12월 23일 금요일, 나는 우리 집 부엌 식탁에 앉아서 10파운드짜리 햄을 얇게 저며 가며 버번을 병째 마시고 있었다. 내 접시 옆에는 《고담》 창간호의 교정본이 있었다. 메이슨은 표지 때문에 고민하느라 많은 시간을 쏟았다. 시선을 확 잡아끌고, 아름답고, 재치 있고, 센세이션을 일으키는 표지를 원했기 때문이다. 특히 그가 무엇보다도 원하는 것은 놀라움을 안겨주는 표지였다. 그래서 창간호 교정본은 딱 세 부밖에 없었다. 메이슨에게 하나, 미술감독에게 하나, 내게 하나.

표지에는 산레모 아파트를 1.5미터 높이로 축소한 모형 뒤에 알몸으로 서 있는 여자의 사진이 실려 있었다. 모형의 창문들을 통해 여자의 피부가 언뜻언뜻 보이지만, 군데군데 커튼이 드리워져 있어서 소중한 부분들은 보이지 않았다.

내가 이 교정본을 받게 된 것은 표지 아이디어가 내 것이었기 때문이다.

뭐, 말하자면 그런 셈이다.

이 사진은 사실 내가 현대미술관에서 본 르네 마그리트의 그림을 약간 변형한 것이었다. 메이슨은 내 아이디어를 아주 마음에 들어했지만, 이 사진을 위해 포즈를 취해줄 여자를 내가 절대 찾을 수 없다는 데에 내 자리를 걸라면 걸 수도 있다고 말했다. 사진 속에서는 여자의 얼굴을 볼 수 없었다. 하지만 모형의 15층에 드리워진 커튼이 열려 있었다면, 가지 색깔의 은화 크기만 한 젖꽃판이 보였을 것이다.

그날 오후 메이슨이 자기 사무실로 나를 불러 의자를 권했다. 그가 나를 고용한 이래로 두 번밖에 없던 일이었다. 그날 나는 처음에 앨리가 짠 계획이 옳았음을 알 수 있었다. 메이슨은 우리 둘 모두를 1년 더 데리고 있겠다고 말했다.

내가 나가려고 일어섰을 때 메이슨은 축하인사와 함께 창간호 교정본을 주었고, 보너스로 햄도 하나 주었다. 시장이 보내온, 꿀을 발라 구운 햄이었다. 그것이 시장의 선물임을 내가 알게 된 것은, 별 모양의 황금색 카드에 시장님의 따뜻한 인사말이 적혀 있었기 때문이다. 나는 그 햄을 팔에 끼고 문 앞까지 갔다가 다시 몸을 돌려 테이트 씨에게 감사인사를 했다.

"감사인사는 필요 없어."

메이슨은 일거리에서 고개도 들지 않은 채 대답했다.

"자네가 실력으로 해낸 거니까."

"그래도 애당초 저한테 기회를 주셨던 것은 고맙게 생각해요."

"그런 거라면 후원자한테 감사인사를 해야지."

"패리시 씨한테 전화할게요."

메이슨이 책상에서 눈을 들어 호기심이 깃든 얼굴로 나를 바라보았다.

"도와주는 사람이 누군지 좀 더 면밀히 살펴보는 게 좋을 거야, 콘텐트. 자네를 추천한 사람은 패리시가 아니라 앤 그랜딘이었어. 그 여자가 나한테 압력을 넣은 거라고."

나는 버번을 또 한 모금 꿀꺽 마셨다.

나는 버번을 그리 좋아하는 편이 아니었지만 집으로 돌아오는 길에 이 술이 햄과 잘 어울릴 것 같아서 한 병 사왔다. 실제로도 잘 어울렸다. 나는 작은 크리스마스트리도 하나 사서 창가에 세웠다. 장식이 하나도 없어서 조금 쓸쓸해 보였기 때문에 나는 햄에 붙어 있는 시장의 황금색 별을 떼서 가장 높은 가지에 올려놓았다. 그러고는 편안히 앉아 크리스티 부인의 최신작인『푸아로의 크리스마스』를 펼쳤다. 이 책을 산 것은 11월이지만, 오늘 밤을 위해 그동안 아껴두었다. 그런데 내가 미처 책을 읽기 시작하기도 전에 누군가가 문을 두드렸다.

한 해의 마지막이 가까워지면 그해에 일어났던 일들을 정리하는 것이 인간 본성 중에서도 불변의 법칙인 것 같다. 1938년은 다른 무엇보다도 내 문을 두드리는 노크 소리의 해였다. 웨스턴유니언의 배달원이 이브가 저 멀리 런던에서 보낸 생일 전보를 가져다주었고, 월러스가 포도주 한 병을 들고 와서 허니문 브리지의 규칙을 가르쳐주었다. 그다음에는 틸슨 형사, 그다음에는 브라이스, 그다음에는 앤이었다.

그 당시에는 그렇게 날 찾아온 사람들 중 일부만 반가웠지만, 다시 생각해보면 그들 모두를 소중히 생각했어야 할 것 같다. 그 뒤로 몇 년 만에 나도 도어맨이 있는 건물에서 살게 되었기 때문이다. 일단 그런 건물에 입주하고 나면, 누가 날 찾아와 문을 두드리는 일은 결코 일어나지 않는다.

오늘 밤 내 문을 두드린 사람은 허버트 후버 스타일의 양복을 입은 건장한 젊은이였다. 그는 엘리베이터가 없어서 계단을 올라왔기 때문에 숨을 가쁘게 몰아쉬었고, 이마는 땀으로 번들거렸다.

"콘텐트 양?"

"네."

"캐서린 콘텐트 양?"

"맞아요."

그는 크게 안도한 표정이었다.

"제 이름은 나일스 코퍼스웨이트입니다. 히블리&하운드에서 근무하는 변호사죠."

"농담이죠?" 내가 웃음을 터뜨리며 말했다.

그는 당황한 표정이었다.

"그럴 리가요, 콘텐트 양."

"그렇군요. 이런. 크리스마스를 앞둔 금요일에 가정 방문을 다니는 변호사라니. 설마 저한테 무슨 나쁜 일이 생긴 건 아니죠?"

"아닙니다, 콘텐트 양! 나쁜 일은 전혀 없어요."

그는 젊은이답게 자신만만한 말투로 이렇게 말했지만, 금방 말을 덧붙였다.

"적어도 히블리&하운드가 아는 한은 그렇습니다."

"아주 사려 깊은 말씀이네요, 코퍼스웨이트 씨. 저도 그 말을 마음에 새겨두죠. 그런데 무슨 일로 오셨나요?"

"제가 갖고 있는 주소지에 계셔서 정말 다행입니다. 제가 온 것은 고객의 부탁 때문입니다."

그는 문설주 뒤로 손을 뻗어 묵직한 하얀색 종이로 포장된 길쭉한 물건을 꺼냈다. 그 물건에는 물방울무늬 리본으로 묶여 있었고, "크리스마스 때까지 열지 마시오"라고 적힌 꼬리표가 달려 있었다.

"제게 이것을 배달하라고 지시하신 분은……."

"월러스 월코트군요."

"맞습니다."

그는 머뭇거렸다.

"조금 평범하지 않은 일이기는 합니다. 그분이……."

"이제 우리 곁에 없으니까요."

우리 둘 다 침묵했다.

"제가 이런 말씀을 드려도 될지 모르겠지만, 콘텐트 양, 놀라신 것 같습니다. 그래도 불쾌한 건 아니시죠?"

"코퍼스웨이트 씨, 만약 우리 집 문틀 위에 겨우살이가 걸려 있었다면 제가 당신에게 키스했을 거예요♦."

"아, 그렇군요. 그러니까…… 그건 좀……."

♦ 크리스마스에 겨우살이 밑에 있는 이성에게는 키스해도 된다는 관습이 있다.

그는 문틀 위를 몰래 흘깃 바라보더니 허리를 똑바로 세우고, 좀 더 격식을 갖춘 목소리로 말했다.

"즐거운 성탄절을 보내시기 바랍니다, 콘텐트 양."

"즐거운 성탄절 보내시길 바랄게요, 코퍼스웨이트 씨."

나는 크리스마스 아침까지 기다렸다가 선물을 풀어보는 타입이 결코 아니다. 만약 7월 4일에 크리스마스 선물이 내 손에 들어왔다면, 독립기념일의 불꽃놀이 빛 속에서 선물을 열어볼 것이다. 그래서 나는 안락의자에 앉아, 내 집 문을 두드리게 될 이 순간까지 참을성 있게 기다리고 있던 꾸러미를 열었다.

그 안에 든 것은 라이플이었다. 그때는 몰랐지만, 존 모제스 브라우닝이 직접 감독한 소량 생산품 중 하나인 윈체스터 1894였다. 개머리판은 호두나무였고, 가늠자는 상아였으며, 광택이 나는 놋쇠 프레임은 정교한 꽃무늬에 감싸여 있었다. 자신의 결혼식에 들고 가도 될 것 같은 라이플이었다.

월러스 월코트는 확실히 타이밍을 맞추는 재능이 있었다. 그건 인정해줘야 했다.

나는 월러스가 가르쳐준 것처럼 라이플을 손바닥에 올려놓고 균형을 잡았다. 무게가 대략 2킬로그램을 넘지 않는 것 같았다. 나는 액션을 뒤로 잡아당겨 빈 약실 안을 들여다보았다. 그리고 약실을 다시 닫은 뒤 총을 어깨에 올리고 수평을 맞췄다. 나는 총열을 따라 시선을 맞춰서 나의 작은 크리스마스트리 꼭대기를 겨냥한 뒤 시장이 보낸 별을 명중시켰다.

12월 30일

　호각소리가 울리기 20분 전에 십장이 빙 돌아 지나가면서 그들에게 망할 놈의 속도 좀 늦추라고 말했다.

　둘씩 짝을 지어 긴 사슬처럼 늘어선 그들은 카리브해에서 온 화물선에서 설탕 자루들을 내려 옆 사람에게 줄줄이 넘기는 식으로 헬스키친 부두의 창고로 옮기는 중이었다. 사람들이 킹이라고 부르는 검둥이와 그가 그 사슬의 맨 앞에 있었다. 십장이 명령을 내리자 킹이 속도를 조정했다. 하나둘—하나둘 갈고리 걸기, 둘둘—둘둘 들어 올리기, 셋둘—셋둘 돌기, 넷둘—넷둘 옆으로 던지기.

　크리스마스 다음 날 예인선 기관사 조합이 예고도 없이 파업에 들어갔다. 부두 노동자들의 지지도 확보하지 않은 상태였다. 로워만 가장자리, 샌디 후크와 브리지 포인트 근처 어디쯤에서 화물선들이 커다란 무리를 지어 떠돌며 상륙할 때를 기다리고 있었다. 그래서 천천히 속도를 늦추라는 지시가 내려온 것이다. 잘하면 부두의 배들이 다 비기 전에 파업이 끝날 것이고, 그러면 그들은 직원들을 무사히 지켜낼 수 있을 터였다.

　그는 신참이었기 때문에 만약 인력 감축이 시작된다면 자신이 가장 먼저 잘리리라는 것을 잘 알고 있었다.

　하긴 그거야 당연한 일이었다.

킹이 조정한 작업 속도는 훌륭했다. 그는 자신의 팔과 다리와 등에서 힘을 느낄 수 있었다. 이제 그가 갈고리를 한 번 휘두를 때마다 그 힘이 전기처럼 몸을 훑고 지나갔다. 그가 오랫동안 잊고 있던 감각이었다. 저녁 식사 전의 배고픔이나 잠들기 전의 피로도 마찬가지였다. 새로운 작업 속도의 또 다른 좋은 점은 대화를 나누기가 조금 더 수월해졌다는 것이었다.

(하나둘—하나둘 갈고리 걸기)

"어디 출신이야, 킹?"

"할렘."

(둘둘—둘둘 들어 올리기)

"여기선 얼마나 살았어?"

"평생."

(셋둘—셋둘 돌기)

"이 부두에서 일한 지는 얼마나 됐는데?"

"그보다 훨씬 더 오래됐지."

(넷둘—넷둘 옆으로 던지기)

"여기 생활은 어때?"

"완전 천국이야. 남의 일에는 관심을 끈 훌륭한 사람들이 가득하거든."

그는 킹에게 빙긋 웃어 보이고는 다음 자루에 갈고리를 걸었다. 킹이 무슨 말을 하려는 건지 그도 이해했기 때문이다. 폴 강의 생활도 똑같았다. 처음부터 신참을 좋아하는 사람은 하나도 없었다. 회사가 한 사람을 새로 고용할 때마다, 그들의 형제나 삼촌이나 어린 시절 친구 스무 명이 그 자리를 놓친 셈이 되니까. 그래서 신참은 문제를 적게 일으킬수록 좋았다. 그러기 위해서는 자기 역할을 다 하면서 입을 다물고 있어야 했다.

호각 소리가 울리자 다른 사람들은 10번 애버뉴의 술집들로 향했지만 킹은 미적거렸다.

그도 미적거렸다. 그가 킹에게 담배를 권했고, 두 사람은 포장 상자에 등을 기댄 채 담배를 피우며 인부들이 물러가는 모습을 지켜보았다. 두 사람은 아무 말 없이 한가로이 담배를 피웠다. 담배를 다 피운 뒤에는 부두 너머로 꽁초를 던져버리고 출입문을 향해 걷기 시작했다.

화물선과 창고 사이 중간쯤 되는 곳의 바닥에 설탕이 쌓여 있었다. 인부 중 한 명이 갈고리로 자루에 구멍을 뚫어버린 모양이었다. 킹은 설탕이 쌓여 있는 자리에서 걸음을 멈추고 고개를 절레절레 젓더니 무릎을 바닥에 대고 앉아 설탕을 한 줌 쥐어서 주머니에 넣었다. 그가 말했다.

"뭐 해? 너도 한 줌 가져가. 어차피 쥐들 차지가 될 텐데."

그래서 그도 무릎을 바닥에 대고 앉아 설탕을 한 줌 쥐었다. 호박색의 결정 모양이었다. 그는 그것을 오른쪽 주머니에 넣으려다가 그 주머니에 구멍이 뚫려 있음을 마지막 순간에 기억해내고는 왼쪽 주머니에 넣었다.

출입문에 도착했을 때, 그는 킹에게 좀 걷지 않겠느냐고 물었다. 킹은 고가철도 쪽을 대략 고갯짓으로 가리켰다. 그는 아내와 아이들이 있는 집으로 돌아가는 길이었다. 킹이 직접 그런 말을 한 적은 한 번도 없지만, 굳이 말할 필요도 없었다. 보면 그냥 알 수 있었으니까.

그 전날 일이 끝난 뒤 그는 부두를 따라 남쪽으로 걸었다. 그래서 오늘은 북쪽으로 걸었다.

밤이 내리자 살을 엘 듯이 추워져서 그는 외투 안에 스웨터를 입고 나올걸 그랬다고 생각했다.

40번가 위쪽의 부두들은 허드슨 강을 향해 깊이 뻗어 있고, 가장 큰 배들이 거기에 줄지어 늘어서 있었다. 75번 부두에 정박해 있는 아르헨티나행 배는 난공불락의 회색 요새 같았다. 그는 그 배에서 선원을 구하고 있다는 말을 들었다. 만약 저축한 돈이 조금 있었다면 그 배에 선원으로 취직하려고 애썼을지도 모른다는 생각이 들었다. 목적지에 도착한 뒤에는 조금 정처 없이 돌아다닐 수도 있을 것이다. 하지만 다른 곳으로 향하는 다른 배들에서 또 기회를 잡을 수 있을 것이다.

77번 부두에는 큐나드 해운사의 대서양 횡단 정기선이 있었다. 12월 26일에 그 배는 뱃고동을 울렸고, 상갑판에서 부두로 색종이들이 떨어져 내렸다. 그런데 바로 그때 파업 소식이 조종실에 전달되었다. 큐나드 해운사는 승객들을 집으로 돌려보내면서 하루 안에 파업이 해결될 테니 짐은 그냥 배에 두고 가라고 조언했다. 닷새 뒤 모든 선실에서는 칵테일드레스, 이브닝드레스, 신사복 조끼와 턱시도용 비단 띠 등이 유령 같은 침묵 속에서 주인을 기다리고 있었다. 오페라 극장의 다락방에 보관된 의상들 같았다.

80번 부두, 그러니까 허드슨 강의 부두 중에서 가장 길이가 긴 이곳에는 정박 중인 배가 한 척도 없었다. 부두는 일부 구간만 완공

된 신설 고속도로처럼 강을 향해 불쑥 튀어나와 있었다. 그는 그 끝까지 쭉 걸어갔다. 그리고 담배를 한 개비 또 꺼내서 라이터로 불을 붙였다. 그는 라이터를 휙 닫은 뒤 몸을 돌려 말뚝에 몸을 기댔다.

부두 끝에 서니 도시의 스카이라인이 한눈에 들어왔다. 타운하우스, 창고, 고층빌딩 들이 들쭉날쭉하게 이어진 선이 워싱턴하이츠에서부터 배터리 공원까지 이어져 있었다. 모든 건물의 모든 창문에서 흘러나오는 거의 모든 불빛이 은은하고 흐릿하게 보였다. 마치 그 창문들 안에서 동물적인 활기가 그 불빛들에 동력을 공급해주고 있는 것 같았다. 논쟁과 노력과 변덕 같은 것들. 하지만 다른 것들보다 조금 더 밝고 한결같이 타오르는 것처럼 보이는 불빛들이 그 모자이크 여기저기에 흩어져 있었다. 목표를 향해 차분히 나아가는 사람들이 밝힌 불빛이었다.

그는 담배를 발로 비벼 끄고 나서 추위 속에 조금 더 머무르기로 마음을 정했다.

바람이 아무리 괴로워도 지금 이 자리에서 보는 맨해튼은 정말이지 현실 같지 않을 만큼 너무나 찬란하고, 밝은 약속들로 가득 차 있는 것 같아서 평생 가까이 다가가고 싶었다. 실제로 그곳이 손에 닿지는 않을지라도.

EPILOGUE

에필로그

에필로그

선택받는 건 소수

1940년의 마지막 날 밤, 눈보라에는 조금 못 미치는 초속 1미터의 속도로 눈이 흩날리고 있었다. 한 시간도 채 지나기 전에 맨해튼 전역에서 차가 한 대도 움직이지 못하게 될 터였다. 자동차들은 눈에 파묻힌 바위처럼 변할 것이다. 하지만 지금은 고집스러운 개척자들처럼 피로를 무릅쓴 단호함으로 기듯이 움직이고 있었다.

우리들 여덟 명은 유니버시티 클럽의 무도장을 휘청거리며 빠져나왔다. 애당초 초대받지도 않았는데 간 자리였다. 파티는 웅장한 궁전식 천장이 있는 2층에서 열렸다. 30인조 오케스트라가 하얀 옷을 차려입고, 최신식이지만 이미 시대에 뒤떨어진 가이 롬바르도식의 연주로 1941년을 맞이하고 있었다. 우리는 몰랐지만 이 파티에는 숨은 목적이 있었다. 에스토니아 난민들을 위한 모금. 현대판 캐리 네이션* 같은 인물이 좌절한 에스토니아 대사와 나란히 서서 모금함을 달각달각 흔들어댈 때 우리는 출구로 향했다.

나오는 길에 빗시가 어디서 났는지 트럼펫을 손에 넣었다. 그녀가 그 악기로 음계를 훑으며 꽤 인상적인 솜씨를 보여주는 동안 우리는 가로등 밑에 옹기종기 모여 서서 다음 계획을 짰다. 도로를 재빨리 살펴보니 우리를 구해줄 택시는 나타나지 않을 것 같았다. 카터 힐이 아주 가까운 곳에 딱 좋은 장소가 있다면서, 거기에 가면 음식과 술이 있을 것이라고 말했다. 그래서 우리는 그의 말에 따라 눈 속을 뚫고 서쪽으로 출발했다. 여자들 중 어느 누구도 이 날씨에 맞는 옷차림이 아니었지만, 나는 다행히 모피 칼라가 달린 해리슨 하코트의 외투 자락 속에 들어갈 수 있었다.

우리가 그 블록을 절반쯤 걸어갔을 때, 반대편에서 다가오던 다른 일행이 우리에게 눈덩이를 던져댔다. 빗시가 돌격 신호를 보내자 우리는 반격에 나섰다. 신문판매대와 우편함 뒤에 몸을 숨긴 채 우리는 인디언들처럼 소리를 질러대며 적을 물리쳤다. 하지만 잭이 '실수로' 빗시를 눈 더미 속에 쓰러뜨리는 바람에 여자들이 남자들을 공격하기 시작했다. 우리 모두 새해에는 열 살짜리 아이처럼 행동하겠다고 결심한 사람들 같았다.

사실 1939년이 유럽에서는 전쟁이 시작된 해인지 몰라도, 미국에서는 대공황이 끝난 해였다. 유럽의 여러 나라들이 다른 나라를 병합하거나 유화정책을 쓰고 있을 때, 우리는 강철 공장에 불을 지피고 조립라인을 다시 정비해서 무기와 탄약에 대한 전 세계의 수요를 감당할 준비를 하고 있었다. 1940년 12월에는 프랑스가 이미 함락되고 독일 공군이 런던을 폭격하고 있었지만, 미국에서는 어빙

✦ 금주운동을 위해 폭력과 파괴도 서슴지 않은 과격한 운동가.

벌린이 나무 꼭대기가 반짝이고 아이들은 눈 속에 울리는 썰매 방울 소리에 귀를 기울인다는 내용의 노래를 부르고 있었다. 우리는 제2차 세계대전과 그만큼이나 멀리 떨어져 있었다.

카터가 바로 근처에 있다고 말한 집은 무려 열 블록을 힘겹게 걸어가야 하는 곳에 있었다. 우리가 브로드웨이로 접어들자 할렘에서부터 아우성치며 달려온 바람이 우리 등판에 눈을 날려댔다. 나는 해리의 외투를 머리 위까지 뒤집어쓴 채, 내 팔꿈치를 잡은 해리의 인도를 그저 따라가기만 했다. 그래서 목적지인 식당 앞에 도착했을 때도 나는 그곳이 어떻게 생겼는지 아예 보지도 못했다. 해리가 나를 계단 아래까지 인도해주고 나서 외투를 뒤로 젖혔다. 그랬더니 짜잔. 나는 이탈리아 음식, 이탈리아 포도주, 이탈리아 재즈가 있는 꽤 큰 음식점에 들어와 있었다.

이탈리아 재즈라는 게 뭔지는 잘 모르겠지만.

이미 자정이 지난 시각이라 바닥은 색종이 조각으로 뒤덮여 있었다.

식당에서 새해 카운트다운을 하며 파티를 즐긴 사람들도 대부분 자리를 뜬 뒤였다.

우리는 식탁이 치워질 때까지 기다리지 않았다. 선 채로 발을 쿵쿵 굴러서 신발에 묻은 눈을 털어내고 바 맞은편의 8인용 테이블을 멋대로 차지했다. 나는 빗시 옆에 앉았다. 카터가 내 오른쪽 자리에 스윽 들어와 앉았기 때문에 해리는 맞은편 자리에 앉을 수밖에 없었다. 잭은 이미 나간 손님들이 두고 간 포도주병을 들어 눈을 가늘게 뜨고 안에 술이 남았는지 살펴보고는 말했다.

"포도주가 필요해."

카터가 웨이터와 눈을 마주치며 말했다.

"맞아. 마에스트로! 키안티 세 병!"

벨라 루고시처럼 굵은 눈썹과 커다란 손을 지닌 웨이터는 뚱한 표정으로 병을 땄다.

"명랑한 친구는 아닌 것 같군." 카터가 말했다.

하지만 그 말이 맞다고 단언하기는 어려웠다. 1940년에 뉴욕에 살던 수많은 이탈리아인들이 그랬듯이, 이 웨이터도 원래는 명랑한 사람인데 옛 조국이 엉뚱한 나라와 동맹을 맺는 바람에 그늘이 진 것일 수도 있었다.

카터가 나서서 몇 가지 음식을 주문하더니 대화를 이끌어보겠다고 사람들에게 1940년에 한 일 중에서 최고의 일이 무엇이냐고 물었다. 그 모습을 보니 디키가 조금 그리워졌다. 디키 밴더와일처럼 말도 안 되는 소리를 하면서 대화를 이끌 수 있는 사람은 어디에도 없었다.

누군가가 쿠바("거기가 새로운 리비에라래") 여행 이야기를 줄줄 늘어놓는 동안 카터가 나를 향해 몸을 기울이고 귓속말을 했다.

"1940년에 한 일 중에서 최악의 일이 뭐야?"

빵 한 조각이 탁자 위를 날아와 그의 머리를 때렸다.

"야." 카터가 시선을 들며 말했다.

범인이 해리라는 것을 알려주는 증거는 흠 잡을 데 하나 없이 침착한 그의 태도와 끝이 살짝 위로 올라간 입술뿐이었다. 나는 그에게 윙크를 해줄까 하다가 대신 빵을 다시 던져주었다. 그는 경악한 시늉을 했다. 나도 똑같은 표정을 지으려는데 웨이터가 다가와서 내게 쪽지를 건네주었다. 거친 필체의 쪽지에는 서명이 없었다.

옛 친구를 어이 잊으리.

내가 어리둥절한 표정을 짓자 웨이터가 바를 가리켰다. 등받이가 없는 둥근 의자에 건장하고 잘생긴 군인이 앉아 있었다. 조금 무례하게 씩 웃는 표정이었다. 워낙 깔끔하게 정돈된 모습이라서 나는 하마터면 그를 알아보지 못할 뻔했다. 하지만 그는 틀림없이 언제나 흔들리지 않는 헨리 그레이였다.

옛 친구를 어이 잊으리. 어이 다시 생각지 않으리.[+]
하지만 가끔은 옛 친구를 잊어버리고 다시 생각하지 말라는 것이 인생의 의도인 것처럼 보인다. 인생이란 기본적으로 몇 년마다 한 번씩 가까이 있는 사람들을 서로 다른 방향으로 던져버리며 빙빙 돌아가는 원심분리기와 같다. 그러다가 이 원심분리기가 멈추면, 우리는 숨도 제대로 고르지 못한 채 삶이 들이미는 수많은 새로운 걱정거리에 둘러싸인다. 우리가 지금까지 걸어온 길을 되돌아가서 옛 친구들과의 관계에 불을 붙이고 싶다 해도 그럴 시간을 어떻게 낼 수 있겠는가?
1938년은 굉장한 색채와 특징을 지닌 네 사람이 내 삶을 기분 좋게 지배한 해였다. 그리고 오늘은 1940년 12월 31일이다. 나는 그 네 사람을 모두 1년 넘게 만나지 못했다.

[+] 노래 〈올드랭사인〉의 가사.

디키는 1939년 1월에 강제로 뿌리가 뽑혔다.

뉴욕 코티용 시즌이 끝난 직후 밴더와일 씨는 태평하게 빈둥거리는 아들을 도저히 더 이상 참아줄 수 없다는 결론을 내렸다. 그래서 경기회복을 구실로 삼아 디키를 텍사스로 보내 오랜 친구의 유전에서 일하게 했다. 밴더와일 씨는 이 경험이 디키에게 "상당히 깊은 인상"을 남길 것이라고 확신했고, 그 확신은 맞아떨어졌다. 비록 밴더와일 씨가 기대했던 인상은 아니었지만. 그의 친구에게는 마침 성질 나쁜 딸이 하나 있었는데, 그 아가씨는 부활절 연휴를 맞아 집에 돌아왔을 때 디키를 댄스 파트너로 삼았다. 아가씨가 학교로 돌아갈 때 디키는 사랑의 약속 같은 것을 받아내려고 했지만 퇴짜를 맞고 말았다. 디키와 함께 보낸 몇 주가 아주 재미있기는 했지만, 장기적인 관점에서 볼 때는 좀 더 현실적이고 건실하고 포부가 큰 사람이 자신에게 어울린다는 것이 그 아가씨의 설명이었다. 다시 말해서 자기 아버지와 조금 비슷한 사람을 원한다는 얘기였다. 그로부터 얼마 되지 않아서 디키는 시간외근무를 하게 되었고, 하버드 경영대학원에도 지원했다.

그는 1941년, 진주만 폭격이 있기 딱 6개월 전에 학위를 받았다. 그 뒤로 군대에 가서 태평양 지역에서 많은 수훈을 세운 뒤 돌아와 그 텍사스 아가씨와 결혼해 세 아이를 낳고 국무부에서 일했다. 전체적으로 봤을 때, 남들이 그에 대해서 했던 모든 말을 묵사발로 만들어버린 셈이었다.

이브 로스는 그냥 슬슬 멀어졌다.

이브가 로스앤젤레스로 사라진 뒤 내가 처음으로 접한 소식은 예뿐이가 1939년 3월에 내게 준 기사였다. 세간의 소문을 주로 다루는 잡지에서 잘라낸 사진에는 활기찬 모습의 올리비아 드 하빌런드*가 선셋 대로의 트로피카나 앞에서 줄지어 늘어선 사진기자들 사이를 헤치며 나아가는 모습이 담겨 있었다. 그녀는 한 젊은 여자와 팔짱을 끼고 있었는데, 몸매가 좋은 그 여자는 민소매 원피스 차림이었으며 뺨에는 흉터가 있었다. 사진 제목은 '바람과 함께 사라지다'였고, 사진 설명에는 그 흉터 여인이 드 하빌런드의 "막역한 친구"라고 되어 있었다.

그다음으로 이비의 소식을 들은 것은 4월 1일이었다. 어떤 남자가 새벽 2시에 장거리전화를 걸어와서 자신이 로스앤젤레스 경찰국의 형사라고 밝혔다. 그는 늦은 시간에 귀찮게 해서 미안하지만 달리 대안이 없었다며, 젊은 여성이 베벌리 힐스 호텔의 잔디밭에서 의식을 잃은 상태로 발견되었는데 그 여자의 주머니에서 내 전화번호가 나왔다고 말했다.

나는 너무 놀라서 멍해졌다.

그때 수화기 속에서 이브의 목소리가 멀게 들렸다.

"걸려들었어?"

"당연하지."

형사라던 남자가 말했다. 그 와중에 영국식 말씨가 드러났다.

"낚시에 걸린 송어처럼 걸려들었지."

"나 바꿔줘!"

"잠깐!"

✦ 영화 〈바람과 함께 사라지다〉에서 멜라니 역할을 맡았던 여배우.

두 사람은 수화기를 차지하려고 몸싸움을 벌였다.

"만우절이잖아." 남자가 소리쳤다.

그러고는 수화기의 주인이 바뀌었다.

"우리 작전이 먹혔어?"

"언제나 그렇듯이."

이비가 마구 웃어댔다.

그 소리가 반가웠다. 30분 동안 우리는 서로 말을 주거니 받거니 하며 그동안의 소식을 서로에게 알려주고, 뉴욕에서 함께 살던 좋은 시절을 추억했다. 하지만 조만간 동부로 돌아올 생각이 있느냐고 내가 묻자 이브는 자기한테는 로키 산맥이 그리 높아 보이지 않는다고 대답했다.

월러스는 물론 생명을 도둑맞았다.

하지만 인생의 자잘한 아이러니 탓에, 내가 1938년을 함께 보냈던 네 사람 중 내 일상에 가장 커다란 영향력을 계속 유지한 사람은 월러스였다. 1939년 봄에 나일스 코퍼스웨이트가 땀을 뻘뻘 흘리며 나를 두 번째로 찾아왔다. 이번에 그가 가져온 소식은 월러스 월코트가 자신의 유언장에 나를 포함시켰다는 놀라운 이야기였다. 구체적으로 말하자면, 그는 세대를 건너뛰어 적용되는 신탁기금의 배당금이 평생 내게 지급되도록 해두었다. 내게 연간 800달러의 수입이 생긴 것이다. 800달러라면 1939년에도 그리 거액의 유산이 아니었지만, 내가 남자의 구애를 받아들이기 전에 한 번 더 신중히 생각하게 하는 데에는 충분했다. 이제 생각해보니, 맨해튼에서 20대 후반을 맞은 여자에게는 그것만으로도 충분히 행운이었던 것 같기는 하다.

그럼 팅커 그레이는?

나는 팅커가 어디 있는지 몰랐다. 하지만 어떤 의미에서는 그가 어떤 삶을 살아가고 있는지 알고 있는 것 같은 기분이었다. 자신을 묶고 있던 줄을 모두 끊어버린 팅커는 마침내 아무것도 거칠 것이 없는 땅을 찾아냈을 것이다. 유콘의 눈밭 속을 돌아다니든 아니면 폴리네시아의 바다를 항해하든 팅커는 수평선과 지평선이 광활하게 펼쳐진 곳에 있을 터였다. 귀뚜라미들이 정적을 지배하고, 현재가 그 무엇보다 중요하며, 『예의 및 품위 있는 행동 규칙』은 결코 필요하지 않은 곳.

'옛 친구를 어이 잊으리. 어이 다시 생각지 않으리.' 우리가 옛 친구를 잊어버린다면, 우리만 힘들어질 뿐이다. 나는 바로 다가갔다.

"케이티, 맞지?"

"안녕하세요, 행크. 좋아 보이네요."

정말이었다. 머리가 제대로 박힌 사람이라면 그가 이런 모습이 될 것이라고는 예상하지 못했을 것이다. 군대생활의 규율을 지킨 덕분에 그의 얼굴과 몸에 살이 붙어 있었다. 빳빳하게 다린 카키색 군복의 계급장은 그가 하사관임을 알리고 있었다.

나는 있지도 않은 모자챙에 손을 갖다 대는 시늉을 하며 그의 계급장에 경례했다. 행크가 편안하게 웃으며 말했다.

"안 그래도 돼. 오래가지도 않을 텐데, 뭐."

하지만 꼭 그럴 것 같지는 않았다. 그는 군대에서 아직도 더 나아질 수 있을 것처럼 보였다.

그가 우리 자리를 고갯짓으로 가리켰다.

"새로운 친구들을 사귄 모양이지?"

"여러 명 사귀었죠."

"그랬겠지. 내가 옛날에 신세를 진 것 같은데, 한 잔 사줄게."

그는 자기 몫으로 맥주를, 내 몫으로 마티니를 주문했다. 마치 마티니가 내 술이라는 것을 처음부터 알고 있었던 사람처럼. 우리는 서로 잔을 부딪치며 서로에게 행복한 새해를 기원해주었다.

"내 동생은 만난 적 있나?"

"아뇨. 2년 동안 본 적이 없어요."

"그렇군. 그게 맞는 것 같네."

"소식을 들은 적 있어요?"

"가끔. 내가 휴가를 나오면 가끔 뉴욕으로 와서 그 녀석이랑 만나."

뜻밖의 얘기였다.

나는 내 술을 한 모금 마셨다.

그가 장난스러운 미소를 띠고 나를 바라보았다.

"놀란 표정인데." 그가 말했다.

"그 사람이 뉴욕에 있는 줄 몰랐어요."

"그럼 어디 있겠어?"

"글쎄요. 그냥 그 사람이 떠났을 때 아예 여기를 뜬 줄 알았어요."

"아냐. 여기 남아 있었어. 한동안 헬스키친의 부두에서 일했지. 그 뒤로는 그 녀석이 뉴욕 시내 여기저기를 떠돌아다니는 바람에 연락이 끊겼고. 그러다 지난봄에 레드후크의 거리에서 그 녀석과 우연히 마주쳤어."

"그때는 어디 살고 있었어요?" 내가 물었다.

"나도 확실히는 몰라. 아마 해군 공창 옆의 싸구려 여인숙이었을 걸."

우리 둘 다 잠시 말이 없었다.

"잘 지내던가요?" 내가 물었다.

"그게 말이지, 조금 추레했어. 살도 조금 빠졌고."

"그게 아니라, 잘 지내더냐고요."

행크가 빙긋 웃으며 말했다.

"아. 정신적인 걸 묻는 거로군."

행크는 굳이 생각해볼 필요도 없다는 듯이 곧장 대답했다.

"행복하게 지내고 있었어."

◆ ◆ ◆

유콘의 눈밭…… 폴리네시아의 바다…… 모히칸 족의 오솔 길……. 지난 2년 동안 나는 팅커가 이런 곳을 돌아다니고 있을 거라고 상상했다.

그런데 그동안 내내 그는 바로 이곳 뉴욕에 있었다.

나는 왜 팅커가 그토록 먼 곳에 있을 거라고 생각했을까? 런던과 스티븐슨과 쿠퍼가 작품 속에서 각각 그려낸, 요동치는 풍경들이 그가 어려서부터 지니고 있던 낭만적인 감수성과 잘 어울리기 때문이라고 말하고 싶다. 하지만 행크에게서 팅커가 뉴욕에 있다는 말을 듣자마자 나는 그가 어딘가 먼 곳에 가 있을 것이라고 상상한 것은, 그래야 그가 기꺼이 내 곁을 떠나버렸다는 사실을 받아들이기가 좀 더 쉽기 때문임을 깨달았다. 그가 혼자서 황야를 여행하려고 떠났다는 핑계라도 있어야 했기 때문에.

그래서 나는 행크에게서 팅커의 소식을 들으며 엇갈린 감정을 느꼈다. 팅커가 마음만 빼고는 모든 면에서 가난한 사람이 되어 맨해튼의 사람들 사이를 돌아다니는 모습을 그려보며 나는 안타까움과 부러움을 동시에 느꼈다. 그리고 거기에 약간의 자부심과…… 희망이 덧붙여졌다.

우리가 길에서 우연히 만나는 것이 이제는 단지 시간 문제일 뿐이라는 생각이 들었기 때문이다. 다들 맨해튼에 대해 이러쿵저러쿵 떠들어대지만, 어차피 맨해튼은 길이가 16킬로미터, 폭이 1.5~3킬로미터에 불과하다.

그래서 그 뒤로 며칠 동안 나는 열심히 사람들을 살폈다. 길모퉁이나 커피숍에서 그의 모습을 찾아보았다. 집으로 돌아오는 길에 그가 길 건너편의 문간에서 또 불쑥 모습을 나타내는 상상을 하기도 했다.

하지만 1주일이 한 달이 되고 한 달이 1년이 되면서 이런 기대감도 시들해졌고, 나는 군중 속에서 그를 볼 수 있을 것이라는 생각을 느리지만 확실하게 접었다. 그리고 나 자신의 포부와 일에 묻혀버린 나의 일상이 망각의 토대가 되었다……. 그러다가 마침내 나는 그와 우연히 마주쳤다. 1966년에 현대미술관에서 열린 그 사진 전시회에서.

◆ ◆ ◆

밸과 나는 택시를 타고 5번 애버뉴의 우리 아파트로 돌아왔다. 요리사가 스토브 위에 간단한 저녁을 준비해두고 갔기 때문에, 우리는 그것을 데운 뒤 보르도 포도주를 한 병 따서 부엌에 선 채 음식을 먹었다.

남편과 아내가 저녁 9시에 조리대에 선 채로 다시 데운 음식을 먹고 있는 모습을 보면 대부분의 사람들은 낭만이 없다고 생각할 것이다. 하지만 공식적인 디너를 먹을 기회가 아주 많은 뺄과 나에게는 우리 집 부엌에 서서 우리끼리 식사한 것이 그 주의 하이라이트였다.

뺄이 설거지를 하는 동안 나는 우리 침실로 이어진 복도를 걸었다. 벽에는 바닥에서부터 천장까지 사진들이 쭉 걸려 있었다. 대개 나는 그 사진들을 무시한 채 복도를 걸어가지만, 그날 밤에는 나도 모르게 사진들을 한 장씩 차례로 살펴보고 있었다.

월러스의 집 벽에 걸려 있던 사진들과는 달리, 이 사진들은 가문 4대의 모습을 담은 것이 아니라 지난 20년 동안 찍은 것들이었다. 그중에서도 가장 오래된 사진 속에는 뺄과 내가 1947년에 정장 차림의 모임에서 조금 어색한 표정을 짓고 있는 모습이 담겨 있었다. 우리 둘을 모두 아는 사람이 막 우리를 소개해주려던 참이었는데, 뺄이 그의 말을 중간에 자르더니 우리가 이미 만난 적이 있다고 설명했다. 1938년에 롱아일랜드에서 시내까지 그가 나를 자동차로 바래다주며 〈뉴욕의 가을〉이라는 노래를 들었다고.

파리, 베니스, 런던에서 보낸 휴가와 친구들을 찍은 사진들 가운데에 우리 직업과 관련된 사진들이 몇 장 섞여 있었다. 내가 처음으로 편집을 맡은 《고담》 1955년 2월호 표지, 그리고 뺄이 대통령과 악수하는 사진. 하지만 내가 가장 좋아하는 것은 우리가 결혼식에서 뺄의 아버지인 홀링스워스 씨와 포옹하고 있는 사진이었다. 당시 홀링스워스 부인은 이미 세상을 떠난 뒤였고, 홀링스워스 씨도 오래지 않아 그 뒤를 따랐다.

마지막으로 남은 포도주를 잔에 따른 밸은 복도로 나왔다가 사진들을 열심히 보고 있는 나를 발견했다. 그가 내게 내 잔을 건네며 말했다.

"왠지 오늘은 당신이 조금 늦게 잘 것 같은데. 같이 있어줄까?"

"아뇨. 먼저 자요. 나도 금방 들어갈 거예요."

윙크와 함께 미소를 지으며 밸은 내가 머리를 지나치게 짧게 잘라버린 직후 사우샘프턴의 바닷가에서 찍은 사진을 톡톡 두드렸다. 그러고는 내게 입을 맞춘 뒤 침실로 들어가버렸다. 나는 거실을 지나 테라스로 나갔다. 공기는 서늘했고, 도시의 불빛들이 은은히 빛났다. 엠파이어스테이트 빌딩 주위를 돌던 작은 비행기들은 이제 보이지 않았지만, 그 건물은 여전히 희망의 또 다른 모습이었다. 나는 희망했다. 나는 희망하고 있다. 나는 희망할 것이다.

나는 담배에 불을 붙인 뒤 행운을 빌며 어깨너머로 성냥을 던졌다. '뉴욕은 정말 사람을 확 바꿔놓지 않아?' 속으로 이런 생각을 하면서.

인생을 우리가 언제든 방향을 바꿀 수 있는 두서없는 여행으로 비유하는 것이 조금 진부하기는 하다. 현자들의 말에 따르면, 바퀴의 방향을 아주 조금만 틀어도 그 이후의 사건들에 연쇄적으로 그 영향이 미치기 때문에, 결국 우리의 운명이 새로운 사람, 정황, 발견들로 다시 형성된다고 한다. 하지만 대부분의 사람들은 결코 인생을 그렇게 느끼지 않는다. 우리에게는 아주 짧은 기간 동안 한 줌밖에 안 되는 선택지 중 하나를 고를 기회가 몇 번 주어질 뿐이다. 이 직장이 좋을까, 저 직장이 좋을까? 시카고가 좋을까, 뉴욕이 좋을까? 이 친구들을 사귈까, 저 친구들을 사귈까? 오늘 밤에 누구와 함께 집으로 돌아갈까? 지금 아이를 낳을까? 아니면 나중에? 더욱 더 나중에?

그런 의미에서 인생은 여행보다는 허니문 브리지와 더 가깝다. 20대 때는 아직 많은 시간이 남아 있다. 그래서 뚜렷한 결정을 내리지 못한 채 수많은 꿈을 좇다가 다시 방향을 바꿔도 시간이 충분할 것처럼 보인다. 게임을 하면서 카드를 하나 뽑으면 그 카드를 그냥 갖고 다음 카드를 버릴 건지, 아니면 먼저 뽑은 카드를 버리고 그다음 카드를 가질 건지 곧바로 결정해야 한다. 그런데 우리가 미처 알아차리기도 전에 탁자 위에는 우리가 뽑을 수 있는 카드가 하나도 남지 않게 된다. 그리고 우리가 방금 내린 결정들은 앞으로 수십 년 동안 우리 인생에 영향을 미칠 것이다.

이렇게 황량한 소리를 할 생각은 없었는데.

인생이 우리에게 꼭 선택지를 제공해줄 필요는 없다. 처음부터 인생이 우리의 경로를 정해두고 거칠거나 섬세한 온갖 방법들을 동원해서 우리가 그 길을 벗어나지 않게 감시하는 것도 얼마든지 가능하다. 자신이 처한 상황, 성격, 앞으로 나아갈 길을 바꿔놓을 수 있는 여러 가지 가능성이 제시되었을 때 우리에게 1년이라도 여유가 주어진다면, 그것만으로도 신의 은총이라고 할 만하다. 하지만 거기에는 반드시 대가가 따른다.

나는 벨을 사랑한다. 내 일도 사랑하고, 나의 뉴욕도 사랑한다. 내가 이것들을 택한 것이 옳았다는 생각에는 추호도 의심의 여지가 없다. 하지만 나는 올바른 선택이란 원래 인생이 상실을 결정화시키는 수단이라는 것 또한 잘 알고 있다.

♦ ♦ ♦

1938년 12월, 메이슨 테이트와 어퍼이스트사이드에 이미 내 운명을 걸기로 한 나는 갠즈보트 거리의 그 작은 방에서 팅커의 빈 여행 가방과 차가운 석탄 난로 옆에 혼자 서 있었다. 그리고 거기서 매일 내 이름을 부르며 하루를 시작하겠다고 약속한 그의 쪽지를 읽었다.

한동안은 나도 그렇게 했던 것 같다. 그의 이름을 부르며 하루를 시작하는 일. 그가 생각했던 것처럼, 그것은 내가 어느 정도 방향감각을 유지하는 데 도움이 되었다. 그 덕분에 나는 풍랑이 이는 바다에서 어느 정도는 길을 잃지 않을 수 있었다.

하지만 많은 일들이 그렇듯이, 그 버릇도 인생이라는 것에 슬그머니 밀려났다. 처음에는 간헐적으로, 그러다가 아주 가끔 그의 이름을 부르는 식으로 변하다가 나중에는 세월 속에 묻혀버렸다.

그로부터 거의 30년이 흐른 뒤 센트럴파크를 굽어보는 내 아파트 발코니에 선 나는 그 버릇이 사라지도록 방치한 나 자신에게 벌을 내리지 않았다. 인생이 사람의 정신을 산만하게 만들고 유혹한다는 사실을 나는 너무나 잘 알고 있었다. 자신의 희망과 포부를 조

금씩 이루어나가려면 다른 곳에 주의를 기울일 여유가 없고, 그 과
정에서 딱히 형태가 잡히지 않았던 것들은 손에 잡힐 듯 확실한 것
으로, 헌신의 약속은 타협으로 변해간다.

　나는 팅커의 이름을 부르지 않고 오랜 세월을 흘려보낸 나 자신
에게 너무 가혹하게 굴지 않았다. 하지만 그다음 날 아침에 깨어났
을 때 내 입술에는 그의 이름이 걸려 있었다. 그 뒤로 지금까지 수
많은 날들이 그렇게 흘러갔다.

부록

•

젊은 조지 워싱턴의
『사교와 토론에서 갖추어야 할 예의 및 품위 있는 행동 규칙』

첫째 다른 사람들과 함께 행동할 때는 항상 주위 사람들을 존중해야 한다.

둘째 다른 사람들과 함께 있을 때는 보통 겉으로 드러나지 않는 신체 부위에 손을 대면 안 된다.

셋째 친구가 겁을 먹을 만한 것을 보여주면 안 된다.

넷째 다른 사람들과 함께 있을 때는 혼자 콧노래 같은 소음을 내면서 노래해도 안 되고, 손가락이나 발가락으로 드럼처럼 박자를 맞춰도 안 된다.

다섯째 기침, 재채기, 한숨, 하품 등을 할 때는 소리를 내지 말고 은밀히 한다. 또한 하품을 하면서 말하지 말고, 손수건이나 손을 얼굴 앞에 댄 뒤 고개를 돌린다.

여섯째 다른 사람들이 말하는 중에 자지 않고, 다른 사람들이 서 있을 때 앉지 않고, 조용히 있어야 할 때 말하지 않고, 다른 사람들이 멈췄을 때 걷지 않는다.

일곱째 다른 사람들 앞에서 옷을 벗지 않고, 옷을 반쯤 입다 말고 방을 나오지 않는다.

여덟째 연극이나 불꽃놀이를 볼 때 가장 늦게 온 사람에게 자리를 양보하는 것이 예의다. 또한 평소보다 큰 소리로 말하지 않는다.

아홉째 불을 향해 침을 뱉지 않고, 그 앞에서 몸을 낮게 기울이지도 않고, 불을 쬐려고 손을 불꽃 속에 넣지도 않고, 특히 불 앞에 고기가 걸려 있을 때는 그 위에 발을 올리지 않는다.

열째 앉아 있을 때는 발을 가지런히 하고 움직이지 않는다. 양발을 겹치거나, 엇갈리게 놓으면 안 된다.

열한째 다른 사람들이 보는 앞에서 몸을 꼼지락거리거나 손톱을 물어뜯지 않는다.

열두째 머리, 발, 다리를 흔들지 않고, 눈동자를 굴리지 않고, 한쪽 눈썹을 높이 치뜨지 않고, 입술을 비틀지 않고, 말을 할 때 상대에게 너무 가까이 다가가서 침이 튀게 하지도 않는다.

열셋째 다른 사람들이 보는 앞에서 벼룩, 이, 진드기 등 해충을 죽이지 않는다. 혹시 더러운 것이나 뱉어 놓은 침이 눈에 띈다면 솜씨 좋게 그것을 발로 덮고, 만약 그것들이 상대방의 옷에 묻어 있다면 조용히 닦아주며, 만약 그것들이 내 옷에 묻어 있다면 그것을 닦아준 사람에게 고맙다고 인사한다.

열넷째 특히 말을 할 때 다른 사람들에게 등을 돌리지 않고, 다른 사람들이 책을 읽거나 글을 쓰고 있는 탁자나 책상을 밀지 않고, 남에게 기대지 않는다.

열다섯째 손톱을 항상 깨끗하고 짧게 유지한다. 손과 이도 깨끗하게 유지하되, 겉으로는 그다지 신경 쓰지 않는 것처럼 보여야 한다.

열여섯째 볼을 부풀리지 않고, 혀를 늘어뜨리지 않고, 손이나 턱수염을 문지르지 않고, 입술을 쑥 내밀지 않고, 입술을 깨물지 않고, 입술을 너무 벌리거나 너무 꾹 다물지 않는다.

열일곱째 아부하지 않는다. 또한 장난 상대가 되는 것을 좋아하지 않는 사람에게 장난을 치지 않는다.

열여덟째 다른 사람들과 함께 있을 때는 편지, 책, 서류 등을 읽지 않는다. 그러나 반드시 그래야 할 필요가 있을 때는 양해를 구하고 자리를 떠야 한다. 상대가 원하는 일이 아니라면 다른 사람의 책이나 글을 읽으려고 가까이 다가가지 않고, 상대가 묻지도 않았는데 그 글에 대한 자신의 의견을 말하는 일도 삼가며, 다른 사람이 편지를 쓰고 있을 때 그 근처를 바라보지도 않는다.

열아홉째 기분 좋은 표정을 짓되, 진지한 문제를 다룰 때는 다소 진지해져야 한다.

스무째 몸짓은 진행 중인 대화와 어울리는 것이어야 한다.

스물한째 자연이 준 결점을 이유로 남을 비난하지 않고, 그것에 대해 평가하며 즐거워하지 않는다.

스물두째 설사 적이라 할지라도 그의 불행을 보며 기뻐하는 기색을 드러내지 않는다.

스물셋째 범죄자가 처벌받는 것을 보면 속으로는 기쁠지라도, 고통받는 범죄자에 대해 항상 연민을 보인다.

스물넷째 공개적인 구경거리 앞에서 너무 크게 웃거나 너무 많이 웃지 않는다.

스물다섯째 지나친 찬사와 거짓 예의는 피해야 하지만, 필요할 때에는 무시해서도 안 된다.

스물여섯째 귀족, 법관, 성직자 등 지위가 높은 사람들에게 모자를 벗어 인사할 때는 좋은 집안에서 자란 사람들의 관습과 상대의 품성에 따라 허리를 숙이며 공손한 태도를 취한다. 동등한 지위의 사람들과 함께 있을 때는 그쪽에서 먼저 인사를 해올 것이라고 항상 기대할 수는 없다. 그러나 그럴 필요가 없는데도 모자를 벗어 인사하는 것은 인사를 한 뒤에 또 말로 인사하는 것처럼 겉치레다. 가장 일반적인 관습을 따른다.

스물일곱째 나보다 더 지위가 높은 사람에게 모자를 쓰라고 말하는 것은 예의에 어긋나며, 마땅히 그런 말을 해줘야 하는 사람에게 말하지 않는 것 또한 예의에 어긋난다. 같은 맥락에서 지나치게 서둘러 모자를 쓰는 것은 좋지 않지만, 처음 한 번 또는 많아야 두 번 모자를 쓰라는 말을 들은 뒤에는 반드시 모자를 써야 한다. 여기서 인사에 관해 말한 것들은 자리를 잡을 때에도 지켜야 한다. 행사 때 한없이 앉아 있는 것은 곤란한 일이다.

스물여덟째 내가 앉아 있을 때 누가 와서 말을 걸거든, 그 상대가 나보다 지위가 낮은 자라 해도 자리에서 일어난다. 사람들에게 자리를 권할 때는 각자 지위에 맞게 해야 한다.

스물아홉째 나보다 지위가 높은 사람을 만나면 걸음을 멈춘다. 특히 문간이나 곧게 뻗은 곳에서 그런 사람을 만나면 상대가 지나갈 수 있게 뒤로 물러난다.

서른째 대부분의 나라에서 걸을 때 가장 높은 자리는 오른편인 듯하므로, 상대에게 예의를 보이고 싶다면 그의 왼편에 자리를 잡는다. 그러나 세 사람이 함께 걸을 때는 한가운데가 가장 높은 자리이며, 두 사람이 함께 걸을 때는 대개 벽과 가까운 자리가 가장 중요한 사람의 몫이다.

서른한째 나이, 재산, 능력 등에서 다른 사람들을 크게 능가하는 사람이 자신의 집이나 기타의 장소에서 자기보다 못한 사람에게 자리를 양보할 때 상대는 그것을 받아들이면 안 된다. 따라서 뛰어난 사람은 지나치게 열심히 자리를 권하거나 한두 번 이상 거듭 자리를 권하면 안 된다.

서른두째 내 집에서 나와 동등한 사람이나 지위 면에서 그다지 차이가 나지 않는 아랫사람에게 자리를 권할 때는 가장 좋은 자리를 준다. 그리고 그 상대는 처음에는 그것을 거절했다가 두 번째에는 받아들여야 한다. 그러나 자신이 그 자리에 앉기에는 미흡한 사람임을 밝혀야 한다.

서른셋째 작위가 있거나 공직에 있는 사람은 어디서나 우선권이 있지만, 아직 나이가 젊다면 비록 공적인 책임을 지지는 않았더라도 가문이나 다른 면에서 자신과 동등한 사람들을 존중해야 한다.

서른넷째 이야기 상대에게 먼저 발언권을 주는 것이 예의 바른 행동이다. 특히 상대가 나보다 지위가 높다면 어떤 상황에서도 내가 먼저 말을 시작하면 안 된다.

서른다섯째 사업상 만난 사람들과의 대화는 짧으면서도 포괄적이어야 한다.

서른여섯째 직공이나 지위가 낮은 사람들은 귀족 등 지위가 높은 사람들에게 지나치게 딱딱한 예의를 지키지 말고 상대를 존중하는 태도를 보인다. 그리고 지위가 높은 사람들은 거만하게 굴지 말고 상냥하고 예의 바르게 그들을 대해야 한다.

서른일곱째 지위가 있는 사람과 말할 때는 몸을 기대거나 상대의 얼굴을 정면으로 바라보지 않는다. 또한 상대에게 지나치게 가까이 다가가지 말고 최소한 한 걸음 정도 거리를 유지한다.

서른여덟째 환자를 문병할 때는 의술에 대해 아는 점이 없다면 의사 흉내를 내지 않는다.

서른아홉째 글을 쓰거나 말을 할 때 모든 사람에게 그의 지위와 관습에 따라 마땅한 호칭을 붙인다.

마흔째 상급자들과 언쟁을 벌이지 말고 내가 판단한 내용을 항상 겸손하게 제출한다.

마흔한째 나와 동등한 상대에게 그의 전문분야를 가르치려 하지 않는다. 그런 행동에서는 오만한 느낌이 난다.

마흔두째 대화 상대의 지위에 걸맞은 예법을 지킨다. 광대와 왕자를 똑같은 예법으로 대하는 것은 어리석은 일이다.

마흔셋째 병든 사람이나 고통스러워 하는 사람 앞에서 기쁨을 드러내지 않는다. 자신과는 반대되는 감정을 보면, 상대는 더욱 불행해질 것이다.

마흔넷째 사람이 최선을 다했을 때는 설사 성공하지 못하더라도 그를 비난하지 않는다.

마흔다섯째 누군가에게 조언을 하거나 꾸짖을 때는 공개적으로 할 것인지 사적으로 할 것인지, 지금 할 것인지 나중에 할 것인지, 어떤 식으로 할 것인지 생각해본다. 그리고 꾸짖을 때는 성마르게 굴지 말고 상냥하고 부드럽게 말한다.

마흔여섯째 훈계는 언제 어디서든 고맙게 받아들이되 그것이 부당한 훈계라면 나중에 편리한 시간과 장소를 택해 상대에게 그 사실을 알린다.

마흔일곱째 무엇이든 중요한 일에는 결코 조롱이나 농담을 하지 않는다. 날카롭고 쏘는 듯한 농담도 하지 않는다. 재치 있고 유쾌한 말을 할 때는 자신이 먼저 웃는 것을 삼간다.

마흔여덟째 다른 사람을 꾸짖을 때는 자신에게 흠이 없어야 한다. 훈계보다는 모범을 보이는 것이 더 효과적이기 때문이다.

마흔아홉째 상대가 누구든 수치스러운 어휘를 사용하지 않고, 욕설도 사용하지 않는다.

쉰째 남을 헐뜯는 내용이 담긴 성급한 이야기들을 덜컥 믿지 않는다.

쉰한째 더럽거나 찢어지거나 먼지가 묻은 옷을 입지 않고, 적어도 하루에 한 번씩 옷에 솔질을 하며, 더러운 것에는 가까이 다가가지 않도록 주의한다.

쉰두째 옷은 검소하게 입고, 남들의 감탄을 끌어내기보다는 자연스러움을 수용하려고 애쓴다. 때와 장소를 존중해서 예의 바르고 단정하게, 나와 동등한 사람들의 옷차림을 따른다.

쉰셋째 거리에서 뛰지 않고, 너무 느리게 걷거나 입을 벌린 채 걷지 않고, 팔을 흔들거나 발로 땅을 차지 않고, 까치발로 걷거나 춤추듯이 걷지 않는다.

쉰넷째 으스대지 말고, 자신의 모습을 샅샅이 살피며 옷차림이 적당한지, 신발이 잘 맞는지, 양말이 깔끔한지, 옷이 단정한지 확인한다.

쉰다섯째 길거리나 집 안에서나 어울리지 않는 시기에 음식을 먹지 않는다.

쉰여섯째 자신의 평판을 소중히 여긴다면 품성이 좋은 사람들과 어울린다. 나쁜 사람들과 어울리는 것보다는 혼자 있는 편이 차라리 낫다.

쉰일곱째 집 안에서 동행 한 명과 함께 돌아다닐 때 동행이 나보다 높은 사람이라면 먼저 그에게 오른쪽 자리를 양보하고, 그가 걸음을 멈추기 전에 내가 먼저 걸음을 멈추지 않으며, 먼저 방향을 돌리지도 않는다. 방향을 돌릴 때는 얼굴이 동행을 향하게 한다. 만약 동행의 지위가 나보다 높다면 얼굴을 맞대고 걷지 말고 동행보다 약간 뒤에서 걷는다. 그러나 동행이 쉽사리 말을 걸 수 있는 거리를 유지해야 한다.

쉰여덟째 대화에 악의나 시기심을 섞지 않는다. 그래야 유순하고 훌륭한 본성을 드러낼 수 있기 때문이다. 감정이 격해질 때는 항상 이성의 다스림을 받아들인다.

쉰아홉째 점잖지 못한 행동은 결코 하지 말고, 아랫사람들 앞에서 도덕적인 규칙에 어긋나는 행동을 하지도 않는다.

예순째 친구들에게 비밀을 밝혀내라고 상스럽게 다그치지 않는다.

예순한째 진지하고 학식이 많은 사람들 사이에서 천박하고 경박한 말을 하지 않고, 무지한 사람들 사이에서 몹시 어려운 질문이나 주제나 믿기 힘든 일을 말하지 않으며, 윗사람과 있을 때든 동등한 사람과 있을 때든 대화에 격언을 잔뜩 채워 넣지 않는다.

예순두째 즐거울 때나 식사 중에 우울한 이야기를 하지 않고, 죽음이나 부상 같은 어두운 이야기를 하지 않는다. 만약 다른 사람들이 그런 화제를 꺼내면 가능한 한 화제를 바꾼다. 자신의 꿈 얘기는 친한 친구들에게만 한다.

예순셋째 자신이 이룩한 것이나 보기 드문 재치를 뽐내지 않는다. 재산이나 가문을 뽐내는 것은 더욱 더 안 된다.

예순넷째 아무도 즐거워하지 않을 때 농담을 하지 않고, 큰소리로 웃지 않는다. 또한 아무 이유 없이 남의 불행을 비웃지 않는다. 그가 불행해진 데에 이유가 있는 것처럼 보일 때도 마찬가지다.

예순다섯째 상대가 그럴 만한 이유를 제공해주더라도 농담으로든 진지한 조롱으로든 남을 모욕하는 말을 하지 않는다.

예순여섯째 너무 앞으로 나서지 말고, 상냥하고 예의 바르게 처신한다. 가장 먼저 인사하는 사람, 가장 먼저 남의 말을 듣고 대답하는 사람이 된다. 대화를 해야 할 때 혼자 시름에 잠기지 않는다.

예순일곱째 다른 사람들과 함께 있을 때는 혼자 다른 생각을 하지 않고, 지나치게 남을 휘두르려고 하지도 않는다.

예순여덟째 자신이 환영받을지 어떨지 알지 못하는 곳에는 가지 않는다. 상대가 요청하지도 않는데 나서서 조언하지 않으며, 상대가 원하더라도 간결하게 조언을 마친다.

예순아홉째 두 사람이 겨루고 있을 때 공연히 나서서 어느 한쪽 편을 들지 않는다. 세력이 큰 쪽이 무심하게 생각하는 문제에서 자신의 의견을 너무 완고하게 주장하지 않는다.

일흔째 다른 사람들의 결점을 나무라지 않는다. 그런 결점은 부모, 스승, 윗사람들에게 속한 것이기 때문이다.

일흔한째 다른 사람들의 흉터나 점 등을 뚫어지게 보지 않고, 어쩌다 그렇게 됐느냐고 묻지도 않는다. 친구에게 남몰래 말해야 하는 일을 다른 사람들 앞에서 말하지 않는다.

일흔두째 다른 사람들과 함께 있을 때는 모르는 언어가 아니라 자신의 언어로, 천박한 사람들이 아니라 품위 있는 사람들이 하듯이 말해야 한다. 숭고한 문제들은 진지하게 다룬다.

일흔셋째 말하기 전에 먼저 생각하고, 발음을 정확히 하며, 지나치게 서두르지 말고 단정하고 분명하게 말한다.

일흔넷째 다른 사람이 말할 때는 주의를 기울이며 청중을 방해하지 않는다. 말하는 사람이 조금 머뭇거리더라도 그를 돕지 않고, 공연히 나서서 그를 재촉하지도 않고, 그의 말을 방해하지도 않고, 그의 말이 끝나기 전에 그에게 대답하지도 않는다.

일흔다섯째 대화 중간에 무슨 이야기를 하는 것이냐고 묻지 않는다. 자신이 늦게 나타나는 바람에 대화가 조금이라도 끊기는 것이 느껴지면, 계속하라고 부드럽게 말한다. 내가 이야기하는 중에 지위가 높은 사람이 들어오면 방금 한 이야기를 되풀이해주는 것이 좋다.

일흔여섯째 말을 할 때 말의 주제가 된 사람을 손가락으로 가리키지 않고, 특히 정면으로 이야기하는 사람에게 너무 가까이 다가가지 않는다.

일흔일곱째 사업과 관련된 이야기는 적절한 시기에 하고, 다른 사람들 앞에서 작은 소리로 속삭이지 않는다.

일흔여덟째 남과 비교하지 않는다. 함께 있는 사람들 중 누군가가 용감하고 훌륭한 행동으로 찬사를 받을 때는 다른 사람을 같은 이유로 칭찬하지 않는다.

일흔아홉째 진실을 제대로 알지 못하는 소식을 섣불리 전하지 않는다. 자신이 남에게 들은 이야기를 할 때는 그 말을 해준 사람의 이름을 말하지 않고, 항상 비밀을 알아내려고 하지 않는다.

여든째 함께 있는 사람들이 즐거워하는 경우가 아니라면 대화를 할 때나 글을 읽을 때 장황하게 굴지 않는다.

여든한째 다른 사람들의 일에 호기심을 드러내지 않으며, 자기들끼리 조용히 이야기하는 사람들에게 접근하지 않는다.

여든두째 자신이 할 수 없는 일은 나서지 않고, 약속을 지키려고 주의한다.

여든셋째 말을 전달할 때는 상대방이 아무리 비열한 사람이라 해도 감정을 내세우지 말고 신중하게 한다.

여든넷째 상급자들이 누군가와 이야기할 때는 귀를 기울이지도 않고, 말하지도 않고, 웃지도 않는다.

여든다섯째 나보다 지위가 높은 사람들과 함께 있을 때는 상대가 질문하기 전에는 말하지 않고, 말할 때는 똑바로 서서 모자를 벗고 몇 마디 말로 간단히 대답한다.

여든여섯째 논쟁을 할 때는 굳이 이기려 들지 말고 각자에게 자신의 의견을 말할 수 있는 자유를 주며, 특히 세력이 큰 쪽이 논쟁의 심판 역할을 할 때는 그들의 판단에 따른다.

여든일곱째 진지하고 안정되며 남의 말에 주의를 기울이는 사람이 되도록 몸가짐을 정돈한다. 다른 사람들의 말을 사사건건 반박하지 않는다.

여든여덟째 말을 장황하게 하지 않고, 자꾸만 다른 곳으로 이야기가 새게 하지 않으며, 같은 말을 자주 반복하지 않는다.

여든아홉째 자리에 없는 사람을 나쁘게 말하지 않는다. 그것은 부당한 일이다.

아흔째 식사 중에는 반드시 필요한 경우가 아니라면 몸을 긁거나, 기침을 하거나, 코를 풀지 않는다.

아흔한째 음식을 보고 지나치게 기쁜 내색을 하지 않고, 게걸스럽게 먹지 않고, 빵은 반드시 칼로 자르고, 식탁에 몸을 기대지 않고, 음식에 트집을 잡지 않는다.

아흔두째 기름이 묻은 칼로 소금을 집거나 빵을 자르지 않는다.

아흔셋째 식탁에서 누군가를 대접할 때는 고기를 내놓는 것이 알맞다. 주인이 원하지 않는데 다른 사람을 돕겠다고 나서지 않는다.

아흔넷째 빵을 소스에 흠뻑 적셨을 때는 한꺼번에 입 안에 넣어야 하며, 식탁에서는 수프를 입으로 불지 말고 저절로 식을 때까지 기다린다.

아흔다섯째 칼을 손에 든 채 고기를 입에 넣지 않고, 과일파이에서 나온 씨앗을 접시에 뱉지 않고, 무엇이든 식탁 밑으로 던지지 않는다.

아흔여섯째 고기 요리를 향해 지나치게 고개를 숙이는 것은 점잖지 못하다. 손가락을 깨끗이 유지하며, 더러워졌을 때는 냅킨 귀퉁이로 닦는다.

아흔일곱째 먼저 입에 넣은 음식을 삼키기 전에는 새로운 음식을 입에 넣지 않으며, 지나치게 큰 덩어리를 입에 넣지 않는다.

아흔여덟째 입에 음식을 가득 넣은 채로 술을 마시거나 말하지 않고, 술을 마시며 주위를 둘러보지 않는다.

아흔아홉째 술은 너무 한가하게 마셔도 안 되고 너무 급하게 마셔도 안 된다. 술을 마시기 전과 후에는 입술을 닦는다. 숨을 쉴 때는 결코 너무 큰 소리를 내면 안 된다. 그것은 무례한 행동이다.

백째 냅킨이나 포크나 나이프로 이를 청소하지 않는다. 그러나 다른 사람들이 이를 청소하거든 이쑤시개로 한다.

백한째 다른 사람들 앞에서 입을 헹구지 않는다.

백두째 함께 있는 사람에게 자주 음식을 권하는 것은 시대에 뒤떨어진 일이다. 술을 마실 때마다 다른 사람들을 위해 건배할 필요도 없다.

백셋째 윗사람들과 함께 있을 때는 그들보다 늦게까지 식사하면 안 되고, 식탁에 팔을 올려도 안 된다. 손만 올려놓아야 한다.

백넷째 가장 먼저 냅킨을 펼치고 고기에 손을 대는 것은 그 자리에서 가장 높은 사람의 몫이다. 그러나 그 사람은 가장 느린 사람도 여유를 가질 수 있게 제시간에 고기를 자르기 시작해서 능숙하게 나눠주어야 한다.

백다섯째 식탁에서는 무슨 일이 있어도 화를 내지 않는다. 만약 화를 낼 일이 생기면 내색하지 말고 유쾌한 표정을 짓는다. 특히 낯선 사람들이 있을 때는 그렇게 해야 한다. 기분이 좋으면 고기 한 접시만으로도 잔치가 될 수 있기 때문이다.

백여섯째 식탁의 상석에 앉지 않는다. 그러나 마땅히 그 자리에 앉아야 하는 상황이거나 그 집의 가장이 그 자리를 권한다면 함께 있는 사람들의 불편을 최대한 덜어주기 위해 반박하지 않고 따른다.

백일곱째 식탁에서 다른 사람들이 이야기할 때 주의 깊게 귀를 기울이되 입에 고기를 넣은 채로 말하지 않는다.

백여덟째 신에 대해 이야기할 때는 진지하고 공손한 태도를 유지한다. 부모가 가난할지라도 존중하고 순종한다.

백아홉째 기분전환을 위해서는 죄스러운 일이 아니라 남자다운 일을 즐긴다.

백열째 양심이라 불리는 천상의 불꽃이 가슴 속에 항상 살아 있게 노력하라.

끝

감사의 말

무엇보다도 먼저 내게 한없는 기쁨을 주고 나를 응원해준 아내와 아이들, 부모님, 형제자매들, 처가 식구들에게 감사한다. 15년이 넘도록 훌륭한 동료이자 친구가 되어준 아른트, 브리튼, 로닝, 사이러에게도 감사한다. 나의 절친한 친구이자 독자인 앤 브래셰어스, 데이브 길버트, 힐러리 릴, 새라 번스, 피트 매케이브, 제레미 민디치에게도 감사한다.

그들은 모두 내 글을 읽고 소중한 의견들을 말해주었다. 제니퍼 월시, 도리언 카치마, 윌리엄 모리스의 팀, 폴 슬로박, 바이킹의 팀, 스펙터의 조카스타 해밀턴에게도 특별한 감사를 바친다. 이 책이 세상에 나올 수 있게 도와준 사람들이다. 커낼 거리에서부터 유니언 광장에 이르는 지역에서 훌륭한 커피를 공급해주는 모든 커피숍 주인들, 내가 자주 들를 수 있는 훌륭한 장소를 제공해준 대니 메이어 단체와 키스 맥널리 단체에도 감사한다.

그보다 시간을 더 거슬러 올라가면, 아주 침착하고 활기찬 분들이었던 내 조부모님, 일찍부터 나를 믿어준 덕에 내가 많은 것을 이룩하게 해준 피터 매티슨, 지금도 내게 지적 호기심과 절제의 귀감이 되고 있는 딕 베이커, 몇 번의 생애를 바쳐도 될 만큼 가치 있는 영감을 창조해준 밥 딜런, 그리고 전혀 뜻하지 않게 내가 뉴욕에 발을 내딛게 해준 우연에도 감사하고 싶다.

에이모 토울스

우아한 연인

지은이 에이모 토울스
옮긴이 김승욱
펴낸이 김영정

초판 1쇄 펴낸날 2019년 9월 10일

펴낸곳 (주)현대문학
등록번호 제1-452호
주소 06532 서울시 서초구 신반포로 321(잠원동, 미래엔)
전화 02-2017-0280
팩스 02-516-5433
홈페이지 www.hdmh.co.kr

ⓒ 2019, 현대문학

ISBN 978-89-7275-673-6 03840

* 책값은 뒤표지에 있습니다.
* 이 도서의 국립중앙도서관 출판예정도서목록(CIP)은 서지정보유통지원시스템 홈페이지(http://
  seoji.nl.go.kr)와 국가자료공동목록시스템(http://www/nl/go/kr/kolisnet)에서 이용하실 수
  있습니다. (CIP제어번호: CIP2019032602)